Eventyr og Historier
Hans Christian Andersen

Eventyr og Historier
Copyright © JiaHu Books 2017
First Published in Great Britain in 2017 by Jiahu Books – part of
Richardson-Prachai Solutions Ltd, 434 Whaddon Way, Bletchley, MK3
7LB
ISBN: 978-1-78435-222-0
Conditions of sale
A CIP catalogue record for this book is available from the British
Library
Visit us at: jiahubooks.co.uk

Barnet i Graven

Der var Sorg i Huset, der var Sorg i Hjerterne, det yngste Barn, en firårs Dreng, den eneste Søn, Forældrenes Glæde og Fremtids Håb, var død; to ældre Døttre havde de vel, den ældste skulde netop i dette Aar confirmeres, velsignede, gode Piger begge To, men det mistede Barn er altid det kjæreste og dette var det yngste og en Søn. Det var en tung Prøvelse. Søstrene sørgede som unge Hjerter sørge, grebne især ved Forældrenes Smerte, Faderen var nedbøiet, men Moderen overvældet af den store Sorg. Nat og Dag havde hun gået om det syge Barn, pleiet det, løftet og båret det; det var en Deel af hende selv havde hun følt og fornummet, hun kunde ikke tænke sig at det var dødt, at det skulde lægges i Kiste og gjemmes i Graven: Gud kunde ikke tage dette Barn fra hende, meente hun, og da det dog skete og var en Vished, sagde hun i sin syge Smerte:
"Gud har ikke vidst det! han har hjerteløse Tjenere her på Jorden, de handle, som de lyste, de høre ikke en Moders Bønner."
Hun slap i sin Smerte Vor Herre og da kom mørke Tanker, Dødens Tanker, den evige Død, at Mennesket blev Jord i Jorden, og at da Alt var forbi. Ved sådan Tanke havde hun Intet at klamre sig til, men sank i Fortvivlelsens bundløse Intet.
I de tungeste Timer kunde hun ikke græde meer; hun tænkte ikke på de unge Døttre hun havde, Mandens Tårer faldt på hendes Pande, hun såe ikke op til ham; hendes Tanker vare hos det døde Barn, al hendes Liv og Leven åndede i at tilbagekalde sig hvert Minde om Barnet, hvert af dets uskyldige Barne-Ord.
Begravelsesdagen kom, Nætter forud havde hun ikke sovet, i Morgenstunden overvældedes hun af Træthed og havde nogen Hvile, imens blev Kisten båren hen i en afsides Stue og Låget der slået til, at hun ikke skulde høre Hammerslagene.
Da hun vågnede, kom op og vilde see sit Barn, sagde Manden hende i Tårer: "Vi have lukket Låget; det måtte skee!"
"Når Gud er hård mod mig", udbrød hun, "hvorfor skulde så Menneskene være bedre!" og hun hulkede i Gråd.
Kisten blev bragt til Graven, den trøsteløse Moder sad hos sine unge Døttre, hun såe på dem, uden at see dem, hendes Tanker havde ikke mere med Hjemmet at gjøre, hun overgav sig til Sorgen, og den kastede hende som Søen kaster Skibet, der har mistet Ror og Styrer. Således gik Begravelsesdagen og flere Dage fulgte med samme eensformige, tunge Smerte. Med våde Øine og bedrøvede Blik såe de Sørgende hjemme på hende, hun hørte ikke deres Trøst, hvad kunde de vel også sige, de vare

for bedrøvede dertil.

Det var som om hun ikke kjendte til Søvnen meer, og alene den vilde være hendes bedste Ven, styrke Legemet, kalde Ro i Sjælen; de fik hende til at lægge sig i Sengen, hun låe også stille som en Sovende. Een Nat, Manden lyttede efter hendes Aandedrag og troede forvist, at hun fandt Hvile og Lettelse, foldede han derfor sine Hænder, bad og sov snart sundt og fast, mærkede ikke, at hun reiste sig, kastede sine Klæder om sig og gik så stille ud af Huset, for at komme derhen hvor hendes Tanker Nat og Dag søgte, til Graven, der gjemte hendes Barn. Hun gik gjennem Husets Have, ud på Marken, hvor Stien førte uden om Byen hen til Kirkegården; Ingen såe hende, hun såe Ingen.

Det var deiligt stjerneklart, Luften endnu så mild, det var først i September. Hun kom ind på Kirkegården, hen til den lille Grav, den var som en eneste stor Bouquet af Blomster, de duftede, hun satte sig ned, bøiede sit Hoved imod Graven, som skulde hun gjennem det tætte Jordlag kunde see sin lille Dreng,

hvis Smiil hun så levende huskede; det kjærlige Udtryk i Øinene, selv på Sygeleiet, var jo aldrig til at glemme, hvor talende havde der hans Blik været, når hun bøiede sig over ham og tog hans fine Hånd, den han ikke selv mægtede at løfte. Som hun havde siddet ved hans Seng sad hun nu ved hans Grav, men her havde Tårerne frit Løb, de faldt på Graven.

"Du vil ned til dit Barn!" sagde en Stemme tæt ved, den lød så klar, så dyb, den klang ind i hendes Hjerte, hun såe op, og der stod hos hende en Mand, hyllet i en stor Sørgekappe med Hætte ned om Hovedet, men hun såe ind under den i hans Ansigt, det var strengt, men dog så tillidsvækkende, hans Øine strålede som var han i Ungdoms Aar.

"Ned til mit Barn!" gjentog hun og der låe en Fortvivlelsens Bøn deri.

"Tør Du følge mig?" spurgte Skikkelsen. "Jeg er Døden!"

Og hun nikkede bekræftende; da var det med Eet, som om alle Stjerner ovenover lyste med Fuldmånens Glands, hun såe den brogede Farvepragt i Blomsterne på Graven, Jorddækket her gav blødt og sagte efter, som et svævende Klæde, hun sank, og Skikkelsen bredte sin sorte Kappe om hende, det blev Nat, Dødens Nat, hun sank dybere end Gravspaden trænger ned, Kirkegården låe som et Tag over hendes Hoved.

Kappens Flig gled til Side, hun stod i en mægtig Hal, der bredte sig stor og venlig; det var Skumring rundt om, men foran hende, og i samme Nu, tæt op til sit Hjerte, holdt hun sit Barn, det tilsmilede hende i en Skjønhed, større end nogensinde før; hun udstødte et Skrig, dog herligt blev det ikke, thi tæt ved, og derpå igjen langt borte og atter nær, lød en svulmende, deilig Musik, aldrig før havde så saligstemmende Toner nået til hendes Øre, de klang hin Side det natsorte, tætte Forhæng, der skilte Hallen fra det store Eviheds-Land.

"Min søde Moder! min egen Moder!" hørte hun sit Barn sige. Det var den kjendte, elskede Røst; og Kys fulgte på Kys i uendelig Lyksalighed; og Barnet pegede hen på det mørke Forhæng.

"Så deiligt er der ikke oppe på Jorden! seer Du, Moder! seer Du dem Allesammen! det er Lyksalighed!"

Men Moderen såe Intet, der hvor Barnet pegede, Intet, uden den sorte Nat; hun såe med jordiske Øine, såe ikke således som Barnet, det Gud havde kaldt til sig, hun hørte Klangen, Tonerne, men hun fornam ikke Ordet, det hun havde at troe.

"Nu kan jeg flyve, Moder!" sagde Barnet, "flyve med alle de andre glade Børn lige derind til Gud! jeg vil det så gjerne, men når Du græder, som Du nu græder, kan jeg ikke komme fra Dig, og jeg vilde så gjerne! må jeg dog ikke nok! Du kommer jo derind til mig om ganske lidt, søde Moder!"

"O bliv, o bliv!" sagde hun, "kun et Øieblik endnu! en eneste Gang endnu må jeg see på Dig, kysse Dig, holde Dig fast i mine Arme!"

Og hun kyssede og holdt fast. Da lød hendes Navn deroven fra; så klagende kom disse Toner; hvad var det dog?

"Hører Du!" sagde Barnet, "det er Fader, som kalder på Dig!"

Og atter, efter få Secunder, lød dybe Suk, som fra Børn der græde.

"Det er mine Søstre!" sagde Barnet, "Moder, Du har jo ikke glemt dem!"

Og hun huskede de Tilbageblevne, en Angst betog hende, hun såe frem for sig og altid svævede Skikkelser forbi, hun troede at kjende Nogle, de svævede gjennem Dødens Hal, hen mod det mørke Forhæng og der forsvandt de. Om vel hendes Mand, hendes Døttre kom tilsyne? Nei! deres Råb, deres Suk lød endnu deroven fra; nær havde hun ganske glemt dem for den Døde.

"Moder, nu ringer Himmeriges Klokker!" sagde Barnet. "Moder, nu ståer Solen op!"

Og der strømmede et overvældende Lys mod hende; - Barnet var borte, og hun løftedes - det blev koldt rundt om hende, hun hævede sit Hoved og såe, at hun låe på Kirkegården på sit Barns Grav; men Gud var i Drømmen bleven en Støtte for hendes Fod, et Lys for hendes Forstand, hun bøiede sine Knæ og bad:

"Tilgiv mig, Herre min Gud! at jeg vilde holde en evig Sjæl fra sin Flugt, og at jeg kunde glemme mine Pligter mod de Levende, Du her gav mig!"

Og ved disse Ord var det som om hendes Hjerte fandt Lettelse! Da brød Solen frem, en lille Fugl sang over hendes Hoved, og Kirkeklokkerne ringede til Morgensang. Der blev så helligt rundt om, helligt som i hendes Hjerte! hun kjendte sin Gud, hun kjendte sine Pligter, og i Længsel skyndte hun sig til Hjemmet. Hun bøiede sig over Manden, hendes varme, inderlige Kys vækkede ham, og de talte Hjertets, Inderlighedens Ord, og hun var stærk og mild som Hustruen kan være det, fra hende kom Fortrøstningens Væld.

"Guds Villie er altid den bedste!"

Og Manden spurgte hende: "hvorfra fik Du med Eet denne Kraft, dette trøstende Sind?"

Og hun kyssede ham og kyssede sine Børn:

"Jeg fik det fra Gud, ved Barnet i Graven!"

Bispen paa Børglum og hans Frænde.

Nu ere vi oppe i Jylland, heelt ovenfor Vildmosen; vi kunne høre „Vestervovvov", høre, hvor det ruller, det er ganske nær ved; men foran os løfter sig en stor Sandhøide, den har vi længe seet, og vi kjøre endnu hen imod den, langsommelig kjøre vi i det dybe Sand. Oppe paa Sandhøiden ligger en stor, gammel Gaard, det er Børglum Kloster, den største Fløi er endnu Kirken; derop komme vi nu i den sildige Aften, men Veiret er klart, det er lyse Nætter; man seer saa langt, saa langt vidt omkring, over Mark og Mose ned til Aalborg Fjord, over Hede og Eng, lige ud over det mørkeblaa Hav.

Nu ere vi deroppe, nu tumle vi ind mellem Lo og Lade, og svinge om, ind ad Porten til den gamle Borggaard, hvor Lindetræerne staae i Række langs Muren; der have de Ly for Vind og Veir, derfor groe de, saa Grenene næsten skjule Vinduerne.

Vi gaae op ad den steenlagte Vindeltrappe, vi gaae hen ad de lange Gange under det Bjælkeværks Loft, Vinden suser her saa underlig, ude eller inde, man veed ikke rigtig, hvor det er, og saa fortæller man — ja man fortæller saa Meget, man seer saa Meget, naar man er bange eller vil gjøre Andre bange. De gamle, afdøde Kanniker, siger man, glide stille forbi os ind i Kirken, hvor Messen synges, man kan høre det i Vindens Suus; man bliver saa underlig stemt derved, man tænker paa de gamle Tider — tænker, saa at man er i den gamle Tid.

— Der er Stranding paa Kysten, Bispens Folk ere dernede, de skaane ikke dem, Havet skaanede; Søen skyller bort det røde Blod, som flød fra de knuste Pander. Det strandede Gods er Bispens, og der er meget Gods. Søen ruller op Anker og Tønde, fyldt med kostelig Viin til Klosterets Kjælder, og i den er allerede fuldt op af Øl og Mjød; der er fuldt op i Kjøkkenet af fældede Dyr, af Pølse og Skinke; i Dammene derude svømmer den fede Brasen og den lækkre Karudse. Bispen paa Børglum er en mægtig Mand, han har Land i Eie, og mere vil han vinde; Alt maa bøie sig for Oluf Glob. I Thy er død hans rige Frænde. „Frænde er

Frænde værst," det maa Enken dernede sande. Hendes Huusbond raadede der over det hele Land, kun ikke over det geistlige Gods; Sønnen er i fremmed Land; alt som Dreng sendtes han derud at lære fremmed Skik, som hans Hu stod til; i Aaringer hørtes ikke fra ham, maaskee er han lagt i sin Grav, og kommer altsaa aldrig hjem at raade, hvor nu hans Moder raader.

„Hvad, skal Kvinde raade?" siger Bispen. Han sender hende Stævning og lader hende kalde til Thinge; men hvad hjelper ham det? Hun veg aldrig af fra Loven, og hun har Styrke i sin retfærdige Sag.

Bisp Oluf til Børglum, hvad pønser Du paa? Hvad skriver Du ned paa det blanke Pergament? Hvad gjemmer det under Segl og Baand, idet Du giver det til Rytter og Svend, der ride med det afsted ud af Landet, langveis bort, til Pavens By?

Det er Løvfaldstid, Strandingstid; nu kommer den iisnende Vinter. Tvende Gange kom den, nu sidst kommer den herop med Velkomst til Rytter og Svend, der med paveligt Brev vende hjem fra Rom, Bandbrev over Enken, der turde krænke den fromme Bisp. „Forbandelse være over hende og Alt, hvad hendes er! Udstødt være hun af Kirke og Menighed! Ingen yde hende hjelpsom Haand; Frænder og Venner skye hende som Pest og Spedalskhed!"

„Det skal knækkes, som ikke vil bøies!" siger Bispen paa Børglum. De slippe hende Allesammen; men hun slipper ikke sin Gud, han er hende Værn og Værge.

Et eneste Tyende, en gammel Pige, bliver hende tro; med hende gaaer hun bag Ploven, og Kornet groer, skjøndt Jorden er forbandet af Pave og Bisp.

„Du Helvedes Barn! Jeg skal dog faae min Villie!" siger Børglums Bisp, „nu rører jeg Dig med Pavens Haand, til Stævning og Dom!"

Da spænder hun for Vognen de to sidste Oxer, hun eier, sætter sig op med sin Pige og kjører hen over Heden, ud af det danske Land; hun kommer som Fremmed til fremmed Folk, hvor fremmed Tungemaal tales, fremmed Skik bliver øvet; langt bort, hvor de grønne Høie løfte sig til Bjerge og Vinen groer. Der komme reisende Kjøbmænd, de speide angest fra deres varebelæssede Vogne, frygte for Overfald af Røverriddernes Svende. De to fattige Kvinder paa det uselige Kjøretøi, trukket af to sorte Øxer, kjøre trygt i den usikkre Huulvei og i de tætte Skove. Det er i Franken. Her møder hun en stadselig Ridder, ham følge tolv stridsklædte Svende; han standser og seer paa det Underlige Tog, og spørger de to Kvinder om deres Reises Maal, og fra

hvilket Land de komme; da nævner den Yngste Thy i Danmark, melder sin Sorg og Elende, og snart faaer det Ende, Vorherre har ledet det saa.

Den fremmede Ridder er hendes Søn. Han rækker hende Haanden, han tager hende i Favn; og Moderen græder, det kunde hun ikke i Aaringer, men vel bide sig i Læben, saa de varme Bloddraaber piblede frem.

Det er Løvfaldstid, det er Strandingstid, Havet ruller Viinfade i Land til Bispens Kjælder og Kjøkken; der braser over Flammen det spiddede Vildt; deroppe er luunt inden Døre, nu da Vinteren bider paa. Der høres Nyt: Jens Glob til Thy er vendt hjem med sin Moder; Jens Glob gjør Stævning, han stævner Bispen for geistlig Ret og Lands Lov og Ret.

„Det skal hjelpe ham stort!" siger Bispen. „Lad bare din Trætte fare, Ridder Jens!"

Det er Løvfaldstid, i det næste Aar, det er Strandingstid, nu kommer den iisnende Vinter; de hvide Bier sværme, de stikke i Ansigtet, til de selv smelte.

Det er friskt Veir idag, sige Folk, naar de have været udenfor Døren. Jens Glob staaer i Tanker, saa han svier sin side Kjole, ja brænder Hul i den.

„Du Børglums Bisp! jeg magter Dig dog! Under Pavens Kappe kan Loven ikke naae Dig, men Jens Glob skal naae Dig!"

Saa skriver, han et Brev til sin Svoger, Hr. Oluf Hase i Salling, stævner ham til at komme Juleaften til Ottesang i Hvidberg Kirke; derovre skal Bispen læse Messe, derfor reiser han fra Børglum til Thyland, det kjender og veed Jens Glob.

Eng og Mose ligge med Iis og Snee, de bære baade Hest og Rytter, det hele Tog, Bispen med Klerke og Svende; de ride den korteste Vei mellem de skjøre Rør, hvor Vinden suser sørgeligt.

Blæs i din Messingtrompet, du ræveskindsklædte Spillemand! det klinger godt i den klare Luft. Saa ride de over Hede og Mose, Fata Morganas Enghave i den varme Sommerdag, Syd paa, de ville til Hvidberg Kirke.

Vinden blæser stærkere i sin Trompet, den blæser en Storm, et Guds Veir, det voxer i voldelig Vælde. Til Guds Huus i det Guds Veir gaaer det afsted. Guds Huus staaer fast, men det Guds Veir farer hen over Mark og Muse, over Fjord og Hav. Børglum Bisp naaer til Kirke, det magter nok neppe Hr. Oluf Hase, ihvor skrapt han rider. Han kommer med sine Mænd paa hin Side Fjorden Jens Glob til Hjelp, nu Bispen skal stævnes for den Høiestes Dom.

Guds Huus er Retssalen, Alterbordet Rettergangsbord; Lysene ere alt tændte i de svære Messingstager. Stormen læser op Klage og Dom. Det suser i Luften, over Mose og Hede, over de rullende Vande. Ingen Færge sætter over Fjorden i sligt Guds Veir.

Oluf Hase staaer ved Ottesund; der afskediger han sine Mænd, skjenker dem Hest og Harnisk, giver dem Orlov at drage hjem og Hilsen til sin Hustru; alene vil han friste sit Liv i det brusende Vand; men de skulle vidne for ham, at det ikke er hans Skyld, Jens Glob staaer uden Undsætning i Hvidberg Kirke. De trofaste Svende slippe ham ikke, de følge ham ud i det dybe Vand. De ti skylles bort; Oluf Hase selv og to af hans Smaadrenge naae den anden Bred; endnu have de fire Miil at ride. Det er Midnat forbi, det er Julenat. Vinden har lagt sig; Kirken er oplyst; det straalende Skjær skinner gjennem Ruderne ud over Eng og Hede. Ottesangen er endt forlængst; i Guds Huus er det stille, man kan høre Voxet dryppe fra Lyset paa Gulvets Steen. Nu kommer Oluf Hase.

I Vaabenhuset byder Jens Glob ham „God Dag! nu har jeg forligt mig med Bispen!"

„Det har Du gjort!" siger Oluf, „da skal hverken Du eller Bispen komme med Livet fra Kirken!"

Og Sværdet farer af Skeden, og Oluf Hase slaaer til, saa Planken splintres i Kirkens Dør, den, Jens Glob slaaer i mellem ham og sig.

„Hold inde, kjære Svoger, see først paa Forliget! Jeg har slaget Bispen og alle hans Mænd. De sige ikke et Muk mere i den hele Sag, og jeg ikke heller om al den Uret, der er skeet min Moder."

Tanderne i Lysene paa Alteret skinne saa røde, men rødere skinner det fra Gulvet; der ligger i Blod Bispen med kløvet Pande, og dræbte ligge alle hans Svende; der er lydløst og stille i den hellige Julenat.

Men tredie Juledags Aften ringe i Børglum Kloster Klokkerne til Liig; den dræbte Bisp og de slagne Svende blive stillede til Skue under en sort Baldachin med floromsvøbte Candelabrer. I Sølvmors Kaabe, med Krumstav i den magtløse Haand, ligger den Døde, den engang mægtige

Herre. Røgelsen dufter, Munkene synge; det klinger som Klade, det klinger som en Vredens og Fordømmelsens Dom, som maa den høres vidt over Land, baaren af Vinden, sungen med af Vinden; den lægger sig vel til Hvile, men aldrig døer den, altid hæver den igjen og synger sine Sange, synger dem ind i vor Tid, synger heroppe om Bispen paa Børglum og hans haarde Frænde; det høres i den mørke Nat, høres af den frygtsomme Bonde, som paa den tunge Sandvei kjører forbi Børglum Kloster; høres af den lyttende Søvnløse i Børglums tykmurede Stuer, og derfor pusler det i de lange, lydskingrende Gange, der føre hen tll Kirken, hvis tilmurede Indgang længst er tillukket, men ikke for Overtroens Øine; de see endnu Døren der, og den aabner sig, Lysene fra Kirkens Messingkroner skinne, Røgelsen dufter, Kirken straaler i Fortids Pragt, Munkene synge Messe over den dræbte Bisp, der ligger i Sølvmors Kaabe, med Bispestav i sin magtløse Haand, og fra hans blege, stolte Pande skinner den blodige Vunde, den skinner som Ild; det er Verdens Sind og onde Lyster, som brænde ud.

Synk i Graven, synk i Nat og Glemsel, uhyggelige Minder fra gamle Dage!

Hør Vindens Kast, den døver det rullende Hav! Det er en Storm derude, der vil koste Menneskers Liv! Havet har ikke skiftet Sind med den nye Tid. Det er i Nat bare Mund til at sluge, i Morgen maaskee klart Øie til at speile sig i, som i gammel Tid, den vi nu have begravet. Sov blidelig, om Du mægter det!

Nu er det Morgen.

Den nye Tid skinner med Solskin ind i Stuen! Vinden tager Tag endnu. Der meldes om Stranding, som i gammel Tid.

I Nat, dernede ved Løkken, den lille Fiskerby med røde Tage, vi see den fra Vinduerne heroppe, er strandet et Skib. Noget ude, stødte det paa, men Redningsraketten bandt Bro mellem Vraget og det faste Land, frelste bleve Alle, der vare ombord, de kom i Land og tilsengs; idag ere de indbudne paa Børglum Kloster. I de hyggelige Stuer ville de finde Gjestfrihed og møde milde Øine, kunne hilses i deres eget Lands Sprog. Fra Claveret klinge Hjemlandets Melodier, og før disse ere endte, bruser en anden Stræng, lydløs og dog saa klangfuld og sikker: Tanke-Budstikken naaer til de Skibbrudnes Hjem i fremmed Land, og melder om deres Frelse; da føler Sindet sig let, da kan der trædes en Dands ved Gildet i Aften i Børglums Borgestue. Vals og Langtour ville vi træde, og Sange skulle synges om Danmark og „den tappre Landsoldat" i den nye Tid.

Velsignet være du nye Tid! rid paa den rensede Luftstrøm Sommer i By! lad dine Solstraaler lyse ind i Hjerter og Tanker! paa din straalende Grund svæve forbi de mørke Sagn fra de haarde, de strenge Tider.

Boghveden

Tidt og ofte, naar man efter et Tordenveir gaaer forbi en Ager, hvor Boghveden groer, seer man, at den er blevet ganske sort og afsvedet; det er ligesom en Ildlue var gaaet hen over den, og Bondemanden siger da: "det har den faaet af Lynilden!" men hvorfor har den faaet det? — Jeg skal fortælle, hvad Graaspurven har sagt mig, og Graaspurven har hørt det af et gammelt Piletræ, der stod ved en Boghvede-Ager og staaer der endnu. Det er saadant et ærværdigt stort Piletræ, men runkent og gammelt, det er revnet lige midt i og der voxer Græs og Brombær-Ranker ud af Revnen; Træet hælder for over og Grenene hænge lige ned mod Jorden, ligesom om de kunde være et grønt, langt Haar.

Paa alle Markerne rundt om voxte Korn, baade Rug, Byg og Havre, ja den deilige Havre, der seer ud, naar den er moden, ligesom en heel Mængde smaa gule Kanarifugle paa en Green. Kornet stod saa velsignet,

12

og jo tungere det var des dybere bøiede det sig i from Ydmyghed.

Men der var ogsaa en Ager med Boghvede, og den Ager var lige ud for det gamle Piletræ; Boghveden bøiede sig slet ikke, som det andet Korn, den kneiste stolt og stiv!

"Jeg er vel saa riig, som Axet," sagde den, "jeg er desuden meget smukkere; mine Blomster ere skjønne, som Æbletræets Blomster, det er en Lyst at see paa mig og mine! kjender Du nogen prægtigere end os, Du gamle Piletræ!"

Og Piletræet nikkede med Hovedet, ligesom det vilde sige: "jo det gjør jeg rigtignok!" men Boghveden struttede af bare Hovmod og sagde: "det dumme Træ, det er saa gammelt at der voxer Græs i Maven paa det!"

Nu trak der et skrækkeligt ondt Veir op; alle Markens Blomster foldede deres Blade, eller bøiede deres fine Hoveder, mens Stormen foer hen over dem; men Boghveden kneisede i sin Stolthed.

"Bøi dit Hoved, som vi!" sagde Blomsterne.

"Det behøver jeg slet ikke!" sagde Boghveden.

"Bøi dit Hoved, som vi!" raabte Kornet! "nu kommer Stormens Engel flyvende! han har Vinger, der naae oppe fra Skyerne og lige ned til Jorden, og han hugger Dig midt over, før Du kan bede ham være Dig naadig!"

"Ja men jeg vil ikke bøie mig!" sagde Boghveden.

"Luk dine Blomster og bøi dine Blade!" sagde det gamle Piletræ, "see ikke op mod Lynet, naar Skyen brister, selv Menneskene tør det ikke, thi i Lynet kan man see ind i Guds Himmel, men det Syn kan selv gjøre Menneskene blinde, hvad vilde der da ikke skee med os Jordens Væxter, vovede vi det, vi, som ere langt ringere!"

"Langt ringere!" sagde Boghveden. "Nu vil jeg just see ind i Guds Himmel!" og den gjorde det i Overmod og Stolthed. Det var, som hele Verden stod i Ildslue, saaledes lynede det.

Da det onde Veir siden var forbi, stod Blomster og Korn i den stille rene Luft, saa forfriskede af Regnen, men Boghveden var brændt kulsort i Lynet, den var nu en død, unyttig Urt paa Marken.

Og det gamle Piletræ bevægede sine Grene i Vinden og der faldt store Vanddraaber fra de grønne Blade, ligesom om Træet græd, og Spurvene spurgte: "hvorfor græder Du? her er jo saa velsignet! see hvor Solen skinner, see hvor Skyerne gaae, kan Du mærke den Duft fra Blomster og Buske! hvorfor græder Du, gamle Piletræ?"

Og Piletræet fortalte om Boghvedens Stolthed, Overmod og Straf! den følger altid. Jeg som fortæller Historien har hørt den af Spurvene! — de fortalte mig det en Aften, da jeg bad dem om et Eventyr.

De rode Skoe

Der var en lille Pige, så fiin og så nydelig, men om Sommeren måtte hun altid gåe med bare Fødder, for hun var fattig, og om Vinteren med store Træskoe, så at den lille Vrist blev ganske rød og det så grueligt.

Midt i Bondebyen boede den gamle Moer Skomagers, hun sad og syede, så godt hun kunde det, af røde, gamle Klæde-Strimler et Par små Skoe, ganske kluntede, men godt meente vare de, og dem skulde den lille Pige have. Den lille Pige hedte Karen.

Just den Dag hendes Moder blev begravet fik hun de røde Skoe og havde dem første Gang på; det var jo rigtignok ikke noget at sørge med, men hun havde nu ingen andre og så gik hun med bare Been i dem, bag efter den fattige Stråkiste.

Da kom der i det samme en stor, gammel Vogn, og i den sad der en stor, gammel Frue, hun såe på den lille Pige og havde ondt af hende og så sagde hun til Præsten: "hør, giv mig den lille Pige, så skal jeg være god imod hende!"

Og Karen troede det var altsammen for de røde Skoe, men den gamle Frue sagde at de vare gruelige, og de bleve brændte, men Karen selv blev klædt på reent og net; hun måtte lære at læse og sye, og Folk sagde at hun var nydelig, men Speilet sagde: "Du er meget mere end nydelig, Du er deilig!"

Da reiste Dronningen engang igjennem Landet og hun havde med sig sin lille Datter, der var en Prindsesse, og Folk strømmede til udenfor Slottet og der var da Karen også, og den lille Prindsesse stod i fine, hvide Klæder i et Vindue og lod sig see på; hun havde hverken Slæb eller Guldkrone, men deilige røde Saphians-Skoe; de vare rigtignok anderledes nette, end de Moer Skomagers havde syet til lille Karen. Intet i Verden kunde dog lignes ved røde Skoe!

Nu var Karen så gammel at hun skulde confirmeres, nye Klæder fik hun, og nye Skoe skulde hun også have. Den rige Skomager inde i Byen tog Mål af hendes lille Fod, det var hjemme i hans egen Stue, og der stode store Glasskabe med yndige Skoe og blanke Støvler. Det såe nydeligt ud, men den gamle Frue såe ikke godt, og så havde hun ingen Fornøielse deraf; midt imellem Skoene stode et Par røde, ganske som de Prindsessen havde båret; hvor de vare smukke! Skomageren sagde også at de vare syede til et Greve-Barn, men de havde ikke passet.

"Det er nok Blanklæder!" sagde den gamle Frue, "de skinne!"

"Ja de skinne!" sagde Karen; og de passede og de bleve kjøbte; men den gamle Frue vidste ikke af at de vare røde, thi hun havde aldrig tilladt Karen at gåe til Confirmation i røde Skoe, men det gjorde hun nu.

Alle Mennesker såe på hendes Fødder, og da hun gik op ad Kirkegulvet til Chordøren, syntes hun at selv de gamle Billeder på Begravelserne, disse Portrætter af Præster og Præstekoner med stive Kraver og lange sorte Klæder, hæftede Øinene på hendes røde Skoe, og kun på disse tænkte hun, da Præsten lagde sin Hånd på hendes Hoved og talte om den hellige Dåb, om Pagten med Gud og at hun nu skulde være et stort christent Menneske; og Orgelet spillede så høitideligt, de smukke Børnestemmer sang og den gamle Kantor sang, men Karen tænkte kun på de røde Skoe.

Om Eftermiddagen vidste da den gamle Frue af alle Mennesker at Skoene havde været røde og hun sagde at det var stygt, at det påsede sig ikke og at Karen herefter, når hun gik i Kirke, skulde altid gåe med sorte Skoe, selv om de vare gamle.

Næste Søndag var der Altergang, og Karen såe på de sorte Skoe, hun såe på de røde - og så såe hun på de røde igjen og tog de røde på.

Det var deiligt Solskins Veir; Karen og den gamle Frue gik ad Stien gjennem Kornet; der støvede det lidt.

Ved Kirkedøren stod en gammel Soldat med en Krykkestok og med et underligt langt Skjæg, det var meer rødt end hvidt, for det var rødt; og han bøiede sig lige ned til Jorden og spurgte den gamle Frue, om han måtte tørre hendes Skoe af. Og Karen strakte også sin lille Fod ud. "See, hvilke deilige Dandseskoe!" sagde Soldaten, "sid fast når I dandse!" og så slog han med Hånden på Sållerne.

Og den gamle Frue gav Soldaten en lille Skilling og så gik hun med Karen ind i Kirken.

Og alle Mennesker derinde såe på Karens røde Skoe, og alle Billederne såe på dem og da Karen knælede for Alteret og satte Guldkalken for sin Mund, tænkte hun kun på de røde Skoe og det var som om de svømmede om i Kalken for hende; og hun glemte at synge sin Psalme, hun glemte at læse sit "Fader vor".

Nu gik alle Folk fra Kirke og den gamle Frue steg ind i sin Vogn. Karen løftede Foden for at stige bag efter, da sagde den gamle Soldat, som stod tætved: "see hvilke deilige Dandseskoe!" og Karen kunde ikke lade være, hun måtte gjøre nogle Dandsetrin, og da hun begyndte bleve Benene ved at dandse, det var ligesom om Skoene havde fået Magt over dem; hun dandsede omkring Kirkehjørnet, hun kunde ikke lade være, Kudsken måtte løbe bag efter og tage fat på hende, og han løftede hende ind i Vognen, men Fødderne bleve ved at dandse, så hun sparkede så grueligt den gode gamle Frue. Endelig fik de Skoene af og Benene kom i Ro.

Hjemme bleve Skoene satte op i et Skab, men Karen kunde ikke lade være at see på dem.

Nu låe den gamle Frue syg, de sagde at hun kunde ikke leve! pleies og passes skulde hun og ingen var nærmere til det, end Karen; men henne i Byen var der et stort Bal, Karen var inviteret; - hun såe på den gamle Frue, der jo dog ikke kunde leve, hun såe på de røde Skoe, og det syntes hun der ingen Synd var i; - hun tog de røde Skoe på, det kunde hun jo også nok; - men så gik hun på Bal og så begyndte hun at dandse.

Men da hun vilde til Høire, så dandsede Skoene til Venstre, og da hun vilde op ad Gulvet, så dandsede Skoene ned ad Gulvet, ned ad Trappen, gjennem Gaden og ud af Byens Port. Dandse gjorde hun og dandse måtte hun, lige ud i den mørke Skov.

Da skinnede det oppe mellem Træerne og hun troede at det var Månen, for det var et Ansigt, men det var den gamle Soldat med det røde Skjæg, han sad og nikkede og sagde: "see hvilke deilige Dandseskoe!"

Da blev hun forfærdet og vilde kaste de røde Skoe, men de hang fast, og hun flængede sine Strømper af, men Skoene vare voxede fast til hendes Fødder, og dandse gjorde hun og dandse måtte hun over Mark og Eng, i Regn og i Solskin, ved Nat og ved Dag, men om Natten var det grueligst. Hun dandsede ind på den åbne Kirkegård, men de Døde der dandsede ikke, de have noget meget bedre at bestille end at dandse; hun vilde sætte sig på den Fattiges Grav hvor den bittre Regnfang groede, men for hende var ikke Ro eller Hvile og da hun dandsede henimod den åbne Kirkedør, såe hun der en Engel i lange hvide Klæder, med Vinger som nåede ham fra Skuldrene ned til Jorden, hans Ansigt var strængt og alvorligt, og i Hånden holdt han et Sværd, så bredt og skinnende: "Dandse skal Du!" sagde han, "dandse på dine røde Skoe, til Du bliver bleg og kold! til din Hud skrumper sammen som en Beenrads! dandse skal Du fra Dør til Dør og hvor der boe stolte forfængelige Børn, skal Du banke på, så at de høre Dig og frygte Dig! Dandse skal Du, dandse - -!"

"Nåde!" råbte Karen. Men hun hørte ikke hvad Engelen svarede, thi Skoene bare hende igjennem Lågen, ud på Marken, over Vei og over Sti og altid måtte hun dandse.

En Morgenstund dandsede hun forbi en Dør, hun kjendte godt; indenfor lød Psalmesang, de bare en Kiste ud, som var pyntet med Blomster; da vidste hun, at den gamle Frue var død og hun syntes at nu var hun forladt af Alle og forbandet af Guds Engel.

Dandse gjorde hun og dandse måtte hun, dandse i den mørke Nat. Skoene bare hende afsted over Tjørne og Stubbe, hun rev sig til Blods; hun dandsede hen over Heden til et lille eensomt Huus. Her vidste hun at Skarpretteren boede og hun bankede med Fingeren på Ruden og sagde:

"Kom ud! - kom ud! - Jeg kan ikke komme ind, for jeg dandser!"

Og Skarpretteren sagde: "Du veed nok ikke hvem jeg er? Jeg hugger Hovedet af de onde Mennesker, og jeg kan mærke at min Øxe dirrer!"

"Hug ikke Hovedet af mig!" sagde Karen, "for så kan jeg ikke angre min Synd! men hug mine Fødder af med de røde Skoe!"

Og så skriftede hun hele sin Synd, og Skarpretteren huggede af hende Fødderne med de røde Skoe, men Skoene dandsede med de små Fødder hen over Marken ind i den dybe Skov.

Og han snittede hende Træbeen og Krykker, lærte hende en Psalme, den Synderne altid synge, og hun kyssede den Hånd, som havde ført Øxen, og gik hen over Heden.

"Nu har jeg lidt nok for de røde Skoe!" sagde hun, "nu vil jeg gåe i Kirke at de kunne see mig!" og hun gik nok så rask mod Kirkedøren, men da hun kom der, dandsede de røde Skoe foran hende og hun blev forfærdet og vendte om.

Hele Ugen igjennem var hun bedrøvet og græd mange tunge Tårer, men da det blev Søndag, sagde hun: "see så! nu har jeg lidt og stridt nok! jeg skulde troe, at jeg er ligeså god som Mange af dem der sidde og kneise derinde i Kirken!" og så gik hun nok så modig; men hun kom ikke længer end til Lågen, da såe hun de røde Skoe dandse foran sig og hun forfærdedes og vendte om og angrede ret i Hjertet sin Synd.

Og hun gik hen til Præstegården og bad om hun måtte komme i Tjeneste der, flittig vilde hun være og gjøre Alt hvad hun kunde, på Lønnen såe hun ikke, kun at hun måtte fåe Tag over Hovedet og være hos gode Mennesker. Og Præstekonen havde ondt af hende og gav hende Tjeneste. Og hun var flittig og tankefuld. Stille sad hun og hørte til når om Aftenen Præsten læste høit af Bibelen. Alle de Små holdt meget af hende, men når de talte om Pynt og Stads og at være deilig som en Dronning, rystede hun med Hovedet.

Næste Søndag gik de Alle til Kirke og de spurgte hende om hun vilde med, men hun såe bedrøvet, med Tårer i Øinene, på sine Krykker, og så gik de andre hen at høre Guds Ord, men hun gik alene ind i sit lille Kammer; det var ikke større, end at der kunde ståe Sengen og en Stol, og her satte hun sig med sin Psalmebog; og alt som hun med fromt Sind læste i den, bar Vinden Orgeltonerne fra Kirken over til hende, og hun løftede med Tårer sit Ansigt og sagde: "O, Gud hjælpe mig!"

Da skinnede Solen så klart og lige foran hende stod den Guds Engel i de hvide Klæder, ham hun hiin Nat havde seet i Kirkedøren, men han holdt ikke længer det skarpe Sværd, men en deilig grøn Green, der var fuld af Roser, og han rørte med den ved Loftet og det hævede sig så høit og hvor han havde rørt skinnede der en Guldstjerne, og han rørte ved Væggene og de udvidede sig, og hun såe Orgelet, som spillede, hun såe de gamle Billeder med Præster og Præstekoner; Menigheden sad i de pyntede Stole og sang af deres Psalmebog. - For Kirken var selv kommen hjem til den stakkels Pige i det lille snevre Kammer eller også var hun kommen derhen; hun sad i Stolen hos de andre Præstens Folk og da de havde endt Psalmen og såe op, nikkede de og sagde: "Det var Ret Du kom, Karen!"

"Det var Nåde!" sagde hun.

Og Orgelet klang og Børnestemmerne i Choret løde så blødt og deiligt! Det klare Solskin strømmede så varmt gjennem Vinduet ind i Kirkestolen hvor Karen sad; hendes Hjerte blev så fuldt af Solskin, af Fred og Glæde, at det brast; hendes Sjæl fløi på Solskin til Gud, og der var der Ingen som spurgte om de røde Skoe.

De smaa Grønne

I Vinduet stod et Rosentræ, nys var det Ungdomsfriskt, nu saae det sygeligt ud, det led af Noget.

Det havde faaet Indqvartering, der aad det op; forresten meget honnet Indqvartering i grøn Uniform.

Jeg talte med En af de Indqvarterede, han var kun tre Dage gammel og allerede Oldefader. Veed Du, hvad han sagde? Sandt var det, hvad han sagde; han talte om sig og hele Indqvarteringen.

„Vi er det mærkeligste Regiment af Jordens Skabninger. I den varme Tid føde vi levende Unger; Veiret er jo da godt; vi forlove os strax og holde Bryllup. Mod den kolde Tid lægge vi Æg; de Smaa ligge luunt. Det viseste Dyr, Myren, vi have megen Agtelse for den, studerer os, vurderer os. Den æder os ikke strax, den tager vore Æg, lægger dem i sin og Familiens fælles Tue, underste Etage, lægger os med Kjendskab og Nummer, Side om Side, Lag paa Lag, at hver Dag en Frisk kan springe ud af Ægget; saa sætte de os i Stald, klemme os over Bagbenene, malke os, saa vi døe; det er en stor Behagelighed! Hos dem have vi det yndeligste Navn: „søde lille Malkeko!" Alle Dyr med Myre-Forstand nævne os saaledes, kun Menneskene, og det er os en Krænkelse, det er til at miste sin Sødme over, — kan De ikke skrive derimod, kan De ikke vise dem til Rette, disse Menneskene! — de see saa dumt paa os, see med sudle Øine, fordi vi spise et Rosenblad, medens de selv æde al levende Skabning, Alt, hvad grønnes og groer. De give os det foragteligste Navn, det væmmeligste Navn; jeg nævner det ikke, uh! det vender sig i mig! jeg kan ikke sige det, idetmindste ikke i Uniform, og jeg er altid i Uniform.

Jeg er født paa Rosentræets Blad; jeg og det hele Regiment leve af Rosentræet, men det lever igjen i os, der høre til den høiere stillede Skabning. Menneskene taale os ikke; de komme og dræbe os med Sæbevand; det er en fæl Drik! jeg synes, at jeg lugter den. Det er forfærdeligt at blive vasket, naar man er født til ikke at vaskes!

Menneske! Du, som seer paa mig med de strenge Sæbevands Øine; tænk over vor Plads i Naturen, vor konstige Udstyrelse i at lægge Æg og levere Unger! Vi fik Velsignelsen: „at opfylde og formere!" Vi fødes i Roser, vi døe i Roser; hele vort Liv er Poesi. Heft ikke paa os det Navn, Du finder meest væmmeligt og stygt, det Navn —, jeg siger det ikke, nævner det ikke! Kald os Myrens Malkeko, Rosentræets Regiment, de smaa Grønne!"

Og jeg, Mennesket, stod og saae paa Træet og paa de smaa Grønne, hvis Navn jeg ikke skal nævne, ikke krænke en Rosenborger, en stor Familie med Æg og levende Unger. Sæbevandet, jeg vilde vaske dem med, for jeg var kommen Med Sæbevand og onde Hensigter, vil jeg nu pidske og blæse i Skum, puste Sæbebobler, see paa den Pragt, maaskee ligger der et Eventyr i hver.

Og Boblen blev saa stor med straalende Farver, og der laae i den ligesom en Sølvperle paa Bunden. Boblen svaiede, svævede, fløi mod Døren og brast, men Døren sprang op, og der stod Eventyrmo'er selv.

„Ja nu kan hun fortælle bedre end jeg om — jeg siger ikke Navnet! — de smaa Grønne."

„Bladluus!" sagde Eventyrmo'er. „Man skal nævne enhver Ting ved sit rette Navn, og tør man det ikke i Almindelighed, saa skal man kunne det i Eventyret."

De vilde Svaner

Langtborte herfra, der hvor Svalerne flyve hen, naar vi have Vinter, boede en Konge, som havde elleve Sønner og een Datter, *Elisa*. De elleve Brødre, Prindser vare de, gik i Skole med Stjerne paa Brystet og Sabel ved Siden; de skreve paa Guldtavle med Diamantgriffel og læste ligesaa godt udenad, som indeni; man kunde strax høre, at de vare Prindser. Søsteren *Elisa* sad paa en lille Skammel af Speilglas og havde en Billedbog, der var kjøbt for det halve Kongerige.

O, de Børn havde det saa godt, men saaledes skulde det ikke altid blive! Deres Fader, som var Konge over hele Landet, giftede sig med en ond Dronning, der slet ikke var de stakkels Børn god; allerede den første Dag kunde de godt mærke det; paa hele Slottet var der stor Stads, og saa legede Børnene: komme Fremmede; men istedetfor at de ellers fik alle de Kager og stegte Æbler, der vare at overkomme, gav hun dem kun Sand i en Thekop og sagde, at de kunde lade, som om det var noget. Ugen efter satte hun den lille Søster *Elisa* ud paa Landet hos nogle Bønderfolk, og længe varede det ikke, før hun fik Kongen indbildt saameget om de stakkels Prindser, at han slet ikke brød sig mere om dem.

"Flyv I ud i Verden og skyt jer selv!" sagde den onde Dronning; "flyv som store Fugle, uden Stemme!" men hun kunde dog ikke gjøre det saa slemt, som hun gjerne vilde; de bleve elleve deilige vilde Svaner. Med et underligt Skrig fløi de ud af Slotsvinduerne henover Parken og Skoven. Det var endnu ganske tidlig Morgen, da de kom forbi, hvor Søsteren *Elisa* laae og sov i Bondens Stue; her svævede de over Taget, dreiede med deres lange Halse, og sloge med Vingerne, men ingen hørte eller saae det; de maatte igjen afsted, høit op imod Skyerne, langt ud i den vide Verden, der fløi de ud i en stor mørk Skov, der strakte sig lige til Stranden.

Den stakkels lille *Elisa* stod i Bondens Stue, og legede med et grønt Blad, andet Legetøi havde hun ikke; og hun stak et Hul i Bladet, kikkede derigjennem op paa Solen, og da var det ligesom om hun saae sine Brødres klare Øine, og hver Gang de varme Solstraaler skinnede paa hendes Kind, tænkte hun paa alle deres Kys.

Den ene Dag gik ligesom den anden. Blæste Vinden gjennem de store Rosenhækker udenfor Huset, da hvidskede den til Roserne: "hvo kan være smukkere, end I," men Roserne rystede med Hovedet og sagde: "Det er *Elisa*." Og sad den gamle Kone om Søndagen i Døren og læste i sin Psalmebog, da vendte Vinden Bladene, og sagde til Bogen: "Hvo kan være frommere end Du?" — "Det er *Elisa!*" sagde Psalmebogen, og det var den rene Sandhed, hvad Roserne og Psalmebogen sagde.

Da hun var femten Aar, skulde hun hjem; og da Dronningen saae, hvor smuk hun var, blev hun hende vred og hadefuld; gjerne havde hun forvandlet hende til en vild Svane, ligesom Brødrene, men det turde hun ikke strax, da jo Kongen vilde see sin Datter.

I den tidlige Morgen gik Dronningen ind i Badet, der var bygget af Marmor, og smykket med bløde Hynder og de deiligste Tæpper, og hun tog tre Skruptudser, kyssede paa dem, og sagde til den ene: "sæt Dig paa *Elisas* Hoved, naar hun kommer i Badet, at hun kan blive dorsk, som Du! Sæt Dig paa hendes Pande," sagde hun til den anden, "at hun kan blive styg, som Du, saa at hendes Fader ikke kjender hende! Hvil ved hendes Hjerte," hvidskede hun til den tredie, "lad hende faae et ondt Sind, at hun kan have Pine deraf!" Saa satte hun Skruptudserne ud i det klare Vand, der strax fik en grønlig Farve, kaldte paa *Elisa*, klædte hende af, og lod hende stige ned i Vandet, og i det hun dukkede, satte den ene Skruptudse sig i hendes Haar, den anden paa hendes Pande og den tredie paa Brystet, men *Elisa* syntes slet ikke at mærke det; saasnart hun reiste sig op, flød der tre røde Valmuer paa Vandet; havde Dyrene ikke været giftige og kyssede af Hexen, da vare de blevne forvandlede til røde Roser, men Blomster bleve de dog, ved at hvile paa hendes Hoved og ved hendes Hjerte; hun var for from og uskyldig til at Trolddommen kunde have Magt over hende.

Da den onde Dronning saae det, gned hun hende ind med Valnød-Saft, saa hun blev ganske sortbruun, strøg det smukke Ansigt over med en stinkende Salve og lod det deilige Haar filtre sig; det var umuligt at kjende den smukke *Elisa* igjen.

Da derfor hendes Fader saae hende, blev han ganske forskrækket, og sagde at det var ikke hans Datter; Ingen vilde heller kjendes ved hende, uden Lænkehunden og Svalerne, men de vare fattige Dyr og havde ikke noget at sige.

Da græd den stakkels *Elisa* og tænkte paa sine elleve Brødre, der alle vare borte. Bedrøvet listede hun sig udaf Slottet, gik hele Dagen over Mark og Mose ind i den store Skov. Hun vidste slet ikke, hvor hun vilde hen, men hun følte sig saa bedrøvet og længtes efter sine Brødre, de vare vist ogsaa, ligesom hun, jaget ud i Verden, dem vilde hun søge og finde.

Kun kort Tid havde hun været i Skoven, før Natten faldt paa; hun var kommet reent bort fra Vei og Sti; da lagde hun sig ned paa det bløde Mos, læste sin Aftenbøn og hældede sit Hoved op til en Stub. Der var saa stille, Luften var saa mild, og rundt omkring i Græsset og paa Mosset skinnede, som en grøn Ild, over hundrede Sanct Hans-Orme; da hun med Haanden sagte rørte ved een af Grenene, faldt de lysende Insecter, som Stjerneskud, ned til hende.

Hele Natten drømte hun om sine Brødre; de legede igjen, som Børn, skrev med Diamantgriffel paa Guldtavle og saae i den deilige Billedbog, der havde kostet det halve Rige; men paa Tavlen skreve de ikke, som før, kun Nuller og Streger, nei de dristigste Bedrifter de havde udført, Alt hvad de havde oplevet og seet; og i Billedbogen var Alt levende, Fuglene sang, og Menneskene gik ud af Bogen og talte til *Elisa* og hendes Brødre, men naar hun vendte Bladet, sprang de strax igjen ind, for at der ikke skulde komme Vildrede i Billederne.

Da hun vaagnede, var Solen allerede høit oppe; hun kunde rigtignok ikke see den, de høie Træer bredte deres Grene tæt og fast ud, men Straalerne spillede deroppe ligesom et viftende Guldflor; der var en Duft af det Grønne, og Fuglene vare nær ved at sætte sig paa hendes Skuldre. Hun hørte Vandet pladske, det var mange store Kildevæld, som alle faldt ud i en Dam hvor der var den deiligste Sandbund; rigtignok voxte her tætte Buske rundt om, men paa eet Sted havde Hjortene gravet en stor Aabning og her gik *Elisa* hen til Vandet, det var saa klart, at havde Vinden ikke rørt Grene og Buske saaledes at de bevægede sig, da maatte hun have troet, at de vare malede af nede paa Bunden, saa tydeligt speilede sig der hvert Blad, baade det Solen skinnede igjennem og det der ganske var i Skygge.

Saasnart hun saae sit eget Ansigt, blev hun ganske forskrækket, saa bruunt og fælt var det, men da hun gjorde sin lille Haand vaad og gned Øine og Pande, skinnede den hvide Hud frem igjen, da lagde hun alle sine Klæder og gik ud i det friske Vand; et deiligere Kongebarn, end hun var, fandtes der ikke i denne Verden.

Da hun igjen var klædt og havde flættet sit lange Haar, gik hun til det sprudlende Væld, drak af sin hule Haand, og vandrede længere ind i Skoven, uden selv at vide hvorhen. Hun tænkte paa sine Brødre, tænkte paa den gode Gud, der vist ikke vilde forlade hende; han lod de vilde Skovæbler groe, for at mætte den Hungrige; han viste hende et saadant Træ, Grenene bugnede af Frugt, her holdt hun sit Middagsmaaltid, satte Støtter under dets Grene og gik saa ind i den mørkeste Deel af Skoven. Der var saa stille, at hun hørte sine egne Fodtrin, hørte hvert lille vissent Blad der bøiede sig under hendes Fod; ikke en Fugl var der at see, ikke en Solstraale kunde trænge igjennem de store tætte Trægrene; de høie Stammer stode saa nær ved hinanden, at naar hun saae ligefrem, var det, som om det ene Bjelkegitter, tæt ved det andet, omsluttede hende; o, her var en Eensomhed, hun aldrig før havde kjendt.

Natten blev saa mørk; ikke en eneste lille Sanct Hansorm skinnede fra Mosset, bedrøvet lagde hun sig ned for at sove; da syntes hun at Trægrenene oven over hende gik til Side og vor Herre med milde Øine saae ned paa hende, og smaa Engle tittede frem over hans Hoved og under hans Arme.

Da hun vaagnede om Morgenen, vidste hun ikke, om hun havde drømt det, eller om det virkelig var saa.

Hun gik nogle Skridt fremad, da mødte hun en gammel Kone med Bær i sin Kurv, den Gamle gav hende nogle af disse. *Elisa* spurgte, om hun ikke havde seet elleve Prindser ride igjennem Skoven.

"Nei", sagde den Gamle, "men jeg saae igaar elleve Svaner med Guldkroner paa Hovedet svømme ned af Aaen her tæt ved!"

Og hun førte *Elisa* et Stykke længer frem til en Skrænt; nedenfor denne bugtede sig en Aa; Træerne paa dens Bredder strakte deres lange bladfulde Grene over imod hinanden, og hvor de, efter deres naturlige Vext, ikke kunde naae sammen, der havde de revet Rødderne løse fra Jorden og heldede ud over Vandet med Grenene flettede i hinanden. *Elisa* sagde Farvel til den Gamle og gik langs med Aaen, til hvor denne flød ud i den store, aabne Strand.

Hele det deilige Hav laae for den unge Pige; men ikke en Seiler viste sig derude, ikke en Baad var der at see, hvor skulde hun dog komme længer bort. Hun betragtede de utallige Smaastene paa Bredden;

Vandet havde slebet dem alle runde. Glas, Jern, Stene, Alt hvad der laae skyllet op, havde taget Skikkelse af Vandet, der dog var langt blødere end hendes fine Haand. "Det bliver utrætteligt ved at rulle, og saa jevner sig det Haarde, jeg vil være ligesaa utrættelig! tak for Eders Lærdom, I klare, rullende Bølger; engang, det siger mit Hjerte mig, ville I bære mig til mine kjære Brødre!"

Paa den opskyllede Tang laae elleve hvide Svanefjer; hun samlede dem i en Bouquet, der laae Vanddraaber paa dem, om det var Dug eller Taarer, kunde ingen see. Eensomt var der ved Stranden, men hun følte det ikke; thi Havet frembød en evig Afvexling, ja i nogle faa Timer flere, end de ferske Indsøer kunne vise i et heelt Aar. Kom der en stor sort Sky, saa var det, som Søen vilde sige: jeg kan ogsaa see mørk ud, og da blæste Vinden og Bølgerne vendte det Hvide ud; men skinnede Skyerne røde og Vindene sov, saa var Havet som et Rosenblad; nu blev det grønt, nu hvidt, men i hvor stille det hvilede, var der dog ved Bredden en sagte Bevægelse; Vandet hævede sig svagt, som Brystet paa et sovende Barn. Da Solen var ved at gaae ned, saae *Elisa* elleve vilde Svaner med Guldkroner paa Hovedet flyve mod Land, de svævede den ene bag den anden; det saae ud som et langt hvidt Baand; da steg *Elisa* op paa Skrænten og skjulte sig bag en Busk; Svanerne satte sig nær ved hende og sloge med deres store, hvide Vinger.

I det Solen var under Vandet, faldt pludseligt Svanehammen og der stode elleve deilige Prindser, *Elisas* Brødre. Hun udstødte et høit Skrig; thi uagtet de havde forandret sig meget, vidste hun, at det var dem, følte, at det maatte være dem; og hun sprang i deres Arme, kaldte dem ved Navn og de bleve saa lyksalige, da de saae og kjendte deres lille Søster, der nu var saa stor og deilig. De loe og de græd, og snart havde de forstaaet hinanden, hvor ond deres Stedmoder havde været imod dem Alle.

"Vi Brødre," sagde den ældste, "flyve, som vilde Svaner, saalænge Solen staaer paa Himlen; naar den er nede, faae vi vor menneskelige Skikkelse; derfor maae vi altid ved Sol-Nedgang passe paa at have Hvile for Foden; for flyve vi da oppe mod Skyerne, maae vi, som Mennesker, styrte ned i Dybet. Her boe vi ikke; der ligger et ligesaa skjønt Land, som dette, hiin Side Søen; men Veien der hen er lang, det store Hav maae vi over, og der findes ingen Ø paa vor Vei, hvor vi kunne overnatte, kun en eensom lille Klippe rager op midt derude; den er ei større, end at vi Side om Side kunne hvile paa den; gaaer Søen stærk saa sprøiter Vandet høit over os; men dog takke vi vor Gud for den. Der overnatte vi i vor Skikkelse som Menneske, uden den kunde vi aldrig gjæste vort kjære Fædreland, thi to af Aarets længste Dage bruge vi til vor Flugt. Kun eengang om Aaret er det forundt os at besøge vort

Fædrenehjem, elleve Dage tør vi blive her, flyve henover denne store Skov, hvorfra vi kunne øine Slottet, hvor vi bleve fødte og hvor vor Fader boer, see det høie Taarn af Kirken, hvor Moder er begravet. — Her synes vi Træer og Buske ere i Slægt med os, her løbe de vilde Heste hen over Sletterne, som vi saae det i vor Barndom; her synger Kulbrænderen de gamle Sange, vi dandsede efter som Børn, her er vort Fædreland, her drages vi hen og her have vi fundet Dig Du kjære, lille Søster! to Dage endnu tør vi blive her, saa maae vi bort over Havet til et deiligt Land, men som ikke er vort Fædreland! hvorledes faae vi Dig med? Vi have hverken Skib eller Baad!"

"Hvorledes skal jeg kunne frelse Eder!" sagde Søsteren.

Og de talte sammen næsten den hele Nat, der blev kun blundet nogle Timer.

Elisa vaagnede ved Lyden af Svanevingerne, der susede over hende. Brødrene vare igjen forvandlede og de fløi i store Kredse og tilsidst langtbort, men een af dem, den yngste, blev tilbage; og Svanen lagde sit Hoved i hendes Skjød og hun klappede dens hvide Vinger; hele Dagen vare de sammen. Mod Aften kom de Andre tilbage, og da Solen var nede, stode de i deres naturlige Skikkelse.

"Imorgen flyve vi herfra, tør ikke komme tilbage før om et heelt Aar, men Dig kunne vi ikke saaledes forlade! har Du Mod at følge med? Min Arm er stærk nok til at bære Dig gjennem Skoven, skulle vi da ikke Alle have stærke Vinger nok til at flyve med Dig over Havet."

"Ja, tag mig med!" sagde *Elisa*.

Den hele Nat tilbragte de med at flette et Net af den smidige Pilebark og de seige Siv, og det blev stort og stærkt; paa dette lagde *Elisa* sig, og da Solen saa kom frem, og Brødrene forvandledes til vilde Svaner, grebe de i Nettet med deres Næb, og fløi høit mod Skyerne med den kjære Søster, der sov endnu. Solstraalerne faldt lige paa hendes Ansigt, derfor fløi een af Svanerne over hendes Hoved, at dens brede Vinger kunde give Skygge. —

De vare langt fra Land, da *Elisa* vaagnede; hun troede endnu at drømme, saa underligt forekom det hende, at bæres over Havet, høit igjennem Luften. Ved hendes Side laae en Green med deilige modne Bær, og et Bundt velsmagende Rødder; dem havde den yngste af Brødrene samlet og lagt til hende, og hun tilsmilede ham taknemlig, thi hun kjendte, det var ham, som fløi lige over hendes Hoved, og skyggede med Vingerne.

De vare saa høit oppe, at det første Skib, de saae under dem, syntes en hvid Maage, der laae paa Vandet. En stor Sky stod bagved dem, det var et heelt Bjerg, og paa den saae *Elisa* Skyggen af sig selv, og af de elleve Svaner, saa kjæmpestore fløi de der; det var et Skilderi, prægtigere end hun havde seet noget før; men altsom Solen steg høiere og Skyen blev længere bagved dem, forsvandt det svævende Skyggebillede.

Den hele Dag fløi de afsted, som en susende Piil gjennem Luften, men dog var det langsommere end ellers, nu havde de Søsteren at bære. Der trak et ondt Veir op, Aftenen nærmede sig; angst saae *Elisa* Solen synke, og endnu var ei den eensomme Klippe i Havet at øine; det forekom hende, at Svanerne gjorde stærkere Slag med Vingerne. Ak! hun var Skyld i, at de ei kom hurtigt nok afsted; naar Solen var nede, vilde de blive til Mennesker, styrte i Havet, og drukne. Da bad hun i sit Hjertes Inderste en Bøn til vor Herre, men endnu øinede hun ingen Klippe; den sorte Sky kom nærmere; de stærke Vindpust forkyndte en Storm; Skyerne stode i een eneste stor truende Bølge, der fast som Bly skjød fremad; Lyn blinkede paa Lyn.

Nu var Solen lige ved Randen af Havet. *Elisas* Hjerte bævede; da skjøde Svanerne nedad, saa hastigt at hun troede at falde; men nu svævede de igjen. Solen var halvt nede i Vandet; da først øinede hun den lille Klippe under sig, den saae ud, ikke større, end om det var en Sælhund, der stak Hovedet op af Vandet. Solen sank saa hurtigt; nu var den kun, som en Stjerne; da rørte hendes Fod ved den faste Grund, Solen slukkedes liig den sidste Gnist i det brændende Papir; Arm i Arm saae hun Brødrene staae omkring sig; men mere Plads, end netop til dem og hende, var der heller ikke. Søen slog mod Klippen, og gik som en Skylregn hen over dem; Himlen skinnede i een altid flammende Ild og Slag paa Slag rullede Tordenen; men Søster og Brødre holdt hinanden i Hænderne og sang en Psalme, hvoraf de fik Trøst og Mod.

I Dagningen var Luften reen og stille; saasnart Solen steeg, fløi Svanerne med *Elisa* bort fra Øen. Havet gik endnu stærkt, det saae ud, da de vare høit i Veiret, som om den hvide Skum paa den sortegrønne Sø var Millioner Svaner, der fløde paa Vandet.

Da Solen kom høiere, saae *Elisa* foran sig, halv svømmende i Luften, et Bjergland, med skinnende Iismasser paa Fjeldene og midt derpaa strakte sig et vist milelangt Slot, med den ene dristige Søilegang ovenpaa den anden; nedenfor gyngede Palmeskove og Pragtblomster, store, som Møllehjul. Hun spurgte, om det var Landet, hun skulde til, men Svanerne rystede med Hovedet, thi det, hun saae, var *Fata Morganas* deilige, altid omvexlende Skyslot; derind turde de intet Menneske bringe. *Elisa* stirrede derpaa; da styrtede Bjerge, Skove og Slot sammen, og der stode tyve stolte Kirker, alle hinanden lige, med høie Taarne, og spidse Vinduer. Hun syntes at høre Orgelet klinge, men det var Havet, hun hørte. Nu vare hun Kirkerne ganske nær, da bleve disse til en heel Flaade, der seilede hen under hende; hun saae ned, og det var kun Havtaage, der jog hen over Vandet. Ja en evig Afvexling havde hun for Øie, og nu saae hun det virkelige Land, hun skulde til; der reiste sig de deilige blaa Bjerge, med Cederskove, Byer og Slotte. Længe før Solen gik ned, sad hun paa Fjeldet foran en stor Hule, der var begroet med fine, grønne Slyngplanter; det saae ud, som det var broderede Tæpper.

"Nu skal vi see, hvad Du drømmer her inat!" sagde den yngste Broder og viste hende hendes Sovekammer.

"Gid jeg maatte drømme, hvorledes jeg skulde frelse Eder!" sagde hun; og denne Tanke beskjeftigede hende saa levende; hun bad saa inderlig til Gud om hans Hjælp, ja selv isøvne vedblev hun sin Bøn; da forekom det hende, at hun fløi høit op i Luften, til *Fata Morganas* Skyslot, og Feen kom hende imøde, saa smuk og glimrende, og dog lignede hun ganske den gamle Kone, der gav hende Bær i Skoven, og fortalte hende om Svanerne med Guldkronerne paa.

"Dine Brødre kan frelses!" sagde hun, "men har Du Mod og Udholdenhed. Vel er Havet blødere end dine fine Hænder, og omformer dog de haarde Stene, men det føler ikke den Smerte, dine Fingre vilde føle; det har intet Hjerte, lider ikke den Angest og Qval, Du maa udholde. Seer Du denne Brændenælde, jeg holder i min Haand! af denne Slags voxe mange rundt om Hulen, hvor Du sover; kun de der, og de, som skyde frem paa Kirkegaardens Grave, ere brugelige, mærk Dig det; dem maa Du plukke, skjøndt de vil brænde din Hud i Vabler; bryd Nælderne med dine Fødder, da faaer Du Hør; med den skal Du snoe og binde elleve Pantserskjorter, med lange Ærmer, kast disse over de elleve vilde Svaner, saa er Trolddommen løst. Men husk vel paa, at fra det Øieblik, Du begynder dette Arbeide, og lige til det er fuldendt, om der endog gaaer Aar imellem, maa Du ikke tale; det første Ord, Du siger, gaaer som en dræbende Dolk i dine Brødres Hjerte; ved Din Tunge hænger deres Liv. Mærk Dig Alt dette!"

Og hun rørte i det samme ved hendes Haand med Nælden; den var som en brændende Ild, *Elisa* vaagnede derved. Det var lys Dag, og tæt ved, hvor hun havde sovet, laae en Nælde, som den, hun havde seet i Drømme. Da faldt hun paa sine Knæ, takkede vor Herre, og gik ud af Hulen, for at begynde paa sit Arbeide.

Med de fine Hænder greb hun ned i de hæslige Nælder, de vare som Ild; store Vabler brændte de paa hendes Hænder og Arme, men gjerne vilde hun lide det, kunde hun frelse de kjære Brødre. Hun brød hver Nælde med sine nøgne Fødder, og snoede den grønne Hør.

Da Solen var nede, kom Brødrene, og de bleve forskrækkede ved at finde hende saa taus; de troede at det var en ny Trolddom af den onde Stedmoder; men da de saae hendes Hænder, begreb de, hvad hun gjorde for deres Skyld, og den yngste Broder græd, og hvor hans Taarer faldt, der følte hun ingen Smerter, der forsvandt de brændende Vabler. Natten tilbragte hun med sit Arbeide, thi hun havde ingen Ro, før hun havde frelst de kjære Brødre; hele den følgende Dag, medens Svanerne vare borte, sad hun i sin Eensomhed, men aldrig havde Tiden fløiet saa hurtig. Een Pantserskjorte var alt færdig, nu begyndte hun paa den næste.

Da klang Jagthorn mellem Bjergene; hun blev ganske angest; Lyden kom nærmere; hun hørte Hunde gjøe; forskrækket søgte hun ind i Hulen, bandt Nælderne, hun havde samlet og heglet, i et Bundt, og satte sig derpaa.

I det samme kom en stor Hund springende frem fra Krattet, og strax efter een, og endnu een; de gjøede høit, løb tilbage, og kom frem igjen. Det varede ikke mange Minuter, saa stode alle Jægerne udenfor Hulen, og den smukkeste iblandt dem var Landets Konge, han traadte hen til *Elisa,* aldrig havde han seet en skjønnere Pige.

"Hvor er Du kommet her, Du deilige Barn!" sagde han. *Elisa* rystede med Hovedet, hun turde jo ikke tale, det gjaldt hendes Brødres Frelse og Liv; og hun skjulte sine Hænder under Forklædet, at Kongen ikke skulde see, hvad hun maatte lide.

"Følg med mig!" sagde han, "her maa Du ikke blive! er Du god, som Du er smuk, da vil jeg klæde Dig i Silke og Fløiel, sætte Guldkronen paa dit Hoved, og Du skal boe og bygge i mit rigeste Slot!" — og saa løftede han hende op paa sin Hest; hun græd, vred sine Hænder, men Kongen sagde: "Jeg vil kun din Lykke! eengang skal Du takke mig derfor!" og saa foer han afsted mellem Bjergene, og holdt hende foran paa Hesten, og Jægerne joge bagefter.

Da Solen gik ned, laae den prægtige Kongestad, med Kirker og Kupler foran, og Kongen førte hende ind i Slottet, hvor store Vandspring pladskede i de høie Marmorsale, hvor Vægge og Loft prangede med Malerier, men hun havde ikke Øine derfor, hun græd og sørgede; godvillig lod hun Qvinderne iføre hende de kongelige Klæder, flette Perler i hendes Haar, og trække fine Handsker over de forbrændte Fingre.

Da hun stod der i al sin Pragt, var hun saa blændende smuk, at Hoffet bøiede sig endnu dybere for hende, og Kongen kaarede hende til sin Brud; skjøndt Erke-Biskoppen rystede med Hovedet, og hvidskede, at den smukke Skovpige vist var en Hex, hun blændede deres Øine, og bedaarede Kongens Hjerte.

Men Kongen hørte ikke derpaa, lod Musiken klinge, de kosteligste Retter frembære, de yndigste Piger dandse om hende, og hun blev ført gjennem duftende Haver ind i prægtige Sale; men ikke et Smiil gik over hendes Læber, eller frem paa hendes Øine, Sorgen stod der, som evig

Arv og Eie. Nu aabnede Kongen et lille Kammer, tætved hvor hun skulde
sove; her var pyntet med kostelige grønne Tæpper, og lignede ganske
Hulen, hvori hun havde været; paa Gulvet laae det Bundt Hør, hun
havde spundet af Nælderne, og under Loftet hang Pantserskjorten, der
var strikket færdig; Alt dette havde en af Jægerne taget til sig, som
noget Curiøst.
"Her kan Du drømme Dig tilbage i dit fordums Hjem!" sagde Kongen.
"Her er det Arbeide, som der beskjæftigede Dig; nu, midt i al din Pragt,
vil det more Dig at tænke tilbage paa hiin Tid."
Da *Elisa* saae dette, der laae hendes Hjerte saa nært, spillede et Smiil
om hendes Mund, og Blodet vendte tilbage i Kinderne; hun tænkte paa
sine Brødres Frelse, kyssede Kongens Haand, og han trykkede hende til
sit Hjerte, og lod alle Kirkeklokker forkynde Bryllups Fest. Den deilige
stumme Pige fra Skoven var Landets Dronning.
Da hvidskede Erke-Biskoppen onde Ord i Kongens Øre, men de sank
ikke ned til hans Hjerte, Brylluppet skulde staae, Erke-Biskoppen selv
maatte sætte hende Kronen paa Hovedet, og han trykkede med ond
Uvillie den snævre Ring fast ned over Panden, saa det gjorde ondt; dog
der laae en tungere Ring om hendes Hjerte, Sorgen over hendes Brødre;
hun følte ikke den legemlige Pine. Hendes Mund var stum, et eneste Ord
vilde jo skille hendes Brødre ved Livet, men i hendes Øine laae der en
dyb Kjærlighed til den gode, smukke Konge, der gjorde Alt for at glæde
hende. Med hele sit Hjerte blev hun ham Dag for Dag mere god; o, at
hun turde blot betroe sig til ham, sige ham sin Lidelse! men stum
maatte hun være, stum maatte hun fuldføre sit Værk. Derfor listede hun
sig om Natten fra hans Side, gik ind i det lille Lønkammer, der var
smykket, som Hulen, og hun strikkede den ene Pantserskjorte færdig
efter den anden; men da hun begyndte paa den syvende, havde hun
ikke mere Hør.
Paa Kirkegaarden vidste hun de Nælder groede, som hun skulde bruge,
men selv maatte hun plukke dem, hvorledes skulde hun komme derud.
"O, hvad er Smerten i mine Fingre, mod den Qval mit Hjerte lider!"
tænkte hun, "jeg maa vove det! Vor Herre vil ikke slaae Haanden af
mig!" med en Hjerte-Angest, som var det en ond Gjerning hun havde for,
listede hun sig, i den maaneklare Nat, ned i Haven, gik gjennem de
lange Alleer, ud paa de eensomme Gader, hen til Kirkegaarden. Der saae
hun paa en af de bredeste Ligstene sad en Kreds Lamier, hæslige Hexe,
de toge deres Pjalter af, som om de vilde bade sig, og saa gravede de
med de lange magre Fingre ned i de friske Grave, toge Ligene frem og
aade deres Kjød. *Elisa* maatte dem tæt forbi, og de fæstede deres onde
Øine paa hende, men hun læste sin Bøn, samlede de brændende
Nælder, og bar dem hjem til Slottet.

Kun eet eneste Menneske havde seet hende, Erke-Biskoppen, han var oppe, naar de andre sov; nu havde han dog faaet ret i hvad han meente: at det ikke var, som det skulde, med Dronningen; hun var en Hex, derfor havde hun bedaaret Kongen og det hele Folk.

I Skriftestolen sagde han til Kongen, hvad han havde seet, og hvad han frygtede, og da de haarde Ord kom fra hans Tunge, rystede de udskaarne Helgenbilleder med Hovedet, som om de vilde sige: det er ikke saa, *Elisa* er uskyldig! men Erke-Biskoppen lagde det anderledes ud, meente, at de vidnede imod hende, at de rystede med Hovedet over hendes Synd. Da rullede to tunge Taarer ned over Kongens Kinder, han gik hjem med Tvivl i sit Hjerte; og han lod som om han sov om Natten, men der kom ingen rolig Søvn i hans Øine, han mærkede, hvorledes *Elisa* stod op, og hver Nat gjentog hun dette og hver Gang fulgte han sagte efter, og saae at hun forsvandt i sit Lønkammer.

Dag for Dag blev hans Mine mere mørk, *Elisa* saae det, men begreb ikke hvorfor, men det ængstede hende, og hvad leed hun ikke i sit Hjerte for Brødrene! paa det kongelige Fløiel og Purpur randt hendes salte Taarer, de laae der som glimrende Diamanter, og Alle som saae den rige Pragt, ønskede at være Dronningen. Snart var hun imidlertid tilende med sit Arbejde, kun een Pantserskjorte manglede endnu; men Hør havde hun heller ikke meer; og ikke en eneste Nælde. Eengang, kun denne sidste, maatte hun derfor paa Kirkegaarden og plukke nogle Haandfulde. Hun tænkte med Angest paa den eensomme Vandring, og paa de skrækkelige Lamier; men hendes Villie var fast, som hendes Tillid til vor Herre.

Elisa gik, men Kongen og Erke-Biskoppen fulgte efter, de saae hende forsvinde ved Gitterporten ind til Kirkegaarden og da de nærmede sig den, sad paa Gravstenen Lamierne, som *Elisa* havde seet dem, og Kongen vendte sig bort; thi mellem disse tænkte han sig hende, hvis Hoved endnu i denne Aften havde hvilet ved hans Bryst.

"Folket maa dømme hende!" sagde han, og Folket dømte, hun skal brændes i de røde Luer.

Fra de prægtige Kongesale blev hun ført hen i et mørkt, fugtigt Hul, hvor Vinden peeb ind af det gittrede Vindue; istedetfor Fløiel og Silke gav de hende det Bundt Nelder hun havde samlet, det kunde hun lægge sit Hoved paa; de haarde brændende Pantserskjorter, hun havde strikket, skulde være Dyne og Teppe, men intet kjærere kunde de skjænke hende, hun tog igjen fat paa sit Arbeide og bad til sin Gud. Udenfor sang Gadedrengene Spotteviser om hende; ingen Sjæl trøstede hende med et kjærligt Ord.

Da susede mod Aften, tæt ved Gitteret, en Svanevinge, det var den yngste af Brødrene, han havde fundet Søsteren; og hun hulkede høit af

Glæde, skjøndt hun vidste, at Natten, som kom, muligt var den sidste hun havde at leve i; men nu var jo Arbeidet ogsaa næsten fuldført og hendes Brødre vare her.

Erke-Biskoppen kom for at være den sidste Time hos hende, det havde han lovet Kongen, men hun rystede paa Hovedet, bad med Blik og Miner at han vilde gaae; i denne Nat maatte hun jo ende sit Arbeide, ellers var Alt til Unytte; Alt, Smerte, Taarer og de søvnløse Nætter; Erke-Biskoppen gik bort med onde Ord imod hende, men den stakkels *Elisa* vidste, hun var uskyldig, og vedblev sit Arbeide.

De smaa Muus løb paa Gulvet, de slæbte Nælderne hen for hendes Fødder, for dog at hjælpe lidt, og Droslen satte sig ved Vinduets Gitter, og sang den hele Nat, saa lystigt den kunde, at hun ikke skulde tabe Modet.

Det var endnu ikke mere end Dagning, først om en Time vilde Solen komme op, da stode de elleve Brødre ved Slottets Port, forlangte at føres for Kongen, men det kunde ikke skee, blev der svaret, det var jo Nat endnu, Kongen sov og turde ikke vækkes. De bade, de truede, Vagten kom, ja selv Kongen traadte ud, og spurgte hvad det betød; da kom Solen i det samme op, og der vare ingen Brødre at see, men hen over Slottet fløi elleve vilde Svaner.

Ud af Byens Port strømmede det hele Folk, de vilde see Hexen blive brændt. En ussel Hest trak Karren, hvori hun sad; man havde givet hende en Kittel paa, af grovt Sækketøi; hendes deilige lange Haar hang løst om det smukke Hoved; hendes Kinder vare dødblege, hendes Læber bevægede sig sagte, mens Fingrene snoede den grønne Hør; selv paa Veien til sin Død slap hun ikke det begyndte Arbeide, de ti Pantserskjorter laae ved hendes Fødder, den ellevte strikkede hun paa. Pøbelen forhaanede hende.

"See til Hexen, hvor hun mumler! ikke en Psalmebog har hun i Haanden, nei sit lede Kogleri sidder hun med, riv det fra hende i tusinde Stykker!" Og de trængte Alle ind paa hende og vilde sønderrive det; da kom elleve hvide Svaner flyvende, de satte sig rundt om hende paa Karren og sloge med deres store Vinger. Da veeg Hoben forfærdet til Side.

"Det er et Tegn fra Himlen! hun er vist uskyldig!" hvidskede mange, men de vovede ikke høit at sige det.

Nu greb Bøddelen hende ved Haanden, da kastede hun ihast de elleve Skjorter over Svanerne og der stod elleve deilige Prindser, men den yngste havde en Svanevinge istedetfor sin ene Arm, thi der manglede et Ærme i hans Pantser-Skjorte, det havde hun ikke faaet færdig.

"Nu tør jeg tale!" sagde hun, "jeg er uskyldig!"

Og Folket som saae, hvad der var skeet, bøiede sig for hende som for en Helgeninde; men hun sank livløs i Brødrenes Arme, saaledes havde

Spænding, Angest og Smerte virket paa hende.

"Ja, uskyldig er hun!" sagde den ældste Broder, og nu fortalte han Alt hvad der var skeet, og medens han talte, udbredte sig en Duft, som af Millioner Roser, thi hvert Brændestykke i Baalet havde slaaet Rødder og skudt Grene; der stod en duftende Hæk, saa høi og stor med røde Roser; øverst sad een Blomst, hvid og skinnende, den lyste, som en Stjerne, den brød Kongen, satte den paa *Elisas* Bryst, da vaagnede hun med Fred og Lyksalighed i sit Hjerte.

Og alle Kirkeklokker ringede af sig selv og Fuglene kom i store Flokke; det blev et Bryllupstog tilbage til Slottet, som endnu ingen Konge havde seet det.

Den flyvende Kuffert

Der var engang en Kjøbmand, han var så riig, at han kunde brolægge den hele Gade og næsten et lille Stræde til med Sølvpenge; men det gjorde han ikke, han vidste anderledes at bruge sine Penge, og gav han en Skilling ud, fik han en Daler igjen; sådan en Kjøbmand var han - og så døde han.

Sønnen fik nu alle disse Penge, og han levede lystigt, gik på Maskerade hver Nat, gjorde Papirsdrager af Rigsdaler-Sedler og slog Smut hen over Søen med Guldpenge, istedetfor med en Steen, så kunde Pengene sagtens gåe, og det gjorde de; tilsidst eiede han ikke mere end fire Skilling, og havde ingen andre Klæder end et Par Tøfler og en gammel Sloprok. Nu brød hans Venner sig ikke længer om ham, da de jo ikke kunde gåe på Gaden sammen, men een af dem, som var god, sendte ham en gammel Kuffert og sagde: "pak ind!" ja, det var nu meget godt, men han havde ikke noget at pakke ind, så satte han sig selv i Kufferten. Det var en løierlig Kuffert. Så snart man trykkede på Låsen, kunde Kufferten flyve; det gjorde den, vips fløi den med ham op igjennem Skorstenen, høit op over Skyerne, længer og længer bort; det knagede i Bunden, og han var så forskrækket, for at den skulde gåe i Stykker, for så havde han gjort en ganske artig Volte! Gud bevar' os! og så kom han til Tyrkernes Land. Kufferten skjulte han i Skoven, under de visne Blade og gik så ind til Byen; det kunde han godt gjøre, for hos Tyrkerne gik jo alle ligesom han i Sloprok og Tøfler. Så mødte han en Amme med et lille Barn. "Hør du Tyrke-Amme!" sagde han, "hvad er det for et stort Slot her tæt ved Byen, Vinduerne sidde så høit!"

"Der boer Kongens Datter!" sagde hun, "der er spået hende, at hun skal blive så ulykkelig over en Kjæreste, og derfor må der ingen komme til hende, uden Kongen og Dronningen er med!"

"Tak!" sagde Kjøbmandssønnen, og så gik han ud i Skoven, satte sig i sin

Kuffert, fløi op på Taget og krøb ind af Vinduet til Prindsessen.

Hun låe i Sophaen og sov; hun var så deilig, at Kjøbmandssønnen måtte kysse hende; hun vågnede og blev ganske forskrækket, men han sagde, han var Tyrkeguden, som var kommen ned igjennem Luften til hende, og det syntes hun godt om.

Så sad de ved Siden af hinanden, og han fortalte Historier om hendes Øine: de vare de deiligste, mørke Søer, og Tankerne svømmede der som Havfruer; og han fortalte om hendes Pande: den var et Sneebjerg med de prægtigste Sale og Billeder, og han fortalte om Storken, som bringer de søde små Børn.

Jo, det var nogle deilige Historier! så friede han til Prindsessen, og hun sagde strax ja!

"Men De må komme her på Løverdag," sagde hun, "da er Kongen og Dronningen hos mig til Theevand! de ville være meget stolte af, at jeg fåer Tyrkeguden, men see til, De kan et rigtigt deiligt Æventyr, for det holder mine Forældre særdeles meget af; min Moder vil have det moralsk og fornemt og min Fader lystigt, så man kan lee!"

"Ja, jeg bringer ingen anden Brudegave end et Eventyr!" sagde han, og så skiltes de, men Prindsessen gav ham en Sabel, der var besat med Guldpenge, og den kunde han især bruge.

Nu fløi han bort, kjøbte sig en ny Sloprok og sad så ude i Skoven og digtede på et Eventyr, det skulde være færdigt til om Løverdagen, og det er ikke så let endda.

Så var han færdig, og så var det Løverdag.

Kongen, Dronningen og hele Hoffet ventede med Theevand hos Prindsessen. Han blev så nydeligt modtaget!

"Vil De så fortælle et Eventyr!" sagde Dronningen, "eet, som er dybsindigt og belærende!"

"Men som man dog kan lee af!" sagde Kongen.

"Ja nok!" sagde han og fortalte: det må man nu høre godt efter. "Der var engang et Bundt Svovlstikker, de vare så overordentligt stolte på det, fordi de vare af høi Herkomst; deres Stamtræ, det vil sige, det store Fyrretræ, de hver var en lille Pind af, havde været et stort gammelt Træ i Skoven. Svovlstikkerne låe nu på Hylden mellem et Fyrtøi og en gammel Jerngryde, og for dem fortalte de om deres Ungdom. "Ja, da vi vare på den grønne Green!" sagde de, "da vare vi rigtignok på en grøn Green! hver Morgen og Aften Diamant-Thee, det var Duggen, hele Dagen havde vi Solskin, når Solen skinnede, og alle de små Fugle måtte fortælle os Historier. Vi kunde godt mærke, at vi også vare rige, for Løvtræerne de vare kun klædt på om Sommeren, men vor Familie havde Råd til grønne Klæder både Sommer og Vinter. Men så kom Brændehuggerne, det var den store Revolution, og vor Familie blev splittet ad; Stamherren fik Plads som Stormast på et prægtigt Skib, der kunde seile Verden rundt, dersom det vilde, de andre Grene kom andre Steder, og vi have nu det Hverv at tænde Lyset for den nedrige Mængde; derfor ere vi fornemme Folk komne her i Kjøkkenet."

"Ja jeg har det nu på en anden Måde!" sagde Jerngryden, som Svovlstikkerne låe ved Siden af. "Lige fra jeg kom ud i Verden er jeg skuret og kogt mange Gange! jeg sørger for det Solide og er egentlig talt den Første her i Huset. Min eneste Glæde er, sådan efter Bordet, at ligge reen og pæn på Hylden og føre en fornuftig Passiar med Kammeraterne; men når jeg undtager Vandspanden, som engang imellem kommer ned i Gården, så leve vi altid inden Døre. Vort eneste Nyhedsbud er Torvekurven, men den snakker så uroligt om Regjeringen og Folket; ja, forleden var der en gammel Potte, som af Forskrækkelse derover faldt ned og slog sig i Stykker! den er frisksindet, skal jeg sige dem!" - "Nu snakker du for meget!" sagde Fyrtøiet, og Stålet slog til Flintestenen, så den gnistrede. "Skulde vi nu ikke have en munter Aften?"

"Ja lad os tale om, hvem der er meest fornemme!" sagde Svovlstikkerne.

"Nei, jeg holder ikke af at tale om mig selv," sagde Leerpotten, "lad os fåe en Aftenunderholdning! jeg vil begynde, jeg skal fortælle sådant noget, Enhver har oplevet; det kan man så rart sætte sig ind i, og det er så fornøieligt: "Ved Østersøen ved de danske Bøge!"

"Det er en deilig Begyndelse!" sagde alle Talerknerne, "det bliver bestemt en Historie, jeg kan lide!"

"Ja, der tilbragte jeg min Ungdom hos en stille Familie; Møblerne bleve bonede, Gulvet vasket, der kom rene Gardiner hver fjortende Dag!"

"Hvor De dog fortæller interessant!" sagde Støvekosten.

"Man kan straks høre, at det er et Fruentimmer, som fortæller; der går sådant noget Reenligt derigjennem!"

"Ja det føler man!" sagde Vandspanden, og så gjorde den af Glæde et lille Hop, så det sagde Kladsk på Gulvet.

Og Potten blev ved at fortælle, og Enden var ligeså god som Begyndelsen.

Alle Talerknerne de raslede af Glæde, og Støvekosten tog grøn Petersille af Sandhullet og bekrandsede Potten, for den vidste, det vilde ærgre de Andre, og: "bekrandser jeg hende idag," tænkte han, "så bekrandser hun mig imorgen."

"Nu vil jeg dandse!" sagde Ildklemmen, og dandsede; ja, Gud bevar' os, hvor den kunde sætte det ene Been i Veiret. Det gamle Stolebetræk henne i Krogen revnede ved at see på det! "Må jeg så blive bekrandset!" sagde Ildklemmen, og det blev hun.

"Det er dog kun Pøbel!" tænkte Svovlstikkerne.

Nu skulde Theemaskinen synge, men den var forkjølet, sagde den, den kunde ikke uden den var i Kog; men det var af bar Fornemhed, den vilde ikke synge, uden når den stod på Bordet inde hos Herskabet.

Henne i Vinduet sad en gammel Pennefjer, som Pigen pleiede at skrive med; der var ikke noget mærkværdigt ved den, uden at den var dyppet alt for dybt i Blækhuset, men deraf var nu den stor på det. "Vil Theemaskinen ikke synge," sagde den, "så kan den lade være! udenfor hænger i et Buur en Nattergal, den kan synge, den har rigtignok ikke lært noget, men det vil vi ikke tale ondt om i Aften!"

"Jeg finder det høist upassende," sagde Theekjedelen, der var Kjøkkensanger og Halvsøster til Theemaskinen, "at sådan en fremmed Fugl skal høres! Er det patriotisk? Jeg vil lade Torvekurven dømme!"

"Jeg ærgrer mig kun," sagde Torvekurven, "Jeg ærgrer mig så inderlig, som Nogen kan tænke sig! er det en passende Måde at tilbringe Aftenen på, vilde det ikke være rigtigere at sætte Huset på den rette Ende? Enhver skulde da komme på sin Plads, og jeg vilde styre hele Codillen. Det vil blive noget andet!"

"Ja lad os gjøre Spektakel!" sagde de Allesammen. I det samme gik Døren op. Det var Tjenestepigen, og så stode de stille, Ingen sagde et Muk; men der var ikke en Potte, uden den jo nok vidste, hvad den kunde gjøre, og hvor fornem den var; "ja, når jeg havde villet," tænkte de, "så skulde det rigtignok blevet en munter Aften!"

Tjenestepigen tog Svovlstikkerne, gjorde Ild med dem - Gud bevar' os, hvor de spruttede og brændte i Lue.

"Nu kan da Enhver," tænkte de, "see at vi ere de Første! hvilken Glands vi have! hvilket Lys!" - og så vare de brændt ud."

"Det var et deiligt Eventyr!" sagde Dronningen, "jeg følte mig så ganske i Kjøkkenet hos Svovlstikkerne, ja, nu skal du have vor Datter."

"Ja vist!" sagde Kongen, "du skal have vor Datter på Mandag!" for nu sagde de du til ham, da han skulde være af Familien.

Brylluppet var nu bestemt, og Aftenen forud blev hele Byen illumineret; Boller og Kringler fløi i Grams; Gadedrengene stode på Tæerne, råbte Hurra og peb i Fingrene; det var særdeles pragtfuldt.

"Ja, jeg fåer vel også see til at gjøre Noget!" tænkte Kjøbmandssønnen, og så kjøbte han Raketter, Knaldperler og alt det Fyrværkeri, der tænkes kunde, lagde det i sin Kuffert, og fløi så med det op i Luften. Rutsch, hvor det gik! og hvor det futtede.

Alle Tyrkerne hoppede i Veiret ved det, så deres Tøfler fløi dem om Ørene; sådant et Luftsyn havde de aldrig seet før. Nu kunde de da forståe, at det var Tyrkeguden selv, som skulde have Prindsessen.

Såsnart Kjøbmandssønnen igjen med sin Kuffert kom ned i Skoven, tænkte han: "jeg vil dog gåe ind i Byen, for at fåe at høre, hvorledes det

34

har taget sig ud!" og det var jo ganske rimeligt, han havde Lyst til det.
Nei, hvor dog Folk fortalte! hver evige Een, han spurgte derom, havde
seet det på sin Måde, men deiligt havde det været for dem Allesammen.
"Jeg såe Tyrkeguden selv," sagde den Ene, "han havde Øine, som
skinnende Stjerner og et Skjæg som skummende Vande!"
"Han fløi i en Ildkåbe," sagde den Anden. "De deiligste Englebørn tittede
frem fra Folderne!"
Jo, det var deilige Ting, han hørte, og Dagen efter skulde han have
Bryllup.
Nu gik han tilbage til Skoven, for at sætte sig i sin Kuffert - men hvor var
den? Kufferten var brændt op. En Gnist fra Fyrværkeriet var blevet
tilbage, den havde tændt Ild, og Kufferten var i Aske. Han kunde ikke
mere flyve, ikke mere komme til sin Brud.
Hun stod hele Dagen på Taget og ventede, hun venter endnu, men han
gåer Verden rundt og fortæller Eventyr, men de ere ikke mere så lystige,
som det han fortalte om Svovlstikkerne.

Den grimme Ælling

Der var saa deiligt ude paa Landet; det var Sommer, Kornet stod guult,
Havren grøn, Høet var reist i Stakke nede i de grønne Enge, og der gik
Storken paa sine lange, røde Been og snakkede ægyptisk, for det Sprog
havde han lært af sin Moder. Rundtom Ager og Eng var der store Skove,
og midt i Skovene dybe Søer; jo, der var rigtignok deiligt derude paa
Landet! Midt i Solskinnet laae der en gammel Herregaard med dybe
Canaler rundt om, og fra Muren og ned til Vandet voxte store
Skræppeblade, der vare saa høie, at smaa Børn kunde staae opreiste
under de største; der var ligesaa vildsomt derinde, som i den tykkeste
Skov, og her laae en And paa sin Rede; hun skulde ruge sine smaae
Ællinger ud, men nu var hun næsten kjed af det, fordi det varede saa
længe, og hun sjælden fik Visit; de andre Ænder holdt mere af at
svømme om i Canalerne, end at løbe op og sidde under et Skræppeblad
for at snaddre med hende.
Endelig knagede det ene Æg efter det andet: "pip! pip!" sagde det, alle
Æggeblommerne vare blevne levende og stak Hovedet ud.
"Rap! rap!" sagde hun, og saa rappede de sig alt hvad de kunde, og saae
til alle Sider under de grønne Blade, og Moderen lod dem see saa meget
de vilde, for det Grønne er godt for Øinene.
"Hvor dog Verden er stor!" sagde alle Ungerne; thi de havde nu
rigtignok ganske anderledes Plads, end da de laae inde i Ægget.
"Troer I, det er hele Verden!" sagde Moderen, "den strækker sig langt
paa den anden Side Haven, lige ind i Præstens Mark! men der har jeg

aldrig været! – I ere her dog vel Allesammen!" – og saa reiste hun sig op, "nei, jeg har ikke alle! det største Æg ligger der endnu; hvor længe skal det vare! nu er jeg snart kjed af det!" og saa lagde hun sig igjen.

"Naa hvordan gaaer det?" sagde en gammel And, som kom for at gjøre Visit.

"Det varer saa længe med det ene Æg!" sagde Anden, som laae; "der vil ikke gaae Hul paa det! men nu skal Du see de andre! de ere de deiligste Ællinger jeg har seet! de ligne Allesammen deres Fader, det Skarn han kommer ikke og besøger mig."

"Lad mig see det Æg, der ikke vil revne!" sagde den gamle. "Du kan troe, at det er et Kalkun-Æg! saaledes er jeg ogsaa blevet narret engang, og jeg havde min Sorg og Nød med de Unger, for de ere bange for Vandet, skal jeg sige Dig! jeg kunde ikke faae dem ud! jeg rappede og snappede, men det hjalp ikke! – Lad mig see Ægget! jo, det er et Kalkun-Æg! lad Du det ligge og lær de andre Børn at svømme!"

"Jeg vil dog ligge paa det lidt endnu!" sagde Anden; "har jeg nu ligget saalænge, saa kan jeg ligge Dyrehavstiden med!"

"Vær saa god!" sagde den gamle And, og saa gik hun.

Endelig revnede det store Æg. "Pip! pip!" sagde Ungen og væltede ud; han var saa stor og styg. Anden saae paa ham: "Det er da en forfærdelig stor Ælling den!" sagde hun; "ingen af de andre see saadanne ud! det skulde dog vel aldrig være en Kalkun-Kylling! naa, det skal vi snart komme efter! i Vandet skal han, om jeg saa selv maa sparke ham ud!"

Næste Dag var det et velsignet, deiligt Veir; Solen skinnede paa alle de grønne Skræpper. Ællingemoderen med hele sin Familie kom frem nede ved Canalen: pladsk! sprang hun i Vandet: "rap! rap!" sagde hun og den ene Ælling plumpede ud efter den anden; Vandet slog dem over Hovedet, men de kom strax op igjen og fløde saa deiligt; Benene gik af sig selv, og alle vare de ude, selv den stygge, graae Unge svømmede med.

"Nei, det er ingen Kalkun!" sagde hun; "see hvor deiligt den bruger Benene, hvor rank den holder sig! det er min egen Unge! igrunden er den dog ganske kjøn, naar man rigtig seer paa den! rap! rap! – kom nu med mig, saa skal jeg føre Jer ind i Verden, og præsentere Jer i Andegaarden, men hold Jer altid nær ved mig, at ingen træder paa Jer, og tag Jer iagt for Kattene!"

Og saa kom de ind i Andegaarden. Der var en skrækkelig Støi derinde, thi der var to Familier, som sloges om et Aalehoved, og saa fik dog Katten det.

"See, saaledes gaaer det til i Verden!" sagde Ællingemoderen, og slikkede sig om Snabelen, for hun vilde ogsaa have Aalehovedet. "Brug nu Benene!" sagde hun, "see, at I kunne rappe Jer, og nei med Halsen for den gamle And derhenne! hun er den fornemste af dem Alle her! hun er af spansk Blod, derfor er hun svær, og see I, hun har en rød Klud om Benet! det er noget overordentligt deiligt, og den største Udmærkelse nogen And kan faae, det betyder saameget, at man ikke vil af med hende, og at hun skal kjendes af Dyr og af Mennesker! – Rap Jer! – ikke ind til Beens! en velopdragen Ælling sætter Benene vidt fra hinanden, ligesom Fader og Moder! see saa! nei nu med Halsen og siig: rap!"

Og det gjorde de; men de andre Ænder rundt om saae paa dem og sagde ganske høit: "see saa! nu skal vi have det Slæng til! ligesom vi ikke vare nok alligevel! og fy, hvor den ene Ælling seer ud! ham ville vi ikke taale!" – og strax fløi der en And hen og bed den i Nakken.

"Lad ham være!" sagde Moderen, "han gjør jo Ingen noget!"

"Ja, men han er for stor og for aparte!" sagde Anden, som bed, "og saa skal han nøfles!"

"Det er kjønne Børn, Moder har!" sagde den gamle And med Kluden om Benet, "Allesammen kjønne, paa den ene nær, den er ikke lykkedes! jeg vilde ønske, hun kunde gjøre den om igjen!"

"Det gaaer ikke, Deres Naade!" sagde Ællingemoderen, "han er ikke kjøn, men han er et inderligt godt Gemyt, og svømmer saa deiligt, som nogen af de andre, ja, jeg tør sige lidt til! jeg tænker han voxer sig kjøn, eller han med Tiden bliver noget mindre! han har ligget for længe i Ægget, og derfor har han ikke faaet den rette Skikkelse!" og saa pillede hun ham i Nakken og glattede paa Personen. "Han er desuden en Andrik," sagde hun, "og saa gjør det ikke saa meget! jeg troer han faaer gode Kræfter, han slaaer sig nok igjennem!"

"De andre Ællinger ere nydelige!" sagde den Gamle, "lad nu, som I var hjemme, og finder I et Aalehoved, saa kan I bringe mig det!" –

Og saa vare de, som hjemme.

Men den stakkels Ælling, som sidst var kommen ud af Ægget, og saae saa fæl ud, blev bidt, puffet og gjort Nar af, og det baade af Ænderne og Hønsene. "Han er for stor!" sagde de Allesammen, og den kalkunske Hane, der var født med Sporer og troede derfor, at han var en Keiser, pustede sig op som et Fartøi for fulde Seil, gik lige ind paa ham og saa pludrede den og blev ganske rød i Hovedet. Den stakkels Ælling vidste hverken, hvor den turde staae eller gaae, den var saa bedrøvet, fordi den saae saa styg ud og var til Spot for hele Andegaarden.

Saaledes gik det den første Dag, og siden blev det værre og værre. Den stakkels Ælling blev jaget af dem Allesammen, selv hans Sødskende var saa onde imod ham, og de sagde altid: "bare Katten vilde tage Dig, dit fæle Spektakel!" og Moderen sagde: "gid Du bare var langt borte!" og Ænderne beed ham, og Hønsene huggede ham, og Pigen, som skulde give Dyrene Æde, sparkede til ham med Foden.

Da løb og fløi han henover Hegnet; de smaa Fugle i Buskene foer forskrækket i Veiret; "det er fordi jeg er saa styg," tænkte Ællingen og lukkede Øinene, men løb alligevel afsted; saa kom den ud i den store Mose, hvor Vildænderne boede. Her laae den hele Natten, den var saa træt og sorrigfuld.

Om Morgenen fløi Vildænderne op, og de saae paa den nye Kamerat; "hvad er Du for een?" spurgte de, og Ællingen dreiede sig til alle Sider, og hilsede saa godt den kunde.

"Du er inderlig styg!" sagde Vildænderne, "men det kan da være os det samme, naar Du ikke gifter Dig ind i vor Familie!" – Den Stakkel! han tænkte rigtignok ikke paa at gifte sig, turde han bare have Lov at ligge i Sivene og drikke lidt Mosevand.

Der laae han i hele to Dage, saa kom der to Vildgjæs eller rettere Vildgasser, for de vare to Hanner; det var ikke mange Tider siden de vare komne ud af Ægget, og derfor vare de saa raske paa det.

"Hør Kammerat!" sagde de, "Du er saa styg at jeg kan godt lide Dig! vil Du drive med og være Trækfugl! tæt herved i en anden Mose er der nogle søde velsignede Vildgjæs, allesammen Frøkener, der kunne sige: rap! Du er istand til at gjøre din Lykke, saa styg er Du!" – –

"Pif! paf!" lød i det samme ovenover, og begge Vildgasserne faldt døde ned i Sivene, og Vandet blev blodrødt; pif! paf! lød det igjen, og hele Skarer af Vildgjæs fløi op af Sivene, og saa knaldede det igjen. Der var stor Jagt, Jægerne laae rundtom Mosen, ja nogle sad oppe i Trægrenene, der strakte sig langt ud over Sivene; den blaae Røg gik ligesom Skyer ind imellem de mørke Træer og hang langt hen over Vandet; i Mudderet kom Jagthundene, klask klask; Siv og Rør svaiede til alle Sider; det var en Forskrækkelse for den stakkels Ælling, den dreiede Hovedet om for at faae det under Vingen, og lige i det samme stod tæt ved den en frygtelig stor Hund, Tungen hang ham langt ud af Halsen, og Øinene skinnede grueligt fælt; han satte sit Gab lige ned imod Ællingen, viste de skarpe Tænder – – og pladsk! pladsk! gik han igjen uden at tage den.

"O Gud skee Lov!" sukkede Ællingen, "jeg er saa styg, at selv Hunden ikke gider bide mig!"

Og saa laae den ganske stille, mens Haglene susede i Sivene, og det knaldede Skud paa Skud.

Først langt ud paa Dagen blev der stille, men den stakkels Unge turde endnu ikke reise sig, den ventede flere Timer endnu, før den saae sig om, og saa skyndte den sig afsted fra Mosen, alt hvad den kunde; den løb over Mark og over Eng, det var en Blæst, saa at den havde haardt ved at komme afsted.

Mod Aften naaede den et fattigt lille Bondehuus; det var saa elendigt, at det ikke selv vidste til hvad Side det vilde falde, og saa blev det staaende. Blæsten susede saaledes om Ællingen, at han maatte sætte sig paa Halen for at holde imod; og det blev værre og værre; da mærkede han, at Døren var gaaet af det ene Hængsel, og hang saa skjævt, at han igjennem Sprækken kunde smutte ind i Stuen, og det gjorde han.

Her boede en gammel Kone med sin Kat og sin Høne, og Katten, som hun kaldte *Sønneke,* kunde skyde Ryg og spinde, han gnistrede saagar, men saa maatte man stryge ham mod Haarene; Hønen havde ganske smaae lave Been, og derfor kaldtes den *"Kykkelilavbeen;"* den lagde godt Æg, og Konen holdt af den, som af sit eget Barn.

Om Morgenen mærkede man strax den fremmede Ælling, og Katten begyndte at spinde og Hønen at klukke.

"Hvad for noget!" sagde Konen, og saae rundtomkring, men hun saae ikke godt, og saa troede hun, at Ællingen var en feed And, der havde forvildet sig. "Det var jo en rar Fangst!" sagde hun, "nu kan jeg faae Ande-Æg, er den bare ikke en Andrik! det maa vi prøve!"

Og saa blev Ællingen antaget paa Prøve i tre Uger, men der kom ingen Æg. Og Katten var Herre i Huset og Hønen var Madamme, og alletider sagde de: "vi og Verden!" for de troede, at de vare Halvparten, og det den allerbedste Deel. Ællingen syntes, at man kunde ogsaa have en anden Mening, men det taalte Hønen ikke.

"Kan Du lægge Æg?" spurgte hun.

"Nei!"

"Ja, vil Du saa holde din Mund!"

Og Katten sagde: "Kan Du skyde Ryg, spinde og gnistre?"

"Nei!"

"Ja saa skal Du ikke have Mening, naar fornuftige Folk tale!"

Og Ællingen sad i Krogen og var i daarligt Humeur; da kom den til at tænke paa den friske Luft og Solskinnet; den fik saadan en forunderlig Lyst til at flyde paa Vandet, tilsidst kunde den ikke lade være, den maatte sige det til Hønen.

"Hvad gaaer der af Dig?" spurgte hun. "Du har ingen Ting at bestille, derfor komme de Nykker over dig! Læg Æg eller spind, saa gaae de over."

"Men det er saa deiligt at flyde paa Vandet!" sagde Ællingen, "saa deiligt at faae det over Hovedet og dukke ned paa Bunden!"

"Ja det er en stor Fornøielse!" sagde Hønen, "Du er nok bleven gal! Spørg Katten ad, han er den klogeste, jeg kjender, om han holder af at flyde paa Vandet, eller dykke ned! jeg vil ikke tale om mig. – Spørg selv vort Herskab, den gamle Kone, klogere end hende er der Ingen i Verden! troer Du, hun har Lyst til at flyde og faae Vand over Hovedet!"

"I forstaae mig ikke!" sagde Ællingen.

"Ja, forstaae vi Dig ikke, hvem skulde saa forstaae Dig! Du vil dog vel aldrig være klogere end Katten og Konen, for ikke at nævne mig! Skab Dig ikke, Barn! og tak Du din Skaber for alt det Gode, man har gjort for dig! Er Du ikke kommet i en varm Stue og har en Omgang, Du kan lære noget af! men Du er et Vrøvl, og det er ikke morsomt at omgaaes Dig! mig kan Du troe! jeg mener Dig det godt, jeg siger Dig Ubehageligheder, og derpaa skal man kjende sine sande Venner! see nu bare til, at Du lægger Æg og lærer at spinde eller gnistre!"

"Jeg troer, jeg vil gaae ud i den vide Verden!" sagde Ællingen.

"Ja, gjør Du det!" sagde Hønen.

Og saa gik Ællingen; den fløed paa Vandet, den dykkede ned, men af alle Dyr var den overseet for sin Grimhed.

Nu faldt Efteraaret paa, Bladene i Skoven bleve gule og brune, Blæsten tog fat i dem, saa de dandsede omkring, og oppe i Luften saae der koldt ud; Skyerne hang tunge med Hagl og Sneeflokke, og paa Gjærdet stod Ravnen og skreg "av! av!" af bare Kulde; ja man kunde ordenlig fryse, naar man tænkte derpaa; den stakkels Ælling havde det rigtignok ikke godt.

En Aften, Solen gik saa velsignet ned, kom der en heel Flok deilige store Fugle ud af Buskene, Ællingen havde aldrig seet nogen saa smukke, de vare ganske skinnende hvide, med lange, smidige Halse; det var Svaner, de udstødte en ganske forunderlig Lyd, bredte deres prægtige, lange Vinger ud og fløi bort fra de kolde Egne til varmere Lande, til aabne Søer! de stege saa høit, saa høit, og den lille grimme Ælling blev saa forunderlig tilmode, den dreiede sig rundt i Vandet ligesom et Hjul, rakte Halsen høit op i Luften efter dem, udstødte et Skrig saa høit og forunderligt, at den selv blev bange derved. O, den kunde ikke glemme de deilige Fugle, de lykkelige Fugle, og saasnart den ikke længer øinede dem, dukkede den lige ned til Bunden, og da den kom op igjen, var den ligesom ude af sig selv. Den vidste ikke, hvad Fuglene hed, ikke hvor de fløi hen, men dog holdt den af dem, som den aldrig havde holdt af nogen; den misundte dem slet ikke, hvor kunde det falde den ind at ønske sig en saadan Deilighed, den vilde være glad, naar bare dog Ænderne vilde have taalt den imellem sig! – det stakkels grimme Dyr!

Og Vinteren blev saa kold, saa kold; Ællingen maatte svømme om i Vandet for at holde det fra at fryse reent til; men hver Nat blev Hullet, hvori den svømmede, smallere og smallere; det frøs, saa det knagede i Iisskorpen; Ællingen maatte altid bruge Benene, at Vandet ikke skulde lukkes; tilsidst blev den mat, laa ganske stille og frøs saa fast i Isen. Tidlig om Morgenen kom en Bondemand, han saae den, gik ud og slog med sin Træsko Isen i Stykker og bar den saa hjem til sin Kone. Der blev den livet op.

Børnene vilde lege med den, men Ællingen troede, at de vilde gjøre den Fortræd, og foer, i Forskrækkelse, lige op i Melkefadet, saa at Melken skvulpede ud i Stuen; Konen skreg og slog Hænderne i Veiret, og da fløi den i Truget, hvor Smørret var, og saa ned i Meeltønden og op igjen; naa, hvor den kom til at see ud! og Konen skreg og slog efter den med Ildklemmen, og Børnene løbe hinanden overende for at fange Ællingen, og de loe, og de skrege! – godt var det, at Døren stod aaben, ud foer den imellem Buskene i den nysfaldne Snee – der laae den, ligesom i Dvale.

Men det vilde blive altfor bedrøveligt at fortælle al den Nød og Elendighed, den maatte prøve i den haarde Vinter – – den laae i Mosen mellem Rørene, da Solen igjen begyndte at skinne varmt; Lærkerne sang – det var deiligt Foraar.

Da løftede den paa eengang sine Vinger, de bruste stærkere end før og bare den kraftigt afsted; og før den ret vidste det, var den i en stor Have, hvor Æbletræerne stode i Blomster, hvor Sirenerne duftede og hang paa de lange, grønne Grene lige ned imod de bugtede Canaler! O her var saa deiligt, saa foraarsfriskt! og lige foran, ud af Tykningen, kom tre deilige, hvide Svaner; de bruste med Fjerene og fløde saa let paa Vandet.

Ællingen kjendte de prægtige Dyr og blev betagen af en forunderlig Sørgmodighed.

"Jeg vil flyve hen til dem, de kongelige Fugle! og de vil hugge mig ihjel, fordi jeg, der er saa styg, tør nærme mig dem! men det er det samme! bedre at dræbes af dem, end at nappes af Ænderne, hugges af Hønsene, sparkes af Pigen, der passer Hønsegaarden, og lide ondt om Vinteren!" og den fløi ud i Vandet og svømmede hen imod de prægtige Svaner, disse saae den og skjøde med brusende Fjere henimod den. "Dræber mig kun!" sagde det stakkels Dyr, og bøiede sit Hoved ned mod Vandfladen og ventede Døden, – men hvad saae den i det klare Vand! den saae under sig sit eget Billed, men den var ikke længere en kluntet, sortgraa Fugl, styg og fæl, den var selv en Svane.

Det gjør ikke noget at være født i Andegaarden, naar man kun har ligget i et Svaneæg!

Den følte sig ordenlig glad over al den Nød og Gjenvordighed, den havde prøvet; nu skjønnede den just paa sin Lykke, paa al den Deilighed, der hilsede den. – Og de store Svaner svømmede rundt omkring den og strøge den med Næbet.

I Haven kom der nogle smaa Børn, de kastede Brød og Korn ud i Vandet, og den mindste raabte:

"Der er en ny!" og de andre Børn jublede med: "ja der er kommet en ny!" og de klappede i Hænderne og dandsede rundt; løbe efter Fader og Moder, og der blev kastet Brød og Kage i Vandet, og Alle sagde de: "Den nye er den smukkeste! saa ung og saa deilig!" og de gamle Svaner neiede for den.

Da følte den sig ganske undseelig og stak Hovedet om bag Vingerne, den vidste ikke selv hvad! den var altfor lykkelig, men slet ikke stolt, thi et godt Hjerte bliver aldrig stolt! den tænkte paa, hvor den havde været forfulgt og forhaanet, og hørte nu Alle sige, at den var den deiligste af alle deilige Fugle; og Sirenerne bøiede sig med Grenene lige ned i Vandet til den, og Solen skinnede saa varmt og saa godt, da bruste dens Fjedre, den slanke Hals hævede sig, og af Hjertet jublede den: "saa megen Lykke drømte jeg ikke om, da jeg var den grimme Ælling!"

Den lille Havfrue

Langt ude i Havet er Vandet saa blaat, som Bladene paa den deiligste Kornblomst og saa klart, som det reneste Glas, men det er meget dybt, dybere end noget Ankertoug naaer, mange Kirketaarne maatte stilles ovenpaa hinanden, for at række fra Bunden op over Vandet. Dernede boe Havfolkene.

Nu maa man slet ikke troe, at der kun er den nøgne hvide Sandbund; nei, der voxe de forunderligste Træer og Planter, som ere saa smidige i Stilk og Blade, at de ved den mindste Bevægelse af Vandet røre sig, ligesom om de vare levende. Alle Fiskene, smaae og store, smutte imellem Grenene, ligesom heroppe Fuglene i Luften. Paa det allerdybeste Sted ligger Havkongens Slot, Murene ere af Coraller og de lange spidse Vinduer af det allerklareste Rav, men Taget er Muslingskaller, der aabne og lukke sig, eftersom Vandet gaaer; det seer deiligt ud; thi i hver ligge straalende Perler, een eneste vilde være stor Stads i en Dronnings Krone.

Havkongen dernede havde i mange Aar været Enkemand, men hans gamle Moder holdt Huus for ham, hun var en klog Kone, men stolt af sin Adel, derfor gik hun med tolv Østers paa Halen, de andre Fornemme maatte kun bære seks. — Ellers fortjente hun megen Roes, især fordi hun holdt saa meget af de smaa Havprindsesser, hendes Sønnedøttre. De vare 6 deilige Børn, men den yngste var den smukkeste af dem allesammen, hendes Hud var saa klar og skjær som et Rosenblad, hendes Øine saa blaa, som den dybeste Sø, men ligesom alle de andre havde hun ingen Fødder, Kroppen endte i en Fiskehale.

Hele den lange Dag kunde de lege nede i Slottet, i de store Sale, hvor levende Blomster voxte ud af Væggene. De store Rav-Vinduer bleve lukkede op, og saa svømmede Fiskene ind til dem, ligesom hos os Svalerne flyve ind, naar vi lukke op, men Fiskene svømmede lige hen til de smaae Prindsesser, spiste af deres Haand og lode sig klappe. Udenfor Slottet var en stor Have med ildrøde og mørkeblaae Træer,

Frugterne straalede som Guld, og Blomsterne som en brændende Ild, i det de altid bevægede Stilk og Blade. Jorden selv var det fineste Sand, men blaat, som Svovl-Lue. Over det Hele dernede laae et forunderligt blaat Skjær, man skulde snarere troe, at man stod høit oppe i Luften og kun saae Himmel over og under sig, end at man var paa Havets Bund. I Blikstille kunde man øine Solen, den syntes en Purpur-Blomst, fra hvis Bæger det hele Lys udstrømmede.

Hver af de smaa Prindsesser havde sin lille Plet i Haven, hvor hun kunde grave og plante, som hun selv vilde; een gav sin Blomsterplet Skikkelse af en Hvalfisk, en anden syntes bedre om, at hendes lignede en lille Havfrue, men den yngste gjorde sin ganske rund ligesom Solen, og havde kun Blomster, der skinnede røde som den. Hun var et underligt Barn, stille og eftertænksom, og naar de andre Søstre pyntede op med de forunderligste Ting de havde faaet fra strandede Skibe, vilde hun kun, foruden de rosenrøde Blomster, som lignede Solen der høit oppe, have en smuk Marmorstøtte, en deilig Dreng var det, hugget ud af den hvide, klare Steen og ved Stranding kommet ned paa Havbunden. Hun plantede ved Støtten en rosenrød Grædepiil, den voxte herligt, og hang med sine friske Grene udover den, ned mod den blaa Sandbund, hvor Skyggen viste sig violet og var i Bevægelse, ligesom Grenene; det saae ud, som om Top og Rødder legede at kysse hinanden.

Ingen Glæde var hende større, end at høre om Menneskeverdenen derovenfor; den gamle Bedstemoder maatte fortælle alt det hun vidste om Skibe og Byer, Mennesker og Dyr, især syntes det hende forunderligt deiligt, at oppe paa Jorden duftede Blomsterne, det gjorde ikke de paa Havets Bund, og at Skovene vare grønne og de Fisk, som der saaes mellem Grenene, kunde synge saa høit og deiligt, saa det var en Lyst; det var de smaa Fugle, som Bedstemoderen kaldte Fisk, for ellers kunde de ikke forstaae hende, da de ikke havde seet en Fugl.

"Naar I fylde Eders 15 Aar," sagde Bedstemoderen, "saa skulle I faae Lov til at dykke op af Havet, sidde i Maaneskin paa Klipperne og see de store Skibe, som seile forbi, Skove og Byer skulle I see!" I Aaret, som kom, var den ene af Søstrene 15 Aar, men de andre, — ja den ene var et Aar yngre end den anden, den yngste af dem havde altsaa endnu hele fem Aar før hun turde komme op fra Havets Bund og see, hvorledes det saae ud hos os. Men den ene lovede den anden at fortælle, hvad hun havde seet og fundet deiligst den første Dag; thi deres Bedstemoder fortalte dem ikke nok, der var saa meget de maatte have Besked om.

Ingen var saa længselsfuld, som den yngste, just hun, som havde længst Tid at vente og som var saa stille og tankefuld. Mangen Nat stod hun ved det aabne Vindue og saae op igjennem det mørkeblaae Vand, hvor Fiskene sloge med deres Finner og Hale. Maane og Stjerner kunde hun see, rigtignok skinnede de ganske blege, men gjennem Vandet saae de meget større ud end for vore Øine; gled der da ligesom en sort Sky hen under dem, da vidste hun, at det enten var en Hvalfisk, som svømmede over hende, eller ogsaa et Skib med mange Mennesker; de tænkte vist ikke paa, at en deilig lille Havfrue stod nedenfor og rakte sine hvide Hænder op imod Kjølen.

Nu var da den ældste Prindsesse 15 Aar og turde stige op over Havfladen.

Da hun kom tilbage, havde hun hundrede Ting at fortælle, men det deiligste, sagde hun, var at ligge i Maaneskin paa en Sandbanke i den rolige Sø, og see tæt ved Kysten den store Stad, hvor Lysene blinkede, ligesom hundrede Stjerner, høre Musikken og den Larm og Støi af Vogne og Mennesker, see de mange Kirketaarne og Spiir, og høre hvor Klokkerne ringede; just fordi hun ikke kunde komme derop, længtes hun allermeest efter Alt dette.

O! hvor hørte ikke den yngste Søster efter, og naar hun siden om Aftenen stod ved det aabne Vindue og saae op igjennem det mørkeblaae Vand, tænkte hun paa den store Stad med al den Larm og Støi, og da syntes hun at kunne høre Kirkeklokkerne ringe ned til sig.

Aaret efter fik den anden Søster Lov til at stige op gjennem Vandet og svømme hvorhen hun vilde. Hun dykkede op, just i det Solen gik ned, og det Syn fandt hun var det deiligste. Hele Himlen havde seet ud som Guld, sagde hun, og Skyerne, ja, deres Deilighed kunde hun ikke nok beskrive! røde og violette havde de seilet hen over hende, men langt hurtigere, end de, fløi, som et langt hvidt Slør, en Flok af vilde Svaner hen over Vandet hvor Solen stod; hun svømmede henimod den, men den sank og Rosenskjæret slukkedes paa Havfladen og Skyerne.

Aaret efter kom den tredie Søster derop, hun var den dristigste af dem Alle, derfor svømmede hun op ad en bred Flod, der løb ud i Havet. Deilige grønne Høie med Viinranker saae hun, Slotte og Gaarde tittede frem mellem prægtige Skove; hun hørte, hvor alle Fuglene sang og Solen skinnede saa varmt, at hun tidt maatte dykke under Vandet, for at kjøle sit brændende Ansigt. I en lille Bugt traf hun en heel Flok smaa Menneskebørn; ganske nøgne løb de og plaskede i Vandet, hun vilde lege med dem, men de løbe forskrækkede deres Vei, og der kom et lille sort Dyr, det var en Hund, men hun havde aldrig før seet en Hund, den gjøede saa forskrækkeligt af hende, at hun blev angst og søgte ud i den aabne Søe, men aldrig kunde hun glemme de prægtige Skove, de grønne Høie og de nydelige Børn, som kunde svømme paa Vandet, skjøndt de ingen Fiskehale havde.

Den fjerde Søster var ikke saa dristig, hun blev midt ude paa det vilde Hav, og fortalte, at der var just det deiligste; man saae mange Mile bort

rundt omkring sig, og Himlen ovenover stod ligesom en stor
Glasklokke. Skibe havde hun seet, men langt borte, de saae ud som
Strandmaager, de morsomme Delphiner havde slaaet Kolbøtter, og de
store Hvalfiske havde sprøitet Vand op af deres Næseboer, saa at det
havde seet ud, som hundrede Vandspring rundt om.

Nu kom Touren til den femte Søster; hendes Geburtsdag var just om
Vinteren og derfor saae hun, hvad de andre ikke havde seet første Gang.
Søen tog sig ganske grøn ud og rundt om svømmede der store Iisbjerge,
hvert saae ud som en Perle, sagde hun, og var dog langt større end de
Kirketaarne, Menneskene byggede. I de forunderligste Skikkelser viste
de sig og glimrede som Diamanter. Hun havde sat sig paa et af de
største og alle Seilere krydsede forskrækkede uden om, hvor hun sad
og lod Blæsten flyve med sit lange Haar; men ud paa Aftenen blev
Himlen overtrukket med Skyer, det lynede og tordnede, medens den
sorte Sø løftede de store Iisblokke høit op og lod dem skinne ved de
røde Lyn. Paa alle Skibe tog man Seilene ind, der var en Angst og Gru,
men hun sad rolig paa sit svømmende Iisbjerg og saae den blaae
Lynstraale slaae i Zikzak ned i den skinnende Sø.

Den første Gang en af Søstrene kom over Vandet, var enhver altid
henrykt over det Nye og Smukke hun saae, men da de nu, som voxne
Piger, havde Lov at stige derop naar de vilde, blev det dem ligegyldigt,
de længtes igjen efter Hjemmet, og efter en Maaneds Forløb sagde de,
at nede hos dem var dog allersmukkest, og der var man saa rart
hjemme.

Mangen Aftenstund toge de fem Søstre hinanden i Armene og steeg i
Række op over Vandet; deilige Stemmer havde de, smukkere, end noget
Menneske, og naar det da trak op til en Storm, saa de kunde troe, at
Skibe maatte forlise, svømmede de foran Skibene og sang saa deiligt,
om hvor smukt der var paa Havets Bund, og bade Søfolkene, ikke være
bange for at komme der ned; men disse kunde ikke forstaae Ordene, de
troede, at det var Stormen, og de fik heller ikke Deiligheden dernede at
see, thi naar Skibet sank, druknede Menneskene, og kom kun som døde
til Havkongens Slot.

Naar Søstrene saaledes om Aftenen, Arm i Arm, steeg høit op gjennem
Havet, da stod den lille Søster ganske alene tilbage og saae efter dem,
og det var som om hun skulde græde, men Havfruen har ingen Taarer,
og saa lider hun meget mere.

"Ak, var jeg dog 15 Aar!" sagde hun, "jeg veed, at jeg ret vil komme til at
holde af den Verden deroven for og af Menneskene, som bygge og boe
deroppe!"

Endelig var hun da de 15 Aar.

"See nu have vi dig fra Haanden," sagde hendes Bedstemoder, den gamle Enkedronning. "Kom nu, lad mig pynte dig, ligesom dine andre Søstre!" og hun satte hende en Krands af hvide Lillier paa Haaret, men hvert Blad i Blomsten var det halve af en Perle; og den Gamle lod 8 store Østers klemme sig fast ved Prindsessens Hale, for at vise hendes høie Stand.

"Det gjør saa ondt!" sagde den lille Havfrue.

"Ja man maa lide noget for Stadsen!" sagde den Gamle.

O! hun vilde saa gjerne have rystet hele denne Pragt af sig og lagt den tunge Krands; hendes røde Blomster i Haven klædte hende meget bedre, men hun turde nu ikke gjøre det om. "Farvel" sagde hun og steg saa let og klar, som en Boble, op gjennem Vandet.

Solen var lige gaaet ned, idet hun løftede sit Hoved op over Havet, men alle Skyerne skinnede endnu som Roser og Guld, og midt i den blegrøde Luft straalede Aftenstjernen saa klart og deiligt, Luften var mild og frisk og Havet blikstille. Der laae et stort Skib med tre Master, et eneste Seil var kun oppe, thi ikke en Vind rørte sig og rundt om i Tougværket og paa Stængerne sad Matroser. Der var Musik og Sang, og alt som Aftenen blev mørkere, tændtes hundrede brogede Lygter; de saae ud, som om alle Nationers Flag vaiede i Luften. Den lille Havfrue svømmede lige hen til Kahytvinduet, og hver Gang Vandet løftede hende i Veiret, kunde hun see ind af de speilklare Ruder, hvor saa mange pyntede Mennesker stode, men den smukkeste var dog den unge Prinds med de store sorte Øine, han var vist ikke meget over 16 Aar, det var hans Fødselsdag, og derfor skete al denne Stads. Matroserne dandsede paa Dækket, og da den unge Prinds traadte derud, steg over hundrede Raketter op i Luften, de lyste, som den klare Dag, saa den lille Havfrue blev ganske forskrækket og dukkede ned under Vandet, men hun stak snart Hovedet igjen op, og da var det ligesom om alle Himmelens Stjerner faldt ned til hende. Aldrig havde hun seet saadanne Ildkunster. Store Sole snurrede rundt, prægtige Ildfisk svingede sig i den blaae Luft, og alting skinnede tilbage fra den klare, stille Sø. Paa Skibet selv var saa lyst, at man kunde see hvert lille Toug, sagtens Menneskerne. O hvor dog den unge Prinds var smuk, og han trykkede Folkene i Haanden, loe og smilte, mens Musiken klang i den deilige Nat.

Det blev silde, men den lille Havfrue kunde ikke vende sine Øine bort fra Skibet og fra den deilige Prinds. De brogede Lygter bleve slukkede, Raketterne stege ikke mere i Veiret, der løde heller ingen flere Kanonskud, men dybt nede i Havet summede og brummede det, hun sad imedens paa Vandet og gyngede op og ned, saa at hun kunde see ind i Kahytten; men Skibet tog stærkere Fart, det ene Seil bredte sig ud efter det andet, nu gik Bølgerne stærkere, store Skyer trak op, det lynede langtborte. O, det vilde blive et skrækkeligt Veir! derfor toge

Matroserne Seilene ind. Det store Skib gyngede i flyvende Fart paa den vilde Sø, Vandet reiste sig, ligesom store sorte Bjerge, der vilde vælte over Masten, men Skibet dykkede, som en Svane, ned imellem de høie Bølger og lod sig igjen løfte op paa de taarnende Vande. Det syntes den lille Havfrue just var en morsom Fart, men det syntes Søfolkene ikke, Skibet knagede og bragede, de tykke Planker bugnede ved de stærke Stød, Søen gjorde ind mod Skibet, Masten knak midt over, ligesom den var et Rør, og Skibet slængrede paa Siden, mens Vandet trængte ind i Rummet. Nu saae den lille Havfrue, at de vare i Fare, hun maatte selv tage sig i Agt for Bjelker og Stumper af Skibet, der dreve paa Vandet. Eet Øieblik var det saa kullende mørkt, at hun ikke kunde øine det mindste, men naar det saa lynede, blev det igjen saa klart, at hun kjendte dem alle paa Skibet; hver tumlede sig det bedste han kunde; den unge Prinds søgte hun især efter, og hun saae ham, da Skibet skiltes ad, synke ned i den dybe Sø. Ligestrax blev hun ganske fornøiet, for nu kom han ned til hende, men saa huskede hun, at Menneskene ikke kunne leve i Vandet, og at han ikke, uden som død, kunde komme ned til hendes Faders Slot. Nei døe, det maatte han ikke; derfor svømmede hun hen mellem Bjelker og Planker, der dreve paa Søen, glemte reent, at de kunde have knust hende, hun dykkede dybt under Vandet og steg igjen høit op imellem Bølgerne, og kom saa tilsidst hen til den unge Prinds, som næsten ikke kunde svømme længer i den stormende Sø, hans Arme og Been begyndte at blive matte, de smukke Øine lukkede sig, han havde maattet døe, var ikke den lille Havfrue kommet til. Hun holdt hans Hoved op over Vandet, og lod saa Bølgerne drive hende med ham, hvorhen de vilde.

I Morgenstunden var det onde Veir forbi; af Skibet var ikke en Spaan at see, Solen steg saa rød og skinnende op af Vandet, det var ligesom om Prindsens Kinder fik Liv derved, men Øinene bleve lukkede; Havfruen kyssede hans høie smukke Pande og strøg hans vaade Haar tilbage; hun syntes, han lignede Marmorstøtten nede i hendes lille Have, hun kyssede ham igjen, og ønskede, at han dog maatte leve.

Nu saae hun foran sig det faste Land, høie blaae Bjerge, paa hvis Top den hvide Snee skinnede, som var det Svaner, der laae; nede ved Kysten vare deilige grønne Skove, og foran laae en Kirke eller et Kloster, det vidste hun ikke ret, men en Bygning var det. Citron- og Apelsintræer voxte der i Haven, og foran Porten stode høie Palmetræer. Søen gjorde her en lille Bugt, der var blikstille, men meget dybt, lige hen til Klippen, hvor det hvide fine Sand var skyllet op, her svømmede hun hen med den smukke Prinds, lagde ham i Sandet, men sørgede især for, at Hovedet laae høit i det varme Solskin.

Nu ringede Klokkerne i den store hvide Bygning, og der kom mange

unge Piger gjennem Haven. Da svømmede den lille Havfrue længer ud
bag nogle høie Stene, som ragede op af Vandet, lagde Sø-Skum paa sit
Haar og sit Bryst, saa at ingen kunde see hendes lille Ansigt, og da
passede hun paa, hvem der kom til den stakkels Prinds.

Det varede ikke længe, før en ung Pige kom derhen, hun syntes at blive
ganske forskrækket, men kun et Øieblik, saa hentede hun flere
Mennesker, og Havfruen saae, at Prindsen fik Liv, og at han smilte til
dem alle rundt omkring, men ud til hende smilte han ikke, han vidste jo
ikke heller, at hun havde reddet ham, hun følte sig saa bedrøvet, og da
han blev ført ind i den store Bygning, dykkede hun sorrigfuld ned i
Vandet og søgte hjem til sin Faders Slot.

Altid havde hun været stille og tankefuld, men nu blev hun det meget
mere. Søstrene spurgte hende, hvad hun havde seet den første Gang
deroppe, men hun fortalte ikke noget.

Mangen Aften og Morgen steg hun op der, hvor hun havde forladt
Prindsen. Hun saae, hvor Havens Frugter modnedes og bleve
afplukkede, hun saae, hvor Sneen smeltede paa de høie Bjerge, men
Prindsen saae hun ikke, og derfor vendte hun altid endnu mere
bedrøvet hjem. Der var det hendes eneste Trøst, at sidde i sin lille Have
og slynge sine Arme om den smukke Marmorstøtte, som lignede
Prindsen, men sine Blomster passede hun ikke, de voxte, som i et
Vildnis, ud over Gangene og flettede deres lange Stilke og Blade ind i
Træernes Grene, saa der var ganske dunkelt.

Tilsidst kunde hun ikke længer holde det ud, men sagde det til een af
sine Søstre, og saa fik strax alle de andre det at vide, men heller ingen
flere, end de og et Par andre Havfruer, som ikke sagde det uden til deres
nærmeste Veninder. Een af dem vidste Besked, hvem Prindsen var, hun
havde ogsaa seet Stadsen paa Skibet, vidste, hvorfra han var, og hvor
hans Kongerige laae.

"Kom lille Søster!" sagde de andre Prindsesser, og med Armene om
hinandens Skuldre stege de i en lang Række op af Havet foran, hvor de
vidste Prindsens Slot laae.

Dette var opført af en lyseguul glindsende Steenart, med store
Marmortrapper, een gik lige ned i Havet. Prægtige forgyldte Kupler
hævede sig over Taget, og mellem Søilerne, som gik rundt om hele
Bygningen, stode Marmorbilleder, der saae ud, som levende. Gjennem
det klare Glas i de høie Vinduer saae man ind i de prægtigste Sale, hvor
kostelige Silkegardiner og Tepper vare ophængte, og alle Væggene
pyntede med store Malerier, som det ret var en Fornøielse at see paa.
Midt i den største Sal pladskede et stort Springvand, Straalerne stode
høit op mod Glaskuppelen i Loftet, hvorigjennem Solen skinnede paa
Vandet og paa de deilige Planter, der voxte i det store Bassin.

Nu vidste hun, hvor han boede, og der kom hun mangen Aften og Nat paa Vandet; hun svømmede meget nærmere Land, end nogen af de andre havde vovet, ja hun gik heelt op i den smalle Canal, under den prægtige Marmor Altan, der kastede en lang Skygge hen over Vandet. Her sad hun og saae paa den unge Prinds, der troede, han var ganske ene i det klare Maaneskin.

Hun saae ham mangen Aften seile med Musik i sin prægtige Baad, hvor Flaggene vaiede; hun tittede frem mellem de grønne Siv, og tog Vinden i hendes lange sølvhvide Slør og Nogen saae det, tænkte de, det var en Svane, som løftede Vingerne.

Hun hørte mangen Nat, naar Fiskerne laae med Blus paa Søen, at de fortalte saa meget godt om den unge Prinds, og det glædede hende, at hun havde frelst hans Liv, da han halvdød drev om paa Bølgerne, og hun tænkte paa, hvor fast hans Hoved havde hvilet paa hendes Bryst, og hvor inderligt hun da kyssede ham; han vidste slet intet derom, kunde ikke engang drømme om hende.

Meer og meer kom hun til at holde af Menneskerne, meer og meer ønskede hun at kunne stige op imellem dem; deres Verden syntes hun var langt større, end hendes; de kunde jo paa Skibe flyve hen over Havet, stige paa de høie Bjerge høit over Skyerne, og Landene, de eiede, strakte sig, med Skove og Marker, længer, end hun kunde øine. Der var saa meget hun gad vide, men Søstrene vidste ikke at give Svar paa Alt, derfor spurgte hun den gamle Bedstemoder og hun kjendte godt til den høiere Verden, som hun meget rigtigt kaldte Landene ovenfor Havet.

"Naar Menneskene ikke drukne," spurgte den lille Havfrue, "kunne de da altid leve, døe de ikke, som vi hernede paa Havet?"

"Jo!" sagde den gamle, "de maae ogsaa døe, og deres Levetid er endogsaa kortere end vor. Vi kunne blive tre hundrede Aar, men naar vi saa høre op at være til her, blive vi kun Skum paa Vandet, have ikke engang en Grav hernede mellem vore Kjære. Vi have ingen udødelig Sjæl, vi faae aldrig Liv mere, vi ere ligesom det grønne Siv, er det engang skaaret over, kan det ikke grønnes igjen! Menneskene derimod have en Sjæl, som lever altid, lever, efter at Legemet er blevet Jord; den stiger op igjennem den klare Luft, op til alle de skinnende Stjerner! ligesom vi dykke op af Havet og see Menneskenes Lande, saaledes dykke de op til ubekjendte deilige Steder, dem vi aldrig faae at see."

"Hvorfor fik vi ingen udødelig Sjæl?" sagde den lille Havfrue bedrøvet, "jeg vilde give alle mine tre hundrede Aar, jeg har at leve i, for blot een Dag at være et Menneske og siden faae Deel i den himmelske Verden!"

"Det maa du ikke gaae og tænke paa!" sagde den Gamle, "vi have det meget lykkeligere og bedre, end Menneskene deroppe!"

"Jeg skal altsaa døe og flyde som Skum paa Søen, ikke høre Bølgernes

Musik, see de deilige Blomster og den røde Sol! Kan jeg da slet intet gjøre, for at vinde en evig Sjæl!" —

"Nei!" sagde den Gamle, "kun naar et Menneske fik dig saa kjær, at du var ham meer, end Fader og Moder; naar han med hele sin Tanke og Kjærlighed hang ved dig, og lod Præsten lægge sin høire Haand i din med Løfte om Troskab her og i al Evighed, da flød hans Sjæl over i dit Legeme og du fik ogsaa Deel i Menneskenes Lykke. Han gav dig Sjæl og beholdt dog sin egen. Men det kan aldrig skee! Hvad der just er deiligt her i Havet, din Fiskehale, finde de hæsligt deroppe paa Jorden, de forstaae sig nu ikke bedre paa det, man maa der have to klodsede Støtter, som de kalde Been, for at være smuk!"

Da sukkede den lille Havfrue og saae bedrøvet paa sin Fiskehale.

"Lad os være fornøiede," sagde den Gamle, "hoppe og springe ville vi i de trehundrede Aar, vi have at leve i, det er saa mæn en god Tid nok, siden kan man desfornøieligere hvile sig ud i sin Grav. Iaften skal vi have Hofbal!"

Det var ogsaa en Pragt, som man aldrig seer den paa Jorden. Vægge og Loft i den store Dandsesal vare af tykt men klart Glas. Flere hundrede kolossale Muslingskaller, rosenrøde og græsgrønne, stode i Rækker paa hver Side med en blaae brændende Ild, som oplyste den hele Sal og skinnede ud gjennem Væggene, saa at Søen der udenfor var ganske oplyst; man kunde see alle de utallige Fiske, store og smaae, som svømmede henimod Glasmuren, paa nogle skinnede Skjællene purpurrøde, paa andre syntes de Sølv og Guld. — Midt igjennem Salen fløed en bred rindende Strøm, og paa denne dandsede Havmænd og Havfruer til deres egen deilige Sang. Saa smukke Stemmer have ikke Menneskene paa Jorden. Den lille Havfrue sang skjønnest af dem alle, og de klappede i Hænderne for hende, og et Øieblik følte hun Glæde i sit Hjerte, thi hun vidste, at hun havde den skjønneste Stemme af alle paa Jorden og i Havet! Men snart kom hun dog igjen til at tænke paa Verden oven over sig; hun kunde ikke glemme den smukke Prinds og sin Sorg over ikke at eie, som han, en udødelig Sjæl. Derfor sneg hun sig ud af sin Faders Slot, og mens Alt derinde var Sang og Lystighed, sad hun bedrøvet i sin lille Have. Da hørte hun Valdhorn klinge ned igjennem Vandet, og hun tænkte, "nu seiler han vist deroppe, ham som jeg holder mere af end Fader og Moder, ham som min Tanke hænger ved og i hvis Haand jeg vilde lægge mit Livs Lykke. Alt vil jeg vove for at vinde ham og en udødelig Sjæl! Mens mine Søstre dandse derinde i min Faders Slot, vil jeg gaae til Havhexen, hende jeg altid har været saa angest for, men hun kan maaskee raade og hjælpe!"

Nu gik den lille Havfrue ud af sin Have hen imod de brusende Malstrømme, bag hvilke Hexen boede. Den Vei havde hun aldrig før gaaet, der voxte ingen Blomster, intet Søegræs, kun den nøgne graae Sandbund strakte sig hen imod Malstrømmene, hvor Vandet, som brusende Møllehjul, hvirvlede rundt og rev alt, hvad de fik fat paa, med sig ned i Dybet; midt imellem disse knusende Hvirvler maatte hun gaae, for at komme ind paa Havhexens Distrikt, og her var et langt Stykke ikke anden Vei, end over varmt boblende Dynd, det kaldte Hexen sin Tørvemose. Bag ved laae hendes Huus midt inde i en sælsom Skov. Alle Træer og Buske vare Polyper, halv Dyr og halv Plante, de saae ud, som hundredhovede Slanger, der voxte ud af Jorden; alle Grene vare lange slimede Arme, med Fingre som smidige Orme, og Leed for Leed bevægede de sig fra Roden til den yderste Spidse. Alt hvad de i Havet kunde gribe fat paa, snoede de sig fast om og gav aldrig mere Slip paa. Den lille Havfrue blev ganske forskrækket staaende der udenfor; hendes Hjerte bankede af Angest, nær havde hun vendt om, men saa tænkte hun paa Prindsen og paa Menneskets Sjæl, og da fik hun Mod. Sit lange flagrende Haar bandt hun fast om Hovedet, for at Polyperne ikke skulde gribe hende deri, begge Hænder lagde hun sammen over sit Bryst, og fløi saa afsted, som Fisken kan flyve gjennem Vandet, ind imellem de hæslige Polyper, der strakte deres smidige Arme og Fingre efter hende. Hun saae, hvor hver af dem havde noget, den havde grebet, hundrede smaae Arme holdt det, som stærke Jernbaand. Mennesker, som vare omkomne paa Søen og sjunkne dybt derned, tittede, som hvide Beenrade frem i Polypernes Arme. Skibsroer og Kister holdte de fast, Skeletter af Landdyr og en lille Havfrue, som de havde fanget og qvalt, det var hende næsten det forskrækkeligste.

Nu kom hun til en stor slimet Plads i Skoven, hvor store, fede Vandsnoge baltrede sig og viste deres stygge hvidgule Bug. Midt paa Pladsen var reist et Huus af strandede Menneskers hvide Been, der sad Havhexen og lod en Skruptudse spise af sin Mund, ligesom Menneskene lader en lille Kanarifugl spise Sukker. De hæslige fede Vandsnoge kaldte hun sine smaae Kyllinger og lod dem vælte sig paa hendes store, svampede Bryst.

"Jeg veed nok, hvad du vil!" sagde Havhexen, "det er dumt gjort af dig! alligevel skal du faae din Villie, for den vil bringe dig i Ulykke, min deilige Prindsesse. Du vil gjerne af med din Fiskehale og istedetfor den have to Stumper at gaae paa ligesom Menneskene, for at den unge Prinds kan blive forliebt i dig og du kan faae ham og en udødelig Sjæl!" idetsamme loe Hexen saa høit og fælt, at Skruptudsen og Snogene faldt ned paa Jorden og væltede sig der. "Du kommer netop i rette Tid," sagde Hexen, "imorgen, naar Sol staaer op, kunde jeg ikke hjælpe dig, før igjen et Aar var omme. Jeg skal lave dig en Drik, med den skal du, før Sol staaer op, svømme til Landet, sætte dig paa Bredden der og drikke den, da skilles din Hale ad og snerper ind til hvad Menneskene kalde nydelige Been, men det gjør ondt, det er som det skarpe Sværd gik igjennem dig. Alle, som see dig, ville sige, du er det deiligste Menneskebarn de have seet! du beholder din svævende Gang, ingen Dandserinde kan svæve som du, men hvert Skridt du gjør, er som om du traadte paa en skarp Kniv, saa dit Blod maatte flyde. Vil du lide alt dette, saa skal jeg hjælpe dig?"

"Ja!" sagde den lille Havfrue med bævende Stemme, og tænkte paa Prindsen og paa at vinde en udødelig Sjæl.

"Men husk paa," sagde Hexen, "naar du først har faaet menneskelig Skikkelse, da kan du aldrig mere blive en Havfrue igjen! du kan aldrig stige ned igjennem Vandet til dine Søstre og til din Faders Slot, og vinder du ikke Prindsens Kjærlighed, saa han for dig glemmer Fader og Moder, hænger ved dig med sin hele Tanke og lader Præsten lægge Eders Hænder i hinanden, saa at I blive Mand og Kone, da faaer du ingen udødelig Sjæl! den første Morgen efter at han er gift med en anden, da maa dit Hjerte briste, og du bliver Skum paa Vandet."

"Jeg vil det!" sagde den lille Havfrue og var bleg, som en Død.

"Men mig maa du ogsaa betale!" sagde Hexen, "og det er ikke Lidet, hvad jeg forlanger. Du har den deiligste Stemme af alle hernede paa Havets Bund, med den troer du nok at skulle fortrylle ham, men den Stemme skal du give mig. Det Bedste du eier vil jeg have for min kostelige Drik! mit eget Blod maa jeg jo give dig deri, at Drikken kan blive skarp, som et tveægget Sværd!"

"Men naar du tager min Stemme," sagde den lille Havfrue, "hvad beholder jeg da tilbage?"

"Din deilige Skikkelse," sagde Hexen, "din svævende Gang og dine talende Øine, med dem kan du nok bedaare et Menneskehjerte. Naa, har du tabt Modet! ræk frem din lille Tunge, saa skjærer jeg den af, i Betaling, og du skal faae den kraftige Drik!"

"Det skee!" sagde den lille Havfrue, og Hexen satte sin Kjedel paa, for at koge Trolddrikken. "Reenlighed er en god Ting!" sagde hun og skurede Kjedelen af med Snogene, som hun bandt i Knude; nu ridsede hun sig selv i Brystet og lod sit sorte Blod dryppe derned, Dampen gjorde de forunderligste Skikkelser, saa man maatte blive angest og bange. Hvert Øieblik kom Hexen nye Ting i Kjedelen, og da det ret kogte, var det, som naar Crokodillen græder. Tilsidst var Drikken færdig, den saae ud som det klareste Vand!

"Der har du den!" sagde Hexen og skar Tungen af den lille Havfrue, som nu var stum, kunde hverken synge eller tale.

"Dersom Polyperne skulde gribe dig, naar du gaaer tilbage igjennem min Skov," sagde Hexen, "saa kast kun een eneste Draabe af denne Drik paa dem, da springe deres Arme og Fingre i tusinde Stykker!" men det behøvede den lille Havfrue ikke, Polyperne trak sig forskrækkede tilbage for hende, da de saae den skinnende Drik, der lyste i hendes Haand, ligesom det var en funklende Stjerne. Saaledes kom hun snart igjennem Skoven, Mosen og de brusende Malstrømme.

Hun kunde see sin Faders Slot; Blussene vare slukkede i den store Dandsesal; de sov vist Alle derinde, men hun vovede dog ikke at søge dem, nu hun var stum og vilde for altid gaae bort fra dem. Det var, som hendes Hjerte skulde gaae itu af Sorg. Hun sneeg sig ind i Haven, tog een Blomst af hver af sine Søstres Blomsterbed, kastede med Fingren tusinde Kys henimod Slottet og steeg op igjennem den mørkeblaa Sø. Solen var endnu ikke kommet frem, da hun saae Prindsens Slot og besteg den prægtige Marmortrappe. Maanen skinnede deiligt klart. Den lille Havfrue drak den brændende skarpe Drik, og det var, som gik et tveægget Sværd igjennem hendes fine Legeme, hun besvimede derved og laae, som død. Da Solen skinnede hen over Søen, vaagnede hun op, og hun følte en sviende Smerte, men lige for hende stod den deilige unge Prinds, han fæstede sine kulsorte Øine paa hende, saa hun slog sine ned og saae, at hendes Fiskehale var borte, og at hun havde de nydeligste smaae, hvide Been, nogen lille Pige kunde have, men hun var ganske nøgen, derfor svøbte hun sig ind i sit store, lange Haar. Prindsen spurgte, hvem hun var, og hvorledes hun var kommet her, og hun saae mildt og dog saa bedrøvet paa ham med sine mørkeblaae Øine, tale kunde hun jo ikke. Da tog han hende ved Haanden og førte hende ind i Slottet. Hvert Skridt hun gjorde, var, som Hexen havde sagt hende forud, som om hun traadte paa spidse Syle og skarpe Knive, men det taalte hun gjerne; ved Prindsens Haand steeg hun saa let, som en Boble, og han og alle undrede sig over hendes yndige, svævende Gang.

Kostelige Klæder af Silke og Musselin fik hun paa, i Slottet var hun den skjønneste af Alle, men hun var stum, kunde hverken synge eller tale. Deilige Slavinder, klædte i Silke og Guld, kom frem og sang for Prindsen og hans kongelige Forældre; een sang smukkere end alle de andre og Prindsen klappede i Hænderne og smilede til hende, da blev den lille Havfrue bedrøvet, hun vidste, at hun selv havde sjunget langt smukkere! hun tænkte, "O han skulde bare vide, at jeg, for at være hos ham, har givet min Stemme bort i al Evighed!"

Nu dandsede Slavinderne i yndige svævende Dandse til den herligste Musik, da hævede den lille Havfrue sine smukke hvide Arme, reiste sig paa Taaspidsen og svævede hen over Gulvet, dandsede, som endnu ingen havde dandset; ved hver Bevægelse blev hendes Deilighed endnu mere synlig, og hendes Øine talte dybere til Hjertet, end Slavindernes Sang.

Alle vare henrykte derover, især Prindsen, som kaldte hende sit lille Hittebarn, og hun dandsede meer og meer, skjøndt hver Gang hendes Fod rørte Jorden, var det, som om hun traadte paa skarpe Knive. Prindsen sagde, at hun skulde alletider være hos ham, og hun fik Lov at sove udenfor hans Dør paa en Fløiels Pude.

Han lod hende sye en Mandsdragt, for at hun til Hest kunde følge ham. De rede gjennem de duftende Skove, hvor de grønne Grene sloge hende paa Skulderen og de smaae Fugle sang bag de friske Blade. Hun klattrede med Prindsen op paa de høie Bjerge, og skjønt hendes fine Fødder blødte, saa de Andre kunde see det, loe hun dog deraf og fulgte ham, til de saae Skyerne seile nede under sig, som var det en Flok Fugle, der drog til fremmede Lande.

Hjemme paa Prindsens Slot, naar om Natten de andre sov, gik hun ud paa den brede Marmortrappe, og det kjølede hendes brændende Fødder, at staae i det kolde Søvand, og da tænkte hun paa dem dernede i Dybet.

Een Nat kom hendes Søstre Arm i Arm, de sang saa sorrigfuldt, idet de svømmede over Vandet, og hun vinkede af dem, og de kjendte hende og fortalte, hvor bedrøvet hun havde gjort dem allesammen. Hver Nat besøgte de hende siden, og een Nat saae hun, langt ude, den gamle Bedstemoder, som i mange Aar ikke havde været over Havet, og Havkongen, med sin Krone paa Hovedet, de strakte Hænderne hen mod hende, men vovede sig ikke saa nær Landet, som Søstrene.

Dag for Dag blev hun Prindsen kjærere, han holdt af hende, som man kan holde af et godt, kjært Barn, men at gjøre hende til sin Dronning, faldt ham slet ikke ind, og hans Kone maatte hun blive, ellers fik hun ingen udødelig Sjæl, men vilde paa hans Bryllups Morgen blive Skum paa Søen.

"Holder du ikke meest af mig, blandt dem allesammen!" syntes den lille Havfrues Øine at sige, naar han tog hende i sine Arme og kyssede hendes smukke Pande.

"Jo, du er mig kjærest," sagde Prindsen, "thi du har det bedste Hjerte af dem Alle, du er mig meest hengiven, og du ligner en ung Pige jeg engang saae, men vistnok aldrig mere finder. Jeg var paa et Skib, som strandede, Bølgerne dreve mig i Land ved et helligt Tempel, hvor flere unge Piger gjorde Tjeneste, den yngste der fandt mig ved Strandbredden og reddede mit Liv, jeg saae hende kun to Gange; hun var den eneste, jeg kunde elske i denne Verden, men du ligner hende, du næsten fortrænger hendes Billede i min Sjæl, hun hører det hellige Tempel til, og derfor har min gode Lykke sendt mig dig, aldrig ville vi skilles!" — "Ak, han veed ikke, at jeg har reddet hans Liv!" tænkte den lille Havfrue, "jeg bar ham over Søen hen til Skoven, hvor Templet staaer, jeg sad bag Skummet og saae efter, om ingen Mennesker vilde komme. Jeg saae den smukke Pige, som han holder mere af, end mig!" og Havfruen sukkede dybt, græde kunde hun ikke. "Pigen hører det hellige Tempel til, har han sagt, hun kommer aldrig ud i Verden, de mødes ikke mere, jeg er hos ham, seer ham hver Dag, jeg vil pleie ham, elske ham, ofre ham mit Liv!"

Men nu skal Prindsen givtes og have Nabokongens deilige Datter! fortalte man, derfor er det, at han udruster saa prægtigt et Skib. Prindsen reiser for at see Nabokongens Lande, hedder det nok, men det er for at see Nabokongens Datter, et stort Følge skal han have med; men den lille Havfrue rystede med Hovedet og loe; hun kjendte Prindsens Tanker meget bedre, end alle de Andre. "Jeg maa reise!" havde han sagt til hende, "jeg maa see den smukke Prindsesse, mine Forældre forlange det, men tvinge mig til at føre hende her hjem, som min Brud, ville de ikke! jeg kan ikke elske hende! hun ligner ikke den smukke Pige i Templet, som du ligner, skulde jeg engang vælge en Brud, saa blev det snarere dig, mit stumme Hittebarn med de talende Øine!" og han kyssede hendes røde Mund, legede med hendes lange Haar og lagde sit Hoved ved hendes Hjerte, saa det drømte om Menneske-Lykke og en udødelig Sjæl.

"Du er dog ikke bange for Havet, mit stumme Barn!" sagde han, da de stode paa det prægtige Skib, som skulde føre ham til Nabokongens Lande; og han fortalte hende om Storm og Havblik, om sælsomme Fiske i Dybet og hvad Dykkeren der havde seet, og hun smilte ved hans Fortælling, hun vidste jo bedre, end nogen Anden, Besked om Havets Bund.

I den maaneklare Nat, naar de alle sov, paa Styrmanden nær, som stod ved Roret, sad hun ved Reelingen af Skibet og stirrede ned igjennem det klare Vand, og hun syntes at see sin Faders Slot, øverst deroppe stod den gamle Bedstemoder med Sølvkronen paa Hovedet og stirrede op igjennem de stride Strømme mod Skibets Kjøl. Da kom hendes Søstre op over Vandet, de stirrede sorrigfuldt paa hende og vrede deres hvide Hænder, hun vinkede ad dem, smilte og vilde fortælle, at Alt gik hende godt og lykkeligt, men Skibsdrengen nærmede sig hende og Søstrene dykkede ned, saa han blev i den Tro, at det Hvide, han havde seet, var Skum paa Søen.

Næste Morgen seilede Skibet ind i Havnen ved Nabokongens prægtige Stad. Alle Kirkeklokker ringede, og fra de høie Taarne blev blæst i Basuner, mens Soldaterne stode med vaiende Faner og blinkende Bajonetter. Hver Dag havde en Fest. Bal og Selskab fulgte paa hinanden, men Prindsessen var der endnu ikke, hun opdroges langtderfra i et helligt Tempel, sagde de, der lærte hun alle kongelige Dyder. Endelig indtraf hun.

Den lille Havfrue stod begjærlig efter at see hendes Skjønhed, og hun maatte erkjende den, en yndigere Skikkelse havde hun aldrig seet. Huden var saa fiin og skjær, og bag de lange mørke Øienhaar smilede et Par sorteblaae trofaste Øine!

"Det er dig!" sagde Prindsen, "dig, som har frelst mig, da jeg laae som et Liig ved Kysten!" og han trykkede sin rødmende Brud i sine Arme. "O jeg er altfor lykkelig!" sagde han til den lille Havfrue. "Det Bedste, det jeg aldrig turde haabe, er blevet opfyldt for mig. Du vil glæde dig ved min Lykke, thi du holder meest af mig blandt dem Alle!" Og den lille Havfrue kyssede hans Haand, og hun syntes alt at føle sit Hjerte briste. Hans Bryllups Morgen vilde jo give hende Døden og forvandle hende til Skum paa Søen.

Alle Kirkeklokker ringede, Herolderne rede om i Gaderne og forkyndte Trolovelsen. Paa alle Altre brændte duftende Olie i kostelige Sølvlamper. Præsterne svingede Røgelsekar og Brud og Brudgom rakte hinanden Haanden og fik Biskoppens Velsignelse. Den lille Havfrue stod i Silke og Guld og holdt Brudens Slæb, men hendes Øre hørte ikke den festlige Musik, hendes Øie saae ikke den hellige Ceremonie, hun tænkte paa sin Dødsnat, paa Alt hvad hun havde tabt i denne Verden.

Endnu samme Aften gik Brud og Brudgom ombord paa Skibet, Kanonerne løde, alle Flagene vaiede, og midt paa Skibet var reist et kosteligt Telt af Guld og Purpur og med de deiligste Hynder, der skulde Brudeparret sove i den stille, kjølige Nat.

Seilene svulmede i Vinden, og Skibet gled let og uden stor Bevægelse hen over den klare Sø.

Da det mørknedes, tændtes brogede Lamper og Søfolkene dandsede lystige Dandse paa Dækket. Den lille Havfrue maatte tænke paa den første Gang hun dykkede op af Havet og saae den samme Pragt og Glæde, og hun hvirvlede sig med i Dandsen, svævede, som Svalen svæver naar den forfølges, og alle tiljublede hende Beundring, aldrig havde hun dandset saa herligt; det skar som skarpe Knive i de fine Fødder, men hun følte det ikke; det skar hende smerteligere i Hjertet. Hun vidste, det var den sidste Aften hun saae ham, for hvem hun havde forladt sin Slægt og sit Hjem, givet sin deilige Stemme og daglig lidt uendelige Qvaler, uden at han havde Tanke derom. Det var den sidste Nat, hun aandede den samme Luft som han, saae det dybe Hav og den stjerneblaae Himmel, en evig Nat uden Tanke og Drøm ventede hende, som ei havde Sjæl, ei kunde vinde den. Og Alt var Glæde og Lystighed paa Skibet til langt over Midnat, hun loe og dandsede med Dødstanken i sit Hjerte. Prindsen kyssede sin deilige Brud, og hun legede med hans sorte Haar, og Arm i Arm gik de til Hvile i det prægtige Telt.

Der blev tyst og stille paa Skibet, kun Styrmanden stod ved Roret, den lille Havfrue lagde sine hvide Arme paa Reelingen og saae mod Østen efter Morgenrøden, den første Solstraale, vidste hun, vilde dræbe hende. Da saae hun sine Søstre stige op af Havet, de vare blege, som hun; deres lange smukke Haar flagrede ikke længer i Blæsten, det var afskaaret.

"Vi have givet det til Hexen, for at hun skulde bringe Hjælp, at du ikke denne Nat skal døe! Hun har givet os en Kniv, her er den! seer du hvor skarp? Før Sol staaer op, maa du stikke den i Prindsens Hjerte, og naar da hans varme Blod stænker paa dine Fødder, da voxe de sammen til en Fiskehale og du bliver en Havfrue igjen, kan stige ned i Vandet til os og leve dine tre Hundrede Aar, før du bliver det døde, salte Søeskum. Skynd dig! han eller du maa døe, før Sol staaer op! vor gamle Bedstemoder sørger, saa hendes hvide Haar er faldet af, som vort faldt for Hexens Sax. Dræb Prindsen og kom tilbage! Skynd dig, seer du den røde Stribe paa Himlen? Om nogle Minuter stiger Solen, og da maa du døe!" og de udstødte et forunderligt dybt Suk og sank i Bølgerne.

Den lille Havfrue trak Purpurtæppet bort fra Teltet, og hun saae den deilige Brud sove med sit Hoved ved Prindsens Bryst, og hun bøiede sig ned, kyssede ham paa hans smukke Pande, saae paa Himlen, hvor Morgenrøden lyste meer og meer, saae paa den skarpe Kniv og fæstede igjen Øinene paa Prindsen, der i Drømme nævnede sin Brud ved Navn, hun kun var i hans Tanker, og Kniven zittrede i Havfruens Haand, — men da kastede hun den langt ud i Bølgerne, de skinnede røde, hvor den faldt, det saae ud, som piblede der Blodsdraaber op af Vandet. Endnu engang saae hun med halvbrustne Blik paa Prindsen, styrtede sig fra Skibet ned i Havet, og hun følte, hvor hendes Legeme opløste sig i Skum.

Nu steeg Solen frem af Havet. Straalerne faldt saa mildt og varmt paa det dødskolde Havskum og den lille Havfrue følte ikke til Døden, hun saae den klare Sol, og oppe over hende svævede hundrede gjennemsigtige, deilige Skabninger; hun kunde gjennem dem see Skibets hvide Seil og Himlens røde Skyer, deres Stemme var Melodie, men saa aandig, at intet menneskeligt Øre kunde høre den, ligesom intet jordisk Øie kunde see dem; uden Vinger svævede de ved deres egen Lethed gjennem Luften. Den lille Havfrue saae, at hun havde et Legeme som de, det hævede sig meer og meer op af Skummet.

"Til hvem kommer jeg!" sagde hun, og hendes Stemme klang som de andre Væsners, saa aandigt, at ingen jordisk Musik kan gjengive det.

"Til Luftens Døttre!" svarede de andre. "Havfruen har ingen udødelig Sjæl, kan aldrig faae den, uden hun vinder et Menneskes Kjærlighed! af en fremmed Magt afhænger hendes evige Tilværelse. Luftens Døttre have heller ingen evig Sjæl, men de kunne selv ved gode Handlinger skabe sig een. Vi flyve til de varme Lande, hvor den lumre Pestluft dræber Menneskene; der vifte vi Kjøling. Vi sprede Blomsternes Duft gjennem Luften og sende Vederqvægelse og Lægedom. Naar vi i tre hundred Aar have stræbt at gjøre det Gode, vi kunne, da faae vi en udødelig Sjæl og tage Deel i Menneskenes evige Lykke. Du stakkels lille Havfrue har med hele dit Hjerte stræbt efter det samme, som vi, du har lidt og taalt, hævet dig til Luftaandernes Verden, nu kan du selv gjennem gode Gierninger skabe dig en udødelig Sjæl om tre hundred Aar."

Og den lille Havfrue løftede sine klare Arme op mod Guds Sol, og for første Gang følte hun Taarer. — Paa Skibet var igjen Støi og Liv, hun saae Prindsen med sin smukke Brud søge efter hende, veemodig stirrede de paa det boblende Skum, som om de vidste, hun havde styrtet sig i Bølgerne. Usynlig kyssede hun Brudens Pande, smiilte til ham og steeg med de andre Luftens Børn op paa den rosenrøde Sky, som seilede i Luften.

"Om trehundrede Aar svæve vi saaledes ind i Guds Rige!"

"Ogsaa tidligere kunne vi komme der!" hviskede een. "Usynligt svæve vi ind i Menneskenes Huse, hvor der er Børn, og for hver Dag vi finde et godt Barn, som gjør sine Forældre Glæde og fortjener deres Kjærlighed, forkorter Gud vor Prøvetid. Barnet veed ikke, naar vi flyve gjennem Stuen, og maae vi da af Glæde smile over det, da tages et Aar fra de tre hundrede, men see vi et uartigt og ondt Barn, da maae vi græde Sorgens Graad, og hver Taare lægger en Dag til vor Prøvetid!" —

Den lille Idas blomster

"Mine stakkels blomster er ganske døde!" sagde den lille Ida. "De var så smukke i aftes, og nu hænger alle bladene visne! Hvorfor gør de det?" spurgte hun studenten, der sad i sofaen; for ham holdt hun så meget af, han kunne de allerdejligste historier og klippede sådanne morsomme billeder: hjerter med små madammer i, der dansede; blomster og store slotte, hvor dørene kunne lukkes op; det var en lystig student! "Hvorfor ser blomsterne så dårlige ud i dag?" spurgte hun igen, og viste ham en hel buket, der var ganske vissen.

"Ja ved du, hvad de fejler!" sagde studenten. "Blomsterne har været på bal i nat, og derfor hænger de med hovedet!"

"Men blomsterne kan jo ikke danse!" sagde den lille Ida.

"Jo," sagde studenten, "når det bliver mørkt og vi andre sover, så springer de lystigt omkring; næsten hver evige nat har de bal!"

"Kan der ingen børn komme med på det bal?"

"Jo," sagde studenten, "småbitte gåseurter og liljekonvaller!"

"Hvor danser de pæneste blomster," spurgte lille Ida. "Har du ikke tit været ude af porten ved det store slot, hvor kongen bor om sommeren, hvor den dejlige have er med de mange blomster? Du har jo set svanerne, der svømmer hen til dig, når du vil give dem brødkrummer. Derude er rigtigt bal, kan du tro!"

"Jeg var der ude i haven i går med min moder!" sagde Ida, "men alle bladene var af træerne, og der var slet ingen blomster mere! hvor er de? I sommer så jeg så mange!"

"De er inde på slottet!" sagde studenten. "Du må vide, at lige så snart kongen og alle hoffolkene flytter herind til byen, så løber blomsterne straks fra haven op på slottet og er lystige. Det skulle du se! De to allersmukkeste roser sætter sig på tronen, og så er de konge og dronning. Alle de røde hanekamme stiller sig op ved siden, og står og bukker, de er kammerjunkere. – Så kommer alle de nydeligste blomster, og så er der stort bal, de blå violer forestiller små søkadetter, de danser med hyacinter og krokus, som de kalder frøkener! Tulipanerne og de store gule liljer, det er gamle fruer, de passer på, at der bliver danset net, og at det går pænt til!"

"Men," spurgte lille Ida, "er der ingen, som gør blomsterne noget, fordi de danser på kongens slot?"

"Der er ingen, som rigtigt ved af det!" sagde studenten, "sommetider, om natten, kommer rigtignok den gamle slotsforvalter, der skal passe på der ude, han har et stort knippe nøgler med sig, men så snart blomsterne hører nøglerne rasle, så bliver de ganske stille, skjuler sig bag ved de lange gardiner og stikker hovedet frem. 'Jeg kan lugte, her er nogle blomster inde,' siger den gamle slotsforvalter, men han kan ikke se dem."

"Det er morsomt!" sagde den lille Ida og klappede i hænderne. "Men kunne jeg heller ikke se blomsterne?"

"Jo," sagde studenten, "husk bare på, når du kommer der ud igen, at kigge ind af vinduet, så ser du dem nok. Det gjorde jeg i dag, der lå en lang gul påskelilje i sofaen og strakte sig, det var en hofdame!"

"Kan også blomsterne i den botaniske have komme der ud? Kan de komme den lange vej?"

"Ja, det kan du tro!" sagde studenten, "for når de vil, så kan de flyve. Har du ikke nok set de smukke sommerfugle, de røde, gule og hvide, de ser næsten ud som blomster, det har de også været, de er sprunget af stilken højt op i luften, og har da slået med bladene, ligesom de var små vinger, og så fløj de; og da de førte sig godt op, fik de lov at flyve om også ved dagen, skulle ikke hjem igen, og sidde stille på stilken, og så blev bladene til sidst til virkelige vinger. Det har du jo selv set! Det kan ellers gerne være, at blomsterne inde i den botaniske have aldrig har været ude på kongens slot, eller ved, at der er så lystigt der om natten. Nu skal jeg derfor sige dig noget! så vil han blive så forbavset, den botaniske professor, der bor ved siden af, Du kender ham jo nok? Når du kommer ind i hans have, skal du fortælle én af blomsterne, at der er stort bal ude på slottet, så siger den det igen til alle de andre, og da flyver de af sted; kommer da professoren ud i haven, så er der ikke en eneste blomst, og han kan slet ikke forstå, hvor de er henne."

"Men hvor kan blomsten fortælle det til de andre? Blomsterne kan jo ikke tale!"

"Nej, det kan de rigtignok ikke!" svarede studenten; "men så gør de pantomime! Har du ikke nok set, at når det blæser lidt, så nikker blomsterne, og bevæger alle de grønne blade, det er lige så tydeligt, som om de talte!"

"Kan professoren da forstå pantomime?" spurgte Ida.

"Ja, det kan du tro! Han kom en morgen ned i sin have og så en stor brændenælde stå at gøre pantomine med bladene til en dejlig rød nellike; den sagde, du er så nydelig og jeg holder så meget af dig! men sådan noget kan professoren nu slet ikke lide, og slog straks brændenælden over bladene, for de er dens fingre, men så brændte han sig, og fra den tid tør han aldrig røre ved en brændenælde."

"Det var morsomt!" sagde den lille Ida og lo.

"Er det at bilde barnet sådan noget ind!" sagde den kedelige kancelliråd, der var kommen i visit og sad i sofaen; han kunne slet ikke lide studenten og gnavede alle tider, når han så ham klippe de løjerlige, morsomme billeder: snart en mand, der hang i en galge og holdt et hjerte i hånden, for han var en hjertetyv, snart en gammel heks, der red på en kost og havde sin mand på næsen; det kunne kancelliråden ikke lide, og så sagde han, ligesom nu, "er det noget, at bilde barnet ind! det er den dumme fantasi!"

Men den lille Ida syntes dog, det var så morsomt, hvad studenten fortalte om hendes blomster, og hun tænkte så meget derpå. Blomsterne hang med hovedet, fordi de var trætte af at danse hele natten, de var bestemt syge. Så gik hun med dem hen til alt sit andet legetøj, der stod på et pænt lille bord, og hele skuffen var fuld af stads. I dukkesengen lå hendes dukke, Sophie, og sov, men den lille Ida sagde til hende: "Du må virkelig stå op, Sophie, og tage til takke med at ligge i skuffen i nat, de stakkels blomster er syge, og så må de ligge i din seng, måske de da bliver raske!" og så tog hun dukken op, men den så så tvær ud og sagde ikke et eneste ord, for den var vred, fordi den ikke måtte beholde sin seng.

Så lagde Ida blomsterne i dukkesengen, trak det lille tæppe helt op om dem og sagde, nu skulle de ligge smukt stille, så ville hun koge tevand til dem, at de kunne blive raske og komme op i morgen, og hun trak gardinerne tæt om den lille seng, for at solen ikke skulle skinne dem i øjnene.

Hele aftnen igennem kunne hun ikke lade være at tænke på, hvad studenten havde fortalt hende, og da hun nu selv skulle i seng, måtte hun først hen bag gardinerne, der hang ned for vinduerne, hvor hendes moders dejlige blomster stod, både hyacinter og tulipaner, og så hviskede hun ganske sagte: Jeg ved nok, I skal på bal i nat! men blomsterne lod, som om de ingenting forstod og rørte ikke et blad, men lille Ida vidste nok, hvad hun vidste.

Da hun var kommet i seng, lå hun længe og tænkte på, hvor nydeligt det kunne være at se de dejlige blomster danse derude på kongens slot. "Mon mine blomster virkelig har været med?" Men så faldt hun i søvn. Ud på natten vågnede hun igen, hun havde drømt om blomsterne og studenten, som kancelliråden skændte på og sagde ville bilde hende noget ind. Der var ganske stille i sovekammeret, hvor Ida lå; natlampen brændte henne på bordet, og hendes fader og moder sov.

"Mon mine blomster nu ligger i Sophies seng?" sagde hun ved sig selv, "hvor jeg dog gerne ville vide det!" Hun rejste sig lidt og så hen til døren, der stod halv på klem, derinde lå blomsterne og alt hendes legetøj. Hun lyttede efter, og da var det ligesom om hun hørte, at der blev spillet på klaver inde i stuen, men ganske sagte, og så nydeligt, som hun aldrig før havde hørt det.

"Nu danser vist alle blomsterne derinde!" sagde hun, "oh Gud, hvor jeg dog gerne ville se det!" men hun turde ikke stå op, for så vækkede hun sin fader og moder. "Bare de dog ville komme herind," sagde hun; men blomsterne kom ikke og musikken vedblev at spille så nydeligt, da kunne hun slet ikke lade være, for det var alt for dejligt, hun krøb ud af sin lille seng og gik ganske sagte hen til døren og kiggede ind i stuen. Nej, hvor det var morsomt, hvad hun fik at se!

Der var slet ingen natlampe derinde, men alligevel ganske lyst, månen skinnede gennem vinduet midt ind på gulvet! det var næsten ligesom det kunne være dag. Alle hyacinterne og tulipanerne stod i to lange rækker på gulvet, der var slet ingen flere i vinduet, dér stod tomme potter, nede på gulvet dansede alle blomsterne så nydeligt rundt om hinanden, gjorde ordentlig kæde og holdt hverandre i de lange grønne blade, når de svingede rundt. Men henne ved klaveret sad en stor gul lilje, som lille Ida bestemt havde set i sommer, for hun huskede godt, studenten havde sagt: "Nej, hvor den ligner frøken Line!" men da lo de alle sammen af ham; men nu syntes virkelig Ida også, at den lange gule blomst lignede frøkenen, og den bar sig også ligesådan ad med at spille, snart lagde den sit aflange gule ansigt paa den ene side, snart på den anden, og nikkede takten til den dejlige musik! Slet ingen mærkede den lille Ida. Nu så hun en stor blå krokus hoppe midt op på bordet, hvor legetøjet stod, gå lige hen til dukkesengen og trække gardinerne til side, der lå de syge blomster, men de rejste sig straks op og nikkede ned til de andre at de også ville med at danse. Den gamle røgmand, som underlæben var brækket af, stod op og bukkede for de pæne blomster, de så slet ikke syge ud, de hoppede ned mellem de andre og var så fornøjede.

Det var ligesom om noget faldt ned af bordet, Ida så derhen, det var fastelavnsriset, der sprang ned, det syntes også, at det hørte med til blomsterne. Det var også meget nydeligt, og oveni sad en lille voksdukke, der havde just sådan en bred hat på hovedet, som den kancelliråden gik med. Fastelavnsriset hoppede på sine tre røde træben midt ind imellem blomsterne, og trampede ganske stærkt, for det dansede mazurka, og den dans kunne de andre blomster ikke, fordi de var så lette og kunne ikke trampe.

Voksdukken på fastelavnsriset blev lige med ét stor og lang, snurrede sig rundt oven over papirsblomsterne og råbte ganske højt: "Er det at bilde barnet sådan noget ind! det er den dumme fantasi!" og så lignede voksdukken ganske akkurat kancelliråden med den brede hat, så lige så gul og gnaven ud, men papirsblomsterne slog ham om de tynde ben, og så krøb han sammen igen og blev en lille bitte voksdukke. Det var så morsomt at se! den lille Ida kunne ikke lade være at le. Fastelavnsriset blev ved at danse, og kancelliråden måtte danse med, det hjalp ikke, enten han gjorde sig stor og lang eller blev den lille gule voksdukke med den store, sorte hat. Da bad de andre blomster for ham, især de, der havde ligget i dukkesengen, og så lod fastelavnsriset være. I det samme bankede det ganske stærkt inde i skuffen, hvor Idas dukke, Sophie, lå ved så meget andet legetøj; røgmanden løb hen til kanten af bordet, lagde sig langs ud på sin mave og fik skuffen en lille smule trukket ud. Der rejste Sophie sig op, og så ganske forundret rundt omkring. "Her er nok bal!" sagde hun; "hvorfor er der ingen, der har sagt mig det!"

"Vil du danse med mig?" sagde røgmanden.

"Jo, du er en pæn én at danse med!" sagde hun og vendte ham ryggen. Så satte hun sig på skuffen og tænkte, at nok en af blomsterne ville komme at engagere hende, men der kom ingen, så hostede hun, hm, hm, hm! men alligevel kom der ikke én. Røgmanden dansede så ganske alene, og det var ikke så dårligt!

Da nu ingen af blomsterne syntes at se Sophie, lod hun sig dumpe fra skuffen lige ned på gulvet, så det gav en stor alarm; alle blomsterne kom også løbende hen rundt omkring hende og spurgte, om hun ikke havde slået sig, og de var alle så nydelige imod hende, især blomsterne, der havde ligget hendes seng; men hun havde slet ikke slået sig, og alle Idas blomster sagde tak for den dejlige seng og holdt så meget af hende, tog hende midt hen på gulvet hvor månen skinnede, dansede med hende, og alle de andre blomster gjorde en kreds udenom; nu var Sophie fornøjet! og hun sagde, de måtte gerne beholde hendes seng, hun brød sig slet ikke om at ligge i skuffen.

Men blomsterne sagde: "Du skal have så mange tak, men vi kan ikke leve så længe! i morgen er vi ganske døde; men sig til den lille Ida, at hun skal begrave os ude i haven, hvor kanariefuglen ligger, så vokser vi op igen til sommer og blive meget smukkere!"

"Nej, I må ikke dø!" sagde Sophie, og så kyssede hun blomsterne; i det samme gik salsdøren op, og en hel mængde dejlige blomster kom dansende ind, Ida kunne slet ikke begribe, hvor de var kommet fra, det var bestemt alle blomsterne ude fra kongens slot. Allerforrest gik to dejlige roser, og de havde små guldkroner på, det var en konge og en dronning, så kom de nydeligste levkøjer og nelliker og de hilste til alle sider. De havde musik med, store valmuer og pæoner blæste i ærtebælge så de var ganske røde i hovedet. De blå klokker og de små hvide sommergækker klingede, ligesom de havde bjælder på. Det var en morsom musik. Så kom der så mange andre blomster, og de dansede alle sammen, de blå violer og de røde bellis, gåseurterne og liljekonvallerne. Og alle blomsterne kyssede hinanden, det var nydeligt at se!

Til sidst sagde blomsterne hinanden god nat, saa listede også den lille Ida sig hen i sengen, hvor hun drømte om alt, hvad hun havde set.

Da hun næste morgen kom op, gik hun gesvindt hen til det lille bord, for at se om blomsterne var der endnu, hun trak gardinet til side fra den lille seng, ja, der lå de alle sammen, men de var ganske visne, meget mere end i går. Sophie lå i skuffen, hvor hun havde lagt hende, hun så meget søvnig ud.

"Kan du huske, hvad du skulle sige til mig," sagde den lille Ida, men Sophie så ganske dum ud og sagde ikke et eneste ord. "Du er slet ikke god," sagde Ida, "og de dansede dog alle sammen med dig." Så tog hun en lille papirsæske, der var tegnet nydelige fugle på, den lukkede hun op og lagde de døde blomster i den. "Det skal være eders nydelige ligkiste," sagde hun, "og når siden de norske fætre kommer herhen, så skal de være med at begrave eder ude i haven, at I til sommer kan vokse op og blive endnu meget smukkere.!"

De norske fætre var to raske drenge, de hed Jonas og Adolph; deres fader havde foræret dem to nye flitsbuer, og disse havde de med at vise

Ida. Hun fortalte dem om de stakkels blomster, der var døde, og så fik de lov at begrave dem. Begge drengene gik foran med flitsbuerne på skulderen, og den lille Ida bagefter med de døde blomster i den nydelige æske; ude i haven blev gravet en lille grav; Ida kyssede først blomsterne, satte dem så med æsken ned i jorden, og Adolph og Jonas skød med flitsbuer over graven, for de havde ingen geværer eller kanoner.

Den lille Pige med Svovlstikkerne

Det var saa grueligt koldt; det sneede og det begyndte at blive mørk Aften; det var ogsaa den sidste Aften i Aaret, Nytaarsaften. I denne Kulde og i dette Mørke gik paa Gaden en lille, fattig Pige med bart Hoved og nøgne Fødder; ja hun havde jo rigtignok havt Tøfler paa, da hun kom hjemme fra; men hvad kunde det hjælpe! det var meget store Tøfler, hendes Moder havde sidst brugt dem, saa store vare de, og dem tabte den Lille, da hun skyndte sig over Gaden, i det to Vogne foer saa grueligt stærkt forbi; den ene Tøffel var ikke at finde og den anden løb en Dreng med; han sagde, at den kunde han bruge til Vugge, naar han selv fik Børn. Der gik nu den lille Pige paa de nøgne smaa Fødder, der vare røde og blaa af Kulde; i et gammelt Forklæde holdt hun en Mængde Svovlstikker og eet Bundt gik hun med i Haanden; Ingen havde den hele Dag kjøbt af hende; Ingen havde givet hende en lille Skilling; sulten og forfrossen gik hun og saae saa forkuet ud, den lille Stakkel! Sneefnokkene faldt i hendes lange gule Haar, der krøllede saa smukt om Nakken, men den Stads tænkte hun rigtignok ikke paa.
Ud fra alle Vinduer skinnede Lysene og saa lugtede der i Gaden saa deiligt af Gaasesteg; det var jo Nytaarsaften, ja det tænkte hun paa. Henne i en Krog mellem to Huse, det ene gik lidt mere frem i Gaden end det andet, der satte hun sig og krøb sammen; de smaa Been havde hun trukket op under sig, men hun frøs endnu mere og hiem turde hun ikke gaae, hun havde jo ingen Svovlstikker solgt, ikke faaet en eneste Skilling, hendes Fader vilde slaae hende og koldt var der ogsaa hjemme, de havde kun Taget lige over dem og der peeb Vinden ind, skjøndt der var stoppet Straa og Klude i de største Sprækker. Hendes smaa Hænder vare næsten ganske døde af Kulde. Ak! en lille Svovlstikke kunde gjøre godt. Turde hun bare trække een ud af Bundtet, stryge den mod Væggen og varme Fingrene. Hun trak een ud, "ritsch!" hvor spruddede den, hvor brændte den! det var en varm, klar Lue, ligesom et lille Lys, da hun holdt Haanden om den; det var et underligt Lys! Den lille Pige syntes hun sad foran en stor Jernkakkelovn med blanke Messingkugler og Messingtromle; Ilden brændte saa velsignet, varmede saa godt! nei,

hvad var det! — Den Lille strakte allerede Fødderne ud for ogsaa at varme disse, – – da slukkedes Flammen, Kakkelovnen forsvandt, — hun sad med en lille Stump af den udbrændte Svovlstikke i Haanden.

En ny blev strøget, den brændte, den lyste, og hvor Skinnet faldt paa Muren, blev denne gjennemsigtig, som et Flor; hun saae lige ind i Stuen, hvor Bordet stod dækket med en skinnende hvid Dug, med fiint Porcellain, og deiligt dampede den stegte Gaas, fyldt med Svedsker og Æbler! og hvad der endnu var prægtigere, Gaasen sprang fra Fadet, vraltede hen af Gulvet med Gaffel og Kniv i Ryggen; lige hen til den fattige Pige kom den; da slukkedes Svovlstikken og der var kun den tykke, kolde Muur at see.

Hun tændte en ny. Da sad hun under det deiligste Juletræ; det var endnu større og mere pyntet, end det hun gjennem Glasdøren havde seet hos den rige Kiøbmand, nu sidste Juul; tusinde Lys brændte paa de grønne Grene og brogede Billeder, som de der pynte Boutikvinduerne, saae ned til hende. Den Lille strakte begge Hænder i Veiret — da slukkedes Svovlstikken; de mange Julelys gik høiere og høiere, hun saae de vare nu de klare Stjerner, een af dem faldt og gjorde en lang Ildstribe paa Himlen.

"Nu døer der Een!" sagde den Lille, for gamle Mormoer, som var den eneste, der havde været god mod hende, men nu var død, havde sagt: naar en Stjerne falder, gaaer der en Sjæl op til Gud.

Hun strøg igjen mod Muren en Svovlstikke, den lyste rundt om, og i Glandsen stod den gamle Mormoer, saa klar, saa skinnende, saa mild og velsignet. "Mormoer!" raabte den Lille, "O tag mig med! jeg veed, Du er borte, naar Svovlstikken gaaer ud; borte ligesom den varme Kakkelovn, den deilige Gaasesteg og det store velsignede Juletræ!" — og hun strøg ihast den hele Rest Svovlstikker, der var i Bundtet, hun vilde ret holde paa Mormoer; og Svovlstikkerne lyste med en saadan Glands, at det var klarere end ved den lyse Dag. Mormoer havde aldrig før været saa smuk, saa stor; hun løftede den lille Pige op paa sin Arm, og de fløi i Glands og Glæde, saa høit, saa høit; og der var ingen Kulde, ingen Hunger, ingen Angst, — de vare hos Gud!

Men i Krogen ved Huset sad i den kolde Morgenstund den lille Pige med røde Kinder, med Smiil om Munden — død, frosset ihjel den sidste Aften i det gamle Aar. Nytaarsmorgen gik op over det lille Liig, der sad med Svovlstikkerne, hvoraf et Knippe var næsten brændt. Hun har villet varme sig! sagde man; Ingen vidste, hvad smukt hun havde seet, i hvilken Glands hun med gamle Mormoer var gaaet ind til Nytaars Glæde!

Den standhaftige Tinsoldat

Der var engang fem og tyve Tinsoldater, de vare alle Brødre, thi de vare
fødte af en gammel Tinskee. Geværet holdt de i Armen og Ansigtet satte
de lige ud; rød og blaa, nok saa deilig var Uniformen. Det Allerførste, de
hørte i denne Verden, da Laaget blev taget af Æsken, hvori de laae, var
det Ord: "Tinsoldater!" det raabte en lille Dreng og klappede i
Hænderne; han havde faaet dem, for det var hans Geburtsdag, og
stillede dem nu op paa Bordet. Den ene Soldat lignede livagtig den
anden, kun en eneste var lidt forskjellig; han havde eet Been, thi han var
blevet støbt sidst, og saa var der ikke Tin nok; dog stod han ligesaa fast
paa sit ene, som de andre paa deres to, og det er just ham, som bliver
mærkværdig.

Paa Bordet, hvor de bleve stillede op, stod meget andet Legetøi; men
det, som faldt meest i Øinene, var et nydeligt Slot af Papir. Gjennem de
smaa Vinduer kunde man see lige ind i Salene. Udenfor stode smaa
Træer, rundtom et lille Speil, der skulde see ud som en Sø; Svaner af Vox
svømmede derpaa og speilede sig. Det var altsammen nydeligt, men det
Nydeligste blev dog en lille Jomfru, som stod midt i den aabne Slotsdør;
hun var ogsaa klippet ud af Papir, men hun havde et Skjørt paa af det
klareste Linon og et lille smalt blaat Baand over Skulderen ligesom et
Gevandt; midt i det sad en skinnende Paillette, lige saa stor som hele
hendes Ansigt. Den lille Jomfru strakte begge sine Arme ud, for hun var
en Dandserinde, og saa løftede hun sit ene Been saa høit i Veiret, at
Tinsoldaten slet ikke kunde finde det og troede, at hun kun havde eet
Been ligesom han.

"Det var en Kone for mig!" tænkte han; "men hun er noget fornem, hun
boer i et Slot, jeg har kun en Æske, og den ere vi fem og tyve om, det er
ikke et Sted for hende! dog jeg maa see at gjøre Bekjendtskab!" og saa
lagde han sig saa lang han var bag en Snuustobaksdaase, der stod paa
Bordet; der kunde han ret see paa den lille fine Dame, som blev ved at
staae paa eet Been, uden at komme ud af Balancen.

Da det blev ud paa Aftenen, kom alle de andre Tinsoldater i deres Æske
og Folkene i Huset gik til Sengs. Nu begyndte Legetøiet at lege, baade at
komme Fremmede, føre Krig og holde Bal; Tinsoldaterne raslede i
Æsken, for de vilde være med, men de kunde ikke faae Laaget af.
Nøddeknækkeren slog Kaalbøtter, og Griffelen gjorde Commers paa
Tavlen; det var et Spektakel saa Kanarifuglen vaagnede, og begyndte at
snakke med, og det paa Vers. De to eneste, som ikke rørte sig af Stedet,
var Tinsoldaten og den lille Dandserinde; hun holdt sig saa rank paa
Taaspidsen og begge Armene udad; han var ligesaa standhaftig paa sit
ene Been, hans Øine kom ikke et Øieblik fra hende.

Nu slog Klokken tolv, og klask, der sprang Laaget af
Snuustobaksdaasen, men der var ingen Tobak i, nei, men en lille sort
Trold, det var saadant et Kunststykke.

"Tinsoldat!" sagde Trolden, "vil Du holde dine Øine hos Dig selv!"
Men Tinsoldaten lod, som han ikke hørte det.

"Ja bi til imorgen!" sagde Trolden.

Da det nu blev Morgen, og Børnene kom op, blev Tinsoldaten stillet hen
i Vinduet, og enten det nu var Trolden eller Trækvind, ligemed eet fløi
Vinduet op og Soldaten gik ud paa Hovedet fra tredie Sal. Det var en
skrækkelig Fart, han vendte Benet lige iveiret, og blev staaende paa
Kaskjetten, med Bajonetten nede imellem Brostenene.

Tjenestepigen og den lille Dreng kom strax ned, for at søge; men
skjøndt de vare færdig ved at træde paa ham, kunde de dog ikke see
ham. Havde Tinsoldaten raabt: her er jeg! saa havde de nok fundet ham,
men han fandt det ikke passende at skrige høit, da han var i Uniform.

Nu begyndte det at regne, den ene Draabe faldt tættere end den anden,
det blev en ordentlig Skylle; da den var forbi, kom der to Gadedrenge.

"Sei Du!" sagde den ene, "der ligger en Tinsoldat! han skal ud at seile!"

Og saa gjorde de en Baad af en Avis, satte Tinsoldaten midt i den, og nu
seilede han ned af Rendestenen; begge Drengene løb ved Siden og
klappede i Hænderne. Bevar os vel! hvilke Bølger der gik i den
Rendesteen, og hvilken Strøm der var; ja det havde da ogsaa skylregnet.
Papiirsbaaden vippede op og ned, og imellem saa dreiede den saa
gesvindt, saa det dirrede i Tinsoldaten; men han blev standhaftig,
forandrede ikke en Mine, saae lige ud og holdt Geværet i Armen.

Lige med eet drev Baaden ind under et langt Rendesteens-Bræt; der
blev lige saa mørkt, som om han var i sin Æske.

"Hvor mon jeg nu kommer hen", tænkte han, "ja, ja, det er Troldens
Skyld! Ak sad dog den lille Jomfru her i Baaden, saa maatte her gjerne
være eengang saa mørkt endnu!"

I det samme kom der en stor Vandrotte, som boede under Rendesteens-
Brættet.

"Har Du Pas?" spurgte Rotten. "Hid med Passet!"

Men Tinsoldaten taug stille og holdt endnu fastere paa Geværet. Baaden
foer afsted og Rotten bag efter. Hu! hvor den skar Tænder, og raabte til
Pinde og Straa:

"Stop ham! stop ham! han har ikke betalt Told! han har ikke viist Pas!"

Men Strømmen blev stærkere og stærkere! Tinsoldaten kunde allerede
øine den lyse Dag foran hvor Brættet slap, men han hørte ogsaa en
brusende Lyd, der nok kunde gjøre en tapper Mand forskrækket; tænk
dog, Rendestenen styrtede, hvor Brættet endte, lige ud i en stor Canal,
det vilde være for ham lige saa farligt, som for os at seile ned af et stort

Vandfald.

Nu var han allerede saa nær derved, at han ikke kunde standse. Baaden foer ud, den stakkels Tinsoldat holdt sig saa stiv han kunde, ingen skulde sige ham paa, at han blinkede med Øinene. Baaden snurrede tre fire Gange rundt, og var fyldt med Vand lige til Randen, den maatte synke; Tinsoldaten stod i Vand til Halsen og dybere og dybere sank Baaden, mere og mere løste Papiret sig op; nu gik Vandet over Soldatens Hoved, — da tænkte han paa den lille nydelige Dandserinde, som han aldrig mere skulde faae at see; og det klang for Tinsoldatens Øre:

"Fare, Fare, Krigsmand!
Døden skal Du lide!"

Nu gik Papiret itu, og Tinsoldaten styrtede igjennem — men blev i det samme slugt af en stor Fisk.

Nei, hvor det var mørkt derinde! der var endnu værre, end under Rendesteens-Brættet, og saa var der saa snevert; men Tinsoldaten var standhaftig, og laae saa lang han var med Geværet i Armen. — Fisken foer omkring, den gjorde de allerforfærdeligste Bevægelser; endelig blev den ganske stille, der foer som en Lynstraale gjennem den. Lyset skinnede ganske klart og een raabte høit: "Tinsoldat!" Fisken var blevet fanget, bragt paa Torvet, solgt og kommet op i Kjøkkenet, hvor Pigen skar den op med en stor Kniv. Hun tog med sine to Fingre Soldaten midt om Livet og bar ham ind i Stuen, hvor de Allesammen vilde see saadan en mærkværdig Mand, der havde reist om i Maven paa en Fisk; men Tinsoldaten var slet ikke stolt. De stillede ham op paa Bordet og der — nei, hvor det kan gaae underligt til i Verden! Tinsoldaten var i den selvsamme Stue, han havde været i før, han saae de selvsamme Børn og Legetøiet stod paa Bordet; det deilige Slot med den nydelige lille Dandserinde; hun holdt sig endnu paa det ene Been og havde det andet høit i Veiret, hun var ogsaa standhaftig; det rørte Tinsoldaten, han var færdig ved at græde Tin, men det passede sig ikke. Han saae paa hende og hun saae paa ham, men de sagde ikke noget. I det samme tog den ene af Smaadrengene og kastede Soldaten lige ind i Kakkelovnen, og han gav slet ingen Grund derfor; det var bestemt Trolden i Daasen, der var Skyld deri.

Tinsoldaten stod ganske belyst og følte en Hede, der var forfærdelig, men om det var af den virkelige Ild, eller af Kjærlighed, det vidste han ikke. Couleurerne vare reent gaaet af ham, om det var skeet paa Reisen eller det var af Sorg, kunde ingen sige. Han saae paa den lille Jomfru, hun saae paa ham, og han følte han smeltede, men endnu stod han standhaftig med Geværet i Armen. Da gik der en Dør op, Vinden tog i

Dandserinden og hun fløi ligesom en Sylphide lige ind i Kakkelovnen til Tinsoldaten, blussede op i Lue og var borte; saa smeltede Tinsoldaten til en Klat, og da Pigen Dagen efter tog Asken ud, fandt hun ham som et lille Tinhjerte; af Dandserinden derimod var der kun Pailletten, og den var brændt kulsort.

Den store Søslange

Der var en lille Havfisk af god Familie, Navnet husker jeg ikke, det maa de Lærde sige Dig. Den lille Fisk havde attenhundrede Søskende, alle lige gamle; de kjendte ikke deres Fader eller Moder, de maatte strax skjøtte sig selv og svømme om, men det var en stor Fornøielse; Vand havde de nok at drikke, hele Verdenshavet, Føden tænkte de ikke paa, den kom nok; hver vilde følge sin Lyst, hver vilde faae sin egen Historie, ja det tænkte heller Ingen af dem paa.
Solen skinnede ned i Vandet, det lyste om dem, det var saa klart, det var en Verden med de forunderligste Skabninger, og nogle saa gruelig store, med voldsomme Gab, de kunde sluge de attenhundrede Søskende, men det tænkte de heller ikke paa, for Ingen af dem var endnu bleven slugt.
De Smaa svømmede sammen, tæt op til hverandre, som Sildene og Makrelerne svømme; men som de allerbedst svømmede i Vandet og tænkte paa Ingenting, sank, med forfærdelig Lyd, ovenfra, midt ned imellem dem, en lang, tung Ting, der slet ikke vilde holde op; længere og længere strakte den sig, og hver af Smaafiskene, som den ramte, blev qvaset eller fik et Knæk, som de ikke kunde forvinde. Alle Smaafisk, de store med, lige oppe fra Havets Flade og ned til dets Bund, foer i Forfærdelse tilside; den tunge, voldsomme Ting sænkede sig dybere og dybere, den blev længere og længere, milelang, gjennem hele Havet.
Fisk og Snegle, Alt hvad svømmer, Alt hvad kryber, eller drives af Strømninger, fornam denne forfærdelige Ting, denne umaadelige, ubekjendte Havaal, der lige med Eet var kommet ned ovenfra.
Hvad var det dog for en Ting? Ja det vide vi! det var det store, milelange Telegraph-Toug, Menneskene sænkede mellem Europa og Amerika.
Der blev en Forskrækkelse, der blev et Røre mellem Havets retmæssige Beboere, hvor Touget sænkedes. Flyvefisken satte til Veirs over Havfladen, saa høit den kunde, ja Knurhanen tog Fart et heelt Bøsseskud over Vandet, for det kan den; andre Fisk søgte mod Havbunden, de foer med saadan Hastighed, at de kom længe før Telegraphtouget endnu var seet dernede; de skræmmede baade Kabliau og Flynder, som gik fredeligt i Havets Dyb og aad deres Medskabninger.
Et Par Søpølser bleve saa forskrækkede, at de spyede deres Mave ud,

men levede endda, for det kunne de. Mange Hummer og Taskekrabber gik ud af deres gode Harnisk og maatte lade Benene blive tilbage.

Under al den Skræk og Forvirring kom de attenhundrede Søskende fra hverandre, og mødtes ikke mere, eller kjendte ikke hverandre, kun en halv Snees blev paa samme Plet, og da de i et Par Timer havde holdt sig stille, forvandt de den første Skræk og begyndte at blive nysgjerrige.

De saae sig om, de saae op og de saae ned, og der i Dybden troede de at øine den forfærdelige Ting, som havde skræmmet dem, skræmmet Store og Smaa. Tingen laae henover Havbunden, saa langt de kunde øine; meget tynd var den, men de vidste jo ikke, hvor tyk den kunde gjøre sig, eller hvor stærk den var. Den laae ganske stille, men, tænkte de, det kunde være Lumskhed.

"Lad den ligge, hvor den ligger! Den kommer ikke os ved!" sagde den forsigtigste af Smaafiskene, men den Allermindste af dem vilde ikke opgive at komme til Kundskab om hvad den Ting kunde være; ovenfra var den kommen ned, ovenfra maatte man bedst kunne hente Besked, og saa svømmede de op mod Havfladen, det var blikstille Veir.

Der mødte de en Delphin; det er saadan en Springfyr, en Havstryger, der kan slaae Kolbytter hen ad Havfladen; Øine har den at see med, og den maatte have seet og vide Besked; den spurgte de ad, men den havde kun tænkt paa sig selv og sine Kolbytter, ikke seet Noget, vidste ikke at svare, og saa taug den og saae stolt ud.

Derpaa henvendte de sig til Sælhunden, der just dukkede ned; den var høfligere, uagtet den æder Smaafisk; men i Dag var den mæt. Den vidste lidt Mere end Springfisken.

"Jeg har mangen Nat ligget paa en vaad Steen og seet ind mod Land, milevidt herfra; der er lumske Skabninger, de kaldes i deres Sprog Mennesker, de efterstræbe os, men oftest smutte vi dog fra dem, det har jeg forstaaet, og det har nu ogsaa den Havaal, I spørge om. Den har været i deres Magt, været oppe paa Landjorden, vist i umindelige Tider; derfra have de ført den paa Fartøi for at bringe den over Havet til et andet fjerntliggende Land. Jeg saae, hvilket Besvær de havde, men magte den kunde de, den var jo bleven mat paa Landjorden. De lagde den i Krands og Kreds, jeg hørte, hvor den ringlede og ranglede, da de lagde den, men den slap dog fra dem, slap herud. De holdt paa den af alle Kræfter, mange Hænder holdt fast, den smuttede dog og naaede til Bunds; der ligger den, tænker jeg, til videre!"

"Den er noget tynd!" sagde de smaa Fisk.

"De have sultet den!" sagde Sælhunden, "men den kommer sig snart, faaer sin gamle Tykkelse og Storhed. Jeg antager, at den er den store Søslange, som Menneskene ere saa bange for og tale saa meget om; jeg havde før aldrig seet den og aldrig troet paa den; nu troer jeg, den er det!" og saa dukkede Sælhunden.

"Hvor han vidste Meget! Hvor han talte Meget!" sagde de smaa Fisk.

"Jeg har aldrig været saa klog før! — Naar det bare ikke er Løgn!"

"Vi kunne jo svømme ned og undersøge!" sagde den Mindste; "paa Veien høre vi de Andres Mening!"

"Jeg gjør ikke et Slag med mine Finner, for at faae Noget at vide!" sagde de Andre og dreiede af.

"Men jeg gjør det!" sagde den Mindste og styrede afsted ned i det dybe Vand; men den var langt fra Stedet, hvor "den lange sænkede Ting" laae. Den lille Fisk saae og søgte til alle Sider ned mod Dybet.

Aldrig før havde den fornummet sin Verden saa stor. Sildene gik i store Stimer, skinnende som en Kæmpebaad af Sølv, Makrelerne fulgtes ogsaa ad og saae endnu prægtigere ud. Der kom Fisk i alle Skikkelser og med Tegninger i alle Farver; Medusaer, som halvgjennemsigtige Blomster, der lode sig bære og føre af Strømningerne. Store Planter voxte fra Havbunden, favnehøit Græs og palmeformede Træer, hvert Blad besat med skinnende Skaldyr.

Endelig øinede den lille Havfisk en lang mørk Stribe dernede og styrede mod den, men det var hverken Fisk eller Toug, det var Relingen af et stort sunket Fartøi, hvis øverste og nederste Dæk var brudt itu ved Havets Tryk. Den lille Fisk svømmede ind i Rummet, hvor de mange Mennesker, der vare omkomne da Skibet sank, nu vare skyllede bort, paa to nær: en ung Qvinde laae der udstrakt med et lille Barn i sine Arme. Vandet lettede dem og ligesom vuggede dem, de syntes at sove. Den lille Fisk blev ganske forskrækket, den var uvidende om, at de ikke kunde vaagne mere. Vandplanter hang som Løvværk ned over Relingen, hen over de to smukke Liig af Moder og Barn. Der var saa stille, der var saa eensomt. Den lille Fisk skyndte sig bort saa hurtigt den kunde, ud hvor Vandet var klarere belyst og hvor der var Fisk at see. Den var ikke kommen langt, da mødte den en ung Hval, saa forfærdelig stor.

"Slug mig ikke!" sagde den lille Fisk. "Jeg er ikke engang en Mundsmag, saa lille er jeg, og mig er det en stor Behagelighed at leve!"

"Hvad vil Du saa dybt hernede, hvor din Art ikke kommer?" spurgte Hvalen. Og saa fortalte den lille Fisk om den lange forunderlige Aal, eller hvad den Ting nu var, der ovenfra havde sænket sig ned og forskrækket selv de allermodigste Havskabninger.

"Ho, ho!" sagde Hvalen og trak saa voldsomt Vand til sig, at den maatte sætte en mægtig Vandstraale naar den kom op og trak Veiret. "Ho, ho!" sagde den, "saa det var den Ting, som krillede mig paa Ryggen, idet jeg vendte mig! Jeg troede, at det var en Skibsmast, jeg kunde bruge til Kløpind! Men paa dette Sted her var det ikke. Nei, langt længere ude ligger den Ting. Jeg vil dog undersøge den, jeg har ikke Andet at bestille!"

Og saa svømmede den fremad og den lille Fisk bagefter, ikke for nær, thi der kom ligesom en rivende Strøm, hvor den store Hval skød Fart gjennem Vandet.

De mødte en Hai og en gammel Savfisk; de To havde ogsaa hørt om den selsomme Havaal, saa lang og saa tynd; seet den havde de ikke, men det vilde de.

Nu kom der en Havkat.

"Jeg tager med!" sagde han, den vilde samme Vei.

"Er den store Søslange ikke tykkere end et Ankertoug, saa skal jeg bide den over i eet Bid!" og den aabnede sit Gab og viste sine sex Rækker Tænder. "Jeg kan bide Mærke i et Skibsanker, sagtens kan jeg bide den Stilk over!"

"Der er den!" sagde den store Hval, "jeg seer den!" Han troede, han saae bedre end de Andre. "See hvor den løfter sig, see hvor den svaier, bugter og krummer sig!"

Det var dog ikke den, men en umaadelig stor Havaal, flere Alen lang, som nærmede sig.

"Den der har jeg seet før!" sagde Savfisken, "den har aldrig gjort stort Rabalder i Havet, eller skræmmet nogen Storfisk!"

Og saa talte de til den om den nye Aal og spurgte, om den vilde med paa Opdagelse.

"Er den Aal længere end jeg!" sagde Havaalen, "saa skal den skee en Ulykke!"

"Det skal den!" sagde de Andre. "Vi ere Nok til ikke at taale den!" og saa skyndte de sig fremad.

Men da kom der Noget lige i Veien, et underligt Uhyre, større end dem Allesammen.

Det saae ud som en svømmende Ø, der ikke kunde holde sig oppe.

Det var en ældgammel Hval. Dens Hoved var overgroet med Havplanter, dens Ryg besat med Krybdyr og saa umaadelig mange Østers og Muslinger, at dens sorte Skind var ganske hvidspættet.

"Kom med, Gamle!" sagde de. "Her er kommen en ny Fisk, som ikke skal taales."

"Jeg vil hellere ligge, hvor jeg ligger!" sagde den gamle Hval. "Lad mig i Ro! Lad mig ligge! Aa ja, ja, ja! Jeg bærer paa en svær Sygdom! Min Lindring har jeg ved at naae op i Havfladen og faae Ryggen ovenfor! Saa komme de store, rare Søfugle og pille mig, det gjør saa godt, naar bare de ikke slaae Næbbet for dybt i, det gaaer tidt lige ind i mit Spæk. See engang dog! Hele Beenraden af en Fugl sidder mig endnu i Ryggen; Fuglen slog Kløerne for dybt og kunde ikke komme løs, da jeg gik tilbunds. Nu have Smaafiskene pillet ham. See hvorledes han seer ud og jeg seer ud! Jeg har Sygdom!"

"Det er bare Indbildning!" sagde Hajen. "Jeg er aldrig syg. Ingen Fisk er syg!"

"Undskyld!" sagde den gamle Hval; "Aalen har Hudsygdom, Karpen skal have Kopper, og Alle have vi Indvoldsorme!"

"Vrøvl!" sagde Haien, han gad ikke høre Mere, de Andre ikke heller, de havde jo Andet at tage Vare.

Endelig kom de til Stedet, hvor Telegraphtouget laae. Det har et langt Leie paa Havbunden, fra Europa til Amerika, hen over Sandbanker og Havdynd, Klippegrund og Plantevildnis, hele Skove af Koraller, og saa vexle Strømmene dernede, Vandhvirvler dreie sig, Fisk mylre frem, flere i Flok end de talløse Fugleskarer, som Menneskene see i Trækfuglstiden. Der er et Røre, en Pladsken, en Summen, en Susen: den Susen spøger der lidt af endnu i de store, tomme Havconchylier, naar vi holde dem for vort Øre.

Nu kom de til Stedet.

"Der ligger Dyret!" sagde de store Fisk, og den lille sagde det ogsaa. De saae Touget, hvis Begyndelse og Ende svandt i deres Synskreds. Svampe, Polyper og Gorgoner svaiede fra Grunden, sænkede og bøiede sig over det, saa at det snart skjultes, snart var at see. Søpindsviin, Snegle og Orme rørte sig om det; kæmpemæssige Edderkopper, der havde en heel Besætning af Krybdyr paa sig, spankede hen ad Touget. Mørkeblaae Søpølser, eller hvad det Kryb hedder, de æde med hele Kroppen, laae ligesom og lugtede til det nye Dyr, der havde lagt sig paa Havbunden. Flynder og Kabliau vendte sig i Vandet for at høre efter fra alle Sider. Stjernefisken, der altid borer sig ned i Dyndet og kun har de to lange Stilke med Øine udenfor, laae og gloede for at see hvad der kom ud af det Røre.

Telegraphtouget laae uden Bevægelse. Men Liv og Tanke var der i det; Mennesketanker gik igjennem det.

"Den Ting er lumsk!" sagde Hvalen. "Den er istand til at slaae mig paa Maven, og den er nu min ømme Side!"

"Lad os føle os for!" sagde Polypen. "Jeg har lange Arme, jeg har smidige Fingre! jeg har rørt ved den, jeg vil nu tage lidt fastere."

Og den strakte sine smidige, længste Arme ned til Touget og rundt om det.

"Den har ingen Skæl!" sagde Polypen, "den har ingen Skind! Jeg troer, den aldrig føder levende Unger!"

Havaalen lagde sig langs Telegraphtouget og strakte sig saa langt den kunde.

"Den Ting er længere end jeg!" sagde den. "Men det er ikke Længden om at gjøre, man maa have Hud, Mave og Smidighed."

Hvalen, den unge, stærke Hval, neiede sig lige ned, dybere end den nogensinde havde været.

"Er Du Fisk eller Plante?" spurgte den. "Eller er Du kun Ovenfras-Værk, der ikke kan trives hernede hos os?"

Men Telegraphtouget svarede ikke; det har det ikke paa den Led. Der gik Tanker igjennem det, Menneshetanker; de løde i eet Secund de mange hundrede Mile fra Land til Land.

"Vil Du svare eller vil Du knækkes?" spurgte den glubende Hai, og alle de andre store Fisk spurgte om det Samme: "Vil Du svare eller vil Du knækkes!"

Touget rørte sig ikke, det havde sin aparte Tanke, og en saadan kan Den have, der er fyldt med Tanker.

"Lad dem kun knække mig, saa hales jeg op og kommer i Stand igjen, det er skeet ved Andre af mit Slags, i mindre Farvande!"

Det svarede derfor ikke, det havde Andet at bestille, det telegrapherede, laae i lovligt Embede paa Havets Bund.

Ovenover gik nu Solen ned, som Menneskene kalde det, den blev som den rødeste Ild, og alle Himmelens Skyer skinnede som Ild, den ene prægtigere end den anden.

"Nu faae vi den røde Belysning!" sagde Polyperne, "saa sees den Ting maaskee bedre, om saa behøves."

"Paa den, paa den!" raabte Havkatten og viste alle sine Tænder.

"Paa den, paa den!" sagde Sværdfisken og Hvalen og Havaalen.

De styrtede frem, Havkatten foran; men lige idet den vilde bide om Touget, jog i bar Heftighed Savfisken sin Sav lige ind i Bagdelen paa Havkatten; det var en stor Feiltagelse, og Katten fik ikke Kræfter til Bid. Der blev et Mudder nede i det Mudder: Storfisk og Smaafisk, Søpølser og Snegle løbe mod hverandre, aad hverandre, masede, qvasede. Touget laae stille og øvede sin Gjerning, og det skal man.

Den mørke Nat rugede ovenover, men Havets Milliarder og Milliarder levende Smaadyr lyste. Krebs, ikke saa store som et Knappenaalshoved, lyste. Det er ganske vidunderligt, men saaledes er det nu.

Havets Dyr saae paa Telegraphtouget.

"Hvad er dog den Ting, og hvad er den ikke?"

Ja, det var Spørgsmaalet.

Da kom der en gammel Havko. Menneskene kalde det Slags: Havfrue eller Havmand. En Hun var hun, havde Hale og to korte Arme at pjaske med, hængende Bryst, og Tang og Snyltedyr i Hovedet, og det var hun stolt af.

"Vil I have Kundskab og Kjendskab?" sagde hun, "saa er jeg nok den Eneste, der kan give den; men jeg forlanger herfor farefri Græsgang paa Havbunden for mig og Mine. Jeg er Fisk som I, og jeg er ogsaa Krybdyr ved Øvelse. Jeg er den Klogeste i Havet; jeg veed om Alt, hvad der rører sig hernede, og om Alt, hvad der er ovenfor. Den Ting der, I grubliserer over, er ovenfra, og hvad deroppefra dumper ned, er dødt eller bliver dødt og magtesløst; lad den ligge for hvad den er. Den er kun Menneske-Paafund!"

"Jeg troer nu der er noget Mere ved den!" sagde den lille Havfisk.

"Hold Mund, Makrel!" sagde den store Havko.

"Hundesteile!" sagde de Andre, og det var endnu mere fornærmeligt sagt.

Og Havkoen forklarede dem, at det hele Alarmdyr, som forresten jo ikke sagde et Muk, var kun Paafund fra det tørre Land. Og den holdt et lille Foredrag over Menneskenes Trædskhed.

"De ville have fat paa os," sagde den, "det er det Eneste, de leve for; de spænde Garn ud, komme med Mading paa Krog for at lokke os. Denne der er et Slags stor Snøre, som de troe vi skulle bide paa, de ere saa dumme! Det er vi ikke! Rør kun ikke det Makværk, det trevler op, bliver til Smuld og Dynd, det Hele. Hvad ovenfra kommer, har Knæk, Bræk, duer ikke!"

"Duer ikke!" sagde alle Havskabningerne og holdt sig til Havkoens Mening for at have en Mening.

Den lille Havfisk beholdt sin egen Tanke. "Den umaadelig lange, tynde Slange er maaskee den vidunderligste Fisk i Havet. Jeg har en Fornemmelse deraf."

"Den Vidunderligste!" sige vi Mennesker med, og sige det med Kjendskab og Forvisning.

Den store Søslange er det, omtalt længst forud i Sange og Sagn.

Den er født og baaren, sprungen ud fra Menneskets Snille og lagt paa Havets Bund, strækkende sig fra Østens Lande til Vestens Lande, bærende Budskab hurtig som Lysets Straale fra Solen til vor Jord. Den voxer, voxer i Magt og Udstrækning, voxer Aar for Aar, gjennem alle Have, Jorden rundt, under de stormende Vande og de glasklare Vande, hvor Skipperen seer ned, som seilede han gjennem den gjennemsigtige Luft, seer mylrende Fisk, et heelt Farvefyrværkeri.

Dybest nede strækker sig Slangen, en Velsignelsens Midgaardsorm, der bider i sin Hale, idet den omslutter Jorden; Fisk og Krybdyr løbe med Panden imod, de forstaae dog ikke den Ting ovenfra: Menneskehedens tankefyldte, i alle Sprog forkyndende og dog lydløse Kundskabsslange paa Godt og Ondt, den vidunderligste af Havets Vidundere, vor Tids *den store Søslange*.

Den uartige Dreng

Der var engang en gammel Digter, saadan en rigtig god gammel Digter.
En Aften, han sad hjemme, blev det et forskrækkeligt ondt Veir udenfor;
Regnen skyllede ned, men den gamle Digter sad luunt og godt ved sin
Kakkelovn, hvor Ilden brændte og Æblerne snurrede.

"Der bliver da ikke en tør Traad paa de Stakler, som ere ude i det Veir!"
sagde han, for han var saadan en god Digter.

"O, luk mig op! jeg fryser og er saa vaad!" raabte et lille Barn udenfor.
Det græd og bankede paa Døren, medens Regnen skyllede ned og
Blæsten ruskede i alle Vinduer.

"Din lille Stakkel!" sagde den gamle Digter, og gik hen at lukke Døren
op. Der stod en lille Dreng; han var ganske nøgen og Vandet drev af
hans lange gule Haar. Han rystede af Kulde, var han ikke kommet ind,
havde han vist maattet døe i det onde Veir.

"Din lille Stakkel!" sagde den gamle Digter og tog ham ved Haanden.
"Kom Du til mig, saa skal jeg nok faae Dig varmet! Viin og et Æble skal
Du faae, for Du er en deilig Dreng!"

Det var han ogsaa. Hans Øine saae ud som to klare Stjerner, og skjøndt
Vandet flød ned af hans gule Haar, krøllede det sig dog saa smukt. Han
saae ud, som et lille Englebarn, men var saa bleg af Kulde og rystede
over sin hele Krop. I Haanden havde han en deilig Flitsbue, men den var
ganske fordærvet af Regnen; alle Couleurerne paa de smukke Pile løbe
ud i hinanden af det vaade Veir.

Den gamle Digter satte sig ved Kakkelovnen, tog den lille Dreng paa sit
Skjød, vred Vandet af hans Haar, varmede hans Hænder i sine, og kogte
sød Viin til ham; saa kom han sig, fik røde Kinder, sprang ned paa
Gulvet, og dandsede rundt om den gamle Digter.

"Du er en lystig Dreng!" sagde den Gamle. "Hvad hedder Du?"

"Jeg hedder *Amor!*" svarede han, "kjender Du mig ikke? Der ligger min
Flitsbue! den skyder jeg med, kan Du troe! See, nu bliver Veiret godt
udenfor; Maanen skinner!"

"Men Din Flitsbue er fordærvet!" sagde den gamle Digter.

"Det var slemt!" sagde den lille Dreng, tog den op og saae paa den. "O,
den er ganske tør, har slet ikke lidt nogen Skade! Strængen sidder
ganske stram! nu skal jeg prøve den!" saa spændte han den, lagde en
Piil paa, sigtede og skjød den gode gamle Digter lige ind i Hjertet: "Kan
Du nu see, at min Flitsbue ikke var fordærvet!" sagde han, loe ganske
høit og løb sin Vei. Den uartige Dreng! saaledes at skyde paa den gamle
Digter, der havde lukket ham ind i den varme Stue, været saa god mod
ham og givet ham den deilige Viin og det bedste Æble.

Den gode Digter laae paa Gulvet og græd, han var virkelig skudt lige ind

i Hjertet, og saa sagde han: fy! hvor den *Amor* er en uartig Dreng! det
skal jeg fortælle til alle gode Børn, at de kunne tage sig iagt, og aldrig
lege med ham, for han gjør dem Fortræd!"
Alle de gode Børn, Piger og Drenge, han fortalte det til, toge sig saadan
iagt for den slemme *Amor,* men han narrede dem alligevel, for han er
saa udspeculeret! Naar Studenterne gaae fra Forelæsninger, saa løber
han ved Siden af dem, med en Bog under Armen og en sort Kjole paa.
De kunne slet ikke kjende ham, og saa tage de ham under Armen og
troe, det er ogsaa en Student, men saa stikker han dem Pilen ind i
Brystet. Naar Pigerne gaae fra Præsten, og naar de staae paa
Kirkegulvet, saa er han ogsaa efter dem. Ja, han er alle Tider efter Folk!
Han sidder i den store Lysekrone paa Theatret og brænder i lys Lue, saa
Folk troe, det er en Lampe, men de mærke siden noget andet. Han løber
i Kongenshave og paa Volden! ja, han har engang skudt Din Fader og
Moder lige ind i Hjertet! Spørg dem kun ad, saa skal Du høre, hvad de
sige. Ja, det er en slem Dreng, den *Amor,* ham skal Du aldrig have noget
med at gjøre! han er efter alle Folk. Tænk engang, han skjød endogsaa
en Piil paa gamle Bedstemoder, men det er længe siden, det er gaaet
over; men saadan noget glemmer hun aldrig. Fy, den slemme *Amor!*
Men nu kjender Du ham! veed, hvad han er for en uartig Dreng!

Det nye Aarhundredes Musa

Det nye Aarhundredes Musa, som vore Børnebørns Børn, maaskee en
fjernere Slægt skal kjende hende, men ikke vi, naar aabenbarer hun sig?
Hvorledes seer hun ud? Hvad synger hun? Hvilke Sjælens Strænge vil
hun berøre? Til hvilket Høidepunkt vil hun løfte sin Tidsalder?
Saa mange Spørgsmaal i vor travle Tid, hvor Poesien næsten staaer En i
Veien, og hvor man klarlig veed, at det meget „Udødelige", Nutids-
Poeter skrive, i Fremtiden maaskee kun existerer som Kulindskrifterne
paa Fængsels-Murene, seet og læst af enkelte Nysgjerrige.
Poesien maa tage et Tag i med, idetmindste give Forladning i
Partikampene, hvor Blod eller Blæk flyder.
Det er eensidig Tale, sige Mange; Poesien er ikke glemt i vor Tid.
Nei, der gives endnu Mennesker, som paa deres „fri Mandag" føle Trang
til Poesien og da ganske vist, naar de fornemme denne aandelige
Knurren i deres respective ædlere Dele, sende Bud i Bogladen og kjøbe
for hele fire Skilling Poesie, den bedst anbefalede; Nogle lade sig vel
nøie med den, de kunne faae i Tilgift, eller ere tilfredsstillede ved at
læse

en Stump paa Kræmmerhuset fra Urteboden; den er billigere, og

Billigheden i vor travle Tid maa der tages Hensyn til. Trangen findes til hvad vi har, og det er nok! Fremtids Poesie, som Fremtids Musik, hører til Donquixotiaderne; tale om den, er som at tale om Reiseopdagelser i Uranus.

Tiden er for kort og kostbar til Phantasielege, og hvad er, skulle vi engang tale ret fornuftigt, hvad er Poesie? Disse klingende Udslyngninger af Følelser og Tanker, den er kun Nervernes Svingninger og Bevægelser. Al Begeistring, Glæde, Smerte, selv den materielle Stræben er, sige de Lærde os, Nervesvingninger. Vi ere Enhver — et Strængespil.

Men hvem griber i disse Strænge? Hvem faaer dem til at svinge og bæve? Aanden, den usynlige Guddoms Aand, som lader, gjennem dem, klinge sin Bevægelse, sin Stemning, og den forstaaes af de andre Strængespil, saa at de klinge derved i sammensmeltende Toner og i Modsætningens stærke Dissonantser. Saaledes var det, saaledes bliver det i den store Menneskeheds Fremadskriden i Friheds Bevidsthed. Hvert Aarhundrede, hvert Aartusinde kan der ogsaa siges, har sit Storhedsudtryk i Poesien; født i det afsluttende Tidsrum, træder den frem og raader i det nye kommende Tidsrum.

Midt i vor travle maskinbrusende Tid er hun saaledes allerede født, hun, det nye Aarhundredes Musa. Vor Hilsen sende vi hende! hun høre den, eller læse den engang, maaskee mellem Kulindskrifterne, vi nys omtalte.

Hendes Vuggegænge gik fra det yderste Punkt, Menneskefod betraadte paa Nordpolsundersøgelserne til saavidt det levende Øie saae ind i Polarhimlens „sorte Kulsække". Vi hørte ikke Gængen for klaprende Maskiner, Locomotivets Piben, Sprængning af materielle Klipper og Aandens gamle Baand.

I vor store Nutids Fabrik er hun født, hvor Dampen øver sin Kraft, hvor Mester Blodløs og hans Svende slide Dag og Nat.

Hun har i Eie Qvindens store kjærlighedsfyldte Hjerte, med Vestalens Flamme og Lidenskabens Baal. Forstandens Lynglimt fik hun, i alle Prismets gjennem Aartusinder skiftende Farver, der vurderedes efter Modefarven. Phantasiens mægtige Svaneham er hendes Pragt og Styrke, Videnskaben vævede den, „Urkræfterne" gave den Svingkraft. Hun er Folkets Barn paa Faders Side, sund i Sind og Tanker, Alvor i Øiet, Humør paa Læben. Moderen er den højbaarne academi-opdragne, Emigrantens Datter med de gyldne Rococo Erindringer. Det nye Aarhundredes Musa har Blod og Sjæl i sig af de To.

Herlige Faddergaver bleve lagte paa hendes Vugge. I Mængde er strøet der som Bonbons Naturens skjulte Gaader med Opløsning; af Dykkerklokken er rystet vidunderligt „Nips" fra Havets Dyb.

Himmelkortet, dette ophængte stille Ocean med de Myriader Øer, hver en Verden, blev lagt aftrykt som Vuggeklæde. Solen maler hende Billeder; Photographien maa give hende Legetøi.

Hendes Amme har sjunget for hende af Eivind Skaldespiller og Firdûsi, af Minnesangerne og hvad Heine drengekaad sang af sin virkelige Digtersjæl. Meget, altfor Meget har hendes Amme fortalt hende; hun kjender Edda, den gamle Ur-Mormors Moders gruvækkende Sagaer, hvor Forbandelserne suse med blodige Vinger. Hele Orientens „Tusind og een Nat" har hun hørt i en fjerdedeel Time.

Det nye Aarhundredes Musa er Barn endnu, dog hun er sprungen ud af Vuggen, hun er fuld af Villie, uden at vide hvad hun vil.

Endnu leger hun i sin store Ammestue, der har fuldt op af Konstskatte og Rococo. Den græske Tragedie, og det romerske Lystspil, staae der, meislede i Marmor; Nationernes Folkeviser hænge som tørrede Planter paa Væggen, et Kys paa dem, og de svulme frem i Friskhed og Duft. Hun er ombruset i evige Accorder af Beethovens, Glucks, Mozarts og alle de store Mesteres Tanker i Toner. Paa Boghylden er henlagt saa Mange, der i deres Tid vare udødelige, og her er god Plads til mange Andre, hvis Navne vi høre klinge gjennem Udødelighedens Telegraphtraad, men døe med Telegrammet.

Skrækkelig Meget har hun læst, altfor Meget, hun er jo født i vor Tid, grumme Meget maa glemmes igjen, og Musaen vil forstaae at glemme. Hun tænker ikke paa sin Sang, der vil leve frem i et nyt Aartusinde som Moses's Digtninger leve og Bidpais guldkronede Fabel om Rævens List og Lykke. Hun tænker ikke paa sin Sendelse, sin tonende Fremtid, hun leger endnu, under Nationers Kamp, som ryster Luften, der sætter Klangfigurer af Pennefjedre og Kanoner, paa kryds og tværs, Runer, der ere svære at raade.

Hun bærer Garibaldi-Hat, læser imidlertid sin Shakspeare og tænker et kort Øieblik, han kan endnu opføres naar jeg bliver stor! Calderon hvile i sine Værkers Sarkophag, med Berømmelsens Indskrift. Holberg, ja Musaen er Kosmopolit, hun har ham heftet ind i eet Bind med Molière, Plautus og Aristophanes, men læser meest i Molière.

Hun er løst fra den Uro, som jager Alpernes Gemser, og dog higer hendes Sjæl efter Livets Salt, som Gemserne efter Bjergets; der hviler i hendes Hjerte en Ro, som i Hebræernes Oldtids Sagn, denne Røst fra Nomaden paa de grønne Sletter i de stille stjerneklare Nætter, og dog svulmer i Sangen Hjertet stærkere end hos den begeistrede Kriger fra Thessaliens Bjerge i den græske Old.

Hvorledes staaer det sig med hendes Christendom? — Hun har lært Philosophiens store og lille Tabel; Urstofferne have knækket en af hendes Melketænder, men hun har saaet nye igjen, Kundskabsfrugten bed hun i paa Vuggen, aad og blev klog, — saa at „Udødelighed" lynede frem for hende som Menneskehedens genialeste Tanke.

Naar oprinder Poesiens nye Aarhundrede? Naar skal Musaen kjendes? Naar skal hun høres?

En deilig Foraarsmorgen kommer hun paa Locomotivets Drage brusende gjennem Tunneler og over Viaducter, eller hen over det bløde, stærke Hav, paa den pustende Delphin, eller gjennem Luften paa Montgolfiers Fugl Rok, og daler ned i Landet, hvorfra hendes Guddomsrøst første Gang skal hilse Menneskeslægten. Hvor? Er det fra Columbus's Fund, Frihedslandet, hvor de Indfødte bleve et jaget Vildt og Afrikanerne Trældyr, Landet, hvorfra vi hørte Sangen om „Hiawatha"? Er det fra Antipodernes Verdensdeel, Guldklumpen i Sydhavet, Modsætningernes Land, hvor vor Nat er Dag og sorte Svaner synge i Mimose Skove? Eller fra Landet, hvor Memnons-Støtten klang og klinger, men vi ikke forstode Sangens Sphinx i Ørkenen. Er det fra Steenkulsøen, hvor Shakspeare er Herskeren fra Elisabeths Tid? Er det fra Tycho Brahes Hjem, hvor han ikke taaltes, eller fra Californiens Eventyrland, hvor Wellingtontræet løfter sin Krone som Verdensskovenes Konge.

Naar vil Stjernen lyse, Stjernen paa Musaens Pande, Blomsten, i hvis Blade er indskrevet Aarhundredets Udtryk af det Skjønne i Form, Farve og Duft?

„Hvad er den nye Musas Program?" spørger vor Tids kyndige Rigsdagsmænd. „Hvad vil hun?"

Spørg heller hvad hun ikke vil!

Ikke vil hun optræde som Gjenganger af den svundne Tid! ikke vil hun tømre Dramaer af Scenens aflagte Herligheder eller dække Mangler i dramatisk Architektur ved Lyrikens blendende Drapperier! hendes Flugt frem for os vil værre som fra Thespis-Kærren til Marmor-Amphitheatret. Hun slaaer ikke den sunde Mennesketale i Stykker og klinker den sammen til et konstigt Klokkespil med indsmigrende Klang fra Troubadour-Tourneringerne. Ikke vil hun stille Versemaalet som Adelsmand og Prosaen som den Borgerlige! jævnsides staae de i Klang, Fylde og Kraft. Ikke vil hun meisle ud af Islands Sagablokke de gamle Guder! de ere døde, der er ingen Sympathie for dem i den nye Tid, intet Slægtskab! Ikke vil hun byde sin Samtid indlogere deres Tanker i franske Romankipperi ikke vil hun døve med Hverdagshistoriernes Chloroform! en Livselixir vil hun bringe! hendes Sang i Vers og Prosa vil være kort, klar, rig! Nationaliteternes Hjerteslag, hver er kun eet Bogstav i det store Udviklingsalphabet, men hvert Bogstav griber hun med lige Kjærlighed, stiller dem i Ord og slynger Ordene i Rhythmer til sin Nutids Hymne.

Og naar er Tidens Fylde kommen?

Det er længe for os, som endnu ere her tilbage, det er kort for dem, som fløi forud.

Snart falder den chinesiske Muur; Europas Jernbaner naae Asiens aflukkede Culturarchiv, — de to Culturstrømme mødes! da maaskee bruser Fossen med sin dybe Klang, vi Nutids Gamle ville skjælve ved de stærke Toner og fornemme deri et Ragnarok, de gamle Guders Fald, glemme, at hernede maae Tider og Folkeslægter forsvinde, og kun et lille Billede af hver, indesluttet i Ordets Kapsel, svømmer paa Evighedens Strøm som Lotusblomst, og siger os, at de Alle ere og vare Kjød af vort Kjød, i forskjellig Klædning; Jødernes Billede straaler fra Bibelen, Grækernes fra Iliade og Odyssee, og vort —? Spørg det nye Aarhundredes Musa, i Ragnarok, naar det nye Gimle løfter sig i Forklarelse og Forstaaen.

Al Dampens Magt, al Nutids Tryk vare Løftestænger! Mester Blodløs og hans travle Svende, der synes vor Tids mægtige Herskere, ere kun Tjenere, sorte Slaver, som smykke Høisalen, frembære Skattene, dække Bordene til den store Fest, hvor Musaen med Barnets Uskyldighed, Ungmøens Begeistring og Matronens Ro og Viden løfter Digtningens vidunderlige Lampe, dette rige, fulde Menneskehjerte med Gudsflammen.

Vær hilset, du Musa for Poesiens nye Aarhundrede! vor Hilsen løfter sig og høres, som Ormens Tankehymne høres, Ormen, der under Plovjernet skæres over, idet et nyt Foraar lyser og Ploven skærer Furer, skærer os Orme sønder, for at Velsignelsen kan groe for den kommende nye Slægt. Vær hilset, du det nye Aarhundredes Musa!

Det sjunkne Kloster

Nær ved Flekken Neuenkirch ligger der, midt i den dunkle Skov, en eensom Eng med en lille Sø; Stedet her er kun lidet besøgt, ja kun Faa kjende det. Den sorte Granskov rundt om har noget Melancholsk, noget, der vækker Gysen, i det den ligesom kaster et hemmelighedsfuldt Slør over dette Sted, hvor ingen Fugl qviddrer, ingen Solstraale ret finder Vei. Søen selv er uendelig dyb, og det er en Grund mere, hvorfor man frygter den.

For mange Aarhundreder siden stod her et Nonnekloster, med høie Taarne og udhugne Steenbilleder i den røde Muur.

En mørk, stormende Vinternat, kom der engang en gammel, fattig Mand; syg og afkræftet vilde han her bede om Ly og Natleie; han bankede paa Porten, men Portnersken var en magelig, haardhjertet Qvinde; det var hende for koldt og for megen Uleilighed, at gaae ned og aabne de mange Laase og Skodder; hun raabte derfor kort og vred til ham, at han maatte gaae og søge andet Natleie, men det var den Gamle, for Udmattelse og Kulde umueligt at gaae længer; han bad endnu engang, jamrede og græd, men forgjæves; selv Priorinden og alle de andre Nonner lode sig ikke røre ved hans Nød. Kun en eneste, der endnu ikke havde aflagt Ordenens Løfte, blev rørt derved, og bad for ham; men de loe ad hende, spottede hendes gode Følelse og lode den Gamle blive udenfor.

Da steeg Uveiret meer og meer; den gamle Mand berørte Muren med sin Stav, og i samme Nu sank det stolte Kloster ned i Dybet. Røg og Ild bølgede op af det frygtelige Svælg, som derpaa fyldtes med Vand. Da Uveiret lagde sig om Morgenen, saae man en Sø paa det Sted, hvor Dagen forud det gyldne Kors havde funklet i Sollyset paa de høie Klokketaarne.

Hiin godmodige Søster, der ene følte Medlidenhed for den Gamle, nærede en oprigtig, levende Kjærlighed til en af Egnens mest ædle Riddere; Klostret var hende derfor et Fængsel. Men i mangen natlig Time sneg Ridderen sig gjennem Skoven til det eensomme Kloster. Naar da Alt slumrede rundt om, talede de gjennem Gittret til Cellen, og ofte stod allerede Daggryet paa Himlen før de skildtes ad.

Ogsaa i denne stormende Nat kom han. Men, hvor bævede ikke hans Hjerte af Angest og Smerte, da han ikke længer saae Klostret der, men kun hørte, hvor Vandet brusede og kogte i den tykke Røg. Han vred sine Hænder, jamrede og raabte den Elskedes Navn, saa det kunde høres gjennem Stormen vidt omkring.

"Kun een Gang, kun een eneste Gang," sukkede han, "kom tilbage i mine Arme!"

Da hørte han en Stemme fra Dybet, hvor Søen reiste sine skummende Bølger.

"Kom imorgen Nat ved den ellevte Time, her paa dette Sted! Paa Vandfladen her vil Du da see en blodrød Silketraad, tag den og træk op!"

Stemmen taug. Fuld af Sorg og Smerte vandrede Ridderen hjem, uvis om, hvad hans Skjæbne vilde blive. Men paa den fastsatte Tid kom han igjen og gjorde hvad Stemmen havde befalet ham.

Skjælvende greb han den blodrøde Traad, trak den op og – da stod hans Elskede for ham.

"Den uudgrundelige Skjæbne," sagde hun, "der lod mig Uskyldige synke i Dybet med de Skyldige, har forundt mig, at jeg hver Nat, fra elleve til tolv, tør tale med Dig; men aldrig tør jeg overskride denne bestemte Tid; gjorde jeg det, da saae Du mig aldrig mere; heller ikke tør nogen anden Mand, uden Dig, faae mig at see, ellers vil en usynlig Haand overskjære min Livstraad."

Længe, længe, fortsatte Ridderen sine natlige Besøg, og altid steeg den Elskede op af de blaae Bølger, naar han trak i den blodrøde Traad. De vare begge saa lykkelige ved disse hemmelighedsfulde Sammenkomster, og frygtede heller ikke for at blive overraskede her paa dette eensomme, frygtede Sted. Men Nid og Ondskab belurede Ridderens Fjed og en fremmed Mand saae de Elskende vandre Arm i Arm ved Søens Bred. Da Ridderen nu den følgende Nat i det klare Maaneskin, nærmede sig den kjære Sø, da var Vandet blodrødt, skjælvende greb han Traaden, men – den var bleget hvid og skaaren over.

Jamrende løb han rundt om Søen, vred sine Hænder og raabte den Elskedes Navn. Men Alt blev stille. Da styrtede den trøstesløse Yngling sig i Søen og Vandet lukkede sig over ham.

Dødningen

Omtrent en Miil fra Bogense finder man på Marken i Nærheden af Elvedgård, en ved sin Størrelse mærkværdig Hvidtjørn, der kan sees fra selve den jydske Kyst. I gamle Dage skal der have været to, og man fortæller, at Frederik den Anden har besøgt dette Sted, for at see denne Mærkelighed, og at de i denne Anledning vare udskårne i Form af to Kroner.

Som ganske unge Spirer voxte disse Hvidtjørne i en lille Hauge, som låe der bag et fattigt Bondehuus; dengang var Elvedgård et Nonnekloster rundtomkring omgivet med Voldgrave, hvoraf endnu en stor Deel er vedligeholdt.

Det var en smuk August-Aften, Myggene opførte deres luftige Françaiser, og Frøerne sade som fugtige Spillemænd og qvækkede et lystigt Chor i deres dybe Orchester, Nonnerne havde just endt den fromme Aftensang og hver begav sig til sin Celle. Omkrandset af Skoven låe den lille Indsøe så stille og speilklar ved Klosteret, kun når en Fisk slog op forstyrredes den rolige Flade; men imellem Elverkrattet, såe man ved Fuldmånens Skin, hvorledes Elverpigerne som lette Tåger svingede sig i lystige Dandse, Elverkongen stod med en Sølv-Krone på Hovedet, der skinnede med blåligt Skjær i Månelyset; dybt nede i Mosen legede Løgtemændene Tagfat om en lille Høi, hvor engang en hellig Munk havde nedmanet en Natteånd, men han måtte vist ikke have forstået Kunsten ret, thi den Nedmanede fløi hver Midnat, i store Kredse, som en kulsort Ravn og skræmmede Egnens Beboere ved sit hæse Skrig.

Der var allerede ganske mørkt i Klosteret, men fra den lille Hytte i hvis

Have Hvidtjørnene vare plantede, flammede endnu Lampelyset gjennem de småe Ruder. Indenfor de nøgne Leervægge låe en gammel Bonde på Dødsleiet; hans Søn Johannes sad ved Sengen hos ham og trykkede den Døendes kolde, klamme Hånd fast til sine Læber. Fårekyllingen peeb så varslende i Krogen, Lampen var næsten udbrændt; den Gamle såe endnu engang med store, stive Blikke på Sønnen, knuede krampagtigt hans Hånd og sov.hen i Herren Johannes græd høit, nu følte han sig med eet så ganske ene i Verden; vel havde han mange Ligealdrende og Bekjendte der i Egnen, men der var jo ingen han ganske kunde slutte sig til, ingen, der ganske kunde dele hans Følelser.

Dagen skinnede alt ind i Hytten og fandt Johannes sovende foran Faderens Dødsleie; han holdt endnu den Dødes kolde Hånd fast i sin, og deilige, brogede Billeder fløi i Drømme forbi hans Sjæl. Han såe sin Fader frisk og sund; alt var lyst og smukt rundtomkring, og en deilig, men bleg og liigklædt Pige satte ham en Krands på Hovedet; hans gamle Fader lagde Pigens Hånd i hans; - han vågnede, og følte nu kun Faderens kolde Dødninghånd, og så den Dødes brustne Blikke, der uden Seekraft stirrede på ham.

Det var en Fredagmorgen de førte den Døde til sit sidste Hvilested; Johannes fulgte langsomt efter den sorte Kiste der gjemmede ham hans kjære Fader; Munken læste en latinsk Bøn og kastede Jord på Kisten, da var det, som hans Hjerte skulde briste, men da Chor-Drengene sang og svingede Røgelseskarrene, så den blålige Røg hvirvlede op imellem de grønne Hække, da smeltede han hen i Gråd; han syntes i de spæde Stemmer at høre Guds Engle der sang hans Fader imøde. Han såe op imod Himlen, såe rundt omkring sig; Alt åndede et frodigt Sommer-Liv; da blev det ham klart i Sjælen, at Døden ikke kunde være Tilintetgjørelse; Fuglene sang så smukt rundtom i de høie Kastanietræer, og høit oppe under den blå Himmel seilede de lette Skyer langtbort til fremmede Lande. Da vågnede en mægtig Længsel hos ham efter at see sig om i Verden. Skaren drog tilbage til Sørgehuset hvor et rigeligt Gilde ventede den; man roste den Afdøde og hans velbryggede Most, og alt som de drak for den Døde bleve de selv mere levende; en mædsket Munk, der lignede den hogårtske, havde påtaget sig en Harlequins lystige Rolle, drak og sagde dumme Vittigheder så godt som nogen monarkisk Skolemester, men Johannes sneeg sig fra det lystige Selskab; han havde skåret og sammenføiet et stort Trækors, det bar han hen på Kirkegården og satte på Faderens Grav, som alt nogle af Byens Piger havde bestrøet med Sand og Blomster.

Tidlig den næste Morgen pakkede han sig en lille Byldt sammen, gjemte i sit Belte hele sin Arvepart, der bestod i 50 Rdlr., og med denne og en lille Pung, hvori var nogle Sølvskillinger, forlod han Huset for at drage ud i den vide Verden. - Veien gik over Kirkegården hvor han først tog Afsked med sin Faders Grav, en Lærke sad på Trækorset og sang, men flagrede strax bort mellem de duftende Hyldetræer, da Johannes nærmede sig.

Det var en deilig Morgen, den duggede Kornmark strålte som et Hav af Guld i Morgensolen; langsomt steeg Tågerne fra Engen, og alle Blomsterne nikkede i den friske Morgenvind, som de vilde ønske Johannes Velkommen i den frie Natur. Endnu engang dreiede han sig om på Høien for at see den gamle, bekjendte Kirke, hvor han var døbt, og hvor han hver Søndag med sin gamle Fader havde bedet til Christus og alle de Hellige; da såe han høit oppe i et af Hullerne i Tårnet, Kirke-Nissen ståe med sin lille røde, spidse Hue, han skyggede for sit Ansigt med den bøiede Arm, da ellers Morgensolen skar ham i Øinene; Johannes nikkede ham sit Levvel, og den lille Nisse svingede sin røde Hue, lagde Hånden på Hjertet og kyssede mange Gange på Fingrene for at vise ham sine varme Ønsker om at Reisen måtte blive lykkelig.

Med Hovedet fuldt af brogede Drømme om den store deilige Verden han nu først ret skulde see, fjernede han sig alt mere og mere det kjære Barndoms Hjem. Gjenstandene blev snart nyere og fremmede Ansigter hilsede ham. Den første Nat indlogerede han sig i en Høestak på Marken, og sov der som en persisk Fyrste i sit strålende Sovkammer. Den grønne Mark var hans Gulvteppe, Hyldebuskene og de vilde Rosenhække vare hans Blomstervaser, og som Vandfad havde han den hele Aae med sit friske rindende Vand. Månen hang som en stor argantisk Lampe under det hvælvede Loft og brændte med en stadig Flamme. Uden nu at være i Frygt for at Lyset der, skulde brænde ned i Stagen eller vælte, og tænde Ild i det blåe Loft og de lette Sky-Gardiner sov Johannes, til et Chor af vingede Spillemænd vækkede ham den næste Morgen.

Fra den nære Landsby ringede Klokkerne, det var Søndag; Folk gik til Kirke og hilsede alle så venligt den fremmede Vandringsmand med det åbne ærlige Ansigt; snart tonede Messesangen, og Lysene brændte på Altarbordet, men Johannes stod allene på Kirkegården, såe de mange sjunkne Grave, der vare overgroede med høit Græs, da tænkte han på sin Faders Grav, der nok også snart vilde synke således sammen, da han ikke var og pyntede og lugede den. - Taus sadde han sig ned og rykkede Græsset af een af de nærmeste Grave, reiste de sorte Kors der vare faldne om, og lagde Krandsene, som Vinden havde revet bort fra de friske Grave, igjen på deres Sted, i det han tænkte, at også en kjærlig Hånd vilde tage sig af hans Faders Grav, nu da han ikke kunde det. Ved Kirkegårdsporten stod der en gammel Tigger med et fromt ærværdigt Ansigt og lenede sig til sin Krykke, med ham deelte han den lille Rest han endnu havde af Sølvpengene i sin Pung, og gik så roligt og fornøiet videre frem i den vide Verden.

Ved Stranden fandt han en Skipper der låe seilfærdig, og for den lille Rest af sine Sølvpenge fik han ham til at tage sig med. Snart svulmede de hvide Segl for den friske Søevind; den deilige danske Kyst med sine Skove og Bakker fjernede sig mere og mere; Bølgerne væltede sig skumhvide mod Skibets Forstavn, og let som en Fugl fløi det hen over Havet til fremmede Lande; henimod Aften viste sig en ny Natur-Scene for ham. Havet blev med eet roligt, Fladen var glat som et Speil, men langtborte suuste det i Luften som et Forbud på det kommende Uveir; sorte tunge Skyer hævede sig på Horizonten, og de hvide Måger flagrede ængsteligt med hæse Skrig henimod Kysten som man øinede i nogen Afstand. Før Skibet endnu nåede Land, var Uveiret kommet nærmere; Johannes stod ved Masten og såe henrykt ud i den oprørte Natur. Solen gik just stor og rund ned i Havet og alle Bølgerne spillede med en underlig Blanding af Rødt og Grønt. Over Havet hvælvede sig en deilig Regnbue og under denne stod den store Uveirsskye, ikke sort og truende, men farvet med et mildt Rosenskjær af den synkende Sol, og midt i dette blegrøde, spillede de blåhvide Lynstråler. Med ganske underlige Følelser betrådte Johannes Kysten; han stod jo nu i et fremmet Land, og Havet låe imellem ham og Hjemmet. Men snart forjog Synet af de mange nye Gjenstande det øieblikkelige Mismod; Uveiret syntes at drage bort over Havet, Aftenen var så kjølig og smuk, han besluttede derfor strax at vandre videre; men efter nogle Timers Forløb, havde Uveiret vendt sig, og vor kjære Ungersvend måtte fordoble sine Skridt for at komme under Tag før Regnen brød løs. Det blev alt mørkere og mørkere omkring ham; endelig såe han en Kirke, der låe eensom på en skovbegroet Høi; han stræbte der hen og fandt Døren til Våbenhuset på Klem. Rigtignok blev han ved Indtrædelsen lidt underlig om Hjertet ved at see sig i Selskab med en Død; thi på Løibænken låe Liget af en midaldrende Mand med foldede Hænder og Svededugen over Ansigtet.

"Jeg vil ikke forstyrre den Dødes Ro," tænkte han, "kun låne Tag til Uveiret er draget over." Stille sadde han sig i Krogen, og var nær falden i Søvn, men da Regnen hørte op og Stormen sagtnedes, hørte han det pusle ganske underligt ved Døren og to store mørke Skikkelser trådte ind, de nærmede sig den Døde og loe fælt i det de voldsomt toge fat på ham.

"I Jesu-Navn hvem er I!" råbte Johannes og trådte frem imod dem.

"Hvorfor vil I forstyrre den Dødes Fred?"

Mændene studsede, men efter nogle Øieblikke begyndte den ene ganske hæsligt at lee og sagde med råe Stemme:

"Hævn, min Broder! Hævn! - denne Døde skylder os 50 Rdlr., som vi lånte ham for nogle Dage siden; det var på Speculation, og han var da frisk som en Fugl i Luften, men så gik han os igår hen og vilde trække en lurvet Tigger-Dreng op, der var faldet i Aaen, og blev der så selv lidt for længe. Nu kan vi skyde en hvid Pind efter Pengene! os har han narret, og gjælder dog hos alle gamle Kjærlinger for en Guds Mand, men når vi nu har kradset ham lidt, så vil nok Bladet vende sig, og man vil ryste på Hovedet og vidske om Satan og hans Engleskare; forstår Du mig?"

"Men om jeg nu træder frem i Morgen," svarede Johannes, "og fortæller hvad I nu så åbenhjertigt har sagt mig, hvad så?"

"Hvad så!" svarede Manden, "ja, når vi frygtede det, så kneb vi Dig nu strax i Halsen, så Øinene skulde ståe ud af Hovedet på Dig som på en kogt Krebs! men det frygte vi ikke for; thi til Gavn kan det aldrig blive Dig, og en Ulykke vilde Du være vis på!"

Således talede Manden og greb nu atter fat i Liget for at mishandle det; men Johannes trådte dristigt imellem og søgte med al sin Veltalenhed at forhindre det, men uden Nytte.

"Min Vei går ud i den vide Verden," sagde han tilsidst, "jeg har hverken Fader eller Moder, og min hele Rigdom er 50 Rdlr.; såmeget er det jo den Døde skylder Eder? Vil I nu ved Gud og alle Helgene love mig, ikke oftere at forstyrre hans Fred, så vil jeg gjerne give Eder min lille Eiendom!"

"I vil betale den Dødes Gjæld?" spurgte den ene og såe på ham med store Øine.

"Ja," svarede Johannes, "når jeg kun kan være vis på at I vil forunde hans arme Legeme Ro, og ikke søge at forringe hans ærlige Rygte. Her er Pengene, men gjør først Eed over den Døde, og læg Eders Hånd på hans kolde Hoved!"

Mændene adløde og forføiede sig snart veltilfredse hjem med Pengene; men Johannes lagde først Liget tilrette igjen på Løibænken, og foldede dets kolde Hænder før han greb til Vandringsstaven og sagde den Døde Farvel.

"See nu er jeg lettet for den Byrde!" tænkte han, "ingen Røver skal nu slåe mig ihjel for mine Penges Skyld, og jeg har ærligt betalt mit Nattely; vor Herre vil nu nok sørge for hvad der videre skal komme!" Rolig og tilfreds forlod han Våbenhuset; Uveiret var draget over og Fuldmånen skinnede hvid og klar fra den blå Himmel. Natten var så mild og kjølig og alle Buske og Træer i Skoven hvor han gik duftede så friskt og kvægende; lystigt legede de små Alfer i Krattet, og lode sig ikke forstyrre af den Fremmede der gik forbi og såe på deres Lege, thi han var et godt, uskyldigt Menneske. - Nogle af Alferne vare ikke større end en Finger og havde deres lange gule Hår opheftet med Guldkamme; andre vare kun en Tomme i Høiden, det var vistnok de mindre Børn, og de morede sig med at seile i store Blomsterblade der gyngede på Duggen i det høie Græs; væltede sådan en lille Båd så Alfen faldt på Hovedet ned og blev borte i Græsset, da blev der en Latter og Støi af de andre Små-Puslinger. - Fra Hæk til Hæk måtte store brogede Ædderkopper med Guldkroner på Hovedet, spinde dem flere Alen lange Hænge-Broer og Paladser, der, besprængte med de fine Dugdråber, såe ud som de vare indvirkede med Diamanter. Hele Skarer af luftige Alfer hoppede nu om på disse Broer og Slotte til den lyse Morgen, da forsvandt de allesammen, og Vinden førte deres deilige Bygninger bort, der nu kun flagrede hen i Luften som store Spindelvæve og forsvandt reent, da Solen kom høiere på Himlen. I det Johannes således vandrede fremad i levende Drømme, hørte han en stærk Mandsstemme råbe bagved sig: "Holla Kammerat! hvorhen gjelder Reisen?" Han vendte sig om, og såe en rask Mand på omtrent 30 Aar, han var velklædt, havde en lille Randsel på Ryggen og støttede sig på en stor Knortekjæp.

"Jeg går ud i den vide Verden," sagde Johannes, "min Fader er død, og jeg er kun en fattig Knøs, men vor Herre, tænker jeg, hjælper mig nok! Fuglen synger og har dog hverken Korn eller Penge, og det går mig ligesådan."

"Min Vei går også ud i den vide Verden," sagde den Fremmede; "skal vi da ikke gjøre Følgeskab? To slåe sig altid bedre igjennem end een!" Rask gled Talen ham fra Tungen, Johannes følte sig underligt draget til ham, og snart vare de ret fortrolige og bekjendte med hinanden.

Den Fremmede besad sjeldne Kundskaber, havde seet sig meget om i Verden; Johannes lyttede forundret til hans Tale, en heel ny Verden viste sig for ham, og Alt hvad han før kjendte, trådte nu frem i en ny og klarere Skikkelse. Han beskrev ham så levende de uendelige, høie Bjerge med deres evige Iis og Snee; hvorledes Skyerne hang dybt nede under Vandringsmanden; hvor reen Luften der var, så at Himlen hvælvede sig i det mørkeste Blåe, og Solen stod uden blændende Stråler i det stærkeste Ildrødt. Hvor skjønt der var imellem disse Bjerge, hvor Iispyramider vexle med Blomstertæpper og gyldne Kornmarker; og hvor man fra den høieste Spidse skuer ud i det Uendelige; og hvor da de lavere Bjerge med deres Gletscher og Snee see ud som et oprørt Hav, der i et Nu er stivnet med sine uhyre Bølger. Han fortalte ham også om Bjergenes Indre, hvor det blinkende Ærts slyngede sig som Bække og Floder i uendelige Bugter; om de store Have med deres Koralklipper og store Uhyrer; og om uendelige mange Riger og Lande på denne Jord. Aldrig havde Johannes tænkt sig Verden så stor; jo mere den Fremmede fortalte, desto større blev den for ham; men som han meest undrede sig over dens Storhed, pegede den Fremmede mod Himlen, viste ham Solen, og udviklede hvorledes enhver Stjerne, der tindrede ham om Natten kun som en lille Prik, var en Klode, større og måskee skjønnere end denne Jord her; da svimlede Johannes ved Tanken om det store Uendelige, men rystede derpå med Hovedet og trykkede smilende den Fremmedes Hånd idet han takkede ham for det deilige Eventyr, thi andet kunde det jo ikke være. -

Solen stod allerede høit da de gjorde Rast under et stort Træ; den Fremmede deelte sit lille Forråd med ham, der bestod i Brød og Viin; en sådan Drik havde han endnu aldrig smagt; det var ret en fornem Frokost i det Grønne. Skoven hvælvede sig som en Riddersal, og høit oppe i Galleriet, der var betrukket med ægte Grønt der ikke gik af i Vadsken, sang Fuglene, som de største Sangere, smukt fra Bladet, og ikke een slog en falsk Trille.

Vore Vandringsmænd havde næsten fortæret deres Frokost, da der nærmede sig en gammel, af Alderen krumtbøiet Kone; hun bar på sin Ryg et Knippe Brænde, som hun havde samlet sig i Skoven, og støttede sig med den ene Hånd på en Krykkestok, men holdt med den anden tre store Riis af Bregner og Vidier. Langsomt og stønnende skred hun fremad, men som hun var nærved dem begge sank hun til Jorden og udstødte et smerteligt Skrig; de sprang strax op for at hjælpe hende, men hun havde i Faldet brukket sit ene Been. Hun jamrede høit af Smerte, og bad dem føre hende til sin Hytte, som kun låe et lille Stykke Vei derfra. Johannes greb hende strax i sine Arme, men den Fremmede bad ham at lade hende ligge i Græsset, tog så en Krukke frem af sin Randsel og forsikkrede at den gjemte en kostbar Salve, der ikke alene strax kunde hele Beenbrudet, men endogså gjøre hende det Been langt raskere end det før havde været, men til Belønning forlangte han de tre Riis hun bar i Hånden. Den Gamle stirrede forundret på ham og mumlede sært med de tandløse Gummer:

"Kold og hvid, varm og rød,

"Kongekrone eller Død" -

og rakte ham de tre Riis. Neppe havde han nu besmurt Benet med sin Undersalve, før den Gamle reiste sig, og forsikrede at hun endnu aldrig havde været så let på det Been før, og bad ham, dog endelig at smøre det andet lidt med, for at hun ikke skulde komme til at hinke, men kunde blive lige rask på begge Benene; neppe havde han opfyldt hendes Ønske, før begge Pusselankerne gik på hende som nogle Trommestikker, hun knixede og forsvandt i den grønne Skov.

"Hvad vil Du med de Riis?" spurgte Johannes den Fremmede, som gjemte dem omhyggeligt i sin Randsel.

"Bruge dem når jeg bliver Kjærtesvend og skal ledsage min Dame;"

svarede han, "o det var en ganske fortræffelig Fangst!"

Henimod Aften trådte de ud af Skoven, og en stor viid Udsigt låe foran dem.

"Hvilke sorte Skyer trække ikke op derude!" sagde Johannes, "det bliver vist Uveir til Natten."

"Sorte Skyer;" afbrød den Fremmede ham, "nei det er Bjerge, imorgen ville vi kunde være der."

Med hvilken Længsel stirrede ikke Johannes der hen og ønskede endnu i denne Aften at kunde være der, men den Fremmede fandt det rigtigst at de udhvilede sig i det nære Værtshuus, for at de med fornyede Kræfter den næste Morgen kunde begynde deres Bjerg-Reise.

I Krostuen var der en stor, broget Forsamling, thi en Marionetspiller havde her på nogle Tønder opreist sit lille Theater, og vilde give Dronning Esters deilige Historie. Johannes og den Fremmede toge sig Plads imellem de andre Tilskuere, hvoraf nogle røge Tobak, og andre sladdrede ganske lystigt. En tyk Slagter som lod til at være den fornemste i Selskabet sad nærmest Theateret med sin store Bulbider ved Siden, der gloede omkap med det øvrige Publicum på den kongelige Herlighed der nu viste sig.

Kong Ahasverus havde allerede ophøiet Ester til Dronning; Mardochæus var ført om på en deilig hvid Hest og Haman hængt; nu kom den sidste Act hvor Jøderne skulde ihjelslåe alle deres Fjender; hu! hvor der var en Ødelæggen; Kongen og Dronning Ester sad midt på Torvet på en deilig Trone og de havde begge Guldkroner på Hovedet og lange røde Kapper som de små Jøde-Drenge bare Slæbet på. Hvergang der faldt et Regiment Hedninger nikkede Ester og hoppede op og ned på sit Sæde, så det var en Lyst at see på, men med eet, Gud må vide hvad den store Bulbider tænkte, da den tykke Slagter nu af Interesse for Stykket glemte at holde på ham, foer han i eet Spring op på Theatret, væltede alle Drabanterne og tog Dronning Ester midt i hendes tynde Liv. "Knik, knak! hvor gik hun i Stykker, og den arme Marionetspiller jamrede sig gyseligt, thi det var jo hans første Prima-Donna, Hunden havde bidt Hovedet af. Comedien var da nu forbi for dene Gang, og enhver begav sig til sit; da tog den Fremmede den stakkels Dronning Ester i sine Hænder, og smurte hende med den kostelige Salve han eiede, og strax blev hun heel, og hvad der endnu var mere underligt, hun bevægede sine Lemmer af sig selv, og gjorte en dyb Compliment og slog ud både med Arme og Been. Da blev Marionetspilleren så glad i sit Hjerte, thi nu kunde hun selv røre sig, uden at han behøvede at trække i Snorene, og manglede alene Mælet for at være en fuldkommen Dame. Efterat have holdt et tarveligt Aftensmåltid, lagde de sig til Ro, men de kunde ikke sove for en underlig Sukken og Stønnen, der syntes at komme fra Theatret; Marionetspilleren løftede Forhænget tilside, der låe alle Ridderne og Damerne, Kongen og Drabanterne, imellem hverandre og sukkede så det skar ham i Hjertet, de stirrede på ham med deres store Glas-Øine, og det var som de bade om, at blive smurt lidt, ligesom Dronningen, for at også de kunde bevæge sig af sig selv. Dronning Ester knælede også ned og udstrakte sin Guldkrone, ligesom hun vilde sige: "tag den! men smør min Gemal og mine Hoffolk!" da kunde Marionetspilleren ikke længer modstå, han lovede den Fremmede, at give ham hele Indtægten for denne Aften og mere til, når han kun vilde smøre nogle af de andre Marionetter med, men den Fremmede forlangte allene det store Slagsværd han bar ved sin Side, og da han havde erholdt det, gned han snart Liv i de fornemste Træmænd.

Ved næste Dag-Gry forlode de Værtshuset, for at begynde deres Bjergreise; det gik bestandigt Bakke op ad, gjennem Krat og Buske; snart antog Alt rundtom et vildere Præg; høie Fjeldstykker hang truende ud over deres Hoveder; Fodstien var så snever, at Johannes svimlede og var styrtet ned i den frygtelige Kløft under sig, havde ikke den Fremmede understøttet ham. Udsigten blev nu friere, Solen stod op og skinnede med sine røde Stråler på de hvide Bjergtinder, men dybt nede låe Dalen i en blålig Tåge, der dunstede bort i Morgensolen.

Johannes var hensjunken i Beskuelsen af denne Pragt; han såe og anede kun Gud i den store Uendelighed, da lød der ganske underlige, himmelske Toner over hans Hoved; underligt smæltede de hen med hans Hjertes Følelser; han såe i Veiret, en stor, hvid Svane svævede i Luften, dens Sang hendøde i smeltende Harmonier, og som båren af Vinden, sank Fuglen med bøjet Hoved ned for hans Fødder og var død; da greb den Fremmede det store Slagsværd, som han havde fået af Marionetspilleren, og nu bar ved sin Side, huggede i to stærke Slag de store Svanevinger af, og gjemte dem under sin Randsel.

Johannes var så forundret over alt det Nye han såe og hørte, at han ikke kunde sige et Ord, men den Fremmede greb hans Hånd og sagde: "see! kom ikke Sværdet mig nu ret til Pas? for disse Vinger skal vi fåe Guld, og for Guldet et lystigt Måltid!"

Således vandrede de nu fremad mellem Bjergene, "hvor Alt er stort og deiligt," sagde Johannes, "hvad mon der ikke være for deilige Lande på hin Side af Bjergene?"

"Der ligger Phantasiens Verden!" sagde den Fremmede, "jeg tænker at vi næste Morgen skal kunne see dens glimrende Diamant Bjerge!"

Da de nu havde reist mange Mile fremad, såe de dybt nede i en Dal mellem Bjergene, en stor Stad med mange Tårne der glindsede deiligt i det klare Solskin, og midt i Byen låe der et prægtigt Marmorslot tækket med Sølv og Guld, og her residerede Kongen. Omtrent en Miil fra Staden låe der et stort Krohuus, og alle vare her i Arbeide med at opreise en Æreport, som Pigerne behang med Blomster og Krandse. Af Verten erfarede vore Vandringsmænd, at de var i Hjerterkonges Rige, en fortræffelig Regent, og nær beslægtet med Silvio Ruderkonge, der er noksom bekjendt af Carlo Gozzi's dramatiske Eventyr "de tre Pommeranzer".

"Ak!" sagde Verten, "vor allernådigste Hjerterkonge er en fortræffelig Mand, ret en Hjertens Mand, og derfor male de ham også altid af med to Hjerter, men hans Datter - ak! ak!"

Her begyndte den gode Gamle, så bitterligt at græde, så han ikke kunde fåe et Ord mere frem; da han siden havde fattet sig erfarede de, at Kongedatteren var skjøn som Solen, men var tillige en ond og arrig Hex, der var Skyld i mange deilige Prindser og mandhaftige Ridderes Død. Enhver, ligefra Kongesønnen til Betleren, var det tilladt at beile til hende, men kunde han ikke svare på tre givne Spørgsmål, eller rettere, gjætte tre Ting, da lod hun, som en anden Turandot, ham uden Nåde og Barmhjertighed henrette. Den gamle Konge var færdig at gåe af Sorg i Graven over sin ugudelige Datter, og over at have givet hende et helligt Løfte, ikke at blande sig i hendes Kjærlighedshandel. Ja, der var endogså forordnet eengang om Aaret en stor Bededag, hvor da Kongen med hele Folket låe på Knæ og bad om, at Prindsessen måtte vende om på den rette Vei, og fåe et nyt og bedre Hjerte; Sorgen var så stor, at selv de gamle Kjærlinger i Byen farvede deres Brændeviin sort, for også selv ved dette, at vise deres Bedrøvelse.

"Men er hun da så smuk?" spurgte den Fremmede.

"Ak ja," svarede Verten, "vor Herre har givet hende en skjøn Skabilon! men hvad nytter det? Et Æsel er dog et Æsel, bære det endogså et gyldent Dække! og Adel uden Dyd er en Løgte uden Lys! ak, når de først klappe med Skovlen på hendes Grav, så har den Herlighed en Ende; så skal hun sove i de røde Lagener, hvor Sengene er hede uden Varmebækken! Gud bevare os alle sammen! - Om en Stund kommer hun her forbi, derfor har jeg måttet lade reise denne Æreport; hun skal nu besee det nye Marmorbad! o Gud give hun måtte drukne deri, den lede Satan! men hun drukner ikke! hun drukner ikke!"

Johannes og den Fremmede sadte sig imidlertid til Bords i Gjæstestuen for at nyde lidet, da de pludselig bleve afbrudte ved larmende Hurraråb; de gik til Vinduet; der stod Verten udenfor og svingede med sin hvide Hue, og Piger og Karle holdte Krandse i Veiret for Prindsessen der med sit Følge reed igjennem den med Blomster og Grønt pyntede Æreport. Foran såe man to unge Riddersvende, ganske klædte som Hjerterknægt i Spillekortene; hendes Terner rede på sorte Heste, vare iførte røde og blå Kjoler, og holdte hver en deilig Guld-Tullipan i

Hånden, men Prindsessen selv sad på en hvid, arabisk Hest, og hendes himmelblåe Kappe flagrede i Vinden; på Hovedet bar hun en Krone af funklende Ædelstene, og de brune Lokker fløde i store, fyldige Ringe ned over hendes Barm og den tynde, hvide Kjortel der forrådte Legemets yndige Former. Hendes Pande var høi og ædel, og under de fiint tegnede Øienbryen funklede to store, sorte Øine, der måtte kunde skyde Pile gjennem det hårdeste Hjerte; Munden, Kinderne, Halsen ... dog, hun var allerede forbi Huset, men hendes Blik havde hvilet på Johannes, der stod som forstenet og stirrede ud efter Prindsessen, i hvem han troede at see det skjønne Drømmebillede der havde svævet for ham ved hans Faders Dødsleie.

Han fortalte den Fremmede sin Drøm, hvorledes Faderen havde lagt den smukke Piges Hånd i hans, hvor lykkelig han havde følt sig, og hvor levende det Hele endnu stod for ham, da han vågnede op og holdt, istedet for Pigens, sin Faders iiskolde Dødninghånd fast i sin.

"Men," sagde den Fremmede og rystede på Hovedet, "læg Mærke til det ulykkelige Varsel, vågn i Tide op af dette ulykkelige Kjærligheds Blund, og ikke siden, når Dødens kolde Hånd griber Dig! tænk på de mange deilige Prindser og mandhaftige Riddere, der ere dræbte før Dig, og lad mig ikke så tidlig, og på en sådan Måde, miste en kjær Reisekammerat!"

Men Johannes kastede sig til hans Bryst, og smeltede hen i Gråd; han kunde ikke løsrive sig fra sit deilige Drømmebillede, som han nu havde seet svæve sig lyslevende forbi; det var som usynlige Magter reve ham med sig, han måtte see og tale med den deilige Prindsesse; hvad skjønnere kunde han finde i den hele vide Verden? Det var som om han nylig havde læst Werther og Siegwarth, han kunde kun elske og døe.

Efter vel at have børstet sine Skoe og sin Kjole, vadsket Hænder og Ansigt, og kæmmet sit gule Hår til een Side, gik han ene ind i Byen, op til det store Slot, der glimrede af Sølv og Guld i Sol-Lyset. Med stærke Slag bankede han på Kobberporten, men ingen åbnede den, han bankede atter, men først da han slog med Hammeren for tredie Gang, knagede den på sine massive Hængsler; det var den gamle Hjerterkonge der selv kom og lukkede op; han var i Schlafrock og Tøfler, men på sit ærværdige Hoved bar han, om de hvide Sølvlokker, den tunge Guldkrone og holdt Scepteret og Æblet under Armen, medens han med en stor Guldnøgle åbnede Porten.

Da han hørte at Johannes var en ny Beiler til hans kongelige Datter, brast den Gamle i Gråd, så at Scepter og Æble faldt til Jorden; han løftede begge Hænder imod Himlen og tørrede sine Øine i den kostbare Schlafrosk. Derpå tog han Johannes ved Hånden og førte ham ind i Prindsessens Lysthauge. I hvert Træ hang der tre, fire kongelige Beilere, hvis Beenrade ranglede med de tørre Knokler og skræmmede alle

Sangfuglene bort fra Haugen. Blomsterbedene bestod af Menneskebeen, og rundt om på Terrasserne grinede fæle Dødninghoveder, og i Marmorbassinet legede Fiskene med de Dræbtes blødende Hjerter.

"Ak min Søn," sagde den gamle Konge, "her seer Du hvad der venter Dig! læg ikke mere Blod på mit og min Datters Hoved, vend om, eller Du mister snart Dit unge Liv!"

Johannes trykkede med Ærbødighed den gamle Konges Hånd til sine Læber, men forsikrede tillige, at hans Beslutning var urokkelig. Da larmede det i Slotsgården; Prindsessen kom tilbage, steeg af Hesten og var snart i Haugen hos dem begge. Johannes talte, men han vidste ikke selv hvad han sagde, thi Prindsessen smilede så saligt til ham og rakte ham sin hvide Hånd til et Kys; hans Læber brændte, han følte sit hele Indre electriseret; intet kunde han nyde af de Forfriskninger Pagerne frembare for ham, han såe kun sit skjønne Drømmebillede, og det eneste han hørte var, at hun bød ham møde på Slottet næste Morgen, da Dommerne og Rådet vilde være forsamlet til hans første Prøve.

Ude af sig selv af Glæde kom han tilbage til Kroen, faldt den Fremmede om Halsen og fortalte ham sin Lykke; denne rystede lidt med Hovedet, men smilte derpå ret fornøiet, idet han trykkede Johannes fast i sine Arme, og sagde: "Du stakkels, kjære Knøs! i Grunden burde jeg græde over, at jeg således skal miste Dig; men jeg vil dog ikke forstyrre Dig den sidste Dag Du har at leve i; lad os være ret lystige i Dag! jeg gjør Dit Grav-Øl i Aften, men lad os troe det er Dit Jaord! - Imorgen er det tidsnok for mig at græde over Dig!"

Som en Løbe-Ild havde Rygtet imidlertid udbredt sig i Byen, at der var kommen en ny Beiler til Prindsessen; Komoediehuset var blevet lukket; Kongen havde befalet, at anlægge Hofsorg, og i alle Kirkerne bad Præsterne for den nye Beiler.

Da Solen var gået ned, sad begge vore Vandringsmænd i det lille Kammer, i Værtshuset; to Lys brændte i Armstager, og en stor Bolle Punsch dampede på Bordet. Den Fremmede var uhyre lystig, næsten overgiven; med tusinde morende Indfald forkortede han Tiden og nødte Johannes bestandig til, at tømme det fyldte Glas. Den stærke Drik, som var ham ganske uvant, virkede snart; Johannes nikkede med Hovedet og sov ind. Den Fremmede lagde ham stille hen i Sengen, tog imod Midnat sin Randsel frem, bandt sig de to store hvide Svanevinger på Ryggen, tog det ene Riis i Hånden, åbnede Vinduet, og fløi nu ind over Byen til det kongelige Slot, hvor han satte sig bag en Søile, udenfor Prindsessens Sovekammer-Vindue.

Alt var så stille i Byen; kun en enkelt Gang hørte man Skildvagternes og Vægternes Snorken; Klokken slog tre Qvarteer til Tolv; da åbnede sig

Vinduet til Prindsessens Sovekammer, og let svævede hun i et stort hvidt Gevant og på store Ørnevinger, ud over Byen til det nærliggende Bjerg; men den Fremmede gjorde sig usynlig, fløi bagefter og pidskede ret lystigt på Prindsessen med sit Riis, så at hendes røde Blod faldt som Dugdråber ned på Markens Græs og Blomster. Uh, hvor det var en underlig Tour igjennem den skarpe Luft! Vinden tog i hendes lange hvide Gevant, og Månen skinnede derigjennem.

"Hvor det hagler! hvor det hagler!" sukkede Prindsessen ved hvert Slag hun fik af Riset. Endelig nåede hun Bjerget, og bankede på; da drønede det underligt derinde, som om tusinde Jernkjæder faldt i en Afgrund; Fjeldvæggen brast, og Prindsessen med sin usynlige Ledsager, steeg ind i den dybe, hvalte Klippegang. Med samme Brag igjen lukkede Bjerget sig, og utallige små Nisser, der tjente den mægtige Trold som her boede, bare den deilige Prindsesse ind i den store Thronsal. Over tusinde Søilegange strakte sig herfra gjennem Bjerget, og alle strålede af Ærts og Glimmerstene, hvis Stråler brødes i de deiligste Farver; en kunstig Sol og Måne lyste høit oppe under Hvælvingen, og Gulvet var indlagt med brogede Stene og Blomster. Høit på en Throne af det pure Guld, sad Bjergets Konge med en Krone på Hovedet, der bestod af een eneste Rubin; hans sorte, filtrede Marelokker hang ham ned om det vanskabte, violetblåe Ansigt; han kyssede Prindsessen på Panden og lod hende tage Plads ved sin Side; snart begyndte der en stor Lystighed, Troldens hele Hof kom i Bevægelse; hvor der var et Summen og Brummen! små Frøkener, neppe en Alen lange, dandsede med pene Krigsmænd, der heller ikke vare større, så at man skulde troe at Uniformen, Sabelen og den lille Hat med de vaiende Fjer, alt var kun en Maskerade. Ingen såe den Fremmede der havde stillet sig bagved Thronen, men han hørte og såe desbedre Alt. Således opdagede han, at de fleste opvartende Kavalerer og de som lukkede Dørene op, ikke vare virkelige Trolde, men kun nogle Træ-Klodse, som deres mægtige Herre, Trolden, havde hexet Liv i, og ladet fåe de prægtige Klædninger de bare. Hist hoppede en af Hoffets skjønne Aander, men det var, når han ret betragtede ham, kun et Kosteskaft med et Kålhoved på Spidsen, som de selv havde skabt til deres Genie og behængt med en gyldenstykkes Kjole. Efterat der nu var dandset, og fremfor alt sagt mange Dumheder, vilde Prindsessen bryde op, men først fortalte hun Trolden, at en ny Beiler havde indfunden sig, og spurgte ham derfor til Råds, om hvad hun skulde tænke på denne Nat, for at forelægge sin Beiler det, når han næste Morgen indfandt sig på Slottet.

"Hør," sagde Trolden, "jo simplere Tingen er, des vanskeligere er den ham at gjette; tænk derfor på Eders Skoe - Jeg håber ellers vi sees igjen næste Nat, og en langt mere glimrende Fest, end denne, vil da vente

Dem."

Prindsessen neiede, og alle de små Kavalerer bare hende på deres Hænder til Udgangen af Bjerget, hvorfra hendes egen Kavaleer, på samme Måde som før, ledsagede hende til Slottet, hvor hun steeg ind af Vinduet, klagende over det stærke Hagl-Veir.

Da den Fremmede kom tilbage til Kroen, sov Johannes endnu; han løste i Hast sine Vinger af, og lagde sig til Ro ved hans Side. Ved Daggry vågnede Johannes, den Fremmede sprang også op fra Leiet, fortalte ham, at han havde drømt ganske underligt om Prindsessen og hendes Skoe i Nat, og bad ham derfor ret inderligt at spørge Prindsessen, om hun ikke skulde have tænkt på sine Skoe!

"Jeg kan ligeså godt spørge om det ene, som om det andet," sagde Johannes, "thi jeg er vist lige langt fra det. Jeg veed jeg må døe; men jeg fåer hende dog engang endnu at see, tør endnu engang tale med hende!" O det var rørende at høre! det arme unge Menneske, der før var så naturlig, så elskelig, talte nu ganske som en claurensk Bog; men hvad gjør ikke Kjærlighed?

Grædende kastede han sig om Vennens Hals, testamenterede ham sin lille Eiendom, og gik nu med bankende Hjerte op på Slottet. Salen var allerede opfyldt med Mennesker, Dommerne sad på deres Sæde, og den gamle Konge stod og tørrede sine Øine i et hvidt Lommetørklæde. Snart trådte Prindsessen ind; o, hun var endnu langt skjønnere end Dagen forhen! Trompeterne blæste, Prindsessen vinkede ad Johannes der nu trådte hen foran hende og knælede ved Thronens Fod. Med huldsaligt, fyrsteligt Smiil spurgte hun ham om, hvad hendes Tanker havde dvælet ved sidste Nat; o dette Smiil, dette Smiil kunde have gjort Lykke både i en Roman og på Theatret, men det forsvandt idet Ordet: "Skoe" kom fra hans Læber; hun beed sig i sine, blev bleg som et Liig og sittrende af Harme tilstod hun, at han havde gjettet rigtigt. Hille den! hvor blev ikke den gamle Konge glad; han hoppede Salen rundt på det ene Been, medens hele det forsamlede Folk klappede i Hænderne for ham og den lykkelige Beiler, der nu havde gjettet første Gang.

Jublende kastede Johannes sig om den Fremmedes Hals, da han kom tilbage til Kroen; fortalte hvorledes Himlen så underligt ved hans Drøm havde frelst og hjulpet ham; og med barnlig Tillid stolede han på, at den gode Gud også vilde hjælpe ham de to følgende Gange; den næste Morgen var han atter tilsagt at møde på Slottet. Aftenen gik omtrent som den foregående. Da Johannes sov, spændte den Fremmede igjen sine Vinger på, og ledsagede atter Prindsessen til og fra Bjerget, men brugte denne Aften begge Risene, så hun havde Mærke deraf på sin lilliehvide Ryg. Denne Gang tænkte hun på sin Handske, og Johannes, underrettet af den Fremmede, der atter foregav at have drømt det, gjettede rigtigt, til Kongen og det hele Folks Glæde. Den gamle Konge begyndte allerede at fåe lidt Couleur igjen, og de gamle Koner farvede ikke længer Brændevinet sort, thi de vare næsten visse på, at den guullokkede Ungersvend, som de kaldte Johannes, nok vilde seire og vinde Prindsessens Hånd. Men nu nærmede den tredie og afgjørende Prøve sig. Såsnart Johannes var falden i Søvn om Natten, bandt den Fremmede sig igjen Vingerne på Ryggen, tog alle tre Riis i Hånden og hængte det store Slagsværd ved sin Side. Det var en mørk og stormende Nat; Prindsessen svingede sig høit i Luften, hendes lange, sorte Hår flagrede i Vinden, Lynene glimtede Blink i Blink om hende, og man såe at hun var bleeg som Døden, men hun loe høit, og hendes Latter blandede sig underligt med Stormen; tre Gange svingede hun sig over sin Blomsterhave, hvor Beenradene af de mange Beilere hang i Træerne; og syntes at dandse til Vindens lystige Musik. Udmattet kom hun til Bjerget og sank næsten besvimet i Armene på de små Nisser, der strax bare hende ind i Salen til Trolden, deres Konge.

"En sådan Nat som denne," sagde hun, "har jeg aldrig oplevet; det hagler og stormer, og den hele Himmel er en brændende Ild!"

Lystighed og Dandse begyndte i Bjerget, men hun kunde ingen Deel tage deri; hun stirrede stivt hen for sig, greb derpå Troldens Hånd, og fortalte hvorledes den nye Beiler også anden Gang havde gjættet, og at det var at frygte, at det tredie Gang kunde gåe ham ligeså hældigt, og at hun da aldrig mere kunde komme her ud i Bjerget, at hendes Kraft da lidt efter lidt vilde svinde hen, og tilsidst ganske tabe sig.

"Nei, det skal ikke skee!" sagde Trolden, "hvad jeg nu vil give Dig at tænke på, skal han ikke kunne udfinde, uden at han er en langt større Mand, end os tilsammen; men lystige ville vi være i denne Midnat og tumle os lidt i Bjergets hvælvede Sale!" Og nu greb han hende ved Hånden, og begge hvirvlede sig hen i lystige Dandse; men da Tiden kom at hun måtte hjem, for ikke at savnes på Slottet, besluttet Trolden selv at ledsage hende.

Den Fremmede sled sine tre Riis op på dem, og Trolden måtte bekjende, at han aldrig før havde været ude i sådant et Hagelveir, som dette. Da de kom til Slottet, trykkede han et Kys på hendes Læber, i det han vidskede: "tænk på mit Hoved!" men den Fremmede hørte det, og da Prindsessen var smuttet gjennem Vinduet ind i sit Sovekammer, og Trolden vilde vende tilbage til Bjerget, greb han ham i hans sorte filtrede Marelokker, og skilte ved eet Hug med sit Slagsværd, hans stygge Hoved fra Kroppen, hvilken han kastede ned, langt ude i det oprørte Hav, men Hovedet tog han hjem, vadskede Blodet af, og bandt det så ind i et stort, blåtærnet Lommetørklæde, hvilket han den næste Morgen gav til Johannes, hvem han på det strængeste pålagde, ikke at åbne det, før Prindsessen den sidste Nat spurgte ham om, hvad hun havde tænkt på. Der var ikke Plads på Slottet for den Menneske-Masse som strømmede til, mange bleve klemt fordærvet, og de fleste bleve grusomt trådte på deres Liigtorne. Rådet var samlet; den gamle Hjerterkonge, stod i al sin Pragt og Herlighed, med Æble og Scepter i Hånden, og den tunge Guldkrone på sit gamle Hoved. Prindsessen sad dødningbleg i en kulsort Kjole, og vinkede med strængt Alvor af Johannes; han nærmede sig Thronen, en dyb Taushed herskede i Salen; hurtigt åbnede han Tørklædet, og med et Skrig styrtede Prindsessen tilbage; alle bleve forfærdede for det i Døden nu langt hæsligere Hoved, Johannes tabte det af Hånden, og bøiede sig taus over Prindsessen; langsomt hævede hun sig i Veiret, rakte ham Hånden, og erklærede nu med sittrende Stemme, at han var hendes udkårne Brudgom, da han nu så lykkeligt havde udholdt sine tre Prøver.

O hvilken Glæde blev der ikke nu i hele Byen og i den gamle Konges Hjerte. - Overalt lød Musik og Lystighed, tre hele, stegte Oxer fyldte med Gjæs og Høns, bleve givne til Priis for Almuen; på Torvene sprang kostbare Vine i dertil indrettede Vandspring. Theatret blev åbnet med et ganske nyt Stykke, der alt havde ligget i sex Aar, og ventet på denne Fest-Leilighed, det handlede om Ingenting, Enhver kunde altså strax begribe det, Folk var godt stemt, og det gjorte en rasende Lykke. Om Aftenen var hele Byen illumineret; der var Dands og Lystighed på Slottet, og Brudekammeret stod pyntet med Krandse og Blomsterguirlander; den gamle Konge omfavnede Johannes, lagde sin Datters Hånd i hans og skjænkede ham strax det halve Kongerige. Men Prindsessen var jo endnu en Hex og elskede ikke Johannes; alt dette havde den Fremmede tænkt på, og derfor givet ham tre Fjer af Svanevingerne og en Flaske med nogle kostelige Dråber, i det han tillige bød ham lade sætte ved Brudesengen, et stort Kar fyldt med Vand; og når Prindsessen vilde stige op i Sengen, da give hende et lille Stød så hun faldt ned i Vandet, hvor han skulde dykke hende tre Gange, efterat have kastet Fjerene og Dråberne deri, da vilde hun ganske løses fra sin Troldom, og snart ret af Hjertet elske ham ligeså høit som han nu elskede hende. Johannes iagttog nøiagtigt hvad den Fremmede havde foreskrevet ham; Prindsessen skreeg høit, i det han dykkede hende under Vandet, og sprællede ham under Hænderne som en stor, kulsort Svane, af hvis Øine de gloende Funker spillede; men da hun anden Gang hævede sig over Vandet igien, var Svanen hvid på en eneste sort Ring nær, som den bar om Halsen, da han med inderlig Bøn til Gud, lod Vandet tredie Gang spille høit over Fuglen, hævede den sig rask i Veiret, Svanehammen faldt af, og han holdt Prindsessen i sine Arme. Hun var endnu langt skjønnere end før, og takkede ham med Tåre i sine deilige

Øine, fordi han havde hævet hendes Fortryllelse. -

Næste Morgen kom den gamle Konge med hele sin Hofstat, og der var en Gratuleren til langt op på Dagen; men først da de alle havde gjort deres Complimenter, indfandt den Fremmede sig, han var reiseklædt, havde sin Stok i Hånden og Randselen på Ryggen. Johannes kastede sig i hans Arme, og bad ham, dog ikke at drage bort, men blive hos ham og dele hans Lykke, hvis Skaber han jo ene og allene var. Men han rystede med Hovedet, smilede og sagde: "Nei, nu er min Tid omme! jeg har kun betalt en gammel Gjæld; husker du Natten i Våbenhuset? den Døde Du frelste fra at blive mishandlet? Jeg er Dødningen!"

Johannes studsede, vilde tale til ham, men han var forsvunden.

Bryllups Festen varede endnu en heel Måned, og den gamle Konge nød nu mange glade Dage og frydede sig ved sine Børns Lykke; snart red små Hjerterknægter og Hjerterdamer Ranke på hans Knæe, og han lod dem lege med sit Scepter, og fortalte dem mange deilige Eventyr i de lange Vinteraftener, til selv hans eget Eventyr var ude.

Een og tredivte Aften

"Det var i en lille Kjøbstad," sagde Maanen, "jeg saae de ifjor, men det gjør ikke noget, jeg saae det saa tydeligt; i Aften har jeg læst derom i Avisen, men der var det slet ikke saa tydeligt. Nede i Krostuen sad Bjørnetrækkeren, og spiste sin Aftensmad, Bamsen stod bunden ude bag Brændestabelen, den stakkels Bams, som ikke gjorde en Sjæl Fortræd, skjøndt glubsk nok saae han ud. Oppe paa Kvistkammeret legede i mine klare Straaler tre smaa Børn; den ældste var nok sex Aar, den yngste ikke mere end to. "Kladsk, kladsk!" kom det ad Trappen; hvo kunde det være? Døren sprang op — det var Bamsen, den store laadne Bjørn! Han havde kjedet sig ved at staae dernede i Gaarden, og nu fundet Vei op ad Trappen; jeg havde seet det altsammen!" sagde Maanen. "Børnene bleve saa forskrækkede for det store, laadne Dyr, de krøb hver i sin Krog, men han fandt dem alle tre, rørte ved dem med Snuden, men gjorde dem slet intet! — "Det er bestemt en stor Hund," tænkte de, og saa klappede de ham, han lagde sig paa Gulvet, den mindste Dreng væltede sig ovenpaa og legede at skjule sit gullokkede Hoved i dens tykke, sorte Pels. Nu tog den ældste Dreng sin Tromme, slog saa det dundrede efter, og Bjørnen reiste sig paa begge Bagbenene og begyndte at dandse, det var nydeligt det! — Hver Dreng tog sit Gevær, Bjørnen maatte have eet med og han holdt ordentligt fast, det var en prægtig Kammerat, de havde faaet, og saa gik de: "een, to, een, to!" — Da tog det i Døren, den gik op, det var Børnenes Moder, Du skulde have seet hende, seet hendes ordløse Skræk, det murhvide

Ansigt, den halvaabne Mund, de stirrende Øine. Men den mindste af Drengene nikkede nok saa fornøiet, og raabte ganske høit, paa hans Sprog: "Vi lege bare Soldater!" — Og saa kom Bjørnetrækkeren!"

Elverhøj

Der løb så vims nogle store Fiirbeen i Sprækkerne på et gammelt Træ; de kunde godt forståe hinanden, for de talte Fiirbene-Sproget.

"Nei, hvor det rumler og brumler i den gamle Elverhøi!" sagde den ene Fiirbeen; "jeg har, for det Spectakel, nu ikke i to Nætter lukket mine Øine, jeg kunde ligeså godt ligge og have Tandpine, for så sover jeg heller ikke!"

"Der er noget på Færde derinde!" sagde den anden Fiirbeen, "Høien lade de ståe på fire røde Pæle lige til Hanegal, der bliver ordenlig luftet ud og Elverpigerne have lært nye Dandse, som der trampes i. Der er noget på Færde!"

"Ja, jeg har talt med en Regnorm af mit Bekjendtskab", sagde den tredie Fiirbeen; "Regnormen kom lige op af Høien hvor den, Nætter og Dage, havde rodet i Jorden; den havde hørt en heel Deel, see kan den jo ikke, det elendige Dyr, men føle sig for og høre efter, det forståer den. De vente Fremmede i Elverhøi, fornemme Fremmede, men hvem, vilde Regnormen ikke sige, eller han vidste det nok ikke. Alle Lygtemændene ere sagte til for at gjøre Fakkeltog, som man kalder det, og Sølv og Guld, hvoraf der er nok i Høien, bliver poleret og stillet ud i Måneskin!"

"Hvem kan dog de Fremmede være!" sagde alle Fiirbenene. "Hvad mon der er på Færde? Hør, hvor det summer! hør hvor det brummer!"

Lige i det samme skiltes Elverhøi ad, og en gammel Elverpige, rygløs var hun, men ellers meget anstændigt klædt på, kom trippende ud, det var den gamle Elverkonges Huusholderske, hun var langt ude af Familien, og havde Ravhjerte på Panden. Benene gik så flinke på hende: trip, trip! hille den, hvor hun kunde trippe og det lige ned i Mosen til Natravnen.

"De bliver inviteret til Elverhøi, og det i Nat!" sagde hun, "men vil De ikke først gjøre os en stor Tjeneste og tage Dem af Indbydelserne! Gavn må De gjøre, da De ikke selv holder Huus! Vi fåe nogle høi-fornemme Fremmede, Troldfolk der have noget at sige, og derfor vil den gamle Elverkonge vise sig!"

"Hvem skal inviteres?" spurgte Natravnen.

"Ja, til det store Bal kan Alverden komme, selv Mennesker, når de bare kunne tale i Søvne eller gjøre sådan en lille Smule af hvad der falder i vor Art. Men til det første Gilde skal der være strængt Udvalg, vi ville kun have de Allerfornemste. Jeg har stridt med Elverkongen, thi jeg holder for, vi kunne ikke engang have Spøgelser med. Havmanden og hans Døttre måe først inviteres, de holde vel ikke meget af at komme på det Tørre, men de skal nok hver fåe en våd Steen at sidde på eller noget bedre, og så tænker jeg nok de sige ikke af denne Gang. Alle gamle Trolde af første Classe med Hale, Aamanden og Nisserne må vi have, og så tænker jeg at vi kunne ikke forbigåe Gravsoen, Helhesten og Kirkegrimen; de høre jo rigtignok med til Geistligheden, som ikke ere af vore Folk, men det er nu deres Embede, de ere os nær i Familie og de gjøre stadigen Visiter!" -

"Bra!" sagde Natravnen og fløi afsted for at invitere.

Elverpigerne dandsede allerede på Elverhøi, og de dandsede med Langschawl vævet af Tåge og Måneskin, og det seer nydelig ud for dem, der synes om den Slags. Midt inde i Elverhøi var den store Sal ordenligt pudset op; Gulvet var vadsket med Måneskin og Væggene vare gnedne med Hexefedt, så at de skinnede som Tulipanblade foran Lyset. I Kjøkkenet var der fuldt op med Frøer på Spid, Snogeskind med små Børnefingere i og Salater af Padehatte-Frø, våde Musesnuder og Skarntyde, Øl fra Mosekonens Bryg, skinnende Salpetervin fra Gravkjælderen, Alt meget solidt; rustne Søm og Kirkerude-Glas hørte til Knaset.

Den gamle Elverkonge lod sin Guldkrone polere i stødt Griffel, det var Duxe-Griffel og det er meget vanskeligt for Elverkongen at fåe Duxe-Griffel! I Sovekammeret hang de Gardiner op, og hæftede dem fast med Snogespyt. Jo, der var rigtignok en Summen og Brummen.

"Nu skal her ryges med Krølhår og Svinebørster, så troer jeg at jeg har gjort mit!" sagde den gamle Elverpige.

"Søde Fader!" sagde den mindste af Døttrene; "fåer jeg så at vide hvem de fornemme Fremmede ere?"

"Nå da!" sagde han, "så må jeg vel sige det! To af mine Døttre måe holde sig parate til Giftermål! to blive vist gifte bort. Trold-Gubben oppe fra Norge, ham der boer i det gamle Dovre-Fjeld og har mange Klippe-Slotte af Kampesteen, og et Guld-Værk, som er bedre end man troer, kommer herned med sine to Drenge, de skulle søge sig en Kone ud. Trold-Gubben er sådan en rigtig, gammel ærlig norsk Gubbe, lystig og ligefrem, jeg kjender ham fra gamle Dage, da vi drak Duus, han var her nede at hente sin Kone, nu er hun død, hun var en Datter af Klintekongen på Møen. Han tog sin Kone på Kridt, som man siger! O hvor jeg længes efter den norske Trold-Gubbe! Drengene, siger man, skulle være nogle uvorne, kjæphøie Unger, men man kan jo også gjøre dem Uret, og de blive nok gode når de blive gjemte. Lad mig see at I sætte Skik på dem!"

"Og når komme de?" spurgte den ene Datter.

"Det kommer an på Vind og Veir!" sagde Elverkongen. "De reise oeconomisk! De komme herned med Skibsleilighed. Jeg vilde at de skulde gåe over Sverrige, men den Gamle hælder endnu ikke til den Side! Han følger ikke med Tiderne, og det kan jeg ikke lide!"

I det samme kom der to Lygtemænd hoppende, den ene hurtigere end den anden og derfor kom den ene først.

"De komme! de komme!" råbte de.

"Giv mig min Krone, og lad mig ståe i Måneskinnet!" sagde Elverkongen. Døttrene løftede på Langschawlerne og neiede lige til Jorden.

Der stod Trold-Gubben fra Dovre, med Krone af hærdede Iistappe og polerede Grankogler, iøvrigt havde han Bjørnepels og Kane-Støvler; Sønnerne derimod gik barhalset og uden Seler, for de vare Kraftmænd.

"Er det en Høi?" spurgte den mindste af Drengene og pegede på Elverhøi. "Det kalde vi oppe i Norge et Hul!"

"Gutter!" sagde den Gamle. "Hul gåer indad, Høi gåer opad! har I ikke Øine i Hovedet!"

Det eneste der undrede dem hernede, sagde de, var at de således uden videre kunde forståe Sproget!

"Skab Jer nu ikke!" sagde den Gamle, "man kunde troe at I var ikke rigtig gjennembagte!"

Og så gik de ind i Elverhøi, hvor der rigtignok var fiint Selskab, og det i en Hast, man skulde troe at de vare blæste sammen og nydelig og net var der indrettet for enhver. Havfolkene sade til Bords i store Vandkar, de sagde, det var ligesom om de vare hjemme. Alle holdt de Bordskik uden de to små norske Trolde, de lagde Benene op på Bordet, men de troede nu at Alting klædte dem!

"Fødderne af Fadet!" sagde den gamle Trold og så lystrede de, men de gjorde det da ikke lige strax. Deres Bord-Dame kildrede de med Grankogler, som de havde med i Lommen og så trak de deres Støvler af for at sidde mageligt og gav hende Støvlerne at holde, men Faderen, den gamle Dovre-Trold, han var rigtignok ganske anderledes; han fortalte så deiligt om de stolte norske Fjelde, og om Fosser der styrtede skumhvide ned, med et Bulder som Tordenskrald og Orgelklang; han fortalte om Laxen der sprang op mod de styrtende Vande når Nøkken spillede på Guldharpe. Han fortalte om de skinnende Vinternætter, når Kanebjælderne klang og Knøsene løb med brændende Blus hen over den blanke Iis, der var så gjennemsigtig at de såe Fiskene blive bange under deres Fødder. Jo han kunde fortælle, så at man såe og hørte hvad han sagde, det var ligesom Saugmøllerne gik, som om Karle og Piger sang Viser og dandsede Hallingedands; hussa! lige med Eet gav Trold-Gubben den gamle Elverpige et Morbroder-Smadsk, det var et ordenligt Kys og de vare dog slet ikke i Familie.

Nu måtte Elverpigerne dandse og det både simpelt og det med at trampe, og det klædte dem godt, så kom Kunstdandsen eller som det kaldtes: "at træde udenfor Dandsen", hille den, hvor de kunde strække Been, man vidste ikke hvad der var Ende og hvad der var Begyndelse, man vidste ikke hvad der var Arme og hvad der var Been, det gik imellem hinanden ligesom Saugspåner og så snurrede de rundt så Helhesten fik ondt og måtte gåe fra Bordet.

"Prrrrr!" sagde Trold-Gubben, "det er Commers med Beentøiet! Men hvad kan de mere end dandse, strække Been og gjøre Hvirvelvind?"

"Det skal Du fåe at vide!" sagde Elverkongen og så kaldte han den yngste af sine Døttre frem; hun var så spinkel og klar, som Måneskin, hun var den fineste af alle Søstrene; hun tog en hvid Pind i Munden, og så var hun reent borte, det var hendes Kunst.

Men Trold-Gubben sagde, at den Kunst kunde han ikke lide hos sin Kone og han troede heller ikke at hans Drenge holdt af den.

Den anden kunde gåe ved Siden af sig selv ligesom om hun havde Skygge, og det har nu Troldfolk ikke.

Den tredie var af en ganske anden Slags, hun havde lært i Mosekonens Bryggerhuus og det var hende som forstod at spække Elletrunter med Sanct Hans Orme.

"Hun bliver en god Huusmoder!" sagde Trold-Gubben og så klinkede han med Øinene; for han vilde ikke drikke så meget.

Nu kom den fjerde Elverpige, hun havde en stor Guldharpe at spille på, og da hun slog på den første Stræng løftede Alle det venstre Been, for Troldfolk er keitbenede, og da hun slog den anden Stræng måtte de Alle gjøre hvad hun vilde.

"Det er et farligt Fruentimmer!" sagde Trold-Gubben, men begge Sønnerne gik ud af Høien, for nu vare de kjede af det.

"Og hvad kan den næste Datter?" spurgte Trold-Gubben.

"Jeg har lært at holde af de Norske!" sagde hun, "og aldrig gifter jeg mig uden at jeg kan komme til Norge!"

Men den mindste af Søstrene hvidskede til Trold-Gubben: "Det er bare fordi hun har hørt af en norsk Vise, at når Verden forgåer, så vil dog de norske Klipper ståe som Bauta, og derfor vil hun derop for hun er så bange for at forgåe."

"Ho, ho!" sagde Trold-Gubben, "slap det derud. Men hvad kan den syvende og sidste?"

"Den sjette kommer før den syvende!" sagde Elverkongen, for han kunde regne, men den Sjette vilde ikke rigtig komme frem.

"Jeg kan kun sige Folk Sandhed!" sagde hun, "mig bryder Ingen sig om, og jeg har nok at gjøre med at sye på mit Liigtøi!"

Nu kom den syvende og sidste, og hvad kunde hun? Ja hun kunde fortælle Eventyr og det så mange hun vilde.

"Her er alle mine fem Fingre!" sagde Trold-Gubben, "fortæl mig et om hver!"

Og Elverpigen tog ham om Håndleddet, og han loe så det klukkede i ham, og da hun kom til Guldbrand, der have Guldring om Livet, ligesom den vidste at der skulde være Forlovelse, sagde Trold-Gubben, "hold fast hvad Du har, Hånden er Din! Dig vil jeg selv have til Kone!"

Og Elverpigen sagde, at det var endnu tilbage om Guldbrand og lille Peer Spillemand!

"Dem skulle vi høre til Vinter!" sagde Trold-Gubben, "og om Granen skulle vi høre og om Birken og om Huldregaverne og den klingrende Frost! Du skal nok komme til at fortælle, for det gjør endnu Ingen rigtig deroppe! - og så skulle vi sidde i Steenstuen hvor Fyrrespånen brænder, og drikke Mjød af de gamle norske Kongers Guldhorn; Nøkken har skjænket mig et Par Stykker, og når vi så sidde, så kommer Garboen og gjør Visit, han synger Dig alle Sæterpigens Sange. Det skal blive lystigt! Laxen vil springe i Fossen og slåe mod Steenvæggen, men den kommer dog ikke ind! - Ja Du kan troe der er godt i det kjære gamle Norge! Men hvor ere Gutterne?"

Ja, hvor vare Gutterne. De løb omkring på Marken og blæste Lygtemændene ud, der kom så skikkeligt og vilde gjøre Fakkeltog.

"Er det at føite om!" sagde Trold-Gubben, "nu har jeg taget en Moder til Eder, nu kunne I tage en Moster!"

Men Gutterne sagde at de vilde helst holde en Tale og drikke Duus, gifte sig det havde de ingen Lyst til. - Og så holdt de Tale, drak Duus og satte Glasset på Neglen for at vise at de havde drukket ud; trak så Kjolerne af og lagde sig på Bordet at sove, for de generede sig ikke. Men Trold-Gubben dandsede Stuen rundt med sin unge Brud og byttede Støvler med hende, for det er finere end at bytte Ring.

"Nu galer Hanen!" sagde den gamle Elverpige, som holdt Huus. "Nu må vi lukke Vindueskudderne at ikke Solen brænder os inde!"

Og så lukkede Høien sig.

Men udenfor løb Fiirbenene op og ned af det revnede Træ og den ene sagde til den anden:

"O hvor jeg godt kunde lide den norske Trold-Gubbe!"

"Jeg holder mere af Drengene!" sagde Regnormen, men den kunde jo ikke see, det elendige Dyr.

Engelen

"Hver Gang et godt Barn døer, kommer der en Guds Engel ned til Jorden, tager det døde Barn paa sine Arme, breder de store hvide Vinger ud, flyver hen over alle de Steder, Barnet har holdt af, og plukker en heel Haandfuld Blomster, som de bringe op til Gud for der at blomstre endnu smukkere end paa Jorden. Den gode Gud trykker alle Blomsterne til sit Hjerte, men den Blomst, som er ham kjærest, giver han et Kys, og da faaer den Stemme og kan synge med i den store Lyksalighed!"

See, alt dette fortalte en Guds Engel, idet den bar et dødt Barn bort til Himlen, og Barnet hørte ligesom i Drømme; og de foer hen over de Steder i Hjemmet, hvor den Lille havde leget, og de kom gjennem Haver med deilige Blomster.

"Hvilke skulle vi nu tage med og plante i Himmelen?" spurgte Engelen. Og der stod et slankt, velsignet Rosentræ, men en ond Haand havde knækket Stammen, saa at alle Grenene, fulde af store, halvudsprungne Knopper, hang visne ned rundtenom.

"Det stakkels Træ!" sagde Barnet, "tag det, at det kan komme til at blomstre deroppe hos Gud!"

Og Engelen tog det, men kyssede Barnet derfor, og den Lille aabnede halvt sine Øine. De plukkede af de rige Pragtblomster, men toge ogsaa den foragtede Morgenfrue og den vilde Stedmoderblomst.

"Nu have vi Blomster!" sagde Barnet, og *Engelen* nikkede, men de fløi endnu ikke op mod Gud. Det var Nat, det var ganske stille, de bleve i den store By, de svævede om i en af de snevreste Gader, hvor der laae hele Bunker Halm, Aske og Skrimmelskrammel, det havde været Flyttedag! der laae Stykker af Talerkener, Gipsstumper, Klude og gamle Hattepulle, Alt hvad der ikke saae godt ud.

Og Engelen pegede i al den Forstyrrelse ned paa nogle Skaar af en Urtepotte, og paa en Klump Jord, der var faldet ud af denne og holdtes sammen ved Rødderne af en stor, vissen Markblomst, der slet ikke duede og derfor var kastet ud paa Gaden.

"Den tage vi med!" sagde Engelen, "jeg skal fortælle Dig, medens vi flyve!"

Og saa fløi de, og Engelen fortalte:

"Dernede i den snevre Gade, i den lave Kjælder, boede en fattig, syg Dreng; fra ganske lille af havde han altid været sengeliggende; naar han var allermeest rask, kunde han paa Krykker gaae den lille Stue et Par Gange op og ned, det var det hele. Nogle Dage om Sommeren faldt Solstraalerne en halv Times Tid ind i Kjælder-Forstuen, og naar da den lille Dreng sad der og lod den varme Sol skinne paa sig, og saae det røde Blod gjennem sine fine Fingre, som han holdt op for Ansigtet, saa hed det: "ja i Dag har han været ude!" – Han kjendte Skoven i dens deilige Foraars-Grønne kun derved, at Naboens Søn bragte ham den første Bøgegreen, og den holdt han over sit Hoved, og drømte sig da at være under Bøgene, hvor Solen skinnede, og Fuglene sang. En Foraarsdag bragte Naboens Dreng ham ogsaa Markblomster, og mellem disse var, tilfældigviis, en med Rod ved, og derfor blev den plantet i en Urtepotte og stillet hen i Vinduet tæt ved Sengen. Og Blomsten var plantet med en lykkelig Haand, den voxede, skjød nye Skud og bar hvert Aar sine Blomster; den blev den syge Drengs deiligste Urtegaard, hans lille Skat paa denne Jord; han vandede og passede den, og sørgede for, at den fik hver Solstraale, lige til den sidste, der gled ned over det lave Vinduet; og Blomsten selv voxede ind i hans Drømme, thi for ham blomstrede den, udspredte sin Duft og glædede Øiet; mod den vendte han sig i Døden, da vor Herre kaldte ham. – Et Aar har han nu været hos Gud, et Aar har Blomsten staaet forglemt i Vinduet og er visnet, og derfor ved Flytningen kastet ud i Feieskarnet paa Gaden. Og det er den Blomst, den fattige, visne Blomst vi have taget med i Bouquetten, thi den Blomst har glædet mere, end den rigeste Blomst i en Dronnings Have!"

"Men hvorfra veed Du alt dette!" spurgte Barnet, som Engelen bar op mod Himlen.

"Jeg veed det!" sagde Engelen. "Jeg var jo selv den syge, lille Dreng, der gik paa Krykker! min Blomst kjender jeg nok!"

Og Barnet aabnede ganske sine Øine og saae ind i Engelens deilige, glade Ansigt, og i samme Øieblik vare de i Guds Himmel, hvor der var Glæde og Lyksalighed. Og Gud trykkede det døde Barn til sit Hjerte, og da fik det Vinger, som den anden Engel og fløi Haand i Haand med ham; og Gud trykkede alle Blomsterne til sit Hjerte, men den fattige, visne Markblomst kyssede han og den fik Stemme og sang med alle Englene, der svævede om Gud, nogle ganske nær, andre uden om disse, i store Kredse, altid længer bort, i det Uendelige, men alle lige lykkelige. Og alle sang de, smaa og store, det gode, velsignede Barn, og den fattige Markblomst, der havde ligget vissen, henkastet i Feieskarnet, mellem Flyttedags-Skramleriet, i den snevre, mørke Gade.

Et Stykke Perlesnor
I.

Jernbanen i Danmark strækker sig endnu kun fra Kjøbenhavn til Korsør, den er et Stykke Perlesnor, dem Europa har en Rigdom af; de kosteligste Perler der nævnes: Paris, London, Wien, Neapel –; dog mangen Een udpeger ikke disse store Stæder som sin skjønneste Perle, men derimod viser hen til en lille umærkelig Stad, der er Hjemmets Hjem, der boe de Kjære; ja, tidt er det kun en enkelt Gaard, et lille Huus, skjult mellem grønne Hækker, et Punkt, der flyver hen idet Banetoget jager forbi.

Hvormange Perler er der paa Snoren fra Kjøbenhavn til Korsør? Vi ville betragte sex, som de Fleste maae lægge Mærke til, gamle Minder og

Poesien selv give disse Perler en Glands, saa at de straale ind i vor Tanke.

Nær ved Bakken, hvor Frederik den Sjettes Slot ligger, Oehlenschlägers Barndoms Hjem, skinner i Læ af Søndermarkens Skovgrund een af Perlerne, man kaldte den "Philemon og Baucis Hytte," det vilde sige: to elskelige Gamles Hjem. Her boede Rahbek med sin Hustru Camma, her, under deres gjestfrie Tag, samlede sig i en Menneskealder alt Aandens Dygtige fra det travle Kjøbenhavn, her var et Aandens Hjem, – – og nu! siig ikke, "ak, hvor forandret!" – nei, endnu er det Aandens Hjem, Drivhuset for den sygnende Plante! Blomsterknoppen, der ikke er mægtig nok til at udfolde sig, gjemmer dog, skjult, alle Spirer til Blad og Frø. Her skinner Aandens Sol ind i et fredet Aandens Hjem, opliver og levendegjør. Verden rundt om straaler ind gjennem Øinene i Sjælens ugranskelige Dybde: Idiotens Hjem, omsvævet af Menneskekjærligheden, er et helligt Sted, et Drivhuus for den sygnende Plante, der skal engang omplantes og blomstre i Guds Urtegaard. De Svageste i Aanden samles nu her, hvor engang de Største og Kraftigste mødtes, vexlede Tanker og løftedes opad – opad blusser end her Sjælenes Flamme i "Philemon og Baucis Hytte".

Kongegravenes By ved Hroars Væld, det gamle Roeskilde, ligger for os; Kirkens slanke Taarnspiir løfte sig over den lave By og speile sig i Issefjorden; een Grav kun ville vi her søge, betragte den i Perlens Glar; det er ikke den mægtige Uniondronning Margrethes – nei, inde paa Kirkegaarden, hvis hvide Muur vi tæt ved flyve forbi, er Graven, en ringe Steen er lagt hen over den, Orgelets Drot, den danske Romances Fornyer, hviler her; Melodier i vor Sjæl bleve de gamle Sagn, vi fornam hvor: "de klare Bølger rulled," "der boede en Konge i Leire!" – Roeskilde, Kongegravenes By, i din Perle ville vi see paa den ringe Grav, hvor i Stenen er hugget Lyren og Navnet: Weyse.

Nu komme vi til Sigersted ved Ringsted By; Aaleiet er lavt; det gule Korn voxer, hvor Hagbarths Baad lagde an, ikke langt fra Signes Jomfrubuur. Hvo kjender ikke Sagnet om Hagbarth, der hang i Egen og Signelils Buur stod i Lue, Sagnet om den stærke Kjærlighed.

"Deilige Sorø omkrandsed af Skove!" din stille Klosterby har faaet Udkig mellem de mosgroede Træer; med Ungdomsblik seer den fra Academiet ud over Søen til Verdens-Landeveien, hører Locomotivets Drage puste, idet den flyver gjennem Skoven. Sorø, du Digtningens Perle, der gjemmer Holbergs Støv! Som en mægtig, hvid Svane ved den dybe Skovsø ligger dit Lærdoms Slot, og op til den, og derhen søger vort Øie, skinner, som den hvide Stjerneblomst i Skovgrunden, et lille Huus, fromme Psalmer klinge derfra ud gjennem Landet, Ord mæles derinde, Bonden selv lytter dertil og kjender svundne Tider i Danmark. Den grønne Skov og Fuglens Sang høre sammen, saaledes Navnene Sorø og Ingemann.

Til Slagelse By –! hvad speiler sig her i Perlens Glar? Forsvundet er Antvorskov Kloster, forsvundet Slottets rige Sale, selv dets eensom staaende forladte Fløi; dog et gammelt Tegn staaer endnu, fornyet og atter fornyet, et Trækors paa Høien derhenne, hvor i Legendens Tid Hellig-Anders, den Slagelse Præst, vaagnede op, baaren i een Nat herhid fra Jerusalem.

Korsør – her fødtes Du, der gav os:

– "Skjæmt med Alvor blandet

"I Viser af Knud Sjællandsfar."

Du Mester i Ord og Vid! de synkende gamle Volde af den forladte Befæstning er nu her det sidste synlige Vidne om dit Barndoms-Hjem; naar Solen gaaer ned, pege deres Skygger hen paa den Plet, hvor dit Fødehuus stod; fra disse Volde, skuende mod Sprogøs Høide, saae Du, da Du "var lille," "Maanen ned bag Øen glide" og besang den udødeligt, som Du siden besang Schweitses Bjerge, Du, som drog om i Verdens Labyrinth og fandt, at –

"– – ingensteds er Roserne saa røde,

"Og ingensteds er Tornene saa smaa,

"Og ingensteds er Dunene saa bløde

"Som de, vor Barndoms Uskyld hvilte paa!"

Lunets liflige Sanger! vi flette Dig en Krands af Skovmærker, kaste den i Søen, og Bølgen vil bære den til Kielerfjord, paa hvis Kyst dit Støv er lagt; den bringer Hilsen fra den unge Slægt, Hilsen fra Fødebyen Korsør – hvor Perlesnoren slipper!

II.

"Det er rigtignok et Stykke Perlesnor fra Kjøbenhavn til Korsør," sagde Bedstemoder, der havde hørt læse, hvad vi nu nys læste. "Det er en Perlesnor for mig og det blev den mig allerede for nu over fyrretyve Aar siden!" sagde hun. "Da havde vi ikke Dampmaskinerne, vi brugte Dage til den Vei, hvor I nu kun bruge Timer! Det var 1815; da var jeg een og tyve Aar! det er en deilig Alder! skjøndt op i de Treds, det er ogsaa en deilig Alder, saa velsignet! – I mine unge Dage, ja, da var det en anderledes Sjeldenhed, end nu, at komme til Kjøbenhavn, Byen for alle Byerne, som vi ansaae den. Mine Forældre vilde, efter tyve Aar, engang igjen gjøre et Besøg der, jeg skulde med; den Reise havde vi i Aaringer talt om og nu skulde den virkelig gaae for sig! jeg syntes, at et heelt nyt Liv vilde begynde, og paa en Maade ogsaa begyndte der for mig et nyt Liv.

Der blev syet og der blev pakket sammen og da vi nu skulde afsted, ja, hvor mange gode Venner kom ikke for at sige os Lev vel! det var en stor Reise vi havde for! Opad Formiddag kjørte vi ud fra Odense i mine Forældres holsteenske Vogn, Bekjendte nikkede fra Vinduerne hele Gaden igjennem, næsten til vi vare heelt ude af Sanct Jørgens Port. Veiret var deiligt, Fuglene sang, Alt var Fornøielse, man glemte, at det var en svær, lang Vei til Nyborg; mod Aften kom vi der; Posten indtraf først ud paa Natten og før afgik ikke Børt-Fartøiet; vi toge da ombord; der laae nu ud foran os det store Vand, saa langt vi kunde øine, saa blikstille. Vi lagde os i vore Klæder og sov. Da jeg i Morgenstunden vaagnede og kom op paa Dækket, var der ikke det Mindste at see til nogen af Siderne, saadan en Taage havde vi. Jeg hørte Hanerne gale, fornam, at Solen kom op, Klokkerne klang; hvor mon vi var; Taagen lettede, og vi laae saamænd endnu ligeudenfor Nyborg. Opad Dagen blæste endelig en Smule Vind, men stik imod; vi krydsede og krydsede, og endelig vare vi saa heldige, at vi Klokken lidt over Elleve om Aftenen naaede Korsør, da havde vi været to og tyve Timer om de fire Miil.

Det gjorde godt at komme i Land; men mørkt var det, daarligt brændte Lygterne og Alt var saa vildtfremmed for mig, der aldrig havde været i nogen anden By end i Odense.

"See, her blev Baggesen født!" sagde min Fader, "og her levede Birckner!"

Da syntes mig, at den gamle By med de smaa Huse blev med Eet lysere og større; vi følte os dertil saa glade ved at have Landjorden under os; sove kunde jeg ikke den Nat over alt det Meget, jeg allerede havde seet og oplevet, siden jeg iforgaars tog hjemme fra.

Næste Morgen maatte vi tidligt op, vi havde for os en slem Vei med forfærdelige Banker og mange Huller til vi naaede Slagelse, og videre frem paa den anden Side var nok ikke stort bedre, og vi vilde gjerne saa betids komme til Krebsehuset, at vi derfra endnu ved Dag kunde gaae ind i Sorø og besøge Møllers Emil, som vi kaldte ham, ja, det var Eders Bedstefader, min salig Mand, Provsten, han var Student i Sorø og netop færdig der med sin anden Examen.

Vi kom efter Middag til Krebsehuset, det var et galant Sted dengang, det bedste Vertshuus paa hele Reisen og den yndigste Egn, ja, det maae I da Alle indrømme, at den endnu er. Det var en ferm Vertinde, Madam Plambek, Alt i Huset som et glatskuret Spækbræt. Paa Væggen hang i Glas og Ramme Baggesens Brev til hende, det var nok værd at see! mig var det en stor Mærkelighed. – Saa gik vi op til Sorø og traf der Emil; I kan troe, han blev glad ved at see os, og vi ved at see ham, han var saa god og opmærksom. Med ham saae vi da Kirken med Absalons Grav og Holbergs Kiste; vi saae de gamle Munke-Indskrifter, og vi seilede over

Søen til "Parnasset," den deiligste Aften jeg mindes! jeg syntes
rigtignok, at skulde man nogensteds i Verden kunde digte, maatte det
være i Sorø, i denne Naturens Fred og Deilighed. Saa gik vi i Maaneskin
ad Philosophgangen, som de kalde det, den deilige eensomme Vei langs
Søen og Flommen ud mod Landeveien til Krebsehuset; Emil blev og
spiste med os, Fader og Moder fandt, at han var bleven saa klog og saae
saa godt ud. Han lovede os, at han inden fem Dage skulde være i
Kjøbenhavn hos sin Familie og sammen med os; det var jo Pintsen. De
Timer i Sorø og ved Krebsehuset, ja, de høre til mit Livs skjønneste
Perler! –
Næste Morgen reiste vi meget tidligt, for vi havde en lang Vei før vi
naaede Roeskilde, og der maatte vi være saa betids at Kirken kunde
sees, og ud paa Aftenen Fader besøge en gammel Skolekammerat; det
skete ogsaa og saa laae vi Natten over i Roeskilde og Dagen derpaa,
men først ved Middagstid, for det var den værste, den meest opkjørte
Vei, vi havde tilbage, kom vi til Kjøbenhavn. Det var omtrent tre Dage, vi
havde brugt fra Korsør til Kjøbenhavn, nu gjør I den samme Vei i tre
Timer. Perlerne ere ikke blevne kosteligere, det kunne de ikke, men
Snoren er bleven ny og vidunderlig. Jeg blev med mine Forældre tre
Uger i Kjøbenhavn, Emil vare vi der sammen med i hele atten Dage, og
da vi saa reiste tilbage til Fyen, fulgte han os lige fra Kjøbenhavn til
Korsør, der bleve vi forlovede før vi skiltes ad; saa kunne I nok forstaae
mig, at ogsaa jeg kalder fra Kjøbenhavn til Korsør et Stykke Perlesnor.
Siden, da Emil fik Kald ved Assens, bleve vi gifte; vi talte tidt om
Kjøbenhavns-Reisen, og om at gjøre den engang igjen, men saa kom
først Eders Moder, og saa fik hun Søskende, og der var Meget at passe
og tage vare paa, og da nu Fader forfremmedes og blev Provst, ja, Alt
var en Velsignelse og Glæde, men til Kjøbenhavn kom vi ikke! aldrig
kom jeg der igjen, hvor tidt vi tænkte derpaa og talte derom, og nu er
jeg bleven for gammel, har ikke Legeme til at fare paa Jernbane; men
glad ved Jernbanerne er jeg! det er en Velsignelse at man har dem! saa
komme I hurtigere til mig! Nu er Odense jo ikke stort længere fra
Kjøbenhavn, end den i min Ungdom var fra Nyborg! I kunne nu flyve til
Italien ligesaa hurtigt som vi vare om at reise til Kjøbenhavn! ja det er
Noget! – alligevel bliver jeg siddende, jeg lader de Andre reise! lader
dem komme til mig! men I skulle ikke smile endda, fordi jeg sidder saa
stille, jeg har en anderledes stor Reise for, end Eders, een, meget
hurtigere, end den paa Jernbanerne; naar Vor Herre vil, reiser jeg op til
"Bedstefader," og naar saa I have udrettet Eders Gjerning og glædet
Eder her ved denne velsignede Verden, saa veed jeg, at I komme op til
os, og tale vi da der om vort Jordlivs Dage, tro mig, Børn! jeg siger ogsaa
der som nu: "fra Kjøbenhavn til Korsør, ja, det er rigtignok et Stykke

Perlesnor!"

Flaskehalsen

Inde i den snevre krogede Gade, mellem flere fattige Huse stod et Huus
saa smalt og saa høit, opført af Bindingsværk, der havde givet sig i alle
Ender og Kanter; fattige Folk boede her, og fattigst saae her ud paa
Qvisten, hvor der udenfor det lille Vindue hang i Solskinnet et gammelt
bulet Fuglebuur, som ikke engang havde et ordentligt Fugleglas, men
kun en omvendt Flaskehals med Prop i forneden og fyldt med Vand. En
gammel Pige stod ved det aabne Vindue, hun havde lige nu pyntet med
Fuglegræs Buret, hvori en lille Irisk hoppede fra Pind til Pind og sang,
saa det klang efter.
"Ja, Du kan sagtens synge!" sagde Flaskehalsen, ja den sagde det ikke
saaledes, som vi kunne sige det, for en Flaskehals kan ikke tale, men
den tænkte det saadan inde i sig, som naar vi Mennesker tale indvendig.
"Ja, Du kan sagtens synge! Du, som har dine hele Lemmer. Du skulde
prøve som jeg at have mistet din Nederdeel, kun at have Hals og Mund
og det med Prop i, saaledes som jeg, saa sang Du ikke. Men det er da
godt, at Nogen er fornøiet! Jeg har ingen Grund til at synge, og jeg kan
det heller ikke! det kunde jeg, dengang jeg var heel Flaske og man gned
mig med en Prop; jeg blev kaldt den rigtige Lærke, den store Lærke! —
og saa da jeg var med Bundtmagerens i Skoven, og Datteren blev
forlovet — ja det husker jeg, som om det var igaar! jeg har oplevet
meget, naar jeg tænker mig om! jeg har været i Ild og Vand, nede i den
sorte Jord og høiere oppe end de Fleste, og nu svæver jeg udenfor
Fugleburet i Luft og Solskin! det kunde nok være Umagen værd at høre
min Historie, men jeg taler ikke høit om den, for jeg kan ikke!"
Og saa fortalte den inde i sig, eller tænkte inde i sig selv sin Historie,
der var mærkelig nok, og den lille Fugl sang lystelig sin Vise og nede
paa Gaden kjørte man og gik man, hver tænkte paa sit, eller tænkte slet
ikke, men det gjorde Flaskehalsen.
Den huskede den flammende Smelteovn i Fabriken, hvor den var blæst
ilive; den huskede endnu, at den havde været ganske varm, seet ind i
den buldrende Ovn, dens Ophavshjem, og følt saadan Lyst til strax at
springe lige ind i den igjen, men at den lidt efter lidt, alt som den blev
kjølet af, fandt sig ret vel, hvor den var, den stod i Række med et heelt
Regiment af Brødre og Søstre, alle fra samme Ovn, men nogle vare
blæste til Champagneflasker, andre til Ølflasker, og det gjør en Forskjel!
Siden ude i Verden kan rigtignok en Ølflaske omfatte den kosteligste
Lacrymæ Christi og en Champagneflaske være fyldt med Sværte, men
hvad man er født til, sees dog paa Skabelonen, Adel bliver Adel, selv

med Sværte i Livet.

Alle Flaskerne bleve snart pakkede ind, og vor Flaske med; da tænkte den ikke paa at ende som Flaskehals, tjenende sig op til Fugleglas, der altid er en hæderlig Tilværelse, saa er man dog Noget! Den saae først igjen Dagslyset, da den med de andre Kammerater blev pakket ud i Viinhandlerens Kjelder og første Gang blev skyllet, det var en løierlig Fornemmelse. Den laae nu tom og propløs, følte sig saa underlig flau, den savnede Noget, men vidste ikke selv, hvad den savnede. Nu blev den fyldt med en god, herlig Viin, den fik Prop og blev lakket, der blev klistret udenpaa: "Prima Sort", det var ligesom den havde faaet første Examens Charakteer, men Vinen var ogsaa god, og Flasken var god; er man ung, er man Lyriker! det sang og klang i den om hvad den slet ikke kjendte: de grønne solbelyste Bjerge, hvor Vinen groer, hvor de muntre Piger og lystelige Svende synge og kysses; jo, det er deiligt at leve! Om alt Det sang og klang det inde i Flasken ligesom inde i de unge Poeter, der tidt heller ikke kjende Noget til det.

En Morgen blev den kjøbt. Bundtmagerens Dreng skulde bringe en Flaske Viin af den bedste Slags; og den kom med i Madkurven hos Skinke, Ost og Pølse; der var det deiligste Smør, det fineste Brød; Bundtmagerens Datter selv pakkede det ind; hun var saa ung, saa smuk; de brune Øine loe, der var et Smiil om Munden, der sagde lige saa meget som Øinene; hun havde fine, bløde Hænder, de vare saa hvide, dog var Hals og Bryst endnu hvidere, man saae strax at hun var een af Byens smukkeste Piger og dog endnu ikke forlovet.

Og Madkurven stod paa hendes Skjød, da Familien kjørte ud i Skoven; Flaskehalsen stak frem mellem Snipperne af den hvide Dug; der var rødt Lak paa Proppen, og den saae lige ind i Pigebarnets Ansigt; den saae ogsaa paa den unge Styrmand, der sad ved Siden af hende; han var en Barndomsven, Portraitmalerens Søn; sin Styrmands-Examen havde han saa flink og hæderligt nylig taget og skulde imorgen afsted med Fartøi, langtbort til fremmede Lande; herom var talt meget ved Indpakningen, og medens der taltes herom, var der just ikke megen Fornøielse at see i Øine og om Mund hos Bundtmagerens smukke Datter.

De to unge Folk gik i den grønne Skov, de talte sammen —, hvad talte de om? Ja, det hørte Flasken ikke, den stod i Madkurven. Det varede forunderligt længe, før den blev taget frem, men da den saa blev det, var der ogsaa skeet fornøielige Ting, alle Øine loe, ogsaa Bundtmagerens Datter loe, men hun talte mindre, og hendes Kinder blussede som to røde Roser.

Fader tog den fyldte Flaske og Proptrækkeren. — Ja, det er underligt saaledes første Gang at skulle trækkes op! Flaskehalsen havde aldrig siden kunnet glemme dette høitidelige Øieblik, det havde ordentligt sagt Svup inde i den, da Proppen gik, og saa klukkede det, da Vinen strømmede ud i Glassene.

"De Forlovedes Skaal!" sagde Fader, og hvert Glas blev tømt til Bunden og den unge Styrmand kyssede sin smukke Brud.

"Lykke og Velsignelse!" sagde begge de Gamle. Og den unge Mand fyldte endnu engang Glassene: "Hjemkomst og Bryllup i Dag et Aar!" raabte han, og da Glassene vare tømte, tog han Flasken, løftede den høit i Veiret: "Du har været med paa den deiligste Dag i mit Liv, Du skal ikke tjene Nogen længer!"

Og han kastede den høit i Veiret. Da tænkte mindst Bundtmagerens Datter paa, at hun oftere skulde see den flyve, men det skulde hun; nu faldt den ned mellem de tætte Rør ved den lille Skovsø; Flaskehalsen huskede endnu saa lyslevende, hvorledes den laae der og tænkte efter. "Jeg gav dem Viin og de give mig Sumpvand, men det er velmeent!" Den kunde ikke meer see de Forlovede og de fornøiede Gamle, men den hørte dem endnu længe jubilere og synge. Saa kom to smaa Bønderdrenge, kigede ind i Rørene, saae Flasken og tog den, nu var den forsørget.

Hjemme i Skovhuset, hvor de boede, havde deres ældste Broder, som var Sømand, igaar været og sagt Farvel, da han skulde paa en af de større Reiser; Moder stod nu og pakkede ind Eet og Andet, det Fader skulde gaae ind til Byen med i Aften for endnu engang at see Sønnen før Afreisen og give ham sin og Moders Hilsen. En lille Flaske med krydret Brændeviin var lagt i Pakken, nu kom Drengene med en større, stærkere Flaske, den de havde fundet; i den kunde der gaae mere end i den lille, og det var just saadan en god Snaps for en daarlig Mave; der var sat Hypericum paa. Det var ikke den røde Viin som før, Flasken fik, den fik de bittre Draaber, men de ere ogsaa gode — for Maven. Den nye Flaske og ikke den lille skulde med; — og saa kom Flasken igjen paa Vandring, den kom ombord til Peter Jensen, og det var netop paa det samme Skib, hvor den unge Styrmand var, men han saae ikke Flasken og havde heller ikke kjendt den igjen eller tænkt: det er den, hvoraf vi drak Forlovelsens og Hjemkomstens Skaal.

Der var rigtignok ikke længer Viin i den, men der var noget ligesaa godt; den blev ogsaa altid, naar Peter Jensen tog den frem, af Kammeraterne kaldt: "Apothekeren;" den skjænkede den gode Medicin, den der hjalp for Maven; og den hjalp saa længe der var en Draabe i den. Det var en fornøielig Tid, og Flasken sang, naar man strøg den med Proppen, den fik da Navn af den store Lærke, "Peter Jensens Lærke." Lang Tid var gaaet, den stod tom i en Krog, da skete det — ja, om det var paa Udreisen eller Hjemreisen, vidste Flasken ikke saa nøie, den

havde ikke været i Land: da reiste sig en Storm; store Søer vældede
sorte og tunge, de løftede og kastede Fartøiet; Masten knækkede, en Sø
slog en Planke ind, Pumperne kunde ikke mere gjøre Nytte; det var
bælmørk Nat; Skibet sank, men i det sidste Minut skrev den unge
Styrmand paa et Blad: "I Jesu Navn! vi forlise!" han skrev sin Bruds
Navn, sit og Skibets, stak Seddelen ind i en tom Flaske der stod,
pressede Proppen fast og kastede Flasken ud i det stormende Hav; han
vidste ikke, at det var den Flaske, hvoraf var skjænket Glædens og
Haabets Skaal for ham og hende; den gyngede nu paa Bølge med Hilsen
og Døds-Bud.

Skibet sank, Mandskabet sank, den fløi som en Fugl, den havde jo
Hjerte, et Kjærestebrev inde i sig. Og Solen stod op og Solen gik ned, det
var for Flasken at see, ligesom i dens Begyndelses Tid den røde gloende
Ovn, den havde Længsel efter at flyve igjen derind. Den fornam Havblik
og nye Storme; ikke stødte den mod noget Klippestykke, ikke blev den
slugt af nogen Hai; meer end Aar og Dag drev den om, snart mod Nord,
snart mod Syd, som Strømningerne førte den. Den var iøvrigt sin egen
Herre, men det kan man ogsaa blive kjed af.

Det beskrevne Blad, det sidste Farvel fra Brudgom til Brud vilde kun
bringe Sorg, kom det engang i de rette Hænder, men hvor vare de
Hænder, de der havde skinnet saa hvide da de bredte Dugen i det friske
Græs, i den grønne Skov, paa Forlovelsens Dag? Hvor var
Bundtmagerens Datter? Ja, hvor var Landet, og hvilket Land laae vel
nærmest? Det vidste Flasken ikke; den drev og den drev og var tilsidst
saa ogsaa kjed af at drive, det var ikke dens Bestemmelse, men den drev
alligevel, til endelig den naaede Land, et fremmed Land. Den forstod
ikke et Ord af hvad her blev talt, det var ikke det Tungemaal, den før
havde hørt tale, og der gaaer En Meget tabt, naar man ikke forstaaer
Sproget.

Flasken blev taget op og betragtet; Seddelen inde i den blev seet, taget
ud, vendt og dreiet, men de forstode ikke, hvad der var skrevet der, de
begrebe nok, at Flasken var kastet overbord, og at der stod Noget om
det paa Papiret, men hvad stod der, det var Mærkeligheden, — og den
blev puttet i Flasken igjen, og denne stillet op i et stort Skab, i en stor
Stue, i et stort Huus.

Hver Gang Fremmede kom, blev Seddelen taget frem, vendt og dreiet,
saa at Skriften, der kun var med Blyant, blev meer og meer ulæselig;
tilsidst kunde Ingen mere see, at det var Bogstaver. Og Flasken stod
endnu et Aar i Skabet, kom saa paa Loftet og blev skjult af Støv og
Spindelvæv; da tænkte den paa bedre Dage, da den skjænkede rød Viin
i den friske Skov, og da den gyngede paa Bølgerne og havde en
Hemmelighed at bære, et Brev, et Afskedssuk.

Og nu stod den paa Loftet i tyve Aar; den kunde have staaet længer, skulde ikke Huset have været bygget om. Taget blev revet af, Flasken seet og omtalt, men den forstod ikke Sproget; det lærer man ikke af at staae paa Loftet, selv i tyve Aar. "Var jeg blevet nede i Stuen," meente den rigtignok, "saa havde jeg nok lært det!"

Den blev nu vasket og skyllet, den kunde trænge til det; den følte sig ganske klar og gjennemsigtig, den var ung igjen paa sin gamle Alder, men Sedlen, den havde baaret paa, den var gaaet i Vasken.

Flasken fyldtes nu med Frø-Korn, den kjendte ikke den Slags; den blev tilproppet og svøbt vel ind, den saae hverken Lygte eller Lys, end sige Sol eller Maane, og Noget skal man dog see, naar man gaaer paa Reiser, meente Flasken, men den saae ikke Noget, dog det Vigtigste gjorde den — den reiste og kom hen, hvor den skulde, der blev den pakket ud. "Hvor de der udenlands har gjort dem Uleilighed med den!" blev der sagt, "og saa er den dog vel knækket!" men den var ikke knækket.

Flasken forstod hvert evige Ord, der blev sagt, det var i det Tungemaal, den havde hørt ved Smelteovnen og hos Viinhandleren og i Skoven og paa Skibet, det eneste rigtige gode gamle Sprog, det man kunde forstaae; den var kommet hjem til sit Land, den fik Velkomsthilsen! den var af bare Glæde nær sprungen dem ud af Hænderne, den mærkede knap til, at Proppen kom af, og den selv blev rystet ud og sat ned i Kjelderen for at blive gjemt og glemt; Hjemmet er bedst, selv i Kjelderen! det faldt den der aldrig ind at tænke over, hvor længe den der laae, den laae godt og det i Aaringer, saa kom der en Dag Folk herned, tog Flaskerne og den med.

Udenfor i Haven var gjort stor Stads; brændende Lamper hang i Guirlander, Papirslygter straalede som store Tulipaner i Transparent; det var ogsaa en deilig Aften, Veiret stille og klart; Stjernerne skinnede saa blanke og Nyet var tændt, egentligt saae man den hele runde Maane som en blaagraa Kugle med gylden Halvkant, det saae godt ud, for gode Øine.

I de afsides Gange var ogsaa nogen Illumination, idetmindste saa megen, at man kunde see at komme frem; der stod mellem Hækkerne opstillet Flasker, hver med et Lys i, der stod ogsaa Flasken, som vi kjende, den der engang skulle ende som Flaskehals, som Fugleglas; den fandt i dette Øieblik her Alt saa mageløst deiligt, den var igjen i det Grønne, var igjen med til Glæde og Fest, fornam Sang og Musik, Surren og Murren af de mange Mennesker, især fra den Kant af Haven, hvor Lamperne brændte og Papirslygterne viiste Couleurer. Selv stod den vel i en afsides Gang, men just det havde Noget for Tanken, Flasken stod og bar sit Lys, stod her til Nytte og Fornøielse, og det er det Rette; i en saadan Time glemmer man tyve Aar paa Loftet — og det er godt at glemme.

Tæt forbi den gik et enkelt Par, Arm i Arm, som Brudeparret ude i Skoven: Styrmanden og Bundtmagerens Datter; det var for Flasken, som om den levede det om igjen! I Haven gik Gjester og der gik Folk, som turde see paa dem og Stadsen, og mellem disse gik en gammel Pige, frændeløs, men ikke venneløs, hun tænkte netop paa det samme som Flasken, hun tænkte paa den grønne Skov og paa et ungt Brudepar, der kom hende meget ved, hun var Part deri, hun var Halvparten, det var i hendes lykkeligste Time, og den glemmer man aldrig, selv om man bliver nok saa gammel en Jomfru. Men hun kjendte ikke Flasken, og den kjendte ikke hende, saaledes gaaer man hinanden forbi i Verden — til man mødes igjen, og det gjorde de To, de vare jo komne i By sammen.

Flasken kom fra Haven til Viinhandleren, blev igjen fyldt med Viin og solgt til Luftskipperen, der næste Søndag skulde gaae op med Ballonen. Der var en Stimmel af Mennesker, for at see til, der var Regiments-Musik og mange Tilberedelser, Flasken saae det fra en Kurv, hvori den laae ved en levende Kanin, der var ganske forknyt, idet den vidste, den skulde op med for at gaae ned med Faldskjærm, Flasken vidste hverken om op eller ned, den saae, at Ballonen bovnede saa stor, saa stor, og da den ikke kunde blive større, begyndte at løfte sig høiere og høiere, blive saa urolig, Tougene, der holdt den, skar man over og den svævede med Luftskipperen, Kurven, Flasken og Kaninen; Musiken klang, og alle Mennesker raabte: Hurra!

"Det er løierligt saadan at gaae til Veirs!" tænkte Flasken, "det er en ny Seilads; deroppe kan man da ikke løbe paa!"

Og mange tusinde Mennesker saae efter Ballonen, og den gamle Jomfru saae ogsaa efter den; hun stod ved sit aabne Qvistvindue, hvor Buret hang med den lille Irisk, der dengang ikke havde Vandglas, men maatte nøies med en Kop. I Vinduet selv stod et Myrthetræ, det var lidt flyttet tilside, for ikke at stødes ud, idet den gamle Pige bøiede sig frem for at see; og hun saae i Ballonen tydeligt Luftskipperen, der lod Kaninen gaae ned med Faldskjærm og derpaa drak alle Menneskers Skaal og kastede saa Flasken høit i Luften; ikke tænkte hun paa, at hun havde seet just den flyve høit for hende og hendes Ven paa Glædens Dag i den grønne Skov, i Ungdoms Tid.

Flasken fik ikke Tid til at tænke, det kom den saa uventet med Eet at være paa sit Livs Høidepunkt. Taarne og Tage laae dybt nede, Menneskene vare saa bitte smaa at see.

Nu sank den og det med en anderledes Fart end Kaninen; Flasken gjorde Kolbytter i Luften, den følte sig saa ung, saa ellevild, den var halvfuld af Vinen, men ikke længe. Hvilken Reise! Solen skinnede paa Flasken, alle Mennesker saae efter den, Ballonen var alt langt borte, og

snart var ogsaa Flasken borte, den faldt paa et af Tagene og saa var den
itu, men der var en saadan Flugt i Stumperne, at de ikke kunde blive
liggende, de sprang og de trillede, til de naaede ned i Gaarden og laae i
endnu mindre Stykker, kun Flaskehalsen holdt, og den var som skaaret
af med en Diamant.

"Den kunde godt bruges til Fugleglas!" sagde Kjeldermanden, men han
havde selv hverken Fugl eller Buur og det var formeget at anskaffe sig
disse, fordi han nu havde Flaskehalsen, der kunde bruges som Glas, den
gamle Jomfru paa Qvisten kunde have Brug for den, og saa kom
Flaskehalsen derop, fik en Prop i sig, og hvad der før vendte op, kom nu
ned, saaledes som det tidt skeer ved Forandringer, fik frisk Vand og blev
hængt foran Buret til den lille Fugl, der sang, saa det klang efter.

"Ja, Du kan sagtens synge!" var det, Flaskehalsen sagde; og den var jo
mærkelig, den havde været i Ballonen, — mere vidste man ikke af dens
Historie. Nu hang den som Fugleglas, kunde høre Folk rumle og tumle
nede paa Gaden, høre den gamle Piges Tale inde i Kammeret: der var
just Besøg, en jevnaldrende Veninde, de talte sammen — ikke om
Flaskehalsen, men om Myrthetræet ved Vinduet.

"Du skal sandelig ikke kaste to Rigsdaler bort for en Brudebouquet til
din Datter!" sagde den gamle Pige, "Du skal hos mig faae en nydelig een,
fuld af Blomster! Seer Du, hvor deiligt Træet staaer. Ja, det er saamænd
en Stikling af det Myrthetræ, Du gav mig Dagen efter min
Forlovelsesdag, det jeg selv skulde, naar Aaret var omme, tage mig min
Brudebouquet af, men den Dag kom ikke! de Øine bleve lukkede, som
skulde have lyst for mig til Glæde og Velsignelse i dette Liv. Paa Havsens
Bund sover han sødt, den Engle-Sjæl! — Træet blev et gammelt Træ,
men jeg blev endnu ældre, og da Træet sygnede hen, tog jeg den sidste
friske Green, satte den i Jorden, og Grenen er nu blevet saadan et stort
Træ og kommer saa dog tilsidst til Bryllups-Stads, bliver Brudebouquet
for din Datter!"

Og der stode Taarer i den gamle Piges Øine; hun talte om sin Ungdoms
Ven, om Forlovelsen i Skoven; hun tænkte paa Skaalen der blev drukket,
tænkte paa det første Kys, — men det sagde hun ikke, hun var jo en
gammel Pige; hun tænkte paa saa meget, men tænkte slet ikke paa, at
lige udenfor hendes Vindue var endnu et Minde fra hiin Tid: Halsen af
den Flaske, der sagde Svup, da Proppen knaldede af til Skaalen. Men
Flaskehalsen kjendte heller ikke hende, for den hørte ikke efter hvad
hun fortalte — deels og formedelst, at den tænkte alene paa sig selv.

Flipperne

Der var en Gang en fiin Cavaleer, hvis hele Bohave var en Støvleknægt og en Redekam, men han havde de deiligste Flipper i Verden og det er om Flipperne vi skulle høre en Historie. - De vare nu saa gamle at de tænkte paa at gifte sig, og saa traf det at de kom i Vadsk med et Strømpebaand.

"Nei!" sagde Flipperne, "nu har jeg aldrig seeet nogen saa slank og saa fiin, saa blød og saa nysselig. Maa jeg ikke sprøge om deres Navn?"

"Det siger jeg ikke!" sagde Strømpebaandet.

"Hvor hører de hjemme?" spurgte Flipperne.

Men Strømpebaandet var saa undseelig af sig og syntes at det var noget underligt at svare paa.

"De er nok Livbaand!" sagde Flipperne, "saadan indvortes Livbaand! jeg seer nok de er baade til Nytte og Stads, lille Jomfru!"

"De maa ikke tale til mig!" sagde Strømpebaandet, "jeg synes jeg har slet ikke givet Anledning!"

"Jo, naar man er saa deilig som de!" sagde Flipperne, "det er Anledning nok!"

"Lad være at komme mig saa nær!" sagde Strømpebaandet. "De seer saa mandfolkeagtig ud!"

"Jeg er ogsaa fiin Cavaleer!" sagde Flipperne, "jeg har Støvleknægt og Redekam!" og det var nu ikke sandt det var jo hans Herre, der havde dem, men han pralede.

"Kom mig ikke nær!" sagde Strømpebaandet, "det er jeg ikke vant til!"

"Snærpe!" sagde Flipperne og saa blev de tagne af Vadsken; de fik Stivelse, hang paa Stolen i Solskin og blev saa lagt paa Strygebrædt; der kom det varme Jern.

"Frue!" sagde Flipperne, "lille Enkefrue! jeg bliver ganske varm! jeg bliver en anden En, jeg kommer reent ud af Folderne, de brænder Hul i mig! uh! - Jeg frier til dem!"

"Las!" sagde Strygejernet og gik stolt hen over Flipperne; for det bildte sig ind det var en Dampkjædel, der skulde ud paa Jernbanen og trække Vogne.

"Las!" sagde det. Flipperne flossede lidt i Kanterne, og saa kom Papirs-Saxen og skulde klippe Flosset af.

"O!" sagde Flipperne! "de er nok første Dandserinde! hvor de kan strække Been! det er det Yndigste jeg har seet! det kan intet Menneske gjøre dem efter!"

"Det veed jeg!" sagde Saxen.

"De fortjente at være Grevinde!" sagde Flipperne, "Alt hvad jeg har, er en fiin Cavaleer, en Støvleknægt og en Redekam -! bare jeg havde Grevskab!"

"Frier han!" sagde Saxen, for den blev vred og saa gav den ham et ordentligt Klip, og saa var han kasseret.

"Jeg maa nok frie til Redekammen! Det er mærkeligt hvor de beholder alle deres Tænder lille Frøken!" sagde Flipperne. "Har de aldrig tænkt paa Forlovelse!"

"Jo det kan de vel nok vide!" sagde Redekammen, "jeg er jo forlovet med Støvleknægten!"

"Forlovet!" sagde Flipperne; nu var der ingen flere at frie til og saa foragtede han det.

En lang Tid gik, saa kom Flipperne i Kasse hos Papirmølleren; der var stort Klude-Selskab, de fine for sig, de grove for sig, saaledes som det skal være. De havde alle meget at fortælle, men Flipperne mest, det var en ordenlig Pralhans.

"Jeg har havt saa frygtelig mange Kjærester!" sagde Flipperne, "jeg kunde ikke gaae i Ro! jeg var nu ogsaa fiin Cavaleer, med Stivelse! jeg havde baade Støvleknægt og Redekam, som jeg aldrig brugte! - de skulde have seet mig den Gang, seet mig naar jeg laae paa Siden! Aldrig glemmer jeg min første Kjæreste, hun var Livbaand, saa fiin, saa blød og saa nydelig, hun styrtede sig i en Vandballe for min Skyld! - Der var ogsaa en Enkefrue, som blev gloende, men jeg lod hende staae og blive sort! Der var den første Dandserinde, hun gav mig den Flænge jeg nu gaaer med, hun var saa glubsk! min egen Redekam var forliebt i mig, hun tabte alle sine Tænder af Kjærestesorg. Ja jeg har oplevet meget af den Slags! men det gjør mig meest ondt for Strømpebaandet, - jeg mener Livbaandet der gik i Vandballen. Jeg har meget paa min Samvittighed, jeg kan trænge til at blive til hvidt Papir!"

Og det blev de, alle Kludene bleve hvidt Papir, men Flipperne bleve netop til dette Stykke hvide Papir vi her see, hvorpaa Historien er trykt, og det var fordi at de pralede saa frygteligt bagefter af hvad der aldrig havde været; og det skal vi tænke paa, at vi ikke bære os ligesaadan ad, for vi kunne saamæn aldrig vide, om vi ikke ogsaa engang komme i Klude-Kassen og blive gjort til hvidt Papir og faae vor hele Historie trykt for paa, selv den allerhemmeligste og maa saa selv løbe om og fortælle den, ligesom Flipperne.

Flyttedagen

Du husker jo nok Taarnvægteren Ole! jeg har fortalt om to Besøg hos ham, nu skal jeg fortælle om et tredie, men det er ikke det sidste. Sædvanligviis er det ved Nytaarstid jeg gaaer op til ham, nu derimod var det paa Flyttedagen, for da er her ikke behageligt nede i Byens Gader, de ere saa opdyngede med Feieskarn, Skaar og Stumper, ikke at tale om udtjent Sengehalm, som man maa gaae og ælte i. Der kom jeg nu og saae, at i denne udvældede Overflødigheds-Bøtte legede et Par

Børn, de legede at gaae i Seng, her var saa indbydende til den Leg,
syntes de, ja de krøb ned i den levende Halm og trak et gammelt laset
Stykke Væggebetræk over sig, som Sengetæppe. „Det var saa yndigt!"
sagde de; mig var det for Meget, og saa maatte jeg afsted op til Ole.
„Det er Flyttedag!" sagde han; „Gader og Stræder tjene som Bøtte,
storartet Bøtte, mig er en Vognfuld nok! det kan jeg faae Noget ud af, og
det fik jeg ogsaa kort efter Juul; jeg kom nede paa Gaden, der var raat,
vaadt, sølet og til at blive forkølet; Skraldemanden holdt med sin Vogn,
den var fyldt, et Slags Prøvekort paa Kjøbenhavns Gader ved
Flyttedagstid. Bag i Vognen stod et Grantræ, endnu ganske grønt og
med Flitterguld paa Grenene; det havde været til Julestads, og var nu
kastet ud paa Gaden, og Skraldemanden havde stukket det op bag i
Dyngen; lysteligt at see paa, eller at græde over, ja det kan man ogsaa
sige, det kommer an paa, hvad man tænker derved, og jeg tænkte
derved, og tænke gjorde bestemt ogsaa Eet og Andet af det, der laae paa
Vognen, eller det kunde have tænkt, som jo er omtrent Eet og det
Samme. Der laae nu en slidt Damehandske; hvad tænkte vel den? Skal
jeg sige Dem det? Den laae og pegede med Lillefingeren lige paa
Grantræet. „„Mig rører det Træ!"" tænkte den, „„ogsaa jeg har været til
Fest med Lysekroner! mit egenlige Liv var en Balnat; et Haandtryk, og
jeg revnede! der slipper min Erindring; jeg har ikke Mere at leve for!""
Det tænkte Handsken, eller kunde den have tænkt. „„Det et flaut med
det Grantræ!"" sagde Potteskaarene. Knækket Leertøi finder nu Alting
flaut. „„Er man paa Skarnvognen,"" sagde de, „„saa skal man ikke skabe
sig og bære Flitterguld! jeg veed, at jeg har gjort Gavn i denne Verden,
mere Gavn end saadan en grøn Pind!"" — See det var nu ogsaa en
Mening, som nok Flere have, men Grantræet saae dog godt ud, det var
lidt Poesie paa Skarndyngen, og af den er der meget omkring i Gaderne,
paa Flyttedag! Veien blev mig tung og besværlig dernede og jeg fik Lyst
til at komme afsted, igjen paa Taarnet, og at blive heroppe, her sidder
jeg og seer ned fra det med Humeur.

Der lege nu de Godtfolk at bytte Huse! de slæbe og ase med deres
Flyttegods, og Nissen sidder i Bøtten og flytter med; Huusvrøvl,
Familievrøvl, Sorger og Bekymringer flytte fra den gamle til den nye
Leilighed, og hvad faae saa de og vi ud af det Hele? Ja, det staaer
saamænd allerede for længe siden nedskrevet i det gamle, gode Vers i
„Adresseavisen":
„Tænk paa Dødens store Flyttedag!"
Det er en alvorlig Tanke, men den er Dem vel ikke ubehagelig at høre
om. Døden er og bliver den paalideligste Embedsmand, uagtet hans
mange Smaaembeder! har De aldrig tænkt derover?

Døden er Omnibusfører, han er Passkriver, han sætter Navn under vor Skudsmaalsbog, og han er Directeur for Livets store Sparekasse. Kan De forstaae det? Alle vort Jordlivs Gjerninger, store og smaa, sætte vi i den „Sparekasse," og naar saa Døden kommer med sin Flyttedags-Omnibus, og vi maae ind der og kjøre med til Eviheds-Landet, da giver han os ved Grændsen vor Skudsmaalsbog, som Pas! Til Tærepenge paa Reisen tager han ud af Sparekassen een eller anden Gjerning, vi have øvet, den, der meest betegner vor Færd; det kan være fornøieligt, men ogsaa forfærdeligt.

Ingen er endnu sluppen fra den Omnibusfart; der fortælles jo rigtignok om Een, som ikke fik Lov at komme med, Jerusalems Skomager, han maatte løbe bag efter; havde han faaet Lov til at komme ind i Omnibusfen, da var han sluppen for Poeternes Behandling. Kig engang med Tankerne ind i den store Flyttedags-Omnibus! Der er blandet Selskab! der sidder ved Siden af hinanden Konge og Stodder, den Geniale og Idioten; afsted maae de, uden Gods og Guld, kun med Skudsmaalsbog og Sparekasse-Tærepenge! men hvilken af Eens Gjerninger bliver vel taget frem og givet med? Maaskee en ganske lille, een, lille som en Ært, men Ærten kan skyde en blomstrende Ranke. Det stakkels Skumpelskud, der sad paa den lave Skammel i Krogen og fik Knubs og haarde Ord, faaer maaskee sin slidte Skammel med som Tegn og Hjelpepenge; Skamlen bliver Bærestol ind i Evighedens Land, løfter sig der til en Throne, straalende som Guld, blomstrende som en Løvhytte.

Den, som her altid gik og pimpede Fornøielsens Kryderdrik, for at glemme andet Galt, han her gjorde, faaer sin Træbimpel med og maa drikke af den paa Omnibusfarten, og den Drik er reen og puur, saa at Tankerne klares, alle gode og ædle Følelser blive vakte, han seer og fornemmer, hvad han før ikke gad see, eller ikke kunde see, og da har han i sig Straffen, den nagende Orm, der ikke døer i unævnelige Tider. Stod der paa Glassene skrevet „Glemsel", da staaer der paa Bimpelen: „Erindring".

Læser jeg en god Bog, et historisk Skrift, Personen, jeg læser om, maa jeg da altid tænke mig tilsidst, naar han kom i Dødens Omnibus, tænke over, hvilken af hans Gjerninger Døden tog ud af Sparekassen til ham, hvilken Tærepenge han fik ind i Eviheds-Landet. Der var engang en fransk Konge, hans Navn har jeg glemt, Navnet paa det Gode glemmes sommetider, ogsaa af mig, men det lyser nok frem igjen; det var en Konge, der i en Hungersnød blev sit Folks Velgjører, og Folket reiste ham et Monument af Snee, med den Indskrift: „Hurtigere end dette smelter, hjalp Du!" Jeg kan tænke, at Døden gav ham, i Henhold til Monumentet, et eneste Sneefnug, der aldrig smelter, og det fløi som en hvid Sommerfugl over hans kongelige Hoved ind i Udødeligheds-Landet. Der var nu ogsaa Ludvig den Ellevte, ja ham husker jeg Navnet paa, det Onde husker man altid godt, et Træk af ham kommer mig tidt i Tanke, jeg vilde ønske, man kunde sige Historien var Løgn. Han lod sin Connetable henrette, det kunde han, med Ret eller Uret, men Connetablens uskyldige Børn, det ene otte Aar, det andet syv, lod han stille op paa samme Rettersted og bestænke med deres Faders varme Blod, derpaa føre til Bastillen og sættes i Jernbuur, hvor de ikke engang fik et Tæppe at lægge over sig; og Kong Ludvig sendte hver ottende Dag Bødlen til dem og lod en Tand trække ud paa hver, for at de ikke skulde have det altfor godt, og den Ældste sagde: „„Min Moder vilde døe af Sorg, om hun vidste, at min lille Broder led saa meget; træk derfor to Tænder ud paa mig og lad ham være fri!"" og Bødlen fik Taarer i Øinene derved, men Kongens Villie var stærkere end Taarerne, og hver ottende Dag bragtes paa Sølvtallerken til Kongen to Børnetænder; han havde forlangt dem, han fik dem. De to Tænder, tænker jeg, tog Døden ud af Livets Sparekasse for Kong Ludvig den Ellevte og gav ham med paa Reisen ind i det store Udødeligheds-Land; de flyve, som to Ildfluer, foran ham, de lyse, de brænde, de knibe ham, de uskyldige Børnetænder.

Ja, det er en Alvors Kjøretour, den Omnibustour paa den store Flyttedag! og naar kommer den vel?
Det er det Alvorlige derved, at hver Dag, hver Time, hvert Minut kan man vente Omnibussen. Hvilken af vore Gjerninger mon da Døden tager ud af Sparekassen og giver os med? Ja, lad os tænke derpaa! den Flyttedag staaer ikke i Almanaken."

Folkesangens Fugl

Det er Vintertid; Jorden har et Sneelag, som var det Marmor, hugget ud af Fjeldet: Luften er høi og klar, Vinden skarp som et dværgesmedet Sværd, Træerne staae som hvide Koraller, som blomstrende Mandelgrene, her er friskt som paa de høie Alper. Deilig er Natten med Nordlysblink og talløse funklende Stjerner.
Stormene komme, Skyerne løfte sig, ryste Svaneduun; Sneeflokkerne syge, dække Huulvei og Huus, den aabne Mark og de lukkede Gader.
Men vi sidde i den lune Stue, ved den blussende Kakkelovn, og der fortælles om gammel Tid; vi høre en Saga:
Ved det aabne Hav laae en Kæmpegrav, paa den sad i Midnatstimen Spøgelset af den begravne Helt, en Konge havde han været; Guldringen skinnede om hans Pande, Haaret flagrede i Vinden, han var klædt i Jern

og Staal; sit Hoved bøiede han sorrigfuld og sukkede dybt i Smerte som en usalig Aand.

Da kom et Skib forbi. Mændene kastede Anker og stege i Land. En Skjald var der mellem dem; han traadte hen mod Kongeskikkelsen og spurgte: „Hvorfor sørger og lider Du?"
Da svarede den Døde: „Ingen har besjunget min Livsgjerning; den er død og borte; Sangen bar den ikke ud over Landene og ind i Menneskenes Hjerter; derfor har jeg ikke Ro, ikke Hvile."
Og han mælede om sin Gjerning og Stordaad, den hans Samtid havde kjendt, men ei besjunget, thi hos den var ingen Skjald.
Da greb den gamle Barde i Harpens Strænge, sang om Heltens Ungdoms Mod, Manddoms Kraft og god Gjernings Storhed. Den Dødes Ansigt lyste derved, som Skyens Kant i Maaneskin: glad og livsalig løftede Skikkelsen sig i Glands og Straaler, der svandt som et Nordlysblink; der var kun at see den Grønsværs-Høi med de runeløse Stene; men hen over den svang sig ved Strængenes sidste Klang, ret som var det ud fra Harpen den kom, en lille Fugl, den deiligste Sangfugl med Droslens klangfulde Slag, med Menneskehjertets sjælfyldte Slag, Hjemlandets Klang, som Trækfuglen hører den. Sangfuglen fløi over Fjeld, over Dal, over Mark og Skov, det var Folkesangens Fugl, der aldrig døer.
Vi høre Sangen; vi høre den nu her i Stuen, i Vinteraftenen, mens de hvide Bier sværme derude og Stormen tager stærke Tag. Fuglen synger os ikke blot Heltens Drapa, den synger søde, bløde Elskovssange, saa rige og saa mange, om Troskab i Nord; den har Eventyr i Toner og Ord; den har Ordsprog og Sangsprog, der som Runer lagt under Dødmands Tunge faaer ham til at tale og man veed hans Hjemland, Folkesangens Fugl.
I Hedningeold, i Vikingetid, hang dens Rede i Bardens Harpe. I Ridderborgens Dage, da Næven holdt Retfærds Vægtskaal, kun Magten var Ret, en Bonde og en Hund vare lige i Bytte, hvor fandt da Sangfuglen Skjul og Ly? Raahed og Smaahed tænkte ei paa den. I Ridderborgens Karnap, hvor Borgfruen sad ved Pergamentet og nedskrev de gamle Minder i Sang og Sagn, Morlille fra Græstørvhuset og den omvandrende Bissekræmmer sad paa Bænken hos hende og fortalte, der, hen over dem, flagrede og fløi, qviddrede og sang Fuglen, der aldrig døer, saalænge Jorden har en Tue for dens Fod, Folkesangens Fugl.
Nu synger den for os herinde. Ude er det Sneestorm og Nat; den lægger Runer under vor Tunge, vi kjende vort Hjemland; Gud taler til os vor Moders Sprog i Folkesangfuglens Toner; de gamle Minder løfte sig, de afblegede Farver opfriskes, Sagn og Sang give en Velsignelsens Drik, der løfter Sind og Tanke, saa at Aftenen bliver en Julefest. Sneen fyger, Isen

knuger, Stormen raader, den har Magten, den er Herre, men ikke Vorherre.

Det er Vintertid, Vinden skarp som et dværgesmedet Sværd; Sneen fyger, — den føg, synes os, i Dage og Uger, og ligger som et uhyre Sneebjerg over den store Stad; en tung Drøm i Vinternatten. Alt dernede skjult og borte, kun Kirkens gyldne Kors, Troens Symbol, løfter sig over Sneegraven og skinner i den blaa Luft, i det klare Solskin.

Og hen over den begravede Stad flyve Himlens Fugle, de smaa og de store; de pippe og de synge, som de kunne det, hver Fugl med sit Næb. Først kommer Spurvenes Flok; de pippe om alt det Smaa i Gade og i Stræde, i Rede og i Huus; de vide Historier fra Forhuus og Baghuus. „Vi kjende den begravede Stad!" sige de. „Alt Levende derinde har Pip! Pip! Pip!"

De sorte Ravne og Krager flyve hen over den hvide Snee. „Grav! grav!" skrige de. „Dernede er endnu Noget at faae, Noget for Skrotten, den er det Vigtigste; det er de Flestes Mening dernede paa Bunden og den Mening er bra', bra', brav!"

De vilde Svaner komme paa susende Vinger, og synge om det Herlige og Store, der endnu spirer fra Menneskenes Tanker og Hjerter derinde i den under Sneelagene hvilende Stad.

Døden er der ikke, Livet vælder; vi fornemme det i Toner, de bruse som fra Kirkens Orgel, gribe os som Klang fra Elverhøi, som Ossianske Sange, som Valkyriens susende Vingeslag. Hvilken Samklang! den taler ind i vort Hjerte, løfter vor Tanke, det er Folkesangens Fugl vi høre! Og i dette Nu: Guds varme Aande puster fraoven, Sneebjerget slaaer Revner, Solen skinner derind, Vaaren kommer, Fuglene komme, nye Slægter, med de hjemlige, samme Toner. Hør Aarets Drapa: Sneestormens Magt, Vinternattens tunge Drøm! Alt løses, Alt løfter sig i deilig Sang fra Folkesangens Fugl, der aldrig døer.

Fyrtøiet

Der kom en Soldat marcherende henad Landeveien: een, to! een, to! han havde sit Tornister paa Ryggen og en Sabel ved Siden, for han havde været i Krigen, og nu skulde han hjem. Saa mødte han en gammel Hex paa Landeveien; hun var saa ækel, hendes Underlæbe hang hende lige ned paa Brystet. Hun sagde: "god Aften, Soldat! hvor Du har en pæn Sabel og et stort Tornister, Du er en rigtig Soldat! Nu skal Du faae saa mange Penge, Du vil eie!"

"Tak skal Du have, din gamle Hex!" sagde Soldaten.

"Kan Du see det store Træ?" sagde Hexen, og pegede paa et Træ, der stod ved Siden af dem. "Det er ganske huult inden i! Der skal Du krybe op i Toppen, saa seer Du et Hul, som Du kan lade dig glide igjennem og komme dybt i Træet! Jeg skal binde dig en Strikke om Livet, for at jeg kan heise Dig op igjen, naar Du raaber paa mig!"

"Hvad skal jeg saa nede i Træet?" spurgte Soldaten.

"Hente Penge!" sagde Hexen, "Du skal vide, naar Du kommer ned paa Bunden af Træet, saa er Du i en stor Gang, der er ganske lyst, for der brænde over hundrede Lamper. Saa seer Du tre Døre, Du kan lukke dem op, Nøglen sidder i. Gaaer Du ind i det første Kammer, da seer Du midt paa Gulvet en stor Kiste, oven paa den sidder en Hund; han har et Par Øine saa store som et Par Theekopper, men det skal Du ikke bryde Dig om! Jeg giver dig mit blaatærnede Forklæde, det kan Du brede ud paa Gulvet; gaae saa rask hen og tag Hunden, sæt ham paa mit Forklæde, luk Kisten op og tag ligesaa mange Skillinger, Du vil. De ere allesammen af Kobber; men vil Du heller have Sølv, saa skal Du gaae ind i det næste Værelse; men der sidder en Hund, der har et Par Øine, saa store, som et Møllehjul; men det skal Du ikke bryde dig om, sæt ham paa mit Forklæde og tag Du af Pengene! Vil Du derimod have Guld, det kan Du ogsaa faae, og det saa meget, Du vil bære, naar Du gaaer ind i det tredie Kammer. Men Hunden, som sidder paa Pengekisten, har her to Øine, hvert saa stort som Rundetaarn. Det er en rigtig Hund, kan Du troe! men det skal Du ikke bryde dig noget om! sæt ham bare paa mit Forklæde, saa gjør han dig ikke noget, og tag Du af Kisten saa meget Guld, Du vil!"

"Det var ikke saa galt" sagde Soldaten. "Men hvad skal jeg give Dig, din gamle Hex? For noget vil Du vel have med, kan jeg tænke!"

"Nei," sagde Hexen, "ikke en eneste Skilling vil jeg have! Du skal bare tage til mig et gammelt Fyrtøi, som min Bedstemoder glemte, da hun sidst var dernede!"

"Naa! lad mig faae Strikken om Livet!" sagde Soldaten.

"Her er den!" sagde Hexen, "og her er mit blaatærnede Forklæde."

Saa krøb Soldaten op i Træet, lod sig dumpe ned i Hullet og stod nu, som Hexen sagde, nede i den store Gang, hvor de mange hundrede Lamper brændte.

Nu lukkede han den første Dør op. Uh! der sad Hunden med Øinene, saa store som Theekopper og gloede paa ham.

"Du er en net Fyr!" sagde Soldaten, satte ham paa Hexens Forklæde og tog ligesaamange Kobberskillinger, han kunde have i sin Lomme, lukkede saa Kisten, satte Hunden op igjen og gik ind i det andet Værelse. Eia! der sad Hunden med Øine saa store, som et Møllehjul.

"Du skulde ikke see saa meget paa mig!" sagde Soldaten, "Du kunde faae ondt i Øinene!" og saa satte han Hunden paa Hexens Forklæde, men da han saae de mange Sølvpenge i Kisten, smed han alle de Kobberpenge han havde, og fyldte Lommen og sit Tornister med det bare Sølv. Nu gik han ind i det tredie Kammer! — Nei det var ækelt! Hunden derinde havde virkeligt to Øine saa store som runde Taarn! og de løb rundt i Hovedet, ligesom Hjul!

"God Aften!" sagde Soldaten og tog til Kasketten, for saadan en Hund havde han aldrig seet før; men da han nu saae lidt paa ham, tænkte han, nu kan det jo være nok, løftede ham ned paa Gulvet og lukkede Kisten op, nei Gud bevares! hvor der var meget Guld! han kunde kjøbe for det hele Kjøbenhavn og Kagekonernes Sukkergrise, alle Tinsoldater, Pidske og Gyngeheste, der var i Verden! Jo der var rigtignok Penge! — Nu kastede Soldaten alle de Sølvskillinger, han havde fyldt sine Lommer og sit Tornister med, og tog Guld i Stedet, ja alle Lommerne, Tornisteret, Kasketten og Støvlerne, bleve fyldte, saa han knap kunde gaae! nu havde han Penge! Hunden satte han op paa Kisten, slog Døren i og raabte saa op igjennem Træet:

"Heis mig nu op, du gamle Hex!"

"Har Du Fyrtøiet med?" spurgte Hexen!

"Det er sandt!" sagde Soldaten, "det havde jeg reent glemt," og nu gik han og tog det. Hexen heisede ham op, og saa stod han igjen paa Landeveien, med Lommer, Støvler, Tornister og Kasket fulde af Penge.

"Hvad vil Du nu med det Fyrtøi," spurgte Soldaten.

"Det kommer ikke dig ved!" sagde Hexen, "nu har Du jo faaet Penge! Giv mig bare Fyrtøiet!" —

"Snik snak!" sagde Soldaten, "vil Du strax sige mig, hvad Du vil med det, eller jeg trækker min Sabel ud og hugger dit Hoved af!"

"Nei," sagde Hexen.

Saa huggede Soldaten Hovedet af hende. Der laae hun! men han bandt alle sine Penge ind i hendes Forklæde, tog det som en Bylt paa Ryggen, puttede Fyrtøiet i Lommen og gik lige til Byen.

Det var en deilig By, og i det deiligste Vertshuus tog han ind, forlangte de allerbedste Værelser og Mad, som han holdt af, for nu var han riig da han havde saa mange Penge.

Tjeneren, som skulde pudse hans Støvler, syntes rigtignok, det vare nogle løierlige gamle Støvler, saadan en riig Herre havde, men han havde ikke endnu kjøbt sig nye; næste Dag fik han Støvler at gaae med, og Klæder som vare pæne! Nu var Soldaten bleven en fornem Herre, og de fortalte ham om al den Stads, som var i deres By, og om deres Konge, og hvilken nydelig Prindsesse hans Datter var.

"Hvor kan man faae hende at see?" spurgte Soldaten.

"Hun er slet ikke til at faae at see!" sagde de allesammen, "hun boer i et stort Kobberslot, med saa mange Mure og Taarne om! Ingen uden Kongen tør gaae ud og ind til hende, fordi der er spaaet, at hun skal

blive gift med en ganske simpel Soldat, og det kan Kongen ikke lide!"
"Hende gad jeg nok see!" tænkte Soldaten, men det kunde han jo slet
ikke faae Lov til!

Nu levede han saa lystig, tog paa Comedie, kjørte i Kongens Have og gav
de Fattige saa mange Penge og det var smukt gjort! han vidste nok fra
gamle Dage, hvor slemt det var ikke at eie en Skilling! — Han var nu
riig, havde pæne Klæder, og fik da saa mange Venner, der Alle sagde,
han var en rar En, en rigtig Cavalier, og det kunde Soldaten godt lide!
Men da han hver Dag gav Penge ud, og fik slet ingen ind igjen, saa havde
han tilsidst ikke meer end to Skillinger tilbage og maatte flytte bort fra
de smukke Værelser, hvor han havde boet, og op paa et lille bitte
Kammer, heelt inde under Taget, selv børste sine Støvler og sye paa
dem med en Stoppenaal, og ingen af hans Venner kom til ham, for der
vare saa mange Trapper at gaae op ad.

Det var ganske mørk Aften, og han kunde ikke engang kjøbe sig et Lys,
men saa huskede han paa, at der laae en lille Stump i det Fyrtøi, han
havde taget i det hule Træ, hvor Hexen havde hjulpet ham ned. Han fik
Fyrtøiet og Lysestumpen frem, men lige i det han slog Ild og Gnisterne
fløi fra Flintestenen, sprang Døren op, og Hunden, der havde Øine saa
store, som et Par Theekopper, og som han havde seet nede under
Træet, stod foran ham og sagde: "Hvad befaler min Herre!"

"Hvad for noget!" sagde Soldaten, "det var jo et moersomt Fyrtøi, kan
jeg saaledes faae, hvad jeg vil have! Skaf mig nogle Penge," sagde han til
Hunden, og vips var den borte! vips var den igjen, og holdt en stor Pose
fuld af Skillinger i sin Mund.

Nu vidste Soldaten, hvad det var for et deiligt Fyrtøi! slog han eengang,
kom Hunden der sad paa Kisten med Kobberpengene, slog han to
Gange, kom den, som havde Sølvpenge, og slog han tre Gange, kom den,
der havde Guld. — Nu flyttede Soldaten ned i de smukke Værelser igjen,
kom i de gode Klæder, og saa kiendte strax alle hans Venner ham, og de
holdt saa meget af ham. —

Saa tænkte han engang: det er dog noget løierligt noget, at man ikke
maa faae den Prindsesse at see! hun skal være saa deilig, sige de
allesammen! men hvad kan det hjelpe, naar hun skal alletider sidde
inde i det store Kobberslot med de mange Taarne. — Kan jeg da slet
ikke faae hende at see? — Hvor er nu mit Fyrtøi! og saa slog han Ild, og
vips kom Hunden med Øine saa store, som Theekopper.

"Det er rigtignok midt paa Natten," sagde Soldaten, "men jeg vilde saa
inderlig gjerne see Prindsessen, bare et lille Øieblik!"

Hunden var strax ude af Døren, og før Soldaten tænkte paa det, saae
han ham igjen med Prindsessen, hun sad og sov paa Hundens Ryg og
var saa deilig, at enhver kunde see, det var en virkelig Prindsesse;

Soldaten kunde slet ikke lade være, han maatte kysse hende, for det var en rigtig Soldat.

Hunden løb saa tilbage igjen med Prindsessen, men da det blev Morgen, og Kongen og Dronningen skjænkede Thee, sagde Prindsessen, hun havde drømt saadan en underlig Drøm i Nat om en Hund og en Soldat. Hun havde redet paa Hunden, og Soldaten havde kysset hende.

"Det var saamæn en pæn Historie!" sagde Dronningen.

Nu skulde en af de gamle Hofdamer vaage ved Prindsessens Seng næste Nat, for at see, om det var en virkelig Drøm, eller hvad det kunde være. Soldaten længtes saa forskrækkelig efter igen at see den deilige Prindsesse, og saa kom da Hunden om Natten, tog hende og løb alt hvad den kunde, men den gamle Hofdame tog Vandstøvler paa, og løb ligesaa stærkt bagefter; da hun saae, at de blev borte inde i et stort Huus, tænkte hun, nu veed jeg hvor det er, og skrev med et Stykke Kridt et stort Kors paa Porten. Saa gik hun hjem og lagde sig, og Hunden kom ogsaa igjen med Prindsessen; men da han saae, at der var skrevet et Kors paa Porten, hvor Soldaten boede, tog han ogsaa et Stykke Kridt og satte Kors paa alle Portene i hele Byen, og det var klogt gjort, for nu kunde jo Hofdamen ikke finde den rigtige Port, naar der var Kors paa dem allesammen.

Om Morgenen tidlig kom Kongen og Dronningen, den gamle Hofdame og alle Officererne for at see, hvor det var, Prindsessen havde været!

"Der er det!" sagde Kongen, da han saae den første Port med et Kors paa.

"Nei der er det, min søde Mand!" sagde Dronningen, der saae den anden Port med Kors paa.

"Men der er eet og der er eet!" sagde de allesammen; hvor de saae, var der Kors paa Portene. Saa kunde de da nok see, det kunde ikke hjelpe noget at de søgte.

Men Dronningen var nu en meget klog Kone, der kunde mere, end at kjøre i Kareth. Hun tog sin store Guldsax, klippede et stort Stykke Silketøi i Stykker, og syede saa en lille nydelig Pose; den fyldte hun med smaae, fine Boghvedegryn, bandt den paa Ryggen af Prindsessen, og da det var gjort, klippede hun et lille Hul paa Posen, saa Grynene kunde drysse hele Veien, hvor Prindsessen kom.

Om Natten kom da Hunden igjen, tog Prindsessen paa sin Ryg, og løb med hende hen til Soldaten, der holdt saa meget af hende, og vilde saa gjerne have været en Prinds, for at faae hende til Kone.

Hunden mærkede slet ikke, hvorledes Grynene dryssede lige henne fra Slottet og til Soldatens Vindue, hvor han løb op ad Muren med Prindsessen. Om Morgenen saae da Kongen og Dronningen nok hvor deres Datter havde været henne, og saa tog de Soldaten og satte ham i

Cachotten.

Der sad han. Uh, hvor der var mørkt og kjedeligt, og saa sagde de til ham: imorgen skal du hænges. Det var ikke morsomt at høre, og sit Fyrtøi havde han glemt hjemme paa Vertshuset. Om Morgenen kunde han mellem Jernstængerne i det lille Vindue see Folk skynde sig ud af Byen, for at see ham hænges. Han hørte Trommerne og saae Soldaterne marchere. Alle Mennesker løb afsted; der var ogsaa en Skomagerdreng med Skjødskind og Tøfler paa, han travede saadan i Gallop, at hans ene Tøffel fløi af og lige hen mod Muren hvor Soldaten sad og kigede ud mellem Jernstængerne.

"Ei, du Skomagerdreng! Du skal ikke have saadant et Hastværk," sagde Soldaten til ham, "der bliver ikke noget af, før jeg kommer! men vil du ikke løbe hen, hvor jeg har boet, og hente mig mit Fyrtøi, saa skal Du faae fire Skilling! men Du maa tage Benene med Dig!"

Skomagerdrengen vilde gjerne have de fire Skilling, og pilede afsted hen efter Fyrtøiet, gav Soldaten det, og — ja nu skal vi faae at høre! Udenfor Byen var der muret en stor Galge, rundt om stod Soldaterne og mange hundrede tusinde Mennesker. Kongen og Dronningen sad paa en deilig Throne lige over for Dommeren og det hele Raad.

Soldaten stod allerede oppe paa Stigen, men da de vilde slaae Strikken om hans Hals, sagde han, at man jo altid tillod en Synder før han udstod sin Straf, at faae et uskyldigt Ønske opfyldt. Han vilde saa gjerne ryge en Pibe Tobak, det var jo den sidste Pibe han fik i denne Verden.

Det vilde nu Kongen ikke sige nei til, og saa tog Soldaten sit Fyrtøi og slog Ild, een, to, tre! og der stod alle Hundene, den med Øine saa store som Theekopper, den med Øine som et Møllehjul og den, der havde Øine saa store som Rundetaarn!

"Hjelp mig nu, at jeg ikke bliver hængt!" sagde Soldaten, og saa foer Hundene ind paa Dommerne og hele Raadet, tog en ved Benene og en ved Næsen og kastede dem mange Favne op i Veiret, saa de faldt ned og sloges reent i Stykker.

"Jeg vil ikke!" sagde Kongen, men den største Hund tog baade ham og Dronningen, og kastede dem bagefter alle de Andre; da blev Soldaterne forskrækkede og alle Folkene raabte: "lille Soldat, Du skal være vor Konge og have den deilige Prindsesse!"

Saa satte de Soldaten i Kongens Kareth, og alle tre Hunde dandsede foran og raabte "Hurra!" og Drengene peeb i Fingrene og Soldaterne presenterede. Prindsessen kom ud af Kobberslottet og blev Dronning, og det kunde hun godt lide! Brylluppet varede i otte Dage, og Hundene sad med til Bords og gjorde store Øine.

Gartneren og Herskabet

En Miils Vei fra Hovedstaden stod en gammel Herregaard med tykke Mure, Taarne og takkede Gavle.

Her boede, men dog kun i Sommertiden, et rigt, høiadeligt Herskab; denne Gaard var den bedste og smukkeste af alle de Gaarde, det eiede; den stod som nystøbt udenpaa, og med Hygge og Beqvemmelighed indeni. Slægtens Vaaben var hugget i Steen over Porten, deilige Roser slyngede sig om Vaaben og Karnap, et heelt Græstæppe bredte sig ud foran Gaarden; der var Rødtjørn og Hvidtjørn, der var sjeldne Blomster, selv udenfor Drivhuset.

Herskabet havde ogsaa en dygtig Gartner; det var en Lyst at see Blomsterhaven, Frugt- og Kjøkkenhaven. Op til denne var endnu en Rest af Gaardens oprindelige gamle Have: nogle Buxbom-Hækker, beklippede saa at de dannede Kroner og Pyramider. Bag disse stode to mægtige gamle Træer; de vare altid næsten bladløse, og man kunde let falde paa at troe, at en Stormvind eller en Skypompe havde strøet dem over med store Klumper Gjødning, men hver Klump var en Fuglerede. Her byggede fra umindelige Tider en Vrimmel skrigende Raager og Krager: det var en heel Fugleby, og Fuglene vare Herskabet, Eiendomsbesidderne, Herresædets ældste Slægt, det egenlige Herskab paa Gaarden. Ingen af Menneskene dernede kom dem ved, men de taalte disse lavt gaaende Skabninger, uagtet disse imellem knaldede med Bøsse, saa det krillede i Fuglenes Rygrad, saa at hver Fugl fløi op derved i Forskrækkelse og skreg: "Rak! Rak!"

Gartneren talte tidt til sit Herskab om at lade fælde de gamle Træer, de saae ikke godt ud, og kom de bort blev man rimeligviis fri for de skrigende Fugle, de vilde søge andetsteds hen. Men Herskabet vilde hverken af med Træerne eller med Fuglevrimlen, det var Noget, Gaarden ikke kunde miste, det var Noget fra den gamle Tid, og den skulde man ikke aldeles slette ud.

"De Træer ere nu Fuglenes Arvegods, lad dem beholde det, min gode Larsen!"

Gartneren hed Larsen, men det har her nu ikke videre at betyde.

"Har De, lille Larsen, ikke Virkeplads nok? hele Blomsterhaven, Drivhusene, Frugt- og Kjøkkenhaven?"

Dem havde han, dem pleiede, passede og opelskede han med Iver og Dygtighed, og det blev erkjendt af Herskabet, men de dulgte ikke for ham, at de hos Fremmede tidt spiste Frugter og saae Blomster, som overgik hvad de havde i deres Have, og det bedrøvede Gartneren, for han vilde det Bedste og gjorde det Bedste. Han var god i Hjertet, god i Embedet.

En Dag lod Herskabet ham kalde og sagde i al Mildhed og
Herskabelighed, at de Dagen forud hos fornemme Venner havde faaet
en Art Æbler og Pærer, saa saftholdige, saa velsmagende, at de og alle
Gjester havde udtalt sig i Beundring. Frugterne vare vistnok ikke
indenlandske, men de burde indføres, blive hjemme her, om vort Klima
tillod det. Man vidste at de vare kjøbte inde i Byen hos den første
Frugthandler, Gartneren skulde ride derind og faae at vide, hvorfra
disse Æbler og Pærer vare komne og da forskrive Podeqviste.
Gartneren kjendte godt Frugthandleren, det var netop til ham, han paa
Herskabets Vegne solgte den Overflødighed af Frugt, der groede i
Herregaardshaven.
Og Gartneren tog til Byen og spurgte Frugthandleren, hvorfra han
havde disse høitpriste Æbler og Pærer.
"De ere fra Deres egen Have!" sagde Frugthandleren og viste ham baade
Æble og Pære, som han kjendte igjen.
Naa, hvor blev han glad, Gartneren; han skyndte sig til Herskabet og
fortalte, at baade Æblerne og Pærerne vare fra deres egen Have.
Det kunde Herskabet slet ikke troe. "Det er ikke muligt, Larsen! kan De
skaffe skriftlig Forsikkring fra Frugthandleren?"
Og det kunde han, skriftlig Attest bragte han.
"Det var da mærkeligt!" sagde Herskabet.
Nu kom hver Dag paa Herskabsbordet store Skaaler med disse prægtige
Æbler og Pærer fra deres egen Have; der sendtes skjeppe- og tøndeviis
af disse Frugter til Venner i Byen og udenfor Byen, ja selv til Udlandet.
Det var en heel Fornøielse! dog maatte de tilføie, at det havde jo ogsaa
været to mærkelig gode Somre for Træfrugterne, disse vare overalt i
Landet lykkedes godt.
Nogen Tid gik; Herskabet spiste en Middag ved Hoffet. Dagen derpaa
blev Gartneren kaldet til sit Herskab. De havde ved Taffelet faaet
Meloner, saa saftfulde, smagfulde, fra Majestætens Drivhuus.
"De maa gaae til Hofgartneren, gode Larsen, og skaffe os nogle af
Kjærnerne fra disse kostelige Meloner!"
"Men Hofgartneren har faaet Kjærnerne fra os!" sagde Gartneren
ganske fornøiet.
"Saa har den Mand vidst at bringe Frugten til en høiere Udvikling!"
svarede Herskabet. "Hver Melon var udmærket!"
"Ja, saa kan jeg være stolt!" sagde Gartneren. "Jeg skal sige det naadige
Herskab, Slotsgartneren har i Aar ikke havt Held med sine Meloner, og
da han saae hvor prægtige vore stode og smagte dem, saa bestilte han
tre af disse op paa Slottet!"
"Larsen! bild sig ikke ind, at det var de Meloner fra vor Have!"
"Jeg troer det!" sagde Gartneren, gik til Slotsgartneren og fik af ham

skriftlig Bevidnelse om at Melonerne paa det kongelige Taffel vare komne fra Herregaarden.

Det var virkelig en Overraskelse for Herskabet, og det fortiede ikke Historien, det fremviste Attesten, ja der blev sendt Melonkjærner vidt om, ligesom tidligere Podeqvistene.

Om disse fik man Efterretninger at de sloge an, satte Frugt, ganske udmærket, og den var kaldt op efter Herskabets Herregaard, saa at det Navn derved nu var at læse paa Engelsk, Tydsk og Fransk.

Det havde man aldrig forud tænkt sig.

"Bare Gartneren ikke faaer for store Ideer om sig selv!" sagde Herskabet.

Han tog det paa en anden Maade: han vilde just stræbe nu, at hævde sit Navn som en af Landets bedste Gartnere, forsøge hvert Aar at bringe noget Fortrinligt af alle Havearter, og det gjorde han; men tidt fik han dog at høre, at de allerførste Frugter han havde bragt, Æblerne og Pærerne, vare de egenlige bedste, alle senere Arter stode langt under. Melonerne havde rigtignok været meget gode, men det var jo et ganske andet Slags; Jordbærrene kunde kaldes fortræffelige, men dog ikke bedre end de, de andre Herskaber havde, og da Ræddikerne eet Aar ikke lykkedes, saa taltes kun om de uheldige Ræddiker og ikke om hvad andet Godt der var bragt.

Det var næsten som om Herskabet følte Lettelse ved at sige:

"Det gik ikke i Aar, lille Larsen!" De vare ganske glade ved at kunne sige: "det gik ikke i Aar!"

Et Par Gange om Ugen bragte Gartneren friske Blomster op i Stuen, altid saa smagfuldt ordnede; Farverne kom ved Sammenstillingen ligesom i et stærkere Lys.

"De har Smag, Larsen!" sagde Herskabet, "det er en Gave, der er givet Dem af Vor Herre, ikke af Dem selv!"

En Dag kom Gartneren med en stor Krystal-Skaal, i den laae et Aakandeblad; hen paa dette var lagt, med sin lange, tykke Stilk ned i Vandet, en straalende, blaa Blomst, stor som en Solsikke.

"Hindostans Lotus!" udbrød Herskabet.

En saadan Blomst havde de aldrig seet; og den blev om Dagen stillet hen i Solskinnet og om Aftenen i Reflex-Lys. Enhver som saae den, fandt den mærkværdig deilig og sjelden, ja det sagde selv den Fornemste af Landets unge Damer, og hun var Prindsesse; klog og hjertensgod var hun.

Herskabet satte en Ære i at overrække hende Blomsten, og den kom med Prindsessen op paa Slottet.

Nu gik Herskabet ned i Haven for selv at plukke en Blomst af samme Slags, om en saadan endnu fandtes, men den var ikke at finde. Saa kaldte de paa Gartneren og spurgte, hvorfra han havde den blaa Lotus: "Vi have søgt forgjeves!" sagde de. "Vi have været i Drivhusene og rundt om i Blomsterhaven!"

"Nei, der er den rigtignok ikke!" sagde Gartneren. "Den er kun en ringe Blomst fra Kjøkkenhaven! men, ikke sandt, hvor er den smuk! den seer ud som var den en blaa Kactus, og er dog kun Blomsten paa Ærteskokken!"

"Det skulde De have sagt os strax!" sagde Herskabet. "Vi maatte troe at det var en fremmed, sjelden Blomst. De har prostitueret os for den unge Prindsesse! hun saae Blomsten hos os, fandt den saa smuk, kjendte den ikke, og hun er ganske inde i Botaniken, men den Videnskab har ikke med Kjøkkenurter at gjøre. Hvor kunde det falde Dem ind, gode Larsen, at sætte en saadan Blomst op i Stuen. Det er at gjøre os latterlige!"

Og den smukke blaa Pragtblomst, der var hentet fra Kjøkkenhaven, blev sat ud af Herskabs-Stuen, hvor den ikke hørte hjemme, ja Herskabet gjorde en Undskyldning hos Prindsessen, og fortalte at Blomsten var kun en Kjøkkenurt, som Gartneren havde fundet paa at stille frem, men at han derfor havde faaet en alvorlig Irettesættelse.

"Det var Synd og Uret!" sagde Prindsessen. "Han har jo lukket vore Øine op for en Pragtblomst, vi slet ikke lagde Mærke til, han har viist os Deiligheden der, hvor vi ikke faldt paa at søge den! Slotsgartneren skal hver Dag, saalænge Ærteskokkene have Blomst, bringe mig een op i min Stue!"

Og det skete.

Herskabet lod Gartneren sige, at han igjen kunde bringe dem en frisk Ærteskok-Blomst.

"Den er i Grunden smuk!" sagde de, "høist mærkværdig!" og Gartneren fik Roes.

"Det kan Larsen godt lide!" sagde Herskabet. "Han er et forkjælet Barn!" I Efteraaret blev det en forfærdelig Storm; den tog til ud paa Natten, saa voldsomt, at mange store Træer i Udkanten af Skoven bleve rykkede op med Rod, og til stor Sorg for Herskabet, Sorg, som de kaldte det, men til Glæde for Gartneren, blæste de to store Træer om med alle Fuglerederne. Man hørte i Stormen Raagers og Kragers Skrig, de sloge med Vingerne paa Ruderne, sagde Folkene paa Gaarden.

"Nu er De da glad, Larsen!" sagde Herskabet; "Stormen har fældet Træerne, og Fuglene have søgt til Skoven. Her er ikke mere Syn af gammel Tid; hvert Tegn og hver Hentydning er borte! os har det bedrøvet!"

Gartneren sagde ikke Noget, men han tænkte paa, hvad han længe havde tænkt, ret at benytte den prægtige Solskinsplads, han før ikke raadede over, den skulde blive til Havens Pryd og Herskabets Glæde.

De store omblæste Træer havde qvaset og knuust de ældgamle Buxbom-Hækker, med hele deres Udklipning. Han reiste her en Tykning af Væxter, Hjemlands-Planter fra Marken og Skoven.

Hvad ingen anden Gartner havde tænkt paa i rig Fylde at plante ind i Herskabshaven, satte han her i den Jord hver skulde have, og i Skygge og i Solskin som hver Art behøvede det. Han pleiede i Kjærlighed og det voxte i Herlighed.

Enebærbusken fra den jydske Hede løftede sig, i Form og Farve som Italiens Cypres, den blanke piggede Christtjørn, altid grøn, i Vinterkulde og i Sommersol, stod deilig at see. Foran groede Bregnerne, mange forskjellige Arter, nogle saae ud som vare de Børn af Palmetræet, og andre, som vare de Forældre til den fine, deilige Plantevæxt, vi kalde Venushaar. Her stod den ringeagtede Borre, der i sin Friskhed er saa smuk, at den kan tage sig ud i Bouquet. Borren stod paa det Tørre, men lavere, i den fugtigere Grund, groede Skræppen, ogsaa en ringeagtet Plante og dog ved sin Høide og sit mægtige Blad saa malerisk smuk. Favnehøi, med Blomst ved Blomst, som en mægtig, mangearmet Candelaber, løftede sig Kongelyset, plantet ind fra Marken. Her stod Skovmærker, Kodriver og Skovlilieconvaller, den vilde Calla og den trebladede, fine Skovsyre. Det var en Deilighed at see.

Foran, støttede til Staaltraads-Snore, voxte i Række ganske smaa Pæretræer fra fransk Jordbund; de fik Sol og god Pleie og bare snart store, saftfulde Frugter, som i Landet de kom fra.

Istedetfor de to gamle, bladløse Træer, blev sat en høi Flagstang, hvor Danebrogen vaiede, og tæt ved endnu en Stang, hvor i Sommertid og Høstens Tid Humleranken med sine duftende Blomster-Kogler snoede sig, men hvor i Vinteren, efter gammel Skik, blev ophængt en Havre-Kjærv, at Himlens Fugle kunde have Maaltid i den glade Juul.

"Den gode Larsen bliver sentimental i sine ældre Aar!" sagde Herskabet. "Men han er os tro og hengiven!"

Ved Nytaar kom, i et af Hovedstadens illustrerede Blade, et Billede af den gamle Gaard; man saae Flagstangen og Havre-Neget for Himlens Fugle i den glade Juul, og det stod omtalt og fremhævet som en smuk Tanke, at en gammel Skik her var bragt i Hævd og Ære, saa betegnende just for den gamle Gaard.

"Alt hvad den Larsen gjør," sagde Herskabet, "slaaer man paa Tromme for. Det er en lykkelig Mand! vi maae jo næsten være stolte af at vi have ham!"

Men de vare slet ikke stolte deraf! de følte at de vare Herskabet, de kunde sige Larsen op, men det gjorde de ikke, de vare gode Mennesker og af deres Slags er der saa mange gode Mennesker, og det er glædeligt for enhver Larsen.

Ja, det er Historien om "Gartneren og Herskabet".
Nu kan Du tænke over den!

Gjemt er ikke glemt

Der laae en gammel Gaard med muddrede Grave og Vindebro; den var
mere oppe end nede; ikke alle Gjester, som komme, er gode. Under
Tagskjægget vare Huller til at skyde ud af og til at helde kogende Vand,
ja smeltet Bly ned over Fjenden, kom han for nær paa. Indenfor var høit
til Bjælkeloftet, og det var godt for den megen Røg, der kom fra Kamin-
Ilden, hvor de store, vaade Brændeknuder laae. Derhang paa Væggen
Billeder af harniskklædte Mænd og stolte Fruer i svære Klæder; den
Strunkeste af dem Alle gik levende om herinde, hun kaldtes Mette
Mogens; hun var Gaardens Frue.
Ved Aftentid kom der Røvere; de sloge tre af hendes Folk ihjel,
Lænkehunden med, og saa bandt de Fru Mette i Hundelænke ved
Hundehuset, og satte sig selv op i Salen og drak Vinen fra hendes
Kjælder og alt det gode Øl.
Fru Mette stod i Hundelænke; hun kunde ikke engang gjøe.
Da kom Røverens Dreng; han listede sig saa stille, det maatte ikke
mærkes, for ellers havde de slaaet ham ihjel.

„Fru Mette Mogens!" sagde Drengen; „kan Du huske, da min Fader red
paa Træhesten i din Huusbonds

Tid; da bad Du for ham, men det hjalp ikke; han skulde sidde sig til
Krøbling; men Du listede Dig ned, som jeg nu lister mig; selv lagde Du
en lille Steen under hver af hans Fødder, at han kunde finde Hvile. Ingen
saae det, eller de lode, som de ikke saae det, Du var den unge, naadige
Frue. Det har min Fader fortalt, og det har jeg gjemt, men ikke glemt! nu
løser jeg Dig, Fru Mette Mogens!"
Og saa toge de Heste paa Stalden og rede i Regn og i Blæst og fik
Vennehjelp.
„Det var vel betalt for den Smule Gjerning mod den Gamle!" sagde
Mette Mogens.
„Gjemt er ikke glemt!" sagde Drengen.
Røverne bleve hængte.

Der laae en gammel Gaard, den ligger der endnu; det var ikke Fru
Mette Mogens's; den tilhører en anden høiadelig Slægt.
Det er i vor Tid. Solen skinner paa Taarnets forgyldte Spiir, smaa Skov-
Øer ligge som Bouquetter paa Vandet, og rundt om dem svømme de

vilde Svaner. I Haven groe Roser; Gaardens Frue er selv det fineste Rosenblad, det skinner i Glæde, god Gjernings Glæde, ikke ude i den vide Verden, men inde i Hjerterne, der er det gjemt, men ikke glemt. Nu gaaer hun fra Gaarden hen til det lille Udflytter-Huus paa Marken Derinde boer en stakkels værkbrudden Pige; Vinduet i den lille Stue vender mod Nord; Solen kommer der ikke; hun har kun at see hen over et Stykke Mark, som lukkes ved den høie Grøft. Men i Dag er der Solskin, Vorherres varme, deilige Sol er derinde; den kommer fra Syd gjennem det nye Vindue, hvor før kun var Muur.

Den Værkbrudne sidder i det varme Solskin, seer Skov og Strand, Verden er bleven saa stor og saa deilig, og det ved et eneste Ord af Gaardens venlige Frue.
„Det Ord var saa let, den Gjerning saa lille!" siger hun; „Glæden, jeg fik, var uendelig stor og velsignet!"
Og derfor øver hun saa mangen god Gjerning, tænker paa dem Alle i de fattige Huse og i de rige Huse, hvor der ogsaa ere Bedrøvede. Det er skjult og gjemt, men det er ikke glemt af Vorherre.

 Der var en gammel Gaard, det var inde i den store, travle By. I Gaarden var Stuer og Sale; i dem gaae vi ikke ind; vi blive i Kjøkkenet; og der er luunt og lyst, der er reent og nydeligt; Kobbertøiet skinner, Bordet er som bonet, Vasken er som et nys skuret Spekkebræt; det har Altsammen Enepigen udrettet, og dog faaet Tid til at sætte Tøiet paa sig, som om hun skulde i Kirke. Hun har Sløife paa Kappen, sort Sløife; det tyder Sorg. Hun har jo Ingen at sørge for, hverken Fader eller Moder, hverken Slægt eller Kjæreste; hun er en fattig Pige. Engang var hun forlovet, det var med en fattig Karl; de holdt inderligt af hinanden. En Dag kom han til hende.

„Vi To have Ingenting!" sagde han; „den rige Enke henne i Kjælderen har sagt mig varme Ord; hun vil sætte mig i Velstand; men Du er i mit Hjerte. Hvad raader Du mig til?"
„Det, Du troer, der er din Lykke!" sagde Pigen. „Vær god og kjærlig imod hende, men husk paa, at fra den Stund vi skilles, kunne vi To ikke oftere sees!"
— Og saa gik der et Par Aar; da mødte hun paa Gaden sin fordums Ven og Kjæreste; han saae syg og elendig ud; da kunde hun ikke lade være, hun maatte spørge: „Hvordan har Du det dog?"
„Rigt og godt i alle Maader!" sagde han; „Konen er brav og god, men Du er i mit Hjerte. Jeg har stridt min Strid, snart er den forbi! Vi sees nu ikke før hos Vorherre."

En Uge er gaaet; imorges stod i Avisen, at han var død; derfor bærer Pigen Sorg. Kjæresten er død fra Kone og tre Stedbørn, som der staaer at læse; det klinger sprukket, og dog er Malmen reen.

Den sorte Sløife tyder Sorg, Pigens Ansigt tyder den end mere; i Hjertet er den gjemt, bliver aldrig glemt!

Ja, see det er tre Historier, tre Blade paa een Stilk. Ønsker Du flere Kløverblade? Der er mange i Hjertebogen gjemt er ikke glemt.

Grantræet

Ude i Skoven stod der saadant et nydeligt Grantræ; det havde en god Plads, Sol kunde det faae, Luft var der nok af, og rundtom voxte mange større Kammerater, baade Gran og Fyr; men det lille Grantræ var saa ilter med at voxe; det tænkte ikke paa den varme Sol og den friske Luft, det brød sig ikke om Bønderbørnene der gik og smaasnakkede, naar de vare ude at samle Jordbær eller Hindbær; tidt kom de med en heel Krukke fuld eller havde Jordbær trukket paa Straa, saa satte de sig ved det lille Træ og sagde: "nei! hvor det er nydeligt lille!" Det vilde Træet slet ikke høre.

Aaret efter var det en lang Stilk større, og Aaret efter igjen var det endnu een meget længer; thi paa et Grantræ kan man altid, efter de mange Led, det har, see hvor mange Aar det har voxet.

"O, var jeg dog saadant et stort Træ, som de Andre!" sukkede det lille Træ, "saa kunde jeg brede mine Grene saa langt omkring og med Toppen see ud i den vide Verden! Fuglene vilde da bygge Rede imellem mine Grene, og naar det blæste kunde jeg nikke saa fornemt, ligesom de Andre der!"

Det havde slet ingen Fornøielse af Solskinnet, af Fuglene eller de røde Skyer, som Morgen og Aften seilede hen over det.

Var det nu Vinter, og Sneen rundt omkring laae gnistrende hvid, saa kom tidt en Hare springende, og satte lige over det lille Træ, — o, det var saa ærgerligt! — Men to Vintre gik, og ved den tredie var Træet saa stort, at Haren maatte gaae uden om det. O, voxe, voxe, blive stor og gammel, det var dog det eneste deilige i denne Verden, tænkte Træet.

I Efteraaret kom altid Brændehuggerne og fældede nogle af de største Træer, det skete hvert Aar, og det unge Grantræ, som nu var ganske godt voxent, skjælvede derved, thi de store, prægtige Træer faldt med en Knagen og Bragen til Jorden; Grenene bleve hugne fra, de saae ganske nøgne, lange og smalle ud; de vare næsten ikke til at kjende, men saa bleve de lagte paa Vogne, og Heste trak dem afsted ud af Skoven.

Hvor skulde de hen? Hvad forestod dem?

I Foraaret, da Svalen og Storken kom, spurgte Træet dem: "Veed I ikke, hvor de førtes hen? Har I ikke mødt dem?"

Svalerne vidste ikke noget, men Storken saae betænkelig ud, nikkede med Hovedet og sagde: "Jo, jeg troer det! jeg mødte mange nye Skibe da jeg fløi fra Ægypten; paa Skibene vare prægtige Mastetræer, jeg tør sige, at det var dem, de lugtede af Gran; jeg kan hilse mange Gange, de kneise, de kneise!"

"O, var jeg dog ogsaa stor nok til at flyve hen over Havet! Hvorledes er det egentligt dette Hav, og hvad ligner det?"

"Ja det er saa vidtløftigt at forklare!" sagde Storken, og saa gik den.

"Glæd Dig ved din Ungdom!" sagde Solstraalerne; "glæd Dig ved din friske Væxt, ved det unge Liv, som er i Dig!"

Og Vinden kyssede Træet, og Duggen græd Taarer over det, men det forstod Grantræet ikke.

Naar det var ved Juletid, da bleve ganske unge Træer fældede, Træer som tidt ikke engang vare saa store eller i Alder med dette Grantræ, der hverken havde Rast eller Ro, men altid vilde afsted; disse unge Træer, og de vare just de allersmukkeste, beholdt altid alle deres Grene, de bleve lagte paa Vogne og Heste trak dem afsted ud af Skoven.

"Hvorhen skulle de?" spurgte Grantræet. "De ere ikke større end jeg, der var endogsaa eet, der var meget mindre; hvorfor beholde de alle deres Grene? Hvor kjøre de hen?"

"Det vide vi! det vide vi!" qviddrede Graaspurvene. "Vi have nede i Byen kiget ind ad Ruderne! vi vide, hvor de kjøre hen! O, de komme til den største Glands og Herlighed, der kan tænkes! Vi have kiget ind af Vinduerne og seet at de blive plantede midt i den varme Stue og pyntede med de deiligste Ting, baade forgyldte Æbler, Honningkager, Legetøi og mange hundrede Lys!"

"Og saa — ?" spurgte Grantræet og bævede i alle Grene. "Og saa? Hvad skeer saa?"

"Ja, mere have vi ikke seet! Det var mageløst!"

"Mon jeg er blevet til for at gaae denne straalende Vei?" jublede Træet. "Det er endnu bedre, end at gaae over Havet! Hvor jeg lider af Længsel! Var det dog Juul! nu er jeg høi og udstrakt, som de andre, der førtes afsted sidste Aar! — O, var jeg alt paa Vognen! var jeg dog i den varme Stue med al den Pragt og Herlighed! og da — ? Ja, da kommer noget endnu Bedre, endnu Skjønnere, hvorfor skulle de ellers saaledes pynte mig! der maa komme noget endnu større, endnu herligere –! men hvad? O, jeg lider! jeg længes! jeg veed ikke selv, hvorledes det er med mig!"

"Glæd Dig ved mig!" sagde Luften og Sollyset; "glæd Dig ved din friske Ungdom ude i det Frie!"

Men det glædede sig slet ikke; det voxte og voxte, Vinter og Sommer stod det grønt; mørkegrønt stod det; Folk, som saae det, sagde: "det er et deiligt Træ!" og ved Juletid blev det fældet først af alle. Øxen hug dybt igjennem Marven, Træet faldt med et Suk hen ad Jorden, det følte en Smerte, en Afmagt, det kunde slet ikke tænke paa nogen Lykke, det var bedrøvet ved at skilles fra Hjemmet, fra den Plet, hvor det var skudt frem; det vidste jo, at det aldrig mere saae de kjære gamle Kammerater, de smaae Buske og Blomster rundtom, ja maaskee ikke engang Fuglene. Afreisen var slet ikke noget behageligt.

Træet kom først til sig selv, da det i Gaarden, afpakket med de andre Træer, hørte en Mand sige: "Det der er prægtigt! vi bruge ikke uden det!"

Nu kom to Tjenere i fuld Stads og bar Grantræet ind i en stor, deilig Sal. Rundtom paa Væggene hang Portrætter, og ved den store Flisekakkelovn stode store chinesiske Vaser med Løver paa Laaget; der var Gyngestole, Silkesophaer, store Borde fulde af Billedbøger, og med Legetøi for hundred Gange hundred Rigsdaler — idetmindste sagde Børnene det. Og Grantræet blev reist op i en stor Fjerding, fyldt med Sand, men Ingen kunde see, at det var en Fjerding, thi der blev hængt grønt Tøi rundt om, og den stod paa et stort broget Teppe. O, hvor Træet bævede! Hvad vilde der dog skee? Baade Tjenere og Frøkener gik og pyntede det. Paa een Green hang de smaa Næt, udklippede af kouleurt Papir; hvert Næt var fyldt med Sukkergodt; forgyldte Æbler og Valdnødder hang, som om de vare voxede fast, og over hundrede røde, blaae og hvide Smaalys bleve stukne fast i Grenene. Dukker, der saae livagtig ud som Mennesker, — Træet havde aldrig seet saadanne før — svævede i det Grønne, og allerøverst oppe i Toppen blev sat en stor Stjerne af Flitter-Guld; det var prægtigt, ganske mageløst prægtigt. "Iaften," sagde de Allesammen, "iaften skal det straale!"

"O!" tænkte Træet, "var det dog Aften! var bare Lysene snart tændte! og hvad mon da skeer? Mon der komme Træer fra Skoven og see paa mig? Mon Graaspurvene flyve ved Ruden? Mon jeg her voxer fast og skal staae pyntet Vinter og Sommer?"

Jo, det vidste god Besked; men det havde ordentlig Barkepine af bare Længsel, og Barkepine er ligesaa slem for et Træ, som Hovedpine for os Andre.

Nu bleve Lysene tændte. Hvilken Glands, hvilken Pragt, Træet bævede i alle Grene derved, saa at eet af Lysene stak Ild i det Grønne; det sved ordentlig.

"Gud bevare os!" skreg Frøknerne og slukkede i en Hast.

Nu turde Træet ikke engang bæve. O, det var en Gru! Det var saa bange for at tabe noget af al sin Stads; det var ganske fortumlet i al den

Glands, – – og nu gik begge Fløidøre op, og en Mængde Børn styrtede ind, som om de vilde vælte hele Træet; de ældre Folk kom besindige bag efter; de Smaa stode ganske tause, — men kun et Øieblik, saa jublede de igjen saa at det rungede efter; de dandsede rundt om Træet, og den ene Present efter den anden blev plukket af.

"Hvad er det, de gjør?" tænkte Træet. "Hvad skal der skee?" Og Lysene brændte lige ned til Grenene, og eftersom de brændte ned, slukkede man dem, og saa fik Børnene Lov til at plyndre Træet. O, de styrtede ind paa det, saa at det knagede i alle Grene; havde det ikke ved Snippen og Guldstjernen været bundet fast til Loftet, saa var det styrtet om.

Børnene dandsede rundt med deres prægtige Legetøi, Ingen saae paa Træet uden den gamle Barnepige, der gik og tittede ind imellem Grenene, men det var bare for at see, om der ikke var glemt endnu en Figen eller et Æble.

"En Historie! en Historie!" raabte Børnene og trak en lille tyk Mand hen imod Træet, og han satte sig lige under det, "for saa ere vi i det Grønne," sagde han, "og Træet kan have besynderligt godt af at høre med! men jeg fortæller kun een Historie. Vil I høre den om Ivede-Avede eller den om Klumpe-Dumpe, som faldt ned af Trapperne og kom dog i Høisædet og fik Prindsessen!"

"Ivede-Avede!" skreg Nogle, "Klumpe-Dumpe!" skreg Andre; der var en Raaben og Skrigen, kun Grantræet taug ganske stille og tænkte: "Skal jeg slet ikke med, slet ikke gjøre Noget!" Det havde jo været med, havde gjort hvad det skulde gjøre.

Og Manden fortalte om "Klumpe-Dumpe der faldt ned af Trapperne og kom dog i Høisædet og fik Prindsessen." Og Børnene klappede i Hænderne og raabte: "fortæl! fortæl!" de vilde ogsaa have "Ivede-Avede", men de fik kun den om "Klumpe-Dumpe." Grantræet stod ganske stille og tankefuld, aldrig havde Fuglene ude i Skoven fortalt Sligt. "Klumpe-Dumpe faldt ned af Trapperne og fik dog Prindsessen! Ja, ja, saaledes gaaer det til i Verden!" tænkte Grantræet og troede at det var virkeligt, fordi det var saadan en net Mand, som fortalte. "Ja, ja! hvem kan vide! maaskee falder jeg ogsaa ned af Trapperne og faaer en Prindsesse!" Og det glædede sig til næste Dag at blive klædt paa med Lys og Legetøi, Guld og Frugter.

"Imorgen vil jeg ikke ryste!" tænkte det. "Jeg vil ret fornøie mig i al min Herlighed. Imorgen skal jeg igjen høre Historien om "Klumpe-Dumpe" og maaskee den med om "Ivede-Avede"." Og Træet stod stille og tankefuld den hele Nat.

Om Morgenen kom Karl og Pige ind.

"Nu begynder Stadsen igjen!" tænkte Træet, men de slæbte det ud af Stuen, op ad Trappen, ind paa Loftet, og her, i en mørk Krog, hvor ingen

Dag skinnede, stillede de det hen. "Hvad skal det betyde!" tænkte Træet. "Hvad mon jeg her skal bestille? Hvad mon jeg her skal faae at høre?" Og det hældede sig op til Muren og stod og tænkte og tænkte. – – Og god Tid havde det, thi der gik Dage og Nætter; Ingen kom herop, og da der endelig kom Nogen, saa var det for at stille nogle store Kasser hen i Krogen; Træet stod ganske skjult, man skulde troe, at det var reent glemt.

"Nu er det Vinter derude!" tænkte Træet. "Jorden er haard og dækket med Snee, Menneskene kunne ikke plante mig; derfor skal jeg nok her staae i Læ til Foraaret! hvor det er velbetænkt! hvor dog Menneskene ere gode! — Var her kun ikke saa mørkt og saa skrækkeligt eensomt! — Ikke engang en lille Hare! — Det var dog saa artigt der ude i Skoven, naar Sneen laae, og Haren sprang forbi; ja, selv da den sprang hen over mig, men det holdt jeg ikke af den Gang. Her oppe er dog skrækkeligt eensomt!"

"Pi, pi!" sagde en lille Muus i det samme og smuttede frem; og saa kom der nok en lille. De snusede til Grantræet og smuttede mellem Grenene paa det.

"Det er en gruelig Kulde!" sagde de smaa Muus. "Ellers er her velsignet at være! Ikkesandt, du gamle Grantræ?"

"Jeg er slet ikke gammel!" sagde Grantræet, "der ere mange, der ere meget ældre end jeg!"

"Hvor kommer Du fra?" spurgte Musene, "og hvad veed du?" De vare nu saa grueligt nysgjerrige. "Fortæl os dog om det deiligste Sted paa Jorden! Har Du været der? Har Du været i Spisekammeret, hvor der ligger Oste paa Hylderne og hænger Skinker under Loftet, hvor man dandser paa Tællelys, og gaaer mager ind og kommer feed ud!"

"Det kjender jeg ikke!" sagde Træet, "men Skoven kjender jeg, hvor Solen skinner, og hvor Fuglene synge!" og saa fortalte det Alt fra sin Ungdom, og de smaa Muus havde aldrig før hørt saadant noget, og de hørte saadan efter og sagde: "nei, hvor Du har seet meget! hvor Du har været lykkelig!"

"Jeg!" sagde Grantræet og tænkte over, hvad det selv fortalte; "ja, det var, i Grunden, ganske morsomme Tider!" — men saa fortalte det om Juleaften, da det var pyntet med Kager og Lys.

"O!" sagde de smaa Muus, "hvor Du har været lykkelig, du gamle Grantræ!"

"Jeg er slet ikke gammel!" sagde Træet, "det er jo i denne Vinter, jeg er kommet fra Skoven! jeg er i min allerbedste Alder, jeg er bare sat i Væxten!"

"Hvor Du fortæller deiligt!" sagde de smaa Muus, og næste Nat kom de med fire andre Smaa-Muus, der skulde høre Træet fortælle, og jo mere det fortalte, desto tydeligere huskede det selv Alt og syntes: "det var dog ganske morsomme Tider! men de kan komme, de kan komme! Klumpe-Dumpe faldt ned af Trapperne og fik dog Prindsessen, maaskee jeg kan ogsaa faae en Prindsesse," og saa tænkte Grantræet paa saadant et lille nydeligt Birketræ, der voxte ude i Skoven, det var for Grantræet en virkelig deilig Prindsesse.

"Hvem er Klumpe-Dumpe?" spurgte de smaa Muus. Og saa fortalte Grantræet hele Eventyret, det kunde huske hvert evige Ord; og de smaa Muus vare færdige ved at springe op i Toppen paa Træet af bare Fornøielse. Næste Nat kom der mange flere Muus, og om Søndagen endogsaa to Rotter; men de sagde, at Historien var ikke morsom, og det bedrøvede de smaa Muus, thi nu syntes de ogsaa mindre om den.

"Kan De kun den ene Historie?" spurgte Rotterne.

"Kun den ene!" svarede Træet, "den hørte jeg min lykkeligste Aften, men den Gang tænkte jeg ikke paa, hvor lykkelig jeg var!"

"Det er en overmaade daarlig Historie! kan De ingen med Flesk og Tællelys? Ingen Spisekammer-Historier?"

"Nei!" sagde Træet.

"Ja, saa skal De have Tak!" svarede Rotterne og gik ind til deres.

De smaa Muus bleve tilsidst ogsaa borte, og da sukkede Træet: "Det var dog ganske rart, da de sad omkring mig de vævre Smaa-Muus og hørte, hvad jeg fortalte! Nu er ogsaa det forbi! — men jeg skal huske at fornøie mig, naar jeg nu tages frem igjen!"

Men naar skete det? — Jo! det var en Morgenstund, da kom der Folk og rumsterede paa Loftet; Kasserne bleve flyttede, Træet blev trukket frem; de kastede det rigtignok lidt haardt mod Gulvet, men strax slæbte en Karl det hen imod Trappen, hvor Dagen skinnede.

"Nu begynder Livet igjen!" tænkte Træet; det følte den friske Luft, den første Solstraale, — og nu var det ude i Gaarden. Alt gik saa gesvindt, Træet glemte reent at see paa sig selv, der var saa meget at see rundtom. Gaarden stødte op til en Have, og Alt blomstrede derinde; Roserne hang saa friske og duftende ud over det lille Rækværk, Lindetræerne blomstrede, og Svalerne fløi om og sagde "qvirre-virre-vit, min Mand er kommet!" men det var ikke Grantræet, de meente.

"Nu skal jeg leve!" jublede det og bredte sine Grene vidt ud; ak, de vare alle visne og gule; det var i Krogen mellem Ukrud og Nælder, at det laae. Guldpapirs-Stjernen sad endnu oppe i Toppen og glimrede i det klare Solskin.

I Gaarden selv legede et Par af de lystige Børn, der ved Juletid havde dandset om Træet og været saa glade ved det. Een af de Mindste foer hen og rev Guldstjernen af.

"See, hvad der sidder endnu paa det ækle, gamle Juletræ!" sagde han og trampede paa Grenene, saa de knagede under hans Støvler.

Og Træet saae paa al den Blomster-Pragt og Friskhed i Haven, det saae paa sig selv, og det ønskede, at det var blevet i sin mørke Krog paa Loftet; det tænkte paa sin friske Ungdom i Skoven, paa den lystige Juleaften og paa de smaa Muus, der saa glade havde hørt paa Historien om Klumpe-Dumpe.

"Forbi! forbi!" sagde det stakkels Træ. "Havde jeg dog glædet mig, da jeg kunde! forbi! forbi!"

Og Tjenestekarlen kom og hug Træet i smaa Stykker, et heelt Bundt laae der; deiligt blussede det op under den store Bryggerkjædel; og det sukkede saa dybt, hvert Suk var som et lille Skud; derfor løbe Børnene, som legede, ind og satte sig foran Ilden, saae ind i den og raabte: "pif! paf!" men ved hvert Knald, der var et dybt Suk, tænkte Træet paa en Sommerdag i Skoven, en Vinternat derude, naar Stjernerne skinnede; det tænkte paa Juleaften og Klumpe-Dumpe, det eneste Eventyr, det havde hørt og vidste at fortælle –, og saa var Træet brændt ud.

Drengene legede i Gaarden, og den Mindste havde paa Brystet Guldstjernen, som Træet havde baaret sin lykkeligste Aften; nu var den forbi, og Træet var forbi og Historien med; forbi, forbi, og det blive alle Historier!

Guldskat

Trommeslagerens Kone gik i Kirke; hun saae det nye Alter med malede Billeder og Udskaarne Engle; de vare saa smukke, baade de paa Lærredet i Farver og Glorie og de, der vare udskaarne i Træ, dertil malede og forgyldte. Haaret straalede som Guld og Solskin, deiligt at see; men Guds Solskin var dog endnu mere deiligt; det skinnede klarere, rødere, mellem de mørke Træer, naar Solen gik ned. Deiligt at see ind i Guds Aasyn! og hun saae ind i den røde Sol, og hun tænkte saa inderligt derved, tænkte paa den Lille, Storken skulde bringe, og Trommeslagerens Kone var saa glad derved, hun saae og hun saae og hun ønskede at Barnet maatte faae Glands herfra, idetmindste ligne en af de straalende Engle paa Altertavlen.

Og da hun nu virkelig holdt i sine Arme sit lille Barn og løftede det op mod Faderen, da var det at see som en af Englene i Kirken, Haaret som Guld; Skjæret af den synkende Sol var lagt deri.

„Min Guldskat, min Rigdom, mit Solskinsveir!" sagde Moderen og kyssede de straalende Lokker; og det klang som Musik og Sang i Trommeslagerens Stue; der var Glæde, Liv og Røre. Trommeslageren slog en Hvirvel, en Glædes-Hvirvel. Trommen gik, Brandtrommen gik: „Røde Haar! Ungen har røde Haar! tro Trommeskindet og ikke hvad din

Moder siger! trommelom! trommelom!"

Og Byen talte, som Brandtrommen talte.

Drengen kom i Kirke, Drengen blev døbt. Det var ikke Noget at sige paa
Navnet; Peter blev han kaldt. Hele Byen, Trommen med, kaldte ham:
Peter; Trommeslagerens Dreng med de røde Haar; men hans Moder
kyssede ham paa hans røde Haar og kaldte ham Guldskat.

I Huulveien, ind i den lerede Skrænt, havde saa mangen En ridset sit
Navn for at mindes.

„Berømmelse!" sagde Trommeslageren, „det er altid Noget!" og saa
ridsede han ogsaa sit Navn og sin lille Søns.

Og Svalerne kom; de havde paa deres lange Reiser seet varigere Skrift
hugget i Klippens Side, i Templets Væg i Hindostan: store Bedrifter af
mægtige Konger, udødelige Navne, saa gamle, at nu Ingen kunde læse
eller nævne dem.

Navneværdi! Berømmelighed!

I Huulveien byggede Jordsvalerne; de borede sig Huller i Skrænten,
Regn og Rusk smuldrede og skyllede bort Navnene, ogsaa
Trommeslagerens og hans lille Søns.

„Peters blev dog staaende halvandet Aar!" sagde Faderen.

„Narre!" tænkte Brandtrommen, men den sagde kun: „Dum, dum, dum!
dummelum!"

Det var en Dreng fuld af Liv og Lyst: „Trommeslagerens Søn med de
røde Haar." En deilig Røst havde han; synge kunde han og synge gjorde
han, som Fuglen i Skoven; der var Melodi og dog ingen Melodi.

„Han bør blive Chordreng!" sagde Moderen; „synge i Kirken, staae der
under de deilige, forgyldte Engle, som han ligner!"

„Ildkat!" sagde de vittige Hoveder i Byen. Trommen hørte det af
Nabokonerne.

„Gaa ikke hjem, Peter!" raabte Gadedrengene.

„Sover Du paa Qvisten, saa er der Ild i øverste Etage, og saa gaaer
Brandtrommen."

„Tag Eder iagt for Trommestikkerne!" sagde Peter; og ihvor lille han var,
gik han freidig paa, og drev sin Næve lige ind i Maven paa den
Nærmeste, saa Benene gik fra samme og de Andre toge Benene med sig,
deres egne Been.

Stadsmusikanten var saa fornem og fiin, han var Søn af en kongelig
Sølvpop; han syntes om Peter, tog ham timeviis hjem, gav ham Violin og
lærte ham at spille; det var som det laae Drengen i Fingrene, han vilde
blive meer end Trommeslager, han vilde blive Stadsmusikant.

„Soldat vil jeg være!" sagde Peter; for han var endnu en ganske lille Fyr
og syntes, at det var det Yndigste i Verden at bære Gevær og at kunne

gaae saaledes „Een, to! een, to!" og at bære Uniform og Sabel.

„Du skal lære at lystre Trommeskindet! trommelom! kom, kom!" sagde Trommen.

„Ja, naar han kunde marschere op til General!" sagde Faderen; „men saa maa der være Krig!"

„Gud frie os fra den!" sagde Moder.

„Vi have ikke Noget at miste!" sagde Fader.

„Ja, vi have da min Dreng!" sagde hun.

„Men naar han nu kommer hjem som General!" sagde Fader.

„Uden Arme og Been!" sagde Moder; „nei, maa jeg beholde min Guldskat heel!"

„Trom! trom! trom!" Brandtrommen gik, alle Trommerne gik. Der var Krig. Soldaterne droge afsted og Trommeslagerens Dreng fulgte med: „Rødtop! Guldskat!" Moderen græd; Faderen saae ham i Tankerne „berømmelig", Stadsmusikanten meente, han burde ikke gaae i Krigen, men blive ved Hjemme-Musiken.

„Rødtop!" sagde Soldaterne, og Peter loe; men sagde En og Anden: „Rævepels!" da bed han Munden sammen, saae frem i den vide Verden; det Skjældsord kom ham ikke ved.

Flink var Drengen; Sindet freidigt, Humeuret godt og det er den bedste Feltflaske, sagde de gamle Kammerater.

I Regn og Rusk, gjennemblødt til Skindet, maatte han, under aaben Himmel, ligge ude mangen Nat, men Humeuret blev hos ham, Trommestikkerne slog: „Trommelom! Alle Mand op!" Jo han var tilvisse født Trommeslager.

Det var en Slagdag; Solen var endnu ikke oppe, men Morgen var det, Luften kold, Kampen hed; der var Taage i Luften, men mere Damp af Krudtet. Kuglerne og Granaterne fløi hen over Hovederne og ind i Hovederne, i Krop og Lemmer; men fremad gik det. En og Anden sank i Knæ, blodig i Tindingen, kridhvid i Ansigtet. Den lille Trommeslager havde endnu sin sunde Couleur; ham var ingen Meen skeet; han saae med nok saa fornøiet et Ansigt paa Regimentshunden, der sprang foran ham, rigtig glad, som var det Løier det Hele, som sloge Kuglerne ned kun for at lege med den.

„Marsch! fremad, marsch!" vare Commando-Ordene, satte ud for Tromme; og de Ord vare ikke at tage tilbage; men de kunne tages tilbage og der kan være stor Forstand deri; og nu blev der sagt: „tilbage!" og saa slog den lille Trommeslager: „Marsch! fremad!" han forstod, at det var Ordren og Soldaterne løde Trommeskindet. Det var gode Trommeslag, de gave Seiersslag for dem, som vare i Færd med at vige.

Liv og Lemmer gik i det Slag. Granaten river Kjødet af i blodige Stykker;

Granaten tænder Ild i Halmbunken, hvor den Saarede har slæbt sig hen, for at ligge forladt i mange Timer, forladt maaskee i dette Liv. Det hjelper ikke at tænke derpaa! og dog tænker man derpaa, selv langt derfra i den fredsomme By; der tænkte Trommeslageren og hans Kone derpaa: Peter var jo i Krigen.

„Nu er jeg kjed af det Klynk!" sagde Brandtrommen.

Det var Slagdag; Solen var endnu ikke oppe, men Morgen var det. Trommeslageren og hans Kone sov, det havde de ikke næsten hele Natten; Sønnen havde de talt om; han var jo derude — „under Guds Haand". Og Fader drømte at Krigen var endt, at Soldaterne kom hjem, og Peter havde Sølvkorset paa Brystet; men Moder drømte, at hun traadte ind i Kirken, saae paa de malede Billeder og de udskaarne Engle med de forgyldte Haar; og hendes egen kjære Dreng, hendes Hjertes Guldskat, stod i hvide Klæder midt imellem Englene og sang saa deiligt, som vist kun Englene kunne synge, og med dem løftede han sig i Solskinnet og nikkede saa kjærligt til sin Moder.

„Min Guldskat!" raabte hun og vaagnede i det Samme. „Nu har Vorherre taget ham!" sagde hun, foldede sine Hænder, heldede Hovedet hen imod det Kattuns Sengeomhæng og græd. „Hvor hviler han nu, mellem de Mange i den store Grav, de grave for de Døde? Maaskee i det dybe Mosevand! Ingen veed hans Grav! intet Gudsord læses over den!" Og Fader vor gik lydløst over hendes Læber; Hovedet bøiede sig, hun var saa træt, fik et Blund.

Dagene fare hen, i Livet og i Drømmene!

Det var mod Aften; en Regnbue løftede sig hen over Valpladsen, den berørte Skovens Side og den dybe Mose. Der er sagt og gjemt i Folketro: hvor Regnbuen rører Jorden, ligger en Skat begravet, en Guldskat; ogsaa her laae en; Ingen tænkte paa den lille Trommeslager uden hans Moder, og derfor drømte hun det.

Og Dagene fare hen, i Livet og i Drømmene!

Ikke et Haar var krummet paa hans Hoved, ikke et Guldhaar.

„Trammeram, trammeram, det er ham! det er ham!" kunde Trommen have sagt og hans Moder sunget, havde hun seet eller drømt det.

Med Sang og Hurra, med Seirens Grønt gik det hjemad, da Krig var endt, da Fred var sluttet. Regimentshunden sprang foran i store Kredse, ligesom for at gjøre sig Veien tre Gange saa lang som den var.

Og Uger gik og Dage med, og Peter traadte ind i Forældrenes Stue; han var saa bruun som en Vildmand, hans Øine saa klare, hans Ansigt straalede som Solens Skin. Og Moderen holdt ham i sine Arme, kyssede hans Mund, hans Øine, hans røde Haar. Hun havde igjen sin Dreng; han havde ikke Sølvkors paa Brystet, som Fader havde drømt, men han havde hele Lemmer, som Moder ikke havde drømt. Og der var en Glæde;

de loe og de græd. Og Peter omfavnede den gamle Brandtromme.

„Der staaer endnu det gamle Skrog!" sagde han. Og Fader slog en Hvirvel paa den.

„Det er ligesom her var stor Ildebrand!" sagde Brandtrommen. „Ild i Taget, Ild i Hjerterne, Guldskat! skrat, skrat, skrat!"

Og saa? Ja hvad saa? Spørg kun Stadsmusikanten!

„Peter groer heelt ud over Trommen," sagde han; „Peter bliver større, end jeg!" og han var dog Søn af en kongelig Sølvpop; men Alt hvad han havde lært i et heelt Liv, lærte Peter i et halvt Aar.

Der var Noget ved ham, saa freidigt, saa inderligt godt. Øinene skinnede og Haaret skinnede, — det kan ikke negtes.

„Han skulde lade sit Haar farve!" sagde Nabomoer. „Det lykkedes deiligt for Politibetjentens Datter! og hun blev forlovet."

„Men Haaret blev jo strax efter grønt som Andemad, og maa altid farves op!"

„Det har hun Raad til!" sagde Nabomoer, „og det har ogsaa Peter. Han kommer i de fornemste Huse, selv til Borgemesterens, lærer Frøken Lotte Claveerspil!"

Spille kunde han! ja spille lige ud af sit Hjerte det deiligste Stykke, der endnu ikke havde været skrevet paa noget Nodeblad. Han spillede i de lyse Nætter og i de mørke med. Det var ikke til at holde ud, sagde Naboerne og Brandtrommen.

Han spillede saa Tankerne løftede sig og der boblede store Fremtidsplaner: Berømmelighed!

Og Borgemesterens Lotte sad ved Claveret; hendes fine Fingre dandsede hen over Tangenterne, saa det klang lige ind i Peters Hjerte; det var som om det blev ham altfor stort, og ikke hændede det een Gang, men mange Gange, og saa greb han en Dag om de fine Fingre og den smukt formede Haand, og han kyssede paa den og saae hende ind i hendes store, brune Øine; Vorherre veed hvad han sagde; vi Andre have Lov til at gjette det. Lotte blev rød over Hals og Skulder, ikke et Ord svarede hun; — der kom just Fremmede i Stuen, Etatsraadens Søn, der havde høi, blank Pande, heelt bagover, om i Nakken. Og Peter sad længe hos dem, og Lotte saae mildest til ham.

Om Aftenen, hjemme, talte han om den vide Verden og om den Guldskat, der for ham laae i Violinen.

Berømmelighed!

„Tummelum, tummelum, tummelumsk!" sagde Brandtrommen. „Nu er det reent galt med Peter! der er Huusild, troer jeg."

Moder gik paa Torvet næste Dag.

„Veed Du Nyt, Peter!" sagde hun, da hun kom tilbage, „deiligt Nyt!

Borgemesterens Lotte er bleven forlovet med Etatsraadens Søn; det skete iaftes!"

„Nei!" sagde Peter og sprang op fra Stolen. Men Moder sagde Jo; hun havde det fra Barberens Kone, og hendes Mand havde det igjen lige ud af Borgemesterens egen Mund.

Og Peter blev bleg som et Liig, og han satte sig ned igjen.

„Herre Gud, hvordan har Du det!" sagde Moderen.

„Godt! godt! lad mig bare være!" sagde han, og Taarerne løb ham ned over Kinderne.

„Mit søde Barn! min Guldskat!" sagde Moderen og græd; men Brandtrommen sang, ind ad, ikke ud ad:

„„Lotte ist todt! Lotte ist todt!"" ja nu er den Vise ude!

Visen var ikke ude, den havde endnu tilbage mange Vers, lange Vers, de allerdeiligste, en Livsens Guldskat.

„Hun fjanter om og skaber sig!" sagde Nabomoer. „Alverden skal læse Brevene, hun faaer fra hendes Guldskat, høre hvad Aviserne sige om ham og hans Violin. Penge sender han hende, det kan hun trænge til, nu hun sidder Enke."

„Han spiller for Keisere og Konger!" sagde Stadsmusikanten. „Det faldt ikke i min Lod; men han er min Elev og glemmer ikke sin gamle Lærer."

„Fader drømte saamænd," sagde Moder, „at Peter kom hjem fra Krigen med Sølvkors paa Brystet, han fik det ikke i Krigen, der er det nok sværere at faae! Nu har han Ridderkors. Det skulde Fader have oplevet!"

„Berømt!" sagde Brandtrommen, og Fødebyen sagde det med: Trommeslagerens Søn, Peter med det røde Haar, Peter, de havde seet som Lille med Træskoe paa, seet som Trommeslager og spille op til Dands, berømt!

„Han spillede for os før han spillede for Kongerne!" sagde Borgemesterens Frue. „Han var dengang reent henne i Lotte! han saae altid høit op! dengang var det næsviist og fabelagtigt! Min egen Mand loe, da han hørte om det Pjank! Nu er Lotte Etatsraadinde!"

Der var lagt en Guldskat i Hjerte og Sjæl hos det fattige Barn, der som lille Trommeslager slog „Marsch, fremad!" Seiersslag for dem, der vare i Færd med at vige. Der laae i hans Bryst en Guldskat, Tonernes Væld; det brusede fra Violinen, som var der et heelt Orgel derinde, som dandsede hen ad Strængene alle en Sommernats Alfer; man hørte Droslens Slag og Menneskets fuldklare Stemme; derfor rungede det til Henrivelse gjennem Hjerterne, og bar hans Navn gjennem Landene. Der var stor Ildebrand, Begeistringens Ildebrand.

„Og saa er han saa deilig!" sagde de unge Damer, de gamle med; ja den Ældste anskaffede sig et Album for berømte Haarlokker, bare for at

kunne udbede sig en Lok af den unge Violinspillers rige, deilige
Haarvæxt, en Skat, en Guldskat.

Og ind i Trommeslagerens fattige Stue traadte Sønnen, fiin som en
Prinds, lykkeligere end en Konge. Øinene vare saa klare, Ansigtet som
Solskin. Og han holdt sin Moder i sine Arme, og hun kyssede hans
varme Mund og græd saa lyksalig; som man græder i Glæde; og han
nikkede til hvert gammelt Meubel i Stuen, til Dragkisten med dens
Theekopper og Blomsterglas; han nikkede til Slagbænken, hvori han
havde sovet som Lille; men den gamle Brandtromme tog han frem midt
paa Gulvet, og han sagde baade til Moder og til Trommen:
„Fader vilde i Dag have slaaet en Hvirvel! nu maa jeg gjøre det!" og han
slog paa Trommen et heelt Tordenveir, og den følte sig saa beæret
derved, at den revnede i Trommeskindet.

„Han slaaer en deilig Næve!" sagde Trommen. „Nu har jeg da, for altid,
en Erindring om ham! jeg venter, at ogsaa Mutter revner af Glæde over
sin Guldskat."

Det er Historien om Guldskat.

Gåseurten

Nu skal Du høre! -
Ude på Landet, tæt ved Veien, låe et Lyststed; Du har bestemt selv
engang seet det! der er foran en lille Have med Blomster og et Stakit,
som er malet; tæt herved på Grøften, midt i det deiligste grønne Græs,
voxte en lille Gåseurt; Solen skinnede ligeså varmt og smukt på den,
som på de store rige Pragtblomster inde i Haven, og derfor voxte den
Time for Time. En Morgen stod den ganske udsprunget med sine små,
skinnende hvide Blade, der sidder som Stråler rundtom den lille gule
Sol indeni. Den tænkte slet ikke på, at intet Menneske såe den der i
Græsset og at den var en fattig, foragtet Blomst; nei den var så fornøiet,
den vendte sig lige imod den varme Sol, såe op i den og hørte på
Lærken, som sang i Luften.
Den lille Gåseurt var så lykkelig, som om det var en stor Helligdag, og så
var det dog en Mandag; alle Børn vare i Skole; mens de sad på deres
Bænke og lærte noget, sad den på sin lille grønne Stilk og lærte også af
den varme Sol og Alt rundt omkring, hvor god Gud er, og den syntes ret
at den lille Lærke sang så tydeligt og smukt Alt, hvad den i Stilhed følte;
og Gåseurten såe med en Slags Ærbødighed op til den lykkelige Fugl,
der kunde synge og flyve, men var slet ikke bedrøvet, fordi den selv ikke
kunde det. "Jeg seer og hører jo!" tænkte den, "Solen skinner på mig og

Vinden kysser mig! o, hvor jeg dog er blevet begavet!"

Indenfor Stakittet stode så mange stive, fornemme Blomster; jo mindre Duft de havde, desmere kneisede de. Pionerne blæste sig op, for at være større end en Rose, men det er slet ikke Størrelsen, som gjør det! Tulipanerne havde de allersmukkeste Couleurer, og det vidste de nok og holdt sig så ranke, for at man endnu bedre skulde see det. De lagde slet ikke Mærke til den lille Gåseurt udenfor, men den såe desmere på dem og tænkte: "hvor de ere rige og deilige! ja, dem flyver vist den prægtige Fugl ned til og besøger! Gud skee Lov, at jeg står så nær herved, så kan jeg dog fåe den Stads at see!" og lige idet den tænkte det, "qvirrevit!" der kom Lærken flyvende, men ikke ned til Pioner og Tulipaner, nei, ned i Græsset til den fattige Gåseurt, der blev så forskrækket af bare Glæde, at den vidste slet ikke mere, hvad den skulde tænke.

Den lille Fugl dandsede rundt omkring den og sang: "nei, hvor dog Græsset er blødt! og see, hvilken sød lille Blomst med Guld i Hjertet og Sølv på Kjolen!" den gule Prik i Gåseurten såe jo også ud som Guld, og de små Blade rundtom vare skinnende sølvhvide.

Så lykkelig som den lille Gåseurt var, nei, det kan ingen begribe! Fuglen kyssede den med sit Næb, sang for den og fløi så igjen op i den blå Luft. Det varede bestemt et heelt Qvarteer, før Blomsten kunde komme sig igjen. Halv undseelig og dog inderlig fornøiet såe den til Blomsterne inde i Haven; de havde jo seet den Ære og Lyksalighed, der var vederfaret hende, de måtte jo begribe, hvilken Glæde det var; men Tulipanerne stode nok engang så stive som før, og så vare de så spidse i Ansigtet og så røde, for de havde ærgret sig. Pionerne vare ganske tykhovede, bu! det var godt, at de ikke kunde tale, ellers havde Gåseurten fået en ordentlig Tiltale. Den stakkels lille Blomst kunde nok see, at de vare ikke i godt Humeur, og det gjorde den så inderligt ondt. I det samme kom der inde i Haven en Pige med en stor Kniv så skarp og skinnende, hun gik lige hen mellem Tulipanerne og skar den ene af efter den anden. "Uh!" sukkede den lille Gåseurt, "det var jo forskrækkeligt, nu er det forbi med dem!" Så gik Pigen bort med Tulipanerne. Gåseurten var glad ved, at den stod ude i Græsset og var en lille, fattig Blomst; den følte sig ret så taknemlig, og da Solen gik ned, foldede den sine Blade, sov ind og drømte hele Natten om Solen og den lille Fugl.

Næste Morgen, da Blomsten igjen, lykkelig, strakte alle de hvide Blade ligesom små Arme ud mod Luft og Lys, kjendte den Fuglens Stemme, men det var sørgeligt, hvad den sang. Ja, den stakkels Lærke havde god Grund dertil, den var blevet fanget og sad nu i et Buur tætved det åbne Vindue. Den sang om at flyve frit og lykkeligt omkring, sang om det unge, grønne Korn på Marken og om den deilige Reise, den kunde gjøre på sine Vinger høit op i Luften. Den stakkels Fugl var ikke i godt Humeur, fangen sad den der i Buret.

Den lille Gåseurt ønskede så gjerne at hjælpe, men hvorledes skulde den bære sig ad dermed; ja det var vanskeligt at hitte på. Den glemte reent, hvor smukt Alt stod rundtom, hvor varmt Solen skinnede, og hvor smukke hvide dens Blade såe ud; ak, den kunde kun tænke på den fangne Fugl, som den slet ikke var istand til at gjøre noget for.

Da kom der i det samme to små Drenge ud af Haven; den ene af dem havde i Hånden en Kniv, stor og skarp som den, Pigen havde til at skjære Tulipanerne af med. De gik lige hen imod den lille Gåseurt, der slet ikke kunde begribe, hvad de vilde.

"Her kan vi skjære en deilig Græstørv til Lærken!" sagde den ene Dreng og begyndte at skjære i en Fiirkant dybt ned, omkring Gåseurten, så at den kom til at ståe midt i Græstørven.

"Riv den Blomst af!" sagde den anden Dreng, og Gåseurten rystede ordentlig af Angest, thi at blive revet af, var jo at miste Livet, og nu vilde den så gjerne leve, da den skulde med Græstørven ind i Buret til den fangne Lærke.

"Nei, lad den sidde!" sagde den anden Dreng, "den pynter så net!" og så blev den siddende og kom med ind i Buret til Lærken.

Men den stakkels Fugl klagede høit over sin tabte Frihed og slog med Vingerne mod Jerntrådene i Buret; den lille Gåseurt kunde ikke tale, ikke sige et trøstende Ord, ihvor gjerne den vilde. Således gik hele Formiddagen.

"Her er intet Vand!" sagde den fangne Lærke, "de ere Alle ude og have glemt mig med en Dråbe at drikke! min Hals er tør og brændende! der er Ild og Iis indeni mig og Luften er så tung! Ak, jeg må døe, fra det varme Solskin, fra det friske Grønne, fra al den Deilighed, Gud har skabt!" og så borede den sit lille Næb ned i den kjølige Græstørv, for derved at opfriskes lidt; da faldt dens Øine på Gåseurten, og Fuglen nikkede til den, kyssede den med Næbbet og sagde: "Du må også visne herinde, Du stakkels lille Blomst! Dig og den lille grønne Plet Græs har man givet mig for den hele Verden, jeg havde udenfor! hvert lille Græsstrå skal være mig et grønt Træ, hvert af dine hvide Blade en duftende Blomst! ak, I fortælle mig kun, hvormeget jeg har mistet!"

"Hvo der dog kunde trøste ham!" tænkte Gåseurten, men den kunde ikke røre et Blad; dog Duften, som strømmede ud af de fine Blade, var langt stærkere, end den ellers findes hos denne Blomst; det mærkede også Fuglen, og skjøndt den forsmægtede af Tørst og i sin Pine rev de grønne Græsstrå af, rørte den slet ikke Blomsten.

Det blev Aften, og endnu kom Ingen og bragte den stakkels Fugl en

Vanddråbe; da strakte den sine smukke Vinger ud, rystede dem krampagtigt, dens Sang var et veemodigt Pipi; det lille Hoved bøiede sig henimod Blomsten, og Fuglens Hjerte brast af Savn og Længsel; da kunde Blomsten ikke, som Aftenen forud, folde sine Blade sammen og sove, den hang syg og sørgende ned mod Jorden.

Først den næste Morgen kom Drengene, og da de såe Fuglen død, græd de, græd mange Tårer og gravede den en nydelig Grav, som blev pyntet med Blomsterblade. Fuglens Liig kom i en rød, deilig Æske, kongeligt skulde den begraves, den stakkels Fugl! da han levede og sang, glemte de ham, lod ham sidde i Buret og lide Savn, nu fik han Stads og mange Tårer.

Men Græstørven med Gåseurten blev kastet ud i Støvet på Landeveien, ingen tænkte på den, som dog havde følt meest for den lille Fugl og som gjerne vilde trøste den!

Herrebladene

Hvor man dog i Papir kan klippe og klistre nydelige Ting! der var saaledes klippet og klistret et Slot, saa stort at det fyldte et heelt Bord, og var malet med Udseende, som var det bygget af røde Steen; det havde skinnende Kobbertag, det havde Taarn og Vindelbro, Vand i Kanalerne, som et Speilglas, for det var Speilglas. Der stod i det høieste Taarn en Vægter snittet af Træ, han havde en Trompet at blæse, men han blæste ikke!

Det Hele tilhørte en lille Dreng, som hedte William, og han heisede selv Vindelbroen og lod den igjen falde, lod sine Tinsoldater marschere over, aabnede saa Slotsporten og saae ind i den store Riddersal, hvor der paa Væggene hang i Ramme ligesom Billederne i de virkelige Riddersale, alle Herrebladene fra et Spilkort, Hjerter, Ruder, Kløer og Spaer: Kongerne med Krone og Scepter, Damerne med Sløer ned over Skuldrene og Blomst eller Vifte i Haanden, Knægtene med Hellebarde og vaiende Fjer.

En Aften laae den lille Dreng og kigede gjennem den aabne Slotsport ind paa Kortbillederne i Riddersalen og han syntes at Kongerne hilsede med deres Scepter, ja Spaerdame bevægede Guld-Tulipanen hun holdt i Haanden og Hjerter Dame løftede sin Vifte; alle fire Dronninger gave naadigt Tegn paa at de bemærkede ham. Han rykkede endnu nærmere for bedre at see, men kom derved med Hovedet til at støde til Slottet, saa at det rystede. Da stak alle fire Knægte, Kløer, Spaer, Ruder og Hjerter, deres Hellebarde frem, for at vare ham, at han ikke saaledes maatte trænge paa.

Den lille Dreng forstod det og nikkede i al Venskabelighed; han nikkede nok engang og saa sagde han: "Siig Noget!" men Kortbladene sagde ikke et Ord; dog da han tredie Gang nikkede til Hjerterknægt, sprang denne ud af Kortbladet og stillede sig midt paa Gulvet.

"Hvad hedder Du?" spurgte han den Lille. "Du har klare Øine og gode Tænder, men Du vasker ikke tidt nok dine Hænder!" og det var nu ikke fiint sagt.

"Jeg hedder William!" sagde den Lille, "og det er mit Slot og Du er min Hjerterknægt!"

"Jeg er min Konges og min Dronnings Knægt, ikke Din!" sagde Hjerterknægt. "Jeg kan gaae ud af Bladet og af Rammen med! og det kunne de høie Herskaber endnu bedre. Vi kunne gaae ud i den vide Verden, men den ere vi kjede af; det er mageligere og behageligere at sidde i Kortblad og være sig selv!"

"Have I virkeligt Alle før været Mennesker?" spurgte den Lille.

"Mennesker," sagde Hjerteknægt, "men ikke saa gode, som vi burde være! tænd et lille Voxlys foran mig, helst et rødt, thi det er min og mit Herskabs Couleur, saa skal jeg fortælle Slotsherren –, for Du er jo Slotsherre, siger Du –, hele vor Historie, men bryd mig ikke af, skal jeg tale, maa det gaae i een Snurre! – Seer Du ham, min Konge, Hjerterkonge; han er den ældste af de fire der, for han er født først, født med Guldkrone og Guldæble. Han regjerede ligestrax. Hans Dronning var født med Guldvifte, den har hun endnu. De havde det saa yndigt fra Smaa af, behøvede ikke at gaae i Skole, kunde lege hele Dagen, bygge Slotte og rive ned, knække Tinsoldater og lege med Dukker; forlangte de Smørrebrød, saa var der Smør paa begge Sider af Brødet og Puddersukker oven paa. Det var den gode gamle Tid, Guldalderen, som den kaldes, men den bleve de kjede af og jeg ogsaa. Det var den Gang, – og saa kom Ruderkonge."

Mere sagde Knægten ikke; den lille Dreng lurede paa at høre mere, men der blev ikke sagt et Ord; og saa spurgte den Lille: "Hvad saa?" – Hjerteknægt svarede ikke, stod strunk og stiv med Øinene lige mod sit tændte Voxlys. Den Lille nikkede, nikkede igjen men fik dog ikke Svar; saa vendte han sig til Ruderknægt, og da han nikkede tredie Gang til ham, sprang denne ud af Kortbladet, stillede sig op og sagde det eneste Ord: "Voxlys!" den Lille tændte strax et rødt Lys og satte for ham; da præsenterede Ruderknægt med sin Landse og sagde:

"Saa fulgte Ruderkonge! en Konge med Glasrude paa sit Bryst; ogsaa Dronningen kunde man see lige ind i; og de vare skabte ligesom andre Mennesker. Det var saa fornøieligt at man derover reiste dem et Monument, det stod i hele syv Aar, men det var ogsaa reist for Evigheden!" Og saa præsenterede Ruderknægt og saae paa sit røde Voxlys.

Og uden at den lille William nikkede, skreed med Eet, ganske gravitetisk, som Storken kan gaae, naar den skrider hen over Marken, Kløverknægt. Det sorte Kløver i Hjørnet af Kortbladet, fløi med som en Fugl hen over ham og saa igjen tilbage og satte sig hvor det før havde siddet. Og Kløverknægt talte, uden først som de Andre, at have faaet Voxlys.

"Ikke Alle erholde Smør paa begge Sider af Brødet og Sukker ovenpaa! det fik hverken min Konge eller Dronning; de maatte gaae i Skole og lære hvad de tidligere ikke havde lærdt. De gik ogsaa med Glasrude paa Brystet, men Ingen saae derind, uden for at bemærke om der ikke var noget galt inde i Urværket, som der kunde skjændes paa. Jeg veed det; jeg har tjent mit Herskab i alle Aar, kjender det fremdeles og lyder dets Villie. Nu vil Herskabet at jeg ikke skal tale mere iaften, og jeg tier og præsenterer!"

Men William tændte ogsaa for ham et Lys, det var skinnede hvidt.

"Huith –!" hurtigere end Lyset tændtes stod Spaerknægt midt i Riddersalen, han kom i en Fart og dog humpede han, som om han havde et daarligt Been; han hilsede ikke; det knagede i ham, han havde været knækket og brækket; gaaet meget igjennem; nu talte han.

"De have hver faaet Lys og jeg faaer det ogsaa, veed jeg; men skulle vi Knægte have det saa maa det bringes tredobbelt til Herskaberne. Min Spaerkonge og Dronning-Dame, bør det sig at have fire Lys! Deres Historie og Prøvelse er saa sørgelig, de have Aarsag til at gaae i Sort og have Grav-Spade i deres Vaaben; jeg ogsaa! jeg har nu faaet Spotnavn i Kortspillet! jeg kaldes 'sorte Peer'; ja, jeg har faaet værre Navn, det er ikke engang passende at sige!" og saa hviskede han: "Man kalder mid Skridt-Mads! og engang var jeg dog første Cavaleer hos Spaerkonge og nu er jeg sidste. Jeg fortæller ikke mit Herskabs Historie, det vil ikke have det! Lille Slotsherre kan selv gjøre ud af den hvad han vil, men sørgeligt! det er gaaet tilbage, og gaaer ikke frem før vi Alle ride paa den røde Hest høiere op end der ere Skyer!"

Og den lille William tændte tre Lys for hver af Kongerne og tre for hver af Dronningerne, men Herskabet i Spaer fik hver fire. Der blev saa straalende i den hele Riddersal, saa lyst som i den rigeste Keisers Slot; og de høie Herskaber hilsede mildt og naadigt; Hjerterdame lod Guldviften neie, Spaerdame svingede med Guldtulipanen saa at der kom Ildslue ud af den. De høie Par stege ud af Kortblad og Ramme, traadte i Menuet ned af Gulvet og op igjen; de dandsede i Lue og Knægtene med, det var som om hele Salen stod i Flamme; det rislede og raslede, Luen slog ud af Vinduer og Vægge, hele Slottet stod i Glød og Flamme. William sprang forskrækket tilside, raabte paa Fader og Moder: "Slottet brænder!" – det gnistrede og blussede; men i Ilden susede og sang det:

"nu ride vi paa den røde Hest høiere op end der ere Skyer. Det bør sig ridderlige Mænd og Fruer, Knægtene følge med!" –

Ja, den Ende fik det med Williams Slot og med Herrebladene. William lever endnu og vasker sine Hænder: hans Skyld var det ikke at Slottet brændte.

Holger Danske

Der er i Danmark et gammelt Slot, som hedder Kronborg, det ligger lige ud i Øresund, hvor de store Skibe hver Dag seile forbi i hundredviis, baade engelske, russiske og preussiske; og de hilse med Kanoner for det gamle Slot: "bum!" og Slottet svarer igjen med Kanoner: "bum!" for saaledes sige Kanonerne "god Dag!" "mange Tak!" – Om Vinteren seile der ingen Skibe, saa ligger Alt med Iis lige over til det svenske Land, men det er ordenlig ligesom en heel Landevei, der vaier det danske Flag og det svenske Flag, og danske og svenske Folk sige hinanden: "god Dag", "mange Tak!" men ikke med Kanoner, nei med venligt Haandtag, og den ene henter Hvedebrød og Kringler hos den anden, for fremmed Mad smager bedst. Men Pragten i det Hele er dog det gamle Kronborg og under det er det at Holger Danske sidder i den dybe mørke Kjælder hvor Ingen kommer, han er klædt i Jern og Staal og støtter sit Hoved paa de stærke Arme; hans lange Skjæg hænger ud over Marmorbordet hvori det er voxet fast, han sover og drømmer, men i Drømme seer han Alt hvad der skeer heroppe i Danmark. Hver Juleaften kommer en Guds Engel og siger ham at det er rigtigt, som han har drømt, og at han godt kan sove igjen, for Danmark er endnu ikke i nogen ordenlig Fare! men kommer det i een, ja, saa vil den gamle Holger Danske reise sig saa Bordet revner, naar han trækker Skjægget til sig! saa kommer han frem og slaaer saa det høres i alle Verdens Lande.

Alt dette om Holger Danske sad en gammel Bedstefader og fortalte sin lille Sønnesøn og den lille Dreng vidste, at hvad Bedstefader sagde, det var sandt. Og mens den Gamle sad og fortalte, saa snittede han paa et stort Træbillede, det skulde forestille Holger Danske og stilles forud paa et Skib, for den gamle Bedstefader var Billedsnitter, og det er saadan en Mand, som skjærer ud til Skibenes Gallioner, efter som hvert Skib skal kaldes, og her havde han udskaaret Holger Danske, der stod saa rank og stolt med sit lange Skjæg og holdt i den ene Haand det brede Slagsværd, men støttede den anden Haand paa det danske Vaaben.

Og den gamle Bedstefader fortalte saa meget om mærkelige danske Mænd og Qvinder, at den lille Sønnesøn tilsidst syntes, at nu vidste han ligesaa meget, som Holger Danske kunde vide, der jo dog kun drømte derom; og da den Lille kom i sin Seng, tænkte han saa meget derpaa, at han ordenlig knugede sin Hage til Sengedynen og syntes at han havde et langt Skjæg, der var voxet fast i den.

Men den gamle Bedstefader blev siddende ved sit Arbeide og snittede paa den sidste Deel deri, det var det danske Vaaben; og nu var han færdig, og han saae paa det Hele og han tænkte paa Alt, hvad han havde læst og hørt og hvad han i Aften havde fortalt den lille Dreng; og han nikkede og tørrede sine Briller, satte dem paa igjen og sagde: "ja i min Tid kommer nok ikke Holger Danske! men Drengen der i Sengen kan maaskee faae ham at see og være med naar det rigtigt gjælder," og den gamle Bedstefader nikkede, og jo mere han saae paa sin Holger Danske, des tydeligere blev det ham at det var et godt Billede han der havde gjort; han syntes ordenlig at det fik Couleur, og at Harnisket skinnede som Jern og Staal; Hjerterne i det danske Vaaben bleve mere og mere røde og Løverne sprang med Guldkroner paa.

"Det er dog det deiligste Vaaben nogen i Verden har!" sagde den Gamle. "Løverne ere Styrke og Hjerterne ere Mildhed og Kjærlighed!" og han saae paa den øverste Løve og tænkte paa Kong Knud, der bandt det store England til Danmarks Kongestol, og han saae paa den anden Løve og tænkte paa Waldemar, som samlede Danmark og betvang de vendiske Lande; han saae paa den tredie Løve og tænkte paa Margrethe som forenede Danmark, Sverrig og Norge; men idet han saae paa de røde Hjerter, saa skinnede de endnu stærkere end før, de bleve til Flammer som bevægede sig, og hans Tanke fulgte hver af dem.

Den første Flamme førte ham ind i et snevert mørkt Fængsel; der sad en Fange, en deilig Qvinde, Christian den Fjerdes Datter: Eleonore Ulfeld; og Flammen satte sig som en Rose paa hendes Bryst og blomstrede sammen med hendes Hjerte, hun den ædleste og bedste af alle danske Qvinder.

"Ja, det er et Hjerte i Danmarks Vaaben!" sagde den gamle Bedstefader. Og hans Tanker fulgte Flammen, som førte ham ud paa Havet, hvor Kanonerne buldrede, hvor Skibene laae indhyllede i Røg; og Flammen hæftede sig som et Ordensbaand paa Hvitfeldts Bryst idet han til Flaadens Frelse sprængte sig og sit Skib i Luften.

Og den tredie Flamme førte ham til Grønlands usle Hytter hvor Præsten Hans Egede stod med Kjærlighed i Ord og Gjerning, Flammen var en Stjerne paa hans Bryst, et Hjerte til det danske Vaaben.

Og den gamle Bedstefaders Tanker gik foran den svævende Flamme, thi hans Tanke vidste hvor Flammen vilde hen. I Bondekonens fattige Stue stod Frederik den Sjette og skrev sit Navn med Kridt paa Bjelken; Flammen bævede paa hans Bryst, bævede i hans Hjerte; i Bondens Stue blev hans Hjerte et Hjerte i Danmarks Vaaben. Og den gamle

Bedstefader tørrede sine Øine, for han havde kjendt og levet for Kong
Frederik med de sølvhvide Haar og de ærlige blaae Øine, og han foldede
sine Hænder og saae stille frem for sig. Da kom den gamle Bedstefaders
Sønnekone og sagde at det var sildigt, nu skulde han hvile, og at
Aftenbordet var dækket.

"Men deiligt er det dog hvad Du der har gjort, Bedstefader!" sagde hun.
"Holger Danske og hele vort gamle Vaaben! – Det er ligesom om jeg
havde seet det Ansigt før!"

"Nei det har Du nok ikke!" sagde den gamle Bedstefader, "men jeg har
seet det, og jeg har stræbt at snitte det i Træ, saaledes som jeg husker
det. Den Gang var det, da Englænderne laae paa Rheden, den danske
anden April, da vi viste vi vare gamle Danske! Paa "Danmark" hvor jeg
stod i Steen Billes Eskadre, havde jeg en Mand ved min Side; det var,
som Kuglerne vare bange for ham! lystig sang han gamle Viser og skjød
og stred, som var han meer end et Menneske. Jeg husker hans Ansigt
endnu; men hvorfra han kom, hvorhen han gik, veed ikke jeg, veed
Ingen. Jeg har tidt tænkt, det var nok gamle Holger Danske selv, der var
svømmet ned fra Kronborg og hjalp os i Farens Stund; det var nu min
Tanke og der staaer hans Billede!"

Og det kastede sin store Skygge heelt op ad Væggen, selv noget hen ad
Loftet, det saae ud, som var det den virkelige Holger Danske selv, som
stod der bag ved, for Skyggen rørte sig, men det kunde da ogsaa være
fordi Flammen i Lyset ikke brændte stadigt. Og Sønnekonen kyssede
den gamle Bedstefader og førte ham hen i den store Lænestol foran
Bordet, og hun og hendes Mand, som jo var den gamle Bedstefaders Søn
og Fader til den lille Dreng der laae i Sengen, sad og spiste deres
Aftenmad, og den gamle Bedstefader talte om de danske Løver og de
danske Hjerter, om Styrken og Mildheden, og ganske tydeligt forklarede
han at der var endnu een Styrke foruden den der laae i Sværdet og han
pegede paa Hylden hvor der laae gamle Bøger, hvor alle Holbergs
Comedier laae, de som saa tidt vare læste, for de vare saa moersomme,
man syntes ordenlig at kjende alle de Personer deri fra gamle Dage.

"See, han har ogsaa vidst at hugge!" sagde den gamle Bedstefader; "han
har hugget det Gale og Kantede af Folk saa langt han kunde!" og gamle
Bedstefader nikkede hen til Speilet, hvor Almanaken stod med det
"Rundetaarn" og saa sagde han: "Tyge Brahe, han var ogsaa een, som
brugte Sværdet; ikke til at hugge i Kjød og Been, men hugge en
tydeligere Vei op imellem alle Himlens Stjerner! – Og saa han, hvis
Fader var af min Stand, den gamle Billedsnitters Søn, han vi selv have
seet med det hvide Haar og de stærke Skuldre, han som nævnes af alle
Verdens Lande! ja han kunde hugge, jeg kan kun snitte! Jo, Holger
Danske kan komme paa mange Maader, saa at der i alle Verdens Lande

høres om Danmarks Styrke! Skal vi saa drikke Bertels Skaal!"

Men den lille Dreng i Sengen saae tydeligt det gamle Kronborg med Øresund, den virkelige Holger Danske som sad dybt dernede med Skjægget voxet fast i Marmorbordet og drømte om Alt hvad der skeer her oppe; Holger Danske drømte ogsaa om den lille fattige Stue, hvor Billedsnitteren sad, han hørte Alt hvad der blev talt og nikkede i Drømme og sagde:

"Ja, husk kun paa mig I Danske Folk! behold mig i Tanke! jeg kommer i Nødens Time!"

Og udenfor Kronborg skinnede den klare Dag og Vinden bar Jægerhornets Toner over fra Nabolandet, Skibene seilede forbi og hilsede: "bum! bum!" og fra Kronborg svarede det: "bum! bum!" men Holger Danske vaagnede ikke hvor stærkt de skjøde, for det var jo bare: "god Dag!" – "Mange Tak!" Der skal skydes anderledes før han vil vaagne; men han vaagner nok, for der er Krummer i Holger Danske!

"Hun duede ikke"

Byfogden stod ved det aabne Vindue; han var i Mansket-Skjorte, med Brystnaal i Kalvekrydset og overordenlig vel barberet, selvgjort Arbeide; dog var han kommet til at give sig et lille Snit, men hen over det sad en Lap Avis-Papir.

"Hør, du Lille!" raabte han.

Og den Lille var ingen anden end Vaskerkonens Søn, der netop gik forbi og ærbødig tog sin Kasket af; den var knækket i Skyggen og indrettet til at putte i Lommen. I de fattige, men rene og særdeles vel lappede Klæder og med svære Træskoe, stod Drengen ærbødig, som var det for Kongen selv han stod.

"Du er en god Dreng!" sagde Byfogden, "Du er en høflig Dreng! din Moder skyller vel Tøi nede ved Aaen; der skal Du ned med det, Du har i Lommen. Det er en slem Ting med din Moder! hvormeget har Du der?"

"En halv Pægel!" sagde Drengen med forskrækket, halv sagte Stemme.

"Og imorges fik hun det samme!" vedblev Manden.

"Nei, igaar var det!" svarede Drengen.

"To halve gjør en heel! — Hun duer ikke! Det er sørgeligt med den Klasse af Folket! Siig til din Moder, at hun skulde skamme sig! og bliv aldrig Du en Drukkenboldt, men det bliver Du nok! — Stakkels Barn! — Gaa nu!"

Og Drengen gik; Kasketten beholdt han i Haanden, og Vinden blæste paa hans gule Haar, saa at det reiste sig i lange Totter. Han gik om af Gaden, ind i Gyden, ned til Aaen, hvor Moderen stod ude i Vandet ved Toestolen og slog med Tærskelen paa det svære Linned. Der var

Strømning i Vandet, thi Vandmøllens Sluser vare oppe, Lagenet drev for Strømmen og var nær ved at rive Toestolen om; Vaskerkonen maatte holde imod.

"Jeg er nær ved at seile!" sagde hun, "det er godt, at Du kommer, for jeg kan trænge til at faae lidt Hjelp paa Kræfterne! det er koldt herude i Vandet; i sex Timer har jeg staaet her. Har Du Noget til mig?"

Drengen tog Flasken frem, og Moderen satte den for Munden og drak en Slurk.

"O, hvor det gjør godt! hvor det varmer! det er ligesaa godt som varm Mad, og det er ikke saa dyrt! drik, min Dreng! Du seer saa bleg ud, Du fryser i de tynde Klæder! det er jo ogsaa Efteraar. Hu! Vandet er koldt! bare jeg ikke bliver syg! men det gjør jeg ikke! giv mig en Taar endnu og drik ogsaa Du, men kun en lille Draabe, Du maa ikke vænne Dig til det, mit stakkels fattige Barn!"

Og hun gik om Broen, hvor Drengen stod, og traadte op paa Land; Vandet drev fra Sivmatten, hun havde om Livet, Vandet flød fra hendes Skjørt.

"Jeg slider og slæber, saa Blodet er færdigt at springe mig ud af mine Neglerødder! men det er det samme, naar jeg kun hæderlig kan faae dig frem, mit søde Barn!"

I det Samme kom en noget ældre Kone, fattig i Klæder og Skind, halt paa det ene Been og med en mægtig stor forloren Krølle ud over det ene Øie, det skulde skjules af Krøllen, men den gjorde Skavanken mere kjendelig. Det var en Veninde af Vaskerkonen, "Halte-Maren med Krøllen," kaldte Naboerne hende.

"Stakkel, hvor Du slider og slæber og staaer i det kolde Vand! Du kan nok trænge til Lidt at varmes ved, og dog har man ondt af den Draabe, Du faaer!" — og nu var snart hele Byfogdens Tale til Drengen bragt Vaskerkonen; for Maren havde hørt det Hele, og det havde ærgret hende, at han talte saaledes til Barnet om dets egen Moder og om den Draabe, hun tog, lige i det Byfogden gjorde stort Middags-Collats med Viin i flaskeviis! "fine Vine og stærke Vine! lidt over Tørsten hos Mange! men det kalder man ikke at drikke! de due, men Du duer ikke!"

"Saa han har talt til Dig, Barn!" sagde Vaskerkonen, og hendes Læber bevægede sig zittrende: "Du har en Moder, der duer ikke! maaskee har han Ret! men til Barnet skulde han ikke sige det! dog, fra det Huus kommer Meget over mig!"

"I har jo tjent der i Gaarde, da Byfogdens Forældre levede og boede der; det er mange Aar siden! Der er spiist mange Skjepper Salt siden den Tid, saa man nok kan tørste!" og Maren loe. "Der er stor Middag i Dag hos Byfogden, den skulde have været sagt af, men nu blev det dem for silde, og Maden var lavet. Jeg har det fra Gaardskarlen. Der er for en

Timestid siden kommet Brev om, at den yngre Broder er død i Kjøbenhavn."

"Død!" udbrød Vaskerkonen og blev liigbleg.

"Ih dog!" sagde Konen; "tager I Jer det saa nær! naa, I kjendte ham, fra I tjente der i Huset."

"Er han død! han var det bedste, det meest velsignede Menneske! vor Herre faaer ikke Mange, som ham!" og Taarerne løb hende ned ad Kinderne. "O, min Gud! det gaaer rundt med mig! det er, fordi jeg drak Flasken ud! jeg har ikke kunnet taale det! jeg føler mig saa ilde!" — og hun holdt sig op til Plankeværket.

"Herre Gud, I er ganske daarlig, Moer!" sagde Konen. "See dog til, det kan gaae over! — nei, I er rigtig syg! det er bedst, jeg faaer Jer hjem!"

"Men Tøiet der!"

"Det skal jeg nok tage mig af! tag mig under Armen! Drengen kan blive her og passe paa saa længe, saa skal jeg komme og vaske Resten; det er en lille Klat kun!"

Og Fødderne vaklede under Vaskerkonen.

"Jeg har staaet for længe i det kolde Vand! jeg har ikke siden imorges faaet Vaadt eller Tørt! jeg har Feber i Kroppen! O Herre Jesus! hjelp mig hjem! mit stakkels Barn!" — og hun græd.

Drengen græd og sad snart ene ved Aaen ved det vaade Tøi. De to Koner gik langsomt, Vaskerkonen vaklende, op ad Gyden, om ad Gaden, forbi Byfogdens Gaard, og netop udenfor den sank hun om paa Brostenene. Folk samlede sig.

Halte-Maren løb ind i Gaarden om Hjelp. Byfogden med sine Gjester saae ud ad Vinduerne.

"Det er Vaskerkonen!" sagde han, "hun har faaet lidt over Tørsten; hun duer ikke! det er Skade for den kjønne Dreng, hun har. Jeg har sandelig Godhed for Barnet. Moderen duer ikke!"

Og hun blev bragt til sig selv igjen og ledet til sit fattige Hjem, hvor hun kom i Seng. En Skaal varmt Øl med Smør og Sukker gik den skikkelige Maren at lave, det var den Medicin hun troede var den bedste, og saa gik hun til Skyllestedet, skyllede meget daarligt, men velmeent, trak egentlig kun det vaade Tøi i Land og fik det i en Kasse.

Ved Aften sad hun i den fattige Stue hos Vaskerkonen. Et Par brunede Kartofler og et deiligt fedt Stykke Skinke havde hun faaet hos Byfogdens Kokkepige til den Syge, det nød Drengen og Maren godt af; den Syge glædede sig ved Lugten, den var saa nærende, sagde hun.

Og Drengen kom tilsengs, den selvsamme, i hvilken Moderen laae, men han havde sin Plads paatværs ved Fødderne med et gammelt Gulvtæppe over sig, syet sammen af blaa og røde Strimler.

Og det var lidt bedre med Vaskerkonen; det varme Øl havde styrket

160

hende, og Lugten af den fine Mad gjorde godt.

"Tak, du gode Sjæl!" sagde hun til Maren, "Alt vil jeg ogsaa sige Dig, naar Drengen sover! jeg troer allerede, han gjør det! hvor sød og velsignet seer han ud! med de lukkede Øine! han veed ikke, hvorledes hans Moder har det. Vor Herre lade ham aldrig prøve det! — Jeg tjente hos Kammerraadens, Byfogdens Forældre, saa traf det sig, at den yngste af Sønnerne kom hjem, Studenten; dengang var jeg ung, vild og gal, men skikkelig, det tør jeg sige for Guds Ansigt!" sagde Vaskerkonen, — "Studenten var saa lystig og glad, saa velsignet! hver Bloddraabe i ham var retskaffen og god! bedre Menneske har der ikke været paa Jorden. Han var Søn i Huset, og jeg kun Tjenestepige, men vi bleve Kjærestefolk, i Tugt og Ære! et Kys er dog ikke Synd, naar man rigtig holder af hinanden. Og han sagde det til sin Moder; hun var som vor Herre for ham her paa Jorden! og hun var saa klog, kjærlig og elskelig! — Han reiste bort, og sin Guldring satte han paa min Finger. Da han vel var borte, kaldte min Madmoder mig ind for sig; alvorlig og dog saa mild stod hun, talte, som vor Herre vilde kunne det; hun klarede for mig Afstanden i Aand og Sandhed imellem ham og mig. "Nu seer han paa, hvor godt Du seer ud, men Udseendet vil gaae bort! Du er ikke oplært, som han, I naae ikke op til hinanden i Aandens Rige, og deri ligger Ulykken. Jeg agter den Fattige, sagde hun, hos Gud kan han maaskee faae en høiere Plads, end mange Rige, men man maa ikke paa Jorden gaae over i et galt Spor, naar man kjører fremad, ellers vælter Vognen og I To ville vælte! Jeg veed, at en brav Mand, en Haandværksmand har friet til Dig, det er Erik Handskemager, han er Enkemand, har ingen Børn, staaer sig godt, tænk derover!" Hvert Ord, hun sagde, var som Knive gjennem mit Hjerte, men Konen havde Ret! og det knugede mig og tyngede mig! — jeg kyssede hendes Haand og græd mine salte Taarer, og det endnu mere, da jeg kom ind i mit Kammer og lagde mig over min Seng. Det var en tung Nat, som fulgte, vor Herre veed, hvad jeg led og stred. Saa gik jeg om Søndagen til Herrens Bord, for at faae Lys i mig. Da var det ligesom en Tilskikkelse: idet jeg gik ud af Kirken, mødte jeg Erik Handskemager. Saa var der ikke længer nogen Tvivl i mit Sind, vi passede for hinanden i Stilling og Vilkaar, ja, han var endogsaa en velhavende Mand! og saa gik jeg lige hen til ham, tog hans Haand og sagde: er dine Tanker endnu til mig? — Ja evig og altid! sagde han. — Vil Du have en Pige, der agter og ærer Dig, men ikke holder af Dig, men det kan vel komme! — Det vil komme! sagde han, og saa gav vi hinanden Haanden. Jeg gik hjem til min Madmoder; Guldringen, som Sønnen havde givet mig, bar jeg paa mit bare Bryst, jeg kunde ikke sætte den paa min Finger ved Dagen, men kun hver Aften, naar jeg lagde mig i min Seng. Jeg kyssede Ringen, saa at min Mund blødte ved

det, og saa gav jeg den til min Madmoder, og sagde, at i næste Uge vilde
der blive lyst fra Prædikestolen for mig og Handskemageren. Saa tog
min Madmoder mig i sine Arme og kyssede mig — hun sagde ikke, at
jeg ikke duede, men den Gang var jeg maaskee ogsaa bedre, skjøndt jeg
ikke endnu havde prøvet saa megen Verdens Modgang. Og saa stod
Brylluppet ved Kyndelmisse; og det første Aar gik godt, vi holdt Svend
og Dreng, og Du, Maren, tjente os."
"O, I var en velsignet Madmoder!" sagde Maren, "aldrig glemmer jeg,
hvor mild I og Jer Mand var!"
"Det var i de gode Aar, Du var hos os! — Børn havde vi da ikke. —
Studenten saae jeg aldrig! — Jo, jeg saae ham, men han saae ikke mig!
han kom her til sin Moders Begravelse. Jeg saae ham staae ved Graven,
han var saa kridhvid og saa bedrøvet, men det var for Moderens Skyld.
Da siden Faderen døde, var han i fremmede Lande og kom ikke her og
har ikke heller senere været her. Aldrig giftede han sig, veed jeg; — han
var nok Procurator! — mig huskede han ikke, og om han havde seet
mig, saa havde han dog vist ikke kjendt mig igjen, saa fæl jeg seer ud. Og
det er jo ogsaa meget godt!"
Og hun talte om sine Prøvelsers tunge Dage, hvorledes Ulykken ligesom
væltede ind paa dem. De eiede fem hundrede Rigsdaler, og da der i
Gaden var et Huus at faae for to hundrede, og det vilde betale sig at faae
det revet ned og bygge et nyt, saa blev Huset kjøbt. Murer og Tømrer
gjorde Overslag, at det videre vilde koste ti hundrede og tyve. Credit
havde Erik Handskemager, Pengene fik han til Laans fra Kjøbenhavn,
men Skipperen, der skulde bringe dem, forliste og Pengene med.
"Da var det, jeg fødte min velsignede Dreng, som her sover. — Fader
faldt i en svær, langvarig Sygdom; i tre Fjerdingaar maatte jeg klæde
ham af og paa. Det gik reent tilbage for os, vi laante og laante: alt vort
Tøi gik, og Fader døde fra os! — Jeg har slidt og slæbt, stridt og stræbt
for Barnets Skyld, vasket Trapper, vasket Linned, grovt og fiint, men jeg
skal ikke have det bedre, vil vor Herre! men han løser nok op for mig og
sørger for Drengen."
Og saa sov hun.
Ud paa Morgenen følte hun sig styrket og stærk nok, som hun troede, til
igjen at gaae til sit Arbeide. Hun var netop kommet ud i det kolde Vand,
da greb hende en Rystelse, en Afmagt; krampagtigt tog hun for sig med
Haanden, gjorde et Skridt opad og faldt om. Hovedet laae paa det tørre
Land, men Fødderne ude i Aaen, hendes Træskoe, som hun havde staaet
med paa Bunden, — i hver af dem var der en Visk Halm — drev paa
Strømmen; her blev hun fundet af Maren, der kom med Kaffe.
Fra Byfogden havde der hjemme været Bud, at hun strax maatte møde
hos ham, han havde Noget at sige hende. Det var for seent. En Barbeer

blev hentet til Aareladning; Vaskerkonen var død.

"Hun har drukket sig ihjel!" sagde Byfogden.

I Brevet, der bragte Underretning om Broderens Død, var opgivet Testamentets Indhold, og deri stod, at 600 Rdlr. testamenteredes til Handskemager-Enken, der engang havde tjent hans Forældre. Efter bedste Skjøn skulde Pengene, i større eller mindre Portioner, gives hende og hendes Barn.

"Der har været noget Mikmak med min Broder og hende!" sagde Byfogden, "godt, at hun er af Veien; Drengen faaer nu det Hele, og jeg skal sætte ham til brave Folk, en god Haandværker kan han blive!" — Og i de Ord lagde vor Herre sin Velsignelse.

Og Byfogden kaldte Drengen for sig, lovede at sørge for ham, og sagde ham, hvor godt det var, at hans Moder var død, hun duede ikke!

Til Kirkegaarden blev hun bragt, de Fattiges Kirkegaard. Maren plantede et lille Rosentræ paa Graven, Drengen stod ved Siden.

"Min søde Moder!" sagde han, og Taarerne strømmede: "Er det sandt: hun duede ikke!"

"Jo, hun duede!" sagde den gamle Pige og saae op imod Himlen. "Jeg veed det fra mange Aar og fra den sidste Nat. Jeg siger Dig, hun duede! og vor Herre i Himmeriges Rige siger det med, lad Verden kun sige: hun duede ikke!"

Hvad Fatter gjør, det er altid det Rigtige

Nu skal jeg fortælle Dig en Historie, som jeg har hørt, da jeg var Lille, og hver Gang jeg siden har tænkt paa den, synes jeg at den blev meget kjønnere; for det gaaer med Historier ligesom med mange Mennesker, de blive kjønnere og kjønnere med Alderen, og det er saa fornøieligt! Du har jo været ude paa Landet! Du har seet et rigtigt gammelt Bondehuus med Straatag; Mos og Urter voxe der af sig selv; en Storkerede er der paa Rygningen, Storken kan man ikke undvære, Væggene ere skjeve, Vinduerne lave, ja, der er kun et eneste, der kan lukkes op; Bagerovnen strutter frem ligesom en lille tyk Mave, og Hyldebusken helder hen over Gjerdet, hvor der er en lille Pyt Vand med en And eller Ællinger, lige under det knudrede Piletræ. Ja, og saa er der en Lænkehund, der gjøet ad Alle og Enhver.

Netop saadant et Bondehuus var der ude paa Landet, og i det boede et Par Folk, Bondemand og Bondekone. I hvor Lidet de havde, kunde de dog undvære eet Stykke, det var en Hest, der gik og græssede paa Landeveisgrøften. Fader red paa den til Byen, Naboerne laante den, og han fik Tjeneste for Tjeneste, men det var nok mere tjensomt for dem at sælge Hesten eller bytte den for Eet og Andet, der endnu mere kunde være dem til Gavn. Men hvad skulde det være.

„Det vil Du, Fatter, bedst forstaae!" sagde Konen, „nu er der Marked i Kjøbstaden, rid Du derind, faa Penge for Hesten eller gjør et godt Bytte! som Du gjør, er det altid det Rigtige. Rid til Markedet!"

Og saa bandt hun hans Halsklud, for det forstod hun dog bedre end han; hun bandt med dobbelt Sløife, det saae galant ud, og saa pudsede hun hans Hat med sin flade Haand, og hun kyssede ham paa hans varme Mund, og saa red han afsted paa Hesten, som skulde sælges eller byttes bort. Jo, Fatter forstod det.

Solen brændte, der var ingen Skyer oppe! Veien støvede, der var saa mange Markedsfolk, til Vogns og til Hest og paa deres egne Been. Det var en Solhede, og der var ikke Skygge skabt paa Veien.

Der gik En og drev en Ko, den var saa nydelig, som en Ko kan være. „Den giver vist deilig Melk!" tænkte Bondemanden, „det kunde være et ganske godt Bytte at faae den." „Veed Du hvad, Du med Koen!" sagde han, „skulle vi To ikke tale lidt sammen! seer Du, en Hest, troer jeg nok, koster mere end en Ko, men det er det Samme! jeg har mere Gavn af Koen; skal vi bytte?"

„Ja nok!" sagde Manden med Koen, og saa byttede de.

Nu var det gjort, og saa kunde Bondemanden have vendt om, han havde jo udrettet, hvad han vilde, men da han nu engang havde betænkt at ville komme til Marked, saa vilde han komme til Marked, bare for at see paa det; og saa gik han med sin Ko. Han gik rask til, og Koen gik rask til, og saa kom de snart til at gaae lige ved Siden af en Mand, der førte et Faar. Det var et godt Faar, godt i Stand og godt med Uld.

„Det gad jeg nok eie!" tænkte Bonden. „Det vilde ikke komme til at savne Græsning paa vor Grøftekant, og til Vinter kunde man tage det ind i Stuen hos sig. I Grunden var det rigtigere af os at holde Faar, end holde Ko. Skal vi bytte?"

Ja, det vilde da nok Manden, som havde Faaret, og saa blev det Bytte gjort, og Bondemanden gik med sit Faar hen ad Landeveien. Der ved Stenten saae han en Mand med en stor Gaas under Armen.

„Det er en svær En, Du der har!" sagde Bondemanden, „den har baade Fjer og Fedt! den kunde tage sig godt ud i Tøir ved vor Vandpyt! den var Noget for Moder at samle Skrællinger til! Hun har tidt sagt, „bare vi havde en Gaas!" nu kan hun da faae den — og hun skal faae den! vil Du bytte? Jeg giver Dig Faaret for Gaasen og Tak til!"

Ja, det vilde da den Anden nok, og saa byttede de; Bondemanden fik Gaasen. Nær ved Byen var han, Trængselen paa Veien tog til, der var en Mylren af Folk og Fæ; de gik paa Vei og paa Grøft lige op i Bommandens Kartofler, hvor hans Høne stod tøiret for ikke i Forskrækkelse at forvilde sig og blive borte. Det var en stumprumpet Høne, der blinkede med det ene Øie og saae godt ud. „Kluk, kluk!" sagde den; hvad den tænkte derved, kan jeg ikke sige, men Bondemanden tænkte, da han saae hende: hun er den skjønneste Høne, jeg endnu har seet, hun er kjønnere end Præstens Liggehøne, den gad jeg nok eie! en Høne finder altid et Korn, den kan næsten sørge for sig selv! jeg troer, at det er et godt Bytte, om jeg fik den for Gaasen. „Skal vi bytte?" spurgte han. „Bytte!" sagde den Anden, „ja det var jo ikke saa galt!" og saa byttede de. Bommanden fik Gaasen, Bondemanden fik Hønen.

Det var en heel Deel, han havde udrettet paa den Reise til Byen; og varmt var det, og træt var han. En Dram og en Bid Brød trængte han til; nu var han ved Kroen, der vilde han ind; men Krokarlen vilde ud, ham mødte han lige i Døren med en Pose svingende fuld af Noget.

„Hvad har Du der?" spurgte Bondemanden.

„Raadne Æbler!" svarede Karlen, „en heel Sæk fuld til Svinene."

„Det er da en farlig Mængde! det Syn undte jeg Mo'er. Vi havde ifjor kun et eneste Æble paa det gamle Træ ved Tørvehuset! det Æble skulde gjemmes, og det stod paa Dragkisten til det sprak. Det er altid en Velstand! sagde vor Mo'er, her kunde hun faae' Velstand at see! ja, jeg kunde unde hende det."

„Ja, hvad giver I?" spurgte Karlen.

„Giver? Jeg giver min Høne i Bytte!" og saa gav han Hønen i Bytte, fik Æblerne og gik ind i Krostuen, lige hen til Skjenken; sin Sæk med Æblerne stillede han op mod Kakkelovnen, og der var lagt i, det betænkte han ikke. Mange Fremmede vare her i Stuen, Hestehandlere, Studehandlere og to Englændere, og de ere saa rige, at deres Lommer revne af Guldpenge; Veddemaal gjøre de, nu skal Du høre!

„Susss! susss!" hvad var det for en Lyd ved Kakkelovnen? Æblerne begyndte at stege.

„Hvad er det?" Ja, det fik de da snart at vide! hele Historien om Hesten, der var byttet bort for Koen og lige ned til de raadne Æbler.

„Naa! Du faaer Knubs af Mutter, naar Du kommer hjem!" sagde Englænderne, „der vil ligge et Huus!"

„Jeg faaer Kys og ikke Knubs!" sagde Bondemanden, „vor Mo'er vil sige: hvad Fatter gjør, det er det Rigtige!"

„Skal vi vedde!" sagde de, „Guldmønt i Tøndeviis! hundrede Pund er et Skippund!"

„Det er nok at give Skjeppen fuld!" sagde Bondemanden, „jeg kan kun stille Skjeppen fuld med Æbler og mig selv og Mutter med, men det er da Mere end Strygmaal, det er Topmaal!"

„Top! top!" sagde de, og saa var Veddemaalet gjort.

Kromandens Vogn kom frem, Englænderne kom op, Bondemanden kom op, de raadne Æbler kom op, og saa kom de til Bondens Huus.

„God Aften, Mo'er!"

„Tak, Fa'er!"

„Nu har jeg gjort Bytte!"

„Ja, Du forstaaer det!" sagde Konen, tog ham om Livet og glemte baade Pose og de Fremmede.

„Jeg har byttet Hesten bort for en Ko!"

„Gud skee Lov for Melken!" sagde Konen, „nu kan vi faae Melkemad, Smør og Ost paa Bordet. Det var et deiligt Bytte!"

„Ja, men Koen byttede jeg igjen bort for et Faar!"

„Det er bestemt ogsaa bedre!" sagde Konen, „Du er altid betænksom; til et Faar har vi just fuldt op af Græsning. Nu kan vi faae Faaremelk og Faareost og uldne Strømper, ja, ulden Nattrøie! den giver Koen ikke! hun taber Haarene! Du er en inderlig betænksom Mand!"

„Men Faaret har jeg byttet bort for en Gaas!"

„Skal vi virkelig have Mortensgaas iaar, lille Fatter! Du tænker altid paa at fornøie mig! det er en yndig Tanke af Dig! Gaasen kan staae i Tøir og blive endnu mere fed til Mortensdag!"

„Men Gaasen har jeg byttet bort for en Høne!" sagde Manden.

„Høne! det var et godt Bytte," sagde Konen, „Hønen lægger Æg, den ruger ud, vi faae Kyllinger, vi faae Hønsegaard! det har jeg just saa inderlig ønsket mig!"

„Ja, men Hønen byttede jeg bort for en Pose raadne Æbler!"

„Nu maa jeg kysse Dig!" sagde Konen, „Tak, min egen Mand! Nu skal jeg fortælle Dig Noget. Da Du var afsted, tænkte jeg paa at lave et rigtigt godt Maaltid til Dig: Æggekage med Purløg. Æggene havde jeg, Løgene manglede mig. Saa gik jeg over til Skoleholderens; der har de Purløg, veed jeg, men Konen er gjerrig, det søde Asen! jeg bad om at laane —! laane? sagde hun. Ingenting groer i vor Have, ikke engang et raaddent Æble! ikke det kan jeg laane hende! nu kan jeg laane hende ti, ja, en heel Pose fuld! det er Griin, Fa'er!" og saa kyssede hun ham lige midt paa Munden.

„Det kan jeg lide!" sagde Englænderne. „Altid ned ad Bakke og altid lige glad! det er nok Pengene værd!" og saa betalte de et Skippund Guldpenge til Bondemanden, som fik Kys og ikke Knubs.

Jo, det lønner sig altid, at Konen indseer og forklarer at Fatter er den Klogeste, og hvad han gjør, er det Rigtige.

See, det er nu en Historie! den har jeg hørt som Lille, og nu har Du ogsaa hørt den og veed, at hvad Fatter gjør, det er altid det Rigtige.

Hyrdinden og Skorsteensfeieren

Har Du nogensinde seet et rigtig gammelt Træskab, ganske sort af Alderdom og skaaret ud med Snirkler og Løvværk? Just saadant et stod der i en Dagligstue, det var arvet fra Oldemoder, og udskaaret med Roser og Tulipaner fra øverst til nederst; der vare de underligste Snirkler og mellem dem stak smaa Hjorte Hovedet frem med mange Takker, men midt paa Skabet stod snittet en heel Mand, han var rigtignok griinagtig at see paa og grine gjorde han, man kunde ikke kalde det at lee, han havde Gjedebukkebeen, smaa Horn i Panden og et langt Skjæg. Børnene i Stuen kaldte ham altid Gjedebukkebeens-Overogundergeneralkrigskommandeersergeanten, for det var et svært Navn at sige, og der ere ikke mange der faae den Titel; men at lade ham skjære ud det var ogsaa noget. Dog nu var han der jo! altid saae han hen til Bordet under Speilet, for der stod en yndig lille Hyrdinde af Porcelain; Skoene vare forgyldte, Kjolen nydelig hæftet op med en rød Rose og saa havde hun Guldhat og Hyrdestav; hun var deilig. Tæt ved hende stod en lille Skorsteensfeier, saa sort som et Kul, men iøvrigt ogsaa af Porcelain; han var ligesaa reen og peen som nogen Anden, at han var Skorsteensfeier, det var jo bare noget han forestillede, Porcelainsmageren kunde ligesaa godt have gjort en Prinds af ham, for det var eet!

Der stod han med sin Stige saa nydeligt, og med et Ansigt, saa hvidt og rødt, som en Pige og det var egentligt en Feil, for lidt sort kunde han gjerne have været. Han stod ganske nær ved Hyrdinden; de vare begge to stillede hvor de stode, og da de nu vare stillede, saa havde de forlovet sig, de passede jo for hinanden, de vare unge Folk, de vare af samme Porcelain og begge lige skrøbelige.

Tæt ved dem stod der nok en Dukke, der var tre Gange større, det var en gammel Chineser, som kunde nikke; han var ogsaa af Porcelain og sagde at han var Bedstefader til den lille Hyrdinde, men det kunde han nok ikke bevise, han paastod at han havde Magt over hende, og derfor havde han nikket til Gjedebukkebeens-Overogundergeneralkrigs-commandeersergeanten, der friede til den lille Hyrdinde.

"Der faaer Du en Mand," sagde den gamle Chineser, "en Mand, som jeg næsten troer er af Mahognitræ, han kan gjøre Dig til Gjedebukkebeens-Overogundergeneralkrigscommandeersergeantinde, han har hele Skabet fuldt af Sølvtøj, foruden hvad han har i de hemmelige Gjemmer!"

"Jeg vil ikke ind i det mørke Skab!" sagde den lille Hyrdinde, "jeg har hørt sige, at han har derinde elleve Porcelains Koner!" —

"Saa kan Du være den tolvte!" sagde Chineseren, "inat, saasnart det knager i det gamle Skab, skal I have Bryllup, saasandt som jeg er en Chineser!" og saa nikkede han med Hovedet og faldt i Søvn.

Men den lille Hyrdinde græd og saae paa sin Hjertensallerkjæreste, den Porcelains Skorsteensfeier.

"Jeg troer jeg vil bede Dig," sagde hun, "at Du vil gaae med mig ud i den vide Verden, for her kunne vi ikke blive!"

"Jeg vil alt hvad Du vil!" sagde den lille Skorsteensfeier, "lad os strax gaae, jeg tænker nok jeg kan ernære Dig ved Professionen!"

"Bare vi vare vel nede af Bordet!" sagde hun, "jeg bliver ikke glad før vi ere ude i den vide Verden!"

Og han trøstede hende og viste hvor hun skulde sætte sin lille Fod paa de udskaarne Kanter og det forgyldte Løvværk ned om Bordbenet, sin Stige tog han ogsaa til Hjælp og saa vare de nede paa Gulvet, men da de saae hen til det gamle Skab, var der saadant et Røre; alle de udskaarne Hjorte stak Hovederne længere frem, reiste Takkerne og dreiede med Halsen; Gjedebukkebeens-Overogundergeneralkrigscommandeer-sergeanten sprang høit i Veiret, og raabte over til den gamle Chineser, "nu løbe de! nu løbe de!"

Da bleve de lidt forskrækkede, og sprang gesvindt op i Skuffen til Forhøiningen.

Her laae tre, fire Spil Kort, som ikke vare complette og et lille Dukke-Theater, der var reist op, saa godt det lod sig gjøre; der blev spillet Komedie og alle Damerne, baade Ruder og Hjerter, Kløver og Spader, sade i første Række og viftede sig med deres Tulipan og bag ved dem stode alle Knægtene og viste at de havde Hoved, baade foroven og forneden, saaledes som Spille-Kort have det. Komedien handlede om to, som ikke maatte faae hinanden, og Hyrdinden græd derover, for det var ligesom hendes egen Historie.

"Det kan jeg ikke holde ud!" sagde hun. "Jeg maa op af Skuffen!" men da de kom paa Gulvet og saae op til Bordet, saa var den gamle Chineser vaagnet, og rokkede med hele Kroppen, han var jo en Klump forneden!

"Nu kommer den gamle Chineser!" skreg den lille Hyrdinde og saa faldt hun lige ned paa sine Porcelains Knæe, saa bedrøvet var hun.

"Jeg faaer en Tanke," sagde Skorsteensfeieren, "skulle vi krybe ned i den store Potpourrikrukke der staaer i Krogen, der kunne vi ligge paa Roser og Lavendler og kaste ham Salt i Øinene naar han kommer."

"Det kan ikke forslaae!" sagde hun, "desuden veed jeg at gamle Chineser og Potpourrikrukken have været forlovede og der bliver altid lidt Godhed tilbage naar man saaledes har staaet i Forhold! nei der er ikke andet for end at gaae ud i den vide Verden!"

"Har Du virkelig Mod til at gaae med mig ud i den vide Verden?" spurgte Skorsteensfeieren. "Har Du betænkt hvor stor den er, og at vi aldrig mere kunne komme her tilbage!"

"Det har jeg!" sagde hun.

Og Skorsteensfeieren saae ganske stivt paa hende og saa sagde han:
"Min Vei gaaer gjennem Skorstenen! har Du virkelig Mod til at krybe
med mig gjennem Kakkelovnen baade gjennem Tromlen og Røret? saa
komme vi ud i Skorstenen og der forstaaer jeg at bruge mig! vi stige saa
høit at de ikke kunne naae os, og øverst oppe er der et Hul ud til den
vide Verden!"

Og han førte hende hen til Kakkelovns-Døren.

"Der seer sort ud!" sagde hun, men hun gik dog med ham, baade
gjennem Tromlen og gjennem Røret, hvor der var den bælmørke Nat.

"Nu ere vi i Skorstenen!" sagde han, "og see! see! ovenover skinner den
deiligste Stjerne!"

Og det var en virkelig Stjerne paa Himmelen, der skinnede lige ned til
dem, ligesom om den vilde vise dem Veien. Og de kravlede og de krøb,
en gruelig Vei var det, saa høit, saa høit; men han løftede og lettede, han
holdt hende og viste de bedste Steder hvor hun skulde sætte sine smaa
Porcelains Fødder og saa naaede de lige op til Skorsteens-Randen og
paa den satte de sig, for de vare rigtignok trætte og det kunde de ogsaa
være.

Himlen med alle sine Stjerner vare oven over, og alle Byens Tage neden
under; de saae saa vidt omkring, saa langt ud i Verden; den stakkels
Hyrdinde havde aldrig tænkt sig det saaledes, hun lagde sit lille Hoved
op til sin Skorsteensfeier og saa græd hun, saa at Guldet sprang af
hendes Livbaand.

"Det er altfor meget!" sagde hun. "Det kan jeg ikke holde ud! Verden er
altfor stor! gid jeg var igjen paa det lille Bord under Speilet! jeg bliver
aldrig glad før jeg er der igjen! nu har jeg fulgt Dig ud til den vide
Verden, nu kan Du gjerne følge mig hjem igjen, dersom Du holder noget
af mig!"

Og Skorsteensfeieren talte fornuftig for hende, talte om gamle Chineser
og om Gjedebukkebeens-
Overogundergeneralkrigscommandeersergeanten, men hun hulkede
saa gruelig, og kyssede sin lille Skorsteensfeier, saa han kunde ikke
andet end føie hende, skjøndt det var galt.

Og saa kravlede de igjen med stor Besværlighed ned af Skorstenen, og
de krøb gjennem Tromlen og Røret, det var slet ikke rart, og saa stode
de i den mørke Kakkelovn; der lurede de bag Døren for at faae at vide,
hvorledes det stod til i Stuen. Der var ganske stille; de kigede ud — ak,
der laae midt paa Gulvet den gamle Chineser, han var faldet ned af
Bordet, da han vilde efter dem og laae slaaet i tre Stykker; hele Ryggen
var gaaet af i een Stump og Hovedet laae trillet hen i en Krog;
Gjedebukkebeens-Overogundergeneralkrigscommandeersergeanten
stod hvor han altid havde staaet og tænkte over.

"Det er grueligt!" sagde den lille Hyrdinde, "gamle Bedstefader er slaaet i Stykker, og vi ere Skyld deri! det kan jeg aldrig overleve!" og saa vred hun sine smaa bitte Hænder.

"Han kan klinkes endnu!" sagde Skorsteensfeieren. "Han kan meget godt klinkes! — Vær bare ikke saa heftig! naar de lime ham i Ryggen og give ham en god Klinke i Nakken, saa vil han være saa god som ny igjen og kan sige os mange Ubehageligheder!"

"Troer Du?" sagde hun. Og saa krøb de op igjen paa Bordet hvor de før havde staaet.

"See saa langt kom vi!" sagde Skorsteensfeieren, "der kunde vi have sparet os al den Uleilighed!"

"Bare vi havde den gamle Bedstefader klinket!" sagde Hyrdinden. "Kan det være saa dyrt?"

Og klinket blev han; Familien lod ham lime i Ryggen, han fik en god Klinke i Halsen, han var saa god som ny, men nikke kunde han ikke.

"De er nok bleven hovmodig, siden De har været slaaet istykker!" sagde Gjedebukkebeens-Overogundergeneralkrigscommandeersergeanten, "jeg synes dog ikke, at det er noget at være saa forfærdeligt af! skal jeg have hende eller skal jeg ikke have hende?"

Og Skorsteensfeieren og den lille Hyrdinde saae saa rørende paa den gamle Chineser, de vare saa bange han skulde nikke, men han kunde ikke og det var ham ubehageligt at fortælle til en Fremmed, at han havde bestandig en Klinke i Nakken, og saa bleve de Porcelains Folk sammen og de velsignede Bedstefaders Klinke og holdt af hinanden til de gik i Stykker.

Hønse-Grethes Familie

Hønse-Grethe var det eneste bosiddende Menneske i det ny stadselige Huus, der var bygget for Hønsene og Ænderne paa Herregaarden; det stod, hvor den gamle ridderlige Gaard havde staaet, med Taarn, takket Gavl, Voldgrav og Vindelbro. Tæt ved var et Vildnis af Træer og Buske; her havde Haven været, og strakt sig ned til en stor Sø, som nu var Mose. Raager, Krager og Alliker fløi med Skrig og Skraal hen over de gamle Træer, en mylrende Mængde Fugle; de mindskedes ikke, om man skød imellem dem, de toge snarere til. Man kunde høre dem lige ind i Hønsehuset, hvor Hønse-Grethe sad og Ællingerne løb hende over Træskoene. Hun kjendte hver Høne, hver And fra den krøb ud af Ægget, hun var stolt af sine Høns og sine Ænder, stolt af det stadselige Huus, der var bygget for dem. Reenlig og net var hendes lille Stue, det forlangte Herskabsfruen, hvem Hønsehuset hørte til; hun kom her tidt med fine, fornemme Gjester og fremviste "Hønsenes og Ændernes

Caserne", som hun kaldte det.

Der var baade Klædeskab og Lænestol, ja der var en Commode, og paa den stod opstillet en blank poleret Messingplade, hvori stod indgravet Ordet "Grubbe", hvilket netop var Navnet paa den gamle høiadelige Slægt, som havde boet her i Riddergaarden. Messingpladen var funden da man gravede her, og Degnen havde sagt at den ikke havde andet Værd, end at den var et gammelt Minde. Degnen vidste god Besked om Stedet og gammel Tid, han havde Lærdommen af Bøger; der laae saa Meget opskrevet i hans Bordskuffe. Han havde stor Videnskab om de gamle Tider; dog den ældste Krage vidste maaskee Mere og skreg derom paa sit Maal, men det var Kragemaal, det forstod Degnen ikke ihvor klog han var.

Mosen kunde efter en varm Sommerdag dunste, saa at der laae ligesom en heel Sø ud for de gamle Træer, hvor Raager, Krager og Alliker fløi; saaledes havde her seet ud, da Ridder Grubbe levede her og den gamle Gaard stod med røde tykke Mure. Hundelænken naaede da heelt hen forbi Porten; gjennem Taarnet kom man ind i den steenlagte Gang til Stuerne; Vinduerne vare smalle og Ruderne smaa, selv i den store Sal, hvor Dandsen gik, men i den sidste Grubbes Tid var ikke dandset i Mandsminde, og dog laae der endnu en gammel Kedeltromme, der havde tjent ved Musiken. Her stod et konstigt udskaaret Skab, i det gjemtes sjeldne Blomsterløg, thi Fru Grubbe holdt af Plantning og opelskede Træer og Urter; hendes Husbond red heller ud at skyde Ulve og Vildsviin, og altid fulgte ham paa Vei hans lille Datter Marie. I en Alder af fem Aar sad hun stolt paa sin Hest og saae med store sorte Øine kjækt omkring sig. Det var hendes Lyst at slaae med Pidsken mellem Jagthundene; Faderen saae nu heller at hun slog mellem Bønderdrengene, som kom for at see paa Herskabet. —

Bonden i Jordhuset, tæt ved Gaarden, havde en Søn, Søren, i Alder med den lille høiadelige Jomfru, han forstod at klattre og maatte altid op at tage Fuglereder til hende; Fuglene skreg alt hvad de skrige kunde, og en af de største huggede ham lige over Øiet, saa at Blodet strømmede ud, man troede at Øiet var gaaet med, men det havde dog ingen Skade lidt. Marie Grubbe kaldte ham sin Søren, det var en stor Gunst, og den kom til Gode for Faderen, sølle Jøn; han havde en Dag forseet sig, skulde straffes, ride paa Træhesten. Den stod i Gaarden med fire Pæle til Been og en eneste smal Fjæl til Ryg; den skulde Jøn ride skrævs over og faae nogle tunge Muursteen om Benene for ikke at sidde altfor let; han skar gyseligt Ansigt, Søren græd og bønfaldt den lille Marie; strax bød hun at Sørens Fader skulde ned, og da man ikke lystrede hende, trampede hun i Steenbroen og rev i Faderens Kjoleærme, saa det revnede. Hun vilde hvad hun vilde, og hun fik sin Villie, Sørens Fader blev løst ned. —

Fru Grubbe, som kom til, strøg sin lille Datter hen over Haaret og saae med milde Øine paa hende, Marie forstod ikke hvorfor. —

Ind til Jagthundene vilde hun og ikke med Moderen, der gik over i Haven, ned mod Søen hvor Aakande og Aaknap stod med Blomst; Muskedonner og Brudelys svaiede mellem Sivene; hun saae paa al den Frodighed og Friskhed. "Hvor angenemt!" sagde hun. Der stod i Haven et dengang sjeldent Træ, hun selv havde plantet, "Blodbøg" kaldes det, et Slags Morian mellem de andre Træer, saa sortbrune vare Bladene; det maatte have stærkt Solskin, ellers vilde det i stadig Skygge blive grønt som de andre Træer og saaledes miste sin Mærkværdighed. I de høie Kastanier vare mange Fuglereder, ligesaa i Buskene og i Grønsværen. Det var som om Fuglene vidste at her vare de fredede, her turde Ingen plaffe med Bøsse. —

Den lille Marie kom med Søren, han kunde kravle, veed vi, og der blev hentet baade Æg og dunede Unger. Fuglene fløi i Angest og Skræk, smaa og store fløi! Viben ude fra Marken, Raager, Krager og Alliker fra de høie Træer skreg og skreg, det var et Skrig, som Slægten skriger endnu i vore Dage.

"Hvad gjøre I dog, Børn!" raabte den milde Frue, "det er jo ugudeligt Værk!"

Søren stod forknyt, den lille høiadelige Jomfru saae ogsaa lidt til Siden, men derpaa sagde hun kort og mut: "Jeg maa for min Fader!"

"Herfra! herfra!" skreg de store sorte Fugle og fløi, men kom igjen næste Dag, for her vare de hjemme. —

Den stille, milde Frue blev derimod ikke længe hjemme der, Vorherre kaldte hende til sig, hos ham havde hun ogsaa mere sit Hjem, end her paa Gaarden; og Kirkeklokkerne ringede stadseligt da hendes Liig kjørtes til Kirke, fattig Mands Øine bleve vaade, for hun havde været dem god. —

Da hun var borte, tog Ingen sig af hendes Plantninger og Haven forfaldt. —

Hr. Grubbe var en haard Mand, sagde man, men Datteren, ihvor ung hun var, kunde magte ham; han maatte lee og hun fik sin Villie. Nu var hun tolv Aar gammel og stærklemmet af Væxt; hun saae med sine sorte Øine lige ind i Folk, red sin Hest som en Karl og skød sin Bøsse som en øvet Jæger.

Da kom der i Egnen stort Besøg, det allerfornemste, den unge Konge og hans Halvbroder og Kammerat Hr. Ulrik Frederik Gyldenløve; de vilde skyde Vildsviin der og blive et Døgn paa Hr. Grubbes Gaard. —

Gyldenløve sad ved Bordet hos Marie Grubbe, tog hende om Hovedet og gav hende et Kys, som om de havde været i Familie sammen, men hun gav ham et Munddask og sagde at hun ikke kunde udstaae ham, og det blev der rigtigt leet af, som om det var saa fornøieligt.

Det har det maaskee ogsaa været; thi fem Aar efter, Marie havde fyldt sit syttende Aar, kom der Bud med Brev; Hr. Gyldenløve udbad sig den høiadelige Jomfrues Haand; det var Noget!

"Han er den fornemste og galanteste Herre udi Riget!" sagde Hr. Grubbe. "Det er ikke at vrage."

"Stort skjøtter jeg ikke om ham!" sagde Marie Grubbe, men hun vragede ikke Landets fornemste Mand, der sad ved Kongens Side. —

Sølvtøi, Uldent og Linned gik med Fartøi til Kjøbenhavn; hun gjorde Reisen over Land i ti Dage. Udstyret havde contrair Vind eller ingen Vind; der gik fire Maaneder før det kom did, og da det kom, var Fru Gyldenløve borte. —

"Før vil jeg ligge paa Blaargarn end i hans Silkeseng!" sagde hun. "Heller gaaer jeg paa mine bare Been end kjører med ham i Karosse!" —

En sildig Aften i November kom to Qvinder ridende ind i Aarhuus By; det var Gyldenløves Frue, Marie Grubbe og hendes Pige; de kom fra Veile; derhen vare de komne fra Kjøbenhavn med Fartøi. De rede op til Hr. Grubbes steenmurede Gaard. Han blev ikke fornøiet ved den Visit. Hun fik knubbede Ord, men dog et Kammer at lægge sig i; fik sit Øllebrød tilmorgen, men ikke Øllebrøds Tale, det Onde i Faderen kom frem mod hende, det hun ikke var vant til; mild i Sind var hun ikke, som man raabes til saa svarer man; hun gav rigtignok Svar og talte med Beeskhed og Had om sin Ægteherre, ham hun ikke vilde leve med, dertil var hun for høvisk og ærbar. —

Saa gik et Aar, det gik ikke fornøieligt. Der faldt onde Ord mellem Fader og Datter, det maa der aldrig. Onde Ord bære ond Frugt. Hvad Ende skulde det tage.

"Vi To kunne ikke blive under Tag!" sagde en Dag Faderen. "Flyt herfra til vor gamle Gaard, men bid heller din Tunge af end sæt Løgn i Gænge!" Saa skiltes de To; hun drog med sin Pige ind i den gamle Gaard, hvor hun var født og baaren, hvor den stille fromme Frue, hendes Moder, laae i Kirkens Gravkammer; en gammel Qvægvogter boede paa Gaarden, det var det hele Mandskab. I Stuerne hang Spindelvæv, sort og tungt af Støv, Haven voxte som den vilde; Humleranker og Snerler snoede et Net mellem Træer og Buske; Skarntyde og Nelde tog til i Væxt og Kræfter. "Blodbøgen" var overgroet og i Skygge, dens Blade vare nu grønne som de andre, almindelige Træers, det var forbi med dens Herlighed. Raager, Krager og Alliker fløi, en mylrende Mængde, hen over de høie Kastanietræer, der var et Skraal og en Skrigen, som havde de vigtigt Nyt at fortælle hverandre: Nu var hun her igjen, den Smaa, som havde ladet stjæle deres Æg og Unger; Tyven selv, som hentede dem, klattrede ude paa bladløst Træ, sad i den høie Mast og fik sine gode Slag af Tampen naar han ikke skikkede sig. —

Det fortalte Altsammen i vor Tid Degnen; han havde samlet og sat det sammen af Bøger og Optegnelser; det laae med meget Mere skrevet og gjemt i Bordskuffen.

"Op og ned er Verdens Gang!" sagde han, "det er underligt at høre!" — Og vi ville høre hvorledes det gik Marie Grubbe, derfor glemme vi dog ikke Hønse-Grethe, hun sidder i sit stadselige Hønsehuus i vor Tid, Marie Grubbe sad i sin Tid, men ikke med det Sind som gamle Hønse-Grethe.

Vinteren gik, Foraaret og Sommeren gik, saa kom igjen den blæsende Efteraarstid med de vaade kolde Havgusser. Det var et eensomt Liv, et kjedsommeligt Liv der paa Gaarden.

Saa tog Marie Grubbe sin Bøsse og gik ud i Lyngheden, skød Harer og Ræve, skød hvad Fugle hun kunde træffe. Derude mødte hun mere end een Gang den adelige Herre Palle Dyre fra Nørrebæk, han gik ogsaa med sin Bøsse og sine Hunde. Han var stor og stærk, det pralede han af naar de talede sammen. Han turde have maalt sig med den salige Hr. Brockenhuus til Egeskov i Fyen, om hvis Styrke der endnu gik Ry. — Palle Dyre havde, efter hans Exempel, ladet ophænge i sin Port en Jernlænke med et Jægerhorn, og naar han red hjem, greb han om Lænken, løftede sig med Hesten fra Jorden og blæste i Hornet. —

"Kom selv at see det, Fru Marie!" sagde han. "Der er friskt Veir-Drag paa Nørrebæk!" —

Naar hun kom paa hans Gaard staaer ikke opskrevet, men paa Lysestagerne i Nørrebæk-Kirke var at læse, at de vare givne af Palle Dyre og Marie Grubbe paa Nørrebæk Hovedgaard. —

Krop og Kræfter havde Palle Dyre; han drak som en Svamp, han var som en Tønde der ikke kunde fyldes; han snorkede som en heel Svinestald; rød og opdunstet saae han ud.

"Svinepolidsk og drillevorn er han!" sagde Fru Palle Dyre, Grubbes Datter. Snart var hun kjed af det Liv, men derved blev det dog ikke bedre.

En Dag stod Bordet dækket og Maden blev kold; Palle Dyre var paa Rævejagt og Fruen var ikke at finde. — Palle Dyre kom hjem ved Midnats Tid, Fru Dyre kom hverken til Midnat eller Morgen, hun havde vendt sin Ryg til Nørrebæk, var redet bort uden Hilsen og Farvel.

Det var graat, vaadt Veir; Vinden blæste kold, der fløi en Flok sorte skrigende Fugle hen over hende, de vare ikke saa huusvilde som hun. Først drog hun Sønder paa, heelt op mod det tydske Rige, et Par Guldringe med kostelige Stene bleve satte om i Penge, saa gik hun mod Øst, saa vendte hun om igjen mod Vest, hun havde ikke Maal for Øie og var vred paa Alle, selv paa den gode Gud, saa elendigt var hendes Sind;

174

snart blev hendes Legem det med, knap kunde hun flytte sin Fod. Viben fløi op fra sin Tue, da hun faldt over Tuen; Fuglen skreg, som den altid skriger: "Din Tyv! din Tyv!" aldrig havde hun stjaalet sin Næstes Gods, men Fuglæg og Fugleunger havde hun som lille Pige ladet hente til sig fra Tue og Træ; det tænkte hun nu paa.

Der hvor hun laae, kunde hun see Klitterne, ved Stranden derhenne boede Fiskere, men derhen kunde hun ikke naae, saa syg var hun. De store hvide Strandmaager kom flyvende hen over hende og skreg som Raager, Krager og Alliker skreg hjemme over Gaardens Have. Fuglene fløi hende ganske nær, tilsidst syntes hun at de bleve kulsorte, men saa blev det ogsaa Nat for hendes Øine. —

Da hun igjen slog Øinene op, blev hun løftet og baaren, en stor, stærk Karl havde taget hende paa sine Arme, hun saae ham lige ind i hans skjæggede Ansigt, han havde et Ar over Øiet saa at Øienbrynet var ligesom skilt i to Dele; han bar hende, saa elendig hun var, til Fartøiet, hvor han af Skipperen fik knubbede Ord for sin Gjerning.

Dagen derpaa seilede Fartøiet. Marie Grubbe kom ikke i Land; hun var altsaa med. Men kom vel nok tilbage? Ja, naar og hvor?

Ogsaa derom vidste Degnen at fortælle, og det var ikke en Historie, han selv satte sammen, han havde hele dens selsomme Gang fra en troværdig gammel Bog, vi selv kunne tage frem og læse. Den danske Historieskriver Ludvig Holberg, der har skrevet saamange læseværdige Bøger og de morsomme Comedier, af hvilke vi ret kunne kjende hans Tid og dens Mennesker, fortæller i sine Breve om Marie Grubbe, hvor og hvorledes i Verden han mødte hende; det er nok værd at høre, derfor glemme vi slet ikke Hønse-Grethe, hun sidder glad og godt i det stadselige Hønsehuus.

Fartøiet seilede bort med Marie Grubbe; der var det vi slap. —

Der gik Aar og der gik Aar. —

Pesten grasserede i Kjøbenhavn, det var i Aaret 1711. Dronningen af Danmark drog til sin tydske Hjemstavn, Kongen forlod Rigets Hovedstad, hver, som kunde, skyndte sig afsted; Studenterne, selv om de havde frit Huus og Kosten med, søgte ud af Byen. Een af dem, den Sidste, der endnu var bleven paa det saakaldte "Borchs Collegium", tæt ved Regentsen, drog nu ogsaa afsted. Det var Klokken to i Morgenstunden; han kom med sin Randsel, der var fyldt mere med Bøger og skrevne Sager, end just med Klædningsstykker. Der hang en vaad, klam Taage ned i Byen; ikke et Menneske var at see i hele Gaden hvor han gik; rundt om paa Døre og Porte vare skrevne Kors, derinde var Soten, eller Folk vare uddøde. Heller ingen Folk vare at see i den bredere, bugtede "Kjødmangergade," som Gaden kaldtes fra det "Rundetaarn" ned mod Kongens Slot. Nu rumlede en stor Rustvogn forbi; Kudsken svingede med Pidsken, Hestene foer i Galop, Vognen var fyldt med Døde. Den unge Student holdt sig Haanden for Ansigtet og lugtede til en stærk Spiritus, han havde paa en Svamp i et Messing Kridhuus. Fra en Kippe i et af Stræderne lød skraalende Sang og uhyggelig Latter af Folk, der drak Natten hen for at glemme, at Soten stod for Døren og vilde have dem med paa Rustvognen til de andre Døde. Studenten styrede mod Slotsbroen, der laae et Par smaa Fartøier, eet lettede for at komme bort fra den befængte By. —

"Om Gud lader os leve og vi faae Vind dertil, gaae vi til Grønsund ved Falster!" sagde Skipperen og spurgte Studenten, som vilde med, om hans Navn.

"Ludvig Holberg," sagde Studenten, og det Navn lød som ethvert andet Navn, nu lyder i det et af Danmarks stolteste Navne; den Gang var han kun en ung, ukjendt Student.

Skibet gled Slottet forbi. Det var endnu ikke lys Morgen da det naaede ud i aabent Vand. Der kom en let Brise, Seilet bovnede, den unge Student satte sig med Ansigtet mod den friske Vind og faldt isøvn, og det var just ikke det Raadeligste.

Allerede paa tredie Morgen laae Fartøiet ud for Falster. "Kjender I Nogen her paa Stedet, hvor jeg kan tage ind med lidt Penge?" spurgte Holberg Capitainen.

"Jeg troer at I gjør vel i at gaae til Færgekonen i Borrehuset!" sagde han. "Vil I være meget galant, da hedder hun Mo'er Søren Sørensen Møller! Dog, det kan hænde at hun bliver gal i Hovedet, om I er altfor fiin mod hende! Manden er arresteret for en Misgjerning, hun fører selv Færgebaaden, Næver har hun!"

Studenten tog sit Tornister og gik til Færgehuset. Stuedøren var ikke lukket af, Klinken gik op, og han traadte ind i en brolagt Stue, hvor Slagbænken med en stor Skinddyne var det Betydeligste. En hvid Høne med Kyllinger var tøiret til Slagbænken og havde væltet Vandfadet, saa at Vandet flød hen over Gulvet. Ingen Folk vare her eller i Kamret tæt ved, kun en Vugge med et Barn i. Færgebaaden kom tilbage, der sad kun Een i den, Mand eller Qvinde var ikke let at sige. Personen havde en stor Kavai om sig, og en Kabuds ligesom en Kyse om Hovedet. Baaden lagde an. —

Det var et Qvinde-Menneske som kom og traadte ind i Stuen. Hun saae ret anseelig ud, i det hun rettede sin Ryg; to stolte Øine sad under de sorte Øienbryn. Det var Moer Søren, Færgekonen; Raager, Krager og Alliker vilde skrige et andet Navn, som vi bedre kjende.

Mut saae hun ud, meget holdt hun nok ikke af at tale, men saa Meget blev dog talt og afgjort, at Studenten tingede sig i Kost paa ubestemt Tid, mens det stod saa ilde til i Kjøbenhavn.

Ud til Færgehuset kom jævnligt fra den nærliggende Kjøbstad et og andet Par hæderlige Borgere. Der kom Frands Knivsmed og Sivert Posekiger; de drak et Kruus Øl i Færgehuset og discuterede med Studenten; han var en habil ung Mand, der kunde sin Practica, som de kaldte det, han læste Græsk og Latin og vidste om lærde Sager. —
"Jo mindre man veed, desmindre trykkes man deraf!" sagde Moer Søren.

"I har det strengt!" sagde Holberg, en Dag hun bøgede sit Tøi i den skarpe Lud og selv maatte hugge Træknuderne til Brændsel.

"Lad mig om det!" svarede hun.

"Har I fra Lille af altid maattet slide og slæbe?"

"Det kan I vel læse i Næverne!" sagde hun og viste to rigtignok smaa men haarde, stærke Hænder med afbidte Negle. "I har jo Lærdom at læse."

Ved Juletid begyndte stærkt Sneefog; Kulden tog fat, Vinden blæste skarpt som om den havde Skedevand at vaske Folk i Ansigtet med. Mo'er Søren lod sig ikke anfegte, smed Kavaien om sig og trak Kysen ned om Hovedet. Mørkt var der inde i Huset tidligt paa Eftermiddagen; Veed og Klynetørv lagde hun paa Ildstedet; satte sig saa og saalede sine Hoser, der var ingen Anden til at gjøre det. Mod Aften talte hun flere Ord til Studenten, end det ellers var hendes Vane; hun talte om sin Mand.

"Han har af Vaade begaaet Drab paa en Dragør Skipper og maa derfor nu i tre Aar arbeide i Jern paa Holmen. Han er kun gemeen Matros, saa maa Loven have sin Gænge." —

"Loven gjælder ogsaa den høiere Stand!" sagde Holberg. —

"Troer I!" sagde Mo'er Søren og saae ind i Ilden, men saa begyndte hun igjen. "Har I hørt om Kai Lykke, der lod rive ned en af sine Kirker, og da Præsten Mads dundrede derover fra Prædikestolen, lod han Hr. Mads lægge i Bolt og Jern, nedsætte en Ret, og dømte ham selv at have forbrudt sin Hals, den blev ogsaa hugget over; det var ikke Vaades Gjerning og dog blev Kai Lykke den Gang frank og fri!" —

"Han var i sin Ret efter den Tid!" sagde Holberg, "nu ere vi ude over den!"

"Det kan I bilde Tosser ind!" sagde Mo'er Søren, reiste sig og gik ind i Kamret, hvor "Tøsen", det lille Barn laae, det lettede og lagde hun, lavede saa tilrette Studentens Slagbænk; han havde Skinddynen, han var mere kuldskjær, end hun, og han var dog født i Norge.

Nytaarsmorgen var det en rigtig klar Solskinsdag, Frosten havde været og var saa stærk at den fygende Snee laae frossen haard, saa at man kunde gaae paa den. Klokkerne i Byen ringede til Kirke; Student Holberg tog sin uldne Kappe om sig og vilde til Byen.

Hen over Borrehuset fløi med Skrig og Skraal Raager, Krager og Alliker, man kunde for Skraalet ikke høre Kirkeklokkerne. Mo'er Søren stod udenfor og fyldte en Messingkjedel med Snee, for at sætte den over Ilden og faae Drikkevand, hun saae op mod Fuglevrimlen og havde sine egne Tanker derved.

Student Holberg gik til Kirke; paa Veien derhen og hjemveis kom han forbi Sivert Posekigers Huus ved Porten, der blev han budt ind paa en Skaal varmt Øl med Sirup og Ingefær; Talen faldt om Mo'er Søren, men Posekigeren vidste ikke stor Besked, det vidste nok ikke Mange: hun var ikke fra Falster, sagde han, lidt Midler havde hun vist engang eiet, hendes Mand var en gemeen Matros, hidsig af Temperament, en Dragør Skipper havde han slaget ihjel, "Kjærlingen banker han, og dog tager hun hans Forsvar." —

"Jeg taalte ikke slig Medfart!" sagde Posekigerens Kone. "Jeg er nu ogsaa kommen af bedre Folk! min Fader var kongelig Strømpevæver!"

"Derfor er I ogsaa ført i Ægteskab med en kongelig Embedsmand," sagde Holberg og gjorde en Reverenze for hende og Posekigeren. — Det var Helligtrekonger Aften. Mo'er Søren tændte for Holberg et Helligtrekonger Lys; det vil sige tre Tællepraase hun selv havde dyppet.

"Et Lys for hver Mand!" sagde Holberg.

"Hver Mand?" sagde Konen og saae stift paa ham.

"Hver af de vise Mænd fra Østerland!" sagde Holberg.

"Paa den Led!" sagde hun og taug længe stille. Men i den Helligtrekonger Aften fik han dog Mere at vide end han før havde vidst.

"I har et kjærligt Sind mod ham, I lever i Ægteskab med," sagde Holberg; "Folk sige dog at han daglig handler ilde mod Eder."

"Det rager Ingen uden mig!" svarede hun. "De Slag kunde jeg have havt godt af som Lille; nu faaer jeg dem vel for mine Synders Skyld! Hvad Godt han har gjort mig, det veed jeg," og hun reiste sig heelt op. "Da jeg laae syg paa aaben Hede og Ingen skjøttede om at komme i Lag med mig, uden maaskee Raager og Krager for at hakke i mig, bar han mig paa sine Arme, og fik knubbede Ord for den Fangst, han bragte til Fartøiet. Jeg er ikke skabt til at ligge syg og saa kom jeg mig. Hver har det paa sin Led, Søren paa sin, man skal ikke dømme Øget efter Grimen! med ham har jeg i alt Det levet mere fornøielig, end med ham, de kaldte den galanteste og meest fornemme af alle Kongens Undersaatter. Jeg har været ud i Ægteskab med Statholderen Gyldenløve, Kongens Halvbroder; siden tog jeg Palle Dyre! Hip som Hap, hver paa sin Viis og jeg paa min. Det var en lang Snak, men nu veed I det!" Og hun gik ud af Stuen.

Det var Marie Grubbe! saa underlig var hende Lykkens Tumleklode. Mange Helligtrekongeraftener til blev hun ikke i Live; Holberg har nedskrevet at hun døde i Juni 1716, men han har ikke nedskrevet, for han vidste det ikke, at da Mo'er Søren, som hun kaldtes, laae Liig i Borrehuset, fløi en Mængde store, sorte Fugle hen over Stedet, de skreg ikke, som vidste de at der hører Stilhed til Begravelse. Saasnart hun laae i Jorden vare Fuglene ikke mere at see, men samme Aften blev i Jylland, ovre ved den gamle Gaard, seet en umaadelig Mængde Raager, Krager og Alliker, de skreg i Munden paa hverandre, som om de havde Noget at kundgjøre, maaskee om ham, der som lille Dreng tog deres Æg og dunede Unger, Bondens Søn, der fik Hosebaand af Jern paa Kongens Holm, og den høiadelige Jomfru, der endte som Færgekone ved Grønsund. "Bra! bra!" skrege de.

Og Slægten skreg, "bra! bra!" da den gamle Gaard blev reven ned. "De skrige det endnu og der er ikke Mere at skrige over!" sagde Degnen, naar han fortalte: "Slægten er uddød, Gaarden reven ned, og hvor den stod, staaer nu det stadselige Hønsehuus med forgyldte Fløie og med gamle Hønse-Grethe. Hun er saa glad for sin yndige Bolig, "var hun ikke kommen her, skulde hun have været i Fattighuset."

Duerne kurrede over hende, Kalkunerne pluddrede rundt om og Ænderne snaddrede.

"Ingen kjendte hende!" sagde de, "Slægt har hun ikke. Det er en Naadens Gjerning at hun er her. Hun har hverken Andefa'er eller Hønsemo'er, intet Afkom!"

Slægt havde hun dog; hun kjendte den ikke, Degnen ikke heller, i hvormeget Opskrevet han havde i Bordskuffen, men en af de gamle Krager vidste derom, fortalte derom. Den havde af sin Mo'er og Mormo'er hørt om Hønse-Grethes Mo'er og om hendes Mormo'er, hvem vi ogsaa kjende, fra hun som Barn red over Vindelbroen og saae stolt om sig, som hele Verden og alle dens Fuglereder vare hendes, vi saae hende paa Heden ved Klitterne og sidst paa "Borrehuset". Barnebarn, den Sidste af Slægten, var kommet hjem igjen hvor den gamle Gaard havde staaet, hvor de sorte vilde Fugle skreg, men hun sad mellem de tamme Fugle, kjendt af dem og kjendt med dem. Hønse-Grethe havde ikke Mere at ønske, hun var glad til at døe, gammel til at døe.

"Grav! grav!" skreg Kragerne.

Og Hønse-Grethe fik en god Grav, som Ingen kjende, uden den gamle Krage, dersom ikke ogsaa hun er død.

Og nu kjende vi Historien om den gamle Gaard, den gamle Slægt og hele Hønse-Grethes Familie. —

I Andegaarden

Der kom en And fra Portugal, Nogle sagde fra Spanien, det er ligemeget, hun blev kaldt den Portugisiske, hun lagde Æg, blev slagtet og anrettet; det er hendes Levnetsløb. Alle de, som krøbe ud af hendes Æg, bleve kaldte de Portugisiske, og det betydede Noget; nu var her af hele den Slægt kun Een tilbage i Andegaarden, en Gaard, som ogsaa Hønsene havde Adgang til og hvor Hanen traadte op med uendelig Hovmod.

„Han krænker mig med sit voldsomme Gal," sagde den Portugisiske. „Men kjøn er han, det kan man ikke negte, uagtet han ikke er nogen Andrik. Moderere sig skulde han, men det er en Konst at moderere sig, det viser høiere Dannelse, den har de smaa Sangfugle oppe i Nabohavens Lindetræ; hvor yndigt de synge! der ligger noget saa Rørende i deres Sang; jeg kalder det Portugal! Havde jeg saadan en lille Sangfugl, jeg vilde være ham en Moder, kjærlig og god, det ligger mig i Blodet, i mit Portugisiske."

Og lige idet hun talte kom der en lille Sangfugl; den kom hovedkulds oppe fra Taget. Katten var efter den, men Fuglen slap med en knækket Vinge og faldt ned i Andegaarden.

„Det ligner Katten, det Afskum!" sagde den Portugisiske; „jeg kjender ham fra jeg selv havde Ællinger! At et saadant Væsen faaer Lov at leve og gaae om paa Tagene! det troer jeg ikke finder Sted i Portugal."

Og hun ynkede den lille Sangfugl, og de andre Ænder, som ikke vare portugisiske, ynkede ham ogsaa.

„Det lille Kræ," sagde de, og saa kom den Ene og saa kom den Anden. „Vel ere vi selv ikke syngende," sagde de, „men vi have indvendig Sangbund eller saadant Noget; det føle vi, om vi ikke tale derom."

„Da vil jeg tale om det," sagde den Portugisiske, „og jeg vil gjøre Noget for den, for det er Ens Pligt!" og saa gik hun op i Vandtruget og baskede i Vandet, saa hun nær havde druknet den lille Sangfugl i den Skylle, han fik, men det var godt meent. „Det er en god Gjerning," sagde hun, „den kan de Andre see paa og tage Exempel af."

„Pip!" sagde den lille Fugl, hans ene Vinge var knækket; det var ham svært at ryste sig, men han forstod saa godt den velmeente Pjasken. „De er saa hjertensgod, Madame!" sagde han, men forlangte ikke Mere.

„Jeg har aldrig tænkt over mit Hjertelag," sagde den Portugisiske, „men det veed jeg, at jeg elsker alle mine Medskabninger undtagen Katten, men det kan da Ingen forlange af mig! han har ædt To af mine; men vær nu som hjemme her, det kan man! jeg selv er fra en fremmed Egn, som De nok seer paa min Reisning og Fjederkjole; min Andrik er indfødt, har ikke mit Blod, men jeg hovmoder mig ikke! — forstaaes De af Nogen herinde, saa tør jeg nok sige, at det er af mig."

„Hun har Portulak i Kroen," sagde en lille almindelig Ælling, der var vittig, og de andre Almindelige fandt det saa udmærket med „Portulak", det klang som „Portugal"; og de stødte til hinanden og sagde „Rab"! han var saa mageløs vittig! og saa indlode de sig med den lille Sangfugl.

„Den Portugisiske har rigtignok Sproget i sin Magt," sagde de. „Vi have det ikke med store Ord i Næbbet, men vi have ligesaa stor Deeltagelse; gjøre vi ikke Noget for Dem, saa gaae vi stille med det; og det finde vi smukkest."

„De har en yndig Røst," sagde en af de Ældste. „Det maa være en deilig Bevidsthed at glæde saa Mange, som De gjør; jeg forstaaer mig rigtignok aldeles ikke paa det! derfor holder jeg min Mund, og det er altid bedre, end at sige noget Dumt, som saa mange Andre sige til Dem."

„Plag ham ikke!" sagde den Portugisiske, „han trænger til Hvile og Pleie. Lille Sangfugl, skal jeg pjaske Dem igjen?"

„O nei, lad mig være tør!" bad han.

„Vandkuren er den eneste, der hjelper mig," sagde den Portugisiske; „Adspredelse er ogsaa noget Godt! nu komme snart Nabohønsene og gjøre Visit, der ere to chinesiske Høns, de gaae med Mamelukker, have megen Dannelse, og de ere indførte, det hæver dem i min Agtelse."

Og Hønsene kom og Hanen kom, han var idag saa høflig, at han ikke var grov.

„De er en virkelig Sangfugl," sagde han, „og De gjør ud af Deres lille Stemme Alt, hvad der kan gjøres af saadan en lille Stemme. Men noget mere Locomotiv maa man have, at det kan høres, at man er af Hankjønnet."

De to Chinesiske stode henrykte ved Synet af Sangfuglen, han saae saa forpjusket ud af Pjasket, han havde faaet over sig, at de syntes, han lignede en chinesisk Kylling. „Han er yndig!" og saa indlode de sig med ham; de talte med Hviskestemme og P-Lyd paa fornemt Chinesisk.

„Vi høre nu til Deres Art. Ænderne, selv den Portugisiske, høre til Svømmefuglene, som de nok har bemærket. Os kjender De endnu ikke, men hvor Mange kjende os, eller gjøre sig den Uleilighed! Ingen, selv blandt Hønsene! uagtet vi ere fødte til at sidde paa en høiere Pind, end de fleste Andre. — Det er nu det Samme, vi gaae vor stille Gang mellem de Andre, hvis Grundsætninger ikke ere vore, men vi see kun paa de gode Sider, og tale kun om det Gode, skjøndt det er vanskeligt at finde, hvor Intet er. Med Undtagelse af os To og Hanen, er der Ingen i Hønsehuset, der ere begavede, men honnette; dette kan man ikke sige om Beboerne af Andegaarden. Vi advare Dem, lille Sangfugl! tro ikke hende der med Stumphalen, hun er lumsk! den Spættede der, med det skjeve Speil paa Vingerne, hun er disputeergal og lader aldrig Nogen faae det sidste Ord, og saa har hun altid Uret! — den fede And taler ilde om Alle, og det er vor Natur imod, kan man ikke tale godt, saa skal man holde sin Mund. Den Portugisiske er den Eneste, der har lidt Dannelse og som man kan omgaaes med, men hun er lidenskabelig og taler for meget om Portugal."

„Hvor de to Chinesiske har meget at hviske!" sagde et Par af Ænderne, „mig kjede de; jeg har aldrig talt med dem."

Nu kom Andriken! han troede, at Sangfuglen var en Graaspurv. „Ja, jeg kan ikke gjøre Forskjel," sagde han, „og det er da ogsaa lige fedt! Han hører til Spilleværkerne, og har man dem, saa har man dem."

„Bryd Dem aldrig om hvad han siger!" hviskede den Portugisiske. „Han er agtværdig i Forretninger, og Forretninger gaae for Alt. Men nu lægger jeg mig til Hvile; det skylder man sig selv, at man kan være kjøn fed, til man skal balsameres med Æbler og Svedsker."

Og saa lagde hun sig i Solen, blinkede med det ene Øie; hun laae saa godt, hun var saa god, og saa sov hun saa godt. Den lille Sangfugl plukkede paa sin knækkede Vinge, lagde sig lige op til sin Beskytterinde, Solen skinnede varmt og deiligt, det var et godt Sted at være.

Nabohønsene gik om at skrabe, de vare i Grunden komne der alene for Fødens Skyld; de Chinesiske gik først bort, og saa de Andre; den vittige Ælling sagde om den Portugisiske, at den Gamle gik snart i „Ællingedom", og saa skrattede de andre Ænder, „Ællingedom! han er mageløs vittig!" og saa gjentoge de den forrige Vittighed: „Portulak!" det var meget morsomt; og saa lagde de sig.

De laae en Stund, da blev lige med Eet kastet noget Snaskeri ned i Andegaarden, det klaskede, saa hele den sovende Besætning foer op og slog med Vingerne; den Portugisiske vaagnede ogsaa, væltede om og trykkede forfærdeligt den lille Sangfugl.

„Pip!" sagde den, „De traadte saa haardt, Madame!"

„Hvorfot ligger De i Veien," sagde hun, „De maa ikke være saa ømskindet! jeg har ogsaa Nerver, men jeg har aldrig sagt Pip."

„Vær ikke vred!" sagde den lille Fugl, „det Pip slap mig ud af Næbbet!"

Den Portugisiske hørte ikke paa det, men foer i Snaskeriet og holdt sit gode Maaltid; da det var endt og hun lagde sig, kom den lille Sangfugl og vilde være elskværdig:

„Tillelelit!
 Om Hjertet dit,
 Vil jeg synge tidt,
 Flyvende vidt, vidt, vidt."

„Nu skal jeg hvile paa Maden," sagde hun, „De maa lære Huusskik herinde! Nu sover jeg."

Den lille Sangfugl blev ganske forbløffet, for han meente det saa godt. Da Madamen siden vaagnede, stod han foran hende med et lille Korn, han havde fundet; det lagde han foran hende; men hun havde ikke sovet godt, og saa var hun naturligviis tvær.

„Det kan De give en Kylling," sagde hun; „staa ikke og hæng over mig!"
„Men De er vred paa mig," sagde han. „Hvad har jeg gjort?"
„Gjort!" sagde den Portugisiske, „det Udtryk er ikke af det fineste Slags, vil jeg gjøre Dem opmærksom paa."
„Igaar var her Solskin," sagde den lille Fugl, „idag er her mørkt og graat! jeg er saa inderlig bedrøvet."
„De kan det nok ikke med Tidsregning," sagde den Portugisiske, „Dagen er endnu ikke gaaet, staa ikke og vær saa dumladende!"
„De seer paa mig saa vred, som de to slemme Øine saae, da jeg faldt herned i Gaarden."
„Uforskammede!" sagde den Portugisiske, „ligner De mig med Katten, det Rovdyr! ikke en ond Blodsdraabe er der i mig; jeg har taget mig af Dem, og god Omgang skal jeg lære Dem."
Og saa bed hun Hovedet af Sangfuglen, den laae død.
„Hvad er nu det!" sagde hun; „kunde han ikke taale det! ja saa var han saamænd ikke for denne Verden! jeg har været som en Moder for ham, det veed jeg! for Hjerte har jeg."
Og Naboens Hane stak Hovedet ind i Gaarden og galede med Locomotivkraft.
„De tager Livet af En med det Gal!" sagde hun; „det er Deres Skyld det Hele; han tabte Hovedet og jeg er nærved at tabe mit."
„Han fylder ikke meget hvor han ligger," sagde Hanen.
„Tal De med Agtelse om ham!" sagde den Portugisiske, „han havde Tone, han havde Sang og høi Dannelse! kjærlig og blød var han, og det passer sig for Dyrene, som for de saakaldte Mennesker."
Og alle Ænderne samlede sig om den lille døde Sangfugl; Ænderne have stærke Passioner, enten have de det med Misundelse eller med Medlidenhed, og da her ikke var Noget at misunde, saa vare de medlidende, det var da ogsaa de to chinesiske Høns.
„Saadan en Sangfugl faae vi aldrig mere! han var næsten en Chineser," og de græd saa det klukkede efter, og alle Hønsene klukkede, men Ænderne gik og havde de rødeste Øine.
„Hjerte have vi," sagde de, „det kan da Ingen negte os."
„Hjerte!" sagde den Portugisiske, „ja det have vi — næsten ligesaa meget som i Portugal!"
„Lad os nu tænke paa at faae Noget i Skrotten!" sagde Andriken, „det er det Vigtigere! Gaaer et af Spilleværkerne i Stykker, saa have vi nok alligevel."

I Børnestuen

Fader og Moder og alle Søskende vare paa Komedie, kun lille Anna og hendes Gudfader sad ene hjemme.

„Vi ville ogsaa have Komedie!" sagde han, „og den kan begynde strax."

„Men vi have intet Theater," sagde lille Anna, „og vi have Ingen til at agere! min gamle Dukke kan ikke, for hun er saa ækel, og min nye maa ikke faae sine pene Klæder krællede."

„Man kan altid faae de Agerende, naar man tager hvad man har!" sagde Gudfader. „Nu reise vi Theatret. Her stille vi en Bog, der een og saa nok een, i skjevt Geled. Nu tre paa den anden Side; der have vi Coulisserne! den gamle Æske, her ligger, kan være Bagtæppe; vi vende Bunden ud. Theatret forestiller en Stue, det kan da Enhver see! Nu skulle vi have dem, som agere! Lad os see hvad der findes her i Legetøiskuffen! Først Personerne, saa lave vi Komedien, det Ene holder da paa det Andet, og det bliver udmærket! Her ligger et Pibehoved og her ligger en umage Handske, de kunne godt være Fader og Datter!"

„Men de ere kun to Personer!" sagde lille Anna. „Her ligger min Broders gamle Vest! kan den ikke spille Komedie?"

„Den er stor nok til det!" sagde Gudfader. „Den skal være Kjæresten. Den har ikke Noget i Lommerne, det er allerede interessant, det er halv ulykkelig Kjærlighed! — Og her har vi Nøddeknækkerens Støvle med Spore paa! Potz, Blitz, Mazurka! han kan trampe og kneise. Han skal være den ubeleilige Frier, som Frøkenen ikke synes om. Hvad Slags Komedie vil Du nu have? Sørgespil eller Familiestykke?"

„Familiestykke!" sagde lille Anna; „det holde de Andre saa meget af. Kan Du eet?"

„Jeg kan hundrede!" sagde Gudfader. „De meest velseete ere efter det Franske, men de ere ikke pene for smaa Piger. Vi kunne jo imidlertid tage et af de netteste, indvortes ligne de Allesammen hverandre. Nu ryster jeg Posen! kukkelurum! splinternyt! nu ere de splinternye! Hør nu Placaten." Og Gudfader tog en Avis og lod som om han læste op:

Pibehoved og godt Hoved,
Familiestykke i een Akt.

Personerne ere:
Hr. Pibehoved, Fader.
Frøken Handske, Datter.
Hr. Vest, Kjæreste.
Von Støvle, Frier.

Og nu begynde vi! Tæppet gaaer op; vi have intet Tæppe, men saa er det oppe. Alle Personerne ere inde; saa have vi dem strax. Nu taler jeg som Fader Pibehoved. Han er vred i Dag; man kan see, han er røget Meerskum:

„Snik snak snurre, basselurre! jeg er Herre i mit Huus! jeg er Fader til min Datter! vil man høre efter hvad jeg siger! Von Støvle er en Person man kan speile sig i, Safian i Overdelen og Sporer paa Nederdelen; snikke, snikke, snak! Han skal have min Datter!"

„Pas nu paa Vesten, lille Anna!" sagde Gudfader. „Nu taler Vesten. Den har ombøiet Krave, er meget beskeden, men kjender sit eget Værd og har Ret til at sige, hvad den siger:

„Pletfri er jeg! Boniteten maa ogsaa tages i Overveielse. Jeg er af ægte Silketøi og jeg bærer Snore."

„Paa Bryllupsdagen, ikke længer! de holde ikke Couleur i Vasken!" det er Hr. Pibehoved, som taler. „Von Støvle er vandtæt, stærk i Skindet og dog saa fiin, kan knirke, klirre med Spore og har Physiognomi af Italien."

„Men de skulle tale paa Vers!" sagde lille Anna, „det skal være det Yndigste."

„Det kunne de ogsaa!" sagde Gudfader. „Og naar Publicum befaler, man taler! — See paa den lille Frøken Handske, hvor hun strækker Fingre:

„Heller alle Dage
  Handske uden Mage!
  Ak!

Jeg kan ikke overvind' 'et!
Jeg revner i Skindet." —

„Snak!"

Det var Fader Pibehoved som sagde Snak, nu taler Hr. Vest:
„Elskede Handske!
  Om selv de blev spanske,
  Min skal Du blive!
  Nu svor Holger Danske."

Støvle slaaer ud, tramper i Gulvet, klirrer med Spore og river tre Coulisser om."

„Det er udmærket deiligt!" sagde lille Anna.

„Stille, stille!" sagde Gudfader; „stumt Bifald viser, at Du er et dannet Publicum i første Parket. Nu synger Frøken Handske sin store Arie med Knæk:

„Jeg kan ikke tale,
  Saa maa jeg gale
  Kykkeleky, i de høie Sale!"

Nu kommer det Spændende, lille Anna! det er det Vigtigste i Komedien. Seer Du, Hr. Vest knapper sig op, sin Tale kaster han lige ud til Dig, for at

Du skal klappe; lad bare være! det er finere. Hør, hvor det rasler i Silketøiet: „Vi ere paa det Høieste! vogt Dem! nu kommer Intriguen! De er Pibehoved, jeg er det gode Hoved. — Vup, er De væk!" Saae Du det, lille Anna!" sagde Gudfader. „Det er et udmærket Sceneri og Komediespil: Hr. Vest greb gamle Pibehoved og puttede ham i Lommen; der ligger han, og Vesten taler:

„De er i min Lomme, i min dybeste Lomme! aldrig kommer De derfra, før De lover at forene mig med Deres Datter, Handske til Venstre; jeg rækker Høire!"

„Det er rædsomt deiligt!" sagde lille Anna.

„Og nu svarer gamle Pibehoved:

„Jeg bliver saa ør!
 Det er ikke som før.
 Hvor er mit Humeur?
 Jeg føler, mig mangler mit hule Rør.
 Ak aldrig før
 Var jeg saaledes skjør. —
 O, tag mit Hoved
 Af Lommen atter,
 Og vær forlovet
 Saa med min Datter!"

„Er Komedien allerede ude?" sagde lille Anna.

„Bevar' os vel!" sagde Gudfader, „den er kun ude for Hr. Støvle. De Elskende knæle, den Ene synger:

„Fatter!"
den Anden:
„Tag Hoved atter,
 Velsign saa Søn og Datter!"

De velsignes, holde Bryllup, og Meublerne synge i Chor:

„Knik, knak,
 Mange Tak!
 Nu er Stykket ude."

Og saa klappe vi!" sagde Gudfader, „kalde dem Allesammen frem, Meublerne med. De ere af Mahogni!"

„Er vor Komedie nu ligesaa god, som den, de Andre have i det rigtige Theater?"

„Vor Komedie er meget bedre!" sagde Gudfader, „den er kortere, den er frit tilkjørt, og Tiden er gaaet til Theevand."

Ib og lille Christine

Nær ved Gudenaa, inde i Silkeborg-Skov, løfter sig en Landryg, som en stor Vold, den kaldes "Aasen" og under den mod Vest laae, ja der ligger endnu, et lille Bondehuus med magre Jorder; Sandet skinner igjennem den tynde Rug- og Byg-Ager. Det er nu en Deel Aar siden; Folkene, som boede der, dreve deres lille Avling, havde dertil tre Faar, eet Sviin og to Stude; kort sagt, de havde det ret vel til Føden, naar man tager den, som man har den, ja de kunde vel ogsaa have bragt det til at holde et Par Heste, men de sagde, som de andre Bønder derovre: "Hesten æder sig selv!" – den tærer for det Gode den gjør. Jeppe-Jæns drev sin lille Jordlod om Sommeren, og var om Vinteren en flink Træskomand. Han havde da ogsaa Medhjelp, en Karl, der forstod at skjære Træskoe, der vare baade stærke, lette og med Facon; Skee og Sløv skar de; det gav Skillinger, man kunde ikke kalde Jeppe-Jæns for fattig Folk.

Lille Ib, den syvaars Dreng, Husets eneste Barn sad og saae til, skar i en Pind, skar sig ogsaa i Fingrene, men en Dag havde han snittet to Stykker Træ, saa at de saae ud, som smaa Træskoe, de skulde, sagde han, foræres til lille Christine, og det var Prammandens lille Datter, og hun var saa fiin og saa yndelig, som et Herskabs Barn; havde hun Klæder skaaret, som hun var født og baaret, saa vilde Ingen troe at hun var fra Lyngtørvhuset paa Seishede. Derovre boede hendes Fader, der var Enkemand og ernærede sig ved at pramme Brænde fra Skoven ned til Silkeborg Aaleværk, ja tidt derfra videre op til Randers. Ingen havde han, der kunde tage vare paa lille Christine, der var et Aar yngre end Ib og saa var hun næsten altid hos ham, paa Prammen og mellem Lyngen og Tyltebærbuskene; skulde han endelig heelt op til Randers, ja saa kom lille Christine over til Jeppe-Jæns's.

Ib og lille Christine kom godt ud af det ved Leg og ved Fad; de rodede og de gravede, de krøb og de gik, og en Dag vovede de sig ene to næsten heelt op paa Aasen og et Stykke ind i Skoven, engang fandt de der Sneppeæg, det var en stor Begivenhed.

Ib havde endnu aldrig været ovre paa Seishede, aldrig prammet igjennem Søerne ad Gudenaa, men nu skulde han det: han var indbudt af Prammanden og Aftenen forud fulgte han hjem med ham.

Paa de høit opstablede Brændestykker i Prammen sad tidlig om Morgenen de to Børn og spiste Brød og Hindbær. Prammanden og hans Medhjelper stagede sig frem, det gik med Strømmen, i rask Fart ned ad Aaen, gjennem Søerne, der syntes at lukke sig ved Skov og ved Siv, men altid var der dog Gjennemfart, om endogsaa de gamle Træer heldede sig heelt ud og Egetræerne strakte frem afskaldede Grene, ligesom om de havde opsmøgede Ærmer og vilde vise deres knuddrede, nøgne Arme; gamle Elletræer, som Strømmen havde løsnet fra Skrænten, holdt sig med Rødderne fast ved Bunden, og saae ud ligesom smaa Skovøer; Aakander vuggede paa Vandet; det var en deilig Fart! – og saa kom man til Aaleværket, hvor Vandet brusede gjennem Sluserne; det var Noget for Ib og Christine at see paa!

Dengang var endnu hernede hverken Fabrik eller By, her stod kun den gamle Avlsgaard og Besætningen der var ikke stor, Vandets Fald gjennem Slusen og Vildandens Skrig, det var den Gang den stadigste Livlighed. – Da nu Brændet var prammet om, kjøbte Christines Fader sig et stort Knippe Aal og en lille slagtet Griis, der Alt tilsammen i en Kurv blev stillet agter ude paa Prammen. Nu gik det mod Strømmen hjem, men Vinden var med og da de satte Seil til, var det ligesaa godt, som om de havde to Heste for.

Da de med Prammen var saa høit oppe under Skoven, at de laae ud for hvor Manden, der hjalp med at pramme, havde kun et kort Stykke hjem, saa gik han og Christines Fader i Land, men paalagde Børnene at forholde sig rolige og forsigtige, men det gjorde de ikke længe, de maatte see ned i Kurven hvor Aalene og Grisen gjemtes og Grisen maatte de løfte paa og holde den, og da de begge vilde holde den saa tabte de den og det lige ud i Vandet; der drev den paa Strømmen, det var en forfærdelig Begivenhed.

Ib sprang i Land og løb et lille Stykke, saa kom ogsaa Christine; "tag mig med Dig!" raabte hun, og nu var de snart inde i Buskene, de saae ikke længer Prammen eller Aaen; et lille Stykke endnu løb de, saa faldt Christine og græd; Ib fik hende op.

"Kom med mig!" sagde han. "Huset ligger derovre!" men det laae ikke derovre. De gik og de gik, over vissent Løv og tørre nedfaldne Grene, der knagede under deres smaa Fødder; nu hørte de en stærk Raaben – de stode stille og lyttede; nu skreg en Ørn, det var et fælt Skrig, de bleve ganske forskrækkede, men foran dem, inde i Skoven, voxte de deiligste Blaabær, en utrolig Mængde; det var alt for indbydende til ikke at blive og de blev og de spiste, og bleve ganske blaa om Mund og Kinder. Nu hørtes igjen en Raaben.

"Vi faae Bank for Grisen!" sagde Christine.

"Lad os gaae hjem til vort!" sagde Ib; "det er her i Skoven!" og de gik; de kom paa en Kjørevei, men hjem førte den ikke, mørkt blev det og angest vare de. Den forunderlige Stilhed rundt om afbrødes ved fæle Skrig af den store Hornugle eller Lyd fra Fugle, de ikke kjendte; endelig stod de begge To fast i en Busk, Christine græd og Ib græd, og da de saa havde grædt en Stund lagde de sig i Løvet og faldt isøvn.

Solen var høit oppe da de vaagnede, de frøs, men oppe paa Høiden tæt ved, skinnede Solen ned mellem Træerne, der kunde de varme sig og derfra, meente Ib, maatte de kunde see hans Forældres Huus; men de vare langt fra det, i en ganske anden Deel af Skoven. De kravlede heelt op paa Høiden og stod paa en Skrænt ved en klar, gjennemsigtig Sø;

Fiskene i den stode i Stiim belyste af Solstraalerne; det var saa uventet hvad de saae og tætved var en stor Busk fuld af Nødder, ja saagar syv Kløvser; og de plukkede og de knækkede og fik de fine Kjærner, der havde begyndt at sætte sig, – og saa kom der endnu en Overraskelse, en Forskrækkelse. Fra Busken traadte frem en stor, gammel Kone, hvis Ansigt var saa bruunt og Haaret saa glindsende og sort; det Hvide i hendes Øine skinnede ligesom paa en Morian; hun havde en Bylt paa Nakken, og en Knortekjep i Haanden; hun var en Taterske. Børnene forstode ikke strax hvad hun sagde; og hun tog tre store Nødder op af Lommen, inde i hver laae de deiligste Ting gjemte, fortalte hun, det var Ønskenødder.

Ib saae paa hende, hun var saa venlig, og saa tog han sig sammen og spurgte, om han maatte have de Nødder og Konen gav ham dem og plukkede sig en heel Lomme fuld af dem paa Busken.

Og Ib og Christine saae med store Øine paa de tre Ønskenødder.

"Er der i den en Vogn med Heste for?" spurgte Ib.

"Der er en Guldkarreet med Guldheste!" sagde Konen.

"Saa giv mig den!" sagde lille Christine, og Ib gav hende den og Konen knyttede Nødden ind i hendes Halstørklæde.

"Er der inde i denne saadant et lille kjønt Halsklæde, som det Christine der har?" spurgte Ib.

"Der er ti Halsklæder!" sagde Konen, "der er fine Kjoler, Strømper og Hat!"

"Saa vil jeg ogsaa have den!" sagde Christine, og lille Ib gav hende ogsaa den anden Nød; den tredie var en lille sort en.

"Den skal Du beholde!" sagde Christine, "og den er ogsaa kjøn."

"Og hvad er der i den?" spurgte Ib.

"Det Allerbedste for Dig!" sagde Taterkonen.

Og Ib holdt fast paa Nødden. Konen lovede at føre dem paa rette Vei hjem, og de gik, men rigtignok i en ganske modsat Retning, end de skulde gaae, men derfor tør man ikke beskylde hende for, at hun vilde stjæle Børn.

I den vildsomme Skov mødte de Skovløberen Chræn, han kjendte Ib, og ved ham kom Ib med lille Christine hjem, hvor man var i stor Angest for dem, og Tilgivelse fik de, skjøndt de havde begge fortjent et godt Livfuldt Riis, først fordi de lod Grisen falde i Vandet og dernæst at de vare løbne deres Vei.

Christine kom hjem paa Heden og Ib blev i det lille Skovhuus; det Første han der om Aftenen gjorde, var at tage frem Nødden, der gjemte "det Allerbedste"; – han lagde den mellem Døren og Dørkarmen, klemte saa til, Nødden knak, men ikke Kjærne skabt var der at see, den var fyldt ligesom med Snuus eller Muld-Jord; der var gaaet Orm i den, som det kaldes.

"Ja, det kunde jeg nok tænke!" meente Ib, "hvor skulde der, inde i den lille Nød, være Plads for det Allerbedste! Christine faaer hverken fine Klæder eller Guldkarreet ud af sine to Nødder!"

Og Vinteren kom og det nye Aar kom.

Og der gik flere Aaringer. Nu skulde Ib gaae til Præsten og han boede langveis borte. Paa den Tid kom en Dag Prammanden og fortalte hos Ibs Forældre, at lille Christine skulde nu ud at tjene for sit Brød, og at det var en sand Lykke for hende, at hun kom i de Hænder, hun kom, fik Tjeneste hos saadanne brave Folk; tænk, hun skulde til de rige Krofolk i Herning Kanten, vesterpaa; der skulde hun gaae Mo'er tilhaande og siden, naar hun skikkede sig og der var confirmeret, vilde de beholde hende.

Og Ib og Christine toge Afsked fra hinanden: Kjærestefolkene bleve de kaldte; og hun viste ham ved Afskeden, at hun endnu havde de to Nødder, som hun fik af ham da de løb vild i Skoven, og hun sagde, at hun i sin Klædekiste gjemte de smaa Træskoe, han som Dreng havde skaaret og foræret hende. Og saa skiltes de.

Ib blev confirmeret, men i sin Moders Huus blev han, for han var en flink Træskoesnider og han passede godt om Sommeren den lille Avling, hans Moder havde kun ham dertil, Ibs Fader var død.

Kun sjeldent, og det var da ved en Postkarl eller en Aalebonde, hørte man om Christine: det gik hende godt hos de rige Krofolk og da hun var blevet confirmeret, skrev hun til Faderen Brev med Hilsen til Ib og hans Moder; i Brevet stod om sex nye Særke og en deilig Klædning, Christine havde faaet af Husbond og Madmo'er. Det var rigtignok gode Tidender.

Foraaret derefter, en smuk Dag, bankede det paa Ibs og hans Moders Dør, det var Prammanden med Christine; hun var kommet i Besøg paa en Dagstid; der var just en Leilighed til Them og igjen tilbage, og den benyttede hun. Smuk var hun, som en fiin Frøken, og gode Klæder havde hun, de vare syede vel og de passede til hende. I fuld Stads stod hun og Ib var i de daglige, gamle Klæder. Han kunde slet ikke komme til Mæle; vel tog han hendes Haand, holdt den saa fast, var saa inderlig glad, men Munden kunde han ikke faae paa Gang, det kunde lille Christine, hun talte, hun vidste at fortælle og hun kyssede Ib lige paa Munden:

"Kjender Du mig ikke nok!" sagde hun; men selv da de vare ene To og han endnu stod og holdt hende i Haanden, var Alt hvad han kunde sige, alene det: "Du er blevet ligesom en fiin Dame! og jeg seer saa pjusket ud! hvor jeg har tænkt paa Dig, Christine! og paa gamle Tider!"

Og de gik Arm i Arm op paa Aasen og saae over Guden-Aa til Seishede med de store Lyngbanker, men Ib sagde ikke Noget, dog da de skiltes ad, var det klart for ham, at Christine maatte blive hans Kone, de vare jo fra Smaa kaldt Kjærestefolk, de vare, syntes han, et forlovet Par, uagtet ingen af dem selv havde sagt det.

Kun nogle Timer endnu kunde de være sammen, for hun skulde igjen til Them, hvorfra tidlig næste Morgen Vognen kjørte tilbage vesterpaa. Faderen og Ib fulgte med til Them, det var klart Maaneskin, og da de kom der og Ib endnu holdt Christines Haand, kunde han ikke slippe den, hans Øine de vare saa klare, men Ordene faldt kun smaat, men det var Hjerte-Ord hvert eneste et: "er Du ikke blevet for fiint vant," sagde han, "og kan Du finde Dig i at leve i vor Mo'ers Huus med mig, som Ægtemand, saa blive vi To engang Mand og Kone! – – men vi kan jo vente lidt!"

"Ja, lad os see Tiden an, Ib!" sagde hun; og saa trykkede hun hans Haand og han kyssede hende paa hendes Mund. "Jeg stoler paa Dig, Ib!" sagde Christine, "og jeg troer, at jeg holder af Dig! men lad mig sove paa det!" Og saa skiltes de ad. Og Ib sagde til Prammanden, at han og Christine vare nu saa godt som forlovede, og Prammanden fandt, at det var, som han altid havde tænkt om det; og han fulgte hjem med Ib og sov der i Seng med ham, og der taltes saa ikke mere om Forlovelsen.

Et Aar var gaaet; to Breve vare vexlede mellem Ib og Christine; "trofast til Døden!" stod der ved Underskriften. En Dag traadte Prammanden ind til Ib, han havde Hilsen til ham fra Christine; hvad mere han havde at sige, gik det lidt langsomt med, men det var det, at det gik Christine vel, mere end vel, hun var jo en kjøn Pige, agtet og afholdt. Kromandens Søn havde været hjemme paa Besøg; han var ansat ved noget Stort i Kjøbenhavn, ved et Contoir: han syntes godt om Christine, hun fandt ham ogsaa efter sit Sind, hans Forældre vare nok ikke uvillige, men nu laae det dog Christine paa Hjertet, at nok Ib tænkte saa meget paa hende, og saa havde hun betænkt at skyde Lykken fra sig, sagde Prammanden.

Ib sagde i Førstningen ikke et Ord, men han blev ligesaa hvid, som et Klæde, rystede lidt med Hovedet og saa sagde han: "Christine maa ikke skyde sin Lykke fra sig!"

"Skriv hende det Par Ord til!" sagde Prammanden.

Og Ib skrev ogsaa, men han kunde ikke ret sætte Ordene sammen, som han vilde, og han slog Streg over og han rev itu, – men om Morgenen var der et Brev istand til lille Christine, og her er det!

– "Det Brev, Du har skrevet til din Fader, har jeg læst og seer, at det gaaer Dig vel i alle Maader og at Du kan faae det endnu bedre! Spørg dit Hjerte ad, Christine! og tænk vel over hvad Du gaaer ind til, om Du tager mig; det er kun ringe hvad jeg har. Tænk ikke paa mig og hvordan jeg har det, men tænk paa dit eget Gavn! Mig er Du ikke

bundet til ved Løfte, og har Du i dit Hjerte givet mig et, saa løser jeg Dig fra det. Alverdens Glæde være over Dig, lille Christine! vor Herre har vel Trøst for mit Hjerte!
Altid din inderlige Ven,
Ib."

Og Brevet blev afsendt og Christine fik det.
Ved Mortensdagstider blev der lyst fra Prædikestolen for hende, i Kirken paa Heden og ovre i Kjøbenhavn, hvor Brudgommen var, og derover reiste hun med sin Madmo'er, da Brudgommen, for sine mange Forretningers Skyld, ikke kunde komme saalangt over i Jylland.
Christine havde, efter Aftale, truffet sammen med sin Fader i Landsbyen Funder, som Veien gaaer igjennem og som var ham det nærmeste Mødested; der tog de To Afsked. Derom kom til at falde et Par Ord, men Ib sagde ikke Noget; han var blevet saa eftertænksom, sagde hans gamle Mo'er; ja eftertænksom var han, og derfor randt ham i Tanke de tre Nødder, han som Barn fik af Taterkonen og gav Christine de to af, det var Ønskenødder, i hendes den ene laae jo en Guldkarreet med Heste, i den anden de deiligste Klæder; det slog til! al den Herlighed fik hun nu ovre i Kongens Kjøbenhavn! for hende gik det i Opfyldelse –! for Ib var der i Nødden kun den sorte Muld. "Det Allerbedste" for ham, havde Taterkonen sagt, – jo, ogsaa det gik i Opfyldelse! den sorte Muld var ham det Bedste. Nu forstod han tydeligt hvad Konen havde meent: I den sorte Jord, i Gravens Gjemme, der var det ham det Allerbedste!
Og der gik Aaringer, – ikke mange, men lange, syntes Ib; de gamle Krofolk døde bort, den ene kort efter den anden; al Velstanden, mange tusinde Rigsdaler gik til Sønnen. Ja, nu kunde Christine faae Guldkarreet og fine Klæder nok.
I to lange Aar, som fulgte, kom ikke Brev fra Christine, og da saa Faderen fik et, var det slet ikke skrevet i Velstand og Fornøielse. Stakkels Christine! hverken hun eller hendes Mand havde vidst at holde Maade paa Rigdommen, den gik, som den kom, der var ingen Velsignelse ved den, for de vilde det ikke selv.
Og Lyngen stod i Blomster og Lyngen tørrede hen; Sneen havde mange Vintre fyget over Seis Hede, over Aasen hvor Ib boede i Læ; Foraarssolen skinnede og Ib satte Ploven i Jorden, da skar den, som han troede, hen af en Flintesteen, der kom ligesom en stor sort Høvlspaan op over Jorden, og da Ib tog paa den, mærkede han, at det var et Metal, og hvor Ploven havde skaaret ind i det, skinnede det blankt. Det var en tung, stor Arm-Ring af Guld fra Hedenold; Kjæmpegraven var blevet jævnet her, dens kostelige Smykke fundet. Ib viste det til Præsten, der sagde ham hvad herligt det var og derfra gik Ib med det til

Herredsfogden, der gav Indberetning derom til Kjøbenhavn og raadede Ib selv at overbringe det kostelige Fund.

"Du har fundet i Jorden det Bedste, Du kunde finde!" sagde Herredsfogeden.

"Det Bedste!" tænkte Ib. "Det Allerbedste for mig – og i Jorden! saa havde Taterqvinden dog ogsaa Ret med mig, naar det var det Bedste!" Og Ib gik med Smakken fra Aarhuus til Kongens Kjøbenhavn; det var som en Reise over Verdenshavet, for ham, som kun havde sat over Gudenaa. Og Ib kom til Kjøbenhavn.

Værdien af det fundne Guld blev udbetalt ham, det var en stor Sum: sex hundrede Rigsdaler. Der gik i det store, vildsomme Kjøbenhavn Ib fra Skoven ved Seishede.

Det var netop Aftenen før han vilde med Skipperen tilbage til Aarhuus, da han forvildede sig i Gaderne, kom i en ganske anden Retning, end den han vilde, og var, over Knippelsbro, kommet til Christianshavn istedetfor ned mod Volden ved Vesterport! Han styrede ganske rigtigt vesterpaa, men ikke hvor han skulde. Der var ikke et Menneske at see paa Gaden. Da kom der en lille bitte Pige ud fra et fattigt Huus; Ib talte til hende om Veien, han søgte; hun studsede, saae op paa ham og var i heftig Graad. Nu var hans Spørgsmaal, hvad hun feilede, hun sagde Noget, som han ikke forstod og idet de begge vare lige under en Lygte, og Lyset fra den skinnede hende lige ind i Ansigtet, blev han ganske underlig, for det var livagtig lille Christine han saae, ganske, som han huskede hende fra de begge vare Børn.

Og han gik med den lille Pige ind i det fattige Huus, opad den smalle, slidte Trappe, høit op til et lille, skraat Kammer under Taget. Der var en tung, qvalm Luft derinde, intet Lys tændt; henne i Krogen sukkede det og drog Veiret trangt. Ib tændte en Svovlstikke. Det var Barnets Moder, som laae paa den fattige Seng.

"Er der Noget, jeg kan hjelpe Eder med!" sagde Ib. "Den Lille fik mig fat, men jeg er fremmed selv her i Staden. Er her ingen Naboer eller Nogen, jeg kan kalde paa!" – Og han løftede hendes Hoved.

Det var Christine fra Seishede.

I Aaringer var derhjemme i Jylland hendes Navn ikke blevet nævnet, det vilde have rørt op i Ibs stille Tankegang, og det var jo ikke heller godt, hvad Rygtet og Sandheden meldte, at de mange Penge, hendes Mand fik i Arv fra hans Forældre, havde gjort ham overmodig og vildsom; sin faste Stilling havde han opgivet, reist et halvt Aar i fremmede Lande, kommet tilbage og gjort Gjæld og dog flankeret; meer og meer heldede Vognen og tilsidst væltede den. De mange lystige Venner fra hans Bord sagde om ham, at han fortjente det, som det gik ham, han havde jo levet, som en gal Mand! – Hans Liig var en Morgen funden i Canalen i Slotshaven.

Christine gik med Døden i sig; hendes yngste lille Barn, kun nogle Uger gammelt, baaret i Velstand, født i Elendighed, var alt i Graven og nu var det saa vidt med Christine, at hun laae dødssyg, forladt, paa et usselt Kammer, usselt, som hun kunde have taalt det i sine unge Aar paa Seishede, men nu bedre vant, ret følte Elendigheden af. Det var hendes ældste, lille Barn, ogsaa en lille Christine, der led Nød og Sult med hende, og som havde faaet Ib derop.

"Jeg er bange, jeg døer fra det stakkels Barn!" fremsukkede hun, "hvor i Verden skal hun saa hen!" – mere kunde hun ikke sige.

Og Ib fik igjen en Svovlstikke tændt og fandt en Stump Lys, den brændte og lyste i det usle Kammer.

Og Ib saae paa den lille Pige og tænkte paa Christine i unge Dage; for Christines Skyld kunde han være god mod dette Barn, som han ikke kjendte. Den Døende saae paa ham, hendes Øine bleve større og større –! Kjendte hun ham? Ikke vidste han det, ikke et Ord hørte han hende sige.

Og det var i Skoven ved Gudenaa, nær Seishede; Luften var graa, Lyngen stod uden Blomster, Vestens Storme dreve det gule Løv fra Skoven ud i Aaen og hen over Heden hvor Græstørvhuset stod, hvor fremmede Folk boede; men under Aasen, godt i Læ bag høie Træer stod det lille Huus, hvidtet og malet; inde i Stuen brændte i Kakkelovnen Klynetørvene, inde i Stuen var Solskin, der straalede fra to Barne-Øine, Foraarets Lærkeslag lød i Talen fra dets røde, leende Mund; der var Liv og Lystighed, lille Christine var der; hun sad paa Ibs Knæ; Ib var hende Fader og Moder, de vare borte, som Drømmen er det for Barnet og den Voxne. Ib sad i det nette, pyntelige Huus, en velhavende Mand; den lille Piges Moder laae paa de Fattiges Kirkegaard ved Kongens Kjøbenhavn. Ib havde Penge paa Kistebunden, sagde de, Guld fra Muld, og han havde jo ogsaa lille Christine.

Iisjomfruen

I. Lille Ravn.

Lad os besøge Schweiz, lad os see os om i det herlige Bjergland, hvor Skovene voxe op ad de steile Klippevægge; lad os stige op paa de blendende Sneemarker, og igjen gaae ned i de grønne Enge, hvor Floder og Bække bruse afsted, som vare de bange for, at de ikke tidsnok skulle naae Havet og forsvinde. Solen brænder i den dybe Dal, den brænder ogsaa oppe paa de tunge Sneemasser, saa at de i Aaringerne smelte sammen til skinnende Iisblokke og blive rullende Laviner, optaarnede Gletschere. To saadanne ligge i de brede Fjeldkløfter under „Schreckhorn" og „Wetterhorn" ved den lille Bjergby Grindelwald; mærkelige ere de at see, og derfor komme i Sommertiden mange Fremmede herhid fra alle Verdens Lande; de komme over de høie, sneebedækkede Bjerge, de komme nede fra de dybe Dale, og da maae de i flere Timer stige, og alt som de stige, sænket Dalen sig dybere, de see ned i den, som saae de fra en Luftballon. Foroven hænge tidt Skyerne som tykke, tunge Røggardiner om Bjergspidserne, medens nede i Dalen, hvor de mange brune Træhuse ligge spredte, endnu en Solstraale lyser, og løfter frem en Plet i straalende Grønt, som var den transparent. Vandet bruser, summer og suser dernede, Vandet risler og klinger foroven, det seer ud der som flagrende Sølvbaand ned over Klippen.

Paa begge Sider af Veien herop ligge Bjælkehuse, hvert Huus har sin lille Kartoffelhave, og den er en Nødvendighed, thi her inden Døre ere mange Munde, her er fuldt op af Børn, og disse kunne nok tære deres Foder; fra alle Husene mylre de frem, trænge sig om de Reisende, enten disse komme til Fods eller til Vogns; hele Børneflokken driver Handel; de Smaa falbyde og sælge nydeligt udskaarne Træhuse, som man seer dem byggede her i Bjergene. Det være nu Regnveir eller Solskin, Børnevrimlen kommer frem med sine Varer.

For nogle og tyve Aar siden stod her, en og anden Gang, men altid noget fjernet fra de andre Børn, en lille Dreng, der ogsaa vilde handle; han stod med et saa alvorligt Ansigt og med begge Hænder fast om sin Spaanæske, som vilde han dog ikke slippe den; men just denne Alvor, og at Fyren var saa lille, var Aarsag til at han netop blev bemærket, ja kaldt paa, og tidt gjorde den bedste Handel, selv vidste han ikke hvorfor. Høiere oppe paa Bjerget boede hans Morfa'er, der snittede de fine, nydelige Huse, og deroppe i Stuen stod et gammelt Skab, fuldt op af det Slags Udskæringer; der vare Nøddeknækkere, Knive, Gafler og Æsker med deiligt Løvværk og springende Gemser; der var Alt, hvad der kunde glæde Børneøine, men den Lille, Rudy blev han kaldt, saae med større Lyst og Længsel paa det gamle Gevær under Bjælken, det skulde han engang faae, havde Morfa'er sagt, men han maatte først blive stor og stærk nok til at bruge det.

Saa lille som Drengen var, blev han dog sat til at passe Gederne, og dersom Det at kunne klattre med dem var at være en god Vogter, ja saa var Rudy en god Vogter; han klattrede endogsaa lidt høiere, han holdt af at tage Fuglereder høit i Træerne, forvoven og kjæk var han, men smile saae man ham kun, naar han stod ved det brusende Vandfald, eller naar han hørte en Lavine rulle. Aldrig legede han med de andre Børn; han kom kun sammen med dem, naar hans Morfa'er sendte ham ned for at gjøre Handel, og det syntes Rudy ikke stort om, hellere gad han kravle alene om paa Bjergene, eller sidde hos Morfa'er, og høre ham fortælle om gammel Tid og om Folkefærdet nær herved i Meiringen, som han var fra; det Folkefærd havde ikke været der fra Verdens første Tid, sagde han, de vare vandrede ind; høit oppe fra Norden vare de komne, og der boede Slægten, og kaldtes „Svenske". Det var nu en heel Klogskab at vide Det, og det vidste Rudy, men han fik endnu mere Klogskab ved anden god Omgang, og det var Husets Besætning af Dyreslægten. Der var en stor Hund, Ajola, et Arvegods efter Rudys Fader, og der var en Hankat; den især havde meget at betyde for Rudy, den havde lært ham at klattre.

„Kom med ud paa Taget!" havde Katten sagt, og det ganske tydeligt og forstaaeligt, thi naar man er Barn og endnu ikke kan tale, forstaaer man udmærket Høns og Ænder, Katte og Hunde, de tale os ligesaa forstaaeligt som Fader og Moder tale, man maa bare være rigtig lille; selv Bedstefaders Stok kan da vrinske, blive til Hest, med Hoved, Been og Hale. For nogle Børn slipper denne Forstaaen sildigere, end for andre, og om disse siger man, at de ere langt tilbage, ere grumme længe Børn. Man siger saa Meget!

„Kom med, lille Rudy, ud paa Taget!" var Noget af det Første, Katten sagde, og Rudy forstod. „Det er Altsammen Indbildninger med at falde ned; man falder ikke, naar man ikke er bange for det. Kom, sæt din ene Pote saa, din anden faa! tag for Dig med de forreste Poter! hav Øine i Hovedet, og vær smidig i Lemmerne! er der en Kløft, saa spring, og hold Dig fast, det gjør jeg!"

Og det gjorde ogsaa Rudy; derfor sad han saa tidt paa Tagryggen hos Katten, han sad med den i Trætoppen, ja høit paa Klipperanden, hvor Katten ikke kom.

„Høiere! høiere!" sagde Træer og Buske. „Seer Du, hvor vi klavre op! hvor høit vi naae, hvor vi holde os fast, selv paa den yderste smalle Klippespids!"

Og Rudy naaede op ad Bjerget, tidt før Solen naaede derop, og der fik han sin Morgendrik, den friske, styrkende Bjergluft, den Drik, som kun Vorherre kan lave, og Menneskene læse Recepten til, og der staaer skrevet: den friske Duft af Bjergets Urter og Dalens Krusemynter og Timian. Alt hvad tungt er, suge de hængende Skyer ind i sig, og saa karter Vindene dem paa Granskovene, Duftens Aand bliver Luft, let og frisk, altid mere frisk; den var Rudys Morgendrik.

Solstraalerne, Solens Velsignelse bringende Døttre, kyssede

hans Kinder, og Svimlen stod og lurede, men turde ikke nærme sig, og Svalerne nede fra Morfa'ers Huus, der var ikke færre end syv Reder, fløi op til ham og Gederne, syngende: „Vi og I! og I og Vi!" Hilsener bragte de hjemme fra, selv fra de to Høns, de eneste Fugle i Stuen, med hvilke Rudy dog ikke indlod sig.

Hvor lille han end var, reist havde han, og ikke saa kort for saadan en lille Purk; født var han ovre i Canton Wallis og baaren herhen over Bjergene; nylig havde han til Fods besøgt det nære „Staubbach", der som et Sølvslør bølger i Luften foran det sneebedækkede, blendende hvide Bjerg Jomfruen. Og i Grindelwald havde han været ved den store Gletscher, men det var en sørgelig Historie, der fandt hans Moder sin Død, „der har lille Rudy", sagde Morfa'er, „faaet Barnelystigheden blæst af sig." Da Drengen var ikke Aar endnu, loe han mere end han græd, havde Moder skrevet, men fra han sad i Iiskløften var der kommet et ganske andet Sind i ham. Morfa'er talte ellers ikke meget derom, men paa hele Bjerget vidste man Besked.

Rudys Fader havde, som vi veed, været Postkarl; den store Hund i Stuen havde altid fulgt ham paa Farten over Simplon, ned til Genfersøen. I Rhonedalen i Canton Wallis boede endnu Rudys Slægt paa Faders Side, Farbro'er var en dygtig Gemsejæger og en velbekjendt Fører; Rudy var kun eet Aar gammel, da han mistede sin Fader, og Moderen vilde nu gjerne med sit lille Barn hjem til sin Slægt i Berner-Oberland; nogle Timers Vei fra Grindelwald boede hendes Fader; han snittede i Træ og fortjente derved saa Meget, at han kunde hjelpe sig. I Juni Maaned gik hun, bærende sit lille Barn, i Selskab med to Gemsejægere, hjemveis hen over Gemmi for at naae Grindelwald. Allerede vare de komne den længste Vei, havde naaet over Høiryggen til Sneemarken, saae allerede hendes Hjemstavnsdal, med alle dens kjendte spredte Træhuse, der var endnu kun den Besværlighed at gaae over det Øverste af den ene store Gletscher. Sneen laae frisk falden og skjulte en Kløft, ikke ned just til den dybe Bund, hvor Vandet brusede, men dog dybere end Menneskehøide; den unge Kone, der bar sit Barn, gled, sank i og var borte, man hørte ikke et Skrig, ikke et Suk, men man hørte et lille Barn græde. Der gik hen mere end een Time, før hendes to Ledsagere fik fra det nærmeste Huus nedenfor bragt Touge og Stænger, hvormed de muligt kunde hjelpe, og efter stort Besvær bragtes frem af Iiskløften to Liig, som det syntes. Alle Midler bleve anvendte, og det lykkedes at kalde Barnet til Live, men ikke Moderen; og saaledes fik den gamle Morfa'er en Dattersøn i Huset istedetfor en Datter, den Lille, der loe mere end han græd, men det syntes han nu at være bleven vænnet af med, den Forandring var nok skeet med ham i Gletscherspalten, i den kolde, underlige Iisverden, hvor Sjælene af de Fordømte ere lukkede ind til Dommens Dag, som Schweizerbonden troer.

Ikke uligt et brusende Vand, iisnet og knuget til grønne Glasblokke, ligger Gletscheren, det ene store Iisstykke væltet paa det andet; i Dybden dernede bruser den rivende Strøm af smeltet Snee og Iis; dybe Huler, mægtige Kløfter løfte sig derinde, et vidunderligt Glaspalads er det, og i dette boer Iisjomfruen, Gletscher-Dronningen. Hun, den Dræbende, den Knusende, er halv et Luftens Barn, halv Flodens mægtige Herskerinde, derfor mægter hun at løfte sig, med Gemsens Flugt, op paa Sneebjergets øverste Tinde, hvor de dristigste Bjergstigere maae i Isen hugge sig Trin til Fodfæste; hun seiler paa den tynde Granqvist ned ad den rivende Flod, springer der fra Klippeblok til Klippeblok omflagret af sit lange, sneehvide Haar og sin blaagrønne Kjortel, der skinner som Vandet i de dybe Schweizersøer.

„Knuse, holde fast! min er Magten!" siger hun. „En deilig Dreng stjal man fra mig, en Dreng, jeg havde kysset, men ikke kysset til Døde. Han er igjen imellem Menneskene, han vogter Gederne paa Bjerget, kravler op ad, altid op ad, bort fra de Andre, ikke fra mig! min er han, jeg henter ham!"

Og hun bad Svimlen røgte hendes Ærende; der var ved Sommertid Iisjomfruen for lummert i det Grønne hvor Krusemynten trives; og Svimlen løftede sig og dukkede sig; der kom een, der kom tre; „Svimlen" har mange Søstre, en heel Flok; og Iisjomfruen kaarede den Stærkeste af de Mange, som raade inden Døre og uden Døre. De sidde paa Trappegelænderet og paa Taarnrækværket, de løbe som et Egern hen ad Fjeldranden, de springe udenfor, og træde Luft som Svømmeren træder Vand, og lokke deres Offer ud og ned i Afgrunden. Svimlen og Iisjomfruen, Begge gribe de efter Menneskene, som Polypen griber efter Alt, hvad der rører sig om den. Svimlen skulde gribe Rudy.

„Ja grib mig ham!" sagde Svimlen, „jeg mægter det ikke! Katten, det Skarn, har lært ham sine Konster! det Menneskebarn har en Magt for sig, der støder mig bort; jeg kan ikke naae den lille Pog, naar han hænger paa Grenen ud over Afgrunden, og jeg gad kildre ham under Fodsaalerne, eller give ham en Dukkert i Luften! jeg kan ikke!"

„Vi kunne det," sagde Iisjomfruen, „Du eller jeg! jeg! jeg!"

„Nei, nei!" klang det til dem som var det Bjerg-Eccho af Kirkeklokkernes Klang, men det var Sang, det var Tale, det var et sammensmeltende Chor fra andre Naturaander, milde, kjærlige og gode, Solstraalernes Døttre; de leire sig hver Aften i Krands paa Bjergtinderne, udbrede deres rosenfarvede Vinger, der, alt som Solen synker, blusse rødere og rødere, de høie Alper gløde, Menneskene kalde det „Alpegløden"; naar saa Solen er nede, drage de ind i Fjeldtoppene, i den hvide Snee, sove der til Sol staaer op, da komme de atter frem. Særligt elske de

Blomsterne, Sommerfuglene og Menneskene, og mellem disse havde de særligt udkaaret sig den lille Rudy.

„I fange ham ikke! I faae ham ikke!" sagde de.

„Større og stærkere har jeg fanget og faaet!" sagde Iisjomfruen.

Da sang Solens Døttre en Sang om Vandringsmanden, som Hvirvelvinden rev Kappen af og førte bort i stormende Flugt; „Hylsteret tog Vinden bort, men ikke Manden; ham kunne I Kraftens Børn gribe, men ikke holde; han er stærkere, han er aandigere, end selv vi! han stiger høiere end Solen, vor Moder! han har Trylleordet, der binder Vind og Vand, saa at de maae tjene og lyde ham. I løse den tunge, trykkende Vægt, og han løfter sig høiere."

Saa deiligt lød det klokkeklingende Chor.

Og hver Morgen skinnede Solstraalerne ind igjennem det lille, eneste Vindue i Morfa'ers Huus, ind paa det stille Barn; Solstraalernes Døttre kyssede ham, de vilde optøe, opvarme, bringe bort engang de Iiskys, Gletschernes kongelige Mø havde givet ham, da han i sin døde Moders Skjød laae i den dybe Iiskløst, og der frelstes, som ved et Under.

II. Reisen til det nye Hjem.

Og nu var Rudy otte Aar; hans Farbro'er i Rhonedalen, paa hiin Side Bjergene, vilde tage Drengen til sig; der kunde han bedre oplæres og komme frem; det indsaae ogsaa Morfa'er, og gav derfor Slip paa ham. Rudy skulde afsted. Der var Flere at sige Farvel til, end Morfa'er, der var først Ajola, den gamle Hund.

„Din Fader var Postkarl, og jeg var Posthund," sagde Ajola. „Vi have faret op og ned, jeg kjender Hundene og Menneskene med paa den anden Side Bjergene. At tale meget var ikke min Vane, men nu da vi nok ikke have længe at tale sammen, vil jeg tale lidt mere, end ellers; jeg vil fortælle Dig en Historie, som jeg altid har gaaet og tygget paa; jeg kan ikke forstaae den, og det kan Du heller ikke, men det kan nu ogsaa være det Samme, for Det har jeg faaet ud af den, at saa ganske rigtigt er det ikke fordeelt i Verden for Hunde eller for Mennesker; ikke Alle ere skabte til at ligge paa Skjød eller søbe Melk; jeg er ikke bleven vænnet til det, men jeg har seet en Hundehvalp kjøre med i Postvogn og der have Menneskeplads; Fruen som var Herskab, eller han Herskabet til, havde Melkeflaske med, som hun gav ham af; Sukkerbrød fik han, men gad ikke engang æde det, snusede kun paa det, og saa aad hun det selv; jeg løb i Søle ved Siden af Vognen, sulten som en Hund kan være det, jeg tyggede paa mine egne Tanker, det var ikke i sin Rigtighed, — men det er der nok Meget, som ikke er! Gid Du maa komme paa Skjødet og kjøre i Karreet, men det kan man ikke selv lave sig, jeg har ikke kunnet det, hverken ved at gjøe eller gabe."

Det var Ajolas Tale, og Rudy tog den om Halsen og kyssede den lige paa dens vaade Mund, og saa tog han Katten i sine Arme, men den vred sig ved det.

„Du bliver mig for stærk, og mod Dig vil jeg ikke bruge Kløer! kravl Du kun over Bjergene, jeg har jo lært Dig at kravle! tro aldrig, at Du falder ned, saa holder Du Dig nok!" Og saa løb Katten, for den vilde ikke lade Rudy see, at Sorgen lyste den ud af Øinene.

Hønsene løb paa Gulvet, den Ene havde mistet sin Hale; en Reisende, der vilde være Jæger, havde skudt Halen af, idet Mennesket tog Hønen for en Rovfugl.

„Rudy vil over Bjergene," sagde den ene Høne.

„Han har altid Jag," sagde den Anden, „og jeg holder ikke af at tage Afsked!" og saa trippede de af begge To.

Gederne sagde han ogsaa Levvel, og de raabte: „Med! med! mæh!" og det var saa sørgeligt.

Der var af Egnens Folk to flinke Førere, som just skulde over Bjergene, de vilde ned paa den anden Side ved Gemmi, dem fulgte Rudy med, og til Fods. Det var en streng Marsch for saadan en lille Fyr, men Kræfter havde han, og Mod, som ikke kunde blive træt.

Svalerne fløi et Stykke med: „Vi og I! og I og Vi!" sang de. Veien gik over den rivende „Lütschine", der i mange smaa Strømninger styrter frem fra Grindelwald-Gletscherens sorte Kløft; løse Træstammer og Steenbrokker tjene her som Bro. Nu vare de ovre ved Ellekrattet og begyndte at gaae op ad Bjerget, tæt ved hvor Gletscheren havde løsnet sig fra Bjergsiden, og saa gik de ud paa Gletscheren over Iisblokke og uden omkring dem; krybe lidt, gaae lidt maatte Rudy; hans Øine straalede af bare Fornøielse, og saa traadte han, med sine jernbeslagne Bjergskoe, saa fast som skulde han sætte Mærke hvor han havde gaaet. Den sorte Jordafsats, som Fjeldstrømmen havde gydet ud over Gletscheren, gav denne et forkalket Udseende, men den blaagrønne, glasagtige Iis skinnede dog frem; de smaa Damme, inddæmmede af opskruede Iisblokke maatte man uden om, og paa denne Vandring kom man nær en stor Steen, der laae gyngende paa Randen af en Iisspalte, Stenen kom ud af Ligevægt, faldt, rullede og lod Ecchoet runge nede fra Gletscherens hule, dybe Gange.

Op ad, altid op ad gik det; Gletscheren selv strakte sig i Høiden, som en Flod af vildtoptaarnede Iismasser, klemte mellem steile Klipper. Rudy tænkte et Øieblik paa hvad der var fortalt ham, at han med sin Moder havde ligget nede i en af disse Kulde aandende Kløfter, men snart igjen vare saadanne Tanker borte, det var ham som en anden Historie af de mange, han havde hørt. En og anden Gang, naar Mændene troede at det var lidt for vanskeligt for den lille Krabat at stige, rakte de ham Haanden, men han var ikke træt, og paa Glatisen stod han fast som en Gemse. Nu kom de ind paa Klippegrund, snart mellem mosløse Stene, snart ind imellem lave Graner og igjen ud paa den grønne Græsgang, altid vexlende, altid nyt; rundt om løftede sig Sneebjerge, dem han, som hvert Barn her, kjendte Navnene paa: „Jomfruen", „Munken" og „Eiger". Rudy havde aldrig før været saa høit, aldrig før betraadt det udstrakte Sneehav; det laae med de ubevægelige Sneebølger, dem Vinden blæste enkelte Fnokke fra, som den blæser Skummet af Søens Vaade. Gletscher ved Gletscher holde, om man kan sige det, hinanden Haand i Haand, hver er et Glaspalads for Iisjomfruen, hvis Magt og Villie er: at fange og begrave. Solen brændte varmt, Sneen var saa blendende og som oversaaet med hvidblaae, funklende Diamantblink. Utallige Insekter, især Sommerfugle og Bier, laae i Masse døde paa Sneen, de havde vovet sig for høit, eller Vinden baaret dem til de udaandede i denne Kulde. Om Wetterhorn hang ligesom en fiinkartet sort Uldtot, en truende Sky; den sænkede sig, bugnende af hvad den gjemte i sig, en „Føhn", voldelig i dens Magt, naar den brød løs. Indtrykket af den hele Vandring, Natteqvarteret heroppe, og Veien videre frem, de dybe Fjeldkløfter, hvor Vandet, i en tankesvimlende lang Tid, havde gjennemsavet Steenblokkene, heftede sig uforglemmelig i Rudys Erindring.

En forladt Steenbygning, paa hiin Side Sneehavet, gav Ly og Læ til at overnatte; her fandt de Trækul og Grangrene; Baalet blev snart tændt, Natteleiet lavet, saa godt man kunde det, Mændene satte sig om Ilden, røge deres Tobak og drak den varme, krydrede Drik, de selv havde lavet; Rudy fik sin Deel, og der blev talt om Alpelandets hemmelighedsfulde Væsener, om de sælsomme Kæmpeslanger i de dybe Søer, om Natfolket, Spøgelsehæren, der bar den Sovende gjennem Luften til den vidunderlige svømmende Stad Venedig; den vilde Hyrde, der drev sine sorte Faar hen over Græsgangen; havde man ikke seet disse, saa havde man dog hørt Lyden af deres Klokker, hørt Hjordens uhyggelige Brøl. Rudy lyttede med Nysgjerrighed, men uden al Frygt, den kjendte han ikke, og idet han lyttede, troede han at fornemme det spøgelseagtige, hule Brøl; ja! det blev mere og mere tydeligt, Mændene hørte det ogsaa, standsede i deres Tale, lyttede og sagde til Rudy, at han ikke maatte sove.

Det var en Føhn, der blæste, den voldsomme Stormvind, der kaster sig fra Bjergene ned i Dalen og i, sin Voldsomhed knækker Træer, som om de vare Rør, flytter Bjælkehusene fra Flodens ene Bred over til den anden, som vi flytte en Skakbrikke.

En Time var gaaet, da de sagde Rudy, at nu var det overstaaet, nu kunde han sove, og træt af Marschen sov han, som paa Lovbud.

Tidligt paa Morgenen brøde de op. Solen belyste den Dag for Rudy nye Bjerge, nye Gletschere og Sneemarker; de vare traadte ind i Canton Wallis og vare paa hiin Side den Bjergryg, man saae fra Grindelwald, men endnu langt fra det nye Hjem. Andre Bjergkløfter, andre Græsgange, Skove og Fjeldstier udfoldede sig, andre Huse, andre Mennesker viste sig, men hvilke Mennesker saae han, Vanskabninger vare de, uhyggelige, fede, hvidgule Ansigter, Halsen et tungt, hæsligt Kjød, hængende posende ud; det var Cretinere, sygeligt slæbte de sig frem, og saae med dumme Øine paa de Fremmede, som kom; Qvinderne saae meest forfærdelige ud. Var det Menneskene i det nye Hjem?

III. Farbro'er.

I Farbro'ers Huus, hvorhen Rudy kom, saae, Gud skee Lov, Menneskene ud, som Rudy var vant til at see dem; en eneste Cretiner kun var her, en stakkels fjollet Knøs, en af disse stakkels Skabninger, der i deres Fattigdom og Forladthed, altid i Canton Wallis, gaae paa Omgang i Familier og blive et Par Maaneder i hvert Huus, stakkels Saperli var just her, da Rudy kom.

Farbro'er var en kraftig Jæger endnu, kunde dertil Bødkerhaandværket; hans Kone en lille, livlig Person med et næsten Fugleansigt, Øine som en Ørn, Halsen lang og ganske dunet.

Alt var Nyt for Rudy, Paaklædning, Skik og Brug, Sproget selv, men dette vilde Barneøret snart lære at forstaae. Velhavende saae her ud i Forhold til Hjemmet hos Morfa'er. Stuen var større, de boede i, Væggene prangede med Gemsehorn og blankpolerede Bøsser, over Døren hang Billedet af Gudsmoder; friske Alperoser og en brændende Lampe stod foran.

Farbro'er var, som sagt, en af Egnens dygtigste Gemsejægere og dertil den meest øvede og bedste Fører. Her i Huset skulde nu Rudy være Kjæledæggen, rigtignok var her allerede en saadan een, det var en gammel, blind, døv Jagthund, som ikke mere kunde gjøre Gavn, men det havde den gjort; man huskede paa Dyrets Dygtighed i tidligere Aar, og derfor hørte det nu med til Familien og skulde have sine gode Dage. Rudy klappede Hunden, men den indlod sig ikke mere med Fremmede, og det var jo endnu Rudy, men ikke længe; han slog snart Rod i Huus og Hjerte.

„Her er ikke saa slemt i Canton Wallis," sagde Farbro'er, „Gemser have vi, de døe ikke saa snart ud, som Steenbukkene; meget bedre er her end i gammel Tid; hvormeget der end fortælles til Hæder for den, vor er dog bedre, her er kommet Hul paa Posen, kommet Lufttræk i vor indelukkede Dal. Der kommer altid noget Bedre frem, naar det gamle Aflægs falder!" sagde han, og blev Farbro'er rigtig snaksom, da fortalte han om sine Barndomsaar og det lige op i sin Faders kraftigste Tid, da Wallis var, som han kaldte det, en lukket Pose med altfor mange syge Folk, ynkelige Cretinere; „men de franske Soldater kom, de vare de rigtige Doctorer, de sloge strax Sygdommen ihjel og Personerne med. Slaae kunne Franskmændene, slaae et Slag paa mange Maader, og Pigerne kunne ogsaa slaae!" og derved nikkede Farbro'er til sin franskfødte Kone og loe. „De Franske kunne slaae i Stenene, saa de give sig! Simplon-Veien have de slaaet i Klipperne, slaaet der en Vei, saa at jeg nu kan sige til et treaars Barn, gaa Du ned i Italien, hold Dig bare til Landeveien! og Ungen finder ned i Italien, naar han holder sig til Landeveien!" og saa sang Farbro'er en fransk Vise og raabte Hurra for Napoleon Bonaparte.

Da hørte Rudy første Gang om Frankrig, om Lyon, den store Stad ved Rhonefloden, og der havde Farbro'er været.

Om ikke mange Aar skulde Rudy nok blive en flink Gemsejæger, Anlæg dertil havde han, sagde Farbro'er, og han lærte ham at holde paa en Bøsse, sigte, og skyde den af; han tog ham i Jagttiden med op i Bjergene, lod ham drikke af det varme Gemseblod, for at tage Svimlen fra Jægeren; han lærte ham at kjende Tiden, naar, paa de forskjellige Bjergsider, Lavinerne vilde rulle, ved Middagstid eller ved Aftenstid, alt som Solen virkede der med sine Straaler; han lærte ham ret at give Agt paa Gemserne og lære af dem Springet, saa at man faldt paa Benene og stod fast, og var der i Fjeldkløften ikke Støtte for Foden, faa maatte man see at støtte sig med Albuerne, klamre sig fast med Musklerne, man havde i Laar og Læg; Nakken selv kunde bide fast om nødigt var. Gemserne vare kloge, stillede deres Forpost Ud, men Jægeren maa være klogere, gaae dem af Lugtspor; narre dem kunde han, sin Kjortel og Hat hang han op paa Alpestokken, og Gemsen tog Kjolen for Manden. Denne Spas drev Farbro'er en Dag, han med Rudy var paa Jagt.

Fjeldstien var smal, ja, der var fast slet ingen, en tynd Gesims var det, tæt ved den svimlende Afgrund. Sneen der laae halv optøet, Stenen smuldrede, naar man traadte der, Farbro'er lagde sig derfor ned, saa lang han var, og krøb fremad. Hver Steen, der brækkede af, faldt, stødte mod, sprang og rullede igjen, den gjorde mange Spring fra Klippevæg mod Klippevæg, før den kom i Ro i den sorte Dybde. Et hundrede Skridt bag ved Farbro'er stod Rudy paa den yderste faste Klippeknold, og han saae i Luften komme, svævende hen over Farbro'er, en mægtig Lammegrib, der med sit Vingeslag vilde kaste den krybende Orm i Afgrunden, for at gjøre ham til Aadsel. Farbro'er havde kun Øie paa Gemsen, der med sit unge Kid var tilsyne paa hiin Side Kløften; Rudy holdt Øie med Fuglen, forstod hvad den vilde, og derfor havde han Haanden paa Bøssen for at trykke løs; da satte Gemsen i et Spring op,

Farbro'er skød, og Dyret var truffet af den dræbende Kugle, men Kiddet afsted, som var det prøvet og øvet et heelt Liv i Flugt og Fare. Den uhyre Fugl tog en anden Fart, skrækket ved Knaldet; Farbro'er vidste ikke om sin Fare, hørte den først af Rudy.

Som de nu i bedste Humeur gik paa Hjemveien, og Farbro'er fløitede en Vise fra sine Drengeaar, lød med Eet en egen Lyd ikke langt borte; de saae til Siderne, de saae op ad, og der i Høiden, paa den skraanende Fjeldafsats, løftede sig Sneedækket, det bølgede, som naar Vinden farer ind under et udbredt Stykke Linned. Bølgehøiderne knækkedes, som var det Marmorplader, der brast, og løste sig i skummende, styrtende Vande, rungende som dæmpet Tordendrøn; det var en Lavine, som styrtede, ikke ned over Rudy og Farbro'er, men nær, altfor nær ved dem. „Hold Dig fast, Rudy!" raabte han. „Fast, med alle Kræfter!"

Og Rudy greb om Træstammen tæt ved; Farbro'er klattrede over ham op i Træets Grene, og holdt sig fast, medens Lavinen rullede mange Favne borte fra dem, men Vindfanget, Stormfinnerne ud fra den, knækkede og brød rundt om Træer og Buske, som vare de kun tørre Rør, og kastede dem vidt om, Rudy laae knuget ned mod Jorden; Træstammen, han holdt sig ved, var som savet over, og Kronen kastet et langt Stykke bort; der, mellem de knækkede Grene, laae med knust Hoved Farbro'er, hans Haand var endnu varm, men Ansigtet ikke til at kjende. Rudy stod bleg og sittrende; det var den første Skræk i hans Liv, den første Rædselsstund, han kjendte.

Med Dødsbudskab kom han, i den sildige Aften, til Hjemmet, der nu var Sorgens Hjem. Hustruen stod uden Ord, Uden Taarer, og først da Liget bragtes, kom Smerten til Udbrud. Den stakkels Cretiner krøb i sin Seng, man saae ham ikke den hele Dag, mod Aften kom han til Rudy.

„Skriv Brev for mig! Saperli kan ikke skrive! Saperli kan gaae med Brev paa Posthuset!"

„Brev fra Dig?" spurgte Rudy. „Og til hvem?"

„Til den Herre Christ!"

„Hvem mener Du dermed?"

Og den Halvfjollede, som de kaldte Cretineren, saae med et rørende Blik paa Rudy; foldede sine Hænder og sagde saa høitideligt og fromt:

„Jesus Christ! Saperli vil sende ham Brev, bede ham, at Saperli maa ligge død og ikke Mand i Huset her."

Og Rudy trykkede hans Haand. „Det Brev naaer ikke derhen! det Brev giver os ham ikke tilbage."

Vanskeligt var det for Rudy at forklare ham Umuligheden.

„Nu er Du Husets Støtte," sagde Pleiemoderen, og Rudy blev det.

IV. Babette.

Hvem er den bedste Skytte i Canton Wallis? Ja, det vidste Gemserne: „Tag Dig iagt for Rudy!" kunde de sige. „Hvem er den kjønneste Skytte?" „Ja, det er Rudy!" sagde Pigerne, men de sagde ikke, „tag Dig iagt for Rudy!" det sagde ikke engang de alvorlige Mødre; thi han nikkede ligesaa venligt til dem som til de unge Piger, han var saa kjæk og glad, hans Kinder vare brune, hans Tænder friske hvide og Øinene skinnede kulsorte, en kjøn Karl var han og kun tyve Aar. Iisvandet bed ikke koldt paa ham, naar han svømmede; vende sig i Vandet som en Fisk kunde han, klattre som ingen Anden, klæbe sig fast som en Snegl til Klippevæggen, der var gode Muskler og Sener i ham; det viste han ogsaa i Springet, Katten havde først lært ham det, og Gemserne siden. Den bedste Fører at betroe sig til var Rudy, han vilde derved kunne samle sig en heel Formue; Bødkerhaandværket, som Farbro'er ogsaa havde lært ham, havde han ikke Tanke for, hans Lyst og Længsel var at skyde Gemser; det bragte ogsaa Penge ind. Rudy var et godt Parti, som man sagde, vilde han kun ikke see over sin Stand. Han var i Dandsen en Dandser, som Pigerne drømte om, og Een og Anden, vaagen, gik og tænkte paa.

„Mig har han kysset i Dandsen!" sagde Skoleholderens Anette til sin kjæreste Veninde, men det skulde hun ikke have sagt, selv til sin kjæreste Veninde. Sligt er ikke let at holde paa, det er som Sand i en hullet Pose, det løber ud; snart, hvor skikkelig og brav Rudy var, vidste man dog, at han kyssede i Dandsen, og dog havde han slet ikke kysset Den, han helst vilde have kysset.

„Luur ham!" sagde en gammel Jæger, „han har kysset Anette; han har begyndt med *A* og vil nok kysse hele Alphabetet igjennem."

Et Kys i en Dands var endnu Alt, hvad der kunde føres i Sladderen om Rudy, men kysset havde han Anette, og hun var slet ikke hans Hjertes Blomst.

Nede ved Bex, mellem de store Valnøddetræer, tæt ved en lille rivende Bjergstrøm, boede den rige Møller; Vaaningshuset var en stor Bygning paa tre Stokværk med smaa Taarne, tækkede med Træspaaner og beslagne med Blikplader, som skinnede i Sol- og Maaneskin; det største Taarn havde til Fløi en skinnende Piil, der borede sig gjennem et Æble, det skulde tyde paa Tells Pileskud. Møllen tog sig velhavende og pyntelig ud, lod sig baade tegne og beskrive, men Møllerens Datter lod sig ikke tegne og beskrive, det vilde idetmindste Rudy sige, og dog stod hun tegnet af i hans Hjerte; begge hendes Øine straalede derinde, saa at der var en heel Ildebrand; den var kommen der lige med Eet, ligesom anden Ildebrand kommer, og det Underligste derved var, at Møllerens Datter, den nydelige Babette, havde ikke Tanker derom, hun og Rudy havde aldrig talt saa meget som to Ord sammen.

Mølleren var rig, den Rigdom gjorde, at Babette sad meget høit at naae op til; men Ingenting sidder saa høit, sagde Rudy til sig selv, man kan jo naae op til det; man maa klattre, og man falder ikke ned, naar man ikke troer paa det. Den Lærdom havde han hjemmefra.

Nu traf det sig, at Rudy havde Ærende i Bex, det var en heel Reise derhen, Jernbanen her var da endnu ikke bragt i Stand. Fra Rhonegletscheren, hen under Simplonbjergets Fod, mellem mange og vexlende Bjerghøider, strækker sig den brede Wallisdal med sin mægtige Flod, Rhonen, der tidt svulmer og skyller hen over Mark og Veie, ødelæggende Alt. Mellem Byerne Sion og St. Maurice gjør Dalen en Bugt, bøier sig som en Albue og bliver nedenfor Maurice saa smal, at den kun har Plads for Flodleiet og den snevre Kjørevei. Et gammelt Taarn, som Skildvagt for Canton Wallis, der her slutter, staaer paa Bjergsiden og seer hen over den murede Bro til Toldhuset paa den anden Side; der begynder Canton Vaud, og den nærmeste der ikke langt fra liggende By er Bex. Herovre, ved hvert Skridt fremad, svulmer Alt i Fylde og Frugtbarhed, man er som i en Have af Kastanietræer og Valnøddetræer; hist og her titte Cypresser og Granatblomster frem; sydligt varmt er her, som var man kommen ind i Italien. —

Rudy naaede Bex, røgtede sit Ærende, saae sig om, men ikke en Svend fra Møllen, end sige Babette, fik han at see. Det var ikke som det skulde være.

Det blev Aften, Luften var fyldt med Duft fra den vilde Timian og de blomstrende Linde; der laae ligesom et skinnende, luftblaat Slør om de skovgrønne Bjerge, der var udbredt en Stilhed, det var ikke Søvnens, ikke Dødens, nei, det var som om den hele Natur holdt sit Aandedræt tilbage, som følte den sig stillet, for at dens Billede skulde photographeres paa den blaa Himmelgrund. Hist og her mellem Træerne, hen over den grønne Mark stode Stænger, der holdt Telegraphtraaden, ført gjennem den stille Dal; op til en af disse heldede sig en Gjenstand, saa ubevægelig, at man maatte troe, det var en udgaaet Træbul, men det var Rudy, der stod her ligesaa stille som den hele Omgivelse i dette Øieblik; han sov ikke, var endnu mindre død, men ligesom der gjennem Telegraphtraaden tidt flyver store Verdensbegivenheder, Livsmomenter af Betydenhed for den Enkelte, uden at Traaden ved en Sittren eller ved en Tone tyder derpaa, saaledes gik der gjennem Rudy Tanker, mægtige, overvældende, hans Livs Lykke, hans fra nu af „stadige Tanke." Hans Øine vare heftede paa eet Punkt mellem Løvet, et Lys i Møllerens Vaaningsstue, hvor Babette boede. Saa stille, som Rudy stod, skulde man troe, at han sigtede for at skyde en Gemse, men selv var han i dette Øieblik lig Gemsen, der i Minuter kan staae som var den meislet ud af Fjeldet, og pludselig, idet en Steen ruller, gjør sit Spring og jager afsted; og det gjorde netop Rudy; der rullede en Tanke.

„Aldrig fortabe!" sagde han. „Besøg i Møllen! God Aften til Mølleren, god Dag til Babette. Man falder ikke, naar man ikke troer det! Babette maa dog engang see mig, skal jeg være hendes Mand."

Og Rudy loe, var ved godt Mod og gik til Møllen; han vidste, hvad han vilde, han vilde have Babette.

Floden med dens hvidgule Vand bruste afsted, Piletræer og Linde hang ud over det ilende Vand; Rudy gik ad Stien, og som der staaer i den gamle Barnesang:

„— — — til Møllerens Huus,
 Men der var Ingen hjemme
 Uden et lille Kattepjus!"

Stuekatten stod paa Trappen, skød Ryg og sagde: „Miau!" men Rudy havde ikke Tanke for den Tale; han bankede paa; Ingen hørte, Ingen lukkede op. „Miau!" sagde Katten. Havde Rudy været lille, saa havde han forstaaet Dyrenes Sprog og hørt, at Katten sagde: „Her er Ingen hjemme!" nu maatte han over paa Møllen og spørge sig for; der fik han da Besked. Huusbond var paa Reise, langveis borte i den Stad Interlaken, „*inter Lacus*, mellem Søerne", som Skolemesteren, Anettes Fader, i sin Lærdom havde forklaret. Der langveis borte var Mølleren, og Babette med; der var stort Skyttelaug, det begyndte imorgen den Dag og varede hele otte Dage. Schweizerne fra alle de tydske Cantoner kom der.

Stakkels Rudy, kunde man sige, det var ikke den heldigste Tid, han kom til Bex, han kunde vende om igjen, og det gjorde han, tog Veien over St. Maurice og Sion, til sin egen Dal, sine egne Bjerge, men forknyt var han ikke. Da Solen næste Morgen kom op, var hans Humeur for længe siden oppe, det havde aldrig været nede.

„Babette er i Interlaken, mange Dagsreiser herfra," sagde han til sig selv. „Det er en lang Vei derhen, vil man gaae ad den slagne Landevei, men det er ikke saa langt, stikker man over Bjergene, og det er just Veien for en Gemsejæger; den Vei har jeg gaaet før, derovre er min Hjemstavn, hvor jeg som Lille var hos Morfa'er; og Skyttelaug have de i Interlaken! der vil jeg være den Første, og det vil jeg ogsaa være hos Babette, naar jeg først har gjort Bekjendtskab."

Med sin lette Randsel, Søndagsstadsen i den, Gevær og Jægertaske, gik Rudy op ad Bjerget, den korte Vei, der dog var temmelig lang, men Skyttelauget var jo først begyndt i Dag og varede længere end Ugen ud; i al den Tid blev, havde man sagt, Mølleren og Babette hos deres Slægtninge i Interlaken. Hen over Gemmi gik Rudy, han vilde ned ved

Grindelwald.

Sund og glad skred han afsted, op ad i den friske, den lette, den styrkende Bjergluft. Dalen sank dybere, Synskredsen blev videre; her en Sneetop, der en Sneetop, og snart den skinnende hvide Alperække. Rudy kjendte hvert Sneebjerg; han styrede hen mod Schreckhorn, der løftede sin hvidpuddrede Steenfinger høit i den blaa Luft.

Han var endelig over Høideryggen. Græsgangene heldede ned mod Hjemmets Dale; Luften var let, Sindet let; Bjerg og Dal stod i Fylde med Blomster og Grønt, Hjertet var fuldt af Ungdomstankem man bliver aldrig gammel, man skal aldrig dø; leve, raade, nyde! fri som en Fugl, let som en Fugl, var han. Og Svalerne fløi forbi og sang som i Barndomstid: „Vi og I! og I og Vi!" Alt var Flugt og Glæde.

Dernede laae den fløielsgrønne Eng, bestrøet med brune Træhuse, Lütschinefloden summede og brusede. Han saae Gletscheren med dens glasgrønne Kanter i den smudsige Snee, de dybe Spalter, den øverste og nederste Gletscher saae han. Klokkerne klang fra Kirken over til ham, som vilde de ringe Velkommen i Hjemmet; hans Hjerte bankede stærkere, udvidede sig saaledes, at Babette derinde blev et Øieblik borte, saa stort blev hans Hjerte, saa fyldt af Minder.

Han gik igjen hen ad den Vei, hvor han som lille Purk havde staaet med de andre Børn ved Grøftekanten og solgt udskaarne Træhuse. Deroppe bag Granerne laae endnu Morfa'ers Huus, Fremmede boede der. Børn kom løbende paa Veien, de vilde handle, eet af dem rakte frem en Alpe-rose, Rudy tog den som et godt Tegn og tænkte paa Babette. Snart var han nede over Broen, hvor de to Lütschiner forene sig, Løvtræerne toge til; Valnøddetræerne gave Skygge. Nu saae han vaiende Flag, det hvide Kors i den røde Dug, som Schweizeren og Dansken har det; og foran ham laae Interlaken.

Det var rigtignok en Pragtby, som ingen anden, syntes Rudy. En Schweizerby i Søndagskjole; den var ikke som de andre Kjøbstæder en Hob af svære Steenhuse, tung, fremmed og fornem, nei! her saae det ud, som om Træhusene oppe fra Bjergene vare løbne ned i den grønne Dal, ved den klare, piilsnare Flod, og havde stillet sig i Række, lidt ud og ind, for at danne Gade; og den prægtigste af alle Gaderne, ja, den var rigtignok voxet op, siden Rudy, som Lille, sidst var her; den syntes at være bleven til ved at alle de nydelige Træhuse, Morfa'er havde snittet, og hvoraf Skabet hjemme var fuldt, her havde stillet sig og vare voxede op i Kraft, som de gamle, ældste Kastanietræer. Hvert Huus var et Hotel, som det kaldtes, med udskaaret Træværk om Vinduer og Altaner, fremspringende Tage, saa pyntelige og siirlige, og foran hvert Huus en heel Blomsterhave, ud til den brede, macadamiserede Landevei; langs med den, kun paa dens ene Side, stode Husene, de vilde ellers have skjult den friske grønne Eng lige ud for, hvor Køerne gik med Klokker, der klang som paa de høie Alpegræsgange. Engen var omsluttet af høie Bjerge, der lige midt for ligesom traadte tilside, saa at man ret kunde see det skinnende, sneeklædte Bjerg „Jomfruen", det deiligst formede af alle Schweizes Bjerge.

Hvilken Mængde af pyntede Herrer og Damer fra fremmede Lande, hvilken Vrimmel af Landboere fra de forskjellige Cantoner! Skytterne bare deres Nummere til Skud i Krands om Hatten. Her var Musik og Sang, Lirekasser og Blæseinstrumenter, Raab og Støien. Huse og Broer vare pyntede med Vers og Emblemer; Flag og Faner vaiede, Bøsserne knaldede Skud paa Skud, det var den bedste Musik i Rudys Øren, han glemte i alt Dette ganske Babette, for hvis Skyld han dog var kommen her.

Skytterne trængte sig til Skiveskydning, Rudy var snart imellem dem, og den Dygtigste, den Lykkeligste; altid traf han i det midterste Sorte. „Hvem er dog den fremmede, puur unge Jæger?" spurgte man. „Han taler det franske Sprog, som det tales i Canton Wallis! han gjør sig ogsaa ganske godt tydelig i vort Tydsk!" sagde Nogle. „Som Barn skal han have levet her i Egnen ved Grindelwald!" vidste En af dem.

Der var Liv i Krabaten, hans Øine lyste, hans Blik og Arm var sikker, derfor traf han. Lykken giver Mod, og Mod havde jo altid Rudy; snart havde han allerede her en heel Kreds af Venner om sig, han blev baade hædret og hyldet, Babette var næsten reent ude af hans Tanker. Da slog en tung Haand ham paa Skulderen, og en grov Stemme tiltalte ham i det franske Sprog.

„I er fra Canton Wallis?"

Rudy vendte sig om og saae et rødt, fornøiet Ansigt, en tyk Person, det var den rige Møller fra Bex; han skjulte, med sin brede Krop, den fine, nysselige Babette, der dog snart tittede frem med de straalende, mørke Øine. Den rige Møller tog til Indtægt, at det var en Jæger fra hans Canton, der gjorde de bedste Skud og var den Hædrede Rudy var rigtignok et Lykkens Barn; hvad han var vandret afsted efter, men nu paa Stedet næsten havde glemt, søgte ham op.

Hvor man langt fra sit Hjem træffer Folk hjemveis fra, der kjender man hinanden, der taler man til hinanden. Rudy var ved Skyttefesten den Første ved sine Skud, ligesom Mølleren hjemme i Bex var den Første ved sine Penge og sin gode Mølle; og saa trykkede de to Mænd hinanden i Hænderne, det havde de aldrig gjort før; ogsaa Babette tog Rudy saa trohjertig i Haanden, og han trykkede hendes igjen og saae paa hende, saa at hun blev ganske rød ved det.

Mølleren fortalte om den lange Vei, de havde reist herhid, de mange store Byer, de havde seet; det var en ordenlig Reise: de havde seilet paa

Dampskib, kjørt med Damp og med Post.

„Jeg er gaaet den kortere Vei," sagde Rudy. „Jeg er gaaet over Bjergene; ingen Vei er saa høi, man jo kan komme den."

„Men ogsaa brække Halsen," sagde Mølleren. „Og I seer just ud til, at I engang skal brække Halsen, saa forvoven som I er."

„Man falder ikke, naar man ikke selv troer det!" sagde Rudy.

Og Møllerens Slægt i Interlaken, hos hvem Mølleren og Babette vare i Besøg, bad Rudy see lidt ind til dem, han var jo fra samme Canton som deres Slægtning. Det var et godt Tilbud for Rudy, Lykken var med ham, som den altid er med Den, der stoler paa sig selv og husker paa: „Vorherre giver os Nødderne, men han knækket dem ikke for os."

Og Rudy sad, ligesom i Familie, hos Møllerens Slægt, og der udbragtes en Skaal for den bedste Skytte, og Babette klinkede med, og Rudy takkede for Skaalen.

Mod Aften gik de Alle den smukke Vei langs de pyntelige Hoteller under de gamle Valnøddetræer, og der var saadan en Folkemængde, en Trængsel, at Rudy maatte byde Babette Armen. Han var saa glad over, at han havde truffet Folk fra Vaud, sagde han. Vaud og Wallis vare gode Nabocantoner. Han udtalte sin Glæde saa inderlig, at Babette syntes, at hun maatte trykke ham i Haanden derfor. De gik der næsten som gamle Bekjendte, og morsom var hun, det lille, yndige Menneske; det klædte hende saa nydeligt, syntes Rudy, at udpege det Latterlige og Overdrevne i de fremmede Damers Paaklædning og Maaden de gik paa, og det var slet ikke for at gjøre Nar, thi det kunde være meget retskafne Mennesker, ja! søde og elskelige, det vidste Babette; hun havde en Gudmoder, der var en saadan meget fornem, engelsk Dame. For atten Aar siden, da Babette blev døbt, var hun i Bex; hun havde givet Babette den kostbare Naal, hun bar paa sit Bryst. To Gange havde Gudmoder skrevet Brev, og i Aar skulde de, her i Interlaken have mødt hende med hendes Døttre, der vare gamle Piger, op imod de tredive, sagde Babette, — hun var jo kun atten.

Den søde, lille Mund stod ikke stille et Øieblik, og Alt, hvad Babette sagde, klang for Rudy, som Ting af den største Vigtighed, og han fortalte igjen, hvad han havde at fortælle, fortalte, hvor tidt han havde været i Bex, hvor godt han kjendte Møllen, og hvor ofte han havde seet Babette, men hun rimeligviis aldrig havde bemærket ham, og nu sidst da han kom til Møllen, og det med mange Tanker, som han ikke kunde sige, vare hun og hendes Fader borte, langveis borte, men dog ikke længer end man nok kunde kravle over den Muur, der gjorde Veien lang.

Ja, han sagde det, og han sagde saa Meget; han sagde, hvor godt han syntes om hende — — og at det var for hendes Skyld og ikke for Skyttelauget, at han var kommen.

Babette blev ganske stille; det var næsten altfor Meget, han betroede hende at bære.

Og mens de gik, sank Solen bag den høie Fjeldvæg, „Jomfruen" stod i en Pragt og Glands, omgiven af de nære Bjerges skovgrønne Krands. De mange Mennesker stode stille og saae derhen; ogsaa Rudy og Babette saae paa al den Storhed.

„Intetsteds er deiligere end her!" sagde Babette.

„Intetsteds!" sagde Rudy og saae paa Babette.

„Imorgen maa jeg bort!" sagde han lidt efter.

„Besøg os i Bex!" hviskede Babette, „det vil fornøie min Fader."

V. Paa Hjemveien.

O, hvor Meget havde Rudy at bære, da han næste Dag gik hjem over de høie Bjerge! Ja, han havde tre Sølvbægere, to udmærkede Bøsser og en Kaffekande af Sølv, den kunde man bruge, naar man satte Bo; det var dog ikke det Vægtigste, noget Vægtigere, Mægtigere bar han, eller bar ham hjem over de høie Bjerge. Men Veiret var raat, graat, regnfuldt og tungt; Skyerne sænkede sig som Sørgeslør over Bjerghøiderne og indhyllede de skinnende Bjergtoppe. Fra Skovgrunden klang de sidste Øxeslag, og ned ad Bjergsiden rullede Træstammer, som Pindeværk at see fra Høiden, men nær ved masttunge Træer. Lütschinen bruste sin eensformige Accord, Vinden susede, Skyerne seilede. Tæt ved Rudy gik pludselig en ung Pige, han havde ikke bemærket hende før hun var lige tæt ved ham; ogsaa hun vilde over Fjeldet. Hendes Øine havde en Magt, man maatte see ind i dem, de vare saa sælsomt glasklare, saa dybe, bundløse.

„Har Du en Kjæreste?" spurgte Rudy; al hans Tanke var fyldt med at have en Kjæreste.

„Jeg har ingen!" sagde hun og loe, men det var, som hun talte ikke et sandt Ord. „Lad os ikke gaae en Omvei!" blev hun ved. „Vi maae mere til Venstre, det er kortere!"

„Ja, til at falde i en Iiskløft!" sagde Rudy. „Veed Du ikke bedre Vei og vil være Fører!"

„Jeg kjender just Veien!" sagde hun, „og jeg har mine Tanker med mig. Dine ere nok nede i Dalen; heroppe skal man tænke paa Iisjomfruen, hun er ikke Menneskene god, sige Menneskene."

„Jeg frygter hende ikke," sagde Rudy, „hun maatte slippe mig, da jeg var Barn, jeg skal nok slippe hende, nu jeg er ældre."

Og Mørket tog til, Regnen faldt, Sneen kom, den lyste, den blendede.

„Ræk mig din Haand, saa skal jeg hjelpe Dig med at stige!" sagde Pigen, og hun rørte ham med iiskolde Fingre.

„Du hjelpe mig!" sagde Rudy. „Ikke endnu behøvede jeg Qvindehjelp for at klattre!" og han gik raskere til, bort fra hende; Sneefoget slog som et Gardin om ham, Vinden susede, og bag ved sig hørte han Pigen loe og sang; det klang saa underligt. Det var nok Troldtøi i Iisjomfruens Tjeneste; Rudy havde hørt om det, da han som Lille overnattede heroppe paa sin Vandring over Bjergene.

Sneen faldt tyndere, Skyen laae under ham; han saae tilbage, der var Ingen meer at see, men han hørte Latter og Jodlen, og ikke lød det som kom det fra et Menneske.

Da Rudy endelig naaede Bjergets øverste Deel, hvor Bjergstien gik ned mod Rhonedalen, saae han, i den klare blaa Luftstribe, i Retning mod Chamouny, to klare Stjerner, de lyste saa funklende, og han tænkte paa Babette, paa sig selv og sin Lykke, og blev varm ved Tankerne.

VI. Besøget i Rouen.

„Herskabstøi bringer Du i Huset!" sagde den gamle Pleiemoder, og hendes sælsomme Ørneøine lynede, hun bevægede den magre Hals endnu hurtigere i sælsomme Dreininger. „Lykken er med Dig, Rudy! jeg maa kysse Dig, min søde Dreng!"

Og Rudy lod sig kysse, men det var at see paa hans Ansigt, at han fandt sig i Omstændighederne, de smaa huuslige Besværligheder. „Hvor Du er kjøn, Rudy!" sagde den gamle Kone.

„Bild mig ikke Noget ind!" sagde Rudy og loe, det fornøiede ham dog.

„Jeg siger det igjen," sagde den gamle Kone, „Lykken er med Dig!"

„Ja, i Det troer jeg Dig!" sagde han og tænkte paa Babette.

Aldrig før havde han længtes som nu efter den dybe Dal.

„De maae være komne hjem!" sagde han til sig selv. „Det er allerede to Dage over Tiden, da de vilde komme her. Jeg maa til Bex!"

Og Rudy kom til Bex, og Møllerens vare hjemme. Godt blev han modtagen, og Hilsener fik han fra Familien i Interlaken. Babette talte ikke meget, hun var bleven saa taus, men Øinene talte, det var ogsaa aldeles Nok for Rudy. Mølleren, der ellers gjerne havde Ordet, han var vant til at man altid loe ad hans Indfald og Ordspil, han var jo den rige Møller, lod til at han heller hørte Rudy fortælle Jagteventyr, Besværligheder og Farer, som Gemsejægerne prøvede paa de høie Fjeldtinder, og hvorledes der maatte kravles hen ad de usikkre Sneegesimser, dem Vind og Veir kitte fast til Fjeldranden, kravles paa de dristige Broer, Sneefoget har kastet hen over de dybe Afgrunde. Rudy saae saa kjæk ud, hans Øine lyste, medens han fortalte om Jægerlivet, om Gemsens Klogskab og dristige Spring, om den stærke Føhn og de rullende Laviner; han mærkede godt, at ved hver ny Beskrivelse vandt han mere og mere Mølleren, og Det, der især tiltalte denne, var

Beretningen om Lammegribbene og de dristige Kongeørne.
Ikke langt herfra, inde i Canton Wallis, var der en Ørnerede, ganske snildt bygget ind under den fremadludende Fjeldkant; der var en Unge deroppe, den tog man ikke! En Englænder havde for faa Dage siden budt Rudy en heel Haandfuld Guld for at skaffe ham Ungen levende, „men der er Grændse for Alt," sagde han; „Ørneungen der er ikke til at tage, det vilde være en Galskab at indlade sig derpaa."
Og Vinen fløer og Talen fløer, men Aftenen var alt for kort, syntes Rudy, og dog var det over Midnat, da han gik fra det første Besøg i Møllen.
Lysene blinkede endnu en kort Stund gjennem Vinduet og mellem de grønne Grene; ud fra den aabne Luge paa Taget kom Stuekatten og hen ad Tagrenden kom Kjøkkenkatten.
„Veed Du Nyt paa Møllen?" sagde Stuekatten. „Her er stiltiende Forlovelse i Huset! Fatter veed det ikke endnu; Rudy og Babette have hele Aftenen traadt hinanden paa Poterne under Bordet; mig traadte de to Gange, men jeg miauede dog ikke, det havde da vakt Opmærksomhed!"

„Det vilde dog jeg have gjort!" sagde Kjøkkenkatten.
„Hvad der skikker sig i Kjøkkenet, skikker sig ikke i Stuen!" sagde Stuekatten. „Jeg gad nu bare vide, hvad Mølleren vil sige, naar han hører om Forlovelsen."
Ja, hvad vilde Mølleren sige, det gad ogsaa Rudy nok vide, men vente længe paa at vide det kunde han ikke; og derfor ikke mange Dage efter, da Omnibussen rullede over Rhonebroen mellem Wallis og Vaud, sad Rudy i den med godt Mod, som altid, og deilige Tanker om Jaord endnu i denne Aften.
Og da saa Aftenen kom, og Omnibussen kjørte samme Vei tilbage, ja saa sad ogsaa Rudy i den, samme Vei tilbage, men i Møllen løb Stuekatten med Nyt.
„Veed Du det, Du fra Kjøkkenet! Mølleren veed nu Alting. Det var en rar Ende det tog! Rudy kom her henimod Aften, og han og Babette havde Meget at hviske og tiske om, de stode paa Gangen lige ud for Møllerens Kammer. Jeg laae ved Fødderne af dem, men de havde hverken Øine eller Tanke for mig. „„Jeg gaaer lige ind til din Fader!"" sagde Rudy, „„det er en ærlig Sag."" „„Skal jeg følge Dig?"" sagde Babette, „„det vil give Dig Mod!"" „„Jeg har Mod nok!"" sagde Rudy, „„men er Du med, maa han see mildt, enten han vil eller ei!"" Og saa gik de ind. Rudy traadte mig voldsomt paa Halen! Rudy er uendelig keitet! jeg miauede, men hverken han eller Babette havde Øren at høre med. De aabnede Døren, gik ind begge To, jeg foran; men jeg sprang op paa en Stoleryg, jeg kunde ikke vide, hvorledes Rudy vilde sparke ud. Men Mølleren sparkede ud! det

var et godt Spark! ud af Døren, op paa Bjerget til Gemserne! dem kan nu Rudy sigte paa og ikke paa vor lille Babette."

„Men hvad blev der sagt?" spurgte Kjøkkenkatten.

„Sagt?" — „Der blev sagt Alt hvad de saaledes sige naar de gaae paa Frieri: „„Jeg holder af hende og hun holder af mig! og naar der er Melk i Bøtten til Een, saa er der ogsaa Melk i Bøtten til To!"" — „„Men hun sidder Dig for høit!"" sagde Mølleren, „„hun sidder paa Gryn, paa Guldgryn, veed Du nok! hende naaer Du ikke!"" — „„Intet sidder for høit, man kan naae det naar man vil!"" sagde Rudy; for rask paa det er han. „„Men Ørneungen kan Du dog ikke naae, sagde Du sidst! Babette sidder høiere!"" — „„Jeg tager dem begge To!"" sagde Rudy.

„„Ja, jeg skal forære Dig hende, naar Du forærer mig den levende Ørneunge!"" sagde Mølleren og loe, saa Vandet stod ham i Ansigtet. „„Men nu skal Du have Tak for Visiten, Rudy! kom igjen imorgen, saa er der Ingen hjemme! Farvel, Rudy!"" Og Babette sagde ogsaa Farvel, saa ynkelig som en lille Kattekilling, der ikke kan see sin Moder. „„Et Ord er et Ord, en Mand en Mand!"" sagde Rudy. „„Græd ikke, Babette, jeg bringer Ørneungen!"" — „„Du brækker Halsen, haaber jeg!"" sagde Mølleren, „„og saa slippe vi for dit Løb!"" Det kalder jeg at sparke! nu er Rudy afsted, og Babette sidder og græder, men Mølleren synger Tydsk, det har han lært paa Reisen! jeg vil nu ikke sørge over det, det hjelper ikke!"

„Men det er dog altid et Udseende!" sagde Kjøkkenkatten.

VII. Ørnereden.

Fra Fjeldstien klang Jodlen saa lystig og stærk, det tydede paa godt Humeur og freidigt Mod; det var Rudy; han gik til sin Ven Vesinand.

„Du maa hjelpe mig! vi faae Ragli med, jeg maa tage Ørneungen oppe paa Fjeldranden!"

„Vil Du ikke tage det Sorte af Maanen først, det er nok lige let!" sagde Vesinand. „Du er i godt Humeur!"

„Ja, for jeg tænker paa at holde Bryllup! Men nu, Alvor talt, Du skal vide hvorledes Sagerne staae for mig!"

Og snart vidste Vesinand og Ragli hvad det var, Rudy vilde.

„Du er en vovsom Knøs!" sagde de. „Det gaaer ikke! Du brækker Halsen!"

„Man falder ikke ned, naar man ikke troer paa det!" sagde Rudy.

Ved Midnat toge de afsted med Stænger, Stiger og Reb; Veien gik mellem Krat og Buske, hen over rullende Stene, altid op ad, op ad i den mørke Nat. Vandet brusede nede, Vandet rislede foroven, fugtige Skyer dreve i Luften. Jægerne naaede den steile Fjeldrand, mørkere blev det her, Fjeldvæggene næsten mødtes, og kun høit oppe i den smalle Spalte lysnede Luften; tæt ved, under dem, var dyb Afgrund med et brusende Vand. Stille sad de alle Tre, de vilde vente Daggry, da fløi Ørnen Ud, den maatte først skydes, før der kunde være Tanke om at faae Ungen. Rudy sad paa Hug, saa stille, som var han et Stykke af Stenen, han sad paa, Geværet havde han foran sig stillet til Skud, Øinene ufravendt den øverste Kløft, hvor ind under den fremadludende Klippe Ørnereden skjultes. De tre Jægere ventede længe.

Nu lød høit over dem en knugende, susende Lyd; der blev mørkt ved en stor, svævende Gjenstand. To Bøssepiber sigtede, idet den sorte Ørneskikkelse fløi ud af Reden; der faldt et Skud; et Øieblik bevægede sig de udbredte Vinger, og derpaa langsomt dalede Fuglen, som om den med sin Størrelse og Vingestrækning maatte fylde hele Kløften og i sit Fald rive Jægerne med. Ørnen sank i Dybet; det knagede i Trægrene og Buske, der knækkedes ved Fuglens Fald.

Og nu begyndte en Travlhed; tre af de længste Stiger bandtes sammen, de maatte naae derop; de stilledes paa det yderste sidste Fodfæste ved Afgrundsranden, men de naaede ikke derop; og glat som en Muur var Klippevæggen et langt Stykke høiere op, hvor Reden skjultes i Læ af den øverste fremspringende Klippeknold. Efter nogen Raadslagning blev man enig om, at der var Intet bedre at gjøre end ovenfra at heise ned i Kløften to sammenbundne Stiger, og da at faae disse satte i Forbindelse med de tre, der allerede nedenfra vare stillede op. Med stort Besvær fik man de to Stiger slæbt øverst op og der gjort Tougene fast; Stigerne skødes ud over den fremspringende Klippe og hang da frit svævende midt over Afgrunden; Rudy sad allerede der paa det nederste Trin. Det var en iiskold Morgen, Skytaagerne løftede sig nede fra den sorte Kløft. Rudy sad derude som en Flue sidder paa det vippende Halmstraa, en redebyggende Fugl har tabt paa Randen af den høie Fabrikskorsteen, men Fluen kan flyve, naar Straaet gaaer løst, Rudy kunde kun brække Halsen. Vinden omsusede ham, og nede i Afgrunden brusede det ilende Vand fra den optøede Gletscher, Iisjomfruens Palads.

Nu satte han Stigen i en svingende Bevægelse, som Edderkoppen, der fra sin lange, svævende Traad vil gribe fast, og da Rudy fjerde Gang rørte Spidsen af de nedenfra opstillede sammenbundne Stiger havde han Tag i dem, de bleve med sikker og kraftig Haand føiede sammen, dog altid dinglende som havde de slidte Hængsler.

Et svaiende Rør syntes de fem lange Stiger, der naaede op mod Reden, heldende sig lodret mod Klippevæggen; dog nu kom det Farligste, der skulde klattres som Katten kan klattre, men Rudy kunde det ogsaa, Katten havde lært ham det; han fornam ikke Svimlen, der traadte Luft bag ved ham, og strakte sine Polyparme ud efter ham. Nu stod han paa

Stigens øverste Trin og mærkede, at endnu her naaede han ikke høit nok til at see ind i Reden, kun med Haanden kunde han naae op til den; han prøvede hvor fast de nederste tykke, i hinanden flettede Grene, der udgjorde Redens nederste Deel, sad, og da han havde sikkret sig en tyk og urokkelig Green, svang han sig fra Stigen op mod Grenen og havde nu Bryst og Hoved over Reden, men her strømmede ham imøde en qvælende Stank af Aadsler; forraadnede Lam, Gemser og Fugle laae her sønderflængede. Svimlen, der ikke mægtede at røre ham, pustede de giftige Dunster ind i hans Ansigt for at han skulde fortumles, og nede i det sorte, gabende Dyb, paa det ilende Vand, sad Iisjomfruen selv med sit lange, hvidgrønne Haar og stirrede med Dødsøine som to Bøssepiber.

„Nu fanger jeg Dig!"

I en Krog af Ørnereden saae han sidde, stor og mægtig, Ørneungen, der endnu ikke kunde flyve. Rudy heftede sine Øine paa den, holdt sig med al Kraft ved den ene Haand og kastede med den anden Haand Slyngen om den unge Ørn; fanget var den lyslevende; dens Been var i den snærende Snor, og Rudy smed Slyngen med Fuglen hen over sin Skulder, saa at Dyret hang et godt Stykke nede under ham, idet han ved et hjelpende nedhængende Toug holdt sig fast, til Fodspidsen igjen naaede den øverste Kant af Stigen.

„Hold fast! tro ikke Du falder, saa falder Du ikke!" det var den gamle Lærdom, og den fulgte han, holdt fast, kravlede, var vis paa ikke at falde, og han faldt ikke.

Nu lød der en Jodlen, saa kraftig og glad. Rudy stod paa den faste Klippegrund med sin Ørneunge.

VIII. Hvad Nyt Stuekatten kunde fortælle.

„Her er det Forlangte!" sagde Rudy, der traadte ind hos Mølleren i Bex og satte paa Gulvet en stor Kurv, tog saa Klædet af, og der gloede frem to gule, sortkrandsede Øine, saa gnistrende, saa vilde, ret til at brænde og bide sig fast hvor de saae; det korte, stærke Næb gabede til Bid, Halsen var rød og dunet.

„Ørneungen!" raabte Mølleren. Babette gav et Skrig og sprang til Siden, men kunde ikke faae sine Øine hverken fra Rudy eller Ørneungen.

„Du lader Dig ikke kyse!" sagde Mølleren.

„Og I holder altid Ord!" sagde Rudy, „hver har sit Kjendemærke!"

„Men hvorfor knækkede Du ikke Halsen?" spurgte Mølleren.

„For jeg holdt fast!" svarede Rudy, „og det gjør jeg endnu! jeg holder fast paa Babette!"

„See først til at Du har hende!" sagde Mølleren og loe; og det var gode

Tegn, vidste Babette.

„Lad os faae Ørneungen ud af Kurven, det er farligt at see, hvorledes den gloer! hvor fik Du Tag i den?"

Og Rudy maatte fortælle, og Mølleren saae med Øine, der bleve større og større.

„Med dit Mod og din Lykke kan Du forsørge tre Koner!" sagde Mølleren.

„Tak! Tak!" raabte Rudy.

„Ja Babette har Du da ikke endnu!" sagde Mølleren og slog i Spøg den unge Alpejæger paa Skulderen.

„Veed Du Nyt paa Møllen?" sagde Stuekatten til Kjøkkenkatten. „Rudy har bragt os Ørneungen og tager Babette i Bytte. De have kysset hinanden og ladet, Faderen see derpaa! det er da saa godt som Forlovelse; den Gamle sparkede ikke ud, han trak Kløerne ind, tog sig en Middagsluur og lod de To sidde og logre; de har saa Meget at fortælle, de blive ikke færdige til Julen!"

Og de bleve heller ikke færdige til Julen. Vinden hvirvlede det brune Løv, Sneen fygede i Dalen som paa de høie Bjerge; Iisjomfruen sad i sit stolte Slot, der tog til i Vintertid; Klippevæggene stode med Iislag og favntykke, elephanttunge Iistappe der hvor i Sommeren Fjeldstrømmen lod sit Vandslør vaie; Iisguirlander af phantastiske Iiskrystaller skinnede over de sneepuddrede Graner. Iisjomfruen red paa den susende Vind hen over de dybeste Dale. Sneetæppet var lagt heelt ned til Bex, hun kunde komme der og see Rudy inden Døre, mere end han var vant til, han sad hos Babette. Til Sommer skulde Brylluppet staae; det ringede tidt for deres Øren, saa ofte talte Venner derom. Der var Solskin, den deiligste Alperose glødede, den muntre, leende Babette, deilig som Foraaret, der kom, Foraaret, der lod alle Fugle synge om Sommertid, om Bryllupsdag.

„Hvor de To kunne sidde og hænge over hinanden!" sagde Stuekatten. „Nu er jeg kjed af det Miau!"

IX. Iisjomfruen.

Foraaret havde udfoldet sin saftiggrønne Guirlande af Valnødde- og Kastanietræer, den svulmede især fra Broen ved St. Maurice til Genfersøens Bred langs Rhonen, der med voldsom Fart jog fra sit Udspring under den grønne Gletscher, Iispaladset, hvor Iisjomfruen boer, hvor hun af den skarpe Vind lader sig bære op paa den øverste Sneemark og i det stærke Sollys strækker sig paa de fygede Bolstre; der sad hun og skuede med langsynet Blik ned i de dybe Dale, hvor Menneskene, som Myrer paa den solbeskinnede Steen, travle rørte sig.

„Aandskræfter, som Solens Børn kalde Eder!" sagde Iisjomfruen, „Kryb ere I! en rullende Sneebold, og I og Eders Huse og Byer ere masede og udviskede!" Og hun løftede sit stolte Hoved høiere og saae med dødlynende Øine vidt om og dybt ned. Men fra Dalen lød en Rullen, Sprængning af Klipper, Menneskeværk; Veie og Tunneler for Jernbaner bleve anlagte.

„De lege Muldvarp!"' sagde hun; „de grave Gange, derfor høres Lyd som Flinteskud. Flytter jeg mine Slotte, da bruser det stærkere end Tordenens Drøn."

Fra Dalen løftede sig en Røg, den bevægede sig fremad, som et flagrende Slør, en vaiende Fjerbusk fra Locomotivet, der paa den nysaabnede Jernbane drog Banetoget, denne bugtende Slange, hvis Led er Vogn ved Vogn; piilsnar skød det frem.

„De lege Herrer dernede, Aandskræfterne!" sagde Iisjomfruen. „Naturmagternes Kræfter ere dog de raadende!" og hun loe, hun sang, og det rungede i Dalen.

„Nu rullede der en Lavine!" sagde Menneskene dernede. Men Solens Børn sang endnu høiere om Menneske-Tanken, der raader, der spænder Havet under Aag, flytter Bjerge, fylder Dale; Mennesketanken, der er Naturkræfternes Herre. I samme Stund just kom hen over Sneemarken, hvor Iisjomfruen sad, et Selskab af Reisende; de havde bundet sig med Touge fast til hverandre, for at være som eet større Legeme paa den glatte Iisflade, ved de dybe Afgrunde.

„Kryb!" sagde hun. „I være Naturmagtens Herrer!" og hun vendte sig fra dem og saae spottende ned i den dybe Dal, hvor Jernbanetoget brusede forbi.

„Der sidde de, disse Tanker! de sidde i Kræfternes Vold! jeg seer dem hver! — Een sidder stolt som en Konge, alene! der sidde de i Klump! der sover Halvdelen! og naar Dampdragen holder stille, stige de ud, gaae deres Gang. Tankerne gaae ud i Verden!" Og hun loe.

„Der rullede igjen en Lavine!" sagde de dernede i Dalen.

„Os naaer den ikke!" sagde To paa Dampdragens Ryg, „to Sjæle og een Tanke" som det hedder. Det var Rudy og Babette; ogsaa Mølleren var med.

„Som Bagage!" sagde han. „Jeg er med som det Nødvendige!"

„Der sidde de To!" sagde Iisjomfruen. „Mangen Gemse har jeg knust, Millioner Alperoser har jeg knækket og brækket, ikke Roden blev! jeg sletter dem ud! Tankerne! Aandskræfterne!" Og hun loe.

„Nu rullede igjen en Lavine!" sagde de nede i Dalen.

X. Gudmoder.

I Montreux, en af de nærmeste Byer, der med Clarens, Vernex og Crin danne Guirlande om Genfersøens nordøstlige Deel, boede Babettes

Gudmoder, den engelske fornemme Dame med sine Døttre og en Ung
Slægtning; de vare nyligt indtrufne, dog havde Mølleren allerede aflagt
dem Visit, meldt Babettes Forlovelse, og fortalt om Rudy og Ørneungen,
om Besøget i Interlaken, kort sagt den hele Historie, og den havde i
høieste Grad fornøiet og indtaget for Rudy og for Babette, og for
Mølleren med; de maatte nu endelig alle Tre komme, og derfor kom de.
— Babette skulde see sin Gudmoder, Gudmoder see Babette.
Ved den lille Stad Villeneuve, for Enden af Genfersøen, laae Dampskibet,
der paa en halv Times Fart naaer derfra til Vernex, lige under Montreux.
Det er en af Digtere besungen Kyst; her, under Valnøddetræerne ved
den dybe, blaagrønne Sø, sad Byron og skrev sine melodiske Vers om
den Fangne i det skumle Klippeslot Chillon. Hist, hvor Clarens speiler
sig med Grædepilene i Vandet, vandrede Rousseau, drømmende om
Heloise. Rhonefloden glider frem under Savoyens høie, s1leedækkede
Bjerge; her ligger ikke langt fra dens Udløb i Søen en lille Ø, ja den er
saa lille, at den fra Kysten synes at være et Fartøi derude; det er en
Klippegrund, som for et hundrede Aar siden en Dame lod
steeninddæmme, belægge med Jord og beplante med tre Akasietræer,
de overskygge nu den hele Ø. Babette var aldeles henrykt over den lille
Plet, den var hende det Yndigste paa hele Seiladsen, der skulde man
hen, der maatte man hen, der maatte være mageløst yndigt at være,
meente hun. Men Dampskibet gik forbi og lagde an, som det skulde, ved
Vernex.
Det lille Selskab vandrede herfra op mellem de hvide, solbelyste Mure,
der omgive Viinhaverne foran den lille Bjergby Montreux, hvor
Figentræerne skygge foran Bondens Huus, Laurbær og Cypresser groe i
Haverne. Halvveis oppe laae Pensionen, hvor Gudmoder boede.
Modtagelsen var meget hjertelig. Gudmoder var en stor, venlig Kone
med et rundt, smilende Ansigt; som Barn maa hun have været et sandt
raphaelsk Englehoved, men nu var hun et gammelt Englehoved, som de
sølvhvide Haar rigt krøllede om. Døttrene vare pyntelige, fine, lange og
slanke. Den unge Fætter, der var med og ganske klædt i Hvidt fra Top til
Taa, med forgyldte Haar og forgyldte Bakkenbarter, saa store, at de
kunde have været fordeelte til tre Gentlemen, viste strax mod den lille
Babette den allerstørste Opmærksomhed.
Rigt indbundne Bøger, Nodeblade og Tegninger laae spredte over det
store Bord, Balcondøren stod aaben ud til den deilige udstrakte Sø, der
var saa blank og stille, at Savoyens Bjerge, med Smaabyer, Skove og
Sneetoppe, omvendt afspeilede sig.
Rudy, der ellers altid var kjæk, livsfrisk og freidig, følte sig slet ikke i sit
Es, som man kalder det; han bevægede sig her, som om han gik paa
Ærter hen over et glat Gulv. Hvor Tiden var seig at slide paa! den gik i

Trædemølle, og nu skulde man spadsere! det gik ligesaa langsommeligt; to Skridt frem og eet tilbage kunde Rudy gjøre for at være i Trit med de Andre. Ned til Chillon, det gamle, skumle Slot paa Klippeøen, gik de for at see paa Pinselspæl og Dødsfængsler, rustne Lænker i Klippemuren, Steenbrix for de Dødsdømte, Falddøre, hvor de Ulykkelige vare styrtede ned og spiddede paa Jernpigge midt i Brændingen. Det kaldte, de en Fornøielse at see paa. Et Rettersted var det, løftet ved Byrons Sang ind i Poesiens Verden. Rudy følte saa aldeles Retterstedet; han lænede sig til Vinduets store Steenkarme og saae ned i det dybe, blaagrønne Vand, og over til den lille eensomme Ø med de tre Akasier; der ønskede han sig, fri for hele dette pluddrende Selskab; men Babette følte sig særdeles glad. Hun havde moret sig mageløst, sagde hun siden; Fætteren fandt hun var complet.

„Ja complet Gabflab!" sagde Rudy; og det var første Gang Rudy sagde Noget, der ikke behagede hende. En lille Bog havde Englænderen foræret hende til Erindring om Chillon, det var Byrons Digtning: „Fangen i Chillon", oversat i det franske Sprog, saa at Babette kunde læse den.

„Bogen kan være god nok," sagde Rudy, „men den fiintkæmmede Fyr, som gav Dig den, gjorde ingen Lykke hos mig."

„Han saae ud, som en Meelsæk uden Meel!" sagde Mølleren og loe af sin Vittighed. Rudy loe med og sagde, at det var godt og rigtigt sagt.

XI. Fætteren.

Da Rudy et Par Dage efter kom i Besøg til Møllen, fandt han den unge Englænder der; Babette satte just for ham kogte Foreller, dem hun bestemt selv havde pyntet med Petersillen, at de kunde see stadselige ud. Det behøvedes slet ikke. Hvad vilde Englænderen her? Hvad skulde han her? Tracteres og credenses af Babette? Rudy var skinsyg, og det morede Babette; det fornøiede hende at see ham fra alle hans Hjertes Sider, de stærke og de svage. Kjærligheden var endnu en Leg, og hun legede med Rudys hele Hjerte, og dog, det maa man sige, han var hendes Lykke, hendes Livs Tanke, det Bedste og Herligste i denne Verden, men jo mørkere han saae, desmere loe hendes Øine, hun kunde gjerne have kysset den blonde Englænder med de forgyldte Bakkenbarter, dersom hun derved opnaaede, at Rudy løb rasende bort, det just viste hende, hvor høit hun var elsket af ham. Men det var ikke rigtigt, ikke klogt af lille Babette, men hun var jo kun nitten Aar. Hun tænkte ikke derover, tænkte endnu mindre paa, hvorledes hendes Adfærd kunde tydes, mere lystig og let af den unge Englænder end det just skikkede sig for Møllerens ærbare, nysforlovede Datter.

Hvor Landeveien fra Bex løber hen under den sneedækkede

Klippehøide, som der i Landets Sprog kaldes Diablerets, laae Møllen
ikke langt fra en rivende Bjergstrøm, der var hvidgraa, som pidsket
Sæbevand; denne drev ikke Møllen; derimod en mindre Strøm, som paa
den anden Side Floden styrtede ned fra Klippen og gjennem en
Steensætning under Veien ved sin Kraft og Fart løftede sig og løb saa i
et lukket Bjælkebassin, en bred Rende, hen over den rivende Flod,
dreiede det store Møllehjul. Renden var saa righoldig paa Vand, at den
strømmede over og frembød saaledes en vaad, slibrig Vei for Den, som
det kunde falde ind her at naae hurtigere over til Møllen, og det Indfald
havde en ung Mand, Englænderen; hvidklædt som en Møllersvend
klattrede han i Aftenstunden, ledet af Lyset, der skinnede ud fra
Babettes Kammer. Klattren havde han ikke lært og nær var han gaaet
paa Hovedet i Strømmen, men slap med vaade Ærmer og overstænkede
Buxer; dyndvaad og tilsølet kom han hen under Babettes Vinduer, hvor
han klattrede op i det gamle Lindetræ og der efterlignede Uglen, anden
Fugl kunde han ikke synge efter. Babette hørte det og tittede frem
gjennem de tynde Gardiner, men da hun saae den hvide Mand og nok
tænkte hvem det var, slog hendes lille Hjerte af Skræk, men ogsaa af
Vrede. Hun slukkede i Hast Lyset, følte efter om alle Vindueskramper
vare paa, og saa lod hun ham tude og hyle.

Skrækkeligt vilde det være om Rudy nu var her paa Møllen, men Rudy
var ikke paa Møllen, nei, det var meget værre, han var lige der nedenfor.
Der blev talt høit, vrede Ord; der vilde blive Slagsmaal, maaskee Drab.
Babette aabnede i Skræk Vinduet, raabte Rudys Navn, bad ham dog
gaae, hun taalte ikke at han blev, sagde hun.

„Du taaler ikke at jeg bliver!" udbrød han, „det er altsaa en Aftale! Du
venter gode Venner, bedre end jeg! skam Dig, Babette!"

„Du er afskyelig!" sagde Babette. „Jeg hader Dig!" og nu græd hun. „Gaa!
gaa!"

„Det har jeg ikke fortjent!" sagde han, og han gik, hans Kinder vare som
Ild, hans Hjerte var som Ild.

Babette kastede sig paa Sengen og græd.

„Saa høit som jeg elsker Dig, Rudy! og Du kan troe ilde om mig!"
Og hun var vred, meget vred, og det var godt for hende, ellers havde
hun været dybt bedrøvet; nu kunde hun falde i Søvn og sove
Ungdommens styrkende Søvn.

XII. Onde Magter.

Rudy forlod Bex, gik ad Hjemveien, søgte op paa Bjergene, i den friske,
afkølende Luft, hvor Sneen laae, hvor Iisjomfruen raadede. Løvtræerne
stode dybt nede, som vare de kun Kartoffeltoppe, Gran og Busk bleve
mindre, Alperoserne groede ved Sneen, der laae i enkelte Pletter, som

Linned paa Blegen. Der stod en blaa Gentiane, han knuste den med Geværkolben

Høiere oppe viste sig to Gemser, Rudys Øine fik Glands, Tankerne ny Flugt; men han var ikke nær nok for at gjøre et sikkert Skud; høiere steg han, hvor kun et stridt Græs voxede mellem Steenblokkene; Gemserne gik roligt paa Sneemarken; ivrigt skyndte han sig; Skytaagerne sænkede sig omkring ham, og pludselig stod han foran den steile Klippevæg, Regnen begyndte at strømme ned.

Han følte en brændende Tørst, Hede i Hovedet, Kulde i sine andre Lemmer; han greb efter sin Jagtflaske, men denne var tom, han havde ikke tænkt paa den, da han stormede op i Bjergene. Aldrig havde han været syg, men nu havde han en Fornemmelse deraf; træt var han, Lyst følte han til at kaste sig ned og sove, men Alt strømmede med Vand, han søgte at tage sig sammen; underligt sittrede Gjenstandene for hans Øine, men da saae han pludselig, hvad han aldrig havde seet her før, et nyttømret lavt Huus, der heldede sig op til Klippen, og i Døren stod en ung Pige, han troede at det var Skoleholderens Anette, som han engang havde kysset i Dandsen, men det var ikke Anette, og dog havde han seet hende før, maaskee ved Grindelwald, hiin Aften han vendte hjem fra Skyttelauget i Interlaken.

„Hvor kommer Du her?" spurgte han.

„Jeg er hjemme!" sagde hun. „Jeg vogter min Hjord!"

„Din Hjord, hvor, græsser den? Her er kun Snee og Klipper!"

„Du veed god Besked!" sagde hun og loe. „Her bag ved, lidt nede, er, en deilig Græsgang! der gaae mine Geder! jeg hytter dem godt! ikke een mister jeg, hvad mit er bliver mit!"

„Du er kjæk!" sagde Rudy.

„Du ogsaa!" svarede hun.

„Har Du Melk, saa giv mig den! jeg tørster ganske ulidelig!"

„Jeg har Noget bedre end Melk!" sagde hun, „det skal Du faae! igaar kom her Reisende med deres Fører, de glemte en halv Flaske Viin, som Du nok aldrig har smagt den; de hente den ikke, jeg drikker den ikke, drik Du!"

Og hun kom frem med Vinen, heldte den i en Træskaal og gav Rudy.

„Den er god!" sagde han. „Aldrig smagte jeg saa varmende, saa ildfuld en Viin!" og hans Øine straalede, der kom et Liv, en Glød i ham, som om alle Sorger og Tryk dunstede bort; den sprudlende, friske Menneskenatur rørte sig i ham.

„Men det er jo dog Skoleholderens Anette!" udbrød han. „Giv mig et Kys!"

„Ja giv mig den smukke Ring, Du bærer paa Fingeren!"

„Min Brudering?"

„Just den!" sagde Pigen og gød Viin i Skaalen, satte den for hans Læber, og han drak. Der strømmede Livsens Glæde i hans Blod, den hele Verden var hans, syntes han, hvorfor plage sig! Alt er til for at nyde og lyksaliggjøre os! Livsens Strøm er Glædens Strøm, rives med af den, lade sig bære af den, det er Lyksalighed. Han saae paa den unge Pige, det var Anette og dog ikke Anette, endnu mindre Troldphantomet, som han havde kaldt hende, han mødte ved Grindelwald; Pigen her paa Bjerget var frisk som den nysfaldne Snee, svulmende som Alperosen og let som et Kid, dog altid skabt af Adams Ribbeen, Menneske som Rudy. Og han slyngede sine Arme om hende, saae ind i hendes forunderlige klare Øine, kun et Secund var det, og i dette, ja forklar, giv os det i Ord — var det Aandens eller Dødens Liv, der fyldte ham? Blev han løftet eller sank han ned i det dybe, dræbende Iissvælg, dybere, altid dybere? Han saae Iisvæggene som et blaagrønt Glas; Uendelige Kløfter gabede rundt om, og Vandet dryppede klingende som et Klokkespil og dertil saa perleklart, lysende i blaahvide Flammer; Iisjomfruen gav ham et Kys, der

iisnede ham igjennem hans Ryghvirvler ind i hans Pande; han gav et Smertens Skrig, rev sig løs, tumlede og faldt, det blev Nat for hans Øine, men han aabnede dem igjen. Onde Magter havde øvet deres Spil. Borte var Alpepigen, borte den skjulende Hytte, Vandet drev ned ad den nøgne Klippevæg, Sneen laae rundt om; Rudy rystede af Kulde, gjennemblødt til Skindet, og hans Ring var borte, Bruderingen, Babette havde givet ham. Hans Gevær laae i Sneen hos ham, han tog det, vilde skyde det af, det klikkede. Vaade Skyer laae som faste Sneemasser i Kløften, Svimlen sad der og lurede paa det kraftløse Bytte, og under hende klang det i den dybe Kløft, som om en Fjeldblok faldt, knuste og bortrev Alt, hvad der vilde standse den i Faldet.

Men i Møllen sad Babette og græd; Rudy havde i sex Dage ikke været der; han, som havde Uret, han, som burde bede hende om Tilgivelse, thi med hele sit Hjerte elskede hun ham.

XIII. I Møllerens Huus.

„Det er et rædsomt Vrøvl med de Mennesker," sagde Stuekatten til Kjøkkenkatten. „Nu er det igjen i Stykker med Babette og Rudy. Hun græder, og han tænker nok ikke mere paa hende."

„Det kan jeg ikke lide," sagde Kjøkkenkatten.

„Jeg ikke heller," sagde Stuekatten, „men jeg vil ikke sørge over det! Babette kan jo blive Kjæreste med de røde Bakkenbarter! han har da heller ikke været her siden han vilde paa Taget."

Onde Magter have deres Spil, udenom os og indeni os; det havde Rudy fornummet og tænkt over. Hvad var der foregaaet om ham og i ham, der høit paa Bjerget? Var det Syner eller en Feberdrøm, aldrig havde han kjendt til Feber eller Sygdom før. Et Indblik i sig selv havde han gjort, idet han dømte Babette. Han tænkte paa den vilde Jagt i sit Hjerte, den hede Føhn, som der nys brød løs. Kunde han skrifte Alt for Babette, hver en Tanke, der i Fristelsens Stund hos ham kunde blive til Gjerning. Hendes Ring havde han tabt, og just i dette Tab havde hun gjenvundet ham. Kunde hun skrifte for ham? Det var som hans Hjerte skulde gaae itu idet han tænkte paa hende; der løftede sig saa mange Erindringer; han saae hende lyslevende, leende, et overgivent Barn; mangt et kjærligt Ord, hun havde talt i sit Hjertes Fylde, fløi som et Solblink ind i hans Bryst, og snart var et heelt Solskin derinde for Babette.

Hun maatte kunne skrifte for ham, og hun skulde det.

Han kom til Møllen; det kom til Skriftemaal, det begyndte med et Kys og endte med, at Rudy var Synderen, hans store Feil var det at kunne tvivle om Babettes Troskab, det var næsten afskyeligt af ham! slig Mistro, slig Heftighed kunde føre dem Begge i Ulykke. Ja ganske vist! og derfor holdt Babette en lille Prædiken for ham; den fornøiede hende selv og den klædte hende saa yndigt, dog i Eet havde Rudy Ret, Gudmoders Slægtning var en Gabflab! hun vilde brænde den Bog, han havde foræret hende, og ikke eie det Mindste, der kunde huske hende paa ham.

„Nu er det overstaaet!" sagde Stuekatten. „Rudy er her igjen, de forstaae hinanden, og det er den største Lykke, sige de."

„Jeg hørte i Nat," sagde Kjøkkenkatten, „Rotterne sige, den største Lykke er at æde Tællelys og at have "fuldt op for sig af fordærvet Flesk. Hvem skal man nu troe, Rotterne eller Kjærestefolkene?"

„Ingen af dem!" sagde Stuekatten. „Det er altid det Sikkreste."

Den største Lykke for Rudy og Babette var just i sin Opgang, den skjønneste Dag, som den kaldes, havde de ivente, Bryllupsdagen. Men ikke i Kirken i Bex, ikke i Møllerens Huus, skulde Brylluppet staae; Gudmoder vilde, at Brylluppet feiredes hos hende og at Vielsen fandt Sted i den smukke lille Kirke i Montreux. Mølleren holdt paa, at dette Forlangende skulde opfyldes; han alene vidste hvad Gudmoder havde bestemt for de Nygifte; de fik af hende en Brudegave, der nok var en saadan lille Føielighed værd. Dagen var bestemt. Allerede Aftenen forud vilde de reise til Villeneuve, for med Skibet om Morgenen at sætte saa betids over til Montreux, at Gudmoders Døttre kunde pynte Bruden.

„Der bliver vel anden Dags Bryllup her i Huset," sagde Stuekatten. „Ellers giver jeg ikke et Miau for det Hele."

„Her bliver Gilde!" sagde Kjøkkenkatten, „Ænder ere slagtede, Duer qvalte, og et heelt Dyr hænger paa Væggen. Jeg faaer Tandkløe ved at see paa det! — Imorgen begynder da Reisen."

Ja imorgen! — Denne Aften sad Rudy og Babette, som Forlovede, sidste Gang paa Møllen.

Udenfor var Alpegløden, Aftenklokken klang, Solstraalernes Døttre sang: „Det Bedste skeer!"

XIV. Syner i Natten.

Solen var nede, Skyerne sænkede sig i Rhonedalen mellem de høie Bjerge, Vinden blæste sydfra, en Afrikas Vind, ned over de høie Alper, en Føhn, der rev Skyerne sønder, og da Vinden var faret hen blev det et Øieblik ganske stille; de sønderrevne Skyer hang i phantastiske Skikkelser mellem de skovgroede Bjerge hen over den iilsomme Rhoneflod; de hang i Skikkelser, som Urverdenens Sødyr, som Luftens svævende Ørn og som Sumpens springende Frøer; de sænkede sig ned paa den rivende Strøm, de seilede paa den og seilede dog i Luften. Strømmen førte med sig en med Rod opreven Gran, Vandet viste dreiende Hvirvler foran; det var Svimlen, mere end een, der dreiede sig i Kreds paa den frembrusende Strøm. Maanen lyste paa Bjergtoppenes Snee, paa de mørke Skove og de hvide sælsomme Skyer, Nattens Syner, Naturkræfternes Aander; Bjergbonden saae dem gjennem Ruden, de seilede dernede i Skarer foran Iisjomfruen; hun kom fra sit Gletscherslot, hun sad paa det skrøbelige Skib, en opreven Gran, Gletschervandet bar hende ned ad Strømmen til den aabne Sø.

„Bryllupsgjæsterne komme!" susede og sang det i Luft og Vand. Syner derude, Syner derinde. Babette drømte en underlig Drøm. Det forekom hende, som om hun var gift med Rudy, og det allerede i mange Aar. Han var nu paa Gemsejagt, men hun var i sit Hjem, og der sad hos hende den unge Englænder med de forgyldte Bakkenbarter; hans Øine vare saa varme, hans Ord havde en Trolddoms Magt, han rakte hende Haanden, og hun maatte følge ham. De gik bort fra Hjemmet. Bestandigt nedad! — og det var for Babette som laae der en Byrde paa hendes Hjerte, den blev altid tungere, en Synd var det mod Rudy, en Synd mod Gud; — pludselig stod hun forladt, hendes Klæder vare revne itu af Tjørne, hendes Haar var graat, hun saae i Smerte op ad, og paa Fjeldranden øinede hun Rudy; — hun strakte sine Arme imod ham, men vovede ikke at kalde eller bede, og det vilde heller ikke have hjulpet, thi snart saae hun, at det ikke var ham, men kun hans Jægertrøie og Hat, der hang paa Alpestokken, som Jægerne stille hen for at skuffe Gemserne. Og i grændseløs Smerte jamrede Babette: „O, var jeg død paa min Bryllupsdag, min lykkeligste Dag! Herre, du min Gud, det havde været en Naade, en Livsens Lykke! da var det Bedste skeet, der kunde skee for mig og Rudy! Ingen veed sin Fremtid!" og i gudløs Smerte styrtede hun sig ned i den dybe Fjeldkløft. Der brast en Stræng, der klang en Sørgetone —!

Babette vaagnede op, Drømmen var endt og udslettet, men hun vidste, at hun havde drømt noget Skrækkeligt og drømt om den Unge Englænder, som hun i flere Maaneder ikke havde seet, ikke tænkt paa. Mon han var i Montreux? Skulde hun faae ham at see ved Brylluppet? Der gled en lille Skygge hen om den fine Mund. Brynene rynkede sig; men snart kom et Smiil og Blinket i Øiet, Solen skinnede saa smukt udenfor, og i Morgen var det hendes og Rudys Bryllup.

Han var allerede i Stuen, da hun kom derned, og snart gik det afsted til Villeneuve. De vare saa lykkelige de To, og Mølleren med, han loe og straalede i det deiligste Humeur; en god Fader, en ærlig Sjæl var han. „Nu er vi Herskabet hjemme!" sagde Stuekatten.

XV. Slutningen.

Det var endnu ikke Aften, da de tre glade Mennesker naaede Villeneuve, og holdt deres Maaltid. Mølleren satte sig i Lænestolen med sin Pibe og tog en lille Luur. De unge Brudefolk gik Arm i Arm ud af Byen, hen ad Kjøreveien under de buskbegroede Klipper, langs den blaagrønne, dybe Sø; det skumle Chillon speilede sine graae Mure og tunge Taarne i det klare Vand; den lille Ø med de tre Akasier laae endnu nærmere, den saae ud som en Bouquet paa Søen.

„Der maa være yndigt derovre!" sagde Babette; hun havde igjen den største Lyst at komme derover, og det Ønske kunde strax opfyldes: der laae en Baad ved Bredden, Snoren, som holdt den, var let at løse. Ingen saae man, der kunde spørges om Tilladelse, og saa tog man uden videre Baaden, Rudy forstod nok at roe.

Aarerne grebe som Fiskens Finner i det føielige Vand, det er saa bøieligt og dog saa stærkt, det er heelt Ryg til at bære, heelt Mund til at sluge, mildt smilende, Blødheden selv, og dog skrækindjagende og stærkt til at sønderbryde. Der stod et skummende Kjølvand efter Baaden, der i faa Minuter med de To naaede over til Øen, hvor de stege i Land. Her var ikke større Plads end til en Dands for de To.

Rudy svingede Babette to, tre Gange rundt, og saa satte de sig paa den lille Bænk, under de nedhængende Akasier, saae hinanden ind i Øinene, holdt hinanden i Hænderne, og Alt rundt om straalede i Glands af den synkende Sol. Granskovene paa Bjergene fik et rødlilla Udseende ganske som blomstrende Lyng, og hvor Træerne slap og Klippestenen traadte frem, glødede den som om Fjeldet var transparent; Skyerne paa Himlen lyste som den røde Ild, den hele Sø var som det friske, blussende Rosenblad. Alt som Skyggerne løftede sig op ad Savoyens sneedækkede Bjerge, bleve disse sortblaae, men den øverste Tinde skinnede som den røde Lava, den gjenviste et Moment fra Bjergdannelsen, da disse Masser glødende løftede sig fra Jordens Skjød og endnu ikke vare slukkede. Det var en Alpegløden, som Rudy og Babette aldrig troede at have seet Magen til. Det sneedækkede *Dent du Midi* havde en Glands som Fuldmaanens Skive, idet den løfter sig i Horizonten.

„Saa megen Deilighed! saa megen Lykke!" sagde de To. — „Mere har Jorden ikke at give mig!" sagde Rudy. „En Aftenstund som denne er dog et heelt Liv! hvor tidt fornam jeg min Lykke, som jeg fornemmer den nu, og tænkte, om nu Alting endte, hvor lykkeligt har jeg dog levet! hvor velsignet er denne Verden! og Dagen endte, men en ny begyndte igjen, og jeg syntes, at den var endnu smukkere! Vorherre er dog uendelig god, Babette!"

„Jeg er saa lykkelig!" sagde hun.

„Mere har Jorden ikke at give mig!" udbrød Rudy.

Og Aftenklokkerne klang fra Savoyens Bjerge, fra Schweizes Bjerge; i Guldglands løftede sig mod Vest det sortblaa Jura.

„Gud give Dig det Herligste og Bedste!" udbrød Babette.

„Det vil han!" sagde Rudy. „Imorgen har jeg det! imorgen er Du ganske min! min egen lille, yndige Kone!"

„Baaden!" raabte Babette i det Samme.

Baaden, der skulde føre dem tilbage, var gaaet løs og drev fra Øen.

„Jeg henter den!" sagde Rudy, kastede sin Kjole, rev sine Støvler af, sprang i Søen og tog raske Tag henimod Baaden.

Koldt og dybt var det klare, blaagrønne Iisvand fra Bjergets Gletscher. Rudy saae ned deri, kun et eneste Blik og det var som saae han en Guldring trille, blinke og spille, — sin tabte Brudering tænkte han paa, og Ringen blev større, videde sig ud i en funklende Kreds og i denne lyste den klare Gletscher; uendelige dybe Kløfter gabede rundt om,

og Vandet dryppede klingende som et Klokkespil og lysende med hvidblaae Flammer; i et Nu saae han, hvad vi maae sige i lange, mange Ord. Unge Jægere og Unge Piger, Mænd og Qvinder, engang sunkne i Gletscherens Kløfter, stode her lyslevende med aabne Øine og smilende Mund, og dybt under dem lød fra begravne Byer Kirkeklokkernes Klang; Menigheden knælede under Kirkehvælvingen, Iisstykker dannede Orgelpiber, Fjeldstrømmen orglede. Iisjomfruen sad paa den klare, gjennemsigtige Bund, hun løftede sig op mod Rudy, kyssede hans Fødder, og der gik en Dødsiisnen gjennem hans Lemmer, et elektrisk Stød — Iis og Ild! man skjelner ikke derimellem ved den korte Berørelse.

„Min! min!" klang det om ham og ind i ham. „Jeg kyssede Dig, da Du var lille! kyssede Dig paa din Mund! nu kysser jeg Dig paa din Taa og paa din Hæl, min er Du heel!"

Og han var borte i det klare, blaa Vand.

Alt var stille; Kirkeklokkerne hørte op at ringe, de sidste Toner forsvandt med Glandsen paa de røde Skyer.

„Min er Du!" klang det i det Dybe; „min er Du!" klang det i det Høie, fra det Uendelige.

Deiligt at flyve fra Kjærlighed til Kjærlighed, fra Jorden ind i Himlen.

Der brast en Stræng, der klang en Sørgetone, Dødens Iiskys beseirede det Forkrænkelige; Forspillet endte for at Livs-Dramaet kunde begynde, Misklangen opløses i Harmonie.

Kaldet Du det en sørgelig Historie?

Stakkels Babette! for hende var det Angestens Stund! Baaden drev længer og længer bort. Ingen i Land vidste, at Brudeparret var paa den lille Ø. Aftenen tog til; Skyerne sænkede sig; Mørket kom. Ene, fortvivlet, jamrende stod hun der. Et Gudsveir hang over hende; Lynblink lyste over Jurabjergene, over Schweizerlandet og over Savoyen; fra alle Sider Blink paa Blink, Drøn i Drøn, de rullede i hinanden, flere Minuter langt. Lynblinkene fik snart Solens Glands, man kunde see hver enkelt Viinstok som ved Middagstid, og strax derpaa rugede igjen det sorte Mørke. Lynene dannede Sløifer, Filtringer, Zikzak, floge ned rundt om i Søen, de lyste fra alle Sider, mens Drønene voxte ved Ecchoets Bulder. Paa Land drog man Baadene op paa Strandbredden; Alt, hvad levende var, søgte Ly! — og nu strømmede Regnen ned.

„Hvor er dog Rudy og Babette i dette Guds Veir!" sagde Mølleren.

Babette sad med foldede Hænder, med Hovedet i sit Skjød, stum af Smerte, af Skrig og Jamren.

„I det dybe Vand!" sagde hun ind i sig selv. „Dybt nede, som under Gletscheren, er han!"

I hendes Tanker kom, hvad Rudy havde fortalt om sin Moders Død, om sin Frelse, da han som Liig løftedes op af Gletschernes Kløfter.

„Iisjomfruen har ham igjen!"

Og der lyste et Lyn, saa blendende, som Solglands paa den hvide Snee. Babette foer i Veiret; Søen løftede sig i dette Nu, som en skinnende Gletscher, Iisjomfruen stod der, majestætisk, blaableg, skinnende, og ved hendes Fødder laae Rudys Liig. „Min!" sagde hun, og rundt om var igjen Mulm og Mørke, skyllende Vand.

„Grusomt!" jamrede Babette. „Hvorfor skulde dog han døe, idet vor Lykkes Dag kom! Gud! lys op i min Forstand! lys ind i mit Hjerte! jeg forstaaer ikke dine Veie, famler i din Almagt og Viisdom!"

228

Og Gud lyste ind i hendes Hjerte. Et Tankeblink, en Naadens Straale, hendes Drøm sidste Nat, lyslevende, gjennemblinkede hende; hun huskede Ordene, hun havde talt: Ønsket om det Bedste for sig og Rudy. „Vee mig! var det Syndens Frø i mit Hjerte! var min Drøm et Fremtidsliv, hvis Stræng maatte rives over for min Frelses Skyld! Jeg Elendige!" Jamrende sad hun i den mulmmørke Nat. I dens dybe Stilhed klang, syntes hun, endnu Rudys Ord; de sidste, han her sagde: „Mere Lykke har Jorden ikke at give mig!" De klang i Glædens Fylde, de gjentoges i Smertens Væld.

Et Par Aar ere hengaaede siden. Søen smiler, Kysterne smile; Viinranken sætter svulmende Druer; Dampskibe med vaiende Flag jage forbi, Lystbaade med deres to udspændte Seil flyve som hvide Sommerfugle hen over Vandspeilet; Jernbanen over Chillon er aabnet, den fører dybt ind i Rhonedalen. Ved hver Station udstige Fremmede, de komme med deres i Rødt indbundne Reisebog og læse sig til, hvad Mærkeligt de have at see. De besøge Chillon, de see derude i Søen den lille Ø med de tre Akasier, og læse i Bogen om Brudeparret, der i Aaret 1856 en Aftenstund seilede derover, Brudgommens Død, og: „først næste Morgen hørte man paa Kysten Brudens fortvivlede Skrig." Men Reisebogen melder Intet om Babettes stille Levedage hos sin Fader, ikke i Møllen, der boe nu Fremmede, men i det smukke Huus nær Banegaarden, hvor fra Vinduet hun mangen Aften endnu seer hen over Kastanietræerne til de Sneebjerge, hvor engang Rudy tumlede sig; hun seer i Aftenstunden Alpegløden, Solens Børn leire sig deroppe og gjentage Sangen om Vandringsmanden, som Hvirvelvinden afrev Kappen og førte bort; Hylsteret og ikke Manden tog den. Der er Rosenglands paa Bjergets Snee, der er Rosenglands i hvert Hjerte, hvor Tanken er: „Gud lader det Bedste skee for os!" men det bliver os ikke altid aabenbaret, saaledes som det blev for Babette i hendes Drøm.

Keiserens nye Klæder

For mange Aar siden levede en Keiser, som holdt saa uhyre meget af smukke nye Klæder, at han gav alle sine Penge ud for ret at blive pyntet. Han brød sig ikke om sine Soldater, brød sig ei om Comedie eller om at kjøre i Skoven, uden alene for at vise sine nye Klæder. Han havde en Kjole for hver Time paa Dagen, og ligesom man siger om en Konge, han er i Raadet, saa sagde man altid her: "Keiseren er i Garderoben!" — I den store Stad, hvor han boede, gik det meget fornøieligt til, hver Dag kom der mange Fremmede, een Dag kom der to Bedragere; de gave sig ud for at være Vævere og sagde, at de forstode at væve det deiligste Tøi, man kunde tænke sig. Ikke alene Farverne og Mønstret var noget usædvanligt smukt, men de Klæder, som bleve syede af Tøiet, havde den forunderlige Egenskab at de bleve usynlige for ethvert Menneske, som ikke duede i sit Embede, eller ogsaa var utilladelig dum.

"Det var jo nogle deilige Klæder," tænkte Keiseren; "ved at have dem paa, kunde jeg komme efter, hvilke Mænd i mit Rige der ikke due til det Embede de have, jeg kan kjende de kloge fra de dumme! ja det Tøi maa strax væves til mig!" og han gav de to Bedragere mange Penge paa Haanden, for at de skulde begynde paa deres Arbeide.

De satte ogsaa to Væverstole op, lode som om de arbeidede, men de havde ikke det mindste paa Væven. Rask væk forlangte de den fineste Silke, og det prægtigste Guld; det puttede de i deres egen Pose og arbeidede med de tomme Væve, og det til langt ud paa Natten.

"Nu gad jeg dog nok vide, hvor vidt de ere med Tøiet!" tænkte Keiseren, men han var ordenligt lidt underlig om Hjertet ved at tænke paa, at den, som var dum, eller slet passede til sit Embede, ikke kunde see det, nu troede han nok, at han ikke behøvede at være bange for sig selv, men han vilde dog sende nogen først for at see, hvorledes det stod sig. Alle Mennesker i hele Byen vidste, hvilken forunderlig Kraft Tøiet havde, og alle vare begjærlige efter at see, hvor daarlig eller dum hans Naboe var.

"Jeg vil sende min gamle ærlige Minister hen til Væverne!" tænkte Keiseren, "han kan bedst see, hvorledes Tøiet tager sig ud, for han har Forstand, og ingen passer sit Embede bedre end han!" —

Nu gik den gamle skikkelige Minister ind i Salen, hvor de to Bedragere sad og arbeidede med de tomme Væve. "Gud bevar' os!" tænkte den gamle Minister og spilede Øinene op! "jeg kan jo ikke se noget!" Men det sagde han ikke.

Begge Bedragerne bad ham være saa god at træde nærmere og spurgte, om det ikke var et smukt Mønster og deilige Farver. Saa pegede de paa den tomme Væv, og den stakkels gamle Minister blev ved at spile Øinene op, men han kunde ikke see noget, for der var ingen Ting.

"Herre Gud!" tænkte han, "skulde jeg være dum! Det har jeg aldrig troet, og det maa ingen Mennesker vide! skulde jeg ikke due til mit Embede? Nei det gaaer ikke an, at jeg fortæller, jeg ikke kan see Tøiet!"

"Naa, de siger ikke noget om det!" sagde den ene, som vævede!

"O det er nydeligt! ganske allerkjæreste!" sagde den gamle Minister og saae igjennem sine Briller, "dette Mønster og disse Farver! — ja, jeg skal sige Keiseren, at det behager mig særdeles!"

"Naa det fornøier os!" sagde begge Væverne, og nu nævnede de Farverne ved Navn og det sælsomme Mønster. Den gamle Minister hørte godt efter, for at han kunde sige det samme, naar han kom hjem til Keiseren, og det gjorde han.

Nu forlangte Bedragerne flere Penge, mere Silke og Guld, det skulde de bruge til Vævning. De stak Alt i deres egne Lommer, paa Væven kom ikke en Trevl, men de bleve ved, som før, at væve paa den tomme Væv. Keiseren sendte snart igjen en anden skikkelig Embedsmand hen for at see, hvorledes det gik med Vævningen, og om Tøiet snart var færdigt. Det gik ham ligesom den anden, han saae og saae, men da der ikke var noget uden de tomme Væve, kunde han ingen Ting see.

"Ja, er det ikke et smukt Stykke Tøi!" sagde begge Bedragerne og viste og forklarede det deilige Mønster, som der slet ikke var.

"Dum er jeg ikke!" tænkte Manden, "det er altsaa mit gode Embede, jeg ikke duer til? Det var løierligt nok! men det maa man ikke lade sig mærke med!" og saa roste han Tøiet, han ikke saae, og forsikkrede dem sin Glæde over de skjønne Couleurer og det deilige Mønster. "Ja det er ganske allerkjæreste!" sagde han til Keiseren.

Alle Mennesker i Byen talte om det prægtige Tøi.

Nu vilde da Keiseren selv see det, medens det endnu var paa Væven. Med en heel Skare af udsøgte Mænd, mellem hvilke de to gamle skikkelige Embedsmænd vare, som før havde været der, gik han hen til begge de listige Bedragere, der nu vævede af alle Kræfter, men uden Trevl eller Traad.

"Ja er det ikke magnifique!" sagde begge de skikkelige Embedsmænd. "Vil deres Majestæt see, hvilket Mønster, hvilke Farver!" og saa pegede de paa den tomme Væv, thi de troede, de andre vistnok kunde see Tøiet.

"Hvad for noget!" tænkte Keiseren, "jeg seer ingen Ting! det er jo forfærdeligt! er jeg dum? duer jeg ikke til at være Keiser? Det var det skrækkeligste, som kunde arrivere mig! "O det er meget smukt!" sagde Keiseren, "det har mit allerhøieste Bifald!" og han nikkede tilfreds og betragtede den tomme Væv; han vilde ikke sige, at han ingen Ting kunde see. Hele Følget, han havde med sig, saae og saae, men fik ikke mere ud af det, end alle de Andre, men de sagde ligesom Keiseren, "o det er meget smukt!" og de raadede ham at tage disse nye, prægtige Klæder paa første Gang, ved den store Procession, som forestod. "Det er magnifique! nysseligt, excellent!" gik det fra Mund til Mund, og man var allesammen saa inderligt fornøiede dermed. Keiseren gav hver af Bedragerne et Ridderkors til at hænge i Knaphullet og Titel af Vævejunkere.

Hele Natten før den Formiddag Processionen skulde være, sad Bedragerne oppe og havde over sexten Lys tændte. Folk kunde see, de havde travlt med at faae Keiserens nye Klæder færdige. De lode, som de toge Tøiet af Væven, de klippede i Luften med store Saxe, de syede med Syenaal uden Traad og sagde tilsidst: "see nu er Klæderne færdige!"

Keiseren, med sine fornemste Cavalerer, kom selv derhen og begge Bedragerne løftede den ene Arm i Veiret ligesom om de holdt noget og sagde: "see her er Beenklæderne! her er Kjolen! her Kappen!" og saaledes videre fort. "Det er saa let, som Spindelvæv! man skulde troe man havde ingen Ting paa Kroppen, men det er just Dyden ved det!" "Ja!" sagde alle Cavalererne, men de kunde ingen Ting see, for der var ikke noget.

"Vil nu deres keiserlige Majestæt allernaadigst behage at tage deres Klæder af!" sagde Bedragerne, "saa skal vi give dem de nye paa, herhenne foran det store Speil!"

Keiseren lagde alle sine Klæder, og Bedragerne bare sig ad, ligesom om de gave ham hvert Stykke af de nye, der skulde være syede, og Keiseren vendte og dreiede sig for Speilet.

"Gud hvor de klæde godt! hvor de sidde deiligt!" sagde de allesammen. "Hvilket Mønster! hvilke Farver! det er en kostbar Dragt!" —

"Uden for staae de med Thronhimlen, som skal bæres over deres Majestæt i Processionen!" sagde Overceremonimesteren.

"Ja jeg er jo istand!" sagde Keiseren. "Sidder det ikke godt?" og saa vendte han sig nok engang for Speilet! for det skulde nu lade ligesom om han ret betragtede sin Stads.

Kammerherrerne, som skulde bære Slæbet, famlede med Hænderne hen ad Gulvet, ligesom om de toge Slæbet op, de gik og holdt i Luften, de turde ikke lade sig mærke med, at de ingenting kunde see.

Saa gik Keiseren i Processionen under den deilige Thronhimmel og alle Mennesker paa Gaden og i Vinduerne sagde: "Gud hvor Keiserens nye Klæder ere mageløse! hvilket deiligt Slæb han har paa Kjolen! hvor den sidder velsignet!" Ingen vilde lade sig mærke med, at han intet saae, for saa havde han jo ikke duet i sit Embede, eller været meget dum. Ingen af Keiserens Klæder havde gjort saadan Lykke.

"Men han har jo ikke noget paa," sagde et lille Barn. "Herre Gud, hør den Uskyldiges Røst," sagde Faderen; og den Ene hviskede til den Anden, hvad Barnet sagde.

"Men han har jo ikke noget paa," raabte tilsidst hele Folket. Det krøb i Keiseren, thi han syntes, de havde Ret, men han tænkte som saa: "nu maa jeg holde Processionen ud". Og Kammerherrerne gik og bar paa Slæbet, som der slet ikke var.

Kjærestefolkene

Toppen og Bolden laae i Skuffe sammen mellem andet Legetøi, og så sagde Toppen til Bolden: "Skulde vi ikke være Kjærestefolk, siden vi dog ligge i Skuffe sammen"; men Bolden, der var syet af Saffian, og bildte sig

ligeså meget ind, som en fiin Frøken, vilde ikke svare på sådant noget.
Næste Dag kom den lille Dreng, der eiede Legetøiet, han malede Toppen
over med Rødt og Gult, og slog et Messing-Søm midt i den; det såe just
prægtigt ud, når Toppen svingede rundt.

"See på mig!" sagde den til Bolden. "Hvad siger De nu? skulde vi så ikke
være Kjærestefolk, vi passe så godt sammen, De springer og jeg
dandser! lykkeligere end vi to kunde Ingen blive!"

"Så, troer De det!" sagde Bolden, "De veed nok ikke, at min Fader og
Moder have været Saffians-Tøfler, og at jeg har en Prop i Livet!"

"Ja, men jeg er af Mahognitræ!" sagde Toppen, "og Byfogden har selv
dreiet mig, han har sin egen Dreierbænk, og det var ham en stor
Fornøielse!"

"Ja, kan jeg stole på det!" sagde Bolden.

"Gid jeg aldrig fåe Pidsk om jeg lyver!" svarede Toppen.

"De taler meget godt for dem!" sagde Bolden, "men jeg kan dog ikke, jeg
er så godt som halv forlovet med en Svale! hver Gang jeg gåer til Veirs,
stikker den Hovedet ud af Reden og siger: "vil De?" og nu har jeg
indvortes sagt ja, og det er så godt som en halv Forlovelse! men jeg
lover Dem, jeg skal aldrig glemme Dem!"

"Ja, det skal stort hjælpe!" sagde Toppen, og så talte de ikke til
hinanden.

Næste Dag blev Bolden taget frem; Toppen såe, hvor den foer høit op i
Luften, ligesom en Fugl, man kunde tilsidst slet ikke øine den; hver
Gang kom den tilbage igjen, men gjorte altid et høit Spring, når den
rørte Jorden; og det kom enten af Længsel, eller fordi den havde en
Prop i Livet. Den niende Gang blev Bolden borte og kom ikke mere
igjen; og Drengen søgte og søgte, men borte var den.

"Jeg veed nok, hvor den er!" sukkede Toppen, "den er i Svalereden og er
gift med Svalen!"

Jo mere Toppen tænkte derpå, desmere indtaget blev han i Bolden; just
fordi han ikke kunde fåe hende, derfor tog Kjærligheden til; at hun
havde taget en Anden, det var det aparte ved det; og Toppen dandsede
rundt og snurrede, men altid tænkte den på Bolden, der i Tankerne blev
kjønnere og kjønnere. Således gik mange Aar - - og så var det en
gammel Kjærlighed.

Og Toppen var ikke ung mere - -! men så blev den en Dag heel og holden
forgyldt; aldrig havde den seet så deilig ud; den var nu en Guldtop og
sprang, så det snurrede efter. Jo, det var noget! men med et sprang den
for høit og, - borte var den!

Man søgte og søgte, selv nede i Kjælderen, den var dog ikke at finde.

- - Hvor var den?

Den var sprunget i Skarnfjerdingen, hvor der låe alle Slags, Kålstokke,

Feieskarn og Gruus, der var faldet ned fra Tagrenden.

"Nu ligger jeg rigtignok godt! her kan snart Forgyldningen gåe af mig! og hvad det er for nogle Prakkere jeg er kommet imellem!" og så skjævede den til en lang Kålstok, der var pillet altfor nær, og til en underlig rund Ting, der såe ud som et gammelt Æble; - men det var intet Æble, det var en gammel Bold, der i mange Aar havde ligget oppe i Tagrenden, og som Vandet havde sivet igjennem.

"Gud skee Lov, der dog kommer een af Ens Lige, som man kan tale med!" sagde Bolden og betragtede den forgyldte Top.

"Jeg er egentlig af Saffian, syet af Jomfru-Hænder, og har en Prop i Livet, men det skulde Ingen see på mig! jeg var lige ved at holde Bryllup med en Svale, men så faldt jeg i Tagrenden, og der har jeg ligget i fem Aar og sivet! Det er en lang Tid, kan De troe, for en Jomfru!"

Men Toppen sagde ikke noget, han tænkte på sin gamle Kjæreste, og jo mere han hørte, desto klarere blev det ham, at det var hende.

Da kom Tjenestepigen og vilde vende Fjerdingen: "heisa, der er Guldtoppen!" sagde hun.

Og Toppen kom igjen i Stuen til stor Agt og Ære, men Bolden hørte man intet om, og Toppen snakkede aldrig meer om sin gamle Kjærlighed; den gåer over, når Kjæresten har ligget fem Aar i en Vandrende og sivet, ja man kjender hende aldrig igjen, når man møder hende i Skarnfjerdingen."

Klods-Hans

 Ude paa Landet var der en gammel Gaard, og i den var der en gammel Herremand, som havde to Sønner, der vare saa vittige, at det Halve var nok; de vilde frie til Kongens Datter og det turde de, for hun havde ladet kundgjøre at hun vilde tage til Mand, den, hun fandt bedst kunde tale for sig.

De To forberedte sig nu i otte Dage, det var den længste Tid de havde til det, men det var ogsaa nok, for de havde Forkundskaber og de ere nyttige. Den Ene kunde udenad hele det latinske Lexicon og Byens Avis for tre Aar, og det baade forfra og bagfra; den Anden havde gjort sig bekjendt med alle Laugs-Artiklerne og hvad hver Oldermand maatte vide, saa kunde han tale med om Staten, meente han, dernæst forstod han ogsaa at brodere Seler, for han var fiin og fingernem.

"Jeg faaer Kongedatteren!" sagde de begge To, og saa gav deres Fader dem hver en deilig Hest; han, som kunde Lexiconet og Aviserne fik en kulsort, og han, som var oldermands-klog og broderede fik en melkehvid, og saa smurte de sig i Mundvigerne med Levertran, forat de kunde blive mere smidige. Alle Tjenestefolkene vare nede i Gaarden for at see dem stige til Hest; i det samme kom den tredie Broder, for der var tre, men der var Ingen der regnede ham med, som Broder, for han havde ikke saadan Lærdom som de To, og ham kaldte de bare *Klods-Hans.*

"Hvor skal I hen siden I er i Stadstøiet?" spurgte han.

"Til Hove for at snakke os Kongedatteren til! har Du ikke hørt hvad Trommen gaaer om over hele Landet!" og saa fortalte de ham det.

"Hille den, saa maa jeg nok med!" sagde *Klods-Hans* og Brødrene loe af ham og red afsted.

"Fader, lad mig faae en Hest!" raabte *Klods-Hans.* "Jeg faaer saadan en Lyst til at gifte mig. Ta'er hun mig, saa ta'er hun mig! og ta'er hun mig ikke, saa ta'er jeg hende alligevel!"

"Det er noget Snak!" sagde Faderen, "Dig giver jeg ingen Hest. Du kan jo ikke tale! nei, Brødrene det er Stads-Karle!"

"Maa jeg ingen Hest faae!" sagde *Klods-Hans,* "saa ta'er jeg Gedebukken, den er min egen, og den kan godt bære mig!" og saa satte han sig skrævs over Gedebukken, stak sine Hæle i Siden paa den og foer afsted hen ad Landeveien. Hui! hvor det gik. "Her kommer jeg!" sagde *Klods-Hans,* og saa sang han saa at det skingrede efter.

Men Brødrene red ganske stille forud; de talte ikke et Ord, de maatte tænke over paa alle de gode Indfald, de vilde komme med, for det skulde nu være saa udspekuleret!

"Halehoi!" raabte *Klods-Hans,* "her kommer jeg! see hvad jeg fandt paa Landeveien!" og saa viste han dem en død Krage, han havde fundet!

"Klods!" sagde de, "hvad vil Du med den?"

"Den vil jeg forære til Kongedatteren!"

"Ja, gjør Du det!" sagde de, loe og red videre.

"Halehoi! her kommer jeg! see, hvad jeg nu har fundet, det finder man ikke hver Dag paa Landeveien!"

Og Brødrene vendte om igjen for at see hvad det var. "Klods!" sagde de, "det er jo en gammel Træsko, som Overstykket er gaaet af! skal Kongedatteren ogsaa ha' den?"

"Det skal hun!" sagde *Klods-Hans;* og Brødrene loe og de red og de kom langt forud.

"Halehoi! her er jeg!" raabte *Klods-Hans;* "nei, nu bliver det værre og værre! halehoi! det er mageløst!"

"Hvad har Du nu fundet!" sagde Brødrene.

"O!" sagde *Klods-Hans,* "det er ikke til at tale om! hvor hun vil blive glad, Kongedatteren!"

"Uh!" sagde Brødrene, "det er jo Pludder der er kastet lige op af Grøften!"

"Ja det er det!" sagde *Klods-Hans,* "og det er den fineste Slags, man kan ikke holde paa den!" og saa fyldte han Lommen.

Men Brødrene red alt hvad Tøiet kunde holde, og saa kom de en heel Time forud og holdt ved Byens Port, og der fik Frierne Nummer eftersom de kom, og blev sat i Række, sex i hvert Geled og saa tæt at de ikke kunde røre Armene, og det var nu meget godt, for ellers havde de sprættet Rygstykkerne op paa hverandre, bare fordi den Ene stod foran den Anden.

Alle Landets øvrige Indvaanere stode rundt om Slottet, lige op til Vinduerne for at see Kongedatteren tage mod Frierne, og ligesom een af dem kom ind i Stuen, slog Talegaven klik for ham.

"Duer ikke!" sagde Kongedatteren. "Væk!"

Nu kom den af Brødrene, som kunde Lexiconet, men det havde han reent glemt ved at staae i Række, og Gulvet knirkede og Loftet var af Speilglas, saa at han saae sig selv paa Hovedet, og ved hvert Vindue stode tre Skrivere og en Oldermand, der hver skrev op Alt hvad der blev sagt, at det strax kunde komme i Avisen og sælges for to Skilling paa Hjørnet. Det var frygteligt, og saa havde de fyret saadan i Kakkelovnen, at den var rød i Tromlen!

"Det er en svær Varme her er herinde!" sagde Frieren.

"Det er fordi min Fader i Dag steger Hanekyllinger!" sagde Kongedatteren.

"Bæ!" der stod han, den Tale havde han ikke ventet; ikke et Ord vidste han at sige, for noget Morsomt vilde han have sagt. Bæ!

"Duer ikke!" sagde Kongedatteren. "Væk!" og saa maatte han afsted. Nu kom den anden Broder.

"Her er en forfærdelig Hede!" — sagde han.

"Ja, vi stege Hanekyllinger i Dag!" sagde Kongedatteren.

"Hvad be — hvad?" sagde han, og alle Skriverne skrev Hvad be — hvad!

"Duer ikke!" sagde Kongedatteren. "Væk!"

Nu kom *Klods-Hans*, han red paa Gedebukken lige ind i Stuen. "Det var da en gloende Hede!" sagde han.

"Det er fordi jeg steger Hanekyllinger!" sagde Kongedatteren.

"Det var jo rart det!" sagde *Klods-Hans*, "saa kan jeg vel faae en Krage stegt?"

"Det kan De meget godt!" sagde Kongedatteren, "men har De Noget at stege den i, for jeg har hverken Potte eller Pande!"

"Men det har jeg!" sagde *Klods-Hans*. "Her er Kogetøi med Tinkrampe!" og saa trak han den gamle Træsko frem og satte Kragen midt i den.

"Det er til et heelt Maaltid!" sagde Kongedatteren, "men hvor faae vi Dyppelse fra!"

"Den har jeg i Lommen!" sagde *Klods-Hans*. "Jeg har saa meget jeg kan spilde af det!" og saa heldte han lidt Pludder af Lommen.

"Det kan jeg lide!" sagde Kongedatteren, "Du kan da svare! og Du kan tale og Dig vil jeg have til Mand! men veed Du, at hvert Ord vi sige og har sagt, skrives op og kommer imorgen i Avisen! ved hvert Vindue seer Du staae tre Skrivere og en gammel Oldermand, og Oldermanden er den Værste for han kan ikke forstaae!" og det sagde hun nu for at gjøre ham bange. Og alle Skriverne vrinskede og slog en Blæk-Klat paa Gulvet.

"Det er nok Herskabet!" sagde *Klods-Hans,* "saa maa jeg give Oldermanden det Bedste!" og saa vendte han sine Lommer og gav ham Pluddren i Ansigtet.

"Det var fiint gjort!" sagde Kongedatteren, "det kunde jeg ikke have gjort! men jeg skal nok lære det!" —

Og saa blev *Klods-Hans* Konge, fik en Kone og en Krone og sad paa en Throne, og det har vi lige ud af Oldermandens Avis — og den er ikke til at stole paa!

Klokkedybet

"Ding-dang! ding-dang!" klinger det fra Klokkedybet i Odense Aa. – Hvad er det for en Aa? – Den kjender hvert Barn i Odense-By, den løber nedenom Haverne, fra Slusen til Vandmøllen hen under Træbroerne. I Aaen voxe gule Aaknappe, brunfjædrede Rør og den sorte, fløielsagtige Dunhammer, saa høi og saa stor; gamle, revnede Piletræer, sveiede og dreiede, hænge langt ud i Vandet paa Munkemose Side og ved Blegmandens Eng, men ligeoverfor er Have ved Have, den ene anderledes end den anden, snart med deilige Blomster og Lysthuse, glatte og pene, ligesom smaat Dukkestads, snart staae de kun med Kaal eller der er slet ingen Have at see, thi de store Hyldebuske brede sig der og hænge langt ud over det rindende Vand, som hist og her er dybere, end man kan naae med Aaren. Ud for det gamle Frøken-Kloster er det dybeste Sted, det kaldes *Klokkedybet,* og der boer *Aamanden;* han sover om Dagen, naar Solen skinner gjennem Vandet, men kommer frem ved stjerneklare Nætter og Maaneskin. Han er meget gammel; Mo'ermo'er har hørt om ham af sin Mo'ermo'er, siger hun, han lever et eensomt Liv, har slet Ingen at tale med uden den store, gamle Kirkeklokke. Engang hang den i Kirketaarnet, ja nu er der ingen Spor hverken af Taarn eller Kirke, den, der kaldtes Sanct Albani.

"Ding-dang! ding-dang!" klang Klokken, da Taarnet stod, og en Aften, da Sol gik ned og Klokken var i sit stærkeste Sving, rev den sig løs og fløi gjennem Luften; det blanke Malm skinnede gloende i de røde Straaler.

"Ding-dang! ding-dang! nu gaaer jeg i Seng!" sang Klokken og fløi ud i Odense-Aa, hvor der var dybest, og derfor kaldes nu det Sted

Klokkedybet; men ikke fik den Søvn eller Hvile der! hos *Aamanden* ringer og klinger den, saa at det stundom høres herop igjennem Vandet, og mange Folk sige, at det betyder: nu skal der Nogen dø, men det er ikke derfor, nei den ringer og fortæller for *Aamanden,* som nu ikke længer er alene.

Og hvad fortæller Klokken? Den er saa gammel, saa gammel, er der sagt, den var til, længe før Mo'ermo'ers Mo'ermo'er blev født, og dog er den i Alder et Barn kun imod *Aamanden,* der er en gammel, en stille, en underlig Een med Aaleskinds Buxer og Skælfiskes Trøie med gule Aaknappe i, Siv om Haaret og Andemad paa Skjægget og det er just ikke kjønt.

Hvad Klokken fortæller, skal der Aar og Dage til at give igjen; den fortæller ud og ind, tidt og ofte det samme, snart kort, snart langt, ligesom den lyster; den fortæller om gamle Tider, de haarde, de mørke Tider.

"Ved Sanct Albani Kirke deroppe i Taarnet, hvor Klokken hang, kom Munken, han var baade ung og smuk, men tankefuld som ingen Anden; han saae fra Lugen ud over Odense-Aa, da dens Leie var bredt og Mosen en Sø, han saae over den og den grønne Vold, "Nonnebakken" derovre, hvor Klostret laae, hvor Lyset skinnede fra Nonnens Celle; han havde kjendt hende vel – og han huskede derpaa, og hans Hjerte slog stærkt derved – ding-dang! ding-dang! –"

Ja, saadan fortæller Klokken.

"Der kom i Taarnet Bispens fjollede Svend, og naar jeg, Klokken, der er støbt af Malm, haard og tung, svingede og svang, kunde jeg have knust hans Pande; han satte sig tæt under mig og legede med to Pinde, ret som om de vare et Strængespil, og han sang dertil: 'Nu tør jeg synge høit, hvad jeg ellers ikke tør hviske, synge om Alt, hvad der gjemmes bag Laas og Lem! der er koldt og vaadt! Rotterne æde dem levende op! Ingen veed derom, Ingen hører derom! heller ikke nu, thi Klokken ringer saa høit ding-dang! ding-dang!' •

"Der var en Konge, de kaldte ham *Knud,* han neiede baade for Bisp og Munk, men da han kom Vendelboerne altfor nær med svære Skatter og haarde Ord, toge de Vaaben og Stænger, joge ham afsted, som var han et Vildt; han tyede ind i Kirken, laasede Port og Dør; den voldsomme Skare laae udenfor, jeg hørte derom: baade Skader og Krager, Alliken med, bleve skræmmede ved Skrig og Skraal; de fløi ind i Taarnet og ud igjen, de saae paa Mængden dernede, de saae ogsaa ind ad Kirkens Vinduer, og skrege høit, hvad de saae. Kong Knud laae foran Alteret og bad, hans Brødre *Erik* og *Benedikt* stode som Vagt med dragne Sværd, men Kongens Tjener, den falske *Blake,* forraadte sin Herre; de vidste derude, hvor han var at ramme, og Een smed en Steen gjennem Ruden, og Kongen laae død! – der var Skrig og Raab af den vilde Hob og af Fuglenes Flok, og jeg raabte med, jeg sang, og jeg klang: ding-dang! ding-dang!"

"Kirkeklokken hænger høit, seer vidt omkring, faaer Besøg af Fuglene og forstaaer deres Sprog, til den suser Vinden ind af Laage og Lydhuller, af hver Revne, og Vinden veed Alt, den har det fra Luften, og den omslutter Alt, hvad levende er, den trænger ind i Menneskets Lunger, veed Alt, hvad der faaer Lyd, hvert Ord og hvert Suk –! Luften veed det, Vinden fortæller det, Kirkeklokken forstaaer dens Mæle og ringer det ud for den hele Verden, ding-dang! ding-dang!"

"Men det blev mig for meget at høre og vide, jeg mægtede ikke at ringe det ud! jeg blev saa træt, jeg blev saa tung, at Bjælken knak og jeg fløi ud i den skinnende Luft, ned der hvor Aaen er dybest, hvor *Aamanden* boer, eensom og ene og der fortæller jeg, Aar ud og Aar ind, hvad jeg har hørt og hvad jeg veed: ding-dang! ding-dang!"

Saaledes lyder det fra Klokkedybet i Odense-Aa, det har Mo'ermo'er fortalt.

Men vor Skolemester siger: "der er ingen Klokke, der kan ringe dernede, for den kan ikke! – og der er ingen *Aamand* dernede, for der er ingen *Aamand!*" og naar alle Kirkeklokker klinge saa lysteligt, saa siger han, at det ikke er Klokkerne, men at det egentligt er Luften, der klinger, Luften er det, der giver Lyd – det sagde ogsaa Mo'ermo'er, at Klokken havde sagt – deri ere de enige og saa er det vist! "Vær agtsom, vær agtsom, vogt nøie Dig selv!" sige de begge To.

Luften veed Alt! den er om os, den er i os, den mæler om vor Tanke og vor Gjerning, og den mæler det længer end Klokken nede i Dybet i Odense-Aa, hvor *Aamanden* boer, den mæler det ud i det store Himmel-Dyb, saa langt, saa langt, evigt og altid, til Himmeriges Klokker klinge: "ding-dang! ding-dang!"

Lygtemændene ere i Byen, sagde Mosekonen

Der var en Mand, som engang vidste saa mange nye Eventyr, men nu vare de slupne for ham, sagde han; Eventyret, der af sig selv gjorde Visit, kom ikke mere og bankede paa hans Dør; og hvorfor kom det ikke? Ja, det er sandt nok, Manden havde i Aar og Dag ikke tænkt paa det, ikke ventet, at det skulde komme at banke paa, men det havde vist heller ikke været her, thi Udenfor var Krig og indenfor Sorg og Nød, som Krigen fører med sig.

Stork og Svale kom fra deres lange Reise; de tænkte paa ingen Fare, og da de kom, var Reden brændt, Menneskenes Huse brændte, Ledet af Lave, ja reent borte; Fjendens Heste traadte paa de gamle Grave. Det var haarde, mørke Tider; men ogsaa de faae Ende.

Og nu havde de Ende, sagde man, dog endnu bankede ikke Eventyret paa, eller lod høre fra sig.

„Det er vel dødt og borte med de mange Andre," sagde Manden. Men Eventyret døer aldrig!

Og der gik over et heelt Aar, og han længtes saa saare.

„Mon dog ikke Eventyret skulde komme igjen og banke paa!" Og han huskede det saa levende i alle de mange Skikkelser, det var kommet til ham; snart ungt og deiligt, Foraaret selv, en yndig lille Pige med Skovmærkekrands om Haaret og Bøgegreen i Haanden; hendes Øine skinnede som dybe Skovsøer i klart Solskin; snart var det ogsaa kommet som Bissekræmmer, havde aabnet Kramkisten og ladet Silkebaand flagre med Vers og Indskrift fra gamle Minder; men allerdeiligst var det dog, naar det kom som gamle Moerlille med sølvhvidt Haar og med Øine saa store og saa kloge, da vidste hun ret at fortælle om de allerældste Tider, længe endnu før Prindsesserne spandt paa Guldteen, mens Drager og Lindorme laae udenfor og passede paa. Da fortalte hun saa levende, at der kom sorte Pletter for Øinene af Enhver, som hørte derpaa, Gulvet blev sort af Menneskeblod; grueligt at see og at høre, og dog saa fornøieligt, for det var saalænge siden at det var skeet.

„Mon hun ikke mere skulde banke paa!" sagde Manden og stirrede mod Døren, saa at der kom sorte Pletter for Øinene, sorte Pletter paa Gulvet; han vidste ikke om det var Blod eller Sørgeflor fra de tunge, mørke Dage.

Og som han sad, kom ham i Tanke, om ikke Eventyret havde skjult sig, ligesom Prindsessen i de rigtige gamle Eventyr, og vilde nu søges op; blev hun funden, da straalede hun i ny Herlighed, deiligere end nogensinde før.

„Hvo veed! maaskee ligger hun skjult i det henkastede Straahalm, der vipper paa Brøndkanten. Forsigtig! forsigtig! maaskee har hun gjemt sig i en vissen Blomst, lagt ind i en af de store Bøger paa Hylden."

Og Manden gik hen, aabnede en af de allernyeste til at faae Forstand af; men der laae ingen Blomst, der stod at læse om Holger Danske; og Manden læste, at hele den Historie var opfunden og sat sammen af en Munk i Frankrig, at det var en Roman, der var bleven „„oversat og prentet udi det danske Sprog;"" at Holger Danske slet ikke havde været og altsaa slet ikke kom igjen, som vi havde sunget om og saa gjerne vilde troet paa. Det var med Holger Danske, som med Vilhelm Tell, kun Mundsveir, ikke til at forlade sig paa, og det stod i Bogen skrevet sammen med stor Lærdom.

„Ja, jeg troer nu hvad jeg troer," sagde Manden, „der groer ikke Veibred, hvor ingen Fod har traadt."

Og han lukkede Bogen, satte den paa Hylden og gik saa hen til de friske Blomster i Vindueskarmen; der maaskee havde Eventyret skjult sig i den røde Tulipan med de guldgule Kanter, eller i den friske Rose, eller i den stærkt farvede Camellia. Solskinnet laae mellem Bladene, men ikke Eventyret.

„Blomsterne, her stode i Sorgens Tid, vare alle langt smukkere; men de bleve skaarne af, hver een, bundne i Krandse, lagte ned i Kiste og over den bredtes Flaget. Maaskee med de Blomster er Eventyret jordet! Men derom maatte Blomsterne have vidst, og Kisten havde fornummet det, Jorden havde fornummet det, hvert lille Græsstraa, der skød frem, vilde have fortalt det. Eventyret døer aldrig!

Maaskee har det ogsaa været her og banket paa, men hvo havde dengang Øre for det, Tanke for det! Man saae mørk, tungsindig, næsten vred til Foraarets Solskin, dets Fugleqvidder, og alt det fornøielige Grønne; ja Tungen kunde ikke bære de gamle, folkefriske Sange, de bleve skrinlagte med Saameget, vort Hjerte havde kjært. Eventyret kan godt have banket paa; men det er ikke hørt, ikke sagt velkommen, og saa er det blevet borte.

Jeg vil gaae at søge det op.

Ud paa Landet! ud i Skoven ved den aabne Strand!"

Derude ligger en gammel Herregaard med røde Mure, takket Gavl og vaiende Flag paa Taarnet. Nattergalen synger under de fiintfryndsede Bøgeblade, mens den seer paa Havens blomstrende Æbletræer og troer at de bære Roser. Her har i Sommersolen Bierne travlt, og med summende Sang sværme de om deres Dronning. Efteraarsstormen veed at fortælle om den vilde Jagt, om Menneskeslægter og Skovens Løv, der fare hen. Ved Juletid synge de vilde Svaner ude fra det aabne Vand, mens inde i den gamle Gaard, ved Kakkelovnsilden, man føler sig stemt til at høre Sange og Sagn.

Ned i den gamle Deel af Haven, hvor den store Allee af vilde Kastanier lokker med sit Halvmørke, gik Manden, der søgte Eventyret; her havde engang Vinden suset for ham om Valdemar Daae og hans Døttre.

Dryaden i Træet, det var Eventyrmoer selv, havde her fortalt ham det gamle Egetræes sidste Drøm. I Moermoers Tid stode her beskaarne Hækker, nu voxte kun Bregner og Nelder; de bredte sig over henslængte Rester af gamle Steenfigurer; der voxte dem Mos i Øinene, men de kunde ligesaa godt see som før, det kunde Manden efter Eventyr ikke, han saae ikke Eventyret. Hvor var det?

Hen over ham og de gamle Træer fløi Krager i hundredeviis og skrege: „herfra! herfra!"

Og han gik fra Haven hen over Gaardens Voldgrav, ind i Ellelunden; der stod et lille sexkantet Huus med Hønsegaard og Andegaard. Midt i Stuen sad den gamle Kone, som styrede det Hele og vidste nøiagtigt om hvert Æg, der blev lagt, hver Kylling, der kom ud af Ægget; men hun var ikke Eventyret, som Manden søgte; det kunde hun bevise ved christelig Døbeattest og Vaccinationsattest, begge laae i Dragkisten.

Udenfor, ikke langt fra Huset, er en Høi med Rødtjørn og Guldregn; her ligger en gammel Gravsteen, der for mange Aar siden kom herhid fra Kjøbstadkirkegaarden, et Minde om en af Byens hæderlige Raadmænd; hans Hustru og hans fem Døttre, Alle med foldede Hænder og Pibekrave, staae omkring ham, udhugne i Stenen. Man kunde saalænge betragte denne, at den ligesom virkede paa Tankerne og disse igjen paa Stenen, saa at denne fortalte om gamle Tider; idetmindste var det saaledes gaaet Manden, der søgte Eventyret. Idet han nu kom her, saae han en levende Sommerfugl sidde lige i Panden paa Raadmandens udhuggede Billede; den slog med Vingerne, fløi et lille Stykke og satte sig igjen tæt ved Gravstenen for ligesom at vise, hvad der groede. Der groede en Fiirkløver, der groede hele syv ved Siden af hinanden. Kommer Lykken, kommer den fuldt op! han plukkede Kløverne og puttede dem i Lommen. Lykken er ligesaa god som rede Penge, men et nyt, deiligt Eventyr var dog endnu bedre, tænkte Manden, men det fandt han ikke der.

Solen gik ned, rød og stor; Engen dampede, Mosekonen bryggede.

Det var ud paa Aftenen; han stod alene i sin Stue, saae ud over Haven, over Eng, Mose og Strand; Maanen skinnede klar, der laae en Damp hen over Engen, som var den en stor Sø, og det havde her engang ogsaa været, der gik Sagn herom, og i Maaneskinnet viste sig Syn for Sagn. Da tænkte Manden paa, hvad han inde i Byen havde læst, at Vilhelm Tell og Holger Danske ikke havde været til, men i Folketroen blive de dog, som Søen herude, levende Syn for Sagn. Jo, Holger Danske kommer igjen! Idet han saaledes stod og tænkte, slog Noget ganske stærkt paa Vinduet. Var det en Fugl? En Flaggermuus eller en ugle? Ja, dem lukker man ikke ind, om de banke paa. Vinduet sprang op af sig selv, en gammel Kone saae ind paa Manden.

„Hvad behager!" sagde han. „Hvem er Hun? Lige ind i første Etage seer Hun. Staaer Hun paa Stige?"

„De har en Fiirkløver i Lommen," sagde hun, „ja De har hele syv, hvoraf den ene er en Sexkløver."'

„Hvem er Hun!" spurgte Manden.

„Mosekonen!" sagde hun. „Mosekonen, som brygger; det var jeg i Færd med; Tappen sad i Tønden, men en af de smaa Moseunger rev i Kaadhed Tappen af, kylede den lige herop imod Gaarden, hvor den slog mod Vinduet; nu løber Øllet af Tønden, og det er Ingen tjent med."

„Siig mig dog!" sagde Manden.

„Ja, vent lidt!" sagde Mosekonen, „nu har jeg Andet at tage Vare!" og saa var hun borte.

Manden var ved at lukke Vinduet, saa stod Konen der igjen.

„Nu er det gjort!" sagde hun, „men det halve Øl kan jeg brygge om i Morgen, om det bliver Veir dertil. Naa, hvad har De saa at spørge om? Jeg kom igjen, for jeg holder altid mit Ord, og De har i Lommen syv Fiirkløver, hvoraf den ene er en Sexkløver, det giver Respect, det er Ordenstegn, som groe ved Landeveien, men ikke findes af Enhver. Hvad har De saa at spørge om? Staa nu ikke der som en løierlig Tip, jeg maa snart afsted til min Tap og min Tønde!"

Og Manden spurgte om Eventyret, spurgte om Mosekonen havde seet det paa sin Vei.

„Ih, du store Brygning!" sagde Konen, „har De endnu ikke nok af Eventyret? Det troer jeg da rigtignok at de Fleste have. Her er Andet at tage Vare, Andet at passe paa. Selv Børnene ere komne ud over det. Giv Smaadrengene en Cigar og Smaapigerne en ny Crinoline, det holde de mere af! Høre paa Eventyr! Nei her er sandelig Andet at tage Vare, vigtigere Ting at udrette!"'

„Hvad mener De med det?" spurgte Manden. „Og hvad veed De om Verden? De seer jo kun Frøer og Lygtemænd!"

„Ja tag De Dem i Agt for Lygtemændene!" sagde Konen, „de ere ude! de ere slupne løs! dem skulle vi tale om! kom De til mig i Mosen, hvor min Nærværelse er nødvendig; der skal jeg sige Dem det Hele, men skynd Dem lidt mens Deres syv Fiirkløver med den ene Sexer ere friske og Maanen endnu er oppe!"

Væk var Mosekonen.

Klokken slog tolv paa Taarnuhret, og før den slog Qvarteerslag var Manden ude i Gaarden, ude af Haven og stod i Engen. Taagen havde lagt sig, Mosekonen holdt op at brygge.

„Det varede længe før De kom!" sagde Mosekonen. „Troldtøi kommer hurtigere frem, end Mennesker, og jeg er glad ved at jeg er født Troldtøi."

„Hvad har De nu at sige mig?" spurgte Manden. „Er det et Ord om Eventyret?"

„Kan De da aldrig komme videre, end at spørge om det?" sagde Konen.

„Er det da om Fremtids-Poesien, De kan tale?" spurgte Manden.

„Bliv bare ikke høitravende!" sagde Konen, „saa skal jeg nok svare. De tænker kun paa Digteriet, spørger om Eventyret, ligesom om hun var

Madamen for det Hele! hun er nok bare den Ældste, men hun gaaer altid for den Yngste. Jeg kjender hende nok! jeg har ogsaa været ung, og det er ingen Børnesygdom. Jeg har engang været en ganske net Elverpige og dandset med de Andre i Maaneskinnet, hørt paa Nattergalen, gaaet i Skoven og mødt Eventyrfrøkenen, der altid var ude at føite. Snart tog hun Natteleie i en halv udsprungen Tulipan eller i en Engblomme; snart smuttede hun ind i Kirken og svøbte sig i Sørgefloret, der hang fra Alterlysene!"

„De veed deilig Besked!" sagde Manden.

„Jeg skulde da sagtens vide ligesaa Meget, som De veed!" sagde Mosekonen. „Eventyr og Poesi, ja de er to Alen af eet Stykke: de kunne gaae at lægge sig hvor de ville. Al deres Værk og Tale kan man brygge efter og have bedre og billigere. De skal faae dem hos mig for Ingenting. Jeg har et heelt Skab fuldt af Poesi paa Flasker. Det er Essentsen, det Fine af den; Urten, baade den søde og beeske. Jeg har paa Flaske Alt hvad Menneskene behøve af Poesi, for om Helligdagene at faae Lidt paa Lommetørklædet at lugte til."

„Det er ganske forunderlige Ting, De siger," sagde Manden. „Har De Poesi paa Flasker?"

„Meer end De kan taale!" sagde Konen. „De kjender vel Historien om Pigen, som traadte paa Brødet, for ikke at smudske sine nye Skoe? Den er baade skreven og trykt."

„Den har jeg selv fortalt," sagde Manden.

„Ja, saa kan De den," sagde Konen, „og veed, at Pigen sank lige ned i Jorden til Mosekonen, just som Fandens Oldemo'er gjorde Visit for at see Bryggeriet. Hun saae Pigen, som sank, og udbad sig hende til Postament, en Erindring om Besøget, og hun fik hende, og jeg fik en Foræring, som jeg har intet Gavn af, et Reise-Apothek, et heelt Skab fyldt med Poesi paa Flasker. Oldemo'er sagde, hvor Skabet skulde staae, og der staaer det endnu. See engang! De har jo Deres syv Fiirkløver i Lommen, hvoraf den ene er en Sexkløver, saa vil De nok kunne see det."

Og virkeligt, midt i Mosen laae ligesom en stor Elletrunte, det var Oldemo'ers Skab. Det stod aabent for Mosekonen og for Enhver i alle Lande og i alle Tider, sagde hun, naar de kun vidste, hvor Skabet stod. Det var til at aabne for og bag, paa alle Sider og Kanter, et heelt Konststykke, og saae dog kun ud som en gammel Elletrunte. Alle Landets Poeter, især vort eget Lands, vare her lavede efter; Geisten af dem var speculeret ud, recenseret, renoveret, concentreret og sat paa Flaske. Med stort Instinkt, som det kaldes, naar man ikke vil sige Geni, havde Oldemo'er taget Det i Naturen, der ligesom smagte af den eller den Poet, sat lidt Djævelskab til, og saa havde hun hans Poesi paa Flaske for hele Fremtiden.

„Lad mig see engang!" sagde Manden.

„Ja, men der er vigtigere Ting at høre!" sagde Mosekonen.

„Men nu ere vi ved Skabet!" sagde Manden og saae derind. „Her er Flasker af alle Størrelser. Hvad er der i den? Og hvad i den?"

„Her er det, de kalde Maiduft!" sagde Konen, „jeg har ikke prøvet den, men jeg veed, at slaaer man af den kun en lille Slat paa Gulvet, saa staaer der strax en deilig Skovsø, med Aakander, Brudelys og vilde Krusemynter. Man helder bare to Draaber paa en gammel Stilebog, selv fra nederste Classe, og saa bliver Bogen en heel Duftkomedie, som man meget godt kan opføre og falde i Søvn over, saa stærkt dufter den. Det skal nok være en Høflighed mod mig, at der staaer skrevet paa Flasken: „„Mosekonens Bryg.""

Her staaer Skandale-Flasken. Det seer ud, som om der kun var snavset Vand i den, og det er snavset Vand, men med Bruuspulver af Bysladder, tre Lod Løgn og to Gran Sandhed, rørt om med en Birkeqvist, ikke fra en Spidsrod, lagt i Saltlage og skaaren ud af Synderens blodige Krop, eller en Stump fra Skolemesterens Riis, nei lige tagen fra Kosten, der feiede Rendestenen.

Her staaer Flasken med den fromme Poesi, udi Psalmetone. Hver Draabe har Klang, som Smæld af Helvedes Porte, og er lavet af Tugtelsens Blod og Sved; Nogle sige, det er kun Duegalde; men Duerne ere de frommeste Dyr, de have ingen Galde, sige Folk, der ikke kunne Naturhistorie."

Her stod Flasken for alle Flasker; den bredte sig i det halve Skab: Flasken med Hverdagshistorier; den var bunden til baade med Svineskind og med Blæreskind, for den kunde ikke taale at tabe af sin Kraft. Hver Nation kunde her faae sin egen Suppe, den kom eftersom man vendte og dreiede Flasken. Her var gammel tydsk Blodsuppe med Røverboller, ogsaa tynd Huusmandssuppe med virkelige Hofraader, der laae som Rødder, og hen over dem svømmede philosophiske Fedtøine. Der var engelsk Gouvernantesuppe og den franske *Potage à la Kock*, lavet paa Hanebeen og Spurveæg, paa Dansk kaldet Cancansuppe; men den bedste af Supperne var den kjøbenhavnske. Det sagde Familien.

Her stod Tragedien paa Champagneflaske; den kunde taalde, og det skal den. Lystspillet saae ud som fiint Sand til at kaste Folk i Øinene, det vil sige, det finere Lystspil; det grovere var ogsaa paa Flaske, men bestod kun af Fremtids-Placater, hvor Navnet paa Stykket var det Kraftigste. Der var Udmærkede Komedienavne, saaledes: „Tør Du spytte i Værket?", „Een paa Gummerne", „Det søde Asen" og „Hun er sprøitefuld!"

Manden faldt ganske hen i Tanker derved, men Mosekonen tænkte længere frem, hun vilde have Ende paa det.

„Nu har De vel seet nok i Kramkisten!" sagde hun, „nu veed De, hvad der er; men det Vigtigere, De skulde vide, veed De ikke endnu. Lygtemændene ere i Byen! Det har Mere at betyde, end Poesi og Eventyr. Jeg skulde nu holde Mund dermed, men det maa være en Styrelse, en Skjæbne, Noget, der gaaer mig over, det er sat mig i Qværken, det maa herud. Lygtemændene ere i Byen! de ere slupne løs! tag Eder i Agt, Mennesker!"

„Det forstaaer jeg ikke et Ord af!" sagde Manden.

„Vær saa god at sætte Dem paa Skabet!" sagde hun, „men fald ikke ind i det og slaa Flaskerne itu; De veed, hvad der er i dem. Jeg skal fortælle den store Begivenhed; den er ikke ældre end fra igaar; den er hændet tidligere. Denne har endnu trehundrede og fireogtresindstyve Dage at løbe paa. De veed vel, hvormange Dage der er i Aaret?"

Og Mosekonen fortalte.

„Her var Stort paa Færde igaar Ude i Sumpen! her var Barnegilde! her blev født en lille Lygtemand, her blev født tolv af det Kuld, som det er givet, at de kunne, om de ville, træde op som Mennesker og agere og commandere imellem disse, ligesom om de vare fødte Mennesker. Det er en stor Begivenhed i Sumpen, og derfor dandsede som Smaalys, hen over Mose og Eng, alle Lygtemænd og Lygtekoner; der er ogsaa Hunkjøn, men de ere ikke i Omtale. Jeg sad paa Skabet der og havde paa mit Skjød alle de tolv smaa, nyfødte Lygtemænd; de skinnede som Sanct Hansorme; de begyndte allerede at hoppe, og hvert Minut toge de til i Størrelse, saa at, før et Qvarteer var omme, saae hver af dem ligesaa stor Ud, som Fader eller Onkel. Nu er det en gammel medfødt Lov og Begunstigelse, at naar Maanen netop staaer som den stod igaar, og den Vind blæser som blæste igaar, saa er det givet og forundt alle de Lygtemænd, som i den Time og i det Minut fødes, at kunne blive Mennesker, og hver af dem, et heelt Aar igjennem, rundt om øve deres Magt. Lygtemanden kan løbe Landet rundt og Verden med, om han ikke er bange for at falde i Søen eller blæses ud i en svær Storm. Han kan fare lige lukt ind i Mennesket, tale for ham og gjøre alle Bevægelser, han vil. Lygtemanden kan paatage sig hvilkensomhelst Skikkelse, Mand eller Qvinde, handle i deres Aand, men med hele sin egen Yderlighed, saa at der kommer ud af det hvad han vil; men i eet Aar maa han vide og forstaae at føre trehundrede og femogtresindstyve Mennesker paa gal Vei og det i stor Stiil, føre dem bort fra det Sande og det Rigtige, da opnaaer han det Høieste, en Lygtemand kan drive det til, at blive Løber foran Fandens Stadskarreet, faae gloende brandguul Kjole og Luen lige ud af Halsen. Det kan en simpel Lygtemand slikke sig om Munden efter.

Men der er ogsaa Fare og stort Bryderi for en ærgjerrig Lygtemand, der agter at spille en Rolle. Faaer Mennesket Øinene op for hvem han er, og kan blæse ham væk, saa er han væk og maa tilbage i Sumpen; og dersom, før Aaret er omme, Lygtemanden betages af Længsel efter at komme til sin Familie, opgiver sig selv, saa er han ogsaa væk, kan ikke længer brænde klart, gaaer snart ud og kan ikke tændes igjen; og er Aaret endt, og han da endnu ikke har ført trehundrede og femogtresindstyve Mennesker bort fra Sandheden og hvad godt og deiligt er, saa er han dømt til at ligge i raaddent Træ og skinne uden at kunne røre sig, og det er den frygteligste Straf for en livlig Lygtemand. Alt Dette vidste jeg og alt Dette sagde jeg de tolv smaa Lygtemænd, jeg sad med paa Skjødet, og de vare som ellevilde af Glæde. Jeg sagde dem, at det var det Sikkreste og Mageligste at opgive Æren og ikke at bestille Noget; det vilde de unge Blus ikke, de saae sig allerede gloende brandguul med Luen ud af Halsen. „Bliv hos os!" sagde nogle af de Gamle. „Driv Spil med Menneskene!" sagde de Andre. „Menneskene tørre vore Enge ud, de draine! hvad skal der blive af vore Efterkommere!"

„Vi ville flamme mig flamme!" sagde de nyfødte Lygtemænd, og saa var det afgjort.

Her blev strax Minutbal, kortere kunde det ikke være! Elverpigerne svang sig tre Gange rundt med alle de Andre, for ikke at synes storagtige; de dandse ellers helst med sig selv. Saa blev der givet Faddergave: „kastet Smut", som det hedder. Foræringer fløi, som Kiselstene, hen over Mosevandet. Hver af Elverpigerne gav en Flig af deres Slør: „Tag den!" sagde de, „saa kan Du strax den høiere Dands, de vanskeligste Sving og Vendinger, naar det kniber; Du faaer den rette Holdning og kan vise Dig i de strunkeste Selskaber." Natravnen lærte hver af de unge Lygtemænd at sige: „Bra', bra', brav!" sige det paa det rette Sted, og det er en stor Gave, der lønner sig selv. Uglen og Storken lode ogsaa Noget falde, men det var ikke værd at tale om, sagde de, og saa tale vi ikke om det. Kong Valdemars vilde Jagt foer just hen over Mosen, og da det Herskab hørte om Stadsen, sendte de til Foræring et Par fine Hunde, der jage med Vindens Fart og nok kunne bære en Lygtemand eller tre. To gamle Marer, som ernære sig ved at ride, vare med ved Gildet; de lærte strax fra sig den Konst at slippe ind igjennem et Nøglehul, det er som om alle Døre stode aabne for En. De tilbøde at føre de unge Lygtemænd til Byen, hvor de vidste god Besked. De rede sædvanligviis gjennem Luften paa deres eget lange Nakkehaar, som de havde bundet Knude paa, for at sidde haardt, men nu satte de sig hver skrævs

over den vilde Jagts Hunde, toge paa Skjødet de unge Lygtemænd, der skulde ind at forlede og forvilde Menneskene, — hutsch! vare de borte. Det var Altsammen igaar Nat. Nu ere Lygtemændene i Byen, nu have de taget fat, men hvordan og hvorledes, ja siig mig det! Jeg har en Veirtraad igjennem min store Taa, den siger mig altid Noget."

„Det er et heelt Eventyr," sagde Manden.

„Ja, det er da kun Begyndelsen til eet," sagde Konen. „Kan De fortælle mig, hvorledes Lygtemændene nu tumle og tee sig, i hvilke Skikkelser de ere traadte op for at faae Menneskene paa gale Veie?"

„Jeg troer nok," sagde Manden, „der kunde skrives en heel Roman om Lygtemændene, hele tolv Dele, een om hver Lygtemand, eller maaskee endnu bedre, en heel Folkekomedie."

„Den skulde De skrive," sagde Konen, „eller hellere lade være."

„Ja, det er mageligere og behageligere," sagde Manden, „saa slipper man for at tøires i Avisen, og det er tidt ligesaa trangt som for en Lygtemand at ligge i raaddent Træ, skinne og ikke turde sige et Muk."

„Mig er det lige fedt," sagde Konen, „men lad hellere de Andre skrive, de som kunne og de som ikke kunne! Jeg giver fra min Tønde en gammel Tap, den lukker op Skabet med Poesi paa Flasker, derfra kunne de faae hvad der skorter for dem; men De, min gode Mand, synes mig nu at have blækket Deres Fingre nok til og maa være kommen til den Alder og Sathed, ikke hvert Aar at løbe efter Eventyr, nu her er langt vigtigere Ting at gjøre. De har vel dog forstaaet, hvad der er paa Færde?"

„Lygtemændene ere i Byen!" sagde Manden, „jeg har hørt det, jeg har forstaaet det! men hvad vil De, at jeg skal gjøre? Jeg vil jo blive dænget over, om jeg seer og siger Folk: see engang, der gaaer en Lygtemand i hæderlig Kjole —!"

„De gaae ogsaa i Skjørter!" sagde Konen. „Lygtemanden kan paatage sig alle Skikkelser og træde op paa alle Steder. Han gaaer i Kirke, ikke for Vorherres Skyld, maaskee er han faret i Præsten! Han taler paa Valgdag, ikke for Land og Riges Skyld, men kun for sin egen; han er Konstner baade i Farvepotten og i Theaterpotten, men faaer han ganske Magten, saa er Potten ude! Jeg snakker og jeg snakker, jeg maa ud med hvad der sidder mig i Qværken, til Skade for min egen Familie; men jeg skal nu være Menneskenes Redningskone! Det er sandelig ikke med min gode Villie eller for Medaillens Skyld. Jeg gjør det Galeste, jeg kan, jeg siger det til en Poet, og saa faaer da snart hele Byen det at vide."

„Byen lægger sig det ikke paa Hjertet!" sagde Manden. „Det vil ikke anfegte et eneste Menneske, de troe Allesammen at jeg fortæller et Eventyr, idet jeg med den inderligste Alvor siger dem: „Lygtemændene ere i Byen, sagde Mosekonen, tag Eder i Agt!"

Lykkens Kalosker

I. En Begyndelse

Enhver Forfatter har i sin Skrive- og Fremstillingsmåde noget Særegent; de som ikke ynde ham pege strax på dette, trække på Skuldrene og sige: "Der har vi ham igjen!" Jeg veed meget godt, hvorledes jeg kan bevirke denne Bevægelse og Yttring, det vil skee strax, når jeg her begynder, som jeg har tænkt på at ville det, nemlig: Rom.har sin Corso, Neapel sin Toledo, - see der have vi Andersen igjen, sige de, men jeg må alligevel blive ved - Kjøbenhavn har sin Østergade. På denne ville vi blive.

Indenfor i et af Husene ikke langt fra Kongens Nytorv var indbudt et Selskab, et meget stort Selskab, for, som mange gjøre det, at erholde Abonnements Billetter på de Andres gjensidige Indbydelser. Den ene Halvdeel sad allerede ved Spillebordene, den anden Halvdeel ventede på Resultatet af Fruens: ja, nu skulde vi see til at finde på noget! Såvidt var man og Samtalen begyndte at krystallisere sig som den kunde.

Blandt andet faldt også Talen på Middelalderen; Enkelte ansåe denne for langt interessantere end vor Tid, ja Justitsråd Knap forsvarede så ivrig denne Mening, at Fruen strax gik over på hans Partie og begge ivrede da mod Ørsteds Afhandling i Almanaken om gamle og nye Tider, hvori vor Tidsalder i det Væsentlige sættes øverst. Justitsråden ansåe Kong Hans's Tid for den ædleste og lykkeligste.

Medens dette var Stof for Samtalen, der kun øieblikkelig blev afbrudt ved Ankomsten af et Dagblad, som ingenting indeholdt, der var værd at læse, ville vi begive os ud i Forværelset, hvor Overtøi, Stokke og Kalosker havde Plads. Her sad to Piger, en ung og en gammel; man skulde troe, at de vare komne, for at følge deres qvindelige Herskab hjem, men betragtede man dem lidt nøiere, begreb man snart, at de ikke vare simple Tjenestetyender; dertil vare Formerne altfor ædle, Huden for fiin og Klædernes Snit for dristigt. Det var to Feer, den yngste var vel ikke Lykken selv, men en af hendes Kammerjomfruers Kammerpiger, der bringe de mindre Lykkens Gaver omkring; den ældre såe noget mørk ud, det var Sorgen, hun gåer altid selv i egen høie Person sine Ærinder, så veed hun, at de blive vel udførte.

De fortalte hinanden, hvor de denne Dag havde været; den Lykkens Udsendte havde endnu kun expederet nogle ubetydelige Ærinder, som at frelse en ny Hat fra Regnskyl, skaffe en ærlig Mand en Hilsen af et fornemt Nul o.s.v. men hvad hun endnu havde tilbage var noget ganske Ualmindeligt.

"Jeg må da fortælle," sagde hun, "at det er min Geburtsdag idag, og til Ære for denne er mig betroet et Par Kalosker, som jeg skal bringe Menneskeheden. Disse Kalosker have den Egenskab, at Enhver, som fåer dem på, øieblikkelig er på det Sted eller i den Tid, hvor han helst vil være, ethvert Ønske med Hensyn til Tid, Sted eller Væren bliver strax opfyldt, og Mennesket således endelig engang lykkelig herneden!"

"Jo, det kan Du troe!" sagde Sorgen, "han bliver såre ulykkelig og velsigner det Øieblik, han igjen er fri for Kaloskerne!"

"Hvor vil du hen!" sagde den Anden, "nu stiller jeg dem her ved Døren, Een tager Feil og bliver den Lykkelige!"

See det var den Samtale.

II. Hvorledes det gik Justitsråden.

Det var sildigt; Justitsråd Knap, fordybet i kong Hans's Tid, vilde hiem og Skiæbnen styrede det så, at han, istedet for sine Kalosker, fik Lykkens på og trådte nu ud på Østergade; men han var ved Kaloskernes Tryllekraft trådt tilbage i Kong Hans's Tid, og derfor satte han Foden lige ud i Dynd og Mudder på Gaden, eftersom der da endnu ikke fandtes Brolægning.

"Det er jo forfærdeligt, hvor sølet her er!" sagde Justitsråden. "Hele Fortouget er væk og alle Lygterne slukkede!"

Månen var endnu ikke kommet høit nok op, Luften desuden temmelig tyk, så alle Gienstande rundtom flød i hinanden ved dette Mørke. På det nærmeste Hjørne hang imidlertid en Lanterne foran et Madonnabillede, men den Belysning var så godt som ingen, han bemærkede den først, i det han stod lige derunder og hans Øine faldt på det malede Billede med Moderen og Barnet.

"Det er nok," tænkte han, "et Kunstkabinet, hvor de have glemt at tage Skildtet ind!"

Et Par Mennesker, i Tidsalderens Dragt, gik ham forbi.

"Hvordan var det de såe ud! de kom nok fra Maskerade!"

Pludselig lød Trommer og Piber, stærke Blus lyste; Justitsråden standsede og såe nu et forunderligt Tog passere forbi. Allerforrest kom en heel Trop Trommeslagere, som ret artigt behandlede deres Instrument, dem fulgte Drabanter med Buer og Armbøsser. Den Fornemste i Toget var en geistlig Mand. Forbauset spurgte Justitsråden, hvad dette havde at betyde og hvo denne Mand var.

"Det er Sjællands Biskop!" svarede man.

"Herre Gud, hvad gåer der af Bispen?" sukkede Justitsråden og rystede med Hovedet, Bispen kunde det dog umuligt være. Grundende herover og uden at see til Høire eller Venstre gik Justitsråden gjennem Østergade og over Høibroplads. Broen til Slotspladsen var ikke at finde, han skimtede en sid Aabred og stødte endelig her på to Karle, der låe med en Båd.

"Vil Herren sættes over på Holmen?" spurgte de.

"Over på Holmen?" sagde Justitsråden, der jo ikke vidste i hvilken Tidsalder han vandrede, "jeg vil ud på Christianshavn i lille Torvegade!" Karlene såe på ham.

"Siig mig bare, hvor Broen er!" sagde han. "Det er skjændigt, her ingen Lygter ere tændte, og så er det et Søle, som om man gik i en Mose!" Jo længer han talte med Bådsmændene, des uforståeligere bleve de ham.

"Jeg forstår ikke jeres bornholmsk!" sagde han tilsidst vred, og vendte dem Ryggen. Broen kunde han ikke finde; Rækværk var der heller ikke!

"Det er en Skandale, som her seer ud!" sagde han. Aldrig havde han fundet sin Tidsalder elendigere, end denne Aften. "Jeg troer, jeg vil tage en Droske!" tænkte han, men hvor var Droskerne? Ingen var at see. "Jeg fåer gåe tilbage til Kongens Nytorv, der holde vel Vogne, ellers kommer jeg nok aldrig ud på Christianshavn!"

Nu gik han da til Østergade og var næsten igjenem den, idet Månen brød frem.

"Herre Gud, hvad er det for et Stillads de har stillet op!" udbrød han, ved at see Østerport, som på den Tid havde Plads for Enden af Østergade.

Imidlertid fandt han dog en Låge, og gjennem denne kom han ud på vort Nytorv, men det var en stor Enggrund; enkelte Buske ragede frem og tvers over Engen gik en bred Kanal eller Strøm. Nogle usle Træboder for de hollandske Skippere, efter hvilke Stedet havde Navnet Hallandsås, låe på den modsatte Bred.

"Enten seer jeg fata morgana eller jeg er fuld!" jamrede Justitsråden. "Hvad er dog dette! hvad er dog dette?"

Han vendte om igjen i den faste Tro, at han var syg; i det han kom ind i Gaden, betragtede han Husene lidt nøiere, de fleste vare Bindingsværk og mange havde kun Stråtag.

"Nei, jeg er slet ikke vel!" sukkede han, "og jeg drak dog kun et Glas Punsch! men jeg kan ikke tåle det! og det var også inderligt galt, at give os Punsch og varm Lax! det skal jeg også sige Agentinden! Skulde jeg gåe tilbage igjen og sige, hvorledes jeg har det! men det er flaut! og mon de ere oppe endnu!"

Han søgte efter Gården, men den var ikke til at finde.

"Det er dog forfærdeligt! jeg kan ikke kjende Østergade igjen! ikke een Boutik er der! gamle, elendige Rønner seer jeg, som om jeg var i Roeskilde eller Ringsted! Ak jeg er syg! det kan ikke hjælpe at genere sig! Men hvor i Verden er dog Agentens Gård? Den er ikke sig selv mere! men derinde ere dog Folk oppe; ak! jeg er ganske vist syg!"

Nu stødte han på en halvåben Dør, hvor Lyset faldt ud gjennem Sprækken. Det var et af den Tids Herbergeersteder, en Art Ølhuus.

Stuen havde Udseende af de holsteenske Diler; endeel Godtfolk, bestående af Skippere, kjøbenhavnske Borgere og et Par Lærde sad her i dyb Diskurs ved deres Kruus og gav kun liden Agt på den Indtrædende.

"Om Forladelse," sagde Justitsråden til Vertinden, som kom ham imøde, "jeg har fået så inderlig ondt! vil De ikke skaffe mig en Droske ud til Christianshavn!"

Konen såe på ham og rystede med Hovedet; derpå tiltalte hun ham i det tydske Sprog. Justitsråden antog, at hun ikke kunde den danske Tunge og fremførte derfor sit Ønske i Tydsk; dette tilligemed hans Dragt bestyrkede Konen i, at han var en Udlænding; at han befandt sig ilde, begreb hun snart og bragte ham derfor et Kruus Vand, rigtignok noget brak, hentet ude fra Brønden.

Justitsråden støttede sit Hoved på sin Hånd, trak Veiret dybt og grundede over alt det Sælsomme omkring sig.

"Er det "Dagen" for iaften," spurgte han ganske mekanisk, idet han såe Konen flytte et stort Papir.

Hun forstod ikke, hvad han meente, men rakte ham Bladet, det var et Træsnit, der viste et Luftsyn, seet udi den Stad Cöln.

"Det er meget gammelt!" sagde Justitsråden, og blev ganske oprømt ved denne Antiqvitet. "Hvor er De dog kommet over det sjeldne Blad? Det er meget interessant, skjøndt det Hele er en Fabel! man forklarer slige Luftsyn ved at det er Nordlys, man har seet; rimeligviis fremkommer de ved Electriciteten!"

De som sad nærmest og hørte hans Tale, såe forundrede på ham og Een af dem reiste sig, tog ærbødigt Hatten af og sagde med den alvorligste Mine: "I er vist en meget lærd Mand, Monsieur!"

"O, nei!" svarede Justitsråden, "jeg kan tale med om et og andet, som man jo skal kunne det!"

"Modestia er en skjønne Dyd!" sagde Manden, "iøvrigt må jeg sige til Eders Tale: mihi secus videtur, dog suspenderer jeg gjerne her min Judicium!"

"Tør jeg ikke spørge, hvem jeg har den Fornøielse at tale med?" spurgte Justitsråden.

"Jeg er Baccalaureus udi den hellige Skrift!" svarede Manden

Dette Svar var Justitsråden fyldestgjørende, Titelen svarede her til Dragten; det er vist, tænkte han, en gammel Landsbyskolemester, en original Karl, som man endnu, stundom, kan træffe dem oppe i Jylland.

"Her er vel ikke locus docendi," begyndte Manden, "dog beder jeg, I vil bemøie Eder med at tale! I har en stor Læsning vist i de Gamle!"

"O, ja såmænd!" svarede Justitsråden, "jeg læser gjerne gamle nyttige Skrifter, men jeg kan også godt lide de nyere, kun ikke

"Hverdagshistorierne", dem have vi nok af i Virkeligheden!"

"Hverdagshistorier?" spurgte vor Baccalaureus.

"Ja, jeg mener disse nye Romaner man har."

"O," smilede Manden, "der er dog et stort Snille i dem og de læses ved Hoffet; Kongen ynder særdeles Romanen om Hr. Iffven og Hr. Gaudian, der handler om Kong Artus og hans Kjæmper ved det runde Bord, han har skjæmtet derover med sine høie Herrer!

"Ja, den har jeg ikke læst endnu!" sagde Justitsråden, "det må være en ganske ny en, Heiberg har ladet udkomme!"

"Nei," svarede Manden, "den er ikke udkommet ved Heiberg, men ved Godfred von Gehmen!"

"Så det er Forfatteren!" sagde Justitsråden, "det er et meget gammelt Navn! det er jo den første Bogtrykker, der har været i Danmark?"

"Ja, det er vor første Bogtrykker!" sagde Manden. Således gik det ganske godt; nu talte en af de gode Borgermænd om den særdeles Pestilense, der havde regjeret for et Par Aar siden, og meente den i 1484, Justitsråden antog, at det var Cholera Talen var om, og så gik Diskursen ret godt. Fribytterkrigen 1490 låe så nær, at den måtte berøres, de engelske Fribyttere havde taget Skibene på Rheden, sagde de; og Justitsråden, der ret havde levet ind i Begivenheden 1801, stemte fortræffeligt i med mod Engelskmanden. Den øvrige Tale derimod gik ikke så vel, hvert Øieblik blev det gjensidig Bedemands-Stiil; den gode Baccalaureus var altfor uvidende, og Justitsrådens simpleste Yttringer klang ham igjen for dristige og for phantastiske. De såe på hinanden, og blev det altfor galt, så talte Baccalaureus Latin, i Håb om bedre at blive forstået, men det hialp dog ikke.

"Hvorledes er det med dem!" spurgte Vertinden, og trak Justitsråden i Ærmet; nu kom hans Besindelse tilbage, i Samtalens Løb havde han reent glemt Alt hvad der var gået forud.

"Herre Gud, hvor er jeg!" sagde han og svimlede ved at betænke det.

"Klaret ville vi drikke! Mjød og Bremer-Øl," råbte En af Gjæsterne, "Og I skal drikke med!"

To Piger kom ind, den ene havde to Couleurer i Huen. De skjænkede og neiede; Justitsråden løb det iiskoldt ned af Ryggen.

"Hvad er dog dette! hvad er dog dette!" sagde han, men han måtte drikke med dem; de toge ganske artigt fat på den gode Mand, han var meget fortvivlet, og da En af dem sagde, at han var drukken, tvivlede han aldeles ikke på Mandens Ord, bad dem bare om at skaffe sig en Droske, og så troede de, han talte moskovitisk.

Aldrig havde han været i så råt og simpelt Selskab, man skulde troe, Landet var gået tilbage i Hedendømmet, meente han, "det er det skrækkeligste Øieblik i mit Liv!" men i det samme opstod den Tanke hos ham, at han vilde bukke sig ned under Bordet og da krybe hen til Døren. Det gjorde han, men i det han var ved Udgangen, mærkede de Andre, hvad han havde for, de grebe ham ved Benene, og da, til hans gode Lykke, gik Kaloskerne af og - med disse, hele Trylleriet.

Justitsråden såe ganske tydeligt foran sig en klar Lygte brænde, og bag denne en stor Gård; Alt såe bekjendt og prægtigt ud, det var Østergade, som vi kjende den; han låe med Benene hen imod en Port, og lige overfor sad Vægteren og sov.

"Du min Skaber, har jeg ligget her på Gaden og drømt!" sagde han. "Ja, det er Østergade! hvor velsignet lys og broget! Det er dog skrækkeligt, hvor det Glas Punsch må have virket på mig!"

To Minuter efter sad han i en Droske, som kjørte til Christianshavn med ham; han tænkte på den Angst og Nød, han havde overstået, og priste af Hjertet den lykkelige Virkelighed, vor Tid, der med alle sine Mangler dog var langt bedre, end den han nylig havde været i.

III. Vægterens Eventyr.

"Der ligger såmænd et Par Kalosker!" sagde Vægteren. "Det er vistnok Lieutenantens, som boer deroppe. De ligge lige ved Porten!"

Gjerne havde den ærlige Mand ringet på og afleveret dem, thi der var Lys endnu, men han vilde ikke vække de andre Folk i Huset og derfor lod han være.

"Det må være ganske luunt, at have et sådant Par Tingester på!" sagde han. "De er så linde i Læderet!" De sluttede om hans Fødder. "Hvor det dog er løierligt i Verden! nu kunde han gåe i sin Gode Seng, men see, om han gjør det! op og ned af Gulvet tridser han! det er et lykkeligt Menneske! han har hverken Mutter eller Rollingerne! hver Aften er han i Selskab, gid at jeg var ham, ja så var jeg en lykkelig Mand!"

I det han udtalte Ønsket, virkede Kaloskerne, han havde taget på, Vægteren gik over i Lieutenantens Væsen og Væren. Der stod han oppe i Værelset og holdt mellem Fingrene et lille rosenrødt Papir, hvorpå var et Digt, et Digt af Hr. Lieutenanten selv; for hvo har ikke engang i sit Liv havt et lyrisk Øieblik, og nedskriver man da Tanken, så har man Poesie. Her stod skrevet.

"Gid jeg var riig!"

"Gid jeg var riig!" det bad jeg mangen Gang,
Da jeg endnu var knap en Alen lang.
Gid jeg var riig! så blev jeg Officeer,
Fik mig en Sabel, Uniform og Fjer.
Den Tid dog kom, at jeg blev Officeer,
Men ingensinde var jeg riig, desværre!
Mig hjalp vor Herre!

Livsglad og ung, jeg sad en Aftenstund,
En syvårs Pige kyssede min Mund,
Thi jeg var riig på Sagn og Eventyr,
I Penge derimod en fattig Fyr,
Men Barnet brød sig kun om Eventyr,
Da var jeg riig, men ei på Guld desværre,
Det veed vor Herre!
"Gid jeg var riig!" er end min Bøn til Gud,
Nu er den syvårs Pige voxet ud,
Hun er så smuk, så klog, så eiegod,
Hvis hun mit Hjertes Eventyr forstod,
Hvis hun, som før - jeg mener, var mig god,
Dog jeg er fattig, derfor taus desværre,
Så vil vor Herre!
Gid jeg var riig på Trøst og Rolighed,
Da kom min Sorg ei på Papiret ned!
Du, som jeg elsker, hvis Du mig forståer,
Læs dette, som et Digt fra Ungdoms Aar!
Det er dog bedst, hvis Du det ei forstår,
Jeg fattig er, min Fremtid mørk desværre,
Dig signe vil vor Herre!

Ja, sådanne Digte skriver man, når man er forelsket, men en besindig
Mand lader dem ikke trykke. Her udtalte sig for os en af Livets Smerter,
hvori der er Poesi, ikke hiin golde, som Digteren kun tør antyde, ikke
udmale: Trang, den dyriske Nødvendighed efter at gribe, om ikke et
Olden, så dog et nedfaldet Blad af Brødtræet. I jo høiere Livsforhold
man er sat, des større bliver Pinen. Trang er Livets stillestående Dynd,
intet Skjønheds Billed afspeiler sig deri; vi ville kun pege på den
stakkels Sommerfugl, som hænger fast ved Vingen. Lieutenant,
Kjærlighed og Trang, det er en Trekant eller ligeågodt, det Halve af
Lykkens sønderbrudte Terning. Dette følte Lieutenanten ret levende, og
derfor lagde han Hovedet mod Vindueskarmen og sukkede ganske
dybt:

"Den fattige Vægter ude på Gaden er langt lykkeligere end jeg! han
kiender ikke hvad jeg kalder Savn! han har et Hjem, en Kone og Børn,
der græde ved hans Sorg, glæde sig ved hans Glæde! o jeg var
lykkeligere, end jeg er, kunde jeg gåe over i hans Væsen og Væren, gåe
med hans Fordringer og Forhåbning, gjennem dette Liv! ja, han er
lykkeligere end jeg!"

I samme Øieblik var Vægteren igjen Vægter, thi det var ved Lykkens
Kalosker han var gået over i Lieutenantens Væsen og Væren, men der,
som vi såe, følte han sig endnu langt mindre tilfreds og foretrak netop

hvad han selv nylig forkastede. Altså Vægteren var igjen Vægter.

"Det var en fæl Drøm!" sagde han, "men løierlig nok var den. Jeg syntes, at jeg var Lieutenant deroppe og det var slet ingen Fornøielse. Jeg savnede Mutter og Rollingerne, som ere færdige ved at kysse mig Øinene ud!"

Han sad igjen og nikkede, Drømmen vilde ham ikke ret ud af Tankerne, Kaloskerne havde han endnu på Fødderne. Et Stjerneskud spillede hen ad Himmelen.

"Der gik den!" sagde han, "der ere nok alligevel! jeg havde nok Lyst til at see de Tingester lidt nærmere, især Månen, for den bliver da ikke borte mellem Hænderne. Når vi døe, sagde Studenten, som min Kone vasker grovt for, flyve vi fra den ene til den anden. Det er en Løgn, men artigt nok kunde det været. Gid jeg måtte gjøre et lille Hop derop, så kunde Kroppen gierne blive her på Trappen!"

See, der ere nu visse Ting i Verden, man må være meget forsigtig med at udtale, men dobbelt forsigtig bør man især være, dersom man har Lykkens Kalosker på Fødderne. Hør bare, hvorledes det gik Vægteren. Hvad os angåer, da kjende vi næsten Alle Hurtigheden ved Damp, vi have prøvet den enten på Jernbaner eller med Skibet henover Havet; dog denne Flugt er som Dovendyrets Vandring eller Sneglens Marsch i Forhold til den Hurtighed, Lyset tager; det flyver nitten Millioner Gange hurtigere end den bedste Veddeløber, og dog er Electriciteten endnu hurtigere. Døden er et electrisk Stød, vi fåe i Hjertet; på Electricitetens Vinger flyver den frigjorte Sjæl. Otte Minuter og nogle Secunder er Sollyset om en Reise af over tyve Millioner Mile; med Electricitetens Hurtigpost behøver Sjælen færre Minuter, for at gjøre samme Flugt. Rummet mellem Kloderne er for den ei større, end det i een og samme By er for os mellem vore Venners Huse, selv om disse ligge temmeligt skilte fra hinanden, imidlertid koster dette electriske Hjertestød os Legemets Brug hernede, dersom vi ikke, ligesom Vægteren her, have Lykkens Kalosker på.

I nogle Secunder var Vægteren faret de 52,000 Mile til Månen, der, som man veed, er skabt af et Stof, langt lettere end vor Jord, og er hvad vi ville kalde blød, som nysfalden Snee. Han befandt sig på et af de utallige mange Ringbjerge, som vi kjende af Dr. Mèdlers store Kort over Månen; indvendigt gik det ned i en Kiedel, lodret omtrent en dansk Miil; dernede låe en By, hvis Udseende vi alene kunne fåe et Begreb om, ved at slåe Æggehvide i et Glas Vand; Materien her var ligeså blød og dannede lignende Tårne med Kupler og seilformede Altaner, gjennemsigtige og svaiende i den tynde Luft; vor Jord svævede, som en stor dunkelrød Kugle, over hans Hoved.

Han blev strax vaer en Mængde Skabninger, som vistnok vare, hvad vi ville kalde Mennesker, men de såe ganske anderledes ud, end vi; en langt rigere Phantasie, end Pseudo-Herschels, havde skabt dem; bleve de opstillede i Geleed og således afmalede, vilde man sige: det er en artig Arabesk! De havde også et Sprog, men ingen kan jo forlange at Vægterens Sjæl skulde forstå det, alligevel kunde den det, thi vor Sjæl har langt større Evner, end vi troe; viser den os ikke i vore Drømme sit forbausende dramatiske Talent, enhver Bekjendt træder der talende op, så aldeles i Characteren og med det samme Organ, i en Grad, at Ingen af os, vågen, kan efterligne det. Hvorledes veed den ikke at tilbagekalde os Personer, vi i mange Aar ikke have tænkt på; pludseligt fremtræde de i vore Drømme, så livagtige, indtil de fineste Træk. Det seer i Grunden ængsteligt ud med den Sjæle-Hukommelse; hver Synd, hver ond Tanke vil den jo kunde repetere, da vil det komme an på, om vi kunne gjøre Regnskab for hvert utilbørligt Ord i Hjertet og på Læben.

Vægterens Siæl forstod således meget godt Månebeboernes Sprog. De disputerede om vor Jord og betvivlede, at den kunde være beboet; Luften måtte der være for tyk til at nogen fornuftig Måne-Skabning kunde leve der. De ansåe alene Månen for at være beboet, den var den egentlige Klode, hvor de gamle Klodefolk boede.

De talte også om Politik, men det lille Danmark må være forsigtigt, ikke støde Månen for Hovedet, det store Rige, der kan gjøre sig ud til Beens, kaste os Stene i Hovedet, eller fåe Østersøen til at løbe over. Vi ville derfor slet ikke høre på, hvad der blev sagt, ikke sætte os i det mulige Tilfælde, at kunne sladdre af Skolen, vi søge ned til Østergade og see der, hvorledes Vægterens Legeme har det.

Livløst sad det på Trappen, Morgenstjernen var faldet det ud af Hånden og Øinene såe op imod Månen efter den ærlige Sjæl, som gik om deroppe.

"Hvad er Klokken Vægter?" spurgte en Forbigående. Men hvo der ikke svarte var Vægteren, så knipsede Man ham ganske sagte på Næsen, og der gik Balancen; Kroppen låe så lang den var, Mennesket var jo dødt. Der kom en stor Forskrækkelse over alle hans Kammerater, død var og blev han; det blev meldt og det blev omtalt, og i Morgenstunden bar man Kroppen ud på Hospitalet.

Det kunde nu blive en ganske artig Spads for Siælen, dersom den kom tilbage og efter al Sandsynlighed søgte Kroppen på Østergade, men ingen fandt; rimeligviis vilde den vel først løbe op på Politikammeret, senere hen på Adresse-Contoiret, at det derfra kunde efterlyses mellem bortkomne Sager, og tilsidst ud på Hospitalet; dog vi kunne trøste os med, at Sjælen er snildest, når den er på sin egen Hånd, Legemet gjør den kun dum.

Som sagt, Vægterens Krop kom på Hospitalet, blev der bragt ind på

Renselses-Stuen, og det første man her gjorde var naturligviis at tage Kaloskerne af, og da måtte Sjælen tilbage; den tog strax Retning lige efter Legemet, og et Par Secunder efter var der Liv i Manden. Han forsikkrede, at det havde været den skrækkeligste Nat i hans Liv; ikke for to Mark vilde han have sådanne Fornemmelser igjen, men nu var jo det overstået.

Samme Dag blev han udskrevet igjen, men Kaloskerne bleve på Hospitalet.

IV. Et Hoved-Moment. Et Deklamations-Nummer. En høist usædvanlig Reise.

Enhver Kjøbenhavner veed nu, hvorledes Indgangen til Frederiks Hospital i Kjøbenhavn seer ud, men da rimeligviis også nogle Ikke-Kjøbenhavnere læse dette ringe Skrift, måe vi give en kort Beskrivelse. Hospitalet er skilt fra Gaden ved et temmeligt høit Gitter, i hvilket de tykke Jernstænger ståe så vidt fra hinanden, at der fortælles, at meget tynde Candidater skulde have klemt sig igjennem og således gjort deres små Visiter ud. Den Deel af Legemet, der faldt vanskeligst at practisere ud, blev Hovedet; her, som tidt i Verden, vare altså de små Hoveder de lykkeligste. Dette vil være nok, som Indledning.

En af de unge Volonteurer, om hvem man kun i legemlig Henseende kunde sige, at han havde et tykt Hoved, havde just Vagt denne Aften; det var en skyllende Regn; dog uagtet begge disse Hindringer måtte han ud, kun et Qvarteer, det var ikke noget, syntes han, der var værd at betroe til Portneren, når man kunde smutte mellem Jernstængerne. Der låe de Kalosker, Vægteren havde glemt; mindst tænkte han på, at de vare Lykkens, de kunde være meget gode i dette Veir, han tog dem på, nu var det, om han kunde klemme sig igjennem, aldrig før havde han forsøgt det. Der stod han nu.

"Gud give jeg havde Hovedet udenfor!" sagde han, og strax, skjøndt det var meget tykt og stort, gled det let og lykkeligt igjennem, det måtte Kaloskerne forståe; men nu skulde da Kroppen ud med, her stod han. "Uh, jeg er for tyk!" sagde han, "Hovedet havde jeg tænkt, var det Værste! jeg kommer ikke igjennem."

Nu vilde han rask tage Hovedet tilbage, men det gik ikke. Halsen kunde han beqvemt bevæge, men det var også Alt. Den første Følelse var, at han blev vred, den anden, at Humeuret sank under Nul Grader. Lykkens Kalosker havde bragt ham i den skrækkeligste Situation, og ulykkeligviis faldt det ham ikke ind, at ønske sig fri, nei, han handlede og kom ikke af Stedet. Regnen skyllede ned, ikke et Menneske var at see på Gaden. Portklokken kunde han ikke nåe, hvorledes skulde han dog slippe løs. Han forudsåe, at her kunde han komme til at ståe til

Morgenstunden, så måtte man da sende Bud efter en Smed, for at Jernstængerne kunde files over, men det gik ikke så gesvindt, hele den blå Drengeskole ligeoverfor vilde komme på Benene, hele Nyboder arrivere, for at see ham ståe i Gabestokken, der vilde blive Tilløb, ganske anderledes, end til Kjæmpe-Agaven ifjor. "Hu! Blodet stiger mig til Hovedet, så jeg må blive gal! - ja jeg bliver gal! o gid jeg var vel løs igjen, så gik det vel over!"

See, det skulde han have sagt noget før, øieblikkelig, som Tanken var udtalt, havde han Hovedet frit, og styrtede nu ind, ganske forstyrret over den Skræk, Lykkens Kalosker havde bragt ham i.

Hermed måe vi slet ikke troe, at det Hele var forbi, nei - det bliver værre endnu.

Natten gik og den følgende Dag med, der kom ingen Bud efter Kaloskerne.

Om Aftenen skulde gives en declamatorisk Forestilling på det lille Theater i Kannikestræde. Huset var propfuldt; mellem Declamations-Numerne blev givet et nyt Digt af H. C. Andersen, og da vi besidde denne Forfatters særdeles Velvillie, see vi os istand til at meddele samme; det bliver af Vigtighed for hvad siden følger. Titelen var:

Mosters Briller.

Min Bedstemoders Klogskab er bekjendt,
Var man i "gammel Tid," blev hun vist brændt.
Hun veed Alt hvad der skeer, ja meget meer,
Hun lige ind i næste Aargang seer,
Ja ind i "fyrgetyve", det er noget,
Men hun vil aldrig rigtig ud med Sproget.
Hvad mon vel i det næste Aar vil skee?
Hvad mærkeligt? Ja, jeg gad gjerne see
Min egen Skjæbne, Kunstens, Land og Riges,
Men Bedstemoder vil, sligt skal ei siges.
Jeg plaged' hende da, og det gik godt,
Først var hun taus, så skjændte hun så småt,
Det var for mig en Præd'ken opad Vægge,
Jeg er jo hendes Kjæledægge!
"For denne ene Gang din Lyst jeg stiller,"
Begyndte hun og gav mig sine Briller,
"Nu gåer Du hen et Sted, hvor selv Du vil,
"Et Sted, hvor mange Godtfolk strømme til,
"Hvor bedst Du overseer dem, Du dig stiller,
"Og seer på Mængden gjennem mine Briller,
"Strax vil de Alle, tro Du mig på Ordet,

"See ud, som et Spil-Kort lagt op på Bordet;
"Af disse kan Du spåe, hvad der skal skee!"
Jeg sagde Tak og løb afsted og vilde see,
Men, tænkte jeg, hvor mon de Fleste komme?
På Langelinie? Der man bli'er forkjølet.
På Østergade? Bah! der er så sølet!
Men i Theatret? det var ganske deiligt,
Den Aftenunderholdning falder just beleiligt -
- Her er jeg da! mig selv jeg forestiller;
Tillader De, jeg bruger Mosters Briller,
Alene for at see - gåe dog ei bort!
At see, om De see ud, som et Spillekort,
Af hvilket jeg kan spåe, hvad Tiden skjænker.
- Jeg deres Taushed som et Ja mig tænker;
Til Tak skal De da blive med indviet.
Her er' vi allesammen på Partiet.
Jeg spåer for Dem, for mig, for Land og Rige,
Nu vil vi see, hvad Kortene kan sige.
(sætter Brillerne på).
Jo, det er rigtigt! nei, nu må jeg lee!
O, gid De kunde komme op at see!
Hvor her er grumme mange Herreblade,
Og Hjerter Damer, her er' hele Rade.
Det Sorte der, ja, det er Klø'er og Spa'er.
- Nu snart et rigtigt Overblik jeg ha'er.
Spa'erdame seer jeg der med megen Vægt
Har sine Tanker vendt til Ruderknægt.
O, denne Skuen gjør mig halv beruset!
Der ligge mange Penge her til Huset,
Og Fremmede fra Verdens anden Side.
Men det var ikke det vi vilde vide.
Om Stænderne? Lad see! - ja hen i Tiden!
Men derom er det man skal læse siden;
Hvis nu jeg sladdrer, skader jeg jo Bladet,
Jeg vil ei tage bort det bedste Been af Fadet.
Theatret da? - Hver Nyhed? Smagen? Tonen?
Nei, jeg vil ståe mig godt med Directionen.
Min egen Fremtid? Ja, De veed, eens eget,
Det ligger os på Hjertet grumme meget!
Jeg seer! - Jeg kan ei sige, hvad jeg seer,
Men De vil høre det, såsnart det skeer.
Hvo er vel lykkeligst af os herinde?

Den Lykkeligste? Let jeg den skal finde!
Det er jo, - nei, det kan så let genere,
Ja muligtviis vil det bedrøve Flere!
Hvo lever længst? Den Dame der, den Herre?
Nei, sige Sligt, er endnu meget værre!
Skal jeg da spåe om -? Nei! - Om? Nei! - Om? Nei!
Om -? Ja tilsidst så veed jeg selv det ei;
Jeg er genert, så let man En kan krænke:
Nu, jeg vil see da, hvad de troe og tænke
Jeg ved min hele Spådoms Kraft skal skjænke.
De troe? Nei, hvad behager? Rundtomkring
De troe, det ende vil med Ingenting,
De veed for vist de fåe kun Klang og Kling.
Så tier jeg, høistærede Forening,
Jeg skylder Dem at have deres Mening!

Digtet blev ypperligt fremsagt og Declamatoren gjorde stor Lykke.
Mellem Tilskuerne var Volonteuren fra Hospitalet, der syntes at have
forglemt sit Eventyr Natten forud, Kaloskerne havde han på, thi de vare
ikke blevne afhentede, og da der var sølet på Gaden, kunde de jo gjøre
ham god Tjeneste.
Digtets Begyndelse syntes han godt om, ja fandt endogså Ideen heldig;
men at det Hele, ligesom Rhinstrømmen, faldt høist ubetydeligt ud,
viste, at Forfatteren havde ingen Opfindelse! Instinctet gjør Alt hos
ham. Her var nu sådan en ypperlig Leilighed til at have sagt noget
piquant!
Ideen beskjæftigede ham imidlertid, han gad nok have sådanne Briller,
måskee når man rigtigt brugte dem, kunde man see Folk lige ind i
Hjerterne, det var egentligt interessantere, meente han, end at see,
hvad der skulde skee næste Aar, for det fik man nok at vide, men
derimod det andet aldrig. "Jeg kan tænke mig nu hele den Række af
Herrer og Damer der på første Bænk, - kunde man see dem lige ind i
Brystet, ja, der måtte da være en Aabning, en Slags Boutik; nå, hvor
mine Øine skulde gåe i Boutikker! hos den Dame der, vilde jeg vist finde
en stor Modehandel! hos hende der er Boutikken tom, dog kan den
trænge til at reengjøres; men der vilde også være solide Boutikker! ak
ja!" sukkede han, "jeg veed een, i den er Alting solidt, men der er
allerede en Bodsvend, det er det eneste dårlige i hele Boutikken! Fra en
og anden vilde det råbe: "Vær så god og træd indenfor!" Ja, gid jeg
kunde træde indenfor, som en net lille Tanke gåe gjennem Hjerterne!"
See, det var Stikord for Kaloskerne, hele Volonteuren svandt sammen
og en høist usædvanlig Reise begyndte midt igjennem Hjerterne på den

forreste Række Tilskuere. Det første Hjerte, han kom igjennem, var en Dames; men øieblikkelig troede han at være på det orthopædiske Institut, i det Værelse, hvor Gips-Afstøbningerne af de forvoxne Lemmer hænge på Væggen; dog her var Forskjellen denne, at ude på Institutet tages de, i det Patienten kommer ind, men her i Hjertet vare de tagne og opbevarede, i det de gode Personer vare gået ud. Det var Afstøbninger af Veninder, deres legemlige og åndelige Feil, som her opbevaredes.

Hurtigt var han i et andet qvindeligt Hjerte, men dette syntes ham en stor hellig Kirke. Uskyldighedens hvide Due flagrede over Høi-Altret; hvor gjerne var han ikke sjunket på Knæ, men fort måtte han, ind i næste Hjerte, men endnu hørte han Orgeltonerne, og selv, syntes han, at være blevet et nyt og bedre Menneske, følte sig ikke uværdig til at betræde den næste Helligdom, der viste et fattigt Tagkammer, med en syg Moder; men gjennem det åbne Vindue strålede Guds varme Sol, deilige Roser nikkede fra den lille Trækasse på Taget, og to himmelblå Fugle sang om barnlig Glæde, medens den syge Moder nedbad Velsignelse over Datteren.

Nu krøb han på Hænder og Fødder gjennem en overfyldt Slagterbod, det var Kiød og kun Kjød han stødte på, det var Hjertet i en riig, respectabel Mand, hvis Navn vist må findes i Veiviseren.

Nu var han i hans Gemalindes Hjerte, det var et gammelt forfaldent Dueslag; Mandens Portrait blev brugt som Veirhane, denne stod i Forbindelse med Dørene, og således gik disse op og i, såsnart som Manden dreiede sig.

Derpå kom han i et Speilkabinet, som det vi have på Slottet Rosenborg, men Speilene forstørrede i en utrolig Grad. Midt på Gulvet sad, som en Dalai-Lama, Personens ubetydelige jeg, forbauset ved at see sin egen Storhed.

Herefter troede han sig i et snevert Nålehuus, fuldt af spidse Nåle, det er bestemt "Hjertet af en gammel ugift Jomfru!" måtte han tænke, men det var ikke Tilfældet, det var en ganske ung Militair med flere Ordener, just, som man sagde, en Mand med Aand og Hjerte.

Ganske fortumlet kom den syndige Volonteur ud af det sidste Hjerte i Rækken, han formåede ikke at ordne sine Tanker, men meente, at det var hans alt for stærke Phantasie, der var løbet af med ham.

"Herre Gud," sukkede han, "jeg har bestemt Ansats til at blive gal! her er også utilgiveligt hedt herinde! Blodet stiger mig til Hovedet!" og nu erindrede han sig den store Begivenhed Aftenen forud, hvorledes hans Hoved havde siddet fast mellem Jernstængerne ved Hospitalet. "Der har jeg bestemt fået det!" meente han. "Jeg må tage den Ting itide. Et russisk Bad kunde være godt. Gid jeg allerede låe på den øverste

Hylde!"

Og så låe han på den øverste Hylde i Dampbadet, men han låe med alle Klæderne, med Støvler og Kalosker på; de hede Vanddråber fra Loftet dryppede ham i Ansigtet.

"Hu!" skreeg han og foer ned for at fåe et Styrtebad. Den opvartende Karl gav også et høit Skrig ved at see det påklædte Menneske derinde. Volonteuren havde imidlertid såmegen Fatning, at han hvidskede til ham: "Det er et Væddemål!" men det første han gjorde, da han kom på sit eget Værelse, var at fåe et stort spansk Flueplaster i Nakken og et ned af Ryggen, for at Galskaben kunde trække ud.

Næste Morgen havde han da en blodig Ryg, det var det han vandt ved Lykkens Kalosker.

V. Copistens Forvandling.

Vægteren, som vi vistnok ikke have glemt, huskede imidlertid på Kaloskerne, som han havde fundet og bragt med ud på Hospitalet; han afhentede dem, men da hverken Lieutenanten eller nogen anden i Gaden vilde kjende sig ved dem, bleve de afleverede på Politikammeret.

"Det seer ud, som det var mine egne Kalosker!" sagde en af de Herrer Copister, idet han betragtede Hittegodset og stillede dem om ved Siden af sine. "Der må mere, end et Skomager-Øie, til at skille dem fra hverandre!"

"Herr Copist!" sagde en Betjent, som trådte ind med nogle Papirer. Copisten vendte sig om, talte med Manden, men da det var forbi og han såe på Kaloskerne, var han i stor Vilderede med, om det var dem til Venstre, eller dem til Høire, som tilhørte ham "Det må være dem, som ere våde!" tænkte han; men det var just ueffent tænkt, thi det var Lykkens, men hvorfor skulde ikke også Politiet kunne feile! han tog dem på, fik sine Papirer i Lommen, nogle Manuskripter under Armen, (hjemme skulde de gjennemlæses og Concepter tages), men nu var det just Søndagformiddag og Veiret godt, en Tour til Frederiksberg, tænkte han, kunde jeg have godt af! og så gik han derud.

Ingen kunde være et mere stille og solidt Menneske, end denne unge Mand, vi unde ham ret denne lille Spadseretour, den vilde vistnok være såre velgjørende for ham oven på den megen Sidden; i Begyndelsen gik han kun, som et vegeterende Menneske, derfor havde Kaloskerne ikke Leilighed til at vise deres Tryllekraft.

I Alleen mødte han en Bekjendt, en af vore yngre Digtere, der fortalte ham, at han Dagen efter vilde begynde sin Sommerreise.

"Nå, skal De nu afsted igjen!" sagde Copisten. "De er da også et lykkeligt, frit Menneske. De kan flyve hvorhen De vil, vi Andre har en Lænke om Benet!"

"Men den sidder fast til Brødtræet!" svarede Digteren. "De behøver ikke at sørge for den Dag i Morgen, og bliver De gammel, så fåer De Pension!"

"De har det dog bedst!" sagde Copisten, "at sidde og digte, det er jo en Fornøielse! hele Verden siger Dem Behageligheder, og så er De Deres egen Herre! jo, De skulde prøve, at sidde i Retten med de trivielle Sager!"

Digteren rystede med Hovedet, Copisten rystede også med Hovedet, hver beholdt sin Mening og så skiltes de ad.

"Det er et eget Folkefærd, de Poeter!" sagde Copisten, "jeg gad nok prøve på at gåe ind i sådan en Natur, selv blive en Poet, jeg er vis på, at jeg ikke skulde skrive sådanne Klynkevers, som de andre! - - Det er ret en Forårsdag for en Digter! Luften er så usædvanlig klar, Skyerne så smukke, og der er en Duft ved det Grønne! ja, i mange Aar har jeg ikke følt det, som i dette Øieblik."

Vi mærke allerede at han er blevet Digter; at antyde dette, vil i de fleste Tilfælde være, hvad Tydskeren kalder "abgeschmackt", det er en tåbelig Forestilling, at tænke sig en Digter anderledes end andre Mennesker, der kan mellem disse være langt mere poetiske Naturer, end mangen stor erkjendt Digter er det; Forskjellen bliver kun, at Digteren har en bedre åndelig Hukommelse, han kan holde på Ideen og Følelsen til den klart og tydeligt er legemliggjort ved Ordet, det kunne de Andre ikke. Men at gåe over fra en hverdags Natur til en begavet er altid en Overgang, og således må den blive iøinefaldende hos Copisten.

"Den deilige Duft!" sagde han, "hvor minder den mig ikke om Violerne hos Tante Lone! Ja, det var da jeg var en lille Dreng! Herre Gud, det har jeg i mange Tider ikke tænkt på! den gode gamle Pige! hun boede der omme bag Børsen. Altid havde hun en Qvist eller et Par grønne Skud i Vand, Vinteren måtte være så stræng den vilde. Violerne duftede, mens jeg lagde de opvarmede Kobberskillinger på den frosne Rude og gjorde Kighuller. Det var et artigt Perspectiv, Udenfor i Canalen låe Skibene indefrosne, forladte af hele Mandskabet, en skrigende Krage var da hele Besætningen; men når så Foråret luftede, så blev der travlt; under Sang og Hurraråb saugede man Isen itu, Skibene bleve tjærede og taklede, så foer de til fremmede Lande; jeg er blevet her, og må altid blive, altid sidde på Politikammeret og see de Andre tage Pas til at reise udenlands, det er min Lod! O, ja!" sukkede han dybt, men standsede i det samme pludselig. "Herre Gud, hvad gåer der dog af mig! sådan har jeg aldrig før tænkt eller følt! Det må være Forårsluften! det er både ængsteligt og behageligt!" Han greb i Lommen til sine Papirer. "Disse give mig andet at tænke på!" sagde han og lod Øinene glide hen over det første Blad. "Fru Sigbrith, original Tragedie i fem Acter," læste han, "hvad er det! og det er jo min egen Hånd. Har jeg skrevet den Tragedie? Intriguen på Volden eller store Bededag, Vaudeville. - Men hvor har jeg fået den? Man må have puttet mig det i Lommen, her er et Brev?" ja, det var fra Theater-Directionen, Stykkerne vare forkastede og Brevet selv var slet ikke høfligt stilet. "Hm! hm!" sagde Copisten, og satte sig ned på en Bænk; hans Tanke var så elastisk, hans Hierte så blødt; uvilkårligt greb han en af de nærmeste Blomster, det var en simpel lille Gåseurt; hvad Botanikeren først giennem mange Forelæsninger siger os, forkyndte den i eet Minut; den fortalte Mythen om sin Fødsel, den fortalte om Sollysets Magt, der udspændte de fine Blade og tvang dem til at dufte, da tænkte han på Livets Kampe, der ligedan vække Følelserne i vort Bryst. Luft og Lys var Blomstens Beilere, men Lyset var den begunstigede, efter Lyset bøiede den sig, forsvandt dette, da rullede den sine Blade sammen og sov ind under Luftens Omarmelse. "Det er Lyset der smykker mig!" sagde Blomsten; "men Luften lader dig ånde!" hviskede Digterstemmen.

Tæt ved stod en Dreng og slog med sin Stok i en muddret Grøft, Vanddråberne stænkede op imellem de grønne Grene, og Copisten tænkte på de Millioner Infusions Dyr, der i Dråberne bleve kastede i en Høide, der efter deres Størrelse var for dem, som det vilde være for os at hvirvles høit over Skylinien. Idet Copisten tænkte herpå og på hele den Forandring, der var foregået med ham smilede han: "jeg sover og drømmer!" mærkværdigt er det alligevel, hvor man dog kan drømme naturligt og selv vide, at det kun er en Drøm. Gid jeg imorgen kunde huske det, når jeg vågner; nu synes jeg at være ganske usædvanlig oplagt! jeg har et klart Blik over Alting, føler mig så opvakt, men jeg er vis på, at når jeg imorgen husker noget af det, så er det Vrøvl, det har jeg prøvet før! Det gåer med alt det Kloge og Prægtige man hører og siger i Drømme, som med de Underjordiskes Guld: idet man fåer det, er det rigt og herligt, men seet ved Dagen, kun Stene og visne Blade: "Ak," sukkede han ganske veemodig og såe på de syngende Fugle, der nok så fornøiede hoppede fra Green til Green. "De har det meget bedre end jeg! flyve, det er en deilig Kunst, lykkelig den, som er født med den! ja skulde jeg gåe over i noget, så skulde det være sådan en lille Lærke!"

I det samme slog Kjoleskjøder og Ærmer sammen i Vinger, Klæderne bleve Fjer og Kaloskerne Kløer; han mærkede det meget godt og loe indvortes: "så, nu kan jeg da see, jeg drømmer! men så naragtigt har jeg aldrig gjort det før;" og han fløi op i de grønne Grene og sang, men der var ikke Poesi i Sangen, thi Digternaturen var borte; Kaloskerne kunde, som enhver der gjør noget til Gavns, kun gjøre een Ting af Gangen, han vilde være Digter, det blev han, nu vilde han være en lille Fugl, men ved at blive denne, ophørte den forrige Eiendommelighed.

"Det er artigt nok," sagde han, "om Dagen sidder jeg på Politikammeret mellem de solideste Afhandlinger, om Natten kan jeg drømme at flyve som Lærke i Frederiksberghave, der kunde s'gu' skrives en heel Folkecomedie derom!"

Nu fløi han ned i Græsset, dreiede Hovedet om til alle Sider og slog med Næbet på de smidige Græsstråe, der i Forhold til hans nærværende Størrelse syntes store, som Nord-Afrikas Palmegrene.

Det var kun et Øieblik og det blev kulsort Nat omkring ham; en, som han syntes, uhyre Gjenstand, blev kastet hen over ham, det var en stor Kasket, som en Dreng fra Nyboder kastede over Fuglen, en Hånd kom ind og greb Copisten om Ryg og Vinger, så han peeb; i første Forskrækkelse råbte han høit! "Din uforskammede Hvalp! Jeg er Copist i Politikamret!" men det lød for Drengen som et pipipi! han slog Fuglen på Næbet og vandrede afsted.

I Alleen mødte han to Skoledrenge af den dannede Classe, det vil sige, som Mennesker betragtet, som Aander vare de i Skolens nederste; de kjøbte Fuglen for otte Skilling, og således kom Copisten til Kjøbenhavn, hjem til en Familie i Gothersgaden.

"Det er godt, jeg drømmer!" sagde Copisten, "ellers blev jeg s'gu' vred! først var jeg Poet, nu en Lærke! ja det var da Poet-Naturen, der fik mig over i det lille Dyr! Det er dog en ynkelig Ting, især når man falder i Hænderne på nogle Drenge. Jeg gad nok vide, hvorledes dette løber af!"

Drengene førte ham ind i en meget elegant Stue; en tyk leende Frue tog imod dem, men hun var slet ikke fornøiet med, at den simple Markfugl, som hun kaldte Lærken, kom med ind, dog for i Dag vilde hun lade det gåe, og de måtte sætte den i det tomme Buur, som stod ved Vinduet: "det kan måskee fornøie Poppedreng!" tilføiede hun og loe hen til en stor grøn Papegøie, der gyngede fornemt i sin Ring i det prægtige Messingbuur. "Det er Poppedrengs Geburtsdag!" sagde hun dum naiv, "derfor vil den lille Markfugl gratulere!"

Poppedreng svarede ikke et eneste Ord, men gyngede fornemt frem og tilbage, derimod begyndte en smuk Canarifugl, der sidste Sommer var bragt hertil fra sit varme, duftende Fædreland, høit at synge.

"Skrålhals!" sagde Fruen og kastede et hvidt Lommetørklæde over Buret.

"Pipi!" sukkede den, "det var et skrækkeligt Sneeveir!" og med dette Suk taug den.

Copisten, eller, som Fruen sagde, Markfuglen, kom i et lille Buur tæt op til Canarifuglen, ikke langt fra Papegøien. Den eneste menneskelige Tirade, Poppedreng kunde frempluddre, og som tidt faldt ret komik, var den: "nei, lad os nu være Mennesker!" Alt det øvrige den skreg, var ligeså uforståeligt, som Kanarifuglens Qvidren, kun ikke for Copisten, der nu selv var en Fugl; han forstod inderligt godt Kammeraterne.

"Jeg fløi under den grønne Palme og det blomstrende Mandeltræ!" sang Canarifuglen, "jeg fløi med mine Brødre og Søstre henover de prægtige Blomster og over den glasklare Sø, hvor Planterne nikkede på Bunden. Jeg såe også mange deilige Papegøier, der fortalte de moersomste Historier, så lange og så mange!"

"Det var vilde Fugle;" svarede Papegøien, "de havde ingen Dannelse. Nei, lad os nu være Mennesker! - Hvorfor leer du ikke? Når Fruen og alle de Fremmede kan lee deraf, så kan du også. Det er en stor Mangel, ikke at kunne goutere det Moersomme. Nei, lad os nu være Mennesker!"

"O husker du de smukke Piger, som dandsede under det udspændte Telt, ved de blomstrende Træer? Husker Du de søde Frugter og den kjølende Saft i de vildt voxende Urter?"

"O ja!" sagde Papegøien, "men her har jeg det langt bedre! jeg har god Mad og en intim Behandling; jeg veed, jeg er et godt Hoved, og mere forlanger jeg ikke. Lad os nu være Mennesker! Du er en Digtersjæl, som de kalde det, jeg har grundige Kundskaber og Vittighed, du har dette Genie, men ingen Besindighed, gåer op i disse høie Naturtoner, og derfor dække de dig til. Det byde de ikke mig, nei, for jeg har kostet dem noget mere! jeg imponerer med Næbet og kan slåe en "Witz": nei lad os nu være Mennesker!"

"O mit varme, blomstrende Fædreneland!" sang Canarifuglen, "jeg vil synge om dine mørkegrønne Træer, om dine stille Havbugter, hvor Grenene kysse den klare Vandflade, synge om alle mine glimrende Brødres og Søstres Jubel, hvor "Ørkenens Plantekilder" groe!"

"Lad dog bare være med de elegiske Toner!" sagde Papegøien. "Siig noget man kan lee af! Latter er Tegn på det høieste åndelige Standpunkt. See om en Hund eller Hest kan lee! nei, græde kan den, men lee, det er alene givet Menneskene. Ho, ho, ho!" loe Poppedreng og tilføiede sin Vitz: "Lad os nu være Mennesker."

"Du lille grå danske Fugl," sagde Canarifuglen, "Du er også blevet Fange! der er vist koldt i dine Skove, men der er dog Frihed, flyv ud! De har glemt at lukke for dig; det øverste Vindue stäer åbent. Flyv, flyv!" Instinctmæssigt adlød Copisten og var ude af Buret; i det samme knagede den halvåbne Dør ind til det næste Værelse, og smidig, med grønne, funklende Øine, sneg Huuskatten sig ind og gjorde Jagt på ham. Canarifuglen flagrede i Buret, Papegøien slog med Vingerne og råbte: "Lad os nu være Mennesker!" Copisten følte den dødeligste Skræk og fløi afsted igjennem Vinduet, over Huse og Gader: tilsidst måtte han hvile sig lidt.

Gjenboens Huus havde noget hjemligt; et Vindue stod åbent, han fløi derind, det var hans eget Værelse; han satte sig på Bordet.

"Lad os nu være Mennesker!" sagde han uvilkårligt efter Papegøien, og i samme Øieblik var han Copisten, men han sad på Bordet.

"Gud bevar' os!" sagde han, "hvor er jeg kommet her op og således faldet i Søvn! det var også en urolig Drøm jeg havde. Noget dumt Tøi var den hele Historie!"

VI. Det Bedste Kaloskerne bragte.

Dagen efter, i den tidlige Morgenstund, da Copisten endnu låe i Sengen, bankede det på hans Dør, det var Naboen i samme Etage, en ung Theolog; han trådte ind.

"Lån mig dine Kalosker," sagde han, "der er så vådt i Haven, men Solen skinner deiligt, jeg vilde nok ryge en Pibe dernede."

Kaloskerne fik han på og var snart nede i Haven, der eiede et Blomme- og et Pæretræ. Selv en så lille Have, som denne var, gjelder inde i Kjøbenhavn for en stor Herlighed.

Theologen gik op og ned i Gangen; Klokken var kun sex; ude fra Gaden klang et Posthorn.

"O, reise! reise!" udbrød han, "det er dog det lykkeligste i Verden! det er mine Ønskers høieste Mål! da vilde denne Uro, jeg føler, stilles. Men langt bort skulde det være! jeg vilde see det herlige Schweitz, reise i Italien og -"

Ja, godt var det at Kaloskerne virkede lige strax, ellers var han kommet omkring alt for meget både for sig selv og os Andre. Han reiste. Han var midt inde i Schweitz, men med otte Andre pakket ind i det Inderste af en Diligence; ondt i Hovedet havde han, træt i Nakken følte han sig, og Blodet var sjunket ham ned i Benene, der ophovnede, klemtes af Støvlerne. Han svævede mellem en blundende og en vågen Tilstand. I sin Lomme til Høire havde han Creditivet, i sin Lomme til Venstre Passet og i en lille Skindpung på Brystet nogle fastsyede Louisd'orer; hver Drøm forkyndte, at en eller anden af disse Kostbarheder var tabt, og derfor foer han feberagtig op, og den første Bevægelse, Hånden gjorde, var en Trekant fra Høire til Venstre og op mod Brystet, for at føle om han havde dem eller ei. Parapluier, Stokke og Hatte gyngede i Nættet oven over, og forhindrede så temmeligt Udsigten, der var høist imponerende, han skottede til den, medens Hjertet sang, hvad i det mindste een Digter, vi kjende, har sjunget i Schweitz, men ikke til Dato ladet trykke:

Ja, her er så smukt, som Hjertet vil,
Jeg øiner Montblanc, min Kjære.
Gid bare Pengene vil slå til,
Ak, så var her godt at være!

Stor, alvorlig og mørk var den hele Natur rundt om. Granskovene syntes Lyngtoppe på de høie Klipper, hvis Top skjultes i Skytågen; nu begyndte det at snee; den kolde Vind blæste.

"Uh!" sukkede han, "gid vi vare på den anden Side af Alperne, så var det Sommer og så havde jeg hævet Penge på mit Creditiv; den Angst, jeg er i for disse, gjør at jeg ikke nyder Schweitz, o, gid jeg var på den anden Side!"

Og så var han på den anden Side; dybt inde i Italien var han, mellem Florents og Rom. Søen Tracymenes låe i Aftenbelysning, som et flammende Guld, mellem de mørkeblå Bjerge; her, hvor Hannibal slog Flaminius, holdt nu Viinrankerne hinanden fredeligt i de grønne Fingre; yndige halvnøgne Børn vogtede en Flok kulsorte Sviin under en Gruppe duftende Laurbærtræer ved Veien. Kunde vi ret give dette Malerie, Alle vilde juble: "Deilige Italien!" men det sagde slet ikke Theologen eller een eneste af hans Reisefæller inde i Veturinens Vogn. -

I tusindeviis fløi giftige Fluer og Myg ind til dem, forgjæves pidskede de omkring sig med en Myrthegreen, Fluerne stak alligevel; ikke eet Menneske var der i Vognen, uden at jo hans Ansigt var opsvulmet og blodigt af Bid. De stakkels Heste såe ud, som Aadsler, Fluerne sad i store Kager på dem, og kun øieblikkelig hjalp det, at Kudsken steg ned og skrabede Dyrene af. Nu sank Solen, en kort, men isnende Kulde gik igjennem hele Naturen, det var som Gravhvelvingens kolde Luftning på en heed Sommerdag, men rundt om fik Bjerge og Skyer den forunderlige grønne Tone, som vi finde på enkelte gamle Malerier, og når vi ikke have oplevet et sådant Farvespil i Syden, finde unaturlig. Det var et herligt Skue, men - Maven var tom, Legemet træt, al Hjertets Længsel dreiede sig efter et Natteqvarteer; men hvorledes vilde dette blive? Man såe langt inderligere efter dette, end efter den skjønne Natur.

Veien gik gjennem en Olivenskov, det var som kjørte han i Hjemmet mellem knudrede Pile, her låe det eensomme Vertshuus. En halvsnees tiggende Krøblinger havde leiret sig udenfor, den raskeste af dem såe ud, for at bruge et marryatsk Udtryk, som "Hungerens ældste Søn, der havde nået sin Myndigheds Alder," de Andre vare enten blinde, havde visne Been og krøb på Hænderne, eller indsvundne Arme med fingerløse Hænder. Det var ret Elendigheden trukken frem af Pjalterne. "Eccellenza, miserabili!" sukkede de og strakte de syge Lemmer frem.

Vertinden selv med bare Fødder, uredt Hår og kun iført en smudsig Bluse, tog imod Gjæsterne. Dørene vare bundne sammen med Seglgarn; Gulvet i Værelserne frembød en halv oprodet Brolægning med Muurstene; Flagermuus fløi hen under Loftet, og Stanken herinde - -

"Ja, vil hun dække nede i Stalden!" sagde een af de Reisende, "dernede veed man dog hvad det er man indånder!"

Vinduerne bleve åbnede, for at der kunde komme lidt frisk Luft, men hurtigere end denne kom de visne Arme ind og den evige Klynken: miserabili, Eccellenza! På Væggene stode mange Inskriptioner, Halvdelen var imod bella Italia!

Maden blev bragt frem; der var en Suppe af Vand, kryddret med Peber og harsk Olie. Denne sidste spillede Hovedrollen ved Salaten; fordærvede Æg og stegte Hanekamme vare Pragtretterne; selv Vinen havde Afsmag, det var en sand Mixtur.

Til Natten bleve Kufferterne stillede op for Døren; een af de Reisende havde Vagt, medens de Andre sov; Theologen var den Vagthavende; o hvor kvalmt var der ikke herinde! Heden trykkede, Myggene surrede og stank, miserabili udenfor klynkede i Søvne.

"Ja, reise er godt nok!" sukkede Theologen, "havde man bare intet Legeme! kunde dette hvile og Aanden derimod flaggre. Hvor jeg kommer, er der et Savn, der trykker Hjertet; noget bedre, end det Øieblikkelige, er det jeg vil have; ja noget bedre, det Bedste, men hvor og hvad er det! jeg veed i Grunden nok, hvad jeg vil, jeg vil til et lykkeligt Mål, det Lykkeligste af Alle!"

Og i det Ordet var udtalt, var han i Hiemmet; de lange hvide Gardiner hang ned for Vinduet og midt på Gulvet stod den sorte Liigkiste, i den låe han i sin stille Dødssøvn, hans Ønske var opfyldt, Legemet hvilte, Aanden reiste. Priis Ingen lykkelig, før han er i sin Grav, var Solons Ord, her fornyedes Bekræftelsen.

Ethvert Liig er Udødelighedens Sphinx; heller ikke Sphinxen her på den sorte Sarkophag besvarede for os, hvad den Levende to Dage forud havde nedskrevet:

Du stærke Død, din Taushed vækker Gru;
Dit Spor er jo kun Kirkegårdens Grave.
Skal Tankens Jakobs-Stige gåe itu?
Ståer jeg kun op, som Græs i Dødens Have?
Vor største Liden tidt ei Verden seer!
Du, som var ene, lige til det sidste,
I Verden meget trykker Hjertet meer,
End Jorden, som de kaste på din Kiste!

To Skikkelser bevægede sig i Værelset; vi kjende dem begge: det var Sorgens Fee og Lykkens Udsendte; de bøiede sig over den Døde.

"Seer Du," sagde Sorgen, "hvad Lykke bragte vel dine Kalosker Menneskeheden?"

"De bragte i det mindste ham, som blunder her, et varigt Gode!" svarede Glæden.

"O nei!" sagde Sorgen; "Selv gik han bort, han blev ikke kaldet! hans

åndelige Kraft her var ikke stærk nok til at hæve de Skatte hist, som han efter sin Bestemmelse, må hæve! Jeg vil vise ham en Velgjerning!"
Og hun tog Kaloskerne af hans Fødder; da var Dødssøvnen endt, den Gjenoplevede reiste sig. Sorgen forsvandt, men ogsaa Kaloskerne; hun har vist betragtet dem som sin Eiendom.

Metalsvinet

I Byen Florents, ikke langt fra piazza del granduca løber en lille Tværgade, jeg troer den kaldes porta rossa; i denne, foran en Slags Bazar, hvor der sælges Grønt, ligger et konstigt vel udarbeidet Metalsviin; det friske, klare Vand risler ud af Munden paa Dyret, der af Ælde er ganske sortgrønt, kun Trynen skinner, som om den var poleret blank, og det er den ogsaa af de mange hundrede Børn og fattige Folk, der tage fat paa den med Hænderne og sætte deres Mund til Dyrets, for at drikke. Det er et heelt Billede, at see det velformede Dyr blive omfavnet af en smuk, halvnøgen Dreng, der sætter sin friske Mund til dets Tryne.
Enhver, som kommer til Florents, finder nok Stedet, han behøver kun at spørge den første Tigger, han seer, om Metalsvinet, og han vil finde det.
Det var en sildig Vinteraften, Bjergene laae med Snee, men det var Maaneskin, og Maaneskin i Italien giver en Belysning, der er ligesaa god som en mørk Vinterdag i Norden, ja den er bedre, thi Luften skinner, Luften opløfter, mens i Norden det kolde, graae Bly-Tag trykker os til Jorden, den kolde, vaade Jord, der engang skal trykke vor Kiste.
Henne i Hertugens Slotshave, under Piniens Tag, hvor tusinde Roser blomstre ved Vintertid, havde en lille, pjaltet Dreng siddet den hele Dag, en Dreng, der kunde være Billedet paa Italien, saa smuk, saa leende og dog saa lidende; han var sulten og tørstig, Ingen gav ham en Skilling, og da det blev mørkt og Haven skulde lukkes, jog Portneren ham bort.
Længe stod han drømmende paa Broen over Floden Arno og saae paa Stjernerne, der blinkede i Vandet mellem ham og den prægtige Marmorbro.
Han tog Veien hen til Metalsvinet, knælede halv ned, slog sine Arme om dets Hals, satte sin lille Mund til dets skinnende Tryne og drak i store Drag det friske Vand. Tæt ved laae nogle Salatblade og et Par Kastanier, det blev hans Aftensmad. Der var ikke et Menneske paa Gaden; han var ganske ene, han satte sig paa Metalsvinets Ryg, lænede sig forover, saa hans lille, lokkede Hoved hvilte paa Dyrets, og før han selv vidste det, sov han ind.
Det var Midnat, Metalsvinet rørte sig, han hørte, at det sagde ganske tydeligt: "du lille Dreng, hold Dig fast, thi nu løber jeg!" og saa løb det

med ham; det var et løierligt Ridt. — Først kom de paa piazza del
granduca; og Metalhesten, som bar Hertugens Statue, vrinskede høit;
de brogede Vaaben paa det gamle Raadhuus skinnede som
transparente Billeder, og Michel Angelos David svingede sin Slynge; det
var et selsomt Liv, som rørte sig! Metalgrupperne med Perseus og med
Sabinerindernes Rov stode kun altfor levende; et Døds-Skrig fra dem
gik over den prægtige, eensomme Plads.
Ved palazzo degli Uffizi, i Buegangen, hvor Adelen samles til Carnevals-
Glæde, standsede Metalsvinet.
"Hold Dig fast!" sagde Dyret, "hold Dig fast, thi nu gaaer det op ad
Trappen!" Den Lille sagde ikke endnu et Ord, halv skjælvede han, halv
var han lyksalig.
De traadte ind i et langt Gallerie, han kjendte det godt, han havde været
her før; Væggene prangede med Malerier, her stode Statuer og Buster,
alle i det skjønneste Lys, ligesom om det var Dag, men prægtigst var
det, da Døren til et af Sideværelserne gik op; ja denne Herlighed her
huskede den Lille; dog i denne Nat var Alt i sin skjønneste Glands.
Her stod en nøgen, deilig Qvinde, saa smuk, som kun Naturen og
Marmorets største Mester kunde forme hende; hun bevægede de
smukke Lemmer, Delphiner sprang ved hendes Fod, Udødelighed lyste
ud af hendes Øie. Verden kalder hende den medicæiske Venus. Paa hver
Side af hende prangede Marmorstatuer, deilige Mænd; den ene
hvæssede Sværdet, Sliberen kaldes han; de brydende Gladiatorer
udgjorde den anden Gruppe; Sværdet hvæssedes, Kæmperne brødes for
Skjønheds-Gudinden.
Drengen var som blendet af al den Glands; Væggene straalede i Farver,
og Alt var Liv og Bevægelse der. Fordoblet viste sig Billedet af Venus,
den jordiske Venus, saa svulmende og ildfuld, som Titian havde seet
hende. To deilige Qvinders Billeder; de skjønne, ubeslørede Lemmer
strakte sig paa de bløde Hynder, Brystet hævede sig og Hovedet
bevægede sig, saa at de rige Lokker faldt ned om de runde Skuldre,
medens de mørke Øine udtalte glødende Tanker; men ingen af alle
Billederne vovede dog at træde heelt ud af Rammen. Skjønheds-
Gudinden selv, Gladiatorerne og Sliberen bleve paa deres Plads, thi
Glorien, som straalede fra Madonna, Jesus og Johannes, bandt dem. De
hellige Billeder vare ikke Billeder længer, de vare de Hellige selv.
Hvilken Glands og hvilken Skjønhed fra Sal til Sal! og den Lille saae dem
Alle; Metalsvinet gik jo Skridt for Skridt gjennem al den Pragt og
Herlighed. Det ene Skue fortrængte det andet, kun eet Billede fæstede
sig ret i Tanken, og meest ved de glade, lykkelige Børn, som vare
derpaa, den Lille havde engang i Daglys nikket til dem.
Mange vandre vist dette Billede let forbi, og dog omslutter det en Skat

af Poesie: det er Christus, som stiger ned i Underverdenen, men det er ei de Piinte, man seer om ham, nei, det er Hedningerne; Florentineren Angiolo Bronzino har malet dette Billede; meest herligt er Udtrykket af Børnenes Vished om, at de skulle i Himlen; to Smaa omfavne allerede hinanden, een Lille rækker Haanden til en Anden nedenfor og peger paa sig selv, som om han sagde: "Jeg skal i Himlen!" alle Ældre staae uvisse, haabende, eller bøie sig ydmygt bedende for den Herre Jesus. Paa dette Billede saae Drengen længer end paa noget andet; Metalsvinet hvilte stille foran det; et sagte Suk blev hørt; kom det fra Billedet eller fra Dyrets Bryst? Drengen løftede Haanden ud mod de smilende Børn; — da jog Dyret afsted med ham, afsted gjennem den aabne Forsal.

"Tak og Velsignelse, du deilige Dyr!" sagde den lille Dreng og klappede Metalsvinet, der bums, bums! sprang ned ad Trappen med ham.

"Tak og Velsignelse selv!" sagde Metalsvinet, "jeg har hjulpet Dig og Du har hjulpet mig, thi kun med et uskyldigt Barn paa min Ryg faaer jeg Kræfter til at løbe! ja seer Du, jeg tør endogsaa gaae ind under Straalen af Lampen foran Madonnabilledet. Jeg kan bære Dig hen overalt, kun ikke ind i Kirken! men udenfor den, naar Du er hos mig, kan jeg see ind ad den aabne Dør! stig ikke ned af min Ryg, gjør Du det, da ligger jeg død, som Du seer mig om Dagen være det i Gaden porta rossa!"

"Jeg bliver hos Dig, mit velsignede Dyr!" sagde den Lille, og saa gik det i susende Flugt gjennem Florents's Gader, ud til Pladsen foran Kirken Santa Croce.

Den store Fløidør sprang op, Lysene straalede fra Alteret, gjennem Kirken, ud paa den eensomme Plads.

En selsom Lysglands strømmede ud fra et Grav-Monument i den venstre Sidegang, tusinde bevægelige Stjerner dannede ligesom en Glorie om det. Et Vaabenmærke prangede paa Graven, en rød Stige i blaa Grund, den syntes at gløde som Ild. Det var Galilæis Grav, det er et simpelt Monument, men den røde Stige i den blaae Grund er et betydningsfuldt Vaabenmærke, det er som det var Konstens eget, thi her gaaer altid Veien opad paa en gloende Stige, men til Himlen. Alle Aandens Propheter gaae til Himlen som Propheten Elias.

I Kirkens Gang til Høire syntes hver Billedstøtte paa de rige Sarkophager at have faaet Liv. Her stod Michel Angelo, der Dante med Laurbærkrands om Panden; Alfieri, Machiavelli, Side ved Side hvile her disse Stormænd, Italiens Stolthed. Det er en prægtig Kirke, langt skjønnere, om ikke saa stor, som Florents's Marmor-Domkirke.

Det var som om Marmorklæderne rørte sig, som om de store Skikkelser end mere hævede deres Hoved og skuede i Natten, under Sang og Toner, op mod det brogede, straalende Alter, hvor hvidklædte Drenge svingede gyldne Røgelsekar; den stærke Duft strømmede fra Kirken ud paa den aabne Plads.

Drengen strakte sin Haand ud mod Lys-Glandsen, og i samme Nu foer Metalsvinet afsted; han maatte knuge sig fast til det, Vinden susede om hans Øren, han hørte Kirkeporten knage paa Hængslerne, idet den lukkedes, men idetsamme syntes Bevidstheden at forlade ham, han følte en iisnende Kulde — og slog Øinene op.

Det var Morgen, han sad, halv gleden ned af Metalsvinet, der stod, hvor det altid pleiede at staae, i Gaden porta rossa.

Frygt og Angest opfyldte Drengen ved Tanken om hende, han kaldte Moder, hun, som havde igaar sendt ham ud og sagt, at han skulde skaffe Penge, ingen havde han; sulten og tørstig var han; endnu engang tog han Metalsvinet om Halsen, kyssede det paa Trynen, nikkede til det og vandrede saa afsted, til en af de snevreste Gader, kun bred nok for et velpakket Æsel. En stor, jernbeslaaet Dør stod halv paa Klem, her gik han op ad en muret Trappe med skidne Mure og en glat Snor til Rækværk, og kom til et aabent Gallerie, behængt med Pjalter; en Trappe førte herfra til Gaarden, hvor fra Brønden store Jerntraade vare trukne til alle Husets Etager, og den ene Vandspand svævede ved Siden af den anden, medens Tridsen peb og Spanden dandsede i Luften, saa Vandet kladskede ned i Gaarden. Atter gik det op ad en forfalden, muret Trappe; — to Matroser, det var Russere, sprang lystigt ned og havde nær stødt den stakkels Dreng omkuld. De kom fra deres natlige Lystighed. En ikke ung, men stærkbygget Qvindeskikkelse, med et kraftigt, sort Haar, fulgte. "Hvad har Du hjem?" sagde hun til Drengen. "Vær ikke vred!" bad han, "jeg fik Intet, slet Intet!" — og han greb i Moderens Kjole, som om han vilde kysse paa den; de traadte ind i Kamret: det ville vi ikke beskrive; kun saa Meget skal siges, at der stod en Hankekrukke med Kul-Ild, marito, som den kaldes, denne tog hun paa sin Arm, varmede Fingrene, og puffede Drengen med Albuen. "Jo vist har Du Penge!" sagde hun. —

Barnet græd, hun stødte til ham med Foden, han jamrede høit; — "vil Du tie, eller jeg slaaer dit skraalende Hoved itu!" sagde hun og svang Ildpotten, som hun holdt i Haanden, Drengen dukkede ned til Jorden med et Skrig. Da traadte Nabokonen ind ad Døren, ogsaa hun havde sin marito paa Armen. "Felicita! Hvad gjør Du ved Barnet?"

"Barnet er mit!" svarede Felicita. "Jeg kan myrde det om jeg vil, og Dig med, Gianina!" og hun svingede sin Ildpotte; den Anden hævede sin parerende i Veiret, og begge Potterne foer imod hinanden, saa Skaarene, Ilden og Asken fløi omkring i Værelset; — — men Drengen var i samme Nu ude af Døren, over Gaarden og ude af Huset. Det arme Barn løb, saa han tilsidst ei kunde drage Aande; han standsede ved

Kirken Santa Croce, Kirken, hvis store Dør sidste Nat havde aabnet sig for ham, og han gik derind. Alt straalede; han knælede ved den første Grav til Høire, det var Michel Angelos, og snart hulkede han høit. Folk kom og gik, Messen blev læst, Ingen brød sig om Drengen; kun en gammelagtig Borger standsede, saae paa ham og gik saa bort ligesom de Andre.

Sult og Tørst plagede den Lille, han var ganske afmægtig og syg; han krøb hen i Krogen mellem Væggen og Marmormonumentet og faldt i Søvn. Det var henimod Aften, da han vaagnede igjen ved at Een ruskede i ham, han foer op, og den samme gamle Borger stod foran ham.

"Er Du syg? Hvor hører Du hjemme? Har Du været her den hele Dag?" var et Par af de mange Spørgsmaal, den Gamle gjorde ham; de bleve besvarede, og den gamle Mand tog ham med sig til et lille Huus tæt ved i en af Sidegaderne; det var et Handskemagerværksted, de traadte ind i; Konen sad nok saa flittig og syede, da de kom; en lille, hvid Bologneser, klippet saa tæt, at man kunde see den rosenrøde Hud, hoppede paa Bordet, og sprang for den lille Dreng.

"De uskyldige Sjæle kjende hinanden," sagde Konen og klappede Hunden og Drengen. Denne fik at spise og at drikke hos de gode Folk, og de sagde, han skulde have Lov til at blive der Natten over; næste Dag vilde Fader Giuseppe tale med hans Moder. Han fik en lille, fattig Seng; men den var kongelig prægtig for ham, der tidt maatte sove paa det haarde Steengulv; han sov saa godt og drømte om de rige Billeder og om Metalsvinet.

Fader Giuseppe gik ud næste Morgen, og det arme Barn var ikke saa glad derved, thi han vidste, at denne Gaaen ud var for at bringe ham til hans Moder, og han græd og kyssede den lille, vevre Hund, og Konen nikkede til dem begge To. —

Og hvad Besked bragte Fader Giuseppe; han talte meget med sin Kone, og hun nikkede og klappede Drengen. "Det er et deiligt Barn!" sagde hun. "Hvor han kan blive en kjøn Handskemager, ligesom Du var! og Fingre har han, saa fine og bøielige. Madonna har bestemt ham til at være Handskemager!"

Og Drengen blev der i Huset, og Konen lærte ham selv at sye; han spiste godt, han sov godt, han blev munter og han begyndte at drille Bellissima, det hed den lille Hund; Konen truede med Fingrene, skjændte og var vred, og det gik Drengen til Hjerte; tankefuld sad han i sit lille Kammer, det vendte ud til Gaden, der blev tørret Skind derinde; tykke Jernstænger vare for Vinduerne, han kunde ikke sove, Metalsvinet var i hans Tanke, og pludselig hørte han udenfor: "Kladsk, kladsk!" jo, det var bestemt det! han sprang hen til Vinduet, men der var Intet at see, det var alt forbi.

"Hjelp Signore at bære hans Farvekasse!" sagde Madamen om Morgenen til Drengen, idet den unge Nabo, Maleren, kom selv slæbende med denne og et stort, sammenrullet Lærred; Barnet tog Kassen, fulgte efter Maleren, og de toge Vei til Galleriet, gik op ad den samme Trappe, han kjendte godt fra hiin Nat, han red paa Metalsvinet; han kjendte Statuer og Billeder, den deilige Marmor-Venus og de, som levede i Farver; han gjensaae Guds Moder, Jesus og Johannes.

Nu stode de stille foran Maleriet af Bronzino, hvor Christus stiger ned i Underverdenen og Børnene rundt om smile i sød Forvisning om Himlen; det fattige Barn smilte ogsaa, thi han var her i sin Himmel.

"Ja gaa nu hjem!" sagde Maleren til ham, da han allerede havde staaet saa længe, at Denne havde reist sit Staffelie.

"Tør jeg see Eder male?" sagde Drengen. "Tør jeg see, hvorledes I faaer Billedet herover paa det hvide Stykke?" —

"Nu maler jeg ikke!" svarede Manden og tog sit Sortkridt frem, hurtigt bevægede Haanden sig, Øiet maalte det store Billede, og uagtet det kun var en tynd Streg, der kom, stod Christus dog svævende, som paa det farvede Billede.

"Men saa gaa dog!" sagde Maleren, og Drengen vandrede stille hjemad, satte sig op paa Bordet og — lærte at sye Handsker.

Men den hele Dag vare Tankerne i Billedsalen, og derfor stak han sig i Fingrene, bar sig keitet ad, men drillede heller ikke Bellissima. Da det blev Aften og Gadedøren just stod aaben, listede han sig udenfor; det var koldt men stjernelyst, saa smukt og klart; han vandrede afsted gjennem Gaderne hvor der allerede var stille, og snart stod han foran Metalsvinet; han bøiede sig ned over det, kyssede dets blanke Tryne, og satte sig paa dets Ryg; "du velsignede Dyr," sagde han, "hvor jeg har længtes efter Dig! vi maae i Nat ride en Tour."

Metalsvinet laae ubevægeligt, og det friske Væld sprudlede fra Munden. Den Lille sad som Rytter, da trak Nogen ham i Klæderne; han saae til Siden, Bellissima, den lille, nøgen klippede Bellissima var det. Hunden var smuttet med ud af Huset og havde fulgt den Lille, uden at Denne mærkede det. Bellissima bjæffede, som om den vilde sige, seer Du jeg er med, hvorfor sætter Du Dig her? Ingen gloende Drage kunde have forfærdet Drengen mere, end den lille Hund paa dette Sted. Bellissima paa Gaden og det uden at være klædt paa, som den gamle Moder kaldte det; hvad vilde der blive af. Hunden kom aldrig ud ved Vintertid, uden at den iførtes et lille Faareskind, der var klippet og syet til den. Skindet kunde bindes med et rødt Baand fast om Halsen, der var Sløife og Bjælde ved, og ligeledes bandtes det under Bugen. Hunden saae næsten ud som et lille Kid, naar den ved Vintertid i denne Habit fik Lov at trippe ud med Signora. Bellissima var med og ikke klædt paa; hvad

vilde der blive af. Alle Phantasier vare forsvundne, dog kyssede
Drengen Metalsvinet, tog Bellissima paa Armen, Dyret rystede af Kulde,
og derfor løb Drengen, alt hvad han kunde.

"Hvad løber Du der med!" raabte to Gensdarmer, han mødte, og
Bellissima gjøede. "Hvor har Du stjaalet den smukke Hund?" spurgte de
og toge den fra ham.

"O giv mig den igjen!" jamrede Drengen.

"Har Du ikke stjaalet den, da kan Du sige hjemme, at Hunden kan
hentes paa Vagten," og de nævnte Stedet og gik med Bellissima.

Det var en Nød og Jammer. Han vidste ikke, om han skulde springe i
Arno, eller gaae hjem og tilstaae Alt. De vilde vist slaae ham ihjel,
tænkte han. "Men jeg vil gjerne slaaes ihjel; jeg vil døe, saa kommer jeg
til Jesus og Madonna!" og han gik hjem, meest for at blive slaaet ihjel.

Døren var lukket, han kunde ikke naae Hammeren, der var Ingen paa
Gaden, men en Steen laae løs, og med den dundrede han paa; "hvem er
det!" raabte de indenfor. —

"Det er mig!" sagde han, "Bellissima er borte! luk mig op og slaae mig
saa ihjel!"

Der blev en Forskrækkelse, især hos Madamen, for den arme
Bellissima; hun saae strax til Væggen, hvor Hundens Drapperi skulde
hænge, det lille Faareskind hang der.

"Bellissima paa Vagten!" raabte hun ganske høit; "du onde Barn! Hvor
har Du faaet ham ud! Han fryser ihjel! Det fine Dyr hos de grove
Soldater!"

Og Fatter maatte strax afsted! Konen jamrede og Drengen græd; alle
Folk i Huset kom sammen, Maleren med; han tog Drengen mellem sine
Knæe, spurgte ham ud, og i Stumper og Stykker fik han den hele
Historie om Metalsvinet og om Galleriet; det var ikke godt at forstaae,
Maleren trøstede den Lille, talte godt for den Gamle, men hun blev ikke
tilfreds før Fatter kom med Bellissima, der havde været mellem
Soldater; der var en Glæde, og Maleren klappede den stakkels Dreng, og
gav ham en Haandfuld Billeder.

O det var prægtige Stykker, komiske Hoveder! men fremfor Alt, det var
lyslevende Metalsvinet selv. O, Intet kunde være herligere! ved et Par
Streger stod det paa Papiret og selv Huset bag ved var antydet.

"Hvo der dog kunde tegne og male! saa kunde man faae den hele
Verden til sig!"

Næste Dag, i det første eensomme Øieblik, greb den Lille Blyanten, og
paa den hvide Side af et af Billederne forsøgte han at gjengive
Tegningen af Metalsvinet, og det lykkedes! lidt skjevt, lidt op og ned, eet
Been tykt, et andet tyndt, men det var dog til at forstaae, selv jublede
han derover! Blyanten vilde kun ikke ret gaae saa lige, som den skulde,

mærkede han nok; men næste Dag stod der et Metalsviin ved Siden af det andet, og det var hundrede Gange bedre; det tredie var saa godt, at Enhver kunde kjende det.

Men det gik daarligt med Handskesyningen, det gik langsomt med By-Ærenderne; thi Metalsvinet havde nu lært ham, at alle Billeder maatte kunne overføres paa Papiret, og Staden Florents er en heel Billedbog, naar man vil blade op i den. Der staaer paa piazza della Trinità en slank Søile og øverst paa denne staaer Retfærdighedens Gudinde med tilbundne Øine og Vægtskaal; snart stod hun paa Papiret, og det var Handskemagerens lille Dreng, som havde sat hende der. Billed-Samlingen voxte, men Alt i den var endnu døde Ting; da hoppede en Dag Bellissima foran ham; "staa stille!" sagde han, "saa skal Du blive deilig, og komme med i mine Billeder!" men Bellissima vilde ikke staae stille, saa maatte han bindes; Hoved og Hale blev bunden, den bjæffede og gjorde Spring, Snoren maatte strammes; da kom Signora.

"Du ugudelige Dreng! det arme Dyr!" var Alt, hvad hun fik sagt, og hun stødte Drengen til Side, sparkede ham med sin Fod, viste ham ud af sit Huus; han, der var det utaknemmeligste Skarn, det ugudeligste Barn; og grædende kyssede hun sin lille, halvqvalte Bellissima.

Maleren kom idetsamme op ad Trappen og — — her er Vendepunktet i Historien.

1834 var i Academia delle arte en Udstilling i Florents; to Malerier opstillede ved Siden af hinanden samlede en Mængde Tilskuere. Paa det mindste Maleri var fremstillet en lille lystig Dreng, der sad og tegnede; til Model havde han en lille hvid, tæt klippet Mops, men Dyret vilde ikke staae stille og var derfor bundet med Seglgarn og det baade ved Hoved og ved Hale; der var et Liv og en Sandhed deri, som maatte tiltale Enhver. Maleren var, fortalte man, en ung Florentiner, der skulde være funden paa Gaden som lille Barn, opdragen af en gammel Handskemager, han havde selv lært sig at tegne; en nu berømt Maler havde opdaget dette Talent, da Drengen engang skulde jages bort, fordi han havde bundet Madamens Yndling, den lille Mops, og gjort denne til Model.

Handskemagerdrengen var bleven en stor Maler, det viste dette Billede, det viste især det større ved Siden; her var kun een eneste Figur, en pjaltet, deilig Dreng, der sad og sov paa Gaden, han heldede sig op til Metalsvinet i Gaden porta rossa. Alle Beskuerne kjendte Stedet. Barnets Arme hvilede paa Svinets Hoved; den Lille sov saa trygt, Lampen ved Madonna-Billedet kastede et stærkt Lys paa Barnets blege, herlige Ansigt. Det var et prægtigt Maleri; en stor forgyldt Ramme omgav det, og paa Hjørnet af Rammen var hængt en Laurbærkrands, men mellem de grønne Blade snoede sig et sort Baand, et langt Sørgeflor hang ned derfra. —

Den unge Konstner var i disse Dage — død!

Moster

Du skulde have kjendt Moster! hun var yndig! ja, det vil sige, hun var
slet ikke yndig, som man forstaaer ved at være yndig, men hun var sød
og rar, morsom paa sin Maade, rigtig til at snakke om, naar der skal
snakkes og gjøres lystig over Een, hun var til at, sætte lige ind i en
Komedie, og det ene og alene fordi hun levede for Komediehuset og
hvad der rører sig derinde. Hun var saa hæderlig, men Agent Fab, som
Moster kaldte Flab, kaldte hende komediegal.

„Theatret er min Skolegang," sagde hun, „min Kundskabs Kilde, derfra
har jeg min opfriskede Bibelhistorie: „„Moses"", „„Joseph og hans
Brødre,"" det er nu Operaer! Jeg har fra Theatret min Verdenshistorie,
Geographi og Menneskekundskab! Jeg kjender fra de franske Stykker
Pariserlivet — slibrigt, men høist interessant! hvor har jeg grædt over
„Familien Riquebourg", at den Mand skal drikke sig ihjel for at hun kan
faae den unge Kjæreste! — Ja hvor mange Taarer har jeg dog grædt i de
halvtredsindstyve Aar, jeg har havt abonneret!"

Moster kjendte hvert Theaterstykke, hver Coulisse, hver Person, der
traadte op eller havde traadt op. Hun levede kun rigtig i de ni Komedie-
Maaneder. Sommertiden uden Sommer-Skuespil var en Tid, der gjorde
hende gammel, medens en Komedieaften, der trak ud over Midnat, var
en Forlængelse af Livet. Hun talte ikke som andre Folk: „nu faae vi
Foraar, Storken er kommen!" — „der staaer i Avisen om de første
Jordbær." Hun derimod forkyndte Efteraarets Komme. „Har De seet, nu
er Theaterlogerne til Auction, nu begynde Forestillingerne?"

Hun regnede en Bopæls Værd og gode Beliggenhed efter hvor nær den
laae Theatret. Det var hende en Sorg at forlade det lille Stræde bag
Theatret og flytte hen i den store Gade lidt længere derfra og der boe i
et Huus, hvor hun ikke havde Gjenboer.

„Hjemme maa mit Vindue være min Theaterloge! man kan da ikke sidde
og gaae op i sig selv, Mennesker maa man dog see! men nu boer jeg,
som jeg var flyttet ud paa Landet. Vil jeg see Mennesker, maa jeg gaae
ud i mit Kjøkken og sætte mig op paa Vasken, kun der har jeg Gjenboer.
Nei, da jeg boede i mit Stræde, der kunde jeg see lige ind til
Hørkræmmerens, og saa havde jeg kun tre Skridt til Theatret, nu har jeg
tre tusinde Garderskridt."

Moster kunde være syg, men ihvor ilde hun befandt sig, forsømte hun
dog ikke Komedien. Hendes Læge forordnede, at hun en Aften skulde
have Suurdeig under Fødderne, hun gjorde som han sagde, men kjørte

hen i Theatret og sad her med Suurdeig under Fødderne. Var hun død der, det vilde have fornøiet hende. Thorvaldsen døde i Theatret, det kaldte hun „salig Død."

Hun kunde tilvisse ikke tænke, sig Himmeriges Rige uden at der ogsaa maatte være et Theater; det var jo ikke lovet os, men det var dog at tænke, at de mange udmærkede Skuespillere og Skuespillerinder, der vare gaaede forud, maatte have en fortsat Virkekreds.

Moster havde sin electriske Traad fra Theatret til sin Stue; Telegrammet kom hver Søndag til Kaffe. Hendes electriske Traad var „Hr. Sivertsen ved Theater-Maskineriet", ham, der gav Signalerne til op og ned, ind og ud med Tæpper og Coulisser.

Af ham fik hun forud en kort og fyndig Anmeldelse af Stykkerne. Shakspeares „Stormen" kaldte han „forbandet Tøi! der er saa Meget at stille op, og saa begynder det med Vand til første Coulisse!" det vilde sige, saa langt frem gik de rullende Bølger. Stod derimod gjennem alle fem Acter een og samme Stue-Decoration, saa sagde han, det var fornuftigt og velskrevet, det var et Hvilestykke, det spillede sig selv uden Opstilling.

I tidligere Tid, som Moster kaldte Tiden for nogle og tredive Aar tilbage, var hun og nysnævnte Hr. Sivertsen yngre; han var allerede da ved Maskineriet og, som hun kaldte ham, hendes „Velgjører". Det var nemlig i den Tid Skik at ved Aftenens Forestilling paa Stadens eneste og store Theater, kom ogsaa Tilskuere paa Loftet; hver Maskinkarl havde en Plads eller to at raade over. Der var tidt propfuldt og meget fiint Selskab; man sagde, at der havde været baade Generalinder og Commerceraadinder; det var saa interessant at see ned bag Coulisserne og vide hvorledes de Mennesker gik og stode, naar Tæppet var nede.

Moster havde flere Gange været der, baade til Tragedier og Balletter, thi de Stykker, hvori det største Personale traadte op, vare de interessanteste fra Loftet. Man sad saa temmeligt i Mørke deroppe, de Fleste havde Aftensmad med; engang faldt tre Æbler og et Lag Smørrebrød med Rullepølse lige ned i Ugolinos Fængsel, hvor Mennesket skulde døe af Sult, og saa blev der et Griin af Publicum. Den Rullepølse var en af de vægtigste Grunde, hvorfor den høie Direction lod Tilskuerpladsen paa Loftet aldeles gaae ind.

„Men jeg var der syv og tredive Gange," sagde Moster, „og det glemmer jeg aldrig Hr. Sivertsen."

Det var netop sidste Aften at Loftet stod aabent for Publicum, da spilledes „Salomons Dom", Moster huskede det saa godt; hun havde, ved sin Velgjører Hr. Sivertsen, skaffet Agent Fab Adgangsbillet, uagtet han ikke fortjente det, da han stedse gjorde Narrestreger med Theatret og talede paa Dril; men hun havde nu skaffet ham derop. Han vilde see

Komedie-Tøiet paa Vrangen, det var hans egne Ord, og de lignede ham, sagde Moster.

Og han saae „Salomons Dom" fra oven og faldt i Søvn; man skulde sandelig troe, at han var kommen fra en stor Middag med mange Skaaler. Han sov og blev lukket inde, sad og sov i den mørke Nat paa Theaterloftet, og da han vaagnede, fortalte han, men Moster troede ham ikke: Salomons Dom var ude, alle Lamper og Lys vare ude, alle Mennesker ude, oppe og nede; men saa begyndte først den rigtige Komedie „Nachspielet", der var det artigste, sagde Agenten. Der kom Liv i Tøiet! det var ikke Salomons Dom, der blev givet, nei det var Dommedag paa Theatret. Og Alt det havde Agent Fab den Frækhed at ville bilde Moster ind; det var Tak fordi hun havde skaffet ham paa Loftet.

Hvad fortalte da Agenten, ja det var løierligt nok at høre, men der laae Ondskab og Dril paa Bunden.

„Det saae mørkt ud deroppe," sagde Agenten, „men saa begyndte Troldtøiet, stor Forestilling, „„Dommedag paa Theatret"".

Controleurerne stode ved Dørene, og hver Tilskuer maatte vise sin aandelige Skudsmaalsbog, om han turde komme ind med løse Hænder eller med bundne, med Mundkurv eller uden Mundkurv. Herskaber, der kom for silde, naar allerede Forestillingen var begyndt, ligesaa unge Mennesker, der jo umuligt altid kunne passe Tiden, bleve tøirede udenfor, fik Filtsaaler under Fødderne til at gaae ind med ved næste Acts Begyndelse, dertil Mundkurv. Og saa begyndte Dommedag paa Theatret."

„Bare Ondskab, som Vorherre ikke kjender til!" sagde Moster.

Maleren skulde, vilde han ind i Himlen, gaae op ad en Trappe, han selv havde malet, men som intet Menneske kunde skræve op ad. Det var jo kun en Forsyndelse imod Perspectivet. Alle de Planter og Bygninger, Maskinmesteren med stor Uleilighed havde stillet i Lande, hvor de ikke hørte hjemme, skulde det arme Menneske flytte til rette Sted og det før Hanegal, vilde han ind i Himlen. Hr. Fab skulde bare see at han selv kunde komme derind; og hvad han fortalte om Personalet, baade i Komedien og Tragedien, i Sang og i Dands, var nu det Sorteste af Hr. Fab, Flab! han fortjente ikke at komme paa Loftet, Moster vilde ikke tage hans Ord i sin Mund. Det var nedskrevet det Hele, havde han sagt, Flaben! det skulde komme i Trykken, naar han var død og borte, før ikke; han vilde ikke flaaes.

Moster havde kun eengang været i Angest og Vaande i sit Lyksaligheds-Tempel, Theatret. Det var en Vinterdag, een af de Dage, hvor man har Dag to Timer og Graat. Det var en Kulde og en Snee, men i Theatret skulde Moster; de gav „Herman von Unna", dertil en lille Opera og en stor Ballet, en Prolog og en Epilog; det vilde vare ud paa Natten. Moster maatte derhen; hendes Logerende havde laant hende et Par Kanestøvler med Laaddent baade ud og ind; de naaede hende op om Benene.

Hun kom i Theatret, hun kom i Logen; Støvlerne vare varme, hun beholdt dem paa. Med Eet blev der raabt Brand; der kom Røg fra en Coulisse, der kom Røg fra Loftet; der blev en frygtelig Bestyrtelse. Folk stormede ud; Moster var den Sidste i Logen, — „anden Etage til Venstre, der tage Decorationerne sig bedst ud," sagde hun, „de stilles altid til at sees smukkest fra den kongelige Side," — Moster vilde ud, de foran hende smækkede i Angest og Ubetænksomhed Døren i; der sad Moster, ud kunde hun ikke komme, ind ikke heller; det vil sige ind i Naboens Loge, Gelænderet var for høit. Hun raabte, Ingen hørte, hun saae ned i Etagen under sig, den var tom, den var lav, den var nær ved; Moster følte sig i Angesten saa ung og let; hun vilde springe ned, fik ogsaa det ene Been over Rækværket, det andet fra Bænken; der sad hun til Hest, vel drapperet, med sit blommede Skjørt, med et langt Been heelt svævende ude, et Been med en uhyre Kanestøvle; det var et Syn at see! og da det blev seet, blev ogsaa Moster hørt, og frelst for at brænde inde, for Theatret brændte ikke.

Det var den meest mindeværdige Aften i hendes Liv, sagde hun og var glad over, at hun ikke havde kunnet see sig selv, thi saa var hun død af Blussel.

Hendes Velgjører ved Maskineriet, Hr. Sivertsen, kom stadig hver Søndag til hende, men der var lang Tid fra Søndag til Søndag; i den senere Tid havde hun derfor midt i Ugen et lille Barn „til Levning", det vil sige til at nyde hvad der den Dag blev tilovers fra Middagen. Det var et lille Barn fra Balletten, der ogsaa trængte til Mad. Den Lille traadte op baade som Alf og som Page; det sværeste Parti var som Bagbeen til Løven i „Tryllefløiten", men hun voxte til Forbeen i Løven; det fik hun, rigtignok kun tre Mark for, Bagbenene gave een Rigsdaler, men der maatte hun gaae krumbøiet og savne den friske Luft. Det var meget interessant at vide, meente Moster.

Hun havde fortjent at leve saalænge Theatret stod, men det holdt hun dog ikke ud; heller ikke døde hun der, men skikkeligt og honnet i sin egen Seng; hendes sidste Ord vare iøvrigt ganske betydningsfulde, hun spurgte: „hvad spille de i Morgen?"

Efter hendes Død var der nok omtrent fem hundrede Rigsdaler; vi slutte fra Renterne, som ere tyve Rigsdaler. Dem havde Moster bestemt til et Legat for en værdig gammel Jomfru uden Familie; de skulde

anvendes aarlig til, at abonnere en Plads i anden Etage, venstre Side og om Løverdagen, for saa gav man de bedste Stykker. Der var kun een Forpligtelse for Den, som nød godt af Legatet, hver Løverdag skulde hun i Theatret tænke paa Moster, der laae i sin Grav.
Det var Mosters Religion.

Nattergalen

I China veed Du jo nok er Keiseren en Chineser, og Alle de han har om sig ere Chinesere. Det er nu mange Aar siden, men just derfor er det værd at høre Historien, før man glemmer den! Keiserens Slot var det prægtigste i Verden, ganske og aldeles af fiint Porcelain, saa kostbart, men saa skjørt, saa vanskeligt at røre ved, at man maatte ordentlig tage sig iagt. I Haven saae man de forunderligste Blomster, og ved de allerprægtigste var der bundet Sølvklokker, der klingede, for at man ikke skulde gaae forbi uden at bemærke Blomsten. Ja, Alting var saa udspeculeret i Keiserens Have, og den strakte sig saa langt, at Gartneren selv ikke vidste Enden paa den; blev man ved at gaae, kom man i den deiligste Skov med høie Træer og dybe Søer. Skoven gik lige ned til Havet, der var blaat og dybt; store Skibe kunde seile lige ind under Grenene, og i disse boede der en Nattergal, der sang saa velsignet, at selv den fattige Fisker, der havde saa meget andet at passe, laae stille og lyttede, naar han om Natten var ude at trække Fiskegarnet op og da hørte Nattergalen. "Herre Gud, hvor det er kjønt!" sagde han, men saa maatte han passe sine Ting og glemte Fuglen; dog næste Nat naar den igjen sang, og Fiskeren kom derud, sagde han det samme: "Herre Gud! hvor det dog er kjønt!"
Fra alle Verdens Lande kom der Reisende til Keiserens Stad, og de beundrede den, Slottet og Haven, men naar de fik Nattergalen at høre, sagde de Allesammen: "Den er dog det bedste!"
Og de Reisende fortalte derom, naar de kom hjem, og de Lærde skreve mange Bøger om Byen, Slottet og Haven, men Nattergalen glemte de ikke, den blev sat allerøverst; og de, som kunde digte, skrev de deiligste Digte, allesammen om Nattergalen i Skoven ved den dybe Sø.
De Bøger kom Verden rundt, og nogle kom da ogsaa engang til Keiseren. Han sad i sin Guldstol, læste og læste, hvert Øieblik nikkede han med Hovedet, thi det fornøiede ham at høre de prægtige Beskrivelser over Byen, Slottet og Haven. "Men Nattergalen er dog det allerbedste!" stod der skrevet.
"Hvad for Noget!" sagde Keiseren, "Nattergalen! den kjender jeg jo slet ikke! er her saadan en Fugl i mit Keiserdømme, ovenikjøbet i min Have! det har jeg aldrig hørt! saadant noget skal man læse sig til!"

Og saa kaldte han paa sin Cavaleer, der var saa fornem, at naar nogen, der var ringere end han, vovede at tale til ham, eller spørge om noget, saa svarede han ikke andet, end "P!" og det har ikke noget at betyde.

"Her skal jo være en høist mærkværdig Fugl, som kaldes Nattergal!" sagde Keiseren, "man siger at den er det allerbedste i mit store Rige! hvorfor har man aldrig sagt mig noget om den!"

"Jeg har aldrig før hørt den nævne!" sagde Cavaleren, "den er aldrig blevet præsenteret ved Hoffet!" –

"Jeg vil at den skal komme her i Aften og synge for mig!" sagde Keiseren. "Der veed hele Verden hvad jeg har, og jeg veed det ikke!"

"Jeg har aldrig før hørt den nævne!" sagde Cavaleren, "jeg skal søge den, jeg skal finde den!" –

Men hvor var den at finde; Cavaleren løb op og ned af alle Trapper, gjennem Sale og Gange, ingen af alle dem, han traf paa, havde hørt tale om Nattergalen, og Cavaleren løb igjen til Keiseren og sagde, at det vist maatte være en Fabel af dem, der skrev Bøger. "Deres keiserlige Majestæt skal ikke troe hvad der skrives! det er Opfindelser og noget, som kaldes den sorte Kunst!"

"Men den Bog, hvori jeg har læst det," sagde Keiseren, "er sendt mig fra den stormægtige Keiser af Japan, og saa kan det ikke være Usandhed. Jeg vil høre Nattergalen! den skal være her i Aften! den har min høieste Naade! og kommer den ikke, da skal hele Hoffet dunkes paa Maven, naar det har spiist Aftensmad."

"Tsing-pe!" sagde Cavaleren, og løb igjen op og ned af alle Trapper, gjennem alle Sale og Gange; og det halve Hof løb med, for de vilde ikke gjerne dunkes paa Maven. Der var en Spørgen efter den mærkelige Nattergal, som hele Verden kjendte, men Ingen ved Hoffet.

Endelig traf de en lille, fattig Pige i Kjøkkenet, hun sagde: "O Gud, Nattergalen! den kjender jeg godt! ja, hvor den kan synge! hver Aften har jeg Lov til at bringe lidt af Levningerne fra Bordet hjem til min stakkels syge Moder, hun boer nede ved Stranden, og naar jeg saa gaaer tilbage, er træt og hviler i Skoven, saa hører jeg Nattergalen synge! jeg faaer Vandet i Øinene derved, det er ligesom om min Moder kyssede mig!"

"Lille Kokkepige!" sagde Cavaleren, "jeg skal skaffe hende fast Ansættelse i Kjøkkenet og Lov til at see Keiseren spise, dersom hun kan føre os til Nattergalen, for den er tilsagt til i Aften!" –

Og saa droge de Allesammen ud i Skoven, hvor Nattergalen pleiede at synge; det halve Hof var med. Som de allerbedst gik, begyndte en Ko at brøle.

"O!" sagde Hofjunkerne, "nu har vi den! det er dog en mærkelig Kraft i et saadant lille Dyr! jeg har ganske bestemt hørt den før!"

"Nei, det er Køerne, som brøle!" sagde den lille Kokkepige, "vi ere endnu langt fra Stedet!"

Frøerne qvækkede nu i Kjæret.

"Deiligt!" sagde den chinesiske Slotsprovst, "nu hører jeg hende, det er ligesom smaa Kirkeklokker!"

"Nei, det er Frøerne!" sagde den lille Kokkepige. "Men nu tænker jeg snart vi hører den!"

Saa begyndte Nattergalen at synge.

"Den er det," sagde den lille Pige, "hør! hør! og der sidder den!" og saa pegede hun paa en lille, graa Fugl oppe i Grenene.

"Er det muligt!" sagde Cavaleren, "saaledes havde jeg nu aldrig tænkt mig den! hvor den seer simpel ud! den har vist mistet Couleur over at see saa mange fornemme Mennesker hos sig!"

"Lille Nattergal!" raabte den lille Kokkepige ganske høit, "vor naadige Keiser vil saa gjerne, at De skal synge for ham!"

"Med største Fornøielse!" sagde Nattergalen og sang, saa at det var en Lyst.

"Det er ligesom Glasklokker!" sagde Cavaleren, "og see den lille Strube, hvor den bruger sig! det er mærkværdigt vi aldrig har hørt den før! den vil gjøre en stor succès ved Hoffet!"

"Skal jeg synge endnu engang for Keiseren?" spurgte Nattergalen, der troede at Keiseren var med.

"Min fortræffelige lille Nattergal!" sagde Cavaleren, "jeg har den store Glæde at skulle tilsige Dem til en Hoffest i Aften, hvor De vil fortrylle hans høie keiserlige Naade med Deres charmante Sang!"

"Den tager sig bedst ud i det Grønne!" sagde Nattergalen, men den fulgte dog gjerne med, da den hørte, at Keiseren ønskede det.

Paa Slottet var der ordentligt pudset op! Vægge og Gulv, der var af Porcelain, skinnede ved mange tusinde Guldlamper! de deiligste Blomster, som ret kunde klinge, vare stillede op i Gangene; der var en Løben og en Trækvind, men saa klang just alle Klokkerne, man kunde ikke høre Ørelyd.

Midt inde i den store Sal, hvor Keiseren sad, var der stillet en Guldpind, og paa den skulde Nattergalen sidde; hele Hoffet var der, og den lille Kokkepige havde faaet Lov til at staae bag ved Døren, da hun nu havde Titel af virkelig Kokkepige. Alle vare de i deres største Pynt, og alle saae de paa den lille graae Fugl, som Keiseren nikkede til.

Og Nattergalen sang saa deiligt, at Keiseren fik Taarer i Øinene, Taarerne trillede ham ned over Kinderne, og da sang Nattergalen endnu smukkere, det gik ret til Hjertet; og Keiseren var saa glad, og han sagde, at Nattergalen skulde have hans Guldtøffel at bære om Halsen. Men Nattergalen takkede, den havde allerede faaet Belønning nok.

"Jeg har seet Taarer i Øinene paa Keiseren, det er mig den rigeste Skat! en Keisers Taarer har en forunderlig Magt! Gud veed, jeg er nok belønnet!" og saa sang den igjen med sin søde, velsignede Stemme.

"Det er det elskeligste Koketteri jeg kjender!" sagde Damerne rundtom, og saa toge de Vand i Munden for at klukke, naar nogen talte til dem: de troede da ogsaa at være Nattergaler; ja Laqvaierne og Kammerpigerne lode mælde, at ogsaa de vare tilfredse, og det vil sige meget, thi de ere de allervanskeligste at gjøre tilpas. Jo, Nattergalen gjorde rigtignok Lykke!

Den skulde nu blive ved Hoffet, have sit eget Buur, samt Frihed til at spadsere ud to Gange om Dagen og een Gang om Natten. Den fik tolv Tjenere med, alle havde de et Silkebaand om Benet paa den og holdt godt fast. Der var slet ingen Fornøielse ved den Tour.

Hele Byen talte om den mærkværdige Fugl, og mødte to hinanden, saa sagde den Ene ikke andet end: "Nat-!" og den Anden sagde "gal!" og saa sukkede de og forstode hinanden, ja elleve Spekhøkerbørn bleve opkaldte efter den, men ikke een af dem havde en Tone i Livet. –

En Dag kom en stor Pakke til Keiseren, udenpaa stod skrevet: Nattergal. "Der har vi nu en ny Bog om vor berømte Fugl!" sagde Keiseren; men det var ingen Bog, det var et lille Kunststykke der laae i en Æske, en kunstig Nattergal, der skulde ligne den levende, men var overalt besat med Diamanter, Rubiner og Saphirer; saasnart man trak Kunstfuglen op, kunde den synge et af de Stykker, den virkelige sang, og saa gik Halen op og ned og glindsede af Sølv og Guld. Om Halsen hang et lille Baand, og paa det stod skrevet: "Keiseren af Japans Nattergal er fattig imod Keiserens af China."

"Det er deiligt!" sagde de allesammen, og den, som havde bragt den kunstige Fugl, fik strax Titel af Over-keiserlig-nattergale-bringer.

"Nu maae de synge sammen! hvor det vil blive en Duet!"

Og saa maatte de synge sammen, men det vilde ikke rigtig gaae, thi den virkelige Nattergal sang paa sin Maneer, og Kunstfuglen gik paa Valser; "den har ingen Skyld," sagde Spillemesteren, "den er særdeles taktfast og ganske af min Skole!" Saa skulde Kunstfuglen synge alene. – Den gjorde ligesaa megen Lykke som den virkelige, og saa var den jo ogsaa saa meget mere nydelig at see paa: den glimrede som Armbaand og Brystnaale.

Tre og tredive Gange sang den eet og det samme Stykke, og den var dog ikke træt; Folk havde gjerne hørt den forfra igjen, men Keiseren meente, at nu skulde ogsaa den levende Nattergal synge lidt — men hvor var den? Ingen havde bemærket, at den var fløiet ud af det aabne Vindue, bort til sine grønne Skove.

"Men hvad er dog det for noget!" sagde Keiseren; og alle Hoffolkene skjændte og meente, at Nattergalen var et høist utaknemmeligt Dyr. "Den bedste Fugl have vi dog!" sagde de, og saa maatte igjen Kunstfuglen synge, og det var den fire og tredivte Gang de fik det samme Stykke, men de kunde det ikke heelt endnu, for det var saa svært, og Spillemesteren roste saa overordentlig Fuglen, ja forsikkrede, at den var bedre end den virkelige Nattergal, ikke blot hvad Klæderne angik og de mange deilige Diamanter, men ogsaa indvortes.

"Thi seer De, mine Herskaber, Keiseren fremfor Alle! hos den virkelige Nattergal kan man aldrig beregne, hvad der vil komme, men hos Kunstfuglen er Alt bestemt! saaledes bliver det og ikke anderledes! man kan gjøre rede for det, man kan sprætte den op og vise den menneskelige Tænkning, hvorledes Valserne ligge, hvorledes de gaae, og hvordan det ene følger af det andet –!"

"Det er ganske mine Tanker!" sagde de Allesammen, og Spillemesteren fik Lov til, næste Søndag, at holde Fuglen frem for Folket; de skulde ogsaa høre den synge, sagde Keiseren; og de hørte den, og de bleve saa fornøiede, som om de havde drukket sig lystige i Theevand, for det er nu saa ganske chinesisk, og Alle sagde da "o!" og stak i Veiret den Finger, man kalder "Slikpot," og saa nikkede de; men de fattige Fiskere, som havde hørt den virkelige Nattergal, sagde: "det klinger smukt nok, det ligner ogsaa, men der mangler noget, jeg veed ikke hvad!"

Den virkelige Nattergal var forviist fra Land og Rige.

Kunstfuglen havde sin Plads paa en Silkepude tæt ved Keiserens Seng; alle de Presenter, den havde faaet, Guld og Ædelstene, laae rundt omkring den, og i Titel var den steget til "Høikeiserlig Natbord-Sanger," i Rang Nummer eet til venstre Side, for Keiseren regnede den Side for at være mest fornem, paa hvilken Hjertet sad, og Hjertet sidder til Venstre ogsaa hos en Keiser. Og Spillemesteren skrev fem og tyve Bind om Kunstfuglen, det var saa lærd og saa langt, og med de allersværeste chinesiske Ord, saa alle Folk sagde, at de havde læst og forstaaet det, for ellers havde de jo været dumme og vare da blevne dunkede paa Maven.

Saaledes gik der et heelt Aar; Keiseren, Hoffet og alle de andre Chinesere kunde udenad hvert lille Kluk i Kunstfuglens Sang, men just derfor syntes de nu allerbedst om den; de kunde selv synge med, og det gjorde de. Gadedrengene sang "zizizi! klukklukkluk!" og Keiseren sang det –! jo det var bestemt deiligt!

Men en Aften, som Kunstfuglen bedst sang, og Keiseren laae i Sengen og hørte paa den, sagde det "svup!" inden i Fuglen; der sprang noget: "surrrrrr!" alle Hjulene løb rundt, og saa stod Musiken.

Keiseren sprang strax ud af Sengen og lod sin Livlæge kalde, men hvad kunde han hjælpe! saa lod de Uhrmageren hente, og efter megen Tale og megen Seenefter, fik han Fuglen nogenlunde istand, men han sagde, at der maatte spares meget paa den, thi den var saa forslidt i Tapperne og det var ikke muligt at sætte nye, saaledes at det gik sikkert med Musikken. Det var en stor Bedrøvelse! kun een Gang om Aaret turde man lade Kunstfuglen synge, og det var strængt nok endda; men saa holdt Spillemesteren en lille Tale med de svære Ord og sagde, at det var ligesaa godt, som før, og saa var det ligesaa godt som før.

Nu vare fem Aar gaaet, og hele Landet fik en rigtig stor Sorg, thi de holdt i Grunden Allesammen af deres Keiser; nu var han syg og kunde ikke leve, sagde man, en ny Keiser var allerede valgt, og Folk stode ude paa Gaden og spurgte Cavaleren hvorledes det var med deres Keiser.

"P!" sagde han og rystede med Hovedet.

Kold og bleg laae Keiseren i sin store, prægtige Seng, hele Hoffet troede ham død, og enhver af dem løb hen for at hilse paa den nye Keiser; Kammertjenerne løbe ud for at snakke om det, og Slotspigerne havde stort Caffeselskab. Rundtom i alle Sale og Gange var lagt Klæde, for at man ikke skulde høre Nogen gaae, og derfor var der saa stille, saa stille. Men Keiseren var endnu ikke død; stiv og bleg laae han i den prægtige Seng med de lange Fløielsgardiner og de tunge Guldqvaste; høit oppe stod et Vindue aabent, og Maanen skinnede ind paa Keiseren og Kunstfuglen.

Den stakkels Keiser kunde næsten ikke trække Veiret, det var ligesom om der sad noget paa hans Bryst; han slog Øinene op, og da saae han, at det var Døden, der sad paa hans Bryst og havde taget hans Guldkrone paa, og holdt i den ene Haand Keiserens Guldsabel, i den anden hans prægtige Fane; og rundtom i Folderne af de store Fløiels Sengegardiner stak der forunderlige Hoveder frem, nogle ganske fæle, andre saa velsignede milde: det var alle Keiserens onde og gode Gjerninger, der saae paa ham, nu da Døden sad paa hans Hjerte:

"Husker Du det?" hviskede den ene efter den anden. "Husker Du det!" og saa fortalte de ham saa meget, saa at Sveden sprang ham ud af Panden.

"Det har jeg aldrig vidst!" sagde Keiseren; "Musik, Musik, den store chinesiske Tromme!" raabte han, "at jeg dog ikke skal høre alt det, de sige!"

Og de bleve ved, og Døden nikkede ligesom en Chineser ved alt, hvad der blev sagt.

"Musik, Musik!" skreg Keiseren. "Du lille velsignede Guldfugl! syng dog, syng! jeg har givet Dig Guld og Kostbarheder, jeg har selv hængt Dig min Guldtøffel om Halsen, syng dog, syng!"

Men Fuglen stod stille, der var Ingen til at trække den op, og ellers sang den ikke; men Døden blev ved at see paa Keiseren med sine store, tomme Øienhuler, og der var saa stille, saa skrækkeligt stille.

Da lød i det samme, tæt ved Vinduet, den deiligste Sang: det var den lille, levende Nattergal, der sad paa Grenen udenfor; den havde hørt om sin Keisers Nød, og var derfor kommet at synge ham Trøst og Haab; og alt som den sang, bleve Skikkelserne mere og mere blege, Blodet kom raskere og raskere i Gang i Keiserens svage Lemmer, og Døden selv lyttede og sagde: "bliv ved lille Nattergal! bliv ved!"

"Ja vil Du give mig den prægtige Guldsabel! ja vil Du give mig den rige Fane! vil Du give mig Keiserens Krone!"

Og Døden gav hvert Klenodie for en Sang, og Nattergalen blev ved endnu at synge, og den sang om den stille Kirkegaard, hvor de hvide Roser groe, hvor Hyldetræet dufter, og hvor det friske Græs vandes af de Efterlevendes Taarer; da fik Døden Længsel efter sin Have og svævede, som en kold, hvid Taage, ud af Vinduet.

"Tak, Tak!" sagde Keiseren, "Du himmelske lille Fugl, jeg kjender Dig nok! Dig har jeg jaget fra mit Land og Rige! og dog har Du sjunget de onde Syner fra min Seng, faaet Døden fra mit Hjerte! Hvorledes skal jeg lønne Dig?"

"Du har lønnet mig!" sagde Nattergalen, "jeg har faaet Taarer af Dine Øine første Gang jeg sang, det glemmer jeg Dig aldrig! det er de Juveler, der gjør et Sanger-Hjerte godt –! men sov nu og bliv frisk og stærk! jeg skal synge for Dig!"

Og den sang – og Keiseren faldt i en sød Søvn, saa mild og velgjørende var Søvnen.

Solen skinnede ind af Vinduerne til ham, da han vaagnede styrket og sund; ingen af hans Tjenere vare endnu komne tilbage, thi de troede, han var død, men Nattergalen sad endnu og sang.

"Altid maa Du blive hos mig!" sagde Keiseren, "Du skal kun synge, naar Du selv vil, og Kunstfuglen slaaer jeg i tusinde Stykker."

"Gjør ikke det!" sagde Nattergalen, "den har jo gjort det Gode, den kunde! behold den som altid! jeg kan ikke bygge og boe paa Slottet, men lad mig komme, naar jeg selv har Lyst, da vil jeg om Aftenen sidde paa Grenen der ved Vinduet og synge for Dig, at Du kan blive glad og tankefuld tillige! jeg skal synge om de Lykkelige, og om dem, som lide! jeg skal synge om Ondt og Godt, der rundtom Dig holdes skjult! den lille Sangfugl flyver vidt omkring til den fattige Fisker, til Bondemandens Tag, til hver, der er langt fra Dig og Dit Hof! jeg elsker Dit Hjerte meer end Din Krone, og dog har Kronen en Duft af noget Helligt om sig! – jeg kommer, jeg synger for Dig! – men eet maa Du love mig!" –

– "Alt!" sagde Keiseren, og stod der i sin keiserlige Dragt, som han selv havde iført sig og holdt Sabelen, der var tung af Guld, op mod sit Hjerte.

"Eet beder jeg Dig om! fortæl Ingen, at Du har en lille Fugl, der siger Dig Alt, saa vil det gaae endnu bedre!"

Og da fløi Nattergalen bort.

Tjenerne kom ind for at see til deres døde Keiser; — jo der stode de, og Keiseren sagde: "god Morgen!"

Nissen og Madamen

Nissen kjender Du, men kjender Du Madamen, Gartnerens Madame? Hun havde Læsning, kunde Vers udenad, ja med Lethed skrive dem selv; kun Rimene, „Klinkningen", som hun kaldte det, voldte hende lidt Besvær. Hun havde Skrivegave og Talegave, hun kunde godt have været Præst, idetmindste Præstekone.

„Jorden er deilig i sin Søndagskjole!" sagde hun, og den Tanke havde hun sat i Stiil og „Klinkning", sat den i en Vise, saa skjøn og lang. Seminaristen Hr. Kisserup, Navnet gjør ikke til Sagen, var Søskendebarn og i Besøg hos Gartnerens; han hørte Madamens Digt og havde godt deraf, sagde han, inderlig godt. „De har Aand, Madame!" sagde han. „Snikke mig snak!" sagde Gartneren, „sæt mig ikke saadant Noget i hende! en Kone skal være Krop, anstændig Krop, og passe sin Gryde at Grøden ikke bliver sveden."

„Det Svedne tager jeg bort med en Træglød!" sagde Madamen, „og det Svedne tager jeg fra Dig med et lille Kys. Man skulde troe at Du kun tænkte paa Kaal og Kartofler, og dog elsker Du Blomsterne!" og saa kyssede hun ham. „Blomsterne ere Aanden!" sagde hun.

„Pas din Gryde!" sagde han og gik i Haven, den var hans Gryde og den passede han.

Men Seminaristen sad hos Madamen og talte med Madamen; hendes skjønne Ord „Jorden er deilig", holdt han ligesom en heel Prædiken over, paa sin Maade.

„Jorden er deilig, gjører Eder den underdanig, blev sagt, og vi bleve Herskabet. Een er det ved Aanden, Een ved Legemet, Een blev sat ind i Verden som et Forbauselsens Udraabstegn, en Anden som en Tankestreg, saa at man nok kan spørge, hvad skulde han her? Een bliver Bisp, en Anden kun fattig Seminarist, men Alt er viseligt. Jorden er deilig og altid i Søndagskjole! Det var et tankevækkende Digt, Madamens, fuldt af Følelse og Geographi."

„De har Aand, Hr. Kisserup!" sagde Madamen, „megen Aand, det forsikkrer jeg Dem! Man faaer Klarhed i sig selv, naar man taler med Dem."

Og saa talte de videre, lige smukt og lige godt; men ude i Kjøkkenet var der ogsaa Een, som talte, det var Nissen, den lille graaklædte Nisse med den røde Hue; Du kjender ham! Nissen sad i Kjøkkenet og var Pottekiger; han talte, men Ingen hørte ham uden den store sorte

Missekat, „Flødetyven", som Madamen kaldte ham.

Nissen var saa vred paa hende, thi hun troede ikke paa hans Tilværelse, vidste han; hun havde rigtignok aldrig seet ham, men hun maatte dog med al hendes Læsning vide at han var til og da vise ham en lille Opmærksomhed. Det faldt hende aldrig ind Juleaften at sætte saameget som en Skeefuld Grød hen til ham, det havde alle hans Forfædre faaet, og det af Madamer, der flet ikke havde Læsning; Grøden havde svømmet i Smør og Fløde. Katten blev ganske vaad om Skjægget ved at høre derom.

„Hun kalder mig et Begreb!" sagde Nissen, „det gaaer over alle mine Begreber. Hun fornegter mig jo! Det har jeg luret mig til og nu har jeg luret igjen; hun sidder og hvæser for Drengebankeren, Seminaristen. Jeg siger med Fatter: „Pas din Gryde!" Det gjør hun ikke; nu skal jeg faae den til at koge over!"

Og Nissen pustede til Ilden, der blussede og brændte. „Surre-rurre-rup!" der kogte Gryden over.

„Nu skal jeg ind og pille Huller i Fatters Sokker!" sagde Nissen. „Jeg vil trevle op et stort Hul i Taa og Hæl, saa bliver der Noget at stoppe, dersom hun ikke skal hen at digte; Digte-Madame, stop Fatters Hoser!"

Katten nøs derved; han var forkølet, uagtet han altid gik i Skindpels.

„Jeg har lukket Spisekammerdøren op," sagde Nissen; „der staaer henkogt Fløde, saa tyk som Meelpap. Vil Du ikke slikke, saa vil jeg!"

„Skal jeg have Skylden og Bankene," sagde Katten, „saa lad mig ogsaa slikke Fløden!"

„Først Flø'en, saa Kløen!" sagde Nissen. „Men nu skal jeg ind i Seminaristens Stue, hænge hans Seler paa Speilet og putte hans Sokker i Vandfadet, saa troer han at Punschen har været for stærk og han ør i Hovedet. I Nat sad jeg paa Brændestabelen ved Hundehuset; jeg har megen Fornøielse af at drille Lænkehunden; jeg lod mine Been hænge ned og dingle. Hunden kunde ikke naae dem, ihvor høit han sprang; det ærgrede ham; han gjøede og gjøede, jeg dinglede og danglede; det var et Spektakel. Seminaristen vaagnede derved, stod tre Gange op og kigede ud, men han saae mig ikke, uagtet han havde Briller paa; han sover altid med Briller."

„Siig miav, naar Madamen kommer!" sagde Katten. „Jeg hører ikke godt, jeg er syg i Dag."

„Du er sliksyg!" sagde Nissen, „slik væk! slik Sygdommen væk! men tør Dig om Skjægget, at Fløden ikke hænger i! Nu gaaer jeg og lurer."

Og Nissen stod ved Døren og Døren stod paa Klem, der var Ingen i Stuen uden Madamen og Seminaristen; de talte om hvad Seminaristen saa skjønt kaldte Det, man skal sætte over Potten og Gryden i enhver

Huusholdning: Aandens Gaver.

„Hr. Kisserup!" sagde Madamen, „nu skal jeg i den Anledning vise dem Noget, som jeg endnu aldrig har viist til nogen jordisk Sjæl, mindst til et Mandfolk, mine Smaavers; nogle ere jo rigtignok noget lange, jeg har kaldt dem: „Klinkninger af en Danneqvinde!" jeg holder saameget af gamle danske Ord."

„Dem skal man ogsaa holde paa!" sagde Seminatisten; „man skal rydde det Tydske ud af Sproget."

„Det gjør jeg ogsaa!" sagde Madamen; „aldrig skal De høre mig sige „„Kleiner"" eller „„Butterdeig"", jeg siger Fedtkager og Bladdeig."

Og hun tog ud af Skuffen en Skrivebog med lysegrønt Omslag og to Blækklatter.

„Det er megen Alvor i den Bog!" sagde hun. „Jeg har stærkest Fornemmelse til det Sørgelige. Her er nu „Sukket i Natten", „min Aftenrøde" og „da jeg fik Klemmensen", min Mand; det kan De springe over, uagtet det er følt og tænkt. „Huusmoderens Pligter" er det bedste Stykke! alle meget sørgelige, deri har jeg min Evne. Kun et eneste Stykke er spøgefuldt, det er nogle muntre Tanker, som man jo ogsaa kan have dem, Tanker om — De maa ikke lee ad mig! — Tanker om — at være Digterinde. Det er kun kjendt af mig selv, min Skuffe, og nu ogsaa af Dem, Hr. Kisserup! Jeg holder af Poesien, den kommer over mig, den driller, raader og regjerer. Jeg har udtalt det med Overskrift: „Lille Nisse". De kjender nok den gamle Bondetro om Huusnissen, der altid er paa Spil i Huset. Jeg har tænkt mig at jeg selv var Huset, og at Poesien, Fornemmelserne i mig, var Nissen, Geisten der raader; hans Magt og Storhed har jeg besjunget i „Lille Nisse!" men De maa love mig med Haand og Mund aldrig at røbe det for min Mand eller Nogen. Læs det høit, at jeg kan høre om De forstaaer min Skrift."

Og Seminaristen læste og Madamen hørte og den lille Nisse hørte; han lurede, veed Du, og var netop kommen idet der læstes Overskriften: Lille Nisse.

„Det angaaer jo mig!" sagde han. „Hvad kan hun have skrevet om mig? Ja, jeg skal nappe hende, nappe hendes Æg, nappe hendes Kyllinger, jage Fedtet af Fedekalven: See mig til Madamen!"

Og han hørte efter med spids Mund og lange Øren; men alt som han hørte om Nissens Herlighed og Magt, hans Herredømme over Madamen, det var Digtekonsten, veed Du, hun meente, men Nissen tog det lige efter Overskriften, blev den Lille mere og mere smilende, hans Øine glindsede i Glæde, der kom ligesom noget Fornemt i Mundvigerne paa ham, han løftede sine Hæle, stod paa sine Tæer, blev en heel Tomme høiere end før; han var henrykt over hvad der blev sagt om lille Nisse.

„Madamen har Aand og stor Dannelse! Hvor har jeg gjort den Kone

Uret! Hun har sat mig ind i sin „Klinkning", der vil blive trykt og læst! Nu skal Katten ikke faae Lov til at drikke hendes Fløde, det skal jeg selv gjøre! Een drikker mindre end To, det er altid en Besparelse, og den vil jeg indføre, agte og ære Madamen!"

„Hvor han er Menneske, den Nisse!" sagde den gamle Kat. „Bare et sødt Miav af Madamen, et Miav om ham selv, saa skifter han strax Sind. Hun er luun, Madamen!"

Men hun var ikke luun, det var Nissen, som var Menneske.

Kan Du ikke forstaae denne Historie, saa spørg, men Du skal ikke spørge Nissen, heller ikke Madamen.

"Noget"

"Jeg vil være Noget!" sagde den Ældste af fem Brødre, "jeg vil være til Nytte i Verden; lad det være nok saa ringe en Stilling, kun at det er godt, det jeg udretter, saa er det Noget. Jeg vil lave Muursteen, dem kan man ikke undvære! saa har jeg dog gjort Noget!"

"Men noget altfor lidt!" sagde den anden Broder, "det Du gjør, er saa godt som Ingenting; det er Haandlanger-Arbeide, kan udrettes ved Maskine. Nei saa heller blive Murer, det er dog Noget, det vil jeg være. Det er en Stand! ved den kommer man ind under Laugene, bliver Borger, har sin egen Fane og sin egen Kro; ja, gaaer det godt, kan jeg holde Svende, bliver kaldet Mester og min Kone bliver Mesterinde; det er Noget!"

"Det er slet Ingenting!" sagde den Tredie, "det er udenfor Classerne og der er mange Classer i en By, langt over Mesters! Du kan være en brav Mand, men Du er som Mester dog kun hvad man kalder "simpel"! nei, saa veed jeg noget Bedre! jeg vil være Bygmester, træde ind paa det Kunstneriske, det Tænkende, komme op til de Høierestaaende i Aandens Rige; vel maa jeg begynde nede fra, ja, jeg kan gjerne sige det lige reent ud: jeg maa begynde, som Tømmerdreng, gaae med Kasket, skjønt jeg er vant til at gaae med Silkehat, løbe for de simple Svende at hente Øl og Brændeviin, og de sige Du til mig, det er graverende! men jeg vil bilde mig ind, at det Hele er en Maskerade, det er Maske-Frihed! imorgen — det vil sige, naar jeg er Svend, gaaer jeg min Vei, de Andre komme ikke mig ved! jeg gaaer paa Academiet, lærer at tegne, kaldes Architekt —! det er Noget! det er Meget! jeg kan blive Høiædle og Velbyrdige, ja lidt til baade for og bag, og jeg bygger og bygger, ligesom de Andre før mig! det er altid Noget man kan stole paa! det Hele er Noget!"

"Men det Noget bryder jeg mig ikke om!" sagde den Fjerde, "jeg vil ikke gaae i Kjølvand, ikke være Copi, jeg vil være Geni, være dygtigere end I

Alle tilsammen! jeg skaber en ny Stiil, giver Ideen til en Bygning, passende for Landets Klimat og Materiale, Landets Nationalitet, vor Tidsalders Udvikling og saa een Etage til for mit eget Geni!"

"Men naar nu Klimatet og Materialet ikke duer!" sagde den Femte, "det vil være slemt, for det har Indvirkning! Nationaliteten kan ogsaa let blive saa udvidet, at den bliver affecteret, Tidsalderens Udvikling kan lade Dig løbe løbsk, som tidt Ungdommen løber. Jeg seer nok, at Ingen af Eder bliver egentligt til Noget, ihvor meget I selv troe det! Men gjør som I ville, jeg skal ikke ligne Eder, jeg stiller mig udenfor, jeg vil raisonnere over, hvad I udrette! der er altid noget Galt ved enhver Ting, det skal jeg pille ud og omtale, det er Noget!"

Og det gjorde han, og Folk sagde om den Femte: "Ham er der bestemt Noget ved! han er et godt Hoved! men han gjør ikke Noget!" — Men derved var han Noget.

See det er kun en lille Historie, og dog faaer den ikke Ende saalænge Verden staaer!

Men blev der da ikke Videre af de fem Brødre! det var jo ikke Noget! Hør videre, det er et heelt Eventyr!

Den ældste Broder, som lavede Muursteen, fornam, at fra hver Steen, naar den var færdig, trillede en lille Skilling, kun af Kobber, men mange smaa Kobberskillinger, lagt paa hinanden, blive til en blank Daler, og hvor man banker paa med den, hos Bager, Slagter, Skrædder, ja hos dem Allesammen, der flyver Døren op og man faaer, hvad man bruger; see, det gav Muurstenene af sig; nogle gik vel i Brokker eller midt over, men de kom ogsaa til Brug.

Oppe paa Diget vilde Mo'er Margrethe, den fattige Kone, saa gjerne kline sig et lille Huus; hun fik alle Stenbrokkerne og saa et Par Hele, for et godt Hjerte havde den ældste Broder, om han i Gjerning kun drev det til at gjøre Muursteen. Den fattige Kone reiste selv sit Huus; smalt var det, det ene Vindue sad skjevt, Døren var altfor lav, og Straataget kunde været lagt bedre, men Ly og Læ var der og sees kunde der langt ud over Havet, der i sin Vælde brødes mod Diget; de salte Draaber sprøitede over hele Huset, der endnu stod, da han var død og borte der havde gjort Muurstenene.

Den anden Broder, ja han kunde nu anderledes mure op, han var jo ogsaa oplært deri. Da Svendestykket var leveret, snørte han sin Randsel og sang Haandværkerens Vise:

"Jeg reise kan, mens jeg er ung
 Og ude hjemlig bygge,
 Mit Haandværk er min Pengepung,
 Mit Ungdoms-Sind min Lykke!
 Og seer jeg saa mit Fædreland,

Jeg Kjæresten gav Ordet!
Hurra! en driftig Haandværksmand
Faaer let Fod under Bordet!"

Og det gjorde han. Inde i Byen, da han kom tilbage og blev Mester, murede han op Huus ved Huus, en heel Gade; da den stod, saae godt ud og gav Byen Anseelse, saa byggede Husene for ham et lille Huus, der skulde være hans eget; men hvorledes kunde Husene bygge? Ja spørg dem ad, og de svare ikke, men Folk svare og sige: "jo vist har den Gade bygget ham hans Huus!" lille var det og med Leergulv, men da han med sin Brud dandsede henover det, blev Gulvet blankt og bonet, og fra hver Steen i Væggen sprang en Blomst, det var ligesaa godt som et kostbart Betræk. Det var et yndigt Huus og et lyksaligt Ægtepar. Laugsfanen vaiede udenfor og Svende og Læredrenge raabte: Hurra! jo, det var Noget! og saa døde han, det var ogsaa Noget!

Nu kom Architekten, den tredie Broder, som først havde været Tømmer-Lærling, gaaet med Kasket og løbet By-Ærinder, men fra Academiet var steget til Bygmester, "høiædle og velbyrdige"! ja havde Husene i Gaden bygget et Huus for Broderen, der var Muurmester, saa fik nu Gaden Navn efter denne, og det smukkeste Huus i Gaden blev hans, det var Noget og han var Noget — og det med en lang Titel for og bag; hans Børn kaldtes fornemme Børn, og da han døde var hans Enke en Enke af Stand — det er Noget! og hans Navn stod stadigt paa Gadehjørnet og var i Folkemunde, som Gadenavn — ja det er Noget!

Saa kom Geniet, den fjerde Broder, der vilde finde paa noget Nyt, noget Aparte og een Etage til, men den knak af for ham og han faldt ned og brak Halsen, — men han fik en deilig Begravelse med Laugs-Faner og Musik, Blomster i Avisen og paa Gaden hen over Brolægningen; og der blev holdt tre Liigtaler over ham, den ene meget længer end den anden, og det vilde have fornøiet ham, for han holdt meget af at tales om; der kom et Monument paa Graven, kun een Etage, men det er altid Noget! Nu var han død, ligesom de tre andre Brødre, men den Sidste, han, som raisonnerede, overlevede dem Allesammen, og det var jo det Rette, for saa havde han det sidste Ord og det var ham af stor Vigtighed at have det sidste Ord. Han var jo det gode Hoved! sagde Folk. Nu slog ogsaa hans Time, han døde og kom til Himmeriges Port. Her komme altid To og To! her stod han med en anden Sjæl, der ogsaa gjerne vilde ind, og det var netop den gamle Mo'er Margrethe fra Digehuset.

"Det er nok for Contrastens Skyld, at jeg og den usselige Sjæl skal komme her paa eengang!" sagde Raisonneuren. "Naa, hvem er Hun, Mo'erlille? Vil Hun ogsaa ind her!" spurgte han.

Og den gamle Kone neiede saa godt hun kunde, hun troede, det var Sanct Peder selv, der talte. "Jeg er en sølle Stakkel, uden al Familie!

gamle Margrethe fra Digehuset!"

"Naa, hvad har Hun gjort og udrettet dernede?"

"Jeg har saamænd slet ikke udrettet Noget i denne Verden! ikke Noget, der kan lukke op for mig her! det er en sand Naadens Gjerning, om jeg faaer Lov at komme indenfor Døren!"

"Hvorledes har Hun forladt denne Verden?" spurgte han, for at tale om Noget, da det kjedede ham at staae der og vente.

"Ja, hvordan jeg forlod den, det veed jeg ikke! syg og daarlig var jeg jo i de sidste Aaringer, og saa har jeg vel ikke kunnet taale at krybe ud af Sengen og komme i Frost og Kulde derudenfor. Det er jo en haard Vinter, men nu har jeg da forvundet det. Det var et Par Dage blikstille, men bitterlig koldt, som Deres Velærværdighed nok veed, Isen havde lagt til saalangt ud i Stranden, man kunde øine; alle Folk fra Byen toge ud paa Isen; der var, hvad de kalde Skridtskoe-Løben og Dands, troer jeg, der var fuld Musik og Beværtning derude; jeg kunde høre det lige ind, hvor jeg laae i min fattige Stue. Da var det saadanne hen mod Aftenstid, Maanen var oppe, men den var ikke endnu kommet til Kræfter, jeg saae fra min Seng gjennem Vinduet heelt ud over Stranden, og der lige i Kanten af Himmel og Hav kom en underlig hvid Sky; jeg laae og saae paa den, saae paa den sorte Prik midt i, der blev større og større; og saa vidste jeg hvad det betød; jeg er gammel og erfaren, skjøndt det Tegn seer man ikke ofte. Jeg kjendte det og fik en Gru! jeg har to Gange forud i min Levetid seet den Ting komme, og vidste, at der vilde blive en forfærdelig Storm med Springflod, der vilde komme over de arme Mennesker derude, som nu drak og sprang og jubilerede; Unge og Gamle, den hele By var jo derude, hvem skulde vare dem, hvis Ingen der saae og kjendte, hvad jeg nu kjendte. Jeg blev saa ræd, jeg blev saa levende, som ikke i mange Tider! ud af Sengen kom jeg og hen til Vinduet, længer kunde jeg ikke orke; Vinduet fik jeg dog op, jeg kunde see Menneskene løbe og springe derude paa Isen, see de pyntelige Flag, høre, hvor Drengene raabte Hurra, og Piger og Karle sang, det gik lystigt til, men høiere og høiere steeg den hvide Sky med den sorte Pose i! jeg raabte Alt hvad jeg kunde, men Ingen hørte mig, jeg var for langt derfra. Snart vilde Veiret bryde løs, Isen gaae istykker og Alle derude synke igjennem uden Frelse. Høre mig kunde de ikke, naae ud til dem mægtede jeg ikke; kunde jeg dog faae dem i Land! Da gav vor Herre mig den Tanke at stikke Ild i min Seng, heller lade Huset brænde af, end at de Mange saa ynkeligt skulle døe. Jeg fik Lyset tændt, saae den røde Flamme — ja, jeg naaede ud af Døren, men der blev jeg liggende, jeg kunde ikke mere; Luen stod ud efter mig og ud af Vinduet, hen over Taget; de saae den derude fra og de løb Alle, hvad de kunde, for at hjelpe mig arme Stakkel, som de troede brændte inde; der var ikke Een, som jo løb afsted; jeg hørte de kom, men jeg hørte ogsaa, hvor det med Eet susede i Luften; jeg hørte det dundrede som svære Kanonskud, Springfloden løftede Isen, der brødes itu; men til Diget naaede de, hvor Gnisterne fløi hen over mig; jeg fik dem Alle i Behold; men jeg har ikke maattet kunne taale Kulden og den Forskrækkelse, og saa er jeg kommet herop til Himmeriges Port; de sige, den bliver lukket op ogsaa for saadan en Stakkel, som jeg! og nu har jeg jo ingen Huus mere dernede paa Diget, dog det giver mig da ingen Adgang her."

Da aabnede sig Himmeriges Port og Engelen førte den gamle Kone ind; hun tabte et Sengehalm udenfor, et af de Straa, der havde ligget i hendes Seng, den hun tændte for at frelse de Mange, og det var blevet til det pure Guld, men et Guld, der voxede og slyngede sig i de deiligste Forsiringer.

"See, det bragte den fattige Kone!" sagde Engelen. "Hvad bringer nu Du? Ja, jeg veed nok, Du har Ingenting udrettet, ikke engang lavet en Muursteen; kunde Du bare gaae tilbage igjen og bringe idetmindste saameget; den duede sagtens ikke, naar Du havde gjort den, dog gjort med en god Villie, det var altid Noget; men Du kan ikke gaae tilbage, og jeg kan ikke gjøre Noget for Dig!"

Da bad den fattige Sjæl, Konen fra Digehuset, for ham: "hans Broder har gjort og givet mig alle Steen og Stumper, hvoraf jeg klinede mit usselige Huus, det var grumme meget for mig arme Stakkel! kan nu ikke alle de Stumper og Stykker gjælde som een Muursteen for ham? Det er en Naadens Gjerning! nu trænger han til den og her er jo Naadens Hjem!"

"Din Broder, den, Du kaldte den Ringeste," sagde Engelen, "den, hvis Dont i al Ærlighed var Dig nedrigst, giver Dig sin Himmeriges-Skjerv. Du skal ikke vises bort, Du skal have Lov til at staae herudenfor og tænke over, see at ophjelpe dit Liv dernede, men ind kommer Du ikke, før Du i god Gjerning har udrettet — Noget!"

"Det kunde jeg have sagt bedre!" tænkte Raisonneuren, men han sagde det ikke høit, og det var nok allerede Noget.

Oldefa'er

Oldefa'er var saa velsignet, klog og god, vi saae Alle op til *Oldefa'er;* han kaldtes egenlig, saa langt jeg kunde huske tilbage, Fa'erfa'er, ogsaa Mo'erfa'er, men da min Broder *Frederiks* lille Søn kom i Familien, avancerede han til Oldefa'er; høiere op kunde han ikke opleve! Han holdt saa meget af os Allesammen, men vor Tid syntes han ikke at holde rigtig af: "Gammel Tid var god Tid!" sagde han; "sindig og solid var den! nu er der saadan en Galop og Venden op og ned paa Alt. Ungdommen fører Ordet, taler om Kongerne selv, som om de vare dens Ligemænd.

Enhver fra Gaden kan dyppe sin Klud i raaddent Vand og vride den af paa Hovedet af en Hædersmand!"

Ved saadan Tale blev *Oldefa'er* ganske rød i Ansigtet; men lidt efter kom igjen hans venlige Smiil og da de Ord: "Naa, ja! maaskee tager jeg noget feil! jeg staaer i gammel Tid og kan ikke faae ret Fodfæste i den nye, Vor Herre lede og føre den!"

Naar *Oldefa'er* talte om gammel Tid, var det ligesom om den kom tilbage til mig. I Tankerne kjørte jeg da i Guld-Karreet med Heidukker, saae Laugene flytte Skilt i Optog med Musik og Faner, var med i de morsomme Julestuer med Panteleg og Udklædning. Der var jo rigtignok ogsaa i den Tid meget Fælt og Grueligt, Steiler, Hjul og Blods-Udgydelse, men alt det Gruelige havde noget Lokkende og Vækkende. Jeg fornam om de danske Adelsmænd, der gav Bonden fri, og Danmarks Kronprinds, der ophævede Slavehandelen.

Det var yndigt at høre *Oldefa'er* fortælle derom, høre fra hans Ungdomsdage; dog Tiden foran den var dog den allerdeiligste, saa kraftig og stor.

"Raa var den!" sagde Broder *Frederik,* "Gud skee Lov at vi ere ud over den!" og det sagde han reent ud til *Oldefa'er.* Det skikkede sig ikke, og dog havde jeg megen Respect for *Frederik;* han var min ældste Broder, han kunde være min Fader, sagde han; han sagde nu saa meget Løierligt. Student var han med bedste Charakteer og saa flink paa Faders Contor, at han kunde snart gaae med ind i Forretningerne. Han var Den, *Oldefa'er* meest indlod sig med, men de kom altid op at disputere. De To forstode ikke hinanden og vilde aldrig komme til det, sagde hele Familien, men i hvor lille jeg end var, mærkede jeg dog snart, at de To ikke kunde undvære hinanden.

Oldefa'er hørte til med lysende Øine naar *Frederik* fortalte eller læste op om Fremskridt i Videnskaben, om Opdagelser af Naturens Kræfter, om alt det Mærkelige i vor Tid.

"Menneskene blive klogere, men ikke bedre!" sagde da *Oldefa'er.* "De opfinde de forfærdeligste Ødelæggelsesvaaben mod hverandre!"

"Des hurtigere er Krigen forbi!" sagde *Frederik,* "man venter ikke syv Aar paa Fredens Velsignelse! Verden er fuldblodig, den maa imellem have en Aareladning, det er fornødent!"

En Dag fortalte *Frederik* ham noget virkeligt Oplevet i vor Tid i en lille Stat. Borgemesterens Uhr, det store Uhr paa Raadhuset, angav Tiden for Byen og dens Befolkning; Uhret gik ikke ganske rigtigt, men hele Byen rettede sig dog derefter. Nu kom ogsaa der i Landet Jernbaner, og de staae i Forbindelse med alle andre Landes, man maa derfor vide Tiden nøiagtig, ellers løber man paa. Jernbanen fik sit solrettede Uhr, det gik rigtigt, men ikke Borgemesterens, og nu rettede alle Byens Folk sig efter

Jernbane-Uhret.

Jeg loe og fandt at det var en morsom Historie, men *Oldefa'er* loe ikke, han blev ganske alvorlig.

"Der ligger en heel Deel i hvad Du der fortæller!" sagde han, "og jeg forstaaer ogsaa din Tanke ved at Du fortæller mig det. Der er Lærdom i dit Uhrværk. Jeg kommer fra det til at tænke paa et andet, mine Forældres gamle, simple, bornholmske Uhr med Blylodder; det var deres og min Barndoms Tidsmaaler; det gik vel ikke saa ganske nøiagtigt, men det gik, og vi saae til Viseren, den troede vi paa og tænkte ikke paa Hjulene indeni. Saadan var ogsaa dengang Statsmaskinen, man saae trygt paa den, og troede paa Viseren. Nu er Statsmaskinen bleven et Uhr af Glas, hvor man kan see lige ind i Maskineriet, see Hjulene dreie og snurre, man bliver ganske angest for den Tap, for det Hjul! hvorledes skal det gaae med Klokkeslettet, tænker jeg, og har ikke længer min Barnetro. Det er Nutids Skrøbelighed!"

Og saa talte *Oldefa'er* sig ganske vred. Han og *Frederik* kunde ikke komme ud af det sammen, men skilles kunde de heller ikke, "ligesom den gamle og den nye Tid"! — det fornam de begge To og hele Familien, da *Frederik* skulde paa Reise, langt bort, til *Amerika.* Det var i Husets Anliggende Reisen maatte gjøres. Det var en tung Skilsmisse for *Oldefa'er,* og Reisen var saa lang, heelt over Verdenshavet, til en anden Deel af Jordkloden.

"Hver fjortende Dag vil Du have Brev fra mig!" sagde *Frederik,* "og hurtigere end alle Breve, vil Du gjennem Telegraphtraaden kunne høre fra mig; Dagene blive Timer, Timerne Minutter!"

Gjennem Telegraphtraaden kom Hilsen da *Frederik* i *England* gik ombord. Tidligere end et Brev, selv om de flyvende Skyer havde været Postbud, kom Hilsen fra *Amerika,* hvor *Frederik* var stegen i Land; det var kun nogle Timer siden.

"Det er dog en Guds Tanke, der er forundt vor Tid!" sagde *Oldefa'er;* "en Velsignelse for Menneskeheden!"

"Og i vort Land bleve de Naturkræfter først forstaaede og udtalte, har *Frederik* sagt mig."

"Ja," sagde *Oldefa'er* og kyssede mig. "Ja, og jeg har seet ind i de to milde Øine, som først saae og forstode denne Naturkraft; det var Barneøine som dine! og jeg har trykket hans Haand!" Og saa kyssede han mig igjen.

Mere end en Maaned var gaaet, da der i et Brev fra *Frederik* kom Efterretning om, at han var bleven forlovet med en ung, yndig Pige, som bestemt hele Familien vilde være glad ved. Hendes Photographi sendtes og blev beseet med bare Øine og med Forstørrelsesglas, for det er det Rare ved de Billeder, at de kunne taale at sees efter i de allerskarpeste

Glas, ja at da kommer Ligheden endnu mere frem. Det har ingen Maler formaaet, selv de allerstørste i de gamle Tider.

"Havde man dog dengang kjendt den Opfindelse!" sagde *Oldefa'er,* "da havde vi kunnet see Ansigt til Ansigt Verdens Velgjørere og Stormænd! — Hvor dog Pigebarnet her seer mild og god ud!" sagde han og stirrede gjennem Glasset. "Jeg kjender hende nu, naar hun træder ind ad Døren!"

Men nær var det aldrig skeet; lykkeligviis hørte vi hjemme ikke ret om Faren, før den var forbi.

De unge Nygifte naaede i Glæde og Velbefindende *England,* derfra vilde de med Dampskib gaae til *Kjøbenhavn.* De saae den danske Kyst, Vestjyllands hvide Sandklitter; da reiste sig en Storm, Skibet stødte mod en af Revlerne og sad fast; Søen gik høit og vilde bryde Fartøiet; ingen Redningsbaad kunde virke; Natten fulgte, men midt i Mulmet foer fra Kysten en lysende Raket hen over det grundstødte Skib; Raketten kastede sit Toug hen over det, Forbindelsen var lagt mellem dem derude og dem paa Land, og snart droges, gjennem tunge, rullende Søer, i Redningskurven en ung, smuk Qvinde, lyslevende; og uendelig glad og lykkelig var hun, da den unge Huusbond snart stod hos hende paa Landjorden. Alle ombord bleve frelste; det var endnu ikke lys Morgen.

Vi laae i vor søde Søvn i Kjøbenhavn, tænkte hverken paa Sorg eller Fare. Da vi nu samledes om Bordet til Morgen-Kaffe, kom et Rygte, bragt ved et Telegram, om et engelsk Dampskibs Undergang paa Vestkysten. Vi fik stor Hjerteangst, men i samme Time kom Telegram fra de frelste, kjære Hjemkomne, *Frederik* og hans unge Hustru, der snart vilde være hos os.

De græd Allesammen; jeg græd med, og *Oldefa'er* græd, foldede sine Hænder, og — jeg er vis derpaa — velsignede den nye Tid.

Den Dag gav *Oldefa'er* to hundrede Rigsdaler til Monumentet for *Hans Christian Ørsted.*

Da *Frederik* kom hjem med sin unge Kone og hørte det, sagde han: "det var Ret, *Oldefa'er!* nu skal jeg ogsaa læse for Dig hvad *Ørsted* allerede for mange Aar tilbage skrev om gammel Tid og vor Tid!"

"Han var vel af din Mening?" sagde *Oldefa'er.*

"Ja, det kan Du nok vide!" sagde *Frederik,* "og Du er med, Du har givet til Monumentet for ham!"

Ole Lukøie

I hele Verden er der ingen, der kan saa mange Historier, som Ole Lukøie! - Han kan rigtignok fortælle!

Saadan ud paa Aftenen, naar Børn sidde nok saa net ved Bordet, eller paa deres Skammel, kommer Ole Lukøie; han kommer saa stille op ad Trappen; for han gaaer paa Hosesokker, han lukker ganske sagte Døren op og fut! saa sprøiter han Børnene sød Mælk ind i Øinene, saa fiint, saa fiint, men dog altid nok til at de ikke kunne holde Øinene aabne, og derfor ikke see ham; han lister sig lige bag ved, blæser dem sagte i Nakken, og saa blive de tunge i Hovedet, o ja! men det gjør ikke ondt, for Ole Lukøie mener det just godt med Børnene, han vil bare have at de skulle være rolige, og det ere de bedst, naar man faaer dem i Seng, de skulle være stille, for at han kan fortælle dem Historier. -

Naar Børnene nu sove, sætter Ole Lukøie sig paa Sengen; han er godt klædt paa, hans Frakke er af Silketøi, men det er ikke mueligt at sige, hvad Couleur den har, for den skinner grøn, rød og blaa, alt ligesom han dreier sig; under hver Arm holder han en Paraply, een med Billeder paa, og den sætter han over de gode Børn, og saa drømme de hele Natten de deiligste Historier, og een Paraply har han, hvor der slet intet er paa, og den sætter han over de uartige Børn, saa sove de saa tosset og har om Morgenen, naar de vaagne, ikke drømt det allermindste.

Nu skulle vi høre, hvorledes Ole Lukøie i en heel Uge kom hver Aften til en lille Dreng, som hed Hjalmar, og hvad han fortalte ham! Det er hele syv Historier, for der er syv Dage i en Uge.

Mandag.

"Hør nu engang!" sagde Ole Lukøie om Aftenen, da han havde faaet Hjalmar i Seng, "nu skal jeg pynte op!" og saa blev alle Blomsterne i Urtepotterne til store Træer, der strakte deres lange Grene hen under Loftet og langs med Væggen, saa hele Stuen saae ud som det deiligste Lysthuus, og alle Grene vare fulde af Blomster, og hver Blomst var smukkere end en Rose, lugtede saa deilig, og vilde man spise den, var den søderе end Syltetøi! Frugterne glindsede ligesom Guld og saa vare der Boller der revnede af Rosiner, det var mageløst! men i det samme begyndte det at jamre sig saa forskrækkeligt henne i Bordskuffen, hvor Hjalmars Skolebøger laae.

"Hvad er nu det!" sagde Ole Lukøie og gik hen til Bordet og fik Skuffen op. Det var Tavlen, som det knugede og trykkede i, for der var kommet et galt Tal i Regnestykket, saa det var færdigt at falde fra hinanden; Griffelen hoppede og sprang i sit Seglgarnsbaand, ligesom den kunde være en lille Hund, den vilde hjælpe paa Regnestykket, men den kunde ikke! - Og saa var det Hjalmars Skrivebog, som det jamrede sig inden i, o det var ordentligt fælt at høre! langs ned paa hvert Blad stode alle de store Bogstaver, hvert med et lille ved Siden, en heel Række ned ad, det var saadan en Forskrift, og ved den igjen stode nogle Bogstaver, der troede de saae ud lige som den, for dem havde Hjalmar skrevet, de laae næsten ligesom om de vare faldne over Blyants-Stregen, hvilken de skulde staae paa.

"See, saadan skulde I holde Eder!" sagde Forskriften, "see, saadan til Siden, med et rask Sving!"

"O, vi ville gjerne," sagde Hjalmars Bogstaver, "men vi kunne ikke, vi ere saa daarlige!"

"Saa skal I have Kinderpulver!" sagde Ole Lukøie.

"O nei!" raabte de, og saa stode de saa ranke at det var en Lyst!

"Ja nu faae vi ikke fortalt Historier!" sagde Ole Lukøie, "nu maa jeg exersere dem! een to! een to!" og saa exerserede han Bogstaverne, og de stode saa ranke og saa sunde som nogen Forskrift kunde staae, men da Ole Lukøie gik, og Hjalmar om Morgenen saae til dem, saa vare de lige saa elendige som før.

Tirsdag.

Saasnart Hjalmar var i Seng, rørte Ole Lukøie med sin lille Troldsprøite ved alle Møblerne i Stuen og strax begyndte de at snakke, og Allesammen snakkede de om dem selv, undtagen Spyttebakken, den stod taus og ærgrede sig over, at de kunde være saa forfængelige, kun at tale om dem selv, kun at tænke paa dem selv og slet ikke at have Tanke for den, der dog stod saa beskeden i Krogen og lod sig spytte paa.

Der hang over Komoden et stort Maleri i en forgyldt Ramme, det var et Landskab, man saae høie gamle Træer, Blomster i Græsset og et stort Vand med en Flod, der løb om bag Skoven, forbi mange Slotte, langt ud i det vilde Hav.

Ole Lukøie rørte med sin Troldsprøite ved Maleriet og saa begyndte Fuglene derinde at synge, Træernes Grene bevægede sig og Skyerne toge ordentlig Flugt, man kunde see deres Skygge hen over Landskabet. Nu løftede Ole Lukøie den lille Hjalmar op mod Rammen, og Hjalmar stak Benene ind i Maleriet, lige ind i det høie Græs og der stod han; Solen skinnede mellem Træernes Grene ned paa ham. Han løb hen til Vandet, satte sig i en lille Baad der laae; den var malet rød og hvid, Seilene skinnede som Sølv og sex Svaner alle med Guldkroner nede om Halsen og en straalende blaa Stjerne paa Hovedet, trak Baaden forbi de grønne Skove, hvor Træerne fortalte om Røvere og Hexe og Blomsterne om de nydelige smaa Alfer og hvad Sommerfuglene havde fortalt dem. De deiligste Fiske, med Skjæl som Sølv og Guld, svømmede efter Baaden, imellem gjorde de et Spring saa det sagde Pladsk igjen i Vandet, og Fuglene, røde og blaa, smaa og store, fløi i to lange Rækker bag efter, Myggene dandsede og Oldenborren sagde bum, bum; de vilde allesammen følge Hjalmar, og hver havde de en Historie at fortælle!

Det vare rigtignok en Seiltour! snart vare Skovene saa tætte og saa mørke, snart vare de som den deiligste Have med Solskin og Blomster og der laae store Slotte af Glas og af Marmor; paa Altanerne stode Prindsesser, og alle vare de smaa Piger, som Hjalmar godt kjendte, han havde leget med dem før. De rakte Haanden ud hver og holdt den yndigste Sukkergriis, som nogen Kagekone kunde sælge, og Hjalmar tog i den ene Ende af Sukkergrisen, i det han seilede forbi, og Prindsessen holdt godt fast, og saa fik hver sit Stykke, hun det mindste, Hjalmar det allerstørste! Ved hvert Slot stode smaa Prindser Skildvagt, de skuldrede med Guldsabel og lode det regne med Rosiner og Tinsoldater; det vare rigtige Prindser!

Snart seilede Hjalmar gjennem Skove, snart ligesom igjennem store Sale, eller midt igjennem en By; han kom ogsaa igjennem den hvor hans Barnepige boede, hun der havde baaret ham, da han var en ganske lille Dreng, og havde holdt saa meget af ham, og hun nikkede og vinkede og sang det nydelige lille Vers, hun selv havde digtet og sendt Hjalmar:

Jeg tænker paa Dig saa mangen Stund,
 Min egen Hjalmar, Du søde!
Jeg har jo kysset Din lille Mund,
 Din Pande, de Kinder røde.
Jeg hørte Dig sige de første Ord,
Jeg maatte Dig Afsked sige.
Vor Herre velsigne Dig her paa Jord,
 En Engel Du er fra hans Rige!

Og alle Fuglene sang med, Blomsterne dandsede paa Stilken og de gamle Træer nikkede, ligesom om Ole Lukøie ogsaa fortalte dem Historier.

Onsdag.

Nei hvor Regnen skyllede ned udenfor! Hjalmar kunde høre det i Søvne! og da Ole Lukøie lukkede et Vindue op, stod Vandet ligeop til Vindueskarmen; der var en heel Sø derude, men det prægtigste Skib laae op til Huset.

"Vil Du seile med, lille Hjalmar!" sagde Ole Lukøie, "saa kan Du i Nat komme til de fremmede Lande og være her i Morgen igjen!" -

Og saa stod med eet Hjalmar i sine Søndagsklæder midt paa det prægtige Skib, og strax blev Veiret velsignet og de seilede gjennem Gaderne, krydsede om Kirken og nu var Alt en stor vild Søe. De seilede saa længe, at der ingen Land var at øine mere, og de saae en Flok Storke, de kom ogsaa hjemme fra og vilde til de varme Lande; den ene Stork fløi bag ved den anden og de havde allerede fløiet saa langt, saa langt; een af dem var saa træt, at hans Vinger næsten ikke kunde bære ham længer, han var den allersidste i Rækken og snart kom han et stort Stykke bag efter, tilsidst sank han med udbredte Vinger lavere og lavere, han gjorde endnu et Par Slag med Vingerne, men det hjalp ikke; nu berørte han med sine Fødder Tougværket paa Skibet, nu gled han ned af Seilet og bums! der stod han paa Dækket.

Saa tog Matrosdrengen ham og satte ham ind i Hønsehuset, til Høns, Ænder og Kalkuner; den stakkels Stork stod ganske forknyt midt imellem dem.

"S'ikken een!" sagde alle Hønsene.

Og den kalkunske Hane pustede sig op saa tykt den kunde og spurgte hvem han var; og Ænderne gik baglænds og puffede til hinanden: "rap Dig! rap Dig!"

Og Storken fortalte om det varme Africa, om Pyramiderne og om Strudsen, der løb som en vild Hest hen over Ørkenen, men Ænderne forstode ikke hvad han sagde, og saa puffede de til hinanden: "Skal vi være enige om, at han er dum!"

"Ja vist er han dum!" sagde den kalkunske Hane og saa pluddrede den op. Da taug Storken ganske stille og tænkte paa sit Africa.

"Det er nogle deilige tynde Been I har!" sagde Kalkunen. "Hvad koster Alen?"

"Skrat, skrat, skrat!" grinte alle Ænderne, men Storken lod, som om han slet ikke hørte det.

"I kan gjerne lee med!" sagde Kalkunen til ham, "for det var meget vittigt sagt! eller var det maaskee for lavt for ham! ak, ak! han er ikke fleersidig! lad os blive ved at være interessante for os selv!" og saa klukkede de og Ænderne snaddrede, "gik, gak! gik, gak!" det var skrækkeligt hvor morsomt de selv havde det.

Men Hjalmar gik hen til Hønsehuset, aabnede Døren, kaldte paa Storken og den hoppede ud paa Dækket til ham; nu havde den hvilet sig og det var ligesom om den nikkede til Hjalmar for at takke ham; derpaa bredte den sine Vinger ud og fløi til de varme Lande, men Hønsene klukkede, Ænderne snaddrede og den kalkunske Hane blev ganske ildrød i Hovedet.

"Imorgen skal vi koge Suppe paa jer!" sagde Hjalmar og saa vaagnede han, og laae i sin lille Seng. Det var dog en forunderlig Reise Ole Lukøie havde ladet ham gjøre den Nat!

Torsdag.

"Veed Du hvad!" sagde Ole Lukøie, "Bliv nu ikke bange! her skal Du see en lille Muus!" og saa holdt han sin Haand, med det lette, nydelige Dyr, hen imod ham. "Den er kommen for at invitere Dig til Bryllup. Her er to smaa Muus i Nat, som ville træde ind i Ægtestanden. De boe nede under

Din Moders Spiiskammergulv, det skal være saadan en deilig Leilighed!"
"Men hvor kan jeg komme gjennem det lille Musehul i Gulvet?" spurgte
Hjalmar.
"Lad mig om det!" sagde Ole Lukøie, "jeg skal nok faae Dig lille!" og saa
rørte han med sin Troldsprøite ved Hjalmar, der strax blev mindre og
mindre, tilsidst var han ikke saa stor, som en Finger. "Nu kan Du laane
Tinsoldatens Klæder, jeg tænker de kunne passe og det seer saa rask ud
at have Uniform paa, naar man er i Selskab!"
"Ja nok!" sagde Hjalmar, og saa var han i Øieblikket klædt paa, som den
nysseligste Tinsoldat.
"Vil De ikke være saa god at sætte Dem i Deres Moders Fingerbøl,"
sagde den lille Muus, "saa skal jeg have den Ære at trække Dem!"
"Gud, skal Frøkenen selv have Uleilighed!" sagde Hjalmar og saa kjørte
de til Muse-Bryllup.
Først kom de ind under Gulvet i en lang Gang, der slet ikke var høiere
end at de netop kunde kjøre der med et Fingerbøl, og hele Gangen var
illumineret med Trødske.
"Lugter her ikke deiligt!" sagde Musen, som trak ham, "den hele Gang er
bleven smurt med Fleskesvær! det kan ikke være deiligere!"
Nu kom de ind i Brudesalen; her stode til Høire alle de smaae Hun-
Muus og de hvidskede og tviskede, ligesom om de gjorde Nar af
hinanden; til Venstre stode alle Han-Musene og strøg sig med Poten om
Mundskjægget, men midt paa Gulvet saae man Brudeparret, de stode i
en udhulet Osteskorpe og kyssedes saa skrækkeligt meget for Alles
Øine, thi de vare jo forlovede og nu skulle de strax have Bryllup.
Der kom altid flere og flere Fremmede; den ene Muus var færdig at
træde den anden ihjel og Brudeparret havde stillet sig midt i Døren, saa
man hverken kunde komme ud eller ind. Hele Stuen var ligesom
Gangen smurt med Fleskesvær, det var hele Beværtningen, men til
Desert blev der fremviist en Ært, som en lille Muus af Familien havde
bidt Brudeparrets Navn ind i, det vil sige det første Bogstrav; det var
noget ganske overordentligt.
Alle Musene sagde, at det var et deiligt Bryllup og at Conversationen
havde været saa god.
Og saa kjørte Hjalmar igjen hjem; han havde rigtignok været i fornemt
Selskab, men han maatte ogsaa krybe ordentlig sammen, gjøre sig lille
og komme i Tinsoldat-Uniform.

Fredag.
"Det er utroligt hvor mange der ere af ældre Folk, som gjerne ville have
fat paa mig!" sagde Ole Lukøie, "det er især dem, som have gjort noget
ondt. "Gode lille Ole," sige de til mig, "vi kunne ikke faae Øinene i og saa

ligge vi hele Natten og see alle vore onde Gjerninger, der, som fæle smaa Trolde, sidde paa Sengekanten og sprøite os over med hedt Vand, vilde Du dog komme og jage dem bort, at vi kunne faae en god Søvn, og saa sukke de saa dybt: "vi ville saamænd gjerne betale: god Nat Ole! Pengene ligger i Vinduet, men jeg gjør det ikke for Penge," sagde Ole Lukøie.

"Hvad skulle vi nu have for i Nat?" spurgte Hjalmar.

"Ja, jeg ved ikke om Du har Lyst igjen i Nat at komme til Bryllup, det er en anden Slags end den igaar. Din Søsters store Dukke, den der seer ud som et Mandfolk og kaldes Herman, skal giftes med Dukken Bertha, det er desuden Dukkens Geburtsdag og derfor skal der komme saa mange Presenter!"

"Ja, det kjender jeg nok," sagde Hjalmar, "altid naar Dukkerne trænge til nye Klæder saa lader min Søster dem have Geburtsdag eller holde Bryllup! det er vist skeet hundred Gange!"

"Ja, men i Nat er Brylluppet hundred og eet og naar hundred og eet er ude, saa er Alt forbi! derfor bliver ogsaa dette saa mageløst. See en Gang!"

Og Hjalmar saae hen paa Bordet; der stod det lille Paphuus med Lys i Vinduerne, og alle Tinsoldaterne præsenterede Gevær udenfor. Brudeparret sad paa Gulvet og lænede sig op til Bordbenet, ganske tankefuldt, og det kunde det jo have Grund til. Men Ole Lukøie, iført Bedstemoders sorte Skjørt, viede dem! da Vielsen var forbi, istemte alle Møblerne i Stuen følgende skjønne Sang, der var skrevet af Blyanten, den gik paa Melodie, som Tappenstregen.

Vor Sang skal komme, som en Vind
 Til Brudeparret i Stuen ind;
 De kneise begge, som en Pind,
 De ere gjort' af Handskeskind!
:,: Hurra, Hurra! for Pind og Skind!
 Det synge vi høit i Veir og Vind! :,:

Og nu fik de Presenter, men de havde frabedet sig alle spiselige Ting, for de havde nok af deres Kjærlighed.

"Skal vi nu ligge paa Landet, eller reise udenlands?" spurgte Brudgommen, og saa blev Svalen, som havde reist meget og den gamle Gaard-Høne, der fem Gange havde ruget Kyllinger ud, taget paa Raad; og Svalen fortalte om de deilige, varme Lande, hvor Viindruerne hang saa store og tunge, hvor Luften var saa mild, og Bjergene havde Farver, som man her slet ikke kjender dem!

"De har dog ikke vor Grønkaal!" sagde Hønen. "Jeg laae en Sommer med alle mine Kyllinger paa Landet; der var en Gruusgrav, som vi kunde gaae og skrabe i, og saa havde vi Adgang til en Have med Grønkaal! O, hvor den var grøn! jeg kan ikke tænke mig noget kjønnere."

"Men den ene Kaalstok seer ud ligesom den anden," sagde Svalen, "og saa er her tidt saa daarligt Veir!"

"Ja det er man vant til!" sagde Hønen.

"Men her er koldt, det fryser!"

"Det har Kaalen godt af!" sagde Hønen. "Desuden kunne vi ogsaa have det varmt! havde vi ikke for fire Aar siden en Sommer, der varede i fem Uger, her var saa hedt, man kunde ikke trække Veiret! og saa have vi ikke alle de giftige Dyr, de have ude! og vi er fri for Røvere! Det er et Skarn, som ikke finder at vort Land er det kjønneste! han fortiente rigtig ikke at være her!" og saa græd Hønen "Jeg har ogsaa reist! jeg har kjørt i en Bøtte over tolv Mile! der er slet ingen Fornøielse ved at reise!"

"Ja Hønen er en fornuftig Kone!" sagde Dukken Bertha, "jeg holder heller ikke af at reise paa Bjerge, for det er kun op og saa er det ned! nei, vi ville flytte ud ved Gruusgraven og spadsere i Kaalhaven!"

Og derved blev det.

Løverdag.

"Faaer jeg nu Historier!" sagde den lille Hjalmar, saasnart Ole Lukøie havde faaet ham i Søvn.

"I Aften har vi ikke Tid til det," sagde Ole og spændte sin smukkeste Paraply over ham. "See nu paa disse Chinesere!" og hele Paraplyen saae ud som en stor chinesisk Skaal med blaa Træer og spidse Broer med smaa Chinesere paa, der stode og nikkede med Hovedet. "Vi skulde have hele Verden pudset kjønt op til imorgen," sagde Ole, "det er jo da en hellig Dag, det er Søndag. Jeg skal hen i Kirketaarnene for at see, om de smaa Kirkenisser polerer Klokkerne, at de kunne lyde smukt, jeg skal ud paa Marken, og see om Vindene blæse Støvet af Græs og Blade, og hvad der er det største Arbeide, jeg skal have alle Stjernerne ned for at polere dem af; jeg tager dem i mit Forklæde, men først maa hver nummereres og Hullerne, hvor de sidde deroppe, maa nummereres, at de kunne komme paa deres rette Pladser igjen, ellers ville de ikke sidde fast og vi faae for mange Stjerneskud, i det den ene dratter efter den anden!"

"Hør, veed De hvad Hr. Lukøie!" sagde et gammelt Portræt, som hang paa Væggen hvor Hjalmar sov, "jeg er Hjalmars Oldefader: De skal have Tak fordi De fortæller Drengen Historier, men De maa ikke forvilde hans Begreber. Stjernerne kunne ikke tages ned og poleres! Stjernerne ere Kloder ligesom vor Jord og det er just det gode ved dem!"

"Tak skal Du have, Du gamle Oldefader!" sagde Ole Lukøie, "Tak skal Du have! Du er jo Hovedet for Familien, Du er "Olde"-Hovedet! men jeg er ældre, end Du! jeg er gammel Hedning, Romerne og Grækerne kaldte mig Drømmeguden! jeg er kommet i de fornemste Huse og kommer der endnu! jeg forstaaer at omgaaes baade med Smaae og Store! Nu kan Du fortælle!" - og saa gik Ole Lukøie og tog Paraplyen med.

"Nu tør man nok ikke mere sige sin Mening!" sagde det gamle Portræt. Og saa vaagnede Hjalmar.

Søndag.

"God Aften!" sagde Ole Lukøie og Hjalmar nikkede, men sprang saa hen og vendte Oldefaderens Portræt om mod Væggen, at det ikke skulde snakke med, ligesom igaar.

"Nu skal Du fortælle mig Historier, om de fem grønne Ærter, der boede i en Ærtebælg, og om "Hanebeen der gjorde Cuur til Hønebeen", og om Stoppenaalen, der var saa fiin paa det, at hun bildte sig ind hun var en Synaal!"

"Man kan ogsaa faae for meget af det gode!" sagde Ole Lukøie, "jeg vil helst vise Dig noget, veed Du nok! jeg vil vise Dig min Broder, han hedder ogsaa Ole Lukøie, men han kommer aldrig til nogen meer end eengang og naar han kommer, tager han dem med paa sin Hest og fortæller dem Historier; han kan kun to, een der er saa mageløs deilig, at ingen i Verden kan tænke sig den, og een der er saa fæl og gruelig - ja det er ikke til at beskrive!" og saa løftede Ole Lukøie den lille Hjalmar op i Vinduet og sagde, "der skal Du see min Broder, den anden Ole Lukøie! de kalde ham ogsaa Døden! seer Du, han seer slet ikke slem ud, som i Billedebøgerne, hvor han er Been og Knokler! nei, det er Sølvbroderi han har paa Kjolen: det er den deiligste Husar-Uniform! en Kappe af sort Fløiel flyver bag ud over Hesten! see hvor han rider i Gallop."

Og Hjalmar saae, hvordan den Ole Lukøie reed afsted og tog baade unge og gamle Folk op paa Hesten, nogle satte han for paa og andre satte han bag paa, men altid spurgte han først, "hvorledes staaer det med Characteerbogen?" - "Godt!" sagde de Allesammen; "ja lad mig selv see!" sagde han, og saa maatte de vise ham Bogen; og alle de som havde "Meget godt" og "Udmærket godt" kom for paa Hesten og fik den deilige Historie at høre, men de som havde "Temmeligt godt" og "Maadeligt" de maatte bag paa, og fik den fæle Historie; de rystede og græd, de vilde springe af Hesten, men kunde det slet ikke, thi de var lige strax voxet fast til den.

"Men Døden er jo den deiligste Ole Lukøie!" sagde Hjalmar, "ham er jeg ikke bange for!"

"Det skal Du heller ikke!" sagde Ole Lukøie, "see bare til at Du har en god Characteerbog!"

"Ja det er lærerigt!" mumlede Oldefaderens Portræt, "det hjælper dog, man siger sin Mening!" og saa var han fornøiet.

See, det er Historien om Ole Lukøie! nu kan han selv i Aften fortælle Dig noget mere!

Paradisets Have

Der var en Kongesøn, Ingen havde så mange og så smukke Bøger som han; Alt hvad der var skeet i denne Verden kunde han læse sig til og see afbildet i prægtige Billeder. Hvert Folk og hvert Land kunde han fåe Besked om, men hvor Paradisets Have var at finde, derom stod der ikke et Ord; og den, just den var det, han tænkte meest på.

Hans Bedstemoder havde fortalt ham, da han endnu var ganske lille, men skulde begynde sin Skolegang, at hver Blomst i Paradisets Have var den sødeste Kage, Støvtrådene den fineste Viin; på een stod Historie, på en anden Geographie eller Tabeller, man behøvede kun at spise Kage, så kunde man sin Lectie; jo mere man spiste, desmere fik man ind af Historie, Geographie og Tabeller.

Det troede han den Gang; men alt, som han blev en større Dreng, lærte meer og blev langt klogere, begreb han nok, at der måtte være en langt anderledes Deilighed i Paradisets Have.

"O, hvorfor brød dog Eva af Kundskabens Træ! hvorfor spiste Adam af den forbudne Frugt! det skulde have været mig, da var det ikke skeet! aldrig skulde Synden være kommen ind i Verden!"

Det sagde han den Gang, og det sagde han endnu, da han var sytten Aar! Paradisets Have fyldte hele hans Tanke.

En Dag gik han i Skoven; han gik alene, for det var hans største Fornøielse.

Aftenen faldt på, Skyerne trak sammen, det blev et Regnveir, som om hele Himlen var en eneste Sluse, hvorfra Vandet styrtede; der var så mørkt, som det ellers er om Natten i den dybeste Brønd. Snart gled han i det våde Græs, snart faldt han over de nøgne Stene, der ragede frem fra Klippegrunden. Alt drev af Vand, der blev ikke en tør Tråd på den stakkels Prinds. Han måtte kravle op over store Steenblokke, hvor Vandet sivede ud af det høie Mos. Han var ved at segne om; da hørte han en forunderlig Susen, og foran sig såe han en stor, oplyst Hule. Midt inde brændte en Ild, så man kunde stege en Hjort derved, og det blev der også; den prægtigste Hjort, med sine høie Takker, var stukket på Spid og dreiedes langsomt rundt mellem to omhuggede Grantræer. En gammelagtig Kone, høi og stærk, som var hun et udklædt Mandfolk, sad ved Ilden, og kastede det ene Stykke Brænde til efter det andet.

"Kom du kun nærmere!" sagde hun, "sæt dig ved Ilden at du kan fåe dine Klæder tørrede!"

"Her er en slem Træk!" sagde Prindsen og satte sig på Gulvet.

"Det bliver værre endnu, når mine Sønner komme hjem!" svarede Konen. "Du er her i Vindenes Hule, mine Sønner ere Verdens de fire Vinde, kan du forståe det?"

"Hvor ere dine Sønner?" spurgte Prindsen.

"Ja, det er ikke godt at svare, når man spørger dumt," sagde Konen. "Mine Sønner ere på egen Hånd, de spille Langbold med Skyerne deroppe i Storstuen!" og så pegede hun op i Veiret.

"Nå så!" sagde Prindsen. "I taler ellers noget hårdt og er ikke så mild, som de Fruentimmer, jeg ellers seer omkring mig!"

"Ja, de have nok ikke andet at gjøre! Jeg må være hård, skal jeg holde mine Drenge i Ave! men det kan jeg, skjønt de have stive Nakker! seer du de fire Sække, der hænge på Væggen; dem ere de ligeså bange for, som du har været det for Riset bag Speilet. Jeg kan bukke Drengene sammen, skal jeg sige dig, og så komme de i Posen; der gjøre vi ingen Omstændigheder! der sidde de og komme ikke ud at føite, før jeg finder for godt. Men der har vi den ene!"

Det var Nordenvinden, som trådte ind med en isnende Kulde, store Hagl hoppede hen ad Gulvet, og Sneeflokkene fygede rundt om. Han var klædt i Bjørneskinds Buxer og Trøie; en Hætte af Sælhundeskind gik ned over Ørene; lange Iistapper hang ham ved Skjæget, og det ene Hagl efter det andet gled ham ned fra Trøie-Kraven.

"Gåe ikke strax til Ilden!" sagde Prindsen. "De kan så let fåe Frost i Ansigtet og Hænderne!"

"Frost!" sagde Nordenvinden og lo ganske høit. "Frost! det er just min største Fornøielse! Hvad er ellers Du for et Skrinkelbeen! Hvor kommer du i Vindenes Hule!"

"Han er min Gjæst!" sagde den Gamle, "og er du ikke fornøiet med den Forklaring, så kan du komme i Posen! - Nu kjender du min Dømmekraft!"

See det hjalp, og Nordenvinden fortalte hvorfra han kom, og hvor han nu havde været næsten en heel Måned.

"Fra Polarhavet kommer jeg," sagde han, "jeg har været på "Beeren-Eiland" med de russiske Hvalrosse-Fangere. Jeg sad og sov på Roret, da de seilede ud fra Nordkap! når jeg imellem vågnede lidt, fløi Stormfuglen mig om Benene! det er en løierlig Fugl, den gjør et rask Slag med Vingerne og så holder den dem ubevægelig udstrakt og har da Fart nok."

"Gjør det bare ikke så vidtløftigt!" sagde Vindenes Moder. "Og så kom du da til Beeren-Eiland!"

"Der er deiligt! det er et Gulv til at dandse på, fladt, som en Talerken! halvtøet Snee med lidt Mos, skarpe Stene og Beenrade af Hvalrosser og

Iisbjørne låe der, de såe ud som Kjæmpers Arme og Been, med muggen Grønhed. Man skulde troe, at Solen aldrig havde lyst på dem. Jeg pustede lidt til Tågen for at man kunde see Skuret: det var et Huus, reist af Vrag og betrukket med Hvalrosse-Hud; Kjødsiden vendte ud, den var fuld af Rødt og Grønt; på Taget sad en levende Iisbjørn og brummede. Jeg gik til Stranden, såe på Fuglerederne, såe på de nøgne Unger, der skreg og gabede; da blæste jeg ned i de tusinde Struber, og de lærte at lukke Munden. Nederst væltede sig Hvalrosserne, som levende Indvolde eller Kjæmpe-Madiker med Svinehoveder og alenlange Tænder!" -

"Du fortæller godt, min Dreng!" sagde Moderen. "Jeg fåer Vandet i Munden ved at høre på dig!"

"Så gik det på Fangst! Harpunen blev sat i Hvalrossens Bryst, så den dampende Blodstråle stod som et Springvand over Isen. Da tænkte jeg også på mit Spil! jeg blæste op, lod mine Seilere, de klippehøie Iisfjelde, klemme Bådene inde; hui hvor man peb, og hvor man skreg, men jeg peb høiere! de døde Hval-Kroppe, Kister og Tougværk måtte de pakke ud på Isen! jeg rystede Snee-Flokkene om dem og lod dem i de indklemte Fartøier drive Syd på med Fangsten, for der at smage Saltvand. De komme aldrig meer til Beeren-Eiland!"

"Så har du jo gjort ondt!" sagde Vindenes Moder.

"Hvad godt jeg har gjort, kan de Andre fortælle!" sagde han, "men der har vi min Broder fra Vesten, ham kan jeg bedst lide af dem Alle sammen, han smager af Søen og har en velsignet Kulde med sig!"

"Er det den lille Zephir?" spurgte Prindsen.

"Ja vist er det Zephir!" sagde den Gamle, "men han er ikke så lille endda. I gamle Dage var han en smuk Dreng, men nu er det forbi!"

Han såe ud som en Vildmand, men han havde en Faldhat på for ikke at komme til Skade. I Hånden holdt han en Mahogni Kølle, hugget i de amerikanske Mahogni-Skove. Mindre kunde det ikke være!

"Hvor kommer du fra?" spurgte hans Moder.

"Fra Skov-Ørknerne!" sagde han, "hvor de tornede Lianer gjøre et Gjærde mellem hvert Træ, hvor Vandslangen ligger i det våde Græs, og Menneskene synes unødvendige!"

"Hvad bestilte du der?"

"Jeg såe på den dybe Flod, såe hvor den styrtede fra Klippen, blev Støv og fløi mod Skyerne, for at bære Regnbuen. Jeg såe den vilde Bøffel svømme i Floden, men Strømmen rev ham med sig; han drev med Vildændernes Flok, der fløi i Veiret, hvor Vandet styrtede; Bøffelen måtte ned, det syntes jeg om, og blæste Storm, så de urgamle Træer seilede og bleve til Spåner."

"Og andet har du ikke bestilt?" spurgte den Gamle.

"Jeg har slået Kolbøtter i Savannerne, jeg har klappet de vilde Heste og rystet Kokosnødder! jo, jo, jeg har Historier at fortælle! men man skal ikke sige Alt, hvad man veed. Det kjender du nok, du Gamle!" og så kyssede han sin Moder, så hun nær var gået bag over; han var rigtig nok en vild Dreng.

Nu kom Søndenvinden med Turban og flyvende Beduin-Kappe.

"Her er dygtigt koldt herinde!" sagde han, og kastede Brænde til Ilden, "man kan mærke, at Nordenvinden er kommen først!"

"Her er så hedt at man kan stege en Iisbjørn!" sagde Nordenvinden.

"Du er selv en Iisbjørn!" svarede Søndenvinden.

"Vil I puttes i Posen!" spurgte den Gamle, - "Sæt dig på Stenen der og fortæl, hvor du har været."

"I Africa, min Moder!" svarede han. "Jeg var med Hottentotterne på Løvejagt i Kaffernes Land! hvilket Græs der groer på Sletten, grønt som en Oliven! der dandsede Gnuen, og Strudsen løb Væddeløb med mig, men jeg er dog raskere til Beens. Jeg kom til Ørkenen til det gule Sand; der seer ud, som på Havets Bund. Jeg traf en Karavane! de slagtede deres sidste Kameel for at fåe Vand at drikke, men det var kun lidt de fik. Solen brændte for oven, og Sandet stegte for neden. Ingen Grændse havde den udstrakte Ørken. Da boltrede jeg mig i det fine, løse Sand og hvirvlede det op i store Støtter, det var en Dands! Du skulde have seet hvor forknyt Dromedaren stod, og Kjøbmanden trak Kaftanen over Hovedet. Han kastede sig ned for mig som for Allah, sin Gud. Nu ere de begravede, der står en Pyramide af Sand over dem Alle sammen, når jeg engang blæser den bort, skal Solen blege de hvide Been, da kan de Reisende see, her har før været Mennesker. Ellers kan man ikke troe det i Ørkenen!"

"Du har altså kun gjort ondt!" sagde Moderen. "Marsch i Posen!" og før han vidste det, havde hun Søndenvinden om Livet og i Posen, den væltede rundt omkring på Gulvet, men hun satte sig på den, og da måtte den ligge stille.

"Det er nogle raske Drenge, hun har!" sagde Prindsen.

"Ja såmæn," svarede hun, "og ave dem kan jeg! der har vi den fjerde!" Det var Østenvinden, han var klædt som en Chineser.

"Nå, kommer du fra den Kant!" sagde Moderen, "jeg troede, du havde været i Paradisets Have."

"Der flyver jeg først hen imorgen!" sagde Østenvinden, "imorgen er det hundrede Aar siden jeg var der! jeg kommer nu fra China, hvor jeg har dandset om Porcellaintårnet, så alle Klokkerne klingede. Nede på Gaden fik Embedsmændene Prygl, Bambusrør blev slidt på deres Skuldre, og det var Folk fra den første til den niende Grad, de skreg: mange Tak, min faderlige Velgjører! men de meente ikke noget med det, og jeg ringede med Klokkerne og sang tsing, tsang, tsu!"

"Du er kåd på det!" sagde den Gamle, "det er godt Du imorgen kommer til Paradisets Have, det hjælper altid på din Dannelse! drik så dygtig af Viisdommens Kilde og tag en lille Flaske fuld hjem med til mig!"

"Det skal jeg!" sagde Østenvinden. "Men hvorfor har du nu puttet min Broder fra Sønden ned i Posen, frem med ham! han skal fortælle mig om Fugl Phønix, den Fugl vil Prindsessen i Paradisets Have altid høre om, når jeg hvert hundrede Aar gjør Visit. Luk Posen op! så er Du min sødeste Moder, og jeg skal forære dig to Lommer fulde af Thee, så grøn og frisk, som jeg har plukket den på Stedet!"

"Nå, for Theens Skyld og fordi du er min Kjæledægge, vil jeg åbne Posen!" det gjorde hun, og Søndenvinden krøb ud, men han såe ganske slukøret ud, fordi den fremmede Prinds havde seet det.

"Der har du et Palmeblad til Prindsessen!" sagde Søndenvinden, "det Blad har den gamle Fugl Phønix, den eneste der var i Verden, givet mig; han har med sit Næb ridset deri sin hele Levnets-Beskrivelse, de hundred Aar han levede; nu kan hun selv læse sig det til. Jeg såe, hvor Fugl Phønix selv stak Ild i sin Rede og sad og brændte op, som en Hindues Kone. Hvor dog de tørre Grene knagede, der var en Røg og en Duft. Tilsidst slog Alt op i Lue, den gamle Fugl Phønix blev til Aske, men hans Æg låe gloende rødt i Ilden, det revnede med et stort Knald, og Ungen fløi ud, nu er den Regent over alle Fuglene og den eneste Fugl Phønix i Verden. Han har bidt Hul i Palmebladet, jeg gav dig, det er hans Hilsen til Prindsessen!"

"Lad os nu fåe noget at leve af!" sagde Vindenes Moder, og så satte de sig Alle til at spise af den stegte Hjort, og Prindsen sad ved Siden af Østenvinden, og derfor bleve de snart gode Venner.

"Hør, siig mig engang," sagde Prindsen. "Hvad er det for en Prindsesse, her bliver talt så meget om, og hvor ligger Paradisets Have!"

"Ho, ho!" sagde Østenvinden, "vil du derhen, ja så flyv du med mig imorgen! men det må jeg ellers sige dig, der har ingen Mennesker været siden Adam og Evas Tid. Dem kjender du jo nok af din Bibelhistorie!"

"Ja vist!" sagde Prindsen.

"Dengang de bleve forjagne, sank Paradisets Have ned i Jorden, men den beholdt sit varme Solskin, sin milde Luft og al sin Herlighed. Feernes Dronning boer derinde; der ligger Lyksalighedens Ø, hvor Døden aldrig kommer, hvor der er deiligt at være! Sæt dig på min Ryg i Morgen, så skal jeg tage dig med; jeg tænker, det nok lader sig gjøre! men nu må du ikke snakke mere, for jeg vil sove!"

Og så sov de Allesammen.

I den tidlige Morgenstund vågnede Prindsen og blev ikke lidt betuttet ved at han allerede var høit oppe over Skyerne. Han sad på Ryggen af

Østenvinden, der nok så ærligt holdt på ham; de vare så høit i Veiret, at Skove og Marker, Floder og Søer toge sig ud som på et stort illumineret Landkårt.

"God Morgen!" sagde Østenvinden. "Du kunde ellers gjerne sove lidt endnu, for der er ikke meget at see på det flade Land under os. Uden du har Lyst til at tælle Kirker! de stå som Kridtprikker nede på det grønne Brædt." Det var Marker og Enge, han kaldte det grønne Brædt.

"Det var uartigt, at jeg ikke fik sagt Farvel til din Moder og dine Brødre!" sagde Prindsen.

"Når man sover, er man undskyldt!" sagde Østenvinden, og derpå fløi de endnu raskere afsted: man kunde høre det på Toppene af Skovene, når de foer henover dem, raslede alle Grene og Blade; man kunde høre det på Havet og Søerne, thi hvor de fløi, væltede Bølgerne høiere, og de store Skibe neiede dybt ned i Vandet, som svømmende Svaner.

Mod Aften, da det blev mørkt, såe det morsomt ud med de store Byer; Lysene brændte dernede, snart her, snart der, det var akkurat, som når man har brændt et Stykke Papir og seer de mange små Ildgnister, hvor de ere Børn og gåe af Skole! Og Prindsen klappede i Hænderne, men Østenvinden bad ham lade være med det, heller holde sig fast, ellers kunde han let falde ned og blive hængende på et Kirkespiir.

Ørnen i de sorte Skove fløi nok så let, men Østenvinden fløi lettere. Kosakken på sin lille Hest jog afsted over Sletterne, men Prindsen jog anderledes afsted.

"Nu kan du see Himmalaia!" sagde Østenvinden, "det er det høieste Bjerg i Asien; snart skulle vi nu komme til Paradisets Have!" så dreiede de mere sydligt, og snart duftede der af Kryderier og Blomster. Figen og Granatæbler voxte vildt, og den vilde Viinranke havde blå og røde Druer. Her steeg de begge to ned, strakte sig i det bløde Græs, hvor Blomsterne nikkede til Vinden ligesom de vilde sige: "velkommen tilbage."

"Ere vi nu i Paradisets Have?" spurgte Prindsen.

"Nei vist ikke!" svarede Østenvinden, "men nu skal vi snart komme der. Seer du Fjeldvæggen der og den store Hule, hvor Viinrankerne hænge som store grønne Gardiner. Der skal vi ind igjennem! Svøb dig i din Kappe, her brænder Solen, men eet Skridt og det er isnende koldt. Fuglen, som streifer forbi Hulen, har den ene Vinge herude i den varme Sommer og den anden derinde i den kolde Vinter!"

"Så, det er Veien til Paradisets Have?" spurgte Prindsen.

Nu gik de ind i Hulen! hu, hvor der var isnende koldt, men det varede dog ikke længe. Østenvinden bredte sine Vinger ud, og de lyste som den klareste Ild; nei hvilke Huler! de store Steenblokke, som Vandet dryppede fra, hang over dem i de forunderligste Skikkelser; snart var der så snevert, at de måtte krybe på Hænder og Fødder, snart så høit og udstrakt, som i den frie Luft. Det såe ud som Gravcapeller med stumme Orgelpiber og forstenede Faner.

"Vi gåe nok Dødens Vei til Paradisets Have!" sagde Prindsen, men Østenvinden svarede ikke et Ord, pegede fremad, og det deiligste blå Lys strålede dem imøde; Steenblokkene oven over bleve mere og mere en Tåge, der tilsidst var klar, som en hvid Sky i Måneskin. Nu vare de i den deiligste milde Luft, så frisk som på Bjergene, så duftende, som ved Dalens Roser.

Der strømmede en Flod, så klar, som Luften selv, og Fiskene vare som Sølv og Guld; purpurrøde Aal, der skjøde blå Ildgnister ved hver Bøining, spillede dernede i Vandet og de brede Aakande-Blade havde Regnbuens Farver, Blomsten selv var en rødguul brændende Lue, som Vandet gav Næring, ligesom Olien fåer Lampen bestandigt til at brænde! en fast Bro af Marmor, men så kunstigt og fiint udskåren, som var den gjort af Kniplinger og Glasperler, førte over Vandet til Lyksalighedens Ø, hvor Paradisets Have blomstrede.

Østenvinden tog Prindsen på sine Arme og bar ham derover. Der sang Blomster og Blade de skjønneste Sange fra hans Barndom, men så svulmende deiligt, som ingen menneskelig Stemme her kan synge.

Var det Palmetræer, eller kjæmpestore Vandplanter, her groede! så saftige og store Træer havde Prindsen aldrig før seet; i lange Krandse hang der de forunderligste Slyngplanter, som de kun findes afbildede med Farver og Guld på Randen af de gamle Helgenbøger eller snoe sig der gjennem Begyndelses-Bogstaverne. Det var de sælsomste Sammensætninger af Fugle, Blomster og Snørkler. I Græsset tæt ved stod en Flok Påfugle med udbredte strålende Haler! Jo det var rigtignok så! nei da Prindsen rørte ved dem, mærkede han, at det ikke var Dyr, men planter: det var store Skræpper, der her strålede som Påfuglens deilige Hale. Løven og Tigeren sprang liig smidige Katte mellem grønne Hækker, der duftede som Æbletræets Blomster, og Løven og Tigren vare tamme, den vilde Skovdue, skinnende som den skjønneste Perle, baskede med sine Vinger Løven på Manken, og Antilopen, der ellers er så sky, stod og nikkede med Hovedet, ligesom den også vilde lege med.

Nu kom Paradisets Fee; hendes Klæder strålede som Solen, og hendes Ansigt var mildt, som en glad Moders, når hun ret er lykkelig over sit Barn. Hun var så ung og smuk, og de deiligste Piger, hver med en lysende Stjerne i Håret, fulgte hende.

Østenvinden gav hende det skrevne Blad fra Fugl Phønix, og hendes Øine funklede af Glæde; hun tog Prindsen ved Hånden og førte ham ind i sit Slot, hvor Væggene havde Farver, som det prægtigste Tulipanblad, holdt mod Solen, Loftet selv var een stor strålende Blomst, og jo mere man stirrede op i den, desto dybere syntes dens Bæger. Prindsen trådte hen til Vinduet og såe igjennem een af Ruderne, da såe han Kundskabens Træ med Slangen, og Adam og Eva stod tæt derved. "Ere de ikke forjagne?" spurgte han, og Feen smilede, og forklarede ham at på hver Rude havde Tiden således brændt sit Billede, men ikke, som man pleiede at see det, nei der var Liv deri, Træernes Blade rørte sig, Menneskene kom og gik, som i et Speilbillede. Og han såe gjennem en anden Rude, og der var Jacobs Drøm, hvor Stigen gik lige ind i Himlen, og Englene med store Vinger svævede op og ned. Ja, Alt hvad der var skeet i denne Verden levede og rørte sig i Glasruderne; så kunstige Malerier kunde kun Tiden indbrænde.

Feen smilede og førte ham ind i en Sal, stor og høi; dens Vægge syntes transparente Malerier, med det ene Ansigt deiligere, end det andet; det var Millioner Lykkelige, der smilede og sang, så det flød sammen i een Melodie; de allerøverste vare så små, at de syntes mindre, end den mindste Rosenknop, når den tegnes som en Prik på Papiret. Og midt i Salen stod et stort Træ med hængende yppige Grene; gyldne Æbler, store og små, hang som Appelsiner mellem de grønne Blade. Det var Kundskabens Træ, af hvis Frugt Adam og Eva havde spiist. Fra hvert Blad dryppede en skinnende rød Dugdråbe; det var, som om Træet græd blodige Tårer.

"Lad os nu stige i Båden!" sagde Feen, "der ville vi nyde Forfriskninger ude på det svulmende Vand! Båden gynger, kommer dog ikke af Stedet, men alle Verdens Lande glide forbi vore Øine." Og det var underligt at see, hvorledes hele Kysten bevægede sig. Der kom de høie sneebedække Alper, med Skyer og sorte Grantræer, Hornet klang så dybt veemodigt, og Hyrden jodlede smukt i Dalen. Nu bøiede Banantræerne deres lange, hængende Grene ned over Båden, kulsorte Svaner svømmede på Vandet, og de sælsomste Dyr og Blomster viste sig på Strandbreden: det var Ny-Holland, den femte Verdensdeel, der med en Udsigt til de blå Bjerge gled forbi. Man hørte Præsternes Sang og såe de Vildes Dands til Lyden af Trommer og Been-Tuber. Ægypternes Pyramider, der ragede ind i Skyerne, omstyrtede Søiler og Sphinxer, halv begravet i Sandet, seilede forbi. Nordlysene brændte over Nordens Jøkler, det var et Fyrværkeri, som Ingen kunde gjøre efter. Prindsen var så lyksalig, ja han såe jo hundrede Gange mere, end hvad vi her fortælle.

"Og altid kan jeg blive her?" spurgte han.

"Det beroer på dig selv!" svarede Feen. "Dersom du ikke som Adam, lader dig friste til at gjøre det Forbudne, da kan du altid blive her!"

"Jeg skal ikke røre Æblerne på Kundskabens Træ!" sagde Prindsen. "Her er jo tusinde Frugter, skjønne, som de!"

"Prøv dig selv, og er du ikke stærk nok, så følg med Østenvinden, som bragte dig; han flyver nu tilbage og kommer her ej i hundrede Aar; den Tid vil på dette Sted gåe for dig, som var det kun hundrede Timer, men det er lang Tid for Fristelsen og Synden. Hver Aften, når jeg går fra dig, må jeg tilråbe dig "følg med!" jeg må vinke med Hånden ad dig, men bliv tilbage. Gå ikke med, thi da vil ved hvert Skridt din Længsel blive større: du kommer i Salen, hvor Kundskabens Træ groer; jeg sover under dens duftende hængende Grene, du vil bøie dig over mig, og jeg må smile, men trykker du et Kys på min Mund, da synker Paradiset dybt i Jorden, og det er tabt for dig, Ørkenens skarpe Vind vil omsuse dig, den kolde Regn dryppe fra dit Hår. Sorg og Trængsel bliver din Arvelod."

"Jeg bliver her!" sagde Prindsen, og Østenvinden kyssede ham på Panden og sagde "vær stærk, så samles vi her igjen om hundrede Aar! farvel! farvel!" og Østenvinden bredte sine store Vinger ud; de lyste, som Kornmoen i Høsten, eller Nordlyset i den kolde Vinter. "Farvel! farvel!" klang det fra Blomster og Træer. Storke og Pelikaner fløi i Række, som flagrende Bånd, og fulgte med til Grændsen af Haven.

"Nu begynde vore Dandse!" sagde Feen, "ved Slutningen, hvor jeg dandser med dig, vil du see, idet Solen synker, at jeg vinker ad dig, du vil høre mig tilråbe dig: følg med! men gjør det ikke! i hundred Aar må jeg hver Aften gjentage det; for hver Gang den Tid er omme, vinder du mere Kraft, tilsidst tænker du aldrig derpå. Iaften er det første Gang; nu har jeg advaret dig!"

Og Feen førte ham ind i en stor Sal af hvide gjennemsigtige Lilier, de gule Støvtråde i hver var en lille Guldharpe, som klang med Strængelyd og Fløitetoner. De skjønneste Piger, svævende og slanke, klædte i bølgende Flor, så man såe de deilige Lemmer, svævede i Dandse, og sang om hvor herligt det var at leve, at de aldrig vilde døe, og at Paradisets Have skulde evig blomstre.

Og Solen gik ned, den hele Himmel blev eet Guld, der gav Lilierne Skjær som den deiligste Rose, og Prindsen drak af den skummende Viin, Pigerne rakte ham, og han følte en Lyksalighed, som aldrig før; han såe, hvor Salens Baggrund åbnede sig, og Kundskabens Træ stod i en Glands, der blændede hans Øie; Sangen derfra var blød og deilig, som hans Moders Stemme, og det var, som hun sang: "mit Barn! mit elskede Barn!"

Da vinkede Feen og råbte så kjærligt "følg mig! følg mig!" og han styrtede hen imod hende, glemte sit Løfte, glemte det alt den første Aften, og hun vinkede og smilede. Duften, den krydrede Duft rundt om blev mere stærk, Harperne tonede langt deiligere, og det var, som de Millioner smilende Hoveder i Salen, hvor Træet groede, nikkede og sang: "Alt bør man kjende! Mennesket er Jordens Herre" og det var ikke længer Blod-Tårer, der faldt fra Bladene på Kundskabens Træ, det var

røde, funklende Stjerner, syntes ham. "Følg mig, følg mig!" lød de
bævende Toner, og ved hvert Skridt brændte Prindsens Kinder hedere,
hans Blod bevægede sig stærkere! "jeg må!" sagde han, "det er jo ingen
Synd, kan ikke være det! hvorfor ikke følge Skjønhed og Glæde! see
hende sove vil jeg! der er jo intet tabt, når jeg kun lader være at kysse
hende, og det gjør jeg ikke, jeg er stærk, jeg har en fast Villie!"
Og Feen kastede sin strålende Dragt, bøiede Grenene tilbage, og et
Øieblik efter var hun skjult derinde.
"Jeg har endnu ikke syndet!" sagde Prindsen, "og vil det ikke heller;" og
så drog han Grenene til Side, der sov hun allerede, deilig, som kun Feen
i Paradisets Have kan være det; hun smilede i Drømme, han bøiede sig
ned over hende og såe Tårerne bæve mellem hendes Øienhår!
"Græder du over mig?" hviskede han, "græd ikke, du deilige Qvinde! Nu
begriber jeg først Paradisets Lykke, den strømmer gjennem mit Blod,
gjennem min Tanke, Cherubens Kraft og evige Liv føler jeg i mit
jordiske Legeme, lad det blive evig Nat for mig, et Minut, som dette, er
Rigdom nok!" og han kyssede Tåren af hendes Øie, hans Mund rørte ved
hendes - -
- Da lød der et Tordenskrald, så dybt og skrækkeligt, som ingen har hørt
det før, og Alt styrtede sammen: den deilige Fee, det blomstrende
Paradiis sank, det sank så dybt, så dybt, Prindsen såe det synke i den
sorte Nat; som en lille skinnende Stjerne strålede det langt borte!
Dødskulde gik gjennem hans Lemmer, han lukkede sit Øie og låe længe,
som død.
Den kolde Regn faldt på hans Ansigt, den skarpe Vind blæste om hans
Hoved, da vendte hans Tanker tilbage. "Hvad har jeg gjort!" sukkede
han, "jeg har syndet som Adam! syndet, så Paradiset er sjunket dybt der
ned!" og han åbnede sit Øie, Stjernen, langt borte, Stjernen, der
funklede som det sjunkne Paradiis, såe han endnu - det var
Morgenstjernen på Himlen.
Han reiste sig op og var i den store Skov nær ved Vindenes Hule; og
Vindenes Moder sad ved hans Side, hun såe vred ud, og løftede sin Arm
i Veiret.
"Allerede den første Aften!" sagde hun, "det tænkte jeg nok! ja, var du
min Dreng, så skulde Du nu i Posen!"
"Der skal han komme!" sagde Døden; det var en stærk gammel Mand
med en Lee i Hånden og med store sorte Vinger. "I Liigkisten skal han
lægges, men ikke nu; jeg mærker ham kun, lad ham da en Stund endnu
vandre om i Verden, afsone sin Synd, blive god og bedre! - jeg kommer
engang. Når han da mindst venter det, putter jeg ham i den sorte
Liigkiste, sætter den på mit Hoved og flyver op mod Stjernen; også der
blomstrer Paradisets Have, og er han god og from, da skal han træde

derind, men er hans Tanke ond og Hjertet endnu fuldt af Synd, synker han med Kisten dybere, end Paradiset sank, og kun hver tusinde Aar henter jeg ham igjen, for at han må synke dybere eller blive på Stjernen, den funklende Stjerne deroppe!"

Pengegrisen

Der var saa meget Legetøi i Børnenes Stue; øverst paa Skabet stod Sparebøssen, den var af Leertøi, i Skikkelse af en Griis; den havde naturlig Sp009række i Ryggen og Sprækken var med en Kniv gjort større, at der ogsaa kunde gaae Sølvdalere ind og der var gaaet to, foruden mange andre Skillinger. Pengegrisen var saa proppet, at han ikke længer kunde rasle, og det er det Høieste en Pengegriis kan bringe det til. Der stod han nu øverst paa Hylden og saae ned paa Alt i Stuen, han vidste nok at med hvad han havde i Maven kunde han kjøbe det Hele, og det er at have en god Bevidsthed.

Det tænkte de Andre ogsaa paa, om de ikke sagde det, der var jo Andet at tale om. Comodeskuffen stod paa Klem og der viste sig en stor Dukke, noget gammel var hun og klinket i Halsen; hun saae ud, og sagde: "Skal vi nu lege Mennesker, det er jo altid Noget!" og saa blev der et Røre, selv Skilderierne vendte sig paa Væggen, de viste, de ogsaa havde Bagside, men det var ikke for at sige imod.

Det var midt om Natten, Maanen skinnede ind ad Vinduet og gav fri Belysning. Nu skulde Legen begynde og Alt var indbudt, selv Barnevognen, der dog hørte til det grovere Legetøi. "Enhver er god for sig!" sagde den, "man kan ikke Alle være af Adel! Nogen maa gjøre Gavn, som man siger!"

Pengegrisen var den eneste, som fik Indbydelsen skriftligt, han stod for høit til at de troede, at han kunde høre den mundtlig, og gav heller ikke Svar om han kom, for han kom ikke; skulde han med, maatte han nyde det hjemme fra, det kunde de rette sig efter og det gjorde de.

Det lille Dukketheater blev strax stillet op saaledes at han kunde see lige ind i det; de vilde begynde med Comedie, og saa skulde der være Thee og Forstandsøvelse, og med den begyndte de strax; Gyngehesten talte om Training og Fuldblod, Barnevognen om Jernbaner og Dampkraft – det var jo altsammen Noget der hørte til deres Fag og som de kunde tale om. Stue-Uhret talte om Politik – tik – tik! det vidste hvad Klokken var slaaet, men man sagde at det gik ikke rigtigt.

Spanskrørsstokken stod og var stolt af sin Dubsko og Sølvknap, han var jo beslaaet for oven og for neden; i Sophaen laae to broderede Puder, de vare nydelige og dumme – og saa kunde Comedien begynde.

Alle sad de og saae til, og der blev bedet om at man vilde smelde, knalde og rumle, ligesom man var fornøiet til. Men Ridepisken sagde, at han aldrig smeldede for de Gamle, men kun for de Uforlovede. "Jeg knalder for Alt!" sagde Knaldperlen. "Eet Sted skal man jo være!" meente Spyttebakken; det var nu saadan Enhvers Tanke ved at være paa Comedie. Stykket duede ikke, men det blev godt givet; alle de Spillende vendte den malede Side udad, de vare kun til at see paa een Led, ikke paa Vrangen; og Alle spillede de udmærket, heelt forud af Theatret, Traaden var for lang i dem, men saa bleve de mere mærkbare. Den klinkede Dukke blev saa betaget, at hun blev løs i Klinken og Pengegrisen blev paa sin Maade saa betaget at han besluttede at gjøre Noget for En af dem, sætte ham i sit Testament, som den, der skulde ligge i aaben Begravelse med ham naar den Tid kom.

Det var en sand Nydelse, saa at man opgav Theevandet og blev ved Forstands-Øvelsen, det kaldte man at lege Mennesker og der var ingen Ondskab deri, for de legede kun – og hver tænkte paa sig og paa hvad Pengegrisen tænkte, og Pengegrisen tænkte længst, han tænkte jo paa Testament og Begravelse – og naar kom det istand – altid før man venter det. – Knak! der laae han fra Skabet – laae paa Gulvet i Stumper og Stykker, mens Skillingerne dandsede og sprang; de mindste snurrede, de store trillede, især den ene Sølvdaler, han vilde ordenlig ud i Verden. Og det kom han og det kom de Allesammen; og Skaarene af Pengegrisen kom i Bøtten, men paa Skabet selv stod igjen næste Dag en ny Pengegriis af Leertøi, der var endnu ikke en Skilling i den, derfor kunde den heller ikke rasle, deri lignede han den anden, det var altid en Begyndelse – og med den vil vi ende!

Peiter, Peter og Peer

Det et utroligt Alt, hvad Børn i vor Tid vide! man veed næsten ikke mere, hvad de ikke vide. At Storken har hentet dem fra Brønden eller Mølledammen og bragt dem som Smaa til Fader og Moder, er nu saa gammel en Historie, at de ikke troe paa den, og det er dog den eneste rigtige.

Men hvorledes komme de Smaa i Mølledammen og Brønden? Ja, det veed ikke Enhver, men Nogle vide det dog. Har Du rigtig betragtet Himlen i en stjerneklar Nat, seet de mange Stjerneskud, det er som en Stjerne faldt og forsvandt! De Lærdeste kunne ikke forklare, hvad de ikke selv vide; men det kan forklares, naar man veed det. Det er som et lille Julelys faldt fra Himlen og slukkedes; det er en Sjæle-Gnist fra Vorherre, som farer ned mod Jorden, og idet den kommer ind i vor tættere, tunge Luft, svinder Glandsen, der bliver kun, hvad vore Øine ikke mægte at see, thi det er Noget langt finere end vor Luft, det er et

Himmelbarn, der sendes, en lille Engel, men uden Vinger, den Lille skal jo blive Menneske; stille glider den gjennem Luften, og Vinden bærer den hen i en Blomst; det kan nu være i en Natviol, i en Fandens Melkebøtte, i en Rose eller i en Begnellike; der ligger den og fundet sig. Luftig og let er den, en Flue kan flyve med den, sagtens en Bi, og de komme skiftevis og søge efter det Søde i Blomsten; ligger nu Luftbarnet dem i Veien, saa sparke de det ikke ud, det nænne de ikke, de lægge det hen i Solen i et Aakandeblad, og derfra kravler og kryber det ned i Vandet, hvor det sover og voxer, til Storken kan see det og hente det til en Menneske-Familie, som ønsker sig en sød lille Een; men hvor sød eller ikke, beroer paa om den Lille har drukket af det klare Væld, eller om der er kommet Mudder og Andemad i Vrangstruben; det gjør saa jordisk. Storken tager uden Vrag den Første, han seer. Een kommer i et godt Huus til mageløse Forældre, en Anden kommer til haarde Folk i stor Elendighed, det havde været meget bedre at blive i Mølledammen. De Smaa huske slet ikke, hvad de drømte under Aakandebladet, hvor om Aftenen Frøerne sang for dem: „Koax, koax! strax, strax!" det betyder i Menneske-Sproget: „Ville I nu see, I kunne sove og drømme!" De kunne heller ikke huske, i hvilken Blomst de først laae, eller hvorledes den duftede, og dog er der Noget hos dem, naar de blive voxne Mennesker, som siger: „den Blomst holde vi meest af!" og det er den, de laae i som Luftbørn.

Storken bliver en meget gammel Fugl, og altid giver han Agt paa, hvorledes det gaaer de Smaa, han har bragt, og hvorledes de skikke sig i Verden; han kan rigtignok ikke gjøre Noget for dem eller forandre deres Vilkaar, han har sin egen Familie at sørge for, men han slipper dem aldrig af Tanke.

Jeg kjender en gammel, meget honnet Stork, som har store Forkundskaber og har hentet flere Smaa og veed deres Historie, hvori der altid er lidt Mudder og Andemad fra Mølledammen. Jeg bad ham at fortælle en lille Levnetsbeskrivelse af Een af dem, og saa sagde han, at jeg skulde faae tre for een fra Peitersens Huus.

Det var en særdeles net Familie, Peitersens; Manden var en af Byens to og tredive Mænd, og det var en Udmærkelse; han levede for de To og Tredive og gik i de To og Tredive. Her kom Storken og bragte en lille Peiter, det blev Barnet kaldt. Næste Aar kom Storken igjen med Een til, ham kaldte de Peter, og da den Tredie blev bragt, fik han Navnet Peer, thi i Navnene Peiter-Peter-Peer ligger Navnet Peitersen.

Det var altsaa tre Brødre, tre Stjerneskud, vuggede hver i sin Blomst, lagt hen under Aakandebladet i Mølledammen og derfra af Storken bragt til Familien Peitersen, hvis Huus ligger paa Hjørnet, hvor Du nok veed.

De voxte op i Krop og Tanke, og saa vilde de være Noget endnu mere end de to og tredive Mænd.

Peiter sagde, at han vilde være Røver. Han havde seet Komedien om „Fra Diavolo" og bestemt sig for Røverhaandværket som det Yndigste i Verden.

Peter vilde være Skraldemand, og Peer, der var saa sød og saa artig en Dreng, buttet og rund, men bed sine Negle af, det var hans eneste Feil, Peer vilde være „Fa'er". Det sagde nu hver, naar man spurgte dem: hvad de vilde være i Verden.

Og saa kom de i Skole. Een blev Dux, og Een blev Fux, og Een kom midt imellem, men derfor kunde de jo være lige gode og lige kloge, og det var de, sagde deres meget indsigtsfulde Forældre.

De kom paa Børnebal; de røge Cigarer, naar Ingen saae det; de toge til i Kundskab og Kjendskab.

Peiter var fra lille af stridig, som jo en Røver maa være; han var en meget uartig Dreng, men det kom af, sagde Moderen, at han led as Orm; uartige Børn have altid Orm: Mudder i Maven. Hans Stivhed og Stridighed gik en Dag ud over Moderens nye Silkekjole.

„Stød ikke til Kaffebordet, mit Guds Lam!" havde hun sagt. „Du kunde vælte Flødepotten, og jeg faae Stænk paa min nye Silkekjole!"

Og det „Guds Lam" tog med fast Haand om Flødepotten og heldte med fast Haand Fløden lige i Skjødet paa Mama, der ikke kunde lade være at sige: „Lam! Lam! det var ikke besindigt, Lam!" Men Villie havde Barnet, maatte hun indrømme. Villie viser Charakteer, og det er saa lovende for en Moder.

Han kunde ganske vist være bleven Røver, men blev det ikke lige efter Ordet; han kom bare til at see ud som Røver: gik med bulet Hat, bar Hals og lange, løse Haar; han skulde være Konstner, men kom kun i Klæderne, saae dertil ud som en Stokrose; alle de Mennesker, han tegnede, saae ud som Stokroser, saa lange vare de. Han holdt meget af den Blomst, han havde ogsaa ligget i en Stokrose, sagde Storken.

Peter havde ligget i en Smørblomst. Han saae saa smørret ud om Mundvigerne, var guul i Skindet, man maatte troe, at blev han skaaren i Kinden, da kom der Smør Ud. Han var som født til Smørkræmmer, og kunde have været sit eget Skilt, men inderlig, saadan inden i sig, var han „Skraldemand": han var den musikalske Deel af den Peitersenske Familie, „men Nok for dem Allesammen!" sagde Naboerne. Han lavede sytten nye Polkaer i een Uge og satte dem sammen til en Opera med Trompet og Skralde; fy, hvor den var deilig!

Peer var hvid og rød, lille og almindelig; han havde ligget i en Gaaseurt. Aldrig slog han fra sig, naar de andre Drenge bankede ham, han sagde, at han var den Fornuftigste, og den Fornustigste giver altid efter. Han

samlede først paa Grifler, siden paa Segl, saa fik han sig et lille
Naturaliekabinet, hvori var Skelettet af en Hundesteile, tre blindfødte

Rotteunger i Spiritus og en udstoppet Muldvarp. Peer havde Sands for
det Videnskabelige og Øie for Naturen, og det var fornøieligt for
Forældrene og for Peer med. Han gik heller i Skoven end i Skolen, heller
i Naturen end i Optugtelsen; hans Brødre vare allerede forlovede, da
han endnu levede for at fuldstændiggjøre sin Samling af Vandfugleæg.
Han vidste snart meget mere om Dyrene end om Menneskene, ja
meente, at vi ikke kunde naae op til Dyret i det, vi sætte høiest:
Kjærlighed. Han saae, at naar Hun-Nattergalen rugede paa sine Æg, sad
Fa'er-Nattergal og sang hele Natten for sin lille Kone: „Kluk! kluk! zi zi!
lo lo li!" Det kunde Peer aldrig have udført eller hengivet sig til. Naar
Storkemo'er laae med Unger i Reden, stod Storkefa'er hele Natten paa
eet Been paa Tagryggen, Peer kunde ikke have staaet saaledes en Time.
Og da han en Dag betragtede Edderkoppens Væv og hvad der sad i den,
saa opgav han aldeles Ægtestanden. Hr. Edderkop væver for at fange
ubetænksomme Fluer, unge og gamle, blodfyldte og vindtørre, han lever
for at væve og ernære sin Familie, men Madame Edderkop lever ene og
alene for Fatter. Hun æder ham op af bare Kjærlighed, hun æder hans
Hjerte, hans Hoved, hans Mave, kun hans lange, tynde Been blive tilbage
i Spindelvæven, hvor han sad med Næringssorger for hele Familien. Det
er den rene Sandhed lige ud af Naturhistorien. Det saae Peer, det
tænkte han over, „saaledes at elskes af sin Kone, ædes af hende i
voldsom Kjærlighed. Nei! saa vidt driver intet Menneske det; og vilde
det være ønskeligt?"
Peer besluttede aldrig at gifte sig! aldrig at give eller tage et Kys, det
kunde see ud som det første Skridt til Ægtestanden. Men et Kys fik han
dog, det, vi Alle faae, Dødens store Smækkys. Naar vi have levet længe
nok, faaer Døden Ordre: „kys væk!" og saa er Mennesket væk; der
lysner fra Vorherre et Solblink, saa stærkt, at det bliver Een sort for
Øinene; Menneskesjælen, der kom som et Stjerneskud, flyver igjen hen
som et Stjerneskud, men ikke for at hvile i en Blomst eller drømme
under et Aakandeblad; den har vigtigere Ting for, den flyver ind i det
store Evighedsland, men hvorledes der er og seer ud, kunde Ingen sige.
Ingen har seet derind, ikke engang Storken, ihvor langt han end seer og
ihvor Meget han end veed; han vidste nu heller ikke det Mindste mere
om Peer, men derimod om Peiter og Peter, men dem havde jeg hørt Nok
om, og det har Du vel ogsaa; saa sagde jeg Storken Tak for denne Gang;
men nu forlanger han for denne lille, almindelige Historie tre Frøer og
en Snoge-Unge, han tager Betaling i Levnetsmidler. Vil Du betale? Jeg vil
ikke! Jeg har hverken Frøer eller Snoge-Unger.

Portnerens Søn

Generalens boede paa første Sal, Portnerens boede i Kjælderen; der var stor Afstand mellem de to Familier, hele Stue-Etagen og Rangforordningen; men under samme Tag boede de med Udsigt til Gaden og til Gaarden; i denne var en Græsplet med et blomstrende Akasietræ, naar det blomstrede, og under det sad sommetider den pyntede Amme med det endnu mere pyntede General-Barn, „lille Emilie". Foran dem dandsede paa sine bare Been Portnerens lille Dreng, med de store brune Øine og det mørke Haar, og Barnet loe til ham, strakte sine smaa Hænder ud mod ham, og saae Generalen det fra sit Vindue, saa nikkede han ned og sagde: „Charmant!" Generalinden selv, der var saa ung, at hun næsten kunde være sin Mands Datter af tidligt Ægteskab, saae aldrig ud ad Vinduet til Gaarden, men sin Ordre havde hun givet, at Kjælderfolkenes lille Dreng nok maatte lege for Barnet, men ikke røre ved det. Ammen lød nøiagtigt Fruens Ordre.

Og Solen skinnede ind til dem paa første Sal, og ind til dem i Kjælderen, Akasietræet satte Blomster, de faldt af, og der kom nye igjen næste Aar; Træet blomstrede og Portnerens lille Dreng blomstrede, han saae ud som en frisk Tulipan.

Generalens lille Datter blev fiin og bleg, som det lyserøde Blad paa Akasieblomsten. Nu kom hun sjelden ned under Træet; hun fik sin friske Luft i Karreet. Hun kjørte ud med Mama, og altid nikkede hun da til Portnerens Georg, ja kyssede paa Fingeren ad ham, indtil hendes Moder sagde hende, at nu var hun for stor dertil.

En Formiddag skulde han bringe Generalens de Breve og Aviser, som i Morgenstunden vare lagte ind i Portnerstuen. Idet han kom op ad Trappen, forbi Døren ved Sandhullet, hørte han Noget pippe derinde; han troede, at det var en Kylling, som klynkede, og saa var det Generalens lille Datter i Knipling og Flor.

„Siig det ikke til Papa og Mama, for saa blive de vrede!"

„Hvad er det? lille Frøken!" spurgte Georg.

„Det brænder Altsammen!" sagde hun. „Det brænder i lys Lue!" Georg aabnede Døren til den lille Barnestue; Vinduesgardinet var næsten afbrændt, Gardinstokken stod i Glød og Flamme. Georg sprang op, rev ned, kaldte paa Folk; uden ham var der blevet Huusild.

Generalen og Generalinden examinerede lille Emilie.

„Jeg tog kun en eneste Svovlstikke," sagde hun, „saa brændte den strax, og Gardinet brændte strax. Jeg spyttede for at slukke, jeg spyttede Alt hvad jeg kunde, men jeg havde ikke Spyt nok, og saa løb jeg ud og gjemte mig, thi Papa og Mama vilde blive vrede."

„Spyttede!" sagde Generalen, „hvad er det for et Ord? Naar har Du hørt Papa og Mama sige spyttede? Det har Du nede fra!"

Men lille Georg fik en Fiirskilling. Denne gik ikke til Bageren, den gik i Sparebøssen, og snart var der saa mange Skillinger, at han kunde kjøbe sig en Farvelade og slette Couleur paa sine Tegninger, og dem havde han mange af; de kom ligesom ud af Blyanten og Fingrene. De første farvede Billeder foræredes til lille Emilie.

„Charmant!" sagde Generalen; Generalinden selv indrømmede, at man tydeligt saae hvad den Lille havde tænkt sig. „Genius har han!" Det var Ordene, som af Portnerkonen bleve bragte ned i Kjælderen.

Generalen og hans Frue vare fornemme Folk; de havde to Vaabener paa deres Vogn; eet for hver af dem; Fruen havde det paa hvert sit Stykke Tøi, ude og inde, paa sin Natkappe og sin Natsæk; hendes, det ene, var et kostbart Vaaben, kjøbt af hendes Fader for blanke Dalere, for han var ikke født med det, hun ikke heller, hun var kommen for tidlig, syv Aar før Vaabenet; det kunde de fleste Folk huske, men ikke Familien. Generalens Vaaben var gammelt og stort; det kunde nok knage i En at bære dette, end sige bære to Vaabenmærker, og det knagede i Generalinden, naar hun strunk og stadselig kjørte til Hofbal.

Generalen var gammel og graa, men sad godt til Hest, det vidste han, og red hver Dag ud med Rideknegt, i passende Afstand efter sig; kom han i Selskab, var det, som om han kom ridende ind paa sin høie Hest, og Ordener havde han paa, saa mange, at det var ubegribeligt, men det var slet ikke hans Skyld. Som ganske ung havde han fungeret ved det Militære, været med ved de store Høstmanoeuvrer, som da i Fredens Dage holdtes over Tropperne. Fra den Tid havde han en Anecdote, den eneste han havde at fortælle: hans Underofficeer afskar og tog til Fange en af Prindserne, og denne maatte nu, med sin lille Trop fangne Soldater, selv som Fange, ride ind i Byen, bagefter Generalen. Det var en uforglemmelig Begivenhed, der altid, gjennem alle Aaringer, blev gjenfortalt af Generalen, netop med de samme mindeværdige Ord, han havde sagt, idet han igjen overrakte Prindsen Sabelen: „Kun min Underofficeer kunde tage Deres Høihed til Fange, jeg aldrig!" og Prindsen svarede: „De er uforlignelig!" I virkelig Krig havde Generalen aldrig været; da denne gik gjennem Landet, gik han den diplomatiske Vei, gjennem tre udenlandske Hoffer. Han talte det franske Sprog, saa at han næsten glemte sit eget; han dandsede godt, han red godt, der groede Ordener paa hans Kjole i det ubegribelige; Skildvagterne præsenterede for ham, en af de smukkeste unge Piger præsenterede for ham og blev Generalinde, og de fik et lille yndigt Barn, det kom som faldet ned fra Himlen, saa yndigt var det, og Portnerens Søn dandsede i

Gaarden for det, saa snart det kunde skjønne, og forærede det alle sine tegnede, farvede Billeder, og hun saae paa dem og hun glædede sig ved dem og rev dem i Stykker. Hun var saa fiin og saa nydelig.

„Mit Rosenblad!" sagde Generalinden. „Født for en Prinds er Du!" Prindsen stod allerede udenfor Døren; men man vidste det ikke. Menneskene see ikke langt ud over Dørtrinet.

„Forleden deelte saamænd vor Dreng Smørrebrød med hende!" sagde Portnerkonen; „der var hverken Ost eller Kjød paa, men det smagte hende, som om det havde været en Oxesteg. Der vilde have ligget et Huus, havde Generalens seet det Maaltid, men de saae det ikke."

Georg havde deelt Smørrebrød med lille Emilie, gjerne havde han deelt sit Hjerte med hende, naar det bare havde kunnet fornøie hende. Han var en god Dreng, han var opvakt og klog, han gik nu i Aftenskole paa Akademiet, for der at lære rigtigt at tegne. Lille Emilie gik ogsaa frem i Kundskaber; hun talte Fransk med sin „Bonne" og havde Dandsemester.

„Georg skal staae til Paaske!" sagde Portnerkonen; saa vidt var Georg. „Fornuftigt blev det vel om han saa kom i Lære!" sagde Faderen. „En peen Profession skulde det være! og saa havde vi ham ude af Huset!" „Han kommer dog til at ligge hjemme om Natten," sagde Moderen; „det er ikke let at finde en Mester, som har Plads; Klæder maae vi jo ogsaa give ham; den Smule Mad, han spiser, bliver der vel Raad til, han er jo lyksalig ved et Par kogte Kartofler; fri Lærdom har han. Lad ham bare gaae sin Gang, Du skal see at vi faae Glæde af ham, det sagde ogsaa Professoren!"

Confirmationsklæderne vare i Stand, Mo'er havde selv syet dem, men de vare tilskaarne af Lappeskrædderen, og han skar godt; var han bleven anderledes stillet og havde kunnet holde Værksted med Svende, sagde Portnerkonen, saa kunde den Mand godt være bleven Hofskrædder.

Klæderne vare i Stand og Confirmanden var i Stand. Georg fik paa sin Confirmationsdag et stort Tombaksuhr af sin Gudfader, Hørkræmmerens gamle Svend, den Rigeste af Georgs Faddere. Uhret var gammelt og prøvet, det gik altid forud, men det er bedre, end at gaae bagefter. Det var en kostbar Gave; og fra Generalens kom en Psalmebog i Safian, sendt fra den lille Frøken, som Georg havde foræret Billeder. Foran i Bogen stod hans Navn og hendes Navn og „bevaagne Velynderinde". Det var skrevet efter Generalindens Dictat, og Generalen havde læst det igjennem og sagt „Charmant!"

„Det var virkelig en stor Opmærksomhed af et saa fornemt Herskab," sagde Portnerkonen; og Georg maatte i Confirmationsklæderne og med Psalmebogen op at vise sig og takke.

Generalinden sad meget indsvøbt og havde sin store Hovedpine, som hun altid havde, naar hun kjedede sig. Hun saae meget venlig paa Georg og ønskede ham alt Godt og aldrig hendes Hovedpine. Generalen gik i Slobrok, bar dusket Hue og rødskaftede russiske Støvler; han gik tre Gange op og ned ad Gulvet i egne Tanker og Erindringer, standsede og sagde:

„Lille Georg er altsaa nu en christnet Mand! Vær ogsaa en brav Mand og ær sin Øvrighed! Den Sentents kan Du engang, som gammel Mand, sige, har Generalen lært Dig!"

Det var en længere Tale, end Generalen ellers holdt; og han vendte igjen tilbage til sin Indadvendthed og saae fornem ud. Dog af Alt heroppe, hvad Georg hørte og saae, beholdt han klarest i Tanke den lille Frøken Emilie; hvor var hun yndig, hvor var hun mild, hvor var hun svævende, hvor var hun fiin! skulde hun tegnes af, maatte det være i en Sæbeboble. Der var en Duft ved hendes Klæder, ved hendes krøllede, gule Haar, som var hun et nys udsprunget Rosentræ; og med hende havde han engang deelt Smørrebrød; hun havde spiist det med voldsom Appetit, og nikket til ham ved hveranden Mundfuld. Mon hun huskede det endnu? Jo, tilvisse: hun havde „i Erindring" herom givet ham den smukke Psalmebog; og da første Gang derefter Nytaarsny tændtes, gik han udenfor med Brød og en Skilling, slog op i Bogen, for at see hvilken Psalme han fik. Det var en Lov- og Takke-Psalme; og han slog op for at see, hvad der skulde forundes lille Emilie; han tog sig just i Agt for ikke at gribe ind i Bogen, hvor Liig-Psalmerne stode, og saa greb han alligevel ind imellem Død og Grav; det var jo ikke Noget at troe paa! dog angest blev han, da den yndige lille Pige snart laae tilsengs, og udenfor Porten holdt hver Middag Doctorens Vogn.

„De beholde hende ikke!" sagde Portnerkonen, „Vorherre veed nok, hvem han vil have!"

Men de beholdt hende; og Georg tegnede Billeder og sendte hende; han tegnede Czarens Slot, det gamle Kreml i Moskau; accurat som det stod, med Taarne og Kupler, de saae ud som kæmpestore, grønne og forgyldte Agurker, idetmindste paa Georgs Tegning. Det fornøiede saa meget den lille Emilie, og derfor i Ugens Løb sendte Georg endnu et Par Billeder, allesammen Bygninger, thi ved dem kunde hun selv tænke sig saa Meget indenfor Porten og Vinduerne.

Han tegnede et chinesisk Huus med Klokkespil gjennem alle sexten Etager; han tegnede to græske Templer med slanke Marmorsøiler og Trappe rundt om; han tegnede en Kirke fra Norge; man kunde see, at den var ganske af Bjælker, huggede ud og underligt stillede, hver Etage saae ud, som om den havde Vuggegænger; deiligst var dog paa et Blad det Slot, som han kaldte „lille Emilies". Saaledes skulde hun boe; det havde Georg heelt udtænkt og taget til dette Slot Alt, hvad han fandt deiligst ved enhver af de andre Bygninger. Det havde udskaarne Bjælker, som den norske Kirke, Marmorsøiler, som det græske Tempel, Klokkespil i hver Etage, og allerøverst Kupler, grønne og forgyldte, som paa Czarens Kreml. Det var et rigtigt Barneslot! og under hvert Vindue stod skrevet, hvad den Sal eller den Stue indenfor skulde være til: „her sover Emilie, her dandser Emilie og her leger hun „komme Fremmede"." Det var fornøieligt at see paa, og der blev rigtignok seet paa det.

„Charmant!" sagde Generalen.

Men den gamle Greve, for der var en gammel Greve, som endnu var fornemmere end Generalen, og selv havde Slot og Herregaard, sagde Ingenting; han hørte, at det var tænkt og tegnet af Portnerens lille Søn. Nu saa lille var han da ikke, han var confirmeret. Den gamle Greve saae paa Billederne og havde sine egne stille Tanker herved.

En Dag, da Veiret var rigtig graat, vaadt, forfærdeligt, den Dag var en af de lyseste og bedste for lille Georg. Professoren ved Konstakademiet kaldte ham ind til sig.

„Hør, min Ven," sagde han, „lad os tale lidt sammen! Vorherre har været Dig ganske god med Evner, han er Dig ogsaa god med gode Mennesker. Den gamle Greve paa Hjørnet har talt til mig om Dig; jeg har ogsaa seet dine Billeder, dem ville vi slaae en Streg over, i dem er Meget at rette! nu kan Du to Gange om Ugen komme paa min Tegneskole, saa kommer Du nok efter at gjøre det bedre. Jeg troer at der er Mere i Dig til en Bygmester, end til en Maler; det kan Du selv have Tid til at overveie! men gaa endnu idag hen til den gamle Greve paa Hjørnet, og tak Du Vorherre for den Mand!"

Der var en stor Gaard paa Hjørnet; der var udhugget om Vinduerne baade Elephanter og Dromedarer, Altsammen fra gammel Tid; men den gamle Greve holdt meest af den nye Tid med hvad Godt den bragte, enten det kom fra første Sal, Kjælderen eller Qvisten.

„Jeg troer," sagde Portnerkonen, „at jo fornemmere Folk virkelig er, desmindre stille de sig. Hvor den gamle Greve er yndig og ligefrem! Og han taler saamænd lige som Du og jeg; det kan ikke Generalens! Var ikke ogsaa Georg igaar reent fortumlet af Henrykkelse over den yndige Medfart, han fik hos Greven; og i Dag er jeg det, efter at have talt med den mægtige Mand. Var det nu ikke godt, at vi ikke satte Georg i Haandværkslære! Evner har han."

„Men de maae have Hjelp udenfra!" sagde Faderen.

„Den har han nu faaet," sagde Moderen; „Greven talte med klare, tydelige Ord!"

„Det er dog fra Generalens, det er gaaet ud!" sagde Faderen. „Dem maae vi ogsaa takke."

„Det kunne vi gjerne!" sagde Moderen; „men jeg troer ikke der er Meget at takke for; Vorherre vil jeg takke, og ham vil jeg ogsaa takke, fordi den lille Emilie kommer sig!"

Det gik fremad med hende, det gik fremad med Georg; i Aarets Løb fik han den lille Sølvmedaille og senere den større.

„Det var dog bedre, om han var kommen i Haandværkslære!" sagde Portnerkonen og græd; „saa havde vi nu beholdt ham. Hvad skal han i Rom? Jeg faaer ham aldrig mere at see, selv om han kommer hjem igjen, men det gjør han ikke, det søde Barn!"

„Men det er hans Lykke og hans Hæder!" sagde Faderen.

„Ja Tak skal Du have, min Ven!" sagde Moderen, „Du snakker, hvad Du ikke mener! Du er ligesaa bedrøvet som jeg."

Og det havde sin Rigtighed baade med Bedrøvelsen og med Afreisen. Det var en stor Lykke for det unge Menneske, sagde alle Folk.

Og der blev taget Afsked, ogsaa hos Generalens; men Fruen viste sig ikke, hun havde sin store Hovedpine. Generalen fortalte til Afsked sin eneste Anecdote, hvad han havde sagt til Prindsen, og hvad Prindsen havde sagt til ham: „De er uforlignelig!" og saa rakte han Georg sin Haand, slat Haand.

Emilie rakte ogsaa Georg sin Haand, og saae næsten bedrøvet ud, men Georg var dog den meest Bedrøvede.

Tiden gaaer, naar man bestiller Noget, den gaaer ogsaa, naar man ikke bestiller Noget. Tiden er lige lang, men ikke lige nyttig. For Georg var den nyttig og slet ikke lang, uden naar han tænkte paa dem hjemme. Hvorledes stod det vel til oppe og nede? Ja, derom blev der skrevet; og man kan lægge saa Meget ind i et Brev, det lyse Solskin og de mørke, tunge Dage. De laae i Brevet, der meldte, at Fader var død, Moder var alene tilbage; Emilie havde været som en Trøstens Engel, hun var kommen ned til hende, ja, det skrev Moder, og tilføiede om sig selv, at hun havde faaet Lov at beholde Embedet i Porten.

Generalinden holdt Dagbog; deri stod hvert Selskab, hvert Bal, hun havde besøgt, og alle de Fremmedes Besøg. Dagbogen blev illustreret med Diplomaternes og de meest Høiadeliges Visitkort, hun var stolt af sin Dagbog; den voxede i lange Tider, i mange Tider, under mange store Hovedpiner, men ogsaa under mange lyse Nætter, det vil sige Hofballer. Emilie havde første Gang været paa Hofbal; Moderen var i Lyserødt med sorte Kniplinger: Spansk! Datteren i Hvidt, saa klart, saa fiint! grønne Silkebaand flagrede som Siv mellem de krøllede, gule Haar, der bar en Krands af hvide Aakander; Øinene vare saa blaae og klare, Munden saa fiin og rød, hun lignede en lille Havfrue, saa deilig, som den kan tænkes. Tre Prindser dandsede med hende, det vil sige først den Ene, og saa den Anden; Generalinden havde ikke Hovedpine i otte Dage. Men det første Bal var ikke det sidste, det holdt Emilie ikke ud; det var derfor godt at Sommeren kom med Hvile, med Luft i det Frie. Til den gamle Greves Slot var Familien indbuden.

Det var et Slot med en Have, værd at see. En Deel af den var aldeles som i gamle Dage, med stive, grønne Hækker, som gik man imellem grønne Skjermbrætter, hvori vare Kighuller. Buxbom og Taxus stode klippede i Stjerner og Pyramider, Vandet sprang fra store Grotter, besatte med Muslingskaller; rundt om stode Steenfigurer af den allertungeste Steen, det kunde man see baade paa Klæderne og paa Ansigterne; hvert Blomsterbed havde sin Skikkelse, som Fisk, Vaabenskjold eller Navnetræk, det var den franske Deel af Haven; fra den kom man ind ligesom i den frie, friske Skov, hvor Træerne turde groe, som de vilde, og derfor vare saa store og saa prægtige; Græsset var grønt, og til at gaae paa, det blev ogsaa tromlet, klippet, pleiet og passet; det var den engelske Deel af Haven.

„Gammel Tid og ny Tid!" sagde Greven; „her glide de jo ogsaa godt i hinanden! om to Aar vil Gaarden selv faae sit rigtige Udseende, det vil blive en heel Forvandling til noget Smukt og Bedre; jeg skal vise Tegningerne, og jeg skal vise Bygmesteren, han er her idag til Middag!"

„Charmant!" sagde Generalen.

„Her er paradisisk!" sagde Generalinden; „og der har de en Ridderborg!"

„Det er mit Hønsehuus!" sagde Greven; „Duerne boe i Taarnet, Kalkunerne i første Etage, men i Stuen regjerer gamle Else. Hun har Gjesteværelser til alle Sider: Liggehønsene for sig, Hønen med Kyllinger for sig, og Ænderne have egen Udgang til Vandet!"

„Charmant!" gjentog Generalen.

Og de gik Alle at see denne Herlighed.

Gamle Else stod midt i Stuen, og ved Siden af hende Bygmesteren Georg; han og lille Emilie mødtes efter flere Aar, mødtes i Hønsehuset. Ja her stod han, og han var kjøn nok at see paa; hans Ansigt aabent og bestemt, et sort glindsende Haar, og ved Munden et Smiil, som sagde: der sidder en Skjelm bag mit Øre, han kjender Eder ud og ind. Gamle Else havde taget sine Træskoe af og stod paa Hosesokker, til Ære for de høifornemme Gjester. Og Hønsene klukkede og Hanen galede, Ænderne vraltede afsted „rap! rap!" Men den fine blege Pige, Barndomsveninden, Generalens Datter, stod med Rosenskjær paa de ellers saa blege Kinder, hendes Øine bleve saa store, om hendes Mund talte det, uden at Munden selv sagde et eneste Ord, og den Hilsen han fik, det var den nydeligste Hilsen noget ungt Menneske kunde ønske sig af en ung

Dame, naar de ikke var i Familie eller tidt havde dandset sammen; hun og Bygmesteren havde aldrig dandset sammen.

Hr. Greven trykkede hans Haand og præsenterede ham: „Ganske Fremmed er han ikke, vor unge Ven, Hr. Georg!"

Generalinden neiede, Datteren var ved at række ham Haanden, men hun rakte ham den ikke.

„Vor lille Hr. Georg!" sagde Generalen. „Gamle Huusvenner. Charmant!"

„De er ganske bleven Italiener!" sagde Generalinden, „og De taler vel Sproget som en Indfødt?"

Generalinden sang Sproget, men talte det ikke, sagde Generalen.

Ved Bordet sad Georg ved høire Side af Emilie, Generalen førte hende, Greven førte Generalinden.

Hr. Georg talte og fortalte og han fortalte godt, han var Ordet og Aanden ved Bordet, uagtet den gamle Greve ogsaa kunde være det. Emilie sad taus, Ørene hørte, Øinene lyste.

Men hun sagde Intet.

I Verandaen mellem Blomsterne stod hun og Georg, Rosenhækken skjulte dem. Georg havde igjen Ordet, havde det først.

„Tak for Deres venlige Sind mod min gamle Moder!" sagde han; „jeg veed det, den Nat min Fader døde kom De ned til hende, var hos hende til hans Øine lukkedes, Tak!" Han greb Emilies Haand og kyssede paa den, det kunde han nok ved den Leilighed; hun blev blussende rød, men trykkede hans igjen og saae med sine blaae velsignede Øine paa ham.

„Deres Moder var en kjærlig Sjæl! hvor holdt hun af Dem! Og alle Deres Breve lod hun mig læse, jeg troer næsten jeg kjender Dem! hvor var De venlig mod mig, da jeg var lille, De gav mig Billeder —!"

„Som De rev itu!" sagde Georg.

„Nei! jeg har mit Slot endnu, Tegningen!"

„Nu maa jeg bygge det i Virkeligheden!" sagde Georg og blev selv ganske varm ved hvad han sagde.

Generalen og Generalinden talte i deres egne Stuer om Portnerens Søn, han vidste jo at bevæge sig og udtrykke sig med et Kjendskab, en Kundskab. „Han kunde være Informator!" sagde Generalen.

„Aand!" sagde Generalinden, og saa sagde hun ikke meer.

Oftere i den smukke Sommertid kom Hr. Georg paa Grevens Slot. Han blev savnet, naar han ikke kom.

„Hvor dog Vorherre har givet Dem Meget fremfor os andre stakkels Mennesker!" sagde Emilie til ham. „Skjønner De nu ret derpaa?"

Det smigrede Georg, at den smukke unge Pige saae op til ham, han fandt hende da ualmindelig begavet.

Og Generalen følte sig mere og mere forvisset om, at Hr. Georg umuligt kunde være et Kjælderbarn. „Moderen var forresten en meget brav Kone!" sagde han, „det skylder jeg hendes Gravmæle!"

Sommeren gik, Vinteren kom, der taltes igjen om Hr. Georg; han var vel seet og vel optaget selv paa de høieste Steder, Generalen havde mødt ham paa Hofbal.
Nu skulde der i Huset være Bal for lille Emilie, kunde Hr. Georg indbydes?
„Hvem Kongen indbyder, kan ogsaa Generalen indbyde!" sagde Generalen, og løftede sig en heel Tomme fra Gulvet.
Hr. Georg blev indbudt, og han kom; og Prindser og Grever kom, og den Ene dandsede bedre end den Anden; men Emilie fik kun dandset den første Dands; i den traadte hun feil paa Foden, ikke farligt, men til at fornemme, og saa maatte man være forsigtig, holde op med at dandse, see paa de Andre, og hun sad og saae, og Bygmesteren stod ved Siden af hende.
„De giver hende nok hele Peterskirken!" sagde Generalen, idet han gik forbi og smilede som Velvilligheden selv.
Med samme Velvillighedens Smiil modtog han Hr. Georg, nogle Dage efter. Den unge Mand kom vistnok for at takke for Ballet, hvad Andet? Jo det meest Overraskende, det meest Forbausende: vanvittige Ord kom han med, Generalen troede ikke sine egne Øren; „pyramidal Declamation", et Andragende, der var utænkeligt: Hr. Georg bad om at erholde lille Emilie til Kone.

„Mand!" sagde Generalen og blev kogt i Hovedet. „Jeg forstaaer Dem aldeles ikke! Hvad siger De? Hvad vil De? Jeg kjender Dem ikke! Herre! Menneske! det falder Dem ind at falde ind i mit Huus! maa jeg være her, eller maa jeg ikke være her?" og han gik baglænds ind i sit Soveværelse, dreiede Nøglen om og lod Hr. Georg staae alene; han stod nogle Minutter, dreiede saa om. I Corridoren stod Emilie.
„Min Fader svarede —?" spurgte hun og Stemmen rystede.
Georg trykkede hendes Haand: „han løb fra mig! — der kommer en bedre Tid!"

Der var Taarer i Emilies Øine; der var Forvisning og Mod i den unge Mands Øine; og Solen skinnede ind paa de To og gav dem sin Velsignelse.
I sin Stue sad Generalen aldeles henkogt; ja det kogte endnu, det løb over i Ord og Udbrud: „Vanvid! Portner-Galskab!" —
Der var ikke gaaet en Time, da Generalinden havde det af Generalens

egen Mund, og hun kaldte paa Emilie og sad alene med hende.

„Du stakkels Barn! saaledes at fornærme Dig! fornærme os! Du har ogsaa Taarer i Øinene, men de klæde Dig! Du er yndig i Taarer! Du ligner mig paa min Bryllupsdag. Græd kun, lille Emilie!"

„Ja det maa jeg!" sagde Emilie, „dersom ikke Du og Fader siger Ja!"

„Barn!" raabte Generalinden; „Du er syg! taler i Vildelse, og jeg faaer min forfærdelige Hovedpine! al den Ulykke, der kommer over vort Huus! Lad ikke din Moder døe, Emilie, saa har Du ingen Moder!"

Og Generalinden fik vaade Øine, hun kunde ikke taale at tænke paa sin egen Død.

I Avisen stod at læse iblandt Udnævnelserne: Hr. Georg udnævnt til Professor, femte Classe Nummer otte.

„Det er Skade, at hans Forældre ere i Graven og ikke kunne læse det!" sagde de nye Portnerfolk, der nu boede i Kjælderen under Generalens; de vidste at Professoren var født og voxet op indenfor deres fire Vægge.

„Nu kommer han ind i Rangskatten!" sagde Manden.

„Ja er det ikke grumme Meget for et fattigt Barn," sagde Konen.

„Atten Rigsdaler om Aaret!" sagde Manden; „ja det er mange Penge!"

„Nei Høiheden mener jeg!" sagde Konen. „Hvad troer Du han bryder sig om de Penge, dem kan han fortjene mange Gange! og han faaer vel en rig Kone til. Havde vi Børn, Mand, saa skulde vort Barn ogsaa være Bygmester og Professor!"

Georg blev vel omtalt i Kjælderen, han blev vel omtalt paa første Sal; den gamle Greve tillod sig det.

Det var de tegnede Billeder fra Barndomstiden, som gave Anledning. Men hvorfor omtaltes de? Man talte om Rusland, om Moskau, og saa var man jo ved Kreml, som lille Georg engang havde tegnet til Frøken Emilie; han havde tegnet saamange Billeder, eet især erindrede Greven: „lille Emilies Slot", hvor hun sov, hvor hun dandsede og legede „komme Fremmede"; Professoren havde megen Dygtighed, han vilde vist døe som gammel Conferentsraad, det var ikke umuligt, og forud virkelig have bygget et Slot for den nu saa unge Dame; hvorfor ikke?

„Det var en besynderlig Munterhed," bemærkede Generalinden, da Greven var borte. Generalen rystede betænksom paa Hovedet, red ud med Rideknegt i tilbørlig Afstand og sad stoltere end før paa sin høie Hest.

Det var lille Emilies Fødselsdag, Blomster og Bøger, Breve og Visitkort bleve bragte; Generalinden kyssede hende paa Munden, Generalen paa Panden; det var kjærlige Forældre, og baade hun og de fik høie Besøg, to af Prindserne. Der taltes om Baller og Theatre, om diplomatiske Sendelser, Riger og Landes Styrelse. Der taltes om Dygtighed, eget

Lands Dygtighed, og derved kom den unge Professor paa Tale, Hr. Bygmesteren.

„Han bygger for sin Udødelighed!" blev der sagt, „han bygger sig vist ogsaa ind i en af de første Familier!"

„En af de første Familier!" gjentog siden Generalen for Generalinden, „Hvem er en af vore første Familier?"

„Jeg veed hvem der tydedes til!" sagde Generalinden, „men jeg udtaler det ikke! jeg tænker det ikke! Gud raader! men forbauses vil jeg."

„Lad mig ogsaa forbauses!" sagde Generalen, „jeg har ikke Idee i mit Hoved!" og han sank hen i Tanke-Forventning.

Der er en Magt, en unævnelig Magt i Naadens Væld fra oven, Hoffets Gunst, Guds Gunst; — og al den Naadens Gunst havde lille Georg. Men vi glemme Fødselsdagen.

Emilies Stue duftede af Blomster fra Venner og Veninder, paa Bordet laae smukke Gaver til Hilsen og Erindring, men ikke en eneste fra Georg, den kunde ikke komme, men behøvedes ikke heller, hele Huset var en Erindring om ham. Selv fra Sandhullet under Trappen pippede Mindeblomsten frem; der havde Emilie pippet, da Gardinet brændte og Georg kom som første Sprøite. Et Blik ud ad Vinduet, og Akasietræet mindede om Barndomstiden. Blomster og Blade vare faldne af, men Træet stod med Riimfrost, som var det en uhyre Koralgreen; og Maanen skinnede klar og stor mellem Grenene, uforandret i al sin Foranderlighed, som da Georg deelte Smørrebrød med lille Emilie.

Fra Skuffen tog hun frem Tegningerne med Czarens Slot, med hendes eget Slot; Mindegaverne fra Georg; de bleve seet paa og tænkt ved, og der løftede sig mange Tanker; hun huskede den Dag, hun, ubemærket af Fader og Moder, gik ned til Portnerkonen, som laae paa sit Yderste; hun sad hos hende, holdt hendes Haand, hørte hendes sidste Ord: „Velsignelse! — Georg!" Moderen tænkte paa sin Søn. — Nu lagde Emilie sin Betydning heri. Jo, Georg var med paa Fødselsdagen, rigtig med!

Næste Dag, det traf sig saa, var igjen en Fødselsdag der i Huset: Generalens Fødselsdag; han var født Dagen efter sin Datter, naturligviis tidligere end hun, mange Aar tidligere. Nu kom igjen Foræringer og mellem disse en Sadel, udmærket af Udseende, beqvem og kostelig, der var kun en af Prindserne, der havde Mage til den. Hvem kom den fra? Generalen var henrykt. En lille Seddel fulgte med; havde der staaet paa den: „Tak for igaar!" saa kunde vi Andre nok have gjettet fra hvem den kom, men der stod skrevet: „Fra En, Hr. Generalen ikke kjender."

„Hvem i Verden kjender jeg ikke!" sagde Generalen.

„Alle Mennesker kjender jeg!" og hans Tanke gik i stort Selskab; han kjendte dem Allesammen. „Det er fra min Kone!" sagde han tilsidst;

„hun smaaskjelmer mig! charmant!"

Men hun smaaskjelmede ikke, den Tid var forbi.

Og nu var der Fest, atter Fest, men ikke hos
Generalens, Costumebal hos en af Prindserne; ogsaa Maske var tilladt.
Generalen mødte som Rubens, i spansk Dragt med lille Pibekrave,
Kaarde og god Holdning, Generalinden var Madame Rubens, i sort
Fløiel, høihalset, forfærdelig varm, med Møllesteen om Halsen, det vil
naturligviis sige stor Pibekrave, aldeles efter et hollandsk Maleri,
Generalens eiede; og hvor især Hænderne beundredes, de lignede
aldeles Generalindens.

Emilie var Psyche, i Flor og Knipling. Hun var som et svævende
Svaneduun, hun behøvede slet ikke Vingerne, hun bar dem kun som et
Psyche-Mærke.

Der var en Glands, en Pragt, Lys og Blomster, en Rigdom og Smag; der
var saa Meget at see, man ikke fik lagt Mærke til Madame Rubens
smukke Hænder.

En sort Domino, med Akasieblomst paa Hætten, dandsede med Psyche.

„Hvem er han?" spurgte Generalinden.

„Hans kongelige Høihed!" sagde Generalen, „jeg er ganske sikker paa
det, jeg kjendte ham strax paa Haandtrykket!"

Generalinden tvivlede.

General Rubens tvivlede ikke, nærmede sig den sorte Domino og skrev
kongelige Bogstaver i Haanden, de benegtedes, men et Fingerpeg blev
givet:

„Sadelens Devise! En, Hr. Generalen ikke kjender."

„Men saa kjender jeg Dem jo!" sagde Generalen. „De har sendt mig
Sadelen!"

Dominoen løftede Haanden, og forsvandt imellem de Andre.

„Hvem er den sorte Domino, Emilie, Du dandsede med?" spurgte
Generalinden.

„Jeg har ikke spurgt om hans Navn!" svarede hun.

„For Du vidste det! Det er Professoren! Deres Protegé, Hr. Greve, er
her!" vedblev hun og vendte sig til Greven, som stod tætved. „Sort
Domino med Akasieblomst!"

„Meget muligt, min Naadige!" svarede han. „Men en af Prindserne er
iøvrigt ogsaa saaledes costumeret!"

„Jeg kjender Haandtrykket!" sagde Generalen. „Fra Prindsen har jeg
Sadelen! jeg er saa vis i min Sag, at jeg kan indbyde ham til vort Bord!"

„Gjør det! Er det Prindsen, kommer han vist —!" sagde Greven.

„Og er det den Anden, saa kommer han ikke!" sagde Generalen og
nærmede sig den sorte Domino, der just stod og talte med Kongen.

Generalen forebragte en særdeles ærbødig Indbydelse, at de kunde lære at kjende hinanden; Generalen smilede saa sikker i sin Vished om hvem han indbød; han talte høit og lydeligt.

Dominoen løftede sin Maske: det var Georg.

„Gjentager Hr. Generalen Indbydelsen?" spurgte han.

Generalen blev ganske vist en Tomme høiere, fik en fastere Holdning, gjorde to Trin tilbage, og eet Trin frem som til en Menuet, og der var Alvor og Udtryk, saa meget der kunde lægges af Generalen i Generalens fine Ansigt.

„Jeg tager aldrig mit Ord tilbage; Professoren er indbudt!" og han bøiede sig med et Blik mod Kongen, der vistnok kunde have hørt det Hele.

Og saa var der Middag hos Generalens, og der var kun indbudt den gamle Greve og hans Protegé.

„Foden under Bordet," meente Georg, „saa er Grundstenen lagt!" og Grundstenen blev virkelig lagt under stor Høitidelighed hos Generalen og Generalinden.

Mennesket var kommet, og som jo Generalen kjendte og vidste, havde talt, aldeles som en Mand af det gode Selskab, været høist interessant, Generalen maatte mange Gange sige sit „Charmant". Generalinden talte om sin Middag, talte om den endogsaa til en af Hoffets Damer, og denne, en af de meest aandrige, udbad sig Indbydelse til næste Gang Professoren kom. Saa maatte han jo indbydes, og han blev indbudt og kom, og var igjen charmant, kunde endogsaa spille Skak.

„Han er ikke fra Kjælderen!" sagde Generalen, „han er ganske vist en fornem Søn! der er mange fornemme Sønner, og det er den unge Mand aldeles uskyldig i."

Hr. Professoren, der kom i Kongens Huus, kunde godt komme i Generalens, men groe fast var der ikke Tale om, uden i hele Byen.

Han groede. Naadens Dug faldt fra oven!

Det var derfor slet ingen Overraskelse, at da Professoren blev Etatsraad, blev Emilie Etatsraadinde.

„Livet er Tragedie eller Komedie," sagde Generalen, „i Tragedien døe de, i Komedien faae de hinanden."

Her fik de hinanden. Og de fik tre raske Drenge, men ikke lige strax.

De søde Børn rede Kjephest gjennem Stuer og Sale, naar de vare hos Bedstefader og Bedstemoder. Og Generalen red ogsaa paa Kjephest, red bag efter dem: Jockey for de smaa Etatsraader!"

Generalinden sad i Sophaen og smilede, selv om hun havde sin store

Hovedpine.

Saavidt bragte Georg det, og endnu meget videre, ellers havde det ikke været Umagen værd at fortælle om Portnerens Søn.

Portnøglen

Hver Nøgle har sin Historie og der er mange Nøgler: Kammerherrenøgle, Uhrnøgle, Sanct Peters Nøgle; vi kunne fortælle om alle Nøglerne, men nu fortælle vi kun om Kammerraadens Portnøgle. Den var bleven til hos en Kleinsmed, men den kunde godt troe at det var hos en Grovsmed, saaledes tog Manden paa den, hamrede og filede. Den var for stor for Buxelomme, saa maatte den i Frakkelomme. Her laae den tidt i Mørke, men forresten havde den sin bestemte Plads paa Væggen, ved Siden af Kammerraadens Silhouet fra Barndomstiden, der saae han ud som en Bolle med Kalvekrøs.
Man siger, at ethvert Menneske faaer i sin Charakteer og Handlemaade Noget af det Himmeltegn, han fødes under, Tyren, Jomfruen, Skorpionen, som de kaldes i Almanakken. Kammerraadinden nævnede ingen af disse, hun sagde, hendes Mand var født under "Hjulbørens Tegn", altid maatte han skubbes frem.
Hans Fader skubbede ham ind paa et Contor, hans Moder skubbede ham ind i Ægtestanden, og hans Kone skubbede ham op til Kammerraad, men det Sidste sagde hun ikke, hun var en besindig, brav Kone, der taug paa rette Sted, talte og skubbede paa rette Sted.
Nu var han oppe i Aarene, "velproportioneret", som han selv sagde, en Mand med Læsning, Godmodighed og dertil nøgleklog, Noget vi nærmere skulle forstaae. Altid var han i godt Humeur, alle Mennesker holdt han af og gad gjerne tale med. Gik han i Byen, var det svært at faae ham hjem igjen, naar ikke Mutter var med og skubbede ham. Han maatte tale med enhver Bekjendt, han mødte. Han havde mange Bekjendte, og det gik ud over Middagsmaden.
Fra Vinduet passede Kammerraadinden paa. "Nu kommer han!" sagde hun til Pigen, "sæt Gryden paa! — Nu staaer han stille og taler med En, tag saa Gryden af, ellers bliver Maden kogt for meget! — Nu kommer han da! ja sæt saa Gryden paa igjen!"
Men derfor kom han ikke.
Han kunde staae lige under Husets Vindue og nikke op, men kom saa en Bekjendt forbi, da kunde han ikke lade være, han maatte sige ham et Par Ord; kom da, idet han talte med denne, en anden Bekjendt, saa holdt han den Første ved Knaphullet og tog den Anden i Haanden, mens han raabte paa en Tredie, der vilde forbi.

Det var en Taalmodighedsprøve for Kammerraadinden. "Kammerraad! Kammerraad!" raabte hun da, "ja den Mand er født under Hjulbørens Tegn, afsted kan han ikke komme, uden han skubbes frem!"

Han holdt meget af at gaae i Boglader, see i Bøger og Blade. Han gav sin Boghandler et lille Honorar for hjemme hos sig at turde læse de nye Bøger, det vil sige, have Lov til at skære Bøgerne op paa langs, men ikke paa tværs, thi da kunne de ikke sælges som nye. Han var en levende Avis i al Skikkelighed, vidste Besked om Forlovelser, Bryllupper og Begravelser, Bogsnak og Bysnak, ja han henkastede hemmelighedsfulde Hentydninger om at vide Besked, hvor Ingen vidste den. Han havde det fra Portnøglen.

Allerede som unge Nygifte boede Kammerraadens i deres egen Gaard, og fra den Tid havde de samme Portnøgle, men ikke da kjendte de dens forunderlige Kræfter, dem lærte de først senere at kjende.

Det var i Kong Frederik den Sjettes Tid. Kjøbenhavn havde dengang ingen Gas, den havde Tranlygter, den havde intet Tivoli eller Casino, ingen Sporvogne og ingen Jernbaner. Det var Smaat med Fornøielser imod hvad det nu er. Om Søndagen gik man sig en Tour ud af Porten til Assistents-Kirkegaarden, læste Indskrifterne paa Gravene, satte sig i Græsset, spiste af sin Madkurv og drak sin Snaps til, eller man gik til Frederiksberg, hvor der foran Slottet var Regiments-Musik og mange Mennesker for at see den kongelige Familie roe om i de smaa, snevre Canaler, hvor den gamle Konge styrede Baaden, han og Dronningen hilsede alle Mennesker, uden Stands-Forskjel. Derud kom velstaaende Familier fra Byen og drak deres Aftenthee. Varmt Vand kunde de faae i et lille Bondehuus paa Marken udenfor Haven, men de maatte selv bringe Maskine med.

Derud drog Kammerraadens en Solskins Søndag-Eftermiddag; Tjenestepigen gik foran med Maskine og en Kurv med Madvarer og "en Sobian af Spendrups".

"Tag Portnøglen!" sagde Kammerraadinden, "at vi kunne slippe ind i vort Eget, naar vi komme tilbage; Du veed her lukkes ved Mørkningen og Klokkestrængen er itu fra imorges! — Vi komme silde hjem! vi skal, efter at have været paa Frederiksberg ind i Casortis Theater paa Vesterbro og see Pantomimen: 'Harlekin, Formand for Tærskerne'; der komme de ned i en Sky; det koster to Mark Personen!"

Og de gik til Frederiksberg, hørte Musikken, saae de kongelige Baade med vaiende Flag, saae den gamle Konge og de hvide Svaner. Efter at have drukket en god Thee skyndte de sig afsted, men kom dog ikke betids i Theatret.

Liniedandsen var forbi, Styltedandsen var forbi, og Pantomimen begyndt; de kom som altid for silde, og deri var Kammerraaden Skyld;

hvert Øieblik paa Veien standsede han for at tale med Bekjendte; inde i Theatret fandt han ogsaa gode Venner, og da Forestillingen var forbi, maatte han og hans Frue nødvendigviis følge med ind til en Familie paa "Broen", for at nyde et Glas Punsch, det vilde blive et Ophold, kun paa ti Minutter, men disse drog rigtignok ud til en heel Time. Der blev talt og talt. Særdeles underholdende var en svensk Baron, eller var det en tydsk, det havde Kammerraaden ikke nøiagtig beholdt, men derimod den Konst med Nøglen, han lærte ham, beholdt han for alle Tider. Det var overordenlig interessant! han kunde faae Nøglen til at svare paa Alt, hvad man spurgte den om, selv det Allerhemmeligste.

Kammerraadens Portnøgle egnede sig især dertil, den var tung i Kammen, og den maa hænge ned. Grebet af Nøglen lod Baronen hvile paa sin høire Haands Pegefinger. Løst og let hang den der, hvert Pulsslag i Fingerspidsen kunde sætte den i Bevægelse, saa at den dreiede, og skete det ikke, saa forstod Baronen umærkeligt at lade den dreie sig, som han vilde. Hver Dreining var et Bogstav fra A og saa langt ned i Alphabetet, man vilde. Naar det første Bogstav var fundet, dreiede Nøglen til modsat Side; derpaa søgte man det næste Bogstav, og saaledes fik man hele Ord, hele Sætninger, Svar paa Spørgsmaalet. Løgn var det Hele, men altid en Morskab, det var ogsaa saa temmelig Kammerraadens første Tanke, men den holdt han ikke, den gik med ham heelt op i Nøglen.

"Mand! Mand!" raabte Kammerraadinden. "Vesterport lukkes Klokken Tolv! vi komme ikke ind, vi have kun et Qvarteer at skynde os i."

De maatte skynde sig; flere Personer, der vilde ind i Byen, kom dem snart forbi. Endelig nærmede de sig det yderste Vagthuus, da slog Klokken Tolv, Porten smældede i; en heel Deel Mennesker stode lukkede ude og mellem disse Kammerraadens med Pige, Maskine og tom Madkurv. Nogle stode der i stor Forskrækkelse, Andre i Ærgrelse; hver tog det paa sin Maade. Hvad var der at gjøre.

Heldigviis var i den sidste Tid taget den Bestemmelse, at een af Byens Porte, Nørreport, blev ikke laaset af, der kunde Fodgængere slippe igjennem Vagthuset ind i Byen.

Veien var ikke saa kort endda, men Veiret smukt, Himlen klar med Stjerner og Stjerneskud, Frøerne qvækkede i Grøft og i Kær. Selskabet selv begyndte at synge, den ene Vise efter den anden, men Kammerraaden sang ikke, saae heller ikke efter Stjernerne, ja ikke engang efter sine egne Been, han faldt saa lang han var lige ved Grøftekanten, man kunde troe han havde drukket for meget, men det var ikke Punschen, det var Nøglen, der var gaaet ham i Hovedet og dreiede der.

Endelig naaede de Nørrebroes Vagthuus, slap over Broen og ind i

Staden.

"Nu er jeg glad igjen!" sagde Kammerraadinden. "Her er vor Port!"

"Men hvor er Portnøglen!" sagde Kammerraaden. Den var ikke i Baglommen, heller ikke i Sidelommen.

"Du Forbarmende!" raabte Kammerraadinden. "Har Du ikke Nøglen? Den har Du tabt ved de Nøglekonster med Baronen. Hvor komme vi nu ind! Klokkestrængen veed Du er itu fra imorges, Vægteren har ikke Nøgle til Huset. Vi ere jo i Fortvivlelse!"

Tjenestepigen begyndte at hyle, Kammerraaden var den Eneste, der viste Fatning.

"Vi maae slaae en Rude ind til Spekhøkeren!" sagde han, "faae ham op og saa slippe ind."

Han slog een Rude, han slog to, "Petersen!" raabte han og stak Paraplyskaftet ind af Ruderne; da skreg høit derinde Kjeldermandens Datter. Kjeldermanden slog Boutiksdøren op med Raabet "Vægter!" og før han ret fik seet Kammerraad-Familien, kjendt den og lukket den ind, peb Vægteren og i næste Gade svarede en anden Vægter og peb. Folk kom frem i Vinduerne. "Hvor er Ilden? Hvor er Spectakel?" spurgte de, og spurgte endnu, da Kammerraaden allerede var i sin Stue, tog Frakken af og — i den laae Portnøglen, — ikke i Lommen, men i Foderet; der var den sluppen ned gjennem et Hul, som ikke skulde være i Lommen.

Fra den Aften fik Portnøglen en særegen stor Betydning, ikke blot naar man gik ud om Aftenen, men naar man sad hjemme og Kammerraaden viste sin Kløgt og lod Nøglen give Svar paa Spørgsmaal.

Han tænkte sig det rimeligste Svar og saa lod han Nøglen give det, tilsidst troede han selv derpaa; men det gjorde ikke Apothekeren, en ung Mand i nær Slægt med Kammerraadinden.

Den Apotheker var et godt Hoved, et kritisk Hoved, han havde allerede fra Skoledreng leveret Kritiker over Bøger og Theater, men uden Navns Nævnelse, det gjør saa meget. Han var hvad man kalder Skjønaand, men troede aldeles ikke paa Aander, mindst paa Nøgle-Aander.

"Jo jeg troer, jeg troer," sagde han, "velsignede Hr. Kammerraad, jeg troer paa Portnøglen og alle Nøgle-Aander, saa fast som jeg troer paa den nye Videnskab, som begynder at kjendes: Borddandsen og Aanderne i gamle og nye Møbler. Har De hørt derom? Jeg har hørt! Jeg har tvivlet, De veed jeg er en Tvivler, men jeg er bleven omvendt ved at læse i et ganske troværdigt udenlandsk Blad en forfærdelig Historie. Kammerraad! vil De tænke Dem, ja jeg giver Historien som jeg har den. To kloge Børn havde seet Forældrene vække Aanden i et stort Spisebord. De Smaa vare alene og vilde nu forsøge paa samme Maade at gnide Liv i en gammel Commode. Livet kom der, Aanden vaagnede, men

den taalte ikke Børne-Commando; den reiste sig, det knagede i
Commoden, den skød Skufferne ud og lagde med sine Commode-Been
Børnene hver i sin Skuffe, og saa løb Commoden med dem ud af den
aabne Dør, ned ad Trappen og ud paa Gaden, hen til Canalen, hvor den
styrtede sig ud og druknede begge Børnene. De smaa Liig kom i
christen Jord, men Commoden blev bragt paa Raadstuen, dømt for
Barnemord og levende brændt paa Torvet. Jeg har læst det!" sagde
Apothekeren, "læst det i et udenlandsk Blad, det er ikke Noget jeg selv
har fundet paa. Det er Nøglen tage mig sandt! nu bander jeg en høi Ed!"
Kammerraaden fandt, at en saadan Tale var for grov en Spøg, de To
kunde aldrig tale om Nøglen. Apothekeren var nøgledum.

Kammerraaden skred frem i Nøgle-Kundskab; Nøglen var hans
Morskab og Klogskab.

En Aften, Kammerraaden var ved at gaae i Seng, han stod halv afklædt,
da bankede det paa Døren ud til Gangen. Det var Kjeldermanden, som
kom saa seent; han var ogsaa halv afklædt, men han havde, sagde han,
faaet pludselig en Tanke, som han var bange for, at han ikke kunde
holde paa Natten over.

"Det er min Datter, Lotte-Lene, jeg maa tale om. Hun er en kjøn Pige,
hun er confirmeret, nu vilde jeg gjerne see hende godt anbragt!"

"Jeg er endnu ikke Enkemand!" sagde Kammerraaden og smaaloe, "og
jeg har ingen Søn, jeg kan byde hende!"

"De forstaaer mig nok, Kammerraad!" sagde Kjeldermanden. "Spille
Claveer kan hun, synge kan hun; det maa kunne høres her op i Huset.
De veed ikke Alt, hvad det Pigebarn kan hitte paa, hun kan tale og gaae
efter alle Mennesker. Hun er skabt for Komedien, og det er en god Vei
for nette Piger af god Familie, de kunne gifte sig et Grevskab til, dog
derom er ikke Tanke hos mig eller Lotte-Lene. Synge kan hun, Claveer
kan hun! saa gik jeg forleden med hende op paa Sangskolen. Hun sang;
men hun har ikke, hvad jeg kalder Øl-Bas hos Fruentimmer, ikke
Canarifugl-Skrig op i de høieste Toner, som man nu forlanger af
Sangerinderne, og saa raadede man hende aldeles fra den Vei. Naa,
tænkte jeg, kan hun ikke blive Sangerinde, saa kan hun altid blive
Skuespillerinde, der hører da kun Mæle til. I Dag talte jeg derom til
Instructeuren, som de kalde ham. 'Har hun Læsning?' spurgte han; 'nei,'
sagde jeg, 'aldeles ingen!' — 'Læsning er nødvendig for en
Konstnerinde!' sagde han; den kan hun faae endnu, meente jeg, og saa
gik jeg hjem. Hun kan gaae ind i et Leie-Bibliothek og læse hvad der er,
tænkte jeg. Men saa sidder jeg nu i Aften og klæder mig af, og da falder
det mig ind: hvorfor leie Bøger, naar man kan faae dem at laane.
Kammerraaden har fuldt op af Bøger, lad hende læse dem; der er
Læsning nok, og den kan hun have frit!"

"Lotte-Lene er en rar Pige!" sagde Kammerraaden, "en kjøn Pige! Bøger skal hun faae til Læsning. Men har hun dette, som man kalder Fut i Aanden, det Geniale, Geniet? Og har hun, hvad her er ligesaa vigtigt, har hun Lykke med sig?"

"Hun har vundet to Gange i Vare-Lotteriet", sagde Kjeldermanden, "een Gang vandt hun et Klædeskab, og een Gang sex Par Lagener, det kalder jeg Lykke og den har hun!"

"Jeg vil spørge Nøglen!" sagde Kammerraaden.

Og han stillede Nøglen paa sin høire Pegefinger og paa Kjeldermandens høire Pegefinger, lod Nøglen dreie sig og give Bogstav paa Bogstav. Nøglen sagde: "Seier og Lykke!" og saa var Lotte-Lenes Fremtid bestemt.

Kammerraaden gav hende strax to Bøger til Læsning: "Dyveke" og Knigges "Omgang med Mennesker."

Fra den Aften begyndte et Slags nærmere Bekjendtskab mellem Lotte-Lene og Kammerraadens. Hun kom derop i Familien, og Kammerraaden fandt, at hun var en forstandig Pige, hun troede paa ham og Nøglen. Kammerraadinden saae i den Frimodighed, hvormed hun hvert Øieblik viste sin store Uvidenhed, noget Barnligt, Uskyldigt. Ægteparret hver paa sin Viis syntes om hende og hun om dem.

"Der lugter saa yndigt deroppe!" sagde Lotte-Lene.

Der var Lugt, en Duft, en Æbleduft paa Gangen, hvor Kammerraadinden havde henlagt en heel Tønde "Graastener"-Æbler. Der var ogsaa en Røgelse-Duft af Roser og Lavendler gjennem alle Stuer.

"Det giver noget Fiint!" sagde Lotte-Lene. Hendes Øine frydedes dernæst ved de mange smukke Blomster, Kammerraadinden her altid havde; ja midt om Vinteren blomstrede her Sireen og Kirsebærgreen. De afskaarne bladløse Grene bleve satte i Vand, og i den varme Stue bare de snart Blomst og Blad.

"Man skulde troe at Livet var borte i de nøgne Grene, men see dog, hvor det staaer op fra de Døde."

"Det er aldrig før faldet mig ind!" sagde Lotte-Lene. "Naturen er dog yndig!"

Og Kammerraaden lod hende see sin "Nøglebog", hvori stod opskrevet mærkelige Ting, Nøglen havde sagt; selv om en halv Æblekage, der var forsvundet fra Skabet, netop den Aften Tjenestepigen havde sin Kjæreste i Besøg.

Og Kammerraaden spurgte sin Nøgle: "Hvem har spiist Æblekagen, Katten eller Kjæresten?" og Portnøglen svarede: "Kjæresten!" Kammerraaden troede det allerede før han spurgte, og Tjenestepigen tilstod: den forbandede Nøgle vidste jo Alt.

"Ja er det ikke mærkeligt!" sagde Kammerraaden. "Den Nøgle, den

Nøgle! og om Lotte-Lene har den sagt: 'Seier og Lykke!' — Det skal vi nu see! — Jeg svarer for det."

"Det er yndigt!" sagde Lotte-Lene.

Kammerraadens Frue var ikke saa tillidsfuld, men hun sagde ikke sin Tvivl naar Manden hørte paa det, men betroede senere Lotte-Lene, at Kammerraaden, da han var et ungt Menneske, havde været aldeles forfalden til Theatret. Havde Nogen den Gang skubbet til ham, da var han bestemt traadt op som Skuespiller, men Familien skubbede fra. Paa Scenen vilde han, og for at komme der skrev han en Komedie.

"Det er en stor Hemmelighed, jeg betroer Dem, lille Lotte-Lene. Komedien var ikke daarlig, den blev antagen paa det Kongelige og peben ud, saa at man aldrig siden har hørt om den, og det er jeg glad ved. Jeg er hans Kone og kjender ham. Nu vil De gaae samme Vei; — jeg ønsker Dem alt Godt, men jeg troer ikke det gaaer, jeg troer ikke paa Portnøglen!"

Lotte-Lene troede paa den, og i den Tro mødtes hun med Kammerraaden.

Deres Hjerter forstode hinanden i al Tugt og Ære.

Pigebarnet havde iøvrigt flere Dygtigheder, som Kammerraadinden satte Priis paa. Lotte-Lene forstod at lave Stivelse af Kartofler, sye Silkehandsker af gamle Silkestrømper, overtrække sine Silke-Dandseskoe, uagtet hun havde Raad til at kjøbe alt sit Tøi nyt. Hun havde hvad Spekhøkeren sagde: Skillinger i Bordskuffen og Obligationer i Pengeskabet. Det var egenlig en Kone for Apothekeren, tænkte Kammerraadinden, men hun sagde det ikke, og lod heller ikke Nøglen sige det. Apothekeren skulde snart sætte sig ned, have eget Apothek og det i en af de nærmeste, største Provindsbyer.

Lotte-Lene læste stadigt "Dyveke" og Knigges "Omgang med Mennesker." Hun beholdt de to Bøger i to Aar, men saa kunde hun ogsaa den ene udenad, Dyveke, alle Rollerne, men hun vilde kun optræde i den ene, Dyvekes, og ikke optræde i Hovedstaden, hvor der er saa megen Misundelse, og hvor de ikke vilde have hende. Hun vilde begynde sin Konstnerbane, som Kammerraaden kaldte det, i en af Landets større Provindsbyer.

Nu traf det sig ganske forunderligt, at det netop var sammesteds, hvor den unge Apotheker havde sat sig ned som Byens yngste, om ikke eneste Apotheker.

Den store, forventningsfulde Aften kom, Lotte-Lene skulde optræde, vinde Seier og Lykke, som Nøglen havde sagt. Kammerraaden var der ikke, han laae til Sengs og Kammerraadinden pleiede ham; han skulde have varme Servietter og Camillethee: Servietterne om Livet og Theen i Livet.

Ægteparret overværede ikke "Dyveke-Forestillingen", men Apothekeren
var der og skrev Brev herom til sin Slægtning, Kammerraadinden.
"Dyveke-Kraven var det bedste!" skrev han. "Havde Kammerraadens
Portnøgle været i min Lomme, jeg havde taget den frem og pebet i den,
det fortjente hun og det fortjente Nøglen, der saa skammeligt har løiet
hende paa: 'Seier og Lykke'."

Kammerraaden læste Brevet. Det hele var Ondskab, sagde han,
Nøglehad, der gik ud over den uskyldige Pige.

Og saasnart han reiste sig fra Sengen og var Menneske igjen, sendte han
en lille men giftspydig Skrivelse til Apothekeren, der igjen svarede, som
om han slet ikke havde forstaaet Andet end Spøg og godt Humeur i den
hele Epistel.

Han takkede for dette som for hvert fremtidigt, velvilligt Bidrag til
Kundgjørelsen om Nøglens uforlignelige Værd og Betydning; dernæst
betroede han Kammerraaden, at han, udenfor sin Apotheker-
Virksomhed, skrev paa en stor Nøgle-Roman, i hvilken alle de
handlende Personer vare Nøgler, ene og alene Nøgler; "Portnøglen" var
naturligviis Hovedpersonen, og Kammerraadens Portnøgle var ham
Forbilledet, begavet med Seerblik og Spaadoms Evne; om den maatte
alle de andre Nøgler dreie sig: den gamle Kammerherre-Nøgle, der
kjendte Hoffets Glands og Festligheder; Uhrnøglen, lille, fiin og fornem,
til fire Skilling hos Isenkræmmeren; Nøglen til Kirkestolen, den regner
sig med til Geistligheden og har, ved at sidde en Nat over i Nøglehul i
Kirken, seet Aander; Spisekammer-, Brændekammer- og Viinkjelder-
Nøglen, alle træde op, neie sig og dreie sig om Portnøglen. Solstraalerne
lyse den op til Sølv, Vinden, Verdens-Aanden, farer ind i den saa det
fløiter. Den er Nøglen for alle Nøgler, den var Kammerraadens
Portnøgle, nu er den Himmelportens Nøgle, den er Pave-Nøgle, den er
ufeilbarlig!"

"Ondskab!" sagde Kammerraaden. "Pyramidal Ondskab!"

Han og Apothekeren saae aldrig oftere hinanden. — Jo, ved
Kammerraadindens Begravelse.

Hun døde først.

Der var Sorg og Savn i Huset. Selv de afskaarne Kirsebærgrene, som
havde sat friske Skud og Blomster, sørgede og visnede hen; de stode
glemt, hun pleiede dem ikke.

Kammerraaden og Apothekeren gik bag efter hendes Kiste, Side om
Side, som de to nærmeste Slægtninge, her var ikke Tid eller Stemning
til at mundhugges.

Lotte-Lene bandt Sørgeflor om Kammerraadens Hat. Hun var der i
Huset, forlængst vendt tilbage, uden Seier og Lykke paa Konstens Bane.
Men den kunde komme, Lotte-Lene havde en Fremtid. Nøglen havde

sagt det, og Kammerraaden havde sagt det.

Hun kom op til ham. De talte om den Afdøde og de græd, Lotte-Lene var blød, de talte om Konsten og Lotte-Lene var stærk.

"Theaterlivet er yndigt!" sagde hun, "men der er saa meget Vrøvl og Misundelse! jeg gaaer heller min egen Vei. Først mig selv, saa Konsten!" Knigge havde talt sandt i sit Capitel om Skuespillere, det indsaae hun, Nøglen havde ikke talt sandt, men derom talte hun ikke til Kammerraaden; hun holdt af ham.

Portnøglen var iøvrigt under hele Sørgeaaret hans Trøst og Opmuntring. Han gav den Spørgsmaal, og den gav ham Svar. Og da Aaret var omme og han og Lotte-Lene en stemningsfuld Aften sad sammen, spurgte han Nøglen:

"Gifter jeg mig, og med hvem gifter jeg mig?"

Der var Ingen, der skubbede til ham, han skubbede til Nøglen, og den sagde: "Lotte-Lene!"

Saa var det sagt, og Lotte-Lene blev Kammerraadinde.

"Seier og Lykke!"

De Ord vare sagte, forud — af Portnøglen.

Prindsessen paa Ærten

Der var engang en Prinds; han vilde have sig en Prindsesse, men det skulde være en *rigtig* Prindsesse. Saa reiste han hele Verden rundt, for at finde saadan en, men allevegne var der noget i Veien, Prindsesser vare der nok af, men om det vare *rigtige* Prindsesser, kunde han ikke ganske komme efter, altid var der noget, som ikke var saa rigtigt. Saa kom han da hjem igjen og var saa bedrøvet, for han vilde saa gjerne have en virkelig Prindsesse.

En Aften blev det da et frygteligt Veir; det lynede og tordnede, Regnen skyllede ned, det var ganske forskrækkeligt! Saa bankede det paa Byens Port, og den gamle Konge gik hen at lukke op.

Det var en Prindsesse, som stod udenfor. Men Gud hvor hun saae ud af Regnen og det onde Veir! Vandet løb ned af hendes Haar og hendes Klæder, og det løb ind af Næsen paa Skoen og ud af Hælen, og saa sagde hun, at hun var en virkelig Prindsesse.

"Ja, det skal vi nok faae at vide!" tænkte den gamle Dronning, men hun sagde ikke noget, gik ind i Sovekammeret, tog alle Sengklæderne af og lagde en Ært paa Bunden af Sengen, derpaa tog hun tyve Matrasser, lagde dem ovenpaa Ærten, og saa endnu tyve Ædderduuns-Dyner oven paa Matrasserne.

Der skulde nu Prindsessen ligge om Natten.

Om Morgenen spurgte de hende, hvorledes hun havde sovet.

"O forskrækkeligt slet!" sagde Prindsessen, "Jeg har næsten ikke lukket mine Øine den hele Nat! Gud veed, hvad der har været i Sengen? Jeg har ligget paa noget haardt, saa jeg er ganske bruun og blaa over min hele Krop! Det er ganske forskrækkeligt!"

Saa kunde de see, at det var en rigtig Prindsesse, da hun gjennem de tyve Matrasser og de tyve Ædderduuns Dyner havde mærket Ærten. Saa ømskindet kunde der ingen være, uden en virkelig Prindsesse.

Prindsen tog hende da til Kone, for nu vidste han, at han havde en rigtig Prindsesse, og Ærten kom paa Kunstkammeret, hvor den endnu er at see, dersom ingen har taget den.

See, det var en rigtig Historie!

Psychen

I Dagningen, i den røde Luft, skinner en stor Stjerne, Morgenens klareste Stjerne; dens Straale sittrer mod den hvide Væg, som om den vilde der nedskrive, hvad den veed at fortælle, hvad den i Aartusinder saae her og der paa vor omdreiende Jord.

Hør en af dens Historier!

Nu nyligt, dens nyligt er os Mennesker for Aarhundreder siden, fulgte mine Straaler en ung Konstner; det var i Pavestaten, i Verdensbyen Rom. Meget der har i Tidernes Løb forandret sig, men ikke saa hurtigt, som Menneskeskikkelsen gaaer over fra Barn til Olding. Keiserborgen var, som endnu i Dag, Ruiner; Figentræet og Laurbærtræet voxte mellem de omstyrtede Marmorsøiler og hen over de ødelagte, med Guld i Væggen prangende Badekamre; Colosseum var en Ruin; Kirkeklokkerne ringede, Røgelsen duftede, Processioner gik med Lys og straalende Baldachiner gjennem Gaderne. Der var kirkehelligt, og Konsten var høi og hellig. I Rom levede Verdens største Maler Raphael; her levede Tidsalderens første Billedhugger Michel Angelo; selv Paven hyldede de To, bæerede dem med Besøg; Konsten var erkjendt, hædret og lønnet. Men ikke alt Stort og Dygtigt er derfor seet og kjendt.

I en lille, snever Gade stod et gammelt Huus, det havde engang været et Tempel; her boede en ung Konstner; fattig var han, ubekjendt var han; ja, han havde jo nok unge Venner, ogsaa Konstnere, unge i Sind, i Haab og Tanke; de sagde ham, at han var rig paa Talent og Dygtighed, men han var en Nar, at han aldrig selv kunde troe paa det. Han brød jo altid itu, hvad han havde formet i Leret, han blev aldrig tilfreds, fik aldrig Noget færdigt, og det maa man, for at det kan sees, erkjendes og skaffe Penge.

„Du er en Drømmer!" sagde de, „og det er din Ulykke! men det kommer af, at Du ikke har levet endnu, ikke smagt Livet, nydt det i store, sunde

Drag, som det skal nydes. I Ungdommen just, kan og skal man gjøre Det og sig til Eet! see den store Mester Raphael, som Paven hædrer, og Verden beundrer, han tager for sig af Vinen og Brødet!"

„Han spiser Bagerkonen med, den nydelige Fornarina!" sagde Angelo, en af de lystigste, unge Venner.

Ja, de sagde Alle saa Meget, efter deres Ungdom og Forstand. De vilde have den unge Konstner med paa Lystighed, paa Vildskab, Galskab kan det ogsaa kaldes; og dertil følte han ogsaa i Øieblikke Lyst; hans Blod var varmt, Phantasien stærk; han kunde slaae med ind i den lystige Tale, lee høit med de Andre; og dog, Det de kaldte „Raphaels muntre Liv", sank hen for ham som Morgentaagen, saae han den Guds Glands, der lyste ud fra den store Mesters Billeder; og stod han i Vaticanet foran Skjønhedsskikkelserne, Mestre for Aartusinder siden havde formet af Marmorblokken, da svulmede hans Bryst, han følte i sig Noget saa høit, saa helligt, opløftende, stort og godt, og han ønskede at skabe, at meisle ud af Marmorblokken saadanne Skikkelser. Han vilde give et Billede af, hvad der svang sig fra hans Hjerte op mod det Uendelige, men hvorledes, og i hvilken Skikkelse! Det bløde Leer bøiede sig i Skjønhedsformer for hans Fingre, men Dagen efter, som altid, brød han itu, hvad han havde skabt.

En Dag gik han forbi et af de rige Paladser, af hvilke Rom har mange, han standsede der ved den store, aabne Indgangsport og saae billedsmykkede Buegange omslutte en lille Have, der var overfyldt af de skjønneste Roser. Store, hvide Callaer med deres grønne, saftige Blade skøde op i Marmorkummen, hvor det klare Vand pladskede; og her forbi svævede en Skikkelse, en ung Pige, Datteren af dette fyrstelige Huus; saa fiin, saa let, saa deilig! saaledes havde han ingen Qvinde seet, jo! malet af Raphael, malet som Psyche, i et af Roms Paladser. Ja, der var hun malet, her gik hun levende.

I hans Tanke og Hjerte var hun levende; og han gik hjem i sin fattige Stue og formede i Leret Psyche; det var den rige, unge Romerinde, den adelsbaarne Qvinde; og for første Gang saae han tilfreds paa sit Værk. Det havde Betydning, det var hende. Og Vennerne, som saae det, jublede høit i Glæde; dette Arbeide var en Aabenbarelse af hans Konstner-Storhed, den, de havde forud erkjendt, Verden skulde nu erkjende den.

Leret er vel kjødfuldt og levende, men det har ikke Marmorets Hvidhed og Varighed; i Marmorblokken maatte Psychen her faae Liv, og det kostbare Stykke Marmor havde han; det laae allerede i mange Aar, som Forældrenes Eiendom, i Gaarden; Flaskeskaar, Finochi Top, Levninger af Artiskokker dyngede sig hen over og tilsølede det, men indeni var det som Bjergets Snee; herfra skulde Psychen løfte sig.

En Dag traf det sig saa, ja, den klare Stjerne fortæller Intet derom, den saae det ikke, men vi vide det: et fornemt romersk Selskab kom i den snevre, ringe Gade. Vognen holdt noget derfra, Selskabet kom for at see den unge Konstners Arbeide, ved et Tilfælde havde det hørt derom. Og hvem vare de fornemme Besøgende? Stakkels unge Mand! altfor lykkelige unge Mand, kunde han ogsaa kaldes. Den unge Pige selv stod her i Stuen, og med hvilket Smiil, da hendes Fader sagde de Ord: „Det er jo Dig lyslevende!" det Smiil kan ikke formes, det Blik kan ikke gjengives, det forunderlige Blik, hvormed hun saae paa den unge Konstner, det var et Blik som løftede, adlede og — knuste.

„Psychen maa fuldføres i Marmor!" sagde den rige Herre. Og det var Livsens Ord for det døde Leer og for den tunge Marmorblok, som det var Livsens Ord for den betagne unge Mand. „Naar Arbeidet er fuldført, kjøber jeg det!" sagde den fyrstelige Herre.

Det var som en ny Tid rullede op i det fattige Værksted; Liv og Munterhed lyste derinde, Travlhed blev der. Den lysende Morgenstjerne saae, hvorledes Arbeidet skred frem. Leret selv var blevet som beaandet, fra hun var her, det bøiede sig i forhøiet Skjønhed til de kjendte Træk.

„Nu veed jeg, hvad Livet er!" jublede han, „det er Kjærlighed! det er Opløftelse i det Herlige, Henrykkelse i det Skjønne! hvad Vennerne kalde Liv og Nyden, er Forkrænkelse, er Bobler i den gjærende Bærme, ikke den rene, himmelske Alterviin, Indvielsen i Livet!"

Marmorblokken blev reist; Meislen huggede store Stykker bort; der blev maalt, sat Punkter og Mærker, det Haandværksmæssige gjort, til lidt efter lidt Stenen blev Legeme, Skjønhedsskikkelse, Psychen, deilig som Guds Billede i den unge Qvinde. Den tunge Steen blev svævende, dandsende, luftiglet, en yndig Psyche, med Smilet, himmelsk uskyldigt, som det havde speilet sig i den unge Billedhuggers Hjerte.

Stjernen i den rosenfarvede Morgen saae det og forstod tilvisse, hvad der rørte sig hos den unge Mand, forstod den vexlende Farve paa hans Kinder, Blinket fra hans Øine, idet han skabte, gjengav, hvad Gud havde givet.

„Du er en Mester, som hine i Grækernes Tid!" sagde de henrykte Venner. „Snart! vil hele Verden beundre din Psyche."

„Min Psyche!" gjentog han. „Min! ja, det maa hun være! ogsaa jeg er Konstner, som hine store Henfarne! Gud har forundt mig Naadegaven, løftet mig høit, som den Adelsbaarne."

Og han sank paa sine Knæ, græd i Tak til Gud — og glemte igjen ham for hende, for hendes Billede i Marmor, Psyche-Skikkelsen, der stod, som skaaren af Snee, rødmende i Morgensolen.

I Virkeligheden skulde han see hende, den Levende, Svævende, hende, hvis Ord klang som Musik. I det rige Palads kunde han bringe Efterretningen om, at Marmor-Psychen var fuldført. Han kom derind, gik gjennem den aabne Gaard, hvor Vandet pladskede fra Delphinerne i Marmorkummen, hvor Callaerne blomstrede og de friske Roser vældede frem. Han traadte ind i den store, høie Forhal, hvis Vægge og Loft prangede i Farver med Vaabenmærker og Billeder. Pyntede Tjenere, stolte, kneisende som Kaneheste med Bjælder, gik op og ned, Nogle havde ogsaa strakt sig magelige, overmodige paa de udskaarne Træbænke; de syntes Husets Herrer. Han sagde sit Ærende og blev nu ført op ad den blanke Marmortrappes bløde Tæpper. Statuer stode paa begge Sider; han kom gjennem rige Stuer med Billeder og skinnende Mosaikgulve. Den Pragt og Glands gjorde Aandedraget noget tungt, men snart igjen blev det let; den gamle fyrstelige Herre modtog ham saa mildt, næsten hjerteligt, og da de havde talt, bad han ham ved Afskeden at træde over til den unge Signora, hun vilde ogsaa see ham. Tjenerne førte ham gjennem pragtfulde Stuer og Sale til hendes Kammer, hvor hun var Pragten og Herligheden.

Hun talte til ham; intet Miserere, ingen Kirkesang havde mere kunnet smelte Hjertet, løste Sjælen. Han greb hendes Haand, trykkede den til sine Læber; ingen Rose er saa blød, men der gik en Ild fra denne Rose, en Ild igjennem ham, en Opløftelse; der fløi Ord fra hans Tunge, han vidste det ikke selv; veed Krateret, at det kaster gløende Lava? Han sagde hende sin Kjærlighed. Hun stod overrasket, fornærmet, stolt, og med en Haan, ja, et Udtryk, som havde hun pludselig berørt den vaade, klamme Frø; hendes Kinder rødmede, Læberne bleve blege; hendes Øine vare Ild, og dog sorte, som Nattens Mulm

„Afsindige!" sagde hun. „Bort! ned!" og hun vendte ham Ryggen. Skjønhedsansigtet havde et Udtryk af hiint forstenende Ansigt med Slangehaarene.

Som en synkende, livløs Ting kom han ned paa Gaden, som en Søvngænger naade han hjem og opvaagnede i Raseri og Smerte, greb sin Hammer, løftede den høit i Veiret og vilde sønderslaae det smukke Marmorbillede; men i sin Tilstand mærkede han ikke, at Vennen Angelo stod tæt ved ham, greb ham med kraftigt Tag i Armen.

„Er Du bleven gal? hvad har Du for?"

De brødes med hinanden; Angelo var stærkere, og med dybe Aandedræt kastede den unge Konstner sig ned over en Stol.

„Hvad er der skeet?" spurgte Angelo. „Tag Dig dog sammen! tal!"

Men hvad kunde han tale? Hvad kunde han sige? Og da Angelo ikke kunde faae fat i Taletraaden, lod han den være gjemt.

„Du faaer tykt Blod i det evige Drømmeri! vær dog Menneske, som vi Andre, og lev ikke i Idealet, saa knækket man over! faa Dig en lille Ruus af Vinen, saa sover Du deiligt ovenpaa! lad en smuk Pige være din Doctor! Pigen fra Campagnen er deilig, som Prindsessen i Marmorslottet, Begge ere Evadøttre og ikke at skjelne fra hinanden i Paradiis! Følg Du din Angelo! Din Engel er jeg, Livsens Engel! Der kommer en Tid, Du bliver gammel, Legemet falder sammen, og saa en smuk Solskinsdag, naar Alting leer og jubler, ligger Du som et vissent Straa, der ikke mere groer; jeg troer ikke, hvad Præsterne sige, at der er et Liv bag Graven; det er en smuk Indbildning, et Eventyr for Børn, fornøieligt nok, naar man kan bilde sig det ind, jeg lever ikke i Indbildninger, men i Virkeligheden; kom med! bliv Menneske!"

Og han drog ham med sig, han kunde det i dette Øieblik; der var en Ild i den unge Konstners Blod, en Forandring i hans Sjæl, en Trang efter at rive sig løs fra alt det Gamle, alt Det, han var vant til, rive sig ud af sit eget gamle Jeg, og han fulgte i Dag Angelo.

I en Udkant af Rom laae et af Konstnere besøgt Osterie, bygget ind i Ruinen af et gammelt Badekammer; de store, gule Citroner hang mellem det mørke, glindsende Løv og dækkede en Deel af de gamle, rødgule Mure; Osteriet var en dyb Hvælving, næsten som en Hule ind i Ruinen; en Lampe brændte derinde foran Madonnabilledet; en stor Ild blussede paa Skorstenen, her blev stegt, kogt og braset; udenfor, under Citron- og Laurbærtræer, stode et Par dækkede Borde.

Lystigt og jublende bleve de To modtagne af Vennerne; Lidt spiste man, Meget drak man, det gav Munterhed; sunget blev der og spillet Guitar; Saltarello klang, og den lystige Dands begyndte. Et Par unge Romerpiger, Modeller for de unge Kunstnere, traadte med i Dandsen, blandede sig med i Lystigheden; to nydelige Bacchantinder! ja, de havde ikke Psyche-Skikkelse, vare ikke fine, smukke Roser, men friske, kraftige, blussende Nelliker.

Hvor var det varmt paa denne Dag, varmt selv ved Solnedgang! Ild i Blodet, Ild i Luften, Ild i hvert et Blik! Luften svømmede i Guld og Roser, Livet var Guld og Roser.

„Nu endelig engang er Du med! lad Dig bære af Strømmen om Dig og i Dig!"

„Aldrig før var jeg saa sund og glad!" sagde den unge Konstner. „Du har Ret, I have Alle Ret, jeg var en Nar, en Drømmer, Mennesket hører til Virkeligheden og ikke til Phantasien."

Med Sang og klingende Guitarrer droge de unge Mænd i den klare, stjernelyse Aften fra Osteriet gjennem Smaagaderne; de to blussende Nelliker, Campagnens Døttre, vare med i Toget.

I Angelos Stue, mellem omstrøede Skizzer, henslængte Foglietter og glødende, yppige Billeder, klang Stemmerne mere dæmpede, men ikke mindre ildfulde; paa Gulvet laae i Tegning mangt et Blad, Campagnens Døttre i vexlende, kraftig Deilighed saa liig, og dog vare de selv langt skjønnere. Den sexarmede Lampestage lod alle sine Væger brænde og lyse; og indenfra brændte og lyste frem Menneskeskikkelsen som Guddom.

„Apollo! Jupiter! ind i Eders Himmel og Herlighed løftes jeg! det er som Livsens Blomst i dette Minut sprang ud i mit Hjerte.”

Ja, den sprang ud — knækkede, faldt, og en bedøvende, hæslig Dunst hvirvlede ud, blendede Synet, bedøvede Tankerne, Sandsernes Fyrværkeri slukkedes, og det blev mørkt.

Han naaede sit Hjem, satte sig paa sin Seng, samlede sig. „Fy!” klang det fra hans egen Mund, fra hans Hjertegrund. „Elendige! bort! ned —!” Og han drog et Suk saa smertefuldt.

„Bort! ned!” disse hendes Ord, den levende Psyches Ord, løde i hans Bryst, løde fra hans Læber. Han heldede sit Hoved til Puderne, uklar blev Tanken, og han sov.

I Dagningen foer han op, samlede sig paany. Hvad var det? Havde han drømt det Hele? drømt hendes Ord, Besøget i Osteriet, Aftenen med Campagnens purpurrøde Nelliker? — Nei, Alt var Virkeligheden, den han ikke før havde kjendt.

I den purpurfarvede Luft skinnede den klare Stjerne, dens Straale faldt paa ham og Marmor-Psychen, han selv sittrede ved at betragte Uforkrænkelighedens Billede, ureent var hans Blik, syntes han. Klædet kastede han hen over den, endnu engang berørte han det for at afsløre Skikkelsen, men han kunde ikke betragte sit Værk.

Stille, mørk, rullet i sig selv sad han den lange Dag, ikke fornam han, hvad der rørte sig udenfor, Ingen vidste, hvad der rørte sig indenfor i dette Menneskehjerte.

Der gik Dage, der gik Uger; Nætterne vare de længste. Den blinkende Stjerne saae ham en Morgen bleg, feberskjælvende, reise sig fra Sengen, gaae hen til Marmorbilledet, løfte Klædet tilside, see med et Blik saa smerteligt, saa inderligt paa sit Værk og derpaa, næsten segnende under Vægten, slæbe Statuen ud i Haven. Der var en forfalden, udtørret Brønd, et Hul kunde det kaldes, i det sænkede han Psychen, kastede Jord hen over den, smed Qvas og Nelder over den friske Gravning. „Bort! ned!” var den korte Gravtale.

Stjernen saae det fra den rosenrøde Luft og sittrede i to tunge Taarer paa den Unge Mands dødblege Kinder, han, den Febersyge, — den Dødsyge, kaldte de ham paa Sygeleiet.

Klosterbroderen Ignatius kom som Ven og Læge, kom med Religionens Trøsteord, talte om Kirkens Fred og Lykke, Menneskenes Synd, Naaden og Freden i Gud.

Og Ordene faldt som varme Solstraaler paa den vaade gjærende Grund; den dampede, og løftede Taageskyer, Tankebilleder, Billeder, som havde deres Virkelighed; og fra disse svømmende Øer saae han ned over Menneskelivet: Feilgreb, Skuffelser var det, havde det været for ham. Konsten var en Troldqvinde, der bar os ind i Forfængelighed, ind i jordiske Lyster. Falske vare vi mod os selv, falske mod vore Venner, falske mod Gud. Slangen talte altid i os: „smag, og Du skal blive som Gud!"

Nu først syntes han at have forstaaet sig, fundet Veien til Sandheden og Freden. I Kirken var Guds Lys og Klarhed, i Munkecellen den Ro, hvor Mennesketræet kunde voxe op gjennem Evigheden.

Broder Ignatius støttede hans Tanke, og Beslutningen stod fast. Et Verdensbarn blev en Kirkens Tjener, den unge Konstner gav Afkald paa Verden, gik i Kloster.

Hvor kjærligt, hvor glad hilsedes han af Brødrene! hvor søndagsfestlig var Indvielsen. Gud, syntes han, var i Kirkens Solskin, straalede i det fra de hellige Billeder og fra det blanke Kors. Og da han nu i Aftenstunden, ved Solnedgang, stod i sin lille Celle og aabnede Vinduet, saae ud over det gamle Rom, de sønderbrudte Templer, det mægtige, men døde Colosseum, saae det i Foraarstiden, da Akasierne blomstrede, det Evigtgrønne var friskt, Roserne mylrede frem, Citroner og Oranger skinnede, Palmerne viftede, følte han sig greben og opfyldt, som aldrig før. Den aabne, stille Campagne strakte sig mod de blaanende, sneedækkede Bjerge, de syntes malede paa Luften; Alt sammensmeltende, aandende Fred og Skjønhed, saa svømmende, saa drømmende, — en Drøm det Hele!

Ja, en Drøm var Verden her, og Drømmen raader i Timer og kan komme igjen i Timer, men Klosterlivet er et Liv af Aaringer, lange, mange. Indenfra kommer Meget, der gjør Mennesket ureent, maatte han sande! hvad var det for Flammer, der stundom gjennemblussede ham? Hvad var det for et Væld af det Onde, Det, som han ikke vilde, der bestandigt vældede frem? Han straffede sit Legeme, men indenfra kom det Onde. Hvad var det for en Aandens Deel i ham, der saa smidig, som Slangen, bøiede sig om sig selv og krøb med hans Samvittighed ind under Alkjærlighedens Kaabe og trøstede: de Hellige bede for os, Moderen beder for os, Jesus selv har givet sit Blod for os. Var det Barnesind eller Ungdoms lette Sind, der gjorde, at han gav sig hen i Naaden og syntes at føle sig løftet ved den, løftet over saa Mange; thi han havde jo stødt fra sig Verdens Forfængelighed, han var en Kirkens Søn.

En Dag, efter mange Aar, mødte han Angelo, der kjendte ham. „Menneske!" sagde han, „ja, det er Dig! Er Du nu lykkelig? — Du har syndet mod Gud og kastet hans Naadegave fra Dig, forspildt din Sendelse i denne Verden. Læs Parablen om de betroede Penge! den Mester, der fortalte den, han gav Sandhed! Hvad har Du nu vundet og fundet! Laver Du Dig ikke et Drømmeliv! laver Dig en Religion efter dit Hoved, som de nok Alle gjøre det. Om nu Alt var en Drøm, en Phantasie, smukke Tanker kun!"

„Viig fra mig, Satan!" sagde Munken og gik fra Angelo.

„Der er en Djævel, en personlig Djævel! jeg saae ham i Dag!" mumlede Munken. „Jeg rakte ham engang en Finger, han greb min hele Haand —! Nei," sukkede han, „i mig selv er det Onde, og i dette Menneske er det Onde, men han knuges ikke af det, han gaaer med opreist Pande, har sin Velværen; — og jeg griber efter min Velværen i Religionens Trøst —! om den kun var Trøst! om Alt her, som Verden, jeg slap, var smukke Tanker kun! Bedrag, som de røde Aftenskyers Deilighed er det, som det bølgeblaanende Skjønne i de fjerne Bjerge! nær ved ere de anderledes! Evighed, Du er som det store, uendelige, blikstille Ocean, der vinker, kalder, fylder os med Anelser, og stige vi derud, da synke vi, vi forsvinde, — døe, — høre op at være til! — Bedrag! bort! ned!"

Og uden Taarer, sunken i sig selv, sad han paa sit haarde Leie, knælende — for hvem? Steenkorset, der sad i Muren? Nei, Vanen lod Legemet synke i denne Bøining.

Jo dybere han saae ind i sig selv, desmørkere syntes det ham. „Intet derinde, Intet derude! forspildt dette Liv!" Og denne Tankesneebold rullede, voxte, knuste ham — slettede ham ud.

„Ingen tør jeg betroe om den nagende Orm herinde! min Hemmelighed er min Fange, slipper jeg den, er jeg dens!"

Og Gudskraften i ham led og stred.

„Herre! Herre!" udbrød han i sin Fortvivlelse, „vær barmhjertig, giv mig Tro! — Din Naadegave kastede jeg fra mig, min Sendelse i denne Verden! jeg manglede Kraften, Du gav mig den ikke. Udødeligheden, Psychen i mit Bryst, — bort, ned! — begraves skal den som hiin Psyche, mit bedste Livsblink! — aldrig opstaaer den af Graven!"

Stjernen i den rosenrøde Luft lyste, Stjernen, der tilvisse skal udslukkes og henveires, medens Sjælene leve og lyse; den sittrende Straale faldt paa den hvide Væg, men ingen Skrift satte den der om Herligheden i Gud, om Naaden, om Alkjærligheden, den der klinger i den Troendes Bryst.

„Psychen herinde aldrig døe! — Leve i Bevidsthed? — kan det Ufattelige skee? — Ja! ja! ufattelig er mit Jeg. Ufattelig Du, o Herre! hele

din Verden ufattelig; — et Underværk af Magt, Herlighed —
Kjærlighed!" —

Hans Øine lyste, hans Øine brast. Kirkeklokkens Klang var den sidste
Lyd over ham, den Døde; og han kom i Jord, hentet fra Jerusalem,
blandet med Støv af fromme Døde.

Efter Aaringer toges Beenraden frem, som de døde Munkes før ham,
den iførtes den brune Kutte, fik en Perlesnor i Haanden og stilledes i
Nische af Menneskeknogler, som de, fandtes her i Klosterets Begravelse.
Og Solen skinnede udenfor, og Røgelsen duftede derinde, Messerne
læstes.

Aaringer gik.

Knogler og Been faldt fra hinanden, mellem hinanden;
Dødningehoveder stilledes op, de dannede en heel Kirkens ydre Muur;
der stod ogsaa hans i det brændende Solskin, der vare saa mange,
mange Døde, Ingen kjendte nu Navnene paa dem, heller ikke paa ham.
Og see! i Solskinnet rørte sig noget Levende inde i de to Øiehuler, hvad
var det! et broget Fiirbeen sprang derinde i den hule Pandeskal,
smuttede Ud og ind af de tomme, store Øiehuler. Den var nu Livet
derinde i det Hoved, hvor eengang de store Tanker, lyse Drømme,
Kjærlighed til Konsten og det Herlige havde løftet sig, hvorfra hede
Taarer vare trillede, og hvor Haabet levede for en Udødelighed.
Fiirbenet sprang, forsvandt; Pandeskallen smuldrede, blev Støv i Støvet.
Det var Aarhundreder efter. Den klare Stjerne skinnede uforandret, klar
og stor, som i Aartusinder, Luften lyste i Rødt, frisk som Roser,
blussende som Blod.

Hvor eengang var en snever Gade med Levninger af et gammelt Tempel,
laae nu ud til Pladsen et Nonnekloster; her i Haven blev gravet en Grav,
en ung Nonne var død og skulde i denne Morgenstund sænkes i Jorden.
Spaden stødte mod en Steen; blendende hvid skinnede den; det hvide
Marmor var at see, det rundede sig til en Skulder, den kom mere frem;
forsigtigere førtes Spaden; et Qvindehoved blev at see, —
Sommerfuglevinger. Fra Graven, hvori den unge Nonne skulde
nedlægges, løftede man i den rosenrøde, blussende Morgen en deilig
Psycheskikkelse, meislet af det hvide Marmor. „Hvor er den deilig!
fuldendt! et Konstværk fra den bedste Tid!" sagde man. Hvo kunde
være Mesteren? Ingen vidste det, Ingen kjendte ham uden den klare i
Aartusinder lysende Stjerne; den kjendte hans Jordlivs Gang, hans
Prøve, hans Svaghed, hans dette: „kun Mennesket!"[*] — men det var
dødt, veiret hen, som Støvet maa og skal, men Udbyttet af hans bedste
Stræben, det Herligste, som viste det Guddommelige i ham, Psychen,
der aldrig døer, der overstraaler Eftermælet, Blinket fra den her paa

Jorden, selv Dette blev her, blev seet, erkjendt, beundret og elsket. Den klare Morgenstjerne i den rosenfarvede Luft sendte sin blinkende Straale paa Psychen og paa de Lyksalighedssmiil om Mund og i Øie hos de Beundrende, der saae Sjælen meislet af Marmorblokken. Hvad Jordisk er, veires hen, forglemmes, kun Stjernen i det Uendelige veed det. Hvad Himmelsk er, straaler selv i Eftermælet, og naar Eftermælet slukkes — da lever endnu Psychen.

Qvæk

Alle Skovens Fugle sad i Træerne paa Grenene hvor der vare Blade nok og dog vare de enige i at ønske sig et nyt godt Blad, et Blad de længtes efter et kritisk Blad, som Menneskene have saa mange af at de Halve ere nok. Sangfuglene ønskede en musikalsk Kritik hver til Roes for sig og til Dadel hvor der var at dadle hos de Andre. Men de kunde ikke blive enige i, mellem Fuglene selv at finde upartiske Kritikere, "Fugl maa det dog være," sagde Uglen, der var valgt som Præsident i Forsamlingen og er Viisdommens Fugl, "der bør neppe vælges fra et andet Dyrerige uden det skulde være fra Havet, der flyver Fisken som Fuglen i Luften, men det er nok ogsaa det eneste Familieskab. Men der ere jo Dyr nok mellem Fisk og Fugl." Saa tog Storken Ordet, det skraldede ham fra Nebbet. "Der gives Væsner mellem Fisk og Fugl: Mosevands-Børnene, Frøerne, dem stemmer jeg for. De ere høist musikalske, synger i Chor, som Kirkeklokker i Skov-Eensomhed. Jeg faaer Udvee!" sagde Storken, "Krillen under Vingerne naar de synger op." "Jeg stemmer ogsaa for Frøerne," sagde Heiren, "de ere hverken Fugl eller Fisk, boer dog hos Fiskene og synger som Fuglene." "Det var nu det Musikalske," sagde Uglen, "men Bladet maa tale om Alt hvad Skjønt er i Skoven, der maa være Medarbeidere. Lad os tænke os om, hver i sin Familie." Da sang den lille Lærke saa freidigt og smukt: "Frøen maa ikke være Herre for Bladet, nei Nattergalen." "Hold op at qviddere!" sagde Uglen, "jeg tuder til Orden. Jeg kjender Nattergalen, vi ere Natfugle begge to; hver Fugl synger med sit Næb, hverken den eller jeg bør vælges. Saa blev Bladet et aristocratisk eller philosophisk Blad, et Bravour-arieblad, hvor de høitstillede raadede, det skal ogsaa være Organ for Menigmand. –"

Reisekamaraten

Den stakkels Johannes var så bedrøvet, for hans Fader var meget syg og kunde ikke leve. Der var slet ingen uden de to inde i den lille Stue; Lampen på Bordet var ved at brænde ud, og det var ganske sildigt på Aftenen. -

"Du var en god Søn, Johannes!" sagde den syge Fader, "vor Herre vil nok hjælpe Dig frem i Verden!" og han såe med alvorlige milde Øine på ham, trak Veiret ganske dybt og døde; det var ligesom om han sov. Men Johannes græd, nu havde han slet ingen i hele Verden, hverken Fader eller Moder, Søster eller Broder. Den stakkels Johannes! Han låe på sine Knæ foran Sengen og kyssede den døde Faders Hånd, græd så mange salte Tårer, men tilsidst lukkede hans Øine sig og han sov ind med Hovedet på den hårde Sengefjæl.

Da drømte han en underlig Drøm; han såe, hvor Sol og Måne neiede for ham, og han såe sin Fader frisk og sund igjen og hørte ham lee, som han altid loe når han var rigtig fornøiet. En deilig Pige, med Guldkrone på sit lange smukke Hår, rakte Johannes Hånden, og hans Fader sagde, "seer Du, hvilken Brud Du har fået? Hun er den deiligste i hele Verden." Så vågnede han, og alt det Smukke var borte, hans Fader låe død og kold i Sengen, der var slet ingen hos dem; den stakkels Johannes!

Ugen derefter blev den Døde begravet; Johannes gik tæt bag Kisten, kunde nu ikke mere fåe den gode Fader at see, som havde holdt så meget af ham; han hørte, hvor de kastede Jorden ned på Kisten, såe nu det sidste Hjørne af den, men ved den næste Skuffe Jord, der blev kastet ned, var det også borte; da var det ligesom hans Hjerte vilde gåe i Stykker, så bedrøvet var han. Rundt om sang de en Psalme, det klang så smukt og Tårerne kom Johannes i Øinene, han græd og det gjorde godt i hans Sorg. Solen skinnede deiligt på de grønne Træer, ligesom den vilde sige: "Du skal ikke være så bedrøvet Johannes! kan Du see, hvor smuk blå Himmelen er; deroppe er nu Din Fader og beder den gode Gud, at det altid må gåe Dig vel!"

"Jeg vil altid være god!" sagde Johannes, "så kommer jeg også op i Himlen til min Fader, og hvor det vil blive en Glæde, når vi see hinanden igjen! hvor der vil være meget, jeg kan fortælle ham, og han vil igjen vise mig så mange Ting, lære mig så meget af alt det Deilige i Himlen, ligesom han lærte mig her på Jorden. O hvor det vil blive en Glæde!" Johannes tænkte sig det så tydeligt, at han smilede derved, medens Tårerne endnu løb ham ned over Kinderne. De små Fugle sad oppe i Kastanietræerne og qviddrede "qvi vit, qvi vit!" de vare så fornøiede, skjøndt de jo vare med ved Begravelsen, men de vidste nok, at den døde Mand nu var oppe i Himlen, havde Vinger, langt smukkere og større end deres, var nu lykkelig, fordi han havde været god her på Jorden, og derover vare de fornøiede. Johannes såe, hvor de fløi fra de grønne Træer, langt ud i Verden, og han fik da også sådan Lyst til at flyve med. Men først skar han et stort Trækors til at sætte på sin Faders Grav, og da han om Aftenen bragte det der hen, var Graven pyntet med Sand og Blomster; det havde fremmede Folk gjort, for de holdt allesammen så meget af den kjære Fader, som nu var død.

Tidlig næste Morgen pakkede Johannes sin lille Byldt sammen, gjemte i sit Belte hele sin Arvepart, der var 50 Rdlr. og et Par Sølvskillinger, dermed vilde han vandre ud i Verden. Men først gik han hen på Kirkegården til sin Faders Grav, læste sit "Fader vor", og sagde: "Farvel Du kjære Fader! Jeg vil altid være et godt Menneske, og så tør Du nok bede den gode Gud, at det må gåe mig godt!"

Ude på Marken, hvor Johannes gik, stode alle Blomsterne så friske og deilige i det varme Solskin, og de nikkede i Vinden ligesom om de vilde sige: "Velkommen i det Grønne! Er her ikke nydeligt?" Men Johannes dreiede sig endnu engang om, for at see den gamle Kirke, hvor han, som lille Barn, var døbt, hvor han hver Søndag med sin gamle Fader havde været i Kirke og sjunget sin Psalme; da såe han høit oppe i et af Hullerne i Tårnet, Kirke-Nissen ståe med sin lille røde, spidse Hue, han skyggede for sit Ansigt med den bøiede Arm, da ellers Solen skar ham i Øinene Johannes nikkede Farvel til ham, og den lille Nisse svingede sin røde Hue, lagde Hånden på Hjertet og kyssede mange Gange på Fingrene, for at vise, hvor godt han ønskede ham det, og at han ret måtte gjøre en lykkelig Reise.

Johannes tænkte på hvor meget smukt han nu skulde fåe at see i den store prægtige Verden, og gik længer og længer bort, så langt som han aldrig før havde været; han kjendte slet ikke de Byer, han kom igjennem, eller de Mennesker, han mødte, nu var han langt ude mellem Fremmede.

Den første Nat måtte han lægge sig at sove i en Høstak på Marken, anden Seng havde han ikke. Men det var just nydeligt, syntes han, Kongen kunde ikke have det pænere. Den hele Mark ved Aaen, Høstakken og så den blå Himmel oven over, var just et smukt Sovekammer. Det grønne Græs med de små røde og hvide Blomster var Gulvtæppe, Hyldebuskene og de vilde Rosenhækker vare Blomsterbouquetter, og som Vandfad havde han hele Aaen med det klare, friske Vand, hvor Sivene neiede, og sagde både god Aften og god Morgen. Månen var en rigtig stor Natlampe, høit oppe under det blå Loft, og den stak ikke Ild i Gardinerne; Johannes kunde sove ganske roligt, og han gjorde det også, vågnede først igjen, da Solen stod op og alle de små Fugle rundt omkring, sang: "god Morgen! god Morgen! Er Du ikke oppe?"

Klokkerne ringede til Kirke, det var Søndag, Folk gik hen at høre Præsten og Johannes fulgte med dem, sang en Psalme og hørte Guds Ord, og det var ligesom han var i sin egen Kirke, hvor han var døbt, og havde sjunget Psalmer med sin Fader.

Ude på Kirkegården var der så mange Grave, og på nogle voxte der høit

Græs. Da tænkte Johannes på sin Faders Grav, der også måtte komme til at see ud som disse, nu han ikke kunde luge og pynte den. Han satte sig da ned og rykkede Græsset af, reiste Trækorsene op, der vare faldne om, og lagde Krandsene, som Vinden havde revet bort fra Gravene, igjen på deres Sted, idet han tænkte, måskee at En gjør det samme ved min Faders Grav, nu jeg ikke kan gjøre det!

Uden for Kirkegårdsporten stod en gammel Tigger og støttede sig på sin Krykke, Johannes gav ham de Sølvskillinger han havde og gik så lykkelig og fornøiet længer frem, ud i den vide Verden.

Mod Aften blev det et skrækkeligt ondt Veir, Johannes skyndte sig for at komme under Tag, men det blev snart mørk Nat; da nåede han endelig en lille Kirke, der låe ganske eensom oppe på en Høi, Døren stod til Lykke på Klem, og han smuttede ind; her vilde han blive, til det onde Veir lagde sig.

"Her vil jeg sætte mig i en Krog!" sagde han, "jeg er ganske træt, og kan nok trænge til at hvile mig lidt," så satte han sig ned, foldede sine Hænder, og læste sin Aftenbøn og, inden han vidste af det, sov og drømte han, mens det lynede og tordnede udenfor.

Da han vågnede igjen, var det midt ud på Natten, men det onde Veir var trukket over, og Månen skinnede ind af Vinduerne til ham. Midt på Kirkegulvet stod der en åben Liigkiste med en død Mand i, for han var endnu ikke begravet. Johannes var slet ikke bange, for han havde en god Samvittighed, og han vidste nok, at de Døde gjør ingen noget; det er levende, onde Mennesker, der gjør Fortræd. Sådanne to levende, slemme Folk stod tæt ved den døde Mand, der var sat herind i Kirken, før han blev lagt ned i Graven, de vilde gjøre ham Fortræd, ikke lade ham ligge i sin Liigkiste, men kaste ham uden for Kirkedøren, den stakkels døde Mand.

"Hvorfor vil I gjøre det!" spurgte Johannes, "det er ondt og slemt, lad ham sove i Jesu Navn!"

"O, Sniksnak!" sagde de to fæle Mennesker, "han har narret os! han skylder os Penge, dem kunde han ikke betale, og nu er han ovenikjøbet død, så fåe vi ikke en Skilling, derfor vil vi rigtig hævne os, han skal ligge som en Hund udenfor Kirkedøren!"

"Jeg har ikke meer end 50 Rdlr.!" sagde Johannes, "det er hele min Arvepart, men den vil jeg gjerne give Eder, når I vil ærligt love mig, at lade den stakkels døde Mand i Fred. Jeg skal nok komme ud af det, uden de Penge; jeg har sunde stærke Lemmer, og vor Herre vil altid hjælpe mig!"

"Ja," sagde de hæslige Mennesker, "når Du således vil betale hans Gæld, skal vi såmæn ikke gjøre ham noget, det kan Du være vis på!" og så tog de Pengene, Johannes gav dem, loe ordentlig ganske høit over hans

Godhed, og gik deres Vei; men Johannes lagde Liget tilrette igjen i Kisten, foldede Hænderne på det, sagde Farvel, og gik nok så tilfreds videre gjennem den store Skov.

Rundtomkring, hvor Månen kunde skinne ind i mellem Træerne, såe han de nydelige små Alfer lege nok så lystigt; de lode sig ikke forstyrre, de vidste nok, han var et godt uskyldigt Menneske, og det er kun de onde Folk, der ikke måe fåe Alferne at see. Nogle af dem vare ikke større end en Finger og havde deres gule Hår heftet op med Guldkamme, to og to gyngede de på de store Dugdråber, der låe på Bladene og det høie Græs; sommetider trillede Dråben, så faldt de ned mellem de lange Græsstrå og der blev Latter og Støi af de andre Småpuslinger. Det var uhyre morsomt! De sang og Johannes kjendte ganske tydeligt alle de smukke Viser, han havde lært som lille Dreng. Store brogede Ædderkoppe med Sølvkroner på Hovedet, måtte fra den ene Hæk til den anden spinde lange Hængebroer og Palladser, der, da den fine Dug faldt på, såe ud som skinnende Glas i det klare Måneskin. Således varede det ved, lige til Solen stod op. De små Alfer krøb da ind i Blomsterknoppene og Vinden tog i deres Broer og Slotte, der da fløi hen i Luften, som store Spindelvæv.

Johannes var nu kommet ud af Skoven, da en stærk Mandsstemme råbte bag ved ham: "Holla, Kammerat! hvorhen gjælder Reisen?"

"Ud i den vide Verden!" sagde Johannes. "Jeg har hverken Fader eller Moder, er en fattig Knøs, men vor Herre hjælper mig nok!"

"Jeg vil også ud i den vide Verden!" sagde den fremmede Mand. "Skal vi to gjøre Følgeskab!"

"Ja nok!" sagde Johannes, og så fulgtes de ad. De kom snart til at holde meget af hinanden, for de vare gode Mennesker begge to. Men Johannes mærkede nok, at den Fremmede var meget klogere end han, han havde været næsten hele Verden rundt, og vidste at fortælle om alt det Muelige, der er til.

Solen var allerede høit oppe, da de satte dem under et stort Træ, for at spise deres Frokost; i det samme kom der en gammel Kone. O, hun var så gammel og gik ganske krum, støttede sig på en Krykkestok, og havde på sin Ryg et Knippe Brænde, som hun havde samlet sig i Skoven. Hendes Forklæde var hæftet op, og Johannes såe at tre store Riis af Bregner og Pileqviste stak ud fra det. I det hun var ganske nær dem, gleed hendes ene Fod, hun faldt om og gav et høit Skrig, for hun havde brækket sit Been, den stakkels gamle Kone.

Johannes vilde strax, at de skulde bære hende hjem, hvor hun boede, men den Fremmede lukkede sin Randsel op, tog en Krukke frem, og sagde, at han havde her en Salve, der strax kunde gjøre hendes Been heelt og raskt, så at hun selv kunde gåe hjem, og det som om hun aldrig havde brækket Benet. Men derfor vilde han også, at hun skulde forære ham de tre Riis, hun havde i sit Forklæde.

"Det er godt betalt!" sagde den Gamle og nikkede ganske underligt med Hovedet; hun vilde ikke såmeget gjerne af med sine Riis, men det var heller ikke så rart, at ligge med Benet brækket; så gav hun ham Risene, og ligeså snart han havde gnedet Salven på Benet, reiste også den gamle Mutter sig op, og gik meget bedre end før. Det kunde den Salve gjøre. Men den var heller ikke at fåe på Apotheket.

"Hvad vil Du med de Riis?" spurgte Johannes nu sin Reisekammerat.

"Det er tre pæne Urtekoste!" sagde han, "dem kan jeg just lide, for jeg er en løierlig Fyr!"

Så gik de endnu et godt Stykke.

"Nei, hvor det trækker op!" sagde Johannes, og pegede ligefrem; "det er nogle forskrækkelige tykke Skyer!"

"Nei," sagde Reisekammeraten, "det er ikke Skyer, det er Bjergene. De deilige store Bjerge, hvor man kommer heelt op over Skyen i den friske Luft! Det er herligt, kan Du troe! Imorgen ere vi vist sålangt ude i Verden!"

Det var ikke så nær ved, som det såe ud, de brugte en heel Dag at gåe, før de kom til Bjergene, hvor de sorte Skove voxte lige op mod Himmelen, og hvor der vare Stene ligeså store som en heel By; det vilde rigtignok blive en svær Tour at komme der heelt over, men derfor gik også Johannes og Reisekammeraten ind i Vertshuset, for at hvile sig godt og samle Kræfter til Marschen imorgen.

Nede i den store Skjænkestue i Vertshuset vare så mange Mennesker samlede, for der var en Mand, som gjorde Dukke-Comedie; han havde just stillet sit lille Theater op, og Folk sad rundt omkring for at see den Comedie, men allerforrest havde en gammel tyk Slagter taget Plads, og det den allerbedste; hans store Bulbider, uh, den såe så glubsk ud! sad ved Siden af ham og gjorde Øine, ligesom alle de andre.

Nu begyndte Comedien, og det var en pæn Comedie med en Konge og en Dronning, de sad på den deiligste Throne, havde Guldkroner på Hovedet og lange Slæb på Kjolerne, for det havde de Råd til. De nydeligste Trædukker med Glas-Øine og store Knebelsbarter stode ved alle Døre, og lukkede op og i for at der kunde komme frisk Luft i Stuen! Det var just en nydelig Komedie, og den var slet ikke sørgelig, men lige idet Dronningen reiste sig op og gik hen ad Gulvet, så - ja Gud må vide, hvad den store Bulbider tænkte; men da den tykke Slagter ikke holdt på ham, gjorde han et Spring lige ind på Theatret, tog Dronningen midt i hendes tynde Liv, så det sagde "knik, knak!" Det var ganske forskrækkeligt!

Den stakkels Mand, som gjorde den hele Comedie, blev så forskrækket og så bedrøvet for sin Dronning, for det var den allernydeligste Dukke, han havde, og nu havde den ækle Bulbider bidt Hovedet af hende; men da Folk siden gik bort, sagde den Fremmede, han som var kommet med Johannes, at han nok skulde gjøre hende istand; og så tog han sin Krukke frem og smurte Dukken med den Salve, han hjalp den stakkels gamle Kone med, da hun havde brækket sit Been. Ligeså snart Dukken var smurt, blev den strax heel igjen, ja den kunde endogså selv røre alle sine Lemmer, man behøvede slet ikke at trække i Snoren; Dukken var som et levende Menneske, på det nær at den ikke kunde tale. Manden, som havde det lille Dukketheater, blev så fornøiet, nu behøvede han slet ikke at holde på den Dukke, den kunde jo dandse af sig selv. Det var der ingen af de andre der kunde.

Da det siden blev Nat, og alle Folk i Vertshuset vare gået i Seng, var der een, der sukkede så forskrækkelig dybt, og blev så længe ved, så de allesammen stod op, for at see hvem det kunde være. Manden, der havde gjort Comedien, gik hen til sit lille Theater, for det var der inde, at nogen sukkede. Alle Trædukkerne låe imellem hinanden, Kongen og alle Drabanterne, og det var dem, som sukkede så ynkeligt og stirrede med deres store Glas-Øine, for de vilde så gjerne blive smurt lidt ligesom Dronningen, at de også kunde komme til at røre sig af sig selv. Dronningen lagde sig lige ned på sine Knæ, og rakte sin deilige Guldkrone i Veiret, mens hun bad; "tag kun den, men smør min Gemal og mine Hoffolk!" da kunde den stakkels Mand, der eiede Comedien og alle Dukkerne, ikke lade være at græde, for det gjorde ham virkelig så ondt for dem; han lovede strax Reisekammeraten, at han vilde give ham alle de Penge, han fik for sin Comedie næste Aften, når han bare vilde smøre fire, fem af hans pæneste Dukker; men Reisekammeraten sagde, at han forlangte slet ikke andet, end den store Sabel, han havde ved sin Side, og da han fik den, smurte han sex Dukker, der strax dandsede og det var så nydeligt, at alle Pigerne, de levende Menneske-Piger, som såe derpå, gav sig til at dandse med. Kudsken og Kokkepigen dandsede, Tjeneren og Stuepigen, alle de Fremmede, og Ildskuffen og Ildklemmen; men de to faldt om, lige i det de gjorde de første Spring, - jo det var en lystig Nat. -

Næste Morgen gik Johannes med sin Reisekammerat bort fra dem allesammen, og opad de høie Bjerge, og igjennem de store Granskove. De kom så høit op, at Kirketårnene dybt under dem tilsidst såe ud som små røde Bær, nede i alt det Grønne, og de kunde see så langt bort, mange, mange Mile, hvor de aldrig havde været! såmeget smukt af den deilige Verden havde Johannes aldrig før seet på eengang, og Solen skinnede så varmt fra den friske blå Luft, han hørte også Jægerne blæse på Valdhorn inde mellem Bjergene, så smukt og velsignet, at han fik

Vandet i Øinene af Glæde, og kunde ikke lade være at sige: "Du gode vor
Herre! jeg kunde kysse Dig, fordi Du er så god mod os allesammen, og
har givet os al den Deilighed, der er i Verden!"

Reisekammeraten stod også med foldede Hænder, og såe ud over
Skoven og Byerne, i det varme Solskin. I det samme klang det
forunderligt deiligt over deres Hoveder, de såe op i Veiret: en stor hvid
Svane svævede i Luften; den var så smuk, og sang, som de aldrig før
havde hørt nogen Fugl synge; men det blev mere og mere svagt, den
bøiede sit Hoved og sank, ganske langsomt ned for deres Fødder, hvor
den låe død, den smukke Fugl.

"To så deilige Vinger," sagde Reisekammeraten, "så hvide og store, som
de, Fuglen har, ere Penge værd, dem vil jeg tage med mig! kan du nu see,
at det var godt, jeg fik en Sabel!" og så hug han med eet Slag begge
Vingerne af den døde Svane, dem vilde han beholde.

De reiste nu mange, mange Mile frem over Bjergene, til de tilsidst foran
dem såe en stor Stad, med over hundrede Tårne, der skinnede som Sølv
i Solskinnet; midt i Byen var et prægtigt Marmorslot, tækket med det
røde Guld, og her boede Kongen.

Johannes og Reisekammeraten vilde ikke strax gåe ind i Byen, men
bleve i Vertshuset udenfor, at de kunde pynte sig, thi de vilde see pæne
ud, når de kom på Gaden. Verten fortalte dem, at Kongen var sådan en
god Mand, der aldrig gjorde noget Menneske noget, hverken det ene
eller det andet, men at hans Datter, ja Gud bevare os! det var en slem
Prindsesse. Deilighed havde hun nok af, ingen kunde være så smuk og
nydelig, som hun, men hvad hjalp det, hun var en slem, ond Hex, der var
Skyld i, at så mange deilige Prindser havde mistet deres Liv. - Alle
Mennesker havde hun givet Lov at frie til hende; enhver kunde komme,
enten han var en Prinds, eller en Stådder, det kunde være lige eet og det
samme; han skulde bare gjætte tre Ting, hun spurgte ham om, kunde
han det, så vilde hun gifte sig med ham, og han skulde være Konge over
det hele Land, når hendes Fader døde; men kunde han ikke gjætte de
tre Ting, så lod hun ham hænge eller halshugge, så slem og ond var den
deilige Prindsesse. Hendes Fader, den gamle Konge, var bedrøvet
derover, men han kunde ikke forbyde hende, at være så ond, for han
havde eengang sagt, han vilde aldrig have det mindste at gjøre med
hendes Kjærester, hun kunde selv gjøre, ligesom hun vilde. Hver engang
der kom en Prinds og skulde gjætte, for at fåe Prindsessen, så kunde
han ikke komme ud af det, og så blev han hængt eller halshugget; de
havde jo varet ham i Tide, han kunde lade være at frie. Den gamle
Konge var så bedrøvet over al den Sorg og Elendighed, at han en heel
Dag om Aaret låe på Knæ, med alle sine Soldater, og bad, at Prindsessen
måtte blive god, men det vilde hun slet ikke. De gamle Koner, som drak

Brændeviin, farvede det ganske sort, før de drak det, således sørgede de, og mere kunde de ikke gjøre.

"Den hæslige Prindsesse!" sagde Johannes, "hun skulde virkelig have Riis, det kunde hun have godt af. Bare jeg var den gamle Konge, hun skulde nok komme til at spytte røde Grise!"

I det samme hørte de Folk udenfor råbe Hurra! Prindsessen kom forbi, og hun var virkelig så deilig, at alle Folk glemte, hvor ond hun var, derfor råbte de Hurra. Tolv deilige Jomfruer, allesammen i hvide Silkekjoler, og med en Guldtulipan i Hånden, reed på kulsorte Heste, ved Siden af hende; Prindsessen selv havde en kridhvid Hest, pyntet med Diamanter og Rubiner, hendes Ridedragt var af det pure Guld, og Pidsken, hun havde i Hånden, såe ud, som den var en Solstråle; Guldkronen på Hovedet var ligesom små Stjerner oppe fra Himlen, og Kåben var syet af over tusinde deilige Sommerfuglevinger; alligevel var hun meget smukkere, end alle hendes Klæder.

Da Johannes fik hende at see, blev han så rød i sit Ansigt, som et dryppende Blod, og han kunde knap sige et eneste Ord; Prindsessen såe jo ganske ud, som den deilige Pige med Guldkrone på, han havde drømt om den Nat, hans Fader var død. Han fandt hende så smuk, og kunde ikke lade være at holde så meget af hende. Det var bestemt ikke sandt, sagde han, at hun kunde være en ond Hex, der lod Folk hænge eller halshugge, når de ikke kunde gjætte, hvad hun forlangte af dem.

"Enhver har jo Lov at frie til hende, endogså den fattigste Stådder, jeg vil virkelig gåe op på Slottet! for jeg kan ikke lade være!"

De sagde allesammen, at det skulde han ikke gjøre, det vilde bestemt gåe ham, ligesom alle de andre. Reisekammeraten rådede ham også derfra, men Johannes meente, det gik nok godt, børstede sine Skoe og sin Kjole, vaskede Ansigt og Hænder, kæmmede sit smukke, gule Hår, og gik så ganske alene ind til Byen, og op på Slottet.

"Kom ind!" sagde den gamle Konge, da Johannes bankede på Døren. - Johannes lukkede op, og den gamle Konge, i Slåbrok og broderede Tøfler, kom ham imøde, Guldkronen havde han på Hovedet, Scepteret i den ene Hånd og Guldæblet i den anden. "Bi lidt!" sagde han, og fik Æblet op under Armen, for at kunde række Johannes Hånden. Men såsnart han fik at høre, det var en Frier, begyndte han således at græde, at både Scepter og Æble faldt på Gulvet, og han måtte tørre Øinene i sin Slåbrok. Den stakkels gamle Konge!

"Lad være!" sagde han, "det gåer Dig galt, ligesom alle de Andre. Nu skal Du bare see!" så førte han Johannes ud i Prindsessens Lysthave, der såe forskrækkeligt ud! Oppe i hvert Træ hang tre, fire Kongesønner, der havde friet til Prindsessen, men ikke kunde gjætte de Ting, hun havde sagt dem. Hver Gang det blæste, ranglede alle Knoklerne, så de små

Fugle bleve forskrækkede, og turde aldrig komme ind i den Have; alle Blomsterne vare bundne op med Menneskebeen, og i Urtepotterne stode Dødningehoveder og grinte. Det var rigtignok en Have for en Prindsesse.

"Her kan Du see!" sagde den gamle Konge, "det vil gåe Dig, ligesom alle de Andre, Du her seer, lad derfor heller være; Du gjør mig virkelig ulykkelig, for jeg tager mig det så nær!"

Johannes kyssede den gode gamle Konge på Hånden, og sagde, det gik nok godt, for han holdt så meget af den deilige Prindsesse.

I det samme kom Prindsessen selv, med alle sine Damer, ridende ind i Slotsgården, de gik derfor ud til hende, og sagde god Dag. Hun var nydelig, rakte Johannes Hånden, og han holdt endnu meget mere af hende end før, hun kunde bestemt ikke være en slem ond Hex, som alle Folk sagde om hende. - De gik op i Salen, og de små Pager præsenterede Syltetøi og Pebernødder for dem, men den gamle Konge var så bedrøvet, han kunde slet ikke spise noget, og Pebernødderne vare ham også for hårde.

Det blev nu bestemt, at Johannes skulde komme igjen op på Slottet næste Morgen, da vilde Dommerne og hele Rådet være forsamlede, og høre, hvorledes han kom ud af det med at gjætte. Kom han godt ud af det, så skulde han endnu komme to Gange til, men der var endnu aldrig nogen, som havde gjættet den første Gang, og så måtte de miste Livet. Johannes var slet ikke bedrøvet for, hvorledes det vilde gåe ham, han var just fornøiet, tænkte kun på den deilige Prindsesse, og troede ganske vist, at den gode Gud nok hjalp ham, men hvorledes, det vidste han slet ikke, og vilde heller ikke tænke derpå. Han dandsede hen ad Landeveien, da han gik tilbage til Vertshuset, hvor Reisekammeraten ventede på ham.

Johannes kunde ikke blive færdig med at fortælle, hvor nydelig Prindsessen havde været imod ham, og hvor deilig hun var; han længtes allerede såmeget efter den næste Dag, han skulde derind på Slottet, og forsøge sin Lykke med at gjætte.

Men Reisekammeraten rystede på Hovedet, og var ganske bedrøvet. "Jeg holder så meget af Dig!" sagde han, "vi kunde endnu have været længe sammen, og nu skal jeg allerede miste Dig! Du stakkels, kjære Johannes, jeg kunde gjerne græde, men jeg vil ikke forstyrre din Glæde den sidste Aften måskee, vi ere sammen. Vi ville være lystige, rigtig lystige; imorgen, når Du er borte, har jeg Lov til at græde!"

Alle Folk inde i Byen havde strax fået at vide, at der var kommet en ny Frier til Prindsessen, og der var derfor en stor Bedrøvelse.

Comediehuset blev lukket, alle Kagekonerne bandt sort Flor om deres Sukkergrise, Kongen og Præsterne låe på Knæ i Kirken, der var sådan en Bedrøvelse, for det kunde jo ikke gåe Johannes bedre, end det var gået alle de andre Friere.

Ud på Aftenen lavede Reisekammeraten en stor Bolle Punch, og sagde til Johannes, at nu skulde de være rigtig lystige, og drikke Prindsessens Skål. Men da Johannes havde drukket to Glas, blev han så søvnig, det var ham ikke mueligt at holde Øinene oppe, han måtte falde i Søvn. Reisekammeraten løftede ham ganske sagte op fra Stolen, og lagde ham hen i Sengen, og da det så blev mørk Nat, tog han de to store Vinger, han havde hugget af Svanen, bandt dem fast på sine Skuldre, det største Riis, han havde fået af den gamle Kone, der faldt og brak Benene, stak han i sin Lomme, lukkede Vinduet op, og fløi så ind over Byen, lige hen til Slottet, hvor han satte sig i en Krog, oppe under det Vindue, der gik ind til Prindsessens Sovekammer.

Det var ganske stille i hele Byen; nu slog Klokken tre Qvarteer til Tolv, Vinduet gik op, og Prindsessen fløi i en stor hvid Kåbe og med lange sorte Vinger, hen over Byen, ud til et stort Bjerg; men Reisekammeraten gjorde sig usynlig, således at hun slet ikke kunde see ham, fløi bagefter, og pidskede på Prindsessen med sit Riis, så at der ordentlig kom Blod, hvor han slog. Uh, det var en Fart heelt igjennem Luften, Vinden tog i hendes Kåbe, der bredte sig ud til alle Sider, ligesom et stort Skibsseil, og Månen skinnede igjennem den.

"Hvor det hagler! hvor det hagler!" sagde prindsessen ved hvert Slag, hun fik af Riset, og det kunde hun have godt af. Endelig kom hun da ud til Bjerget og bankede på. Det rullede ligesom Torden, idet Bjerget åbnede sig, og Prindsessen gik der ind, Reisekammeraten fulgte med, for slet ingen kunde see ham, han var usynlig. De gik igjennem en stor, lang Gang, hvor Væggene gnistrede ganske forunderligt, det var over tusinde gloende Ædderkoppe, der løb op og ned af Muren, og lyste ligesom Ild. Nu kom de i en stor Sal, bygget af Sølv og Guld, Blomster, så store som Solsikker, røde og blåe, skinnede fra Væggene; men ingen kunde plukke de Blomster, for Stilken var fæle, giftige Slanger, og Blomsterne var Ild, der stod dem ud af Munden. Hele Loftet var besat med skinnende Sanct Hans-Orme og himmelblå Flaggermuus, der sloge med de tynde Vinger, det såe ganske forunderligt ud. Midt på Gulvet var en Throne, den blev Båret af fire Hesteibeenrade, der havde Seletøi af de røde Ild-Ædderkoppe, Thronen selv var af mælkehvidt Glas, og Puderne til at sidde på var små sorte Muus, der beed hinanden i Halen. Ovenover den var et Tag af rosenrødt Spindelvæv, besat med de nydeligste små grønne Fluer, der skinnede som Ædelstene. Midt på Thronen sad en gammel Trold, med Krone på det stygge Hoved, og et Scepter i Hånden. Han kyssede Prindsessen på hendes Pande, lod hende sidde ved Siden af sig på den kostbare Throne, og nu begyndte Musikken. Store, sorte

Græshopper spillede på Mundharpe, og Uglen slog sig selv på Maven, for den havde ingen Tromme. Det var en løierlig Concert. Små sorte Nisser, med en Lygtemand på Huen, dandsede rundt i Salen. Ingen kunde see Reisekammeraten, han havde stillet sig lige bagved Thronen, og hørte og såe alle Ting. Hoffolkene, som nu også kom ind, vare så pæne og fornemme, men den, der rigtigt kunde see, mærkede nok, hvorledes de havde det. Det var ikke andet, end Kosteskafter med Kålhoveder på, som Trolden havde hexet Liv i, og givet de broderede Klæder. Men det kunde jo også være det samme, de brugtes kun til Stads.

Da der nu var dandset noget, fortalte Prindsessen til Trolden, at hun havde fået en ny Frier, og spurgte derfor, hvad hun vel skulde tænke på at spørge ham om næste Morgen, når han kom op på Slottet.

"Hør!" sagde Trolden, "nu skal jeg sige Dig noget! Du skal tage noget meget let, for så falder han slet ikke på det. Tænk Du på din ene Sko. Det gjætter han ikke. Lad så Hovedet hugge af ham, men glem ikke, når Du imorgen Nat kommer herud igjen til mig, at bringe mig hans Øine, for dem vil jeg spise!"

Prindsessen neiede ganske dybt, og sagde, hun skulde ikke glemme Øinene. Trolden lukkede nu Bjerget op, og hun fløi hjem igjen, men Reisekammeraten fulgte med, og pryglede hende så stærkt med Riset, at hun sukkede ganske dybt over det stærke Haglveir, og skyndte sig alt hvad hun kunde, med at komme igjennem Vinduet ind i sit Sovekammer; men Reisekammeraten fløi tilbage til Kroen, hvor Johannes endnu sov, løste sine Vinger af, og lagde sig så også på Sengen, for han kunde sagtens være træt.

Det var ganske tidligt på Morgenen, da Johannes vågnede, Reisekammeraten stod også op, og fortalte, at han i Nat havde drømt en meget underlig Drøm om Prindsessen og hendes Sko, og bad ham derfor endelig spørge, om Prindsessen ikke skulde have tænkt på sin Sko! For det var jo det, han havde hørt af Trolden inde i Bjerget, men han vilde ikke fortælle Johannes noget derom, bad ham bare at spørge, om hun havde tænkt på sin Sko.

"Jeg kan ligeså godt spørge om det ene, som om det andet," sagde Johannes, "måskee kan det være ganske rigtigt, hvad Du har drømt, for jeg troer nu alletider, vor Herre hjelper mig nok! Men jeg vil dog sige Dig Farvel, for gjætter jeg galt, fåer jeg Dig aldrig meer at see!"

Så kyssede de hinanden, og Johannes gik ind til Byen og op på Slottet. Hele Salen var ganske fyldt med Mennesker, Dommerne sad i deres Lænestole, og havde Edderduuns Dyner under Hovedet, for de havde så meget at tænke på. Den gamle Konge stod op og tørrede sine Øine i et hvidt Lommetørklæde. Nu trådte Prindsessen ind, hun var endnu meget deiligere, end igår, og hilsede så kjærligt til dem allesammen, men Johannes gav hun Hånden, og sagde: "God Morgen, Du!"

Nu skulde Johannes til at gjætte, hvad hun havde tænkt på. Gud hvor hun så venligt på ham, men lige idet hun hørte ham sige det ene Ord: Sko, blev hun kridhvid i Ansigtet, og rystede over sin hele Krop, men det kunde ikke hjælpe hende noget, for han havde gjættet rigtigt!

Hille den! hvor den gamle Konge blev glad; han slog en Kålbøtte, så det stod efter, og alle Folk klappede i Hænderne for ham og for Johannes, der nu havde gjættet rigtigt den første Gang.

Reisekammeraten blev også fornøiet, da han fik at vide, hvor godt det var gået af; men Johannes lukkede sine Hænder sammen og takkede den gode Gud, der vistnok vilde hjælpe ham igjen de to andre Gange. Næste Dag skulde der allerede gjættes igjen.

Aftenen gik ligesom den igår. Da Johannes sov, fløi Reisekammeraten efter Prindsessen ud til Bjerget, og pryglede hende endnu stærkere, end forrige Gang, for nu havde han taget to Riis; ingen fik ham at see, og han hørte alle Ting. Prindsessen vilde tænke på sin Handske, og det fortalte han til Johannes, ligesom om det var en Drøm; Johannes kunde da nok gjætte rigtigt, og der blev sådan en Glæde på Slottet. Hele Hoffet slog Kålbøtter, ligesom de havde seet Kongen gjøre den første Gang; men Prindsessen låe på Sophaen og vilde ikke sige et eneste Ord. Nu kom det an på, om Johannes kunde gjætte den tredie Gang. Gik det godt, skulde han jo have den deilige Prindsesse, og arve det hele Kongerige, når den gamle Konge døde; gjættede han galt, så skulde han miste sit Liv, og Trolden vilde spise hans smukke blå Øine.

Aftenen iforveien gik Johannes tidlig i Seng, læste sin Aftenbøn, og sov så ganske roligt; men Reisekammeraten spændte Vingerne på sin Ryg, bandt Sabelen ved sin Side og tog alle tre Riis med sig, og fløi så til Slottet.

Det var ganske bælmørk Nat, det stormede så Tagstenene fløi af Husene, og Træerne inde i Haven, hvor Beenradene hang, sveiede ligesom Siv, når det blæste; det lynede hvert Øieblik, og Tordenen rullede ligesom om det kun var et eneste Skrald, der varede hele Natten. Nu slog Vinduet op, og Prindsessen fløi ud; hun var så bleg, som en Død, men hun loe af det onde Veir, syntes det var ikke stærkt nok, hendes hvide Kåbe hvirvlede rundt i Luften, ligesom et stort Skibsseil, men Reisekammeraten pidskede hende sådan med sine tre Riis, så Blodet dryppede ned på Jorden, og hun tilsidst neppe kunde flyve længer. Endelig kom hun da ud til Bjerget.

"Det hagler og stormer," sagde hun; "aldrig har jeg været ude i sådant et Veir."

"Man kan også fåe for meget af det Gode," sagde Trolden. Nu fortalte hun ham, at Johannes også havde gjættet rigtigt anden Gang; gjorde han nu det samme i Morgen, da havde han vundet, og hun kunde aldrig mere komme ud til Bjerget, skulde aldrig kunne gjøre sådanne Troldkunster, som før; derfor var hun ganske bedrøvet.

"Han skal ikke kunne gjætte!" sagde Trolden, "jeg skal nok finde på noget, han aldrig har tænkt på! eller også må han være en større Troldmand, end jeg. Men nu ville vi være lystige!" og så tog han Prindsessen i begge Hænder og de dandsede rundt med alle de småe Nisser og Lygtemænd, der vare i Stuen; de røde Ædderkoppe sprang ligeså lystigt op og ned af Væggen, det såe ud som Ildblomsterne gnistrede. Uglen slog på Tromme, Fårekyllingerne peb og de sorte Græshopper blæste på Mundharpe. Det var et lystigt Bal! -

Da de nu havde dandset længe nok, måtte Prindsessen hjem, for ellers kunde hun blive savnet på Slottet; Trolden sagde, han nok vilde følge hende, så var de dog sålænge sammen endnu.

De fløi da afsted i det onde Veir, og Reisekammeraten sled sine tre Riis op på deres Rygstykker; aldrig havde Trolden været ude i sådan et Haglveir. Udenfor Slottet sagde han Farvel til Prindsessen, og hviskede i det samme til hende: "tænk på mit Hoved," men Reisekammeraten hørte det nok, og lige i det Øieblik Prindsessen smuttede igjennem Vinduet ind i sit Sovekammer, og Trolden vilde vende om igjen, greb han ham i hans lange sorte Skjæg, og hug med Sablen hans ækle Troldhoved af lige ved Skuldrene, så Trolden ikke engang fik det selv at see; Kroppen kastede han ud i Søen til Fiskene, men Hovedet dykkede han kun ned i Vandet, og bandt det så ind i sit Silkelommetørklæde, tog det med hjem i Vertshuset, og lagde sig så til at sove.

Næste Morgen gav han Johannes Lommetørklædet, men sagde, han ikke måtte løse det op, før Prindsessen spurgte, hvad det var, hun havde tænkt på.

Der vare så mange Mennesker i den store Sal på Slottet, at de stode op på hinanden, ligesom Radiser, der ere bundne i et Knippe. Rådet sad i deres Stole med de bløde Hovedpuder, og den gamle Konge havde nye Klæder på, Guldkronen og Scepteret var poleret, det såe ganske nydeligt ud; men Prindsessen var ganske bleg, og havde en kulsort Kjole på, ligesom hun skulde til Begravelse.

"Hvad har jeg tænkt på?" sagde hun til Johannes, og strax løste han Lommetørklædet op, og blev selv ganske forskrækket, da han såe det fæle Troldhoved. Det gjøs i alle Mennesker, for det var forskrækkeligt at see, men Prindsessen sad ligesom et Steenbillede, og kunde ikke sige et eneste Ord; tilsidst reiste hun sig op, og gav Johannes Hånden, for han havde jo gjættet rigtigt; hun såe hverken på den ene eller den anden, men sukkede ganske dybt: "nu er Du min Herre! Iaften vil vi holde

Bryllup!"

"Det kan jeg lide!" sagde den gamle Konge, "således skal vi have det!" Alle Folk råbte Hurra, Vagtparaden gjorde Musik i Gaderne, Klokkerne ringede, og Kagekonerne tog det sorte Flor af deres Sukkergrise, for nu var der Glæde. Tre hele stegte Oxer, fyldte med Ænder og Høns, bleve satte midt på Torvet, enhver kunde der skære sig et Stykke; i Vandspringene sprang den deiligste Viin, og kjøbte man en Skillings-Kringle hos Bageren, fik man sex store Boller i Tilgift, og det Boller med Rosiner i.

Om Aftenen var hele Byen illumineret, og Soldaterne skjød med Kanoner, og Drengene med Knaldperler, og der blev spist og drukket, klinket og sprunget oppe på Slottet, alle de fornemme Herrer og de deilige Frøkener dandsede med hinanden; man kunde langt borte høre, hvor de sang:

"Her er' såmange smukke Piger,
Som vil ha' dem en Svingom,
De begjære Tambourmarschen,
Smukke Pige, vend Dig om.
Dandser og tramper,
Så Skoesållerne faldera!"

Men Prindsessen var jo en Hex endnu, og holdt slet ikke noget af Johannes; det huskede Reisekammeraten på, og derfor gav han Johannes tre Fjer af Svanevingerne, og en lille Flaske med nogle Dråber i, sagde til ham, at han skulde lade sætte ved Brudesengen et stort Kar, fyldt med Vand, og når da Prindsessen vilde stige op i Sengen, skulde han give hende et lille Stød så hun faldt ned i Vandet, hvor han skulde dykke hende tre Gange, efter først at have kastet Fjerene og Dråberne deri, så vilde hun blive fri for sin Trolddom, og komme til at holde så meget af ham.

Johannes gjorde alt, hvad Reisekammeraten havde rådet ham; Prindsessen skreg ganske høit, idet han dykkede hende ned under Vandet, og sprællede ham under Hænderne, som en stor, kulsort Svane, med gnistrende Øine; da hun anden Gang kom op over Vandet igjen, var Svanen hvid, på en eneste sort Ring nær, den havde om Halsen. Johannes bad fromt til vor Herre, og lod Vandet tredie Gang spille hen over Fuglen, og i samme Øieblik forvandledes den til den deiligste Prindsesse. Hun var endnu smukkere end før, og takkede ham med Tårer i sine deilige Øine, fordi han havde hævet hendes Fortryllelse.

Næste Morgen kom den gamle Konge med hele sin Hofstat, og der var en Gratuleren til langt op på Dagen; til allersidst kom da Reisekammeraten, han havde sin Stok i Hånden og Randselen på Nakken. Johannes kyssede ham så mange Gange, sagde, han måtte ikke

reise bort, han skulde blive hos ham, thi han var jo Skyld i hele hans
Lykke. Men Reisekammeraten rystede med Hovedet, og sagde så mildt
og venligt: "Nei, nu er min Tid omme. Jeg har kun betalt min Gjæld. Kan
Du huske den døde Mand, de onde Mennesker vilde gjøre Fortræd. Du
gav alt, hvad Du eiede, for at han kunde have Ro i sin Grav. Den Døde er
jeg!"
I det samme var han borte. -
Brylluppet varede nu en hel Måned, Johannes og Prindsessen holdt så
meget af hinanden, og den gamle Konge levede mange fornøiede Dage
og lod deres små bitte Børn ride Ranke på sit Knæ og lege med sit
Scepter; men Johannes var Konge over hele Riget.

Rosen-Alfen

Midt i en Have voxede der et Rosentræ, der var ganske fuldt af Roser,
og i en af disse, den smukkeste af dem alle, boede en Alf; han var så lille
bitte, at intet menneskeligt Øie kunde see ham; bag hvert Blad i Rosen
havde han et Sovekammer; han var så velskabt og deilig som noget
Barn kunde være og havde Vinger fra Skuldrene lige ned til Fødderne.
O, hvor der var en Duft i hans Værelser, og hvor Væggene vare klare og
smukke! de vare jo de blegrøde fine Rosenblade.
Hele Dagen fornøiede han sig i det varme Solskin, fløi fra Blomst til
Blomst, dandsede på Vingerne af den flyvende Sommerfugl og målte
hvor mange Skridt han måtte gåe, for at løbe hen over alle de Landeveie
og Stier, der var på et eneste Lindeblad. Det var hvad vi kalde Aarerne i
Bladet, som han ansåe for Landeveie og Stier; ja det var da evige Veie
for ham! før han blev færdig, gik Solen ned; han havde også begyndt så
sildigt.
Det blev så koldt, Duggen faldt og Vinden blæste; nu var det nok bedst
at komme hjem; han skyndte sig Alt hvad han kunde, men Rosen havde
lukket sig, han kunde ikke komme ind - ikke en eneste Rose stod åben;
den stakkels lille Alf blev så forskrækket, han havde aldrig været ude
om Natten før, altid sovet så sødt bag de lune Rosenblade, o, det vilde
vist blive hans Død!
I den anden Ende af Haven, vidste han, var en Løvhytte, med deilige
Caprifolier, Blomsterne såe ud som store bemalte Horn: i et af disse
vilde han stige ned og sove til imorgen.
Han fløi derhen. Tys! der var to Mennesker derinde; en ung smuk Mand
og den deiligste Jomfru; de sad ved Siden af hinanden og ønskede, at de
aldrig i Evighed måtte skilles ad; de holdt så meget af hinanden, langt
mere, end det bedste Barn kan holde af sin Moder og Fader.
"Dog måe vi skilles!" sagde den unge Mand; "Din Broder er os ikke god,

derfor sender han mig i et Ærinde så langt bort over Bjerge og Søer! Farvel min søde Brud, for det er Du mig dog!"

Og så kyssede de hinanden, og den unge Pige græd og gav ham en Rose; men før hun rakte ham den, trykkede hun et Kys på den, så fast og inderligt, så Blomsten åbnede sig: da fløi den lille Alf ind i den, og hældede sit Hoved op til de fine duftende Vægge; men han kunde godt høre, at der blev sagt Farvel, Farvel! og han følte, at Rosen fik Plads på den unge Mands Bryst - o, hvor dog Hjertet bankede derinde! den lille Alf kunde slet ikke falde i Søvn, sådan bankede det.

Længe låe Rosen ikke stille på Brystet, Manden tog den frem og mens han gik ene gjennem den mørke Skov, kyssede han Blomsten, o, så tidt og stærkt, at den lille Alf var nær ved at blive trykket ihjel; han kunde føle gjennem Bladet, hvor Mandens Læber brændte, og Rosen selv havde åbnet sig som ved den stærkeste Middagssol.

Da kom der en anden Mand, mørk og vred, han var den smukke Piges onde Broder; en Kniv så skarp og stor tog han frem, og mens den anden kyssede Rosen, stak den onde Mand ham ihjel, skar hans Hoved af og begravede det med Kroppen i den bløde Jord under Lindetræet.

"Nu er han glemt og borte," tænkte den onde Broder; "han kommer aldrig mere tilbage. En lang Reise skulde han gjøre, over Bjerge og Søer, da kan man let miste Livet, og det har han. Han kommer ikke mere, og mig tør min Søster aldrig spørge om ham."

Så ragede han med Foden visne Blade hen over den opgravede Jord og gik hjem igjen i den Mørke Nat; men han gik ikke alene, som han troede: den lille Alf fulgte med, den sad i et vissent, sammenrullet Lindeblad, der var faldet den onde Mand i Håret da han gravede Graven. Hatten var nu sat ovenpå, der var så mørkt derinde, og Alfen rystede af Skræk og Vrede over den fæle Gjerning. -

I Morgenstunden kom den onde Mand hjem; han tog sin Hat af og gik ind i Søsterens Sovekammer; der låe den smukke blomstrende Pige og drømte om ham, hun holdt så meget af og som hun nu troede gik over Bjerge og gjennem Skove; og den onde Broder bøiede sig over hende og loe fælt, som en Djævel kan lee; da faldt det visne Blad af hans Hår ned på Sengeteppet, men han mærkede det ikke og gik ud, for selv at sove lidt i Morgenstunden. Men Alfen smuttede ud af det visne Blad, gik ind i Øret på den sovende Pige og fortalte hende, som i en Drøm, det skrækkelige Mord, beskrev hende Stedet, hvor Broderen havde dræbt ham og lagt hans Liig, fortalte om det blomstrende Lindetræ tætved og sagde: "For at Du ikke skal troe, det bare er en Drøm, jeg har fortalt Dig, så vil Du finde på Din Seng et vissent Blad!" og det fandt hun, da hun vågnede.

O, hvor græd hun ikke de salte Tårer! og til Ingen turde hun sige sin

Sorg. Vinduet stod hele Dagen åbent, den lille Alf kunde let komme ud i Haven til Roserne og alle de andre Blomster, men han nænte ikke at forlade den Bedrøvede. I Vinduet stod et Træ med Måneds-Roser, i en af Blomsterne der satte han sig og såe på den stakkels Pige. Hendes Broder kom mange Gange ind i Kammeret, og han var så lystig og ond, men hun turde ikke sige et Ord om sin store Hjertesorg.

Såsnart det blev Nat, listede hun sig ud af Huset, gik i Skoven til det Sted, hvor Lindetræet stod, rev Bladene bort fra Jorden, gravede ned i den og fandt strax ham der var slået ihjel, o, hvor hun græd, og bad vor Herre, at hun også snart måtte døe. -

Gjerne vilde hun føre Liget med sig hjem men det kunde hun ikke; så tog hun det blege Hoved med de lukkede Øine, kyssede den kolde Mund og rystede Jorden af hans deilige Hår. "Det vil jeg eie!" sagde hun, og da hun havde lagt Jord og Blade på det døde Legeme, tog hun Hovedet med sig hjem og en lille Green af det Jasmintræ, der blomstrede i Skoven, hvor han var dræbt.

Såsnart hun var i sin Stue, hentede hun den største Blomsterpotte, der var at finde, i den lagde hun den Dødes Hoved, kom Jord derpå og plantede så Jasmingrenen i Potten.

"Farvel! farvel!" hviskede den lille Alf, han kunde ikke længer holde ud at see al den Sorg, og fløi derfor ud i Haven til sin Rose; men den var afblomstret, der hang kun nogle blege Blade ved den grønne Hyben.

"Ak hvor det dog snart er forbi med alt det Skjønne og Gode!" sukkede Alfen. Tilsidst fandt han en Rose igjen, den blev hans Huus, bag dens fine duftende Blade kunde han bygge og boe.

Hver Morgenstund fløi han til den stakkels Piges Vindue, og der stod hun altid ved Blomsterpotten og græd; de salte Tårer faldt på Jasmingrenen, og for hver Dag som hun blev blegere og blegere stod Grenen mere frisk og grøn, det ene Skud voxede frem efter det andet, der kom små hvide Knopper til Blomster og hun kyssede dem, men den onde Broder skjændte og spurgte, om hun var blevet fjantet? han kunde ikke lide og ikke begribe hvorfor hun altid græd over den Blomsterpotte. Han vidste jo ikke, hvilke Øine der vare lukt og hvilke røde Læber der vare blevne Jord; og hun bøiede sit Hoved op til Blomsterkrukken og den lille Alf fra Rosen fandt hende sådan blundende; da steeg han ind i hendes Øre, fortalte om Aftenen i Løvhytten, om Rosens Duft, og Alfernes Kjærlighed; hun drømte så sødt, og mens hun drømte, svandt Livet bort: hun var død en stille Død, hun var i Himlen hos ham, hun havde kjær.

Og Jasminblomsterne åbnede deres store hvide Klokker, de duftede så forunderligt sødt: anderledes kunde de ikke græde over den Døde.

Men den onde Broder såe på det smukke blomstrende Træ, tog det til sig, som et Arvegods, og satte det ind i sit Sovekammer, tæt ved Sengen, for det var deiligt at see på og Duften var så sød og liflig. Den lille Rosenalf fulgte med, fløi fra Blomst til Blomst, i hver boede jo en lille Sjæl, og denne fortalte han om den dræbte unge Mand, hvis Hoved nu var Jord under Jorden, fortalte om den onde Broder og den stakkels Søster.

"Vi veed det!" sagde hver Sjæl i Blomsterne, "vi veed det! ere vi ikke voxede frem af den Dræbtes Øine og Læber! vi veed det! vi veed det!" og så nikkede de så underligt med Hovedet.

Rosen-Alfen kunde ikke forstå sig på, hvorledes de kunde være så rolige, og han fløi ud til Bierne, som samlede Honning, fortalte dem Historien om den onde Broder, og Bierne sagde det til deres Dronning, der bød, at de alle næste Morgen skulde dræbe Morderen.

Men Natten forud, det var den første Nat efter Søsterens Død, da Broderen sov i sin Seng tæt ved det duftende Jasmintræ, åbnede hvert Blomsterbæger sig, og usynlige, men med giftige Spyd, stege Blomster-Sjælene ud og de satte sig først ved hans Øre og fortalte ham onde Drømme, fløi derpå over hans Læber og stak hans Tunge med de giftige Spyd. "Nu have vi hævnet den Døde!" sagde de og søgte igjen tilbage i Jasminens hvide Klokker.

Da det blev Morgen, og Vinduet til Sovekammeret med eet blev revet op, foer Rosen-Alfen med Bidronningen og den hele Sværm Bier ind, for at dræbe ham.

Men han var allerede død; der stod Folk rundt omkring Sengen og de sagde: "Jasminduften har dræbt ham!"

Da forstod Rosen-Alfen Blomsternes Hævn, og han fortalte det til Biernes Dronning, og hun surrede med hele sin Sværm om Blomsterkrukken; Bierne vare ikke til at forjage; da tog en Mand Blomsterkrukken bort og een af Bierne stak hans Hånd, så han lod Krukken falde og gåe itu.

Da såe de det hvide Dødning-Hoved, og de vidste, at den Døde i Sengen var en Morder.

Og Bidronningen surrede i Luften og sang om Blomsternes Hævn og om Rosen-Alfen, og at bag det mindste Blad boer En, som kan fortælle og hævne det Onde!

Skarnbassen

Keiserens Hest fik Guldskoe; Guldsko paa hver en Fod.
Hvorfor fik han Guldskoe?
Han var det deiligste Dyr, havde fine Been, Øine saa kloge og en Manke, der hang som et Silkeslør ned om Halsen. Han havde baaret sin Herre i

Kruddamp og Kugleregn, hørt Kuglerne synge og pibe; han havde bidt om sig, slaaet om sig, kæmpet med, da Fjenderne trængte paa; med sin Keiser sat i eet Spring over den styrtede Fjendes Hest, frelst sin Keisers Krone af det røde Guld, frelst sin Keisers Liv, der var mere end det røde Guld, og derfor fik Keiserens Hest Guldskoe, Guldsko paa hver en Fod. Og Skarnbassen krøb frem.

„Først de Store, saa de Smaa," sagde den, „dog det er ikke Størrelsen, som gjør det." Og saa strakte den frem sine tynde Been.

„Hvad vil Du?" spurgte Smeden.

„Guldskoe!" svarede Skarnbassen.

„Du er nok ikke klarhovedet," sagde Smeden, „vil Du ogsaa have Guldskoe?"

„Guldskoe!" sagde Skarnbassen. „Er jeg ikke ligesaa god som det store Bæst, der skal have Opvartning, strigles, passes, have Føde og Drikke. Hører jeg ikke ogsaa til Keiserens Stald?"

„Men hvorfor faaer Hesten Guldskoe?" spurgte Smeden, „begriber Du det ikke?"

„Begriber? Jeg begriber, at det er Ringeagt imod mig," sagde Skarnbassen, „det er en Krænkelse — og nu gaaer jeg derfor ud i den vide Verden."

„Pil af!" sagde Smeden.

„Grov Karl!" sagde Skarnbassen, og saa gik den Udenfor, fløi et lille Stykke, og nu var den i en nydelig lille Blomsterhave, hvor der duftede af Roser og Lavendler.

„Er her ikke deiligt?" sagde en af de smaa „Vorherres Høns", der fløi om med sorte Prikker paa de røde skjoldstærke Vinger. „Hvor her lugter sødt og hvor her er kjønt!"

„Jeg er vant til Bedre," sagde Skarnbassen, „kalde I dette kjønt? Her er jo ikke engang en Mødding."

Og saa gik den videre frem, ind i Skyggen af en stor Levkoi; der krøb en Kaalorm paa den.

„Hvor dog Verden er deilig!" sagde Kaalormen, „Solen er saa varm! Alt er saa fornøieligt! og naar jeg engang sover ind og døer, som de kalde det, saa vaagner jeg op og er en Sommerfugl."

„Bild Dig Noget ind!" sagde Skarnbassen, „nu flyve vi om som Sommerfugl! Jeg kommer fra Keiserens Stald, men Ingen der, ikke engang Keiserens Livhest, der dog gaaer med mine aflagte Guldskoe, har slige Indbildninger. Faa Vinger! flyve! ja nu flyve vi!" Og saa fløi Skarnbassen. „Jeg vil ikke ærgre mig, men jeg ærgrer mig dog."

Saa dumpede den ned paa en stor Græsplet; her laae den lidt, saa faldt den i Søvn.

Bevares, hvilken Skylregn der styrtede! Skarnbassen vaagnede ved det

Pladsk og vilde strax ned i Jorden, men kunde det ikke; den væltede, den svømmede paa Maven og paa Ryggen, flyve var der ikke at tænke paa, den kom vist aldrig levende fra denne Plet; den laae hvor den laae og blev liggende.

Da det hoftede lidt, og Skarnbassen havde blinket Vandet af sine Øine, skimtede den noget Hvidt, det var Linned paa Blegen; den naaede derhen og krøb ind i en Fold af det vaade Lintøi; det var rigtignok ikke, som at ligge i den varme Dynge i Stalden; men her var nu Intet bedre, og saa blev den her en heel Dag, en, heel Nat, og ogsaa Regnveiret blev. I Morgenstunden kom Skarnbassen frem; den var saa ærgerlig over Klimatet.

Der sad paa Linnedet to Frøer; deres klare Øine lyste af bare Fornøielse. „Det er et velsignet Veir!" sagde den Ene. „Hvor det forfrisker! og Lintøiet holder saa deiligt sammen paa Vandet! det kriller mig i Bagbenene, som om jeg skulde svømme."

„Jeg gad nok vide," sagde den Anden, „om Svalen, som flyver saa vidt omkring, om den paa sine mange Reiser i Udlandet har fundet et bedre Klimat, end vort; saadan en Rusk, og saadan en Væde! det er ligesom om man laae i en vaad Grøft! er man ikke glad ved Det, saa elsker man rigtignok ikke sit Fædreland."

„I have da aldrig været i Keiserens Stalde?" spurgte Skarnbassen. „Der er det Vaade baade varmt og krydret! det er jeg vant til; det er mit Klimat, men det kan man ikke tage med paa Reisen. Er her ingen Mistbænk i Haven, hvor Standspersoner, som jeg, kunne tage ind og føle sig hjemme?"

Men Frøerne forstode ham ikke, eller vilde ikke forstaae ham.

„Jeg spørger aldrig anden Gang," sagde Skarnbassen, da den havde spurgt tre Gange Uden at faae Svar.

Saa gik den et Stykke, der laae et Potteskaar; det skulde ikke ligge der, men som det laae gav det Ly. Her boede flere Ørentviste-Familier; de forlange ikke meget Huusrum, men kun Selskabelighed; Hunnerne ere især begavede med Moderkjærlighed, derfor var ogsaa hvers Unge den kjønneste og den klogeste.

„Vor Søn er bleven forlovet," sagde een Moder, „den søde Uskyldighed! hans høieste Maal er engang at kunne krybe i Øret paa en Præst. Han er saa elskelig barnlig, og Forlovelse holder ham fra Udskeielser; det er saa glædeligt for en Moder."

„Vor Søn," sagde en anden Moder, „kom lige ud af Ægget og var strax paa Spil; det sprutter i ham, han løber Hornene af sig. Det er en Uhyre Glæde for en Moder! Ikke sandt? Hr. Skarnbasse!" De kjendte den Fremmede paa Skabelonen.

„De har begge To Ret," sagde Skarnbassen, og saa blev den budt op i

Stuen, saa langt den kunde komme under Potteskaaret.

„Nu skal De ogsaa see min lille Ørentvist," sagde en tredie og fjerde af Mødrene, „det er de elskeligste Børn og saa morsomme! de ere aldrig uartige uden naar de have ondt i Maven, men det faaer man saa let i deres Alder."

Og saa talte hver Moder om sine Unger, og Ungerne talte med, og brugte den lille Gaffel, de havde paa Halen, til at trække i Skarnbassens Mundskjæg.

„De finde nu ogsaa paa Alting, de Smaaskjelmer!" sagde Mødrene og dunstede af Moderkjærlighed, men det kjedede Skarnbassen, og saa spurgte den om der var langt herfra til Mistbænken.

„Det er langt ude i Verden, paa den anden Side af Grøften," sagde Ørentvisten, „saa langt, vil jeg haabe, komme aldrig nogen af mine Børn, for saa døde jeg."

„Saa langt vil jeg dog prøve at naae," sagde Skarnbassen og gik uden Afsked; det er galantest.

Ved Grøften traf den flere af sin Slægt, alle Skarnbasser.

„Her boe vi!" sagde de. „Vi have det ganske luunt! Tør vi ikke byde Dem ned i det Fede! Reisen har vist trættet dem."

„Det har den," sagde Skarnbassen. „Jeg har ligget paa Linned i Regnveir, og Reenlighed tager især paa mig; jeg har ogsaa faaet Gigt i Vingeleddet, ved at staae i Træk under et Potteskaar. Det er rigtig en Vederqvægelse at komme engang til sine egne."

„De kommer maaskee fra Mistbænken," spurgte den Ældste.

„Høiere op," sagde Skarnbassen. „Jeg kommer fra Keiserens Stald, hvor jeg blev født med Guldskoe; jeg reiser i et hemmeligt Ærende, hvorom De ikke maa fritte mig, thi jeg siger det ikke."

Og saa steg Skarnbassen ned i det fede Dynd; der sad tre unge Hun-Skarnbasser, de fnisede, for de vidste ikke hvad de skulde sige.

„De ere uforlovede," sagde Moderen, og saa fnisede de igjen, men det var af Forlegenhed.

„Jeg har ikke seet dem skjønnere i Keiserens Stalde," sagde den reisende Skarnbasse.

„Fordærv mig ikke mine Pigebørn! og tal ikke til dem, uden at De har reelle Hensigter; — men det har De, og jeg giver dem min Velsignelse."

„Hurra!" sagde alle de Andre, og saa var Skarnbassen forlovet. Først Forlovelse, saa Bryllup, der var jo ikke Noget at vente efter.

Næste Dag gik meget godt, den anden luntede af, men den tredie Dag skulde man dog tænke paa Føden for Kone og maaskee Rollinger.

„Jeg har ladet mig overraske," sagde den, „saa maa jeg nok overraske dem igjen —."

Og det gjorde den. Væk var den; væk hele Dagen, væk hele Natten — og

Konen sad Enke. De andre Skarnbasser sagde, at det var en rigtig Landstryger, de havde optaget i Familien; Konen sad dem nu til Byrde. „Saa kan hun sidde som Jomfru igjen," sagde Moderen, „sidde som mit Barn; fy, det lede Skarn, som forlod hende."

Han var imidlertid paa Farten, var seilet paa et Kaalblad over Grøften. Hen paa Morgenstunden kom to Mennesker, de saae Skarnbassen, toge den op, vendte og dreiede den og de vare meget lærde begge To, især Drengen. „Allah seer den sorte Skarnbasse i den sorte Steen i det sorte Fjeld! staaer der ikke saaledes i Alkoranen?" spurgte han og oversatte Skarnbassens Navn paa Latin, gjorde Rede for dens Slægt og Natur. Den ældre Lærde stemte imod at den skulde tages med hjem, de havde der ligesaa gode Exemplarer, sagde han, og det var ikke høfligt sagt, syntes Skarnbassen, derfor fløi den ham af Haanden, fløi et godt Stykke, den var bleven tør i Vingerne, og saa naaede den Drivhuset, hvor den i største Beqvemmelighed, da det ene Vindue var skudt op, kunde smutte ind og grave sig ned i den friske Gjødning.

„Her er lækkert," sagde den.

Snart faldt den i Søvn og drømte, at Keiserens Hest var styrtet og at Hr. Skarnbasse havde faaet dens Guldskoe og Løftet om to til. Det var en Behagelighed, og da Skarnbassen vaagnede, krøb den frem og saae op. Hvilken Pragt her i Drivhuset! store Viftepalmer bredte sig i Høiden, Solen gjorde dem transparente, og under dem vældede der en Fylde af Grønt og skinnede der Blomster, røde som Ild, gule som Rav og hvide som nysfalden Snee.

„Det er en mageløs Plantepragt; hvor den vil smage naar den gaaer i Forraadnelse!" sagde Skarnbassen. „Det er et godt Spisekammer; her boe vist af Familien; jeg vil gaae paa Eftersporing, see at finde Nogen, jeg kan omgaaes med. Stolt er jeg, det er min Stolthed!" Og saa gik den og tænkte paa sin Drøm om den døde Hest og de vundne Guldskoe.

Da greb lige med Eet en Haand om Skarnbassen, den blev klemt, vendt og dreiet.

Gartnerens lille Søn og en Kammerat vare i Drivhuset, havde seet Skarnbassen og skulde have Fornøielse af den; lagt i et Viindrueblad kom den ned i en varm Buxelomme, den kriblede og kravlede, fik saa et Tryk med Haanden af Drengen, der gik rask afsted til den store Indsø for Enden af Haven, her blev Skarnbassen sat i en gammel, knækket Træsko, som Vristen var gaaet af; en Pind blev gjort fast, som Mast; og til den blev Skarnbassen tøiret med en ulden Traad; nu var den Skipper og skulde ud at seile.

Det var en meget stor Indsø, Skarnbassen syntes, at det var et Verdenshav, og blev saa forbauset, at den faldt om paa Ryggen og sprættede med Benene.

Træskoen seilede, der var Strømning i Vandet, men kom Fartøiet lidt for langt ud, saa smøgede den ene Dreng strax sine Buxer op og gik ud og hentede det, men da det igjen var i Drift blev der kaldt paa Drengene, alvorligt kaldt, og de skyndte dem afsted og lod Træsko være Træsko; den drev og det altid meer fra Land, altid længer ud, det var gyseligt for Skarnbassen; flyve kunde den ikke, den var bunden fast til Masten.

Den fik Besøg af en Flue.

„Det er et deiligt Veir vi har," sagde Fluen. „Her kan jeg hvile mig! her kan jeg sole mig. De har det meget behageligt!"

„De snakker, som De har Forstand til! seer De ikke, at jeg er tøiret."

„Jeg er ikke tøiret," sagde Fluen, og saa fløi den.

„Nu kjender jeg Verden," sagde Skarnbassen, „det er en nedrig Verden! jeg er den eneste Honnette i den! Først negter man mig Guldskoe, saa maa jeg ligge paa vaadt Linned, staae i Træk og tilsidst prakke de mig en Kone paa. Gjør jeg nu et rask Skridt ud i Verden, og seer hvorledes man kan have det og jeg skulde have det, saa kommer en Menneske-Hvalp og sætter mig i Tøir paa det vilde Hav. Og imidlertid gaaer Keiserens Hest med Guldskoe! det creperer mig meest; men Deeltagelse kan man ikke vente sig i denne Verden! mit Levnetsløb er meget interessant, dog hvad kan det hjelpe, naar Ingen kjender det! Verden fortjener heller ikke at kjende det, ellers havde den givet mig Guldskoe i Keiserens Stald, da Livhesten rakte Benene frem og blev skoet. Havde jeg faaet Guldskoe, da var jeg bleven en Ære for Stalden, nu har den tabt mig og Verden har tabt mig, Alt er ude!"

Men Alt var ikke ude endnu, der kom en Baad med nogle unge Piger.

„Der seiler en Træsko," sagde den Ene.

„Der er et lille Dyr tøiret fast i den," sagde den Anden.

De vare lige ved Siden af Træskoen, de fik den op, og den ene af Pigerne tog en lille Sax frem, klippede Uldtraaden over uden at gjøre Skarnbassen Skade, og da de kom i Land, satte hun den i Græsset.

„Kryb, kryb! flyv, flyv, om Du kan!" sagde hun. „Frihed er en deilig Ting."

Og Skarnbassen fløi lige ind ad det aabne Vindue paa en stor Bygning, og der sank den trcet ned i den fine bløde, lange Manke paa Keiserens Livhest, der stod i Stalden, hvor den og Skarnbassen hørte hjemme; den klamrede sig fast i Manken og sad lidt og summede sig. „Her sidder jeg paa Keiserens Livhest! sidder som Rytter! Hvad er det jeg siger! ja nu bliver det mig klart! det er en god Idee, og rigtig. Hvorfor fik Hesten Guldskoe? Det spurgte han mig ogsaa om, Smeden. Nu indseer jeg det! for min Skyld fik Hesten Guldskoe."

Og saa blev Skarnbassen i godt Humeur.

„Man bliver klarhovedet paa Reisen," sagde den.

Solen skinnede ind paa den, skinnede meget smukt. „Verden er ikke saa

gal endda," sagde Skarnbassen, „man maa bare vide at tage den!"
Verden var deilig, thi Keiserens Livhest havde faaet Guldskoe, fordi
Skarnbassen skulde være dens Rytter.

„Nu vil jeg stige ned til de andre Basser og fortælle hvor Meget man har
gjort for mig; jeg vil fortælle om alle de Behageligheder jeg har nydt paa
Udenlandsreisen, og jeg vil sige, at nu bliver jeg hjemme saa længe, til
Hesten har slidt sine Guldskoe."

Skrubtudsen

Brønden var dyb, derfor var Snoren lang; Vinden gik trangt om, naar
man skulde have Spanden med Vand over Brøndkanten. Solen kunde
aldrig naae ned at speile sig i Vandet, hvor klart det end var, men saa
langt den naaede at skinne, voxte Grønt mellem Stenene.

Der boede en Familie af Skrubtudseslægten, den var indvandret, den
var egenlig kommen der hovedkulds ned ved gamle Skrubtudsemo'er,
som levede endnu; de grønne Frøer, som langt tidligere vare hjemme
her og svømmede i Vandet, erkjendte Fætterskabet og kaldte dem
„Brøndgjesterne". Disse havde nok i Sinde at blive der; de levede her
meget behageligt paa det Tørre, som de kaldte de vaade Stene.

Frømo'er havde engang reist, været i Vandspanden, da den gik op, men
det blev hende for lyst, hun fik Øienklemme, heldigvis slap hun ud af
Spanden; hun faldt med et forfærdeligt Plump i Vandet, og laae i tre
Dage derefter af Rygpine. Meget skulde hun ikke fortælle om Verden
ovenfor, men det vidste hun, og det vidste de Alle, at Brønden var ikke
hele Verden. Skrubtudsemo'er kunde nok have fortalt Eet og Andet,
men hun svarede aldrig, naar man spurgte, og saa spurgte man ikke.

„Tyk og styg, led og fed er hun!" sagde de unge, grønne Frøer. „Hendes
Unger blive lige saa lede."

„Kan gjerne være!" sagde Skrubtudsemo'er, „men Een af dem har en
Ædelsteen i Hovedet, eller jeg har den."

Og de grønne Frøer hørte, og de gloede, og da de ikke syntes om det,
saa vrængede de og gik tilbunds. Men Skrubtudse-Ungerne strakte
Bagbenene af bare Stolthed; enhver af dem troede at have Ædelstenen;
og saa sad de ganske stille med Hovedet, men endelig spurgte de om,
hvad de vare stolte af, og hvad en saadan Ædelsteen egenlig var.

„Det er Noget saa herligt og kosteligt," sagde Skrubtudsemo'er, „at jeg
ikke kan beskrive det! Det er Noget, man gaaer med for sin egen
Fornøielse, og som de Andre gaae og ærgre sig over. Men spørg ikke, jeg
svarer ikke."

„Ja, jeg har ikke Ædelstenen," sagde den mindste Skrubtudse; den var
saa styg, som den kunde være. „Hvorfor skulde jeg have saadan en

Herlighed? Og naar den ærgrer Andre, kan den jo ikke fornøie mig! nei, jeg ønsker kun, at jeg engang maatte komme op til Brøndkanten og see ud; der maa være yndigt!"

„Bliv Du helst hvor Du er!" sagde den Gamle, „det kjender Du, det veed Du hvad er! Tag Dig i Agt for Spanden, den qvaser Dig! og kommer Du vel i den, saa kan Du falde ud; ikke Alle falde saa heldigt, som jeg, og beholde Lemmerne hele og Æggene hele."

„Qvak!" sagde den Lille, og det var ligesom naar vi Mennesker sige „Ak". Den havde saadan en Lyst til at komme op ved Brøndkanten og see ud; den følte saadan en Længsel efter det Grønne deroppe; og da næste Morgen tilfældigt Spanden, fyldt med Vand, løftedes op, og den et Øieblik blev staaende stille foran Stenen, hvorpaa Skrubtudsen sad, bævrede det inden i det lille Dyr, den sprang i den fyldte Spand, faldt tilbunds i Vandet, som derefter kom op og heldtes ud.

„Fy, for en Ulykke!" sagde Karlen, som saae den. „Det er da det Ledeste jeg har seet!" og saa sparkede han med sin Træsko efter Skrubtudsen, der nær var bleven lemlæstet, men slap dog ved at komme ind mellem de høie Brændeneelder. Den saae Stilk ved Stilk, den saae ogsaa opad; Solen skinnede paa Bladene; de vare ganske transparente; det var for den, som for os Mennesker, naar vi med Eet komme ind i en stor Skov, hvor Solen skinner mellem Grene og Blade.

„Her er langt deiligere end nede i Brønden! Her kan man have Lyst til at blive hele sin Levetid!" sagde den lille Skrubtudse. Den laae der en Time, den laae der i to! „Hvad mon der er udenfor? Er jeg kommen saa langt, maa jeg see at komme videre!" og den krøb saa rask den krybe kunde og kom ud paa Veien, hvor Solen skinnede paa den og hvor Støvet puddrede den, idet den marscherede tværs over Landeveien.

„Her er man rigtig paa det Tørre," sagde Skrubtudsen, „jeg faaer næsten for Meget af det Gode, det kriller i mig!"

Nu naaede den Grøften; der voxte Forglemmigei og Spiræa, der var levende Gjerde tæt ved med Hyld og Hvidtjørn; der groede „Marias hvide Særkeærmer" som Slyngplanter; her var Couleurer at see; ogsaa fløi der en Sommerfugl; Skrubtudsen troede, at det var en Blomst, der havde revet sig løs for desbedre at see sig om i Verden, det var jo saa rimeligt.

„Kunde man saadan tage Fart som den," sagde Skrubtudsen, „Qvak! ak! hvilken Deilighed!"

Den blev otte Nætter og Dage her ved Grøften og den savnede ikke Føde. Den niende Dag tænkte den: „videre frem!" — men hvad Deiligere kunde der vel findes? Maaskee en lille Skrubtudse eller nogle grønne Frøer. Det havde i den sidste Nat lydt i Vinden, som vare der „Fættere" i Nærheden.

„Det er deiligt at leve! komme op af Brønden, ligge i Brændenelder, krybe hen ad den støvede Vei og hvile ud i den vaade Grøft! men videre frem! see at finde Frøer eller en lille Skrubtudse, det kan man dog ikke undvære, Naturen er Een ikke nok!" Og saa tog den igjen paa Vandring. Den kom i Marken til en stor Dam med Siv om; den søgte derind.

„Her er nok for vaadt for Dem?" sagde Frøerne; „men De er meget velkommen! — Er De en Han eller en Hun? Det er nu det Samme, De er lige velkommen!"

Og saa blev den indbudt til Concert om Aftenen, Familieconcert: stor Begeistring og tynde Stemmer; det kjende vi. Der var ingen Bevertning, kun fri Drikkevarer, hele Dammen, om de kunde.

„Nu reiser jeg videre!" sagde den lille Skrubtudse; den følte altid Trang til noget Bedre.

Den saae Stjernerneblinke, saa store og saa klare, den saae Nymaanen lyse, den saae Solen staae op, høiere og høiere.

„Jeg er nok endnu i Brønden, i en større Brønd, jeg maa høiere op! jeg har en Uro og Længsel!" og da Maanen blev heel og rund, tænkte det stakkels Dyr: „mon det er Spanden, der tridses ned, og som jeg maa springe i for at komme høiere op! eller er Solen den store Spand? hvor den er stor, hvor den er straalende, den kan rumme os Allesammen, jeg maa passe paa Leiligheden! o, hvor det lyser i mit Hoved! jeg troer ikke at Ædelstenen kan lyse bedre! men den har jeg ikke og den græder jeg ikke for, nei, høiere op i Glands og Glæde! jeg har en Forvisning, og dog en Angest, — det er et svært Skridt at gjøre! men det maa man! frem ad! lige ud ad Landeveien!"

Og den tog Skridt, som saadan et Kravledyr kan, og saa var den paa Alfarvei, hvor Menneskene boede; der var baade Blomsterhaver og Kaalhaver. Den hvilede ud ved en Kaalhave.

„Hvor der dog ere mange forskjellige Skabninger, jeg aldrig har kjendt! og hvor Verden er stor og velsignet! men man skal ogsaa see sig om i den og ikke blive siddende paa eet Sted." Og saa hoppede den ind i Kaalhaven. „Hvor her er grønt! hvor her er kjønt!"

„Det veed jeg nok!" sagde Kaalormen paa Bladet. „Mit Blad er det største herinde! det skjuler den halve Verden, men den kan jeg undvære."

„Kluk! kluk!" sagde det, der kom Høns; de trippede i Kaalhaven. Den forreste Høne var langsynet; hun saae Ormen paa det krusede Blad og huggede efter den, saa at den faldt paa Jorden, hvor den vred og vendte sig. Hønen saae først med det ene Øie, saa med det andet, for den vidste ikke hvad der kunde komme ud af den Vridning.

„Den gjør det ikke godvilligt!" tænkte Hønen og løftede Hovedet for at hugge til. Skrubtudsen blev saa forfærdet, at den kravlede lige hen imod Hønen.

„Saa den har Hjelpetropper!" sagde den. „See mig til det Kravl!" og saa vendte Hønen om. „Jeg bryder mig ikke om den lille, grønne Mundfuld, den giver kun Kildren i Halsen!" De andre Høns vare af samme Mening, og saa gik de.

„Jeg vred mig fra den!" sagde Kaalormen; „det er godt at have Aandsnærværelse; men det Sværeste er tilbage, at komme op paa mit Kaalblad. Hvor er det?"

Og den lille Skrubtudse kom og yttrede sin Deeltagelse. Den var glad ved at den i sin Styghed havde skræmmet Hønsene.

„Hvad mener De dermed?" spurgte Kaalormen. „Jeg vred mig jo selv fra dem. De er meget ubehagelig at see paa! maa jeg have Lov at være i mit Eget? Nu lugter jeg Kaal! Nu er jeg ved mit Blad! Der er ikke Noget saa Deiligt, som Eens Eget. Men høiere op maa jeg!"

„Ja, høiere op!" sagde den lille Skrubtudse, „høiere op! den føler ligesom jeg! men den er ikke i Humeur i Dag, det kommer af Forskrækkelsen. Vi ville Alle høiere op!" og den saae saa høit den kunde.

Storken sad i Reden paa Bondens Tag; han knebbrede og Storkemo'er knebbrede.

„Hvor de boe høit," tænkte Skrubtudsen. „Hvo der kunde komme derop!"

Inde i Bondehuset boede to unge Studenter; den Ene var Poet, den Anden Naturforsker; den Ene sang og skrev i Glæde om Alt, hvad Gud havde skabt, og som det speilede sig i hans Hjerte; han sang det ud, kort, klart og rigt i klangfulde Vers; den Anden tog fat paa Tingen selv, ja sprættede den op, naar saa maatte være. Han tog Vorherres Gjerning som et stort Regnestykke, subtraherede, multiplicerede, vilde kjende det ud og ind og tale med Forstand derom, og det var heel Forstand, og han talte, i Glæde og med Klogskab derom. Det var gode, glade Mennesker, begge To.

„Der sidder jo et godt Exemplar af en Skrubtudse!" sagde Naturforskeren; „den maa jeg have i Spiritus!"

„Du har jo allerede to Andre!" sagde Poeten; „lad den sidde i Ro og fornøie sig!"

„Men den er saa deilig grim," sagde den Anden.

„Ja naar vi kunde finde Ædelstenen i Hovedet paa den!" sagde Poeten, „saa vilde jeg selv være med at sprætte den op!"

„Ædelstenen!" sagde den Anden, „Du kan godt Naturhistorie!"

„Men er der ikke just noget meget Smukt i den Folketro, at Skrubtudsen, det allergrimmeste Dyr, tidt gjemmer i sit Hoved den kosteligste Ædelsteen? Gaaer det ikke med Menneskene ligesaa?

Hvilken Ædelsteen havde ikke Æsop, og nu Socrates?" —

Mere hørte Skrubtudsen ikke, og den forstod ikke det Halve deraf. De to Venner gik, og den slap for at komme i Spiritus.

„De talte ogsaa om Ædelstenen!" sagde Skrubtudsen. „Det er godt, at jeg ikke har den, ellers var jeg kommen i Ubehagelighed!"

Da knebbrede det paa Bondens Tag; Storkefa'er holdt Foredrag for Familien, og denne saae skjevt ned paa de to unge Mennesker i Kaalhaven.

„Mennesket er det meest indbildske Kræ!" sagde Storken. „Hør hvor Knebbren gaaer paa dem! og saa kunne de dog ikke slaae en rigtig Skralde. De kroe sig af deres Talegaver, deres Sprog! det er et rart Sprog: det løber over i det Uforstaaelige for dem ved hver Dagreise, vi gjøre; den Ene forstaaer ikke den Anden. Vort Sprog kunne vi tale over hele Jorden, baade i Danmark og i Ægypten. Flyve kunne Menneskene heller ikke! de tage Fart ved en Opfindelse, som de kalde „Jernbanen", men de brække da ogsaa der tidt Halsen. Jeg faaer Kuldegys i Næbbet, naar jeg tænker derpaa; Verden kan bestaae uden Mennesker. Vi kunne undvære dem! Maae vi bare beholde Frøer og Regnorme!"

„Det var da en mægtig Tale?" tænkte den lille Skrubtudse. „Hvor det er en stor Mand, og hvor han sidder høit, som jeg endnu Ingen har seet sidde, og hvor han kan svømme!" udbrød den, da Storken med udbredte Vinger tog Fart igjennem Luften.

Og Storkemo'er talte i Reden, fortalte om Ægyptens Land, om Nilens Vand og om al det mageløse Mudder, der var i fremmed Land; det lød ganske nyt og yndeligt for den lille Skrubtudse.

„Jeg maa til Ægypten!" sagde den. „Bare Storken vilde tage mig med, eller een af dens Unger. Jeg vilde tjene den igjen paa dens Bryllupsdag. Jo, jeg kommer til Ægypten, for jeg er saa lykkelig! Al den Længsel og Lyst jeg har, den er rigtignok bedre end at have en Ædelsteen i Hovedet."

Og saa havde den just Ædelstenen: den evige Længsel og Lyst, opad, altid opad! den lyste derinde, den lyste i Glæde, den straalede i Lyst.

Da kom idetsamme Storken; den havde seet Skrubtudsen i Græsset, slog ned og tog just ikke lempeligt paa det lille Dyr. Næbbet klemte, Vinden susede, det var ikke behageligt, men opad gik det, opad til Ægypten, vidste den; og derfor skinnede Øinene, det var, som der fløi en Gnist ud af dem:

„Qvak! ak!"

Kroppen var død, Skrubtudsen dræbt. Men Gnisten fra dens Øine, hvor blev den af?

Solstraalen tog den, Solstraalen bar Ædelstenen fra Skrubtudsens Hoved. Hvorhen?

Du skal ikke spørge Naturforskeren, spørg helst Poeten; han fortæller Dig det som et Eventyr; og Kaalormen er med deri, og Storkefamilien er med deri. Tænk! Kaalormen forvandles, og bliver en deilig Sommerfugl! Storkefamilien flyver over Bjerge og Have bort til det fjerne Afrika, og finder dog den korteste Vei hjem igjen til det danske Land, til det samme Sted, det samme Tag! ja, det er rigtignok næsten altfor eventyrligt, og dog er det sandt! Du kan gjerne spørge Naturforskeren, han maa indrømme det; og Du selv veed det ogsaa, for Du har seet det.

— Men Ædelstenen i Skrubtudsens Hoved?

Søg den i Solen, see den om Du kan!

Glandsen der er for stærk. Vi have endnu ikke Øine til at see ind i al den Herlighed, Gud har skabt, men vi faae dem nok, og det bliver det deiligste Eventyr! for vi ere selv med deri.

Sneedronningen

Første Historie, der handler om Speilet og Stumperne.

See saa! nu begynde vi. Naar vi ere ved Enden af Historien, veed vi mere, end vi nu vide, for det var en ond Trold! det var een af de allerværste, det var "Dævelen"! Een Dag var han i et rigtigt godt Humeur, thi han havde gjort et Speil, der havde den Egenskab, at alt Godt og Smukt, som speilede sig deri, svandt der sammen til næsten Ingenting, men hvad der ikke duede og tog sig ilde ud, det traadte ret frem og blev endnu værre. De deiligste Landskaber saae ud deri som kogt Spinat, og de bedste Mennesker bleve ækle eller stode paa Hovedet uden Mave, Ansigterne bleve saa fordreiede, at de vare ikke til at kjende, og havde man en Fregne, saa kunde man være saa vis paa, at den løb ud over Næse og Mund. Det var udmærket morsomt, sagde "Dævelen." Gik der nu en god from Tanke gjennem et Menneske, da kom der et Griin i Speilet, saa Trolddjævelen maatte lee af sin kunstige Opfindelse. Alle de som gik i Trold-Skole, for han holdt Trold-Skole, de fortalte rundt om, at der var skeet et Mirakel; nu kunde man først see, meente de, hvorledes Verden og Menneskene rigtigt saae ud. De løb omkring med Speilet, og tilsidst var der ikke et Land eller et Menneske, uden at det havde været fordreiet deri. Nu vilde de ogsaa flyve op mod Himlen selv for at gjøre Nar af Englene og "vor Herre". Jo høiere de fløi med Speilet, des stærkere grinede det, de kunde neppe holde fast paa det; høiere og høiere fløi de, nærmere Gud og Englene; da zittrede Speilet saa frygteligt i sit Griin, at det foer dem ud af Hænderne og styrtede ned mod Jorden, hvor det gik i hundrede Millioner, Billioner og endnu flere Stykker, og da just gjorde det megen større Ulykke end før; thi nogle Stykker vare knap saa store som et Sandkorn, og disse fløi rundt om i den vide Verden, og hvor de kom Folk i Øinene, der bleve de siddende, og da saae de Mennesker Alting forkeert, eller havde kun Øine for hvad der var galt ved en Ting, thi hvert lille Speilgran havde beholdt samme Kræfter, som det hele Speil havde; nogle Mennesker fik endogsaa en lille Speilstump ind i Hjertet, og saa var det ganske grueligt, det Hjerte blev ligesom en Klump Iis. Nogle Speilstykker vare saa store, at de bleve brugte til Rudeglas, men gjennem den Rude var det ikke værd at see sine Venner; andre Stykker kom i Briller, og saa gik det daarligt, naar Folk toge de Briller paa for ret at see og være retfærdige; den Onde loe, saa hans Mave revnede, og det kildede ham saa deiligt. Men ude fløi endnu smaa Glasstumper om i Luften. Nu skulle vi høre!

Anden Historie. En lille Dreng og en lille Pige.

Inde i den store By, hvor der ere saa mange Huse og Mennesker, saa at der ikke bliver Plads nok til, at alle Folk kunne faae en lille Have, og hvor derfor de fleste maa lade sig nøie med Blomster i Urtepotter, der var dog to fattige Børn som havde en Have noget større end en Urtepotte. De vare ikke Broder og Søster, men de holdt ligesaa meget af hinanden, som om de vare det. Forældrene boede lige op til hinanden; de boede paa to Tagkammere; der, hvor Taget fra det ene Nabohuus stødte op til det andet og Vandrenden gik langs med Tagskjæggene, der vendte fra hvert Huus et lille Vindue ud; man behøvede kun at skræve over Renden, saa kunde man komme fra det ene Vindue til det andet. Forældrene havde udenfor hver en stor Trækasse, og i den voxte Kjøkkenurter, som de brugte, og et lille Rosentræ; der var eet i hver Kasse, det voxte saa velsignet. Nu fandt Forældrene paa at stille Kasserne saaledes tvers over Renden, at de næsten naaede fra det ene Vindue til det andet og saae ganske livagtig ud som to Blomster-Volde. Ærterankerne hang ned over Kasserne, og Rosentræerne skjøde lange Grene, snoede sig om Vinduerne, bøiede sig mod hinanden: det var næsten som en Æreport af Grønt og af Blomster. Da Kasserne vare meget høie, og Børnene vidste, at de ikke maatte krybe op, saa fik de tidt Lov hver at stige ud til hinanden, sidde paa deres smaa Skamler under Roserne, og der legede de nu saa prægtigt.

Om Vinteren var jo den Fornøielse forbi. Vinduerne vare tidt ganske tilfrosne, men saa varmede de Kobberskillinger paa Kakkelovnen, lagde den hede Skilling paa den frosne Rude, og saa blev der et deiligt Kighul, saa rundt, saa rundt; bag ved tittede et velsignet mildt Øie, eet fra hvert

Vindue; det var den lille Dreng og den lille Pige. Han hed Kay og hun hed Gerda. Om Sommeren kunde de i eet Spring komme til hinanden, om Vinteren maatte de først de mange Trapper ned og de mange Trapper op; ude fygede Sneen.

"Det er de hvide Bier, som sværme," sagde den gamle Bedstemoder.

"Har de ogsaa en Bidronning?" spurgte den lille Dreng, for han vidste, at imellem de virkelige Bier er der saadan een.

"Det har de!" sagde Bedstemoderen. "Hun flyver der, hvor de sværme tættest! hun er størst af dem alle, og aldrig bliver hun stille paa Jorden, hun flyver op igjen i den sorte Sky. Mangen Vinternat flyver hun gjennem Byens Gader og kiger ind af Vinduerne, og da fryse de saa underligt, ligesom med Blomster."

"Ja, det har jeg seet!" sagde begge Børnene og saa vidste de, at det var sandt.

"Kan Sneedronningen komme herind?" spurgte den lille Pige.

"Lad hende kun komme," sagde Drengen, "saa sætter jeg hende paa den varme Kakkelovn, og saa smelter hun."

Men Bedstemoderen glattede hans Haar og fortalte andre Historier.

Om Aftenen da den lille Kay var hjemme og halv afklædt, krøb han op paa Stolen ved Vinduet og tittede ud af det lille Hul; et Par Sneeflokker faldt derude, og een af disse, den allerstørste, blev liggende paa Kanten af den ene Blomster-Kasse; Sneeflokken voxte meer og meer, den blev tilsidst til et heelt Fruentimmer, klædt i de fineste, hvide Flor, der vare som sammensatte af Millioner stjerneagtige Fnug. Hun var saa smuk og fiin, men af Iis, den blændende, blinkende Iis, dog var hun levende; Øinene stirrede som to klare Stjerner, men der var ingen Ro eller Hvile i dem. Hun nikkede til Vinduet og vinkede med Haanden. Den lille Dreng blev forskrækket og sprang ned af Stolen, da var det, som der udenfor fløi en stor Fugl forbi Vinduet.

Næste Dag blev det klar Frost, — og saa kom Foraaret, Solen skinnede, det Grønne pippede frem, Svalerne byggede Rede, Vinduerne kom op, og de smaa Børn sad igjen i deres lille Have høit oppe i Tagrenden over alle Etagerne.

Roserne blomstrede den Sommer saa mageløst; den lille Pige havde lært en Psalme, og i den stod der om Roser, og ved de Roser tænkte hun paa sine egne; og hun sang den for den lille Dreng, og han sang den med:

> "Roserne voxe i Dale,
> Der faae vi Barn-Jesus i Tale!"

Og de Smaa holdt hinanden i Hænderne, kyssede Roserne og saae ind i Guds klare Solskin og talte til det, som om Jesusbarnet var der. Hvor det var deilige Sommerdage, hvor det var velsignet at være ude ved de friske Rosentræer, der aldrig syntes at ville holde op med at blomstre. Kay og Gerda sad og saae i Billedbogen med Dyr og Fugle, da var det — Klokken slog akkurat fem paa det store Kirketaarn, — at Kay sagde: "au! det stak mig i Hjertet! og nu fik jeg Noget ind i Øiet!"

Den lille Pige tog ham om Halsen; han plirede med Øinene; nei, der var ikke Noget at see.

"Jeg troer, det er borte!" sagde han; men borte var det ikke. Det var just saadant et af disse Glaskorn, der sprang fra Speilet, Troldspeilet, vi huske det nok, det fæle Glas, som gjorde at alt Stort og Godt, der afspeilede sig deri, blev Smaat og Hæsligt, men det Onde og Slette traadte ordentlig frem, og hver Feil ved en Ting blev strax til at bemærke. Den stakkels Kay han havde ogsaa faaet et Gran lige ind i Hjertet. Det vilde snart blive ligesom en Iisklump. Nu gjorde det ikke ondt mere, men det var der.

"Hvorfor græder Du?" spurgte han. "Saa seer Du styg ud! jeg feiler jo ikke noget! Fy!" raabte han ligemed eet: "den Rose der er gnavet af en Orm! og see, den der er jo ganske skjæv! det er i Grunden nogle ækle Roser! de ligne Kasserne, de staae i!" og saa stødte han med Foden haardt imod Kassen og rev de to Roser af.

"Kay, hvad gjør Du!" raabte den lille Pige; og da han saae hendes Forskrækkelse, rev han endnu en Rose af og løb saa ind af sit Vindue bort fra den velsignede lille Gerda.

Naar hun siden kom med Billedbogen, sagde han, at den var for Pattebørn, og fortalte Bedstemoderen Historier, kom han alletider med et men — kunde han komme til det, saa gik han bag efter hende, satte Briller paa og talte ligesom hun; det var ganske akkurat, og saa loe Folk af ham. Han kunde snart tale og gaae efter alle Mennesker i hele Gaden. Alt, hvad der var aparte hos dem og ikke kjønt, det vidste Kay at gjøre bag efter, og saa sagde Folk: "Det er bestemt et udmærket Hoved, han har den Dreng!" men det var det Glas, han havde faaet i Øiet, det Glas der sad i Hjertet, derfor var det, han drillede selv den lille Gerda, som med hele sin Sjæl holdt af ham.

Hans Lege bleve nu ganske anderledes end før, de vare saa forstandige: — en Vinterdag, som Sneeflokkerne fygede, kom han med et stort Brændeglas, holdt sin blaa Frakke-Flig ud og lod Sneeflokkerne falde paa den.

"See nu i Glasset, Gerda!" sagde han, og hver Sneeflok blev meget større og saae ud, som en prægtig Blomst eller en tikantet Stjerne; det var deiligt at see paa.

"Seer Du, hvor kunstigt!" sagde Kay, "det er meget interessantere end med de virkelige Blomster! og der er ikke en eneste Feil ved dem, de ere ganske akkurate, naar de blot ikke smelte!"

Lidt efter kom Kay med store Handsker og sin Slæde paa Ryggen, han raabte Gerda lige ind i Ørene: "jeg har faaet Lov at kjøre paa den store Plads, hvor de Andre lege!" og afsted var han.

Derhenne paa Pladsen bandt tidt de kjækkeste Drenge deres Slæde fast ved Bondemandens Vogn og saa kjørte de et godt Stykke med. Det gik just lystigt. Som de bedst legede, kom der en stor Slæde; den var ganske hvidmalet, og der sad i den Een, indsvøbt i en laaden hvid Pels og med hvid laaden Hue; Slæden kjørte Pladsen to Gange rundt, og Kay fik gesvindt sin lille Slæde bunden fast ved den, og nu kjørte han med. Det gik raskere og raskere lige ind i den næste Gade; den, som kjørte, dreiede Hovedet, nikkede saa venligt til Kay, det var ligesom om de kjendte hinanden; hver Gang Kay vilde løsne sin lille Slæde, nikkede Personen igjen, og saa blev Kay siddende; de kjørte lige ud af Byens Port. Da begyndte Sneen saaledes at vælte ned, at den lille Dreng ikke kunde see en Haand for sig, men han foer afsted, da slap han hurtigt Snoren, for at komme løs fra den store Slæde, men det hjalp ikke, hans lille Kjøretøi hang fast, og det gik med Vindens Fart. Da raabte han ganske høit, men Ingen hørte ham, og Sneen fygede og Slæden fløi afsted; imellem gav den et Spring, det var, som om han foer over Grøfter og Gjærder. Han var ganske forskrækket, han vilde læse sit Fader vor, men han kunde kun huske den store Tabel.

Sneeflokkerne bleve større og større, tilsidst saae de ud, som store hvide Høns; med eet sprang de til Side, den store Slæde holdt, og den Person, som kjørte i den, reiste sig op, Pelsen og Huen var af bare Snee; en Dame var det, saa høi og rank, saa skinnende hvid, det var Sneedronningen.

"Vi ere komne godt frem!" sagde hun, "men er det at fryse! kryb ind i min Bjørnepels!" og hun satte ham i Slæden hos sig, slog Pelsen om ham, det var, som om han sank i en Sneedrive.

"Fryser Du endnu!" spurgde hun, og saa kyssede hun ham paa Panden. Uh! det var koldere end Iis, det gik ham lige ind til hans Hjerte, der jo dog halv var en Iisklump; det var, som om han skulde døe; — men kun et Øieblik, saa gjorde det just godt; han mærkede ikke mere til Kulden rundt om.

"Min Slæde! glem ikke min Slæde!" det huskede han først paa; og den blev bunden paa een af de hvide Høns, og den fløi bag efter med Slæden paa Ryggen. Sneedronningen kyssede Kay endnu en Gang, og da havde han glemt lille Gerda og Bedstemoder og dem alle der hjemme.

"Nu faaer Du ikke flere Kys!" sagde hun, "for saa kyssede jeg Dig ihjel!" Kay saae paa hende, hun var saa smuk, et klogere, deiligere Ansigt kunde han ikke tænke sig, nu syntes hun ikke af Iis, som den Gang hun

sad udenfor Vinduet og vinkede ad ham; for hans Øine var hun
fuldkommen, han følte sig slet ikke bange, han fortalte hende at han
kunde Hoved-Regning, og det med Brøk, Landenes Qvadrat-Mile og
"hvor mange Indvaanere," og hun smilte altid; da syntes han, det var
dog ikke nok, hvad han vidste, og han saae op i det store, store Luftrum
og hun fløi med ham, fløi høit op paa den sorte Sky, og Stormen susede
og brusede, det var, som sang den gamle Viser. De fløi over Skove og
Søer, over Have og Lande; neden under susede den kolde Blæst, Ulvene
hylede, Sneen gnistrede, hen over den fløi de sorte skrigende Krager,
men oven over skinnede Maanen saa stor og klar, og paa den saae Kay
den lange, lange Vinternat; om Dagen sov han ved Sneedronningens
Fødder.

Tredie Historie. Blomster-Haven hos Konen, som kunde Trolddom.
Men hvorledes havde den lille Gerda det, da Kay ikke mere kom? Hvor
var han dog? — Ingen vidste det, Ingen kunde give Besked. Drengene
fortalte kun, at de havde seet ham binde sin lille Slæde til en prægtig
stor, der kjørte ind i Gaden og ud af Byens Port. Ingen vidste, hvor han
var, mange Taarer fløds, den lille Gerda græd saa dybt og længe; — saa
sagde de, at han var død, han var sjunket i Floden, der løb tæt ved Byen;
o, det var ret lange, mørke Vinterdage.
Nu kom Vaaren med varmere Solskin.
"Kay er død og borte!" sagde den lille Gerda.
"Det troer jeg ikke!" sagde Solskinnet.
"Han er død og borte!" sagde hun til Svalerne.
"Det troer jeg ikke!" svarede de, og tilsidst troede den lille Gerda det
ikke heller.
"Jeg vil tage mine ny røde Skoe paa," sagde hun en Morgenstund, "dem
Kay aldrig har seet, og saa vil jeg gaae ned til Floden og spørge den ad!"
Og det var ganske tidligt; hun kyssede den gamle Bedstemoder, som
sov, tog de røde Skoe paa og gik ganske ene ud af Porten til Floden.
"Er det sandt, at Du har taget min lille Legebroder? Jeg vil forære Dig
mine røde Skoe, dersom Du vil give mig ham igjen!"
Og Bølgerne, syntes hun, nikkede saa underligt; da tog hun sine røde
Skoe, det Kjæreste hun havde, og kastede dem begge to ud i Floden,
men de faldt tæt inde ved Bredden, og de smaa Bølger bare dem strax i
Land til hende, det var ligesom om Floden ikke vilde tage det Kjæreste
hun havde, da den jo ikke havde den lille Kay; men hun troede nu, at
hun ikke kastede Skoene langt nok ud, og saa krøb hun op i en Baad,
der laae i Sivene, hun gik heelt ud i den yderste Ende og kastede
Skoene; men Baaden var ikke bundet fast, og ved den Bevægelse, hun
gjorde, gled den fra Land; hun mærkede det og skyndte sig for at

komme bort, men før hun naaede tilbage, var Baaden over en Alen ude, og nu gled den hurtigere afsted.

Da blev den lille Gerda ganske forskrækket og gav sig til at græde, men Ingen hørte hende uden Graaspurvene, og de kunde ikke bære hende i Land, men de fløi langs med Bredden og sang, ligesom for at trøste hende: "her ere vi! her ere vi!" Baaden drev med Strømmen; den lille Gerda sad ganske stille i de bare Strømper; hendes smaa røde Skoe flød bag efter, men de kunde ikke naae Baaden, den tog stærkere Fart.

Smukt var der paa begge Bredder, deilige Blomster, gamle Træer og Skrænter med Faar og Køer, men ikke et Menneske at see.

"Maaskee bærer Floden mig hen til lille Kay," tænkte Gerda og saa blev hun i bedre Humeur, reiste sig op og saae i mange Timer paa de smukke grønne Bredder; saa kom hun til en stor Kirsebær-Have, hvor der var et lille Huus med underlige røde og blaae Vinduer, forresten Straatag og udenfor to Træ-Soldater, som skuldrede for dem, der seilede forbi.

Gerda raabte paa dem, hun troede, at de vare levende, men de svarede naturligviis ikke; hun kom dem ganske nær, Floden drev Baaden lige ind imod Land.

Gerda raabte endnu høiere, og saa kom ud af Huset en gammel, gammel Kone, der støttede sig paa en Krog-Kjæp; hun havde en stor Solhat paa, og den var bemalet med de deiligste Blomster.

"Du lille stakkels Barn!" sagde den gamle Kone; "hvorledes er Du dog kommet ud paa den store, stærke Strøm, drevet langt ud i den vide Verden!" og saa gik den gamle Kone heelt ud i Vandet, slog sin Krog-Kjæp fast i Baaden, trak den i Land og løftede den lille Gerda ud.

Og Gerda var glad ved at komme paa det Tørre, men dog lidt bange for den fremmede, gamle Kone.

"Kom dog og fortæl mig, hvem Du er, og hvorledes Du kommer her!" sagde hun.

Og Gerda fortalte hende Alting; og den Gamle rystede med Hovedet og sagde "Hm! hm!" og da Gerda havde sagt hende Alting og spurgt om hun ikke havde seet lille Kay, sagde Konen, at han var ikke kommen forbi, men han kom nok, hun skulde bare ikke være bedrøvet, men smage hendes Kirsebær, see hendes Blomster, de vare smukkere end nogen Billedbog, de kunde hver fortælle en heel Historie. Saa tog hun Gerda ved Haanden, de gik ind i det lille Huus, og den gamle Kone lukkede Døren af.

Vinduerne sade saa høit oppe og Glassene vare røde, blaae og gule; Daglyset skinnede saa underligt derinde med alle Couleurer, men paa Bordet stode de deiligste Kirsebær, og Gerda spiste saa mange hun vilde, for det turde hun. Og mens hun spiste, kjæmmede den gamle Kone hendes Haar med en Guldkam, og Haaret krøllede og skinnede saa deiligt guult rundt om det lille, venlige Ansigt, der var saa rundt og saae ud som en Rose.

"Saadan en sød lille Pige har jeg rigtig længtes efter," sagde den Gamle. "Nu skal Du see, hvor vi to godt skulle komme ud af det!" og alt som hun kjæmmede den lille Gerdas Haar, glemte Gerda meer og meer sin Pleiebroder Kay; for den gamle Kone kunde Trolddom, men en ond Trold var hun ikke, hun troldede bare lidt for sin egen Fornøielse, og nu vilde hun gjerne beholde den lille Gerda. Derfor gik hun ud i Haven, strakte sin Krog-Kjæp ud mod alle Rosentræerne, og, i hvor deiligt de blomstrede, sank de dog alle ned i den sorte Jord og man kunde ikke see, hvor de havde staaet. Den Gamle var bange for, at naar Gerda saae Roserne, skulde hun tænke paa sine egne og da huske lille Kay og saa løbe sin Vei.

Nu førte hun Gerda ud i Blomster-Haven. — Nei! hvor her var en Duft og Deilighed! alle de tænkelige Blomster, og det for enhver Aarstid, stode her i det prægtigste Flor; ingen Billedbog kunde være mere broget og smuk. Gerda sprang af Glæde, og legede, til Solen gik ned bag de høie Kirsebærtræer, da fik hun en deilig Seng med røde Silkedyner, de vare stoppede med blaae Violer, og hun sov og drømte der saa deiligt, som nogen Dronning paa sin Bryllupsdag.

Næste Dag kunde hun lege igjen med Blomsterne i det varme Solskin, — saaledes gik mange Dage. Gerda kjendte hver Blomst, men i hvor mange der vare, syntes hun dog, at der manglede een, men hvilken vidste hun ikke. Da sidder hun en Dag og seer paa den gamle Kones Solhat med de malede Blomster, og just den smukkeste der var en Rose. Den Gamle havde glemt at faae den af Hatten, da hun fik de andre ned i Jorden. Men saaledes er det, ikke at have Tankerne med sig! "Hvad!" sagde Gerda, "er her ingen Roser!" og sprang ind imellem Bedene, søgte og søgte, men der var ingen at finde; da satte hun sig ned og græd, men hendes hede Taarer faldt netop der, hvor et Rosentræ var sjunket, og da de varme Taarer vandede Jorden, skjød Træet med eet op, saa blomstrende, som da det sank, og Gerda omfavnede det, kyssede Roserne og tænkte paa de deilige Roser hjemme og med dem paa den lille Kay.

"O, hvor jeg er bleven sinket!" sagde den lille Pige. "Jeg skulde jo finde Kay! — Veed I ikke hvor han er?" spurgte hun Roserne. "Troer I at han er død og borte?"

"Død er han ikke," sagde Roserne. "Vi have jo været i Jorden, der ere alle de Døde, men Kay var der ikke!"

"Tak skal I have!" sagde den lille Gerda og hun gik hen til de andre Blomster og saae ind i deres Kalk og spurgte: "Veed I ikke, hvor lille Kay er?"

Men hver Blomst stod i Solen og drømte sit eget Eventyr eller Historie, af dem fik lille Gerda saa mange, mange, men Ingen vidste noget om Kay.

Og hvad sagde da Ildlillien?

"Hører Du Trommen: bum! bum! det er kun to Toner, altid bum! bum! hør Qvindernes Sørgesang! hør Præsternes Raab! — I sin lange røde Kjortel staaer Hindue-Konen paa Baalet, Flammerne slaae op om hende og hendes døde Mand; men Hindue-Konen tænker paa den Levende her i Kredsen, ham, hvis Øine brænde hedere end Flammerne, ham, hvis Øines Ild naae mere hendes Hjerte, end de Flammer, som snart brænde hendes Legeme til Aske. Kan Hjertets Flamme døe i Baalets Flammer?"

"Det forstaaer jeg slet ikke!" sagde den lille Gerda.

"Det er mit Æventyr!" sagde Ildlillien.

Hvad siger Convolvolus?

"Ud over den snevre Fjeldvei hænger en gammel Ridderborg; det tætte Evigtgrønt voxer op om de gamle røde Mure, Blad ved Blad, hen om Altanen, og der staaer en deilig Pige; hun bøier sig ud over Rækværket og seer ned ad Veien. Ingen Rose hænger friskere fra Grenene, end hun, ingen Æbleblomst, naar Vinden bærer den fra Træet, er mere svævende, end hun; hvor rasler den prægtige Silkekjortel. 'Kommer han dog ikke!'

"Er det Kay, Du mener," spurgte lille Gerda.

"Jeg taler kun om mit Eventyr, min Drøm," svarede Convolvolus.

Hvad siger den lille Sommergjæk?

"Mellem Træerne hænger i Snore det lange Bræt, det er en Gynge; to nydelige Smaapiger, — Kjolerne ere hvide som Snee, lange grønne Silkebaand flagre fra Hattene, — sidde og gynge; Broderen, der er større end de, staaer op i Gyngen, han har Armen om Snoren for at holde sig, thi i den ene Haand har han en lille Skaal, i den anden en Kridtpibe, han blæser Sæbebobler; Gyngen gaaer, og Boblerne flyve med deilige, vexlende Farver; den sidste hænger endnu ved Pibestilken og bøier sig i Vinden; Gyngen gaaer. Den lille sorte Hund, let som Boblerne, reiser sig paa Bagbenene og vil med i Gyngen, den flyver; Hunden dumper, bjæffer og er vred; den gjækkes, Boblerne briste, — Et gyngende Bræt, et springende Skumbilled er min Sang!"

"Det kan gjerne være, at det er smukt, hvad Du fortæller, men Du siger det saa sørgeligt og nævner slet ikke Kay. Hvad sige Hyazinterne?"

"Der var tre deilige Søstre, saa gjennemsigtige og fine; den Enes Kjortel var rød, den Andens var blaa, den Tredies ganske hvid; Haand i Haand dandsede de ved den stille Sø i det klare Maaneskin. De vare ikke Elverpiger, de vare Menneskebørn. Der duftede saa sødt, og Pigerne svandt i Skoven; Duften blev stærkere; — tre Liigkister, i dem laae de deilige Piger, glede fra Skovens Tykning hen over Søen; Sant-Hansorme fløi skinnende rundt om, som smaa svævende Lys. Sove de dandsende Piger, eller ere de døde? — Blomsterduften siger, de ere Liig; Aftenklokken ringer over de Døde!"

"Du gjør mig ganske bedrøvet," sagde den lille Gerda. "Du dufter saa stærkt; jeg maa tænke paa de døde Piger! ak, er da virkelig lille Kay død? Roserne have været nede i Jorden, og de sige nei!"

"Ding, dang!" ringede Hyazintens Klokker. "Vi ringe ikke over lille Kay, ham kjende vi ikke! vi synge kun vor Vise, den eneste, vi kunne!"

Og Gerda gik hen til Smørblomsten, der skinnede frem imellem de glindsende, grønne Blade.

"Du er en lille klar Sol!" sagde Gerda. "Siig mig, om Du veed, hvor jeg skal finde min Legebroder?"

Og Smørblomsten skinnede saa smukt og saae paa Gerda igjen. Hvilken Vise kunde vel Smørblomsten synge? Den var heller ikke om Kay. "I en lille Gaard skinnede vor Herres Sol saa varmt den første Foraars Dag; Straalerne glede ned ad Naboens hvide Væg, tæt ved groede de første gule Blomster, skinnende Guld i de varme Solstraaler; gamle Bedstemoder var ude i sin Stol, Datterdatteren den fattige, kjønne Tjenestepige, kom hjem et kort Besøg; hun kyssede Bedstemoderen. Det var Guld, Hjertets Guld i det velsignede Kys. Guld paa Munden, Guld i Grunden, Guld deroppe i Morgenstunden! See, det er min lille Historie!" sagde Smørblomsten.

"Min gamle stakkels Bedstemoder!" sukkede Gerda. "Ja hun længes vist efter mig, er bedrøvet for mig, ligesom hun var for lille Kay. Men jeg kommer snart hjem igjen, og saa bringer jeg Kay med. — Det kan ikke hjelpe, at jeg spørger Blomsterne, de kunne kun deres egen Vise, de sige mig ikke Beskeed!" og saa bandt hun sin lille Kjole op, for at hun kunde løbe raskere; men Pindselillien slog hende over Benet, i det hun sprang over den; da blev hun staaende, saae paa den lange gule Blomst og spurgte: "Veed Du maaskee Noget?" og hun bøiede sig lige ned til Pindselillien. Og hvad sagde den?

"Jeg kan see mig selv! jeg kan see mig selv!" sagde Pindselillien. "O, o, hvor jeg lugter! — Oppe paa det lille Qvistkammer, halv klædt paa, staaer en lille Dandserinde, hun staaer snart paa eet Been, snart paa to, hun sparker af den hele Verden, hun er bare Øienforblindelse. Hun hælder Vand af Theepotten ud paa et Stykke Tøi, hun holder, det er Snørlivet; — Reenlighed er en god Ting! den hvide Kjole hænger paa Knagen, den er ogsaa vadsket i Theepotten og tørret paa Taget; den tager hun paa, det safransgule Tørklæde om Halsen, saa skinner Kjolen mere hvid. Benet i Veiret! see hvor hun kneiser paa een Stilk! jeg kan see mig selv! jeg kan see mig selv!"

"Det bryder jeg mig slet ikke om!" sagde Gerda. "Det er ikke noget at fortælle mig!" og saa løb hun til Udkanten af Haven.

Døren var lukket, men hun vrikkede i den rustne Krampe, saa den gik løs, og Døren sprang op, og saa løb den lille Gerda paa bare Fødder ud i den vide Verden. Hun saae tre Gange tilbage, men der var Ingen, som kom efter hende; tilsidst kunde hun ikke løbe mere og satte sig paa en stor Steen, og da hun saae sig rundt om, var Sommeren forbi, det var seent paa Efteraaret, det kunde man slet ikke mærke derinde i den deilige Have, hvor der var altid Solskin og alle Aarstiders Blomster.

"Gud! hvor jeg har sinket mig!" sagde den lille Gerda: "Det er jo blevet Efteraar! saa tør jeg ikke hvile!" og hun reiste sig for at gaae.

O, hvor hendes smaa Fødder vare ømme og trætte, og rundt om saae det koldt og raat ud; de lange Pileblade vare ganske gule og Taagen dryppede i Vand fra dem, eet Blad faldt efter et andet, kun Slaaentornen stod med Frugt, saa stram og til at rimpe Munden sammen. O hvor det var graat og tungt i den vide Verden.

Fjerde Historie. Prinds og Prindsesse.

Gerda maatte igjen hvile sig; da hoppede der paa Sneen, ligeover for hvor hun sad, en stor Krage, den havde længe siddet, seet paa hende og vrikket med Hovedet; nu sagde den: "Kra! kra! — go' Da'! go' Da'!"

Bedre kunde den ikke sige det, men den meente det saa godt med den lille Pige og spurgte, hvorhen hun gik saa alene ude i den vide Verden. Det Ord: alene forstod Gerda meget godt og følte ret, hvor meget der laae deri, og saa fortalte hun Kragen sit hele Liv og Levnet og spurgte, om den ikke havde seet Kay.

Og Kragen nikkede ganske betænksomt og sagde: "det kunde være! det kunde være!"

"Hvad, troer Du!" raabte den lille Pige og havde nær klemt Kragen ihjel, saaledes kyssede hun den.

"Fornuftig, fornuftig!" sagde Kragen. "Jeg troer, jeg veed, — jeg troer, det kan være den lille Kay! men nu har han vist glemt Dig for Prindsessen!"

"Boer han hos en Prindsesse?" spurgte Gerda.

"Ja hør!" sagde Kragen, "men jeg har saa svært ved at tale dit Sprog. Forstaaer Du Kragemaal saa skal jeg bedre fortælle!"

"Nei, det har jeg ikke lært!" sagde Gerda, "men Bedstemoder kunde det, og P-Maal kunde hun. Bare jeg havde lært det!"

"Gjør ikke noget!" sagde Kragen, "jeg skal fortælle, saa godt jeg kan, men daarligt bliver det alligevel," og saa fortalte den, hvad den vidste.

"I dette Kongerige, hvor vi nu sidde, boer en Prindsesse, der er saa uhyre klog, men hun har ogsaa læst alle Aviser, der ere til i Verden, og glemt dem igjen, saa klog er hun. Forleden sidder hun paa Thronen, og det er ikke saa morsomt endda, siger man, da kommer hun til at nynne en Vise, det var netop den: 'hvorfor skulde jeg ikke gifte mig!' 'Hør, det er der noget i,' siger hun, og saa vilde hun gifte sig, men hun vilde have en Mand, der forstod at svare, naar man talte til ham, En der ikke stod og kun saae fornem ud, for det er saa kjedeligt. Nu lod hun alle Hofdamerne tromme sammen, og da de hørte, hvad hun vilde, bleve de saa fornøiede, 'det kan jeg godt lide!' sagde de, 'saadant noget tænkte jeg ogsaa paa forleden!' — Du kan troe, at det er sandt hvert Ord jeg siger!" sagde Kragen. "Jeg har en tam Kjæreste, der gaaer frit om paa Slottet, og hun har fortalt mig Alt!"

Det var naturligviis ogsaa en Krage hans Kjæreste, for Krage søger Mage, og det er altid en Krage.

"Aviserne kom strax ud med en Kant af Hjerter og Prindsessens Navnetræk; man kunde læse sig til, at det stod enhver ung Mand, der saae godt ud, frit for at komme op paa Slottet og tale med Prindsessen, og den, som talte, saa at man kunde høre han var hjemme der, og talte bedst, ham vilde Prindsessen tage til Mand! — Ja, ja!" sagde Kragen, "Du kan troe mig, det er saa vist, som jeg sidder her, Folk strømmede til, der var en Trængsel og en Løben, men det lykkedes ikke, hverken den første eller anden Dag. De kunde Allesammen godt tale, naar de vare ude paa Gaden, men naar de kom ind af Slotsporten og saae Garden i Sølv, og op ad Trapperne Laquaierne i Guld og de store oplyste Sale, saa bleve de forbløffede; og stode de foran Thronen, hvor Prindsessen sad, saa vidste de ikke at sige uden det sidste Ord, hun havde sagt, og det brød hun sig ikke om at høre igjen. Det var ligesom om Folk derinde havde faaet Snuustobak paa Maven og vare faldet i Dvale, indtil de kom ud paa Gaden igjen, ja, saa kunde de snakke. Der stod en Række lige fra Byens Port til Slottet. Jeg var selv inde at see det!" sagde Kragen. "De bleve baade sultne og tørstige, men fra Slottet fik de ikke engang saa meget, som et Glas lunket Vand. Vel havde nogle af de Klogeste taget Smørrebrød med, men de deelte ikke med deres Nabo, de tænkte, som saa: lad ham kun see sulten ud, saa tager Prindsessen ham ikke!"

"Men Kay, lille Kay!" spurgte Gerda. "Naar kom han? Var han mellem de mange?"

"Giv Tid! giv Tid! nu ere vi lige ved ham! det var den tredie Dag, da kom der en lille Person, uden Hest eller Vogn, ganske freidig marcherende lige op til Slottet; hans Øine skinnede som dine, han havde deilige lange Haar, men ellers fattige Klæder!"

"Det var Kay!" jublede Gerda. "O, saa har jeg fundet ham!" og hun klappede i Hænderne.

"Han havde en lille Randsel paa Ryggen!" sagde Kragen.

"Nei, det var vist hans Slæde!" sagde Gerda, "for med Slæden gik han bort!"

"Det kan gjerne være!" sagde Kragen, "jeg saae ikke saa nøie til! men det veed jeg af min tamme Kjæreste, at da han kom ind af Slotsporten og saae Livgarden i Sølv og opad Trappen Laquaierne i Guld, blev han ikke det bitterste forknyt, han nikkede og sagde til dem: "det maa være kjedeligt at staae paa Trappen, jeg gaaer heller indenfor!" Der skinnede Salene med Lys; Geheimeraader og Excellenser gik paa bare Fødder og bare Guldfade; man kunde nok blive høitidelig! hans Støvler knirkede saa frygtelig stærkt, men han blev dog ikke bange!"

"Det er ganske vist Kay!" sagde Gerda, "jeg veed, han havde nye Støvler, jeg har hørt dem knirke i Bedstemoders Stue!"

"Ja knirke gjorde de!" sagde Kragen, "og freidig gik han lige ind for Prindsessen, der sad paa en Perle, saa stor som et Rokkehjul; og alle Hofdamerne med deres Piger og Pigers Piger, og alle Cavalererne med deres Tjenere og Tjeneres Tjenere, der holde Dreng, stode opstillede rundt om; og jo nærmere de stode ved Døren, jo stoltere saae de ud. Tjenernes Tjeneres Dreng, der altid gaaer i Tøfler, er næsten ikke til at see paa, saa stolt staaer han i Døren!"

"Det maa være grueligt!" sagde den lille Gerda. "Og Kay har dog faaet Prindsessen!"

"Havde jeg ikke været en Krage, saa havde jeg taget hende, og det uagtet jeg er forlovet. Han skal have talt ligesaa godt, som jeg taler, naar jeg taler Kragemaal, det har jeg fra min tamme Kjæreste. Han var freidig og nydelig; han var slet ikke kommet for at frie, bare alene kommet for at høre Prindsessens Klogskab, og den fandt han god, og hun fandt ham god igjen!"

"Ja, vist! det var Kay!" sagde Gerda, "han var saa klog, han kunde Hoved-Regning med Brøk! — O, vil Du ikke føre mig ind paa Slottet!"

"Ja, det er let sagt!" sagde Kragen. "Men hvorledes gjøre vi det? Jeg skal tale derom med min tamme Kjæreste; hun kan vel raade os; thi det maa jeg sige Dig, saadan en lille Pige, som Du, faaer aldrig Lov at komme ordenlig ind!"

"Jo, det gjør jeg!" sagde Gerda. "Naar Kay hører jeg er her, kommer han strax ud og henter mig!"

"Vent mig ved Stenten der!" sagde Kragen, vrikkede med Hovedet og fløi bort.

Først da det var mørk Aften kom Kragen igjen tilbage: "Rar! rar!" sagde den. "Jeg skal hilse Dig fra hende mange Gange! og her er et lille Brød til Dig, det tog hun i Kjøkkenet, der er Brød nok og Du er vist sulten! — Det er ikke muligt, at Du kan komme ind paa Slottet, Du har jo bare Fødder; Garden i Sølv og Laquaierne i Guld ville ikke tillade det; men græd ikke, Du skal dog nok komme derop. Min Kjæreste veed en lille

Bagtrappe, som fører til Sovkammeret, og hun veed, hvor hun skal tage Nøglen!"

Og de gik ind i Haven, i den store Allee, hvor det ene Blad faldt efter det andet, og da paa Slottet Lysene slukkedes, det ene efter det andet, førte Kragen lille Gerda hen til en Bagdør, der stod paa klem.

O, hvor Gerdas Hjerte bankede af Angest og Længsel! det var ligesom om hun skulde gjøre noget Ondt, og hun vilde jo kun have at vide, om det var lille Kay; jo, det maatte være ham; hun tænkte saa levende paa hans kloge Øine, hans lange Haar; hun kunde ordentlig see, hvorledes han smilede, som da de sade hjemme under Roserne. Han vilde vist blive glad ved at see hende, høre hvilken lang Vei, hun havde gaaet for hans Skyld, vide, hvor bedrøvet de Alle hjemme havde været, da han ikke kom igjen. O, det var en Frygt og en Glæde.

Nu vare de paa Trappen; der brændte en lille Lampe paa et Skab; midt paa Gulvet stod den tamme Krage og dreiede Hovedet til alle Sider og betragtede Gerda, der neiede, som Bedstemoder havde lært hende.

"Min Forlovede har talt saa smukt om dem, min lille Frøken," sagde den tamme Krage, "deres Vita, som man kalder det, er ogsaa meget rørende! — Vil de tage Lampen, saa skal jeg gaae foran. Vi gaae her den lige Vei, for der træffe vi Ingen!"

"Jeg synes her kommer Nogen lige bag efter!" sagde Gerda, og det susede forbi hende; det var ligesom Skygger hen ad Væggen, Heste med flagrende Manker og tynde Been, Jægerdrenge, Herrer og Damer til Hest.

"Det er kun Drømmene!" sagde Kragen, "de komme og hente det høie Herskabs Tanker til Jagt, godt er det, saa kan De bedre betragte dem i Sengen. Men lad mig see, kommer De til Ære og Værdighed, at De da viser et taknemmeligt Hjerte!"

"Det er jo ikke noget at snakke om!" sagde Kragen fra Skoven.

Nu kom de ind i den første Sal, den var af rosenrødt Atlask med kunstige Blomster opad Væggen; her susede dem allerede Drømmene forbi, men de foer saa hurtigt, at Gerda ikke fik seet det høie Herskab. Den ene Sal blev prægtigere end den anden; jo man kunde nok blive forbløffet, og nu vare de i Sovkammeret. Loftet herinde lignede en stor Palme med Blade af Glas, kostbart Glas, og midt paa Gulvet hang i en tyk Stilk af Guld to Senge, der hver saae ud som Lillier: den ene var hvid, i den laae Prindsessen; den anden var rød, og i den var det at Gerda skulde søge lille Kay; hun bøiede eet af de røde Blade tilside og da saae hun en bruun Nakke. — O, det var Kay! — Hun raabte ganske høit hans Navn, holdt Lampen hen til ham — Drømmene susede til Hest ind i Stuen igjen — han vaagnede, dreiede Hovedet og – – det var ikke den lille Kay.

Prindsen lignede ham kun paa Nakken, men ung og smuk var han. Og fra den hvide Lillie-Seng tittede Prindsessen ud, og spurgte hvad det var. Da græd den lille Gerda og fortalte hele sin Historie og Alt, hvad Kragerne havde gjort for hende.

"Din lille Stakkel!" sagde Prindsen og Prindsessen, og de roste Kragerne og sagde, at de vare slet ikke vrede paa dem, men de skulde dog ikke gjøre det oftere. Imidlertid skulde de have en Belønning.

"Ville I flyve frit?" spurgte Prindsessen, "eller ville I have fast Ansættelse som Hofkrager med Alt, hvad der falder af i Kjøkkenet?"

Og begge Kragerne neiede og bade om fast Ansættelse; for de tænkte paa deres Alderdom og sagde, "det var saa godt at have noget for den gamle Mand," som de kalde det.

Og Prindsen stod op af sin Seng og lod Gerda sove i den, og mere kunde han ikke gjøre. Hun foldede sine smaa Hænder og tænkte: "hvor dog Mennesker og Dyr ere gode," og saa lukkede hun sine Øine og sov saa velsignet. Alle Drømmene kom igjen flyvende ind, og da saae de ud som Guds Engle, og de trak en lille Slæde, og paa den sad Kay og nikkede; men det Hele var kun Drømmeri, og derfor var det ogsaa borte igjen, saasnart hun vaagnede.

Næste Dag blev hun klædt op fra Top til Taa i Silke og Fløiel; hun fik Tilbud at blive paa Slottet og have gode Dage, men hun bad alene om at faae en lille Vogn med en Hest for og et Par smaa Støvler, saa vilde hun igjen kjøre ud i den vide Verden og finde Kay.

Og hun fik baade Støvler og Muffe; hun blev saa nydeligt klædt paa, og da hun vilde afsted, holdt ved Døren en ny Karreet af puurt Guld; Prindsens og Prindsessens Vaaben lyste fra den som en Stjerne; Kudsk, Tjenere og Forridere, for der vare ogsaa Forridere, sade klædte i Guldkroner. Prindsen og Prindsessen hjalp hende selv i Vognen og ønskede hende al Lykke. Skovkragen, der nu var bleven givt, fulgte med de første tre Mile; den sad ved Siden af hende, for den kunde ikke taale at kjøre baglænds; den anden Krage stod i Porten og slog med Vingerne, den fulgte ikke med, thi den leed af Hovedpine, siden den havde faaet fast Ansættelse og for meget at spise. Indeni var Karreten foret med Sukkerkringler, og i Sædet vare Frugter og Pebernødder.

"Farvel! farvel!" raabte Prinds og Prindsesse, og lille Gerda græd, og Kragen græd; — saaledes gik de første Mile; da sagde ogsaa Kragen farvel, og det var den tungeste Afsked; den fløi op i et Træ og slog med sine sorte Vinger, saalænge den kunde see Vognen, der straalede, som det klare Solskin.

Femte Historie. Den lille Røverpige.

De kjørte gjennem den mørke Skov, men Karreten skinnede som et

Blus, det skar Røverne i Øinene, det kunde de ikke taale.

"Det er Guld! det er Guld!" raabte de, styrtede frem, toge fat i Hestene, sloge de smaae Jokeier, Kudsken og Tjenerne ihjel, og trak nu den lille Gerda ud af Vognen.

"Hun er feed, hun er nydelig, hun er fedet med Nøddekjerne!" sagde den gamle Røverkjelling, der havde et langt, stridt Skjæg og Øienbryn, der hang hende ned over Øinene. "Det er saa godt som et lille Fedelam! naa, hvor hun skal smage!" og saa trak hun sin blanke Kniv ud og den skinnede, saa at det var grueligt.

"Au!" sagde Kjellingen lige i det samme, hun blev bidt i Øret af sin egen lille Datter, der hang paa hendes Ryg og var saa vild og uvorn, saa det var en Lyst. "Din lede Unge!" sagde Moderen og fik ikke Tid til at slagte Gerda.

"Hun skal lege med mig!" sagde den lille Røverpige. "Hun skal give mig sin Muffe, sin smukke Kjole, sove hos mig i min Seng!" og saa beed hun igjen, saa Røverkjellingen sprang i Veiret og dreiede sig rundt, og alle Røverne loe og sagde: "see, hvor hun dandser med sin Unge!"

"Jeg vil ind i Karreten!" sagde den lille Røverpige og hun maatte og vilde have sin Villie, for hun var saa forkjælet og saa stiv. Hun og Gerda sad ind i den, og saa kjørte de over Stub og Tjørn dybere ind i Skoven. Den lille Røverpige var saa stor som Gerda, men stærkere, mere bredskuldret og mørk i Huden; Øinene vare ganske sorte, de saae næsten bedrøvede ud. Hun tog den lille Gerda om Livet og sagde: "De skal ikke slagte Dig, saalænge jeg ikke bliver vred paa Dig! Du er sagtens en Prindsesse?"

"Nei," sagde lille Gerda og fortalte hende Alt, hvad hun havde oplevet, og hvormeget hun holdt af lille Kay.

Røverpigen saae ganske alvorlig paa hende, nikkede lidt med Hovedet og sagde: "De skal ikke slagte Dig, selv om jeg endogsaa bliver vred paa Dig, saa skal jeg nok selv gjøre det!" og saa tørrede hun Gerdas Øine og puttede saa begge sine Hænder ind i den smukke Muffe, der var saa blød og saa varm.

Nu holdt Karreten stille; de vare midt inde i Gaarden af et Røverslot; det var revnet fra øverst til nederst, Ravne og Krager fløi ud af de aabne Huller, og de store Bulbidere, der hver saae ud til at kunne sluge et Menneske, sprang høit i Veiret, men de gjøede ikke, for det var forbudt. I den store, gamle, sodede Sal brændte midt paa Steengulvet en stor Ild; Røgen trak hen under Loftet og maatte selv see at finde ud; en stor Bryggerkjedel kogte med Suppe, og baade Harer og Kaniner vendtes paa Spid.

"Du skal sove i Nat med mig her hos alle mine Smaadyr!" sagde Røverpigen. De fik at spise og drikke og gik saa hen i et Hjørne, hvor der laae Halm og Tepper. Ovenover sad paa Lægter og Pinde næsten hundrede Duer, der alle syntes at sove, men dreiede sig dog lidt, da Smaapigerne kom.

"Det er allesammen mine!" sagde den lille Røverpige og greb rask fat i een af de nærmeste, holdt den ved Benene og rystede den, saa at den slog med Vingerne. "Kys den!" raabte hun og baskede Gerda med den i Ansigtet. "Der sidder Skovcanaillerne!" blev hun ved og viste bag en Mængde Tremmer, der var slaaet for et Hul i Muren høit oppe. "Det er Skovcanailler, de to! de flyve strax væk, har man dem ikke rigtigt laaset; og her staaer min gamle Kjæreste Bæ!" og hun trak ved Hornet et Rensdyr, der havde en blank Kobberring om Halsen og var bundet. "Ham maa vi ogsaa have i Klemme, ellers springer han med fra os. Hver evige Aften kilder jeg ham paa Halsen med min skarpe Kniv, det er han saa bange for!" og den lille Pige trak en lang Kniv ud af en Sprække i Muren og lod den glide over Rensdyrets Hals; det stakkels Dyr slog ud med Benene, og Røverpigen lo og trak saa Gerda med ned i Sengen.

"Vil Du have Kniven med, naar Du skal sove?" spurgte Gerda og saae lidt bange til den.

"Jeg sover altid med Kniv!" sagde den lille Røverpige. "Man veed aldrig, hvad der kan komme. Men fortæl mig nu igjen, hvad Du fortalte før om lille Kay, og hvorfor Du er gaaet ud i den vide Verden. Og Gerda fortalte forfra, og Skovduerne kurrede deroppe i Buret, de andre Duer sov. Den lille Røverpige lagde sin Arm om Gerdas Hals, holdt Kniven i den anden Haand og sov, saa man kunde høre det; men Gerda kunde slet ikke lukke sine Øine, hun vidste ikke, om hun skulde leve eller døe. Røverne sad rundt om Ilden, sang og drak, og Røverkjællingen slog Kolbøtter. O! det var ganske grueligt for den lille Pige at see paa.

Da sagde Skovduerne: "Kurre, kurre! vi have seet den lille Kay. En hvid Høne bar hans Slæde, han sad i Sneedronningens Vogn, der foer lavt hen over Skoven, da vi laae i Rede; hun blæste paa os Unger, og alle døde de uden vi to; kurre! kurre!"

"Hvad sige I deroppe?" raabte Gerda, "hvor reiste Sneedronningen hen? Veed I noget derom?"

"Hun reiste sagtens til Lapland, for der er altid Snee og Iis! spørg bare Rensdyret, som staaer bundet i Strikken."

"Der er Iis og Snee, der er velsignet og godt!" sagde Rensdyret; "der springer man frit om i de store skinnende Dale! der har Sneedronningen sit Sommertelt, men hendes faste Slot er oppe mod Nordpolen, paa den Ø, som kaldes Spitsberg!"

"O Kay, lille Kay!" sukkede Gerda.

"Nu skal Du ligge stille!" sagde Røverpigen, "ellers faaer Du Kniven op i Maven!"

Om Morgenen fortalte Gerda hende Alt, hvad Skovduerne havde sagt, og den lille Røverpige saae ganske alvorlig ud, men nikkede med Hovedet og sagde: "Det er det samme! det er det samme. — Veed Du, hvor Lapland er?" spurgte hun Rensdyret.

"Hvo skulde bedre vide det end jeg," sagde Dyret, og Øinene spillede i Hovedet paa det. "Der er jeg født og baaret, der har jeg sprunget paa Sneemarken!"

"Hør!" sagde Røverpigen til Gerda, "Du seer, at alle vore Mandfolk ere borte, men Mutter er her endnu, og hun bliver, men op ad Morgenstunden drikker hun af den store Flaske og tager sig saa en lille Luur ovenpaa; — saa skal jeg gjøre noget for Dig!" Nu sprang hun ud af Sengen, foer hen om Halsen paa Moderen, trak hende i Mundskjægget og sagde: "min egen søde Gjedebuk, god Morgen!" Og Moderen knipsede hende under Næsen, saa den blev rød og blaa, men det var altsammen af bare Kjærlighed.

Da saa Moderen havde drukket af sin Flaske og fik sig en lille Luur, gik Røverpigen hen til Rensdyret og sagde: "jeg kunde have besynderlig Lyst til endnu at kilde Dig mange Gange med den skarpe Kniv, for saa er Du saa morsom, men det er det samme, jeg vil løsne din Snor og hjælpe Dig udenfor, at Du kan løbe til Lapland, men Du skal tage Benene med Dig og bringe mig denne lille Pige til Sneedronningens Slot, hvor hendes Legebroder er. Du har nok hørt, hvad hun fortalte, thi hun snakkede høit nok, og Du lurer!"

Rensdyret sprang høit af Glæde. Røverpigen løftede lille Gerda op og havde den Forsigtighed at binde hende fast, ja endogsaa at give hende en lille Pude at sidde paa. "Det er det samme," sagde hun, "der har Du dine laadne Støvler, for det bliver koldt, men Muffen beholder jeg, den er alfor nydelig! Alligevel skal Du ikke fryse. Her har Du min Moders store Bælvanter, de naae Dig lige op til Albuen; stik i! — Nu seer Du ud paa Hænderne ligesom min ækle Moder!"

Og Gerda græd af Glæde.

"Jeg kan ikke lide at Du tviner!" sagde den lille Røverpige. "Nu skal Du just see fornøiet ud! og der har Du to Brød og en Skinke, saa kan Du ikke sulte." Begge Dele bleve bundne bag paa Rensdyret; den lille Røverpige aabnede Døren, lokkede alle de store Hunde ind, og saa skar hun Strikken over med sin Kniv og sagde til Rensdyret: "Løb saa! men pas vel paa den lille Pige!"

Og Gerda strakte Hænderne, med de store Bælvanter, ud mod Røverpigen og sagde farvel, og saa fløi Rensdyret afsted over Buske og Stubbe, gjennem den store Skov, over Moser og Stepper, alt hvad det kunde. Ulvene hylede, og Ravnene skreg. "Fut! fut!" sagde det paa Himlen. Det var ligesom om den nyste rødt.

"Det er mine gamle Nordlys!" sagde Rensdyret, "see, hvor de lyse!" og
saa løb det endnu mere afsted, Nat og Dag; Brødene bleve spiist,
Skinken med og saa vare de i Lapland.

Sjette Historie. Lappekonen og Finnekonen.

De holdt stille ved et lille Huus; det var saa ynkeligt; Taget gik ned til
Jorden, og Døren var saa lav, at Familien maatte krybe paa Maven, naar
den vilde ud eller ind. Her var Ingen hjemme uden en gammel
Lappekone, der stod og stegte Fisk ved en Tranlampe; og Rensdyret
fortalte hele Gerdas Historie, men først sin egen, for det syntes, at den
var meget vigtigere, og Gerda var saa forkommet af Kulde, at hun ikke
kunde tale.

"Ak, I arme Stakler!" sagde Lappekonen, "da have I langt endnu at løbe!
I maa afsted over hundred Mile ind i Finmarken, for der ligger
Sneedronningen paa Landet og brænder Blaalys hver evige Aften. Jeg
skal skrive et Par Ord paa en tør Klipfisk, Papir har jeg ikke, den skal jeg
give Eder med til Finnekonen deroppe, hun kan give Eder bedre
Besked, end jeg!"

Og da nu Gerda var blevet varmet og havde faaet at spise og drikke,
skrev Lappekonen et Par Ord paa en tør Klipfisk, bad Gerda passe vel
paa den, bandt hende igjen fast paa Rensdyret og det sprang afsted.
"Fut! fut!" sagde det oppe i Luften, hele Natten brændte de deiligste
blaae Nordlys; — og saa kom de til Finmarken og bankede paa
Finnekonens Skorsteen, for hun havde ikke engang Dør.

Der var en Hede derinde, saa Finnekonen selv gik næsten ganske
nøgen; lille var hun og ganske grumset; hun løsnede strax Klæderne
paa lille Gerda, tog Bælvanterne og Støvlerne af, for ellers havde hun
faaet det for hedt, lagde Rensdyret et Stykke Iis paa Hovedet og læste
saa, hvad der stod skrevet paa Klipfisken; hun læste det tre Gange, og
saa kunde hun det udenad og puttede Fisken i Mad-Gryden, for den
kunde jo godt spises, og hun spildte aldrig noget.

Nu fortalte Rensdyret først sin Historie, saa den lille Gerdas, og
Finnekonen plirede med de kloge Øine, men sagde ikke noget.

"Du er saa klog," sagde Rensdyret; "jeg veed, Du kan binde alle Verdens
Vinde i en Sytraad; naar Skipperen løser den ene Knude, faaer han god
Vind, løser han den anden, da blæser det skrapt, og løser han den tredie
og fjerde, da stormer det, saa Skovene falde om. Vil Du ikke give den
lille Pige en Drik, saa hun kan faae tolv Mands Styrke og overvinde
Sneedronningen."

"Tolv Mands Styrke," sagde Finnekonen; "jo, det vil godt forslaae!" og
saa gik hun hen paa en Hylde, tog et stort sammenrullet Skind frem, og
det rullede hun op; der var skrevet underlige Bogstaver derpaa, og

Finnekonen læste, saa Vandet haglede ned af hendes Pande.

Men Rensdyret bad igjen saa meget for den lille Gerda, og Gerda saae med saa bedende Øine, fulde af Taarer, paa Finnekonen, at denne begyndte igjen at plire med sine og trak Rensdyret hen i en Krog, hvor hun hvidskede til det, medens det fik frisk Iis paa Hovedet:

"Den lille Kay er rigtignok hos Sneedronningen og finder alt der efter sin Lyst og Tanke og troer, det er den bedste Deel af Verden, men det kommer af, at han har faaet en Glas-Splint i Hjertet og et lille Glas-Korn i Øiet; de maa først ud, ellers bliver han aldrig til Menneske, og Sneedronningen vil beholde Magten over ham!"

"Men kan Du ikke give den lille Gerda noget ind, saa hun kan faae Magt over det Hele?"

"Jeg kan ikke give hende større Magt, end hun allerede har! seer Du ikke, hvor stor den er? Seer Du ikke, hvor Mennesker og Dyr maae tjene hende, hvorledes hun paa bare Been er kommen saa vel frem i Verden. Hun maa ikke af os vide sin Magt, den sidder i hendes Hjerte, den sidder i, hun er et sødt uskyldigt Barn. Kan hun ikke selv komme ind til Sneedronningen og faae Glasset ud af lille Kay, saa kunne vi ikke hjælpe! To Mile herfra begynder Sneedronningens Have, derhen kan Du bære den lille Pige; sæt hende af ved den store Busk, der staaer med røde Bær i Sneen, hold ikke lang Faddersladder og skynd dig her tilbage!" Og saa løftede Finnekonen den lille Gerda op paa Rensdyret, der løb alt, hvad det kunde.

"O, jeg fik ikke mine Støvler! jeg fik ikke mine Bælvanter!" raabte den lille Gerda, det mærkede hun i den sviende Kulde, men Rensdyret turde ikke standse, det løb, til det kom til den store Busk med de røde Bær; der satte det Gerda af, kyssede hende paa Munden, og der løb store, blanke Taarer ned over Dyrets Kinder, og saa løb det, alt hvad det kunde, igjen tilbage. Der stod den stakkels Gerda uden Sko, uden Handsker, midt i det frygtelige iiskolde Finmarken.

Hun løb fremad, saa stærkt hun kunde; da kom der et heelt Regiment Sneeflokker; men de faldt ikke ned fra Himlen, den var ganske klar og skinnede af Nordlys; Sneeflokkerne løb lige hen ad Jorden, og jo nærmere de kom, des større bleve de; Gerda huskede nok, hvor store og kunstige de havde seet ud, dengang hun saae Sneeflokkerne giennem Brændeglasset, men her vare de rigtignok anderledes store og frygtelige, de vare levende, de vare Sneedronningens Forposter; de havde de underligste Skikkelser; nogle saae ud som fæle store Pindsviin, andre, som hele Knuder af Slanger, der stak Hoverne frem, og andre, som smaa tykke Bjørne paa hvem Haarene struttede, alle skinnende hvide, alle vare de levende Sneeflokker.

Da bad den lille Gerda sit Fadervor, og Kulden var saa stærk at hun kunde see sin egen Aande; som en heel Røg stod den hende ud af Munden; Aanden blev tættere og tættere og den formede sig til smaa klare Engle, der voxte meer og mere, naar de rørte ved Jorden; og alle havde de Hjelm paa Hovedet og Spyd og Skjold i Hænderne; de bleve flere og flere, og da Gerda havde endt sit Fadervor, var der en heel Legion om hende; de hug med deres Spyd paa de gruelige Sneeflokker saa de sprang i hundrede Stykker, og den lille Gerda gik ganske sikker og freidig frem. Englene klappede hende paa Fødderne og paa Hænderne, og saa følte hun mindre, hvor koldt det var, og gik rask frem mod Sneedronningens Slot.

Men nu skulle vi først see, hvorledes Kay har det. Han tænkte rigtignok ikke paa lille Gerda, og allermindst at hun stod udenfor Slottet.

Syvende Historie. Hvad der skete i Sneedronningens Slot, og hvad der siden skete.

Slottets Vægge vare af den fygende Snee og Vinduer og Døre af de skjærende Vinde; der vare over hundrede Sale, alt ligesom Sneen fygede, den største strakte sig mange Mile, alle belyste af de stærke Nordlys, og de vare saa store, saa tomme, saa isnende kolde og saa skinnende. Aldrig kom her Lystighed, ikke engang saa meget, som et lille Bjørne-Bal, hvor Stormen kunde blæse op, og Iisbjørnene gaae paa Bagbenene og have fine Manerer; aldrig et lille Spilleselskab med Munddask og slaae paa Lappen; aldrig en lille Smule Caffe-Commerts af de hvide Ræve-Frøkner; tomt, stort og koldt var det i Sneedronningens Sale. Nordlysene blussede saa nøiagtigt, at man kunde tælle sig til, naar de vare paa det Høieste, og naar de vare paa det Laveste. Midt derinde i den tomme uendelige Sneesal var der en frossen Sø; den var revnet i tusinde Stykker, men hvert Stykke var saa akkurat ligt det andet, at det var et heelt Kunststykke; og midt paa den sad Sneedronningen, naar hun var hjemme, og saa sagde hun, at hun sad i Forstandens Speil, og at det var det eneste og bedste i denne Verden.

Lille Kay var ganske blaa af Kulde, ja næsten sort, men han mærkede det dog ikke, for hun havde jo kysset Kuldegyset af ham, og hans Hjerte var saa godt som en Iisklump. Han gik og slæbte paa nogle skarpe flade Iisstykker, som han lagde paa alle mulige Maader, for han vilde have noget ud deraf; det var ligesom naar vi andre have smaa Træplader og lægge disse i Figurer, der kaldes det chinesiske Spil. Kay gik ogsaa og lagde Figurer, de allerkunstigste, det var Forstands Iisspillet; for hans Øine vare Figurerne ganske udmærkede og af den allerhøieste Vigtighed; det gjorde det Glaskorn, der sad ham i Øiet! han lagde hele Figurer, der vare et skrevet Ord, men aldrig kunde han finde paa at lægge det Ord, som han just vilde, det Ord: Evigheden, og

Sneedronningen havde sagt: "Kan Du udfinde mig den Figur, saa skal Du være Din egen Herre, og jeg forærer Dig hele Verden og et Par nye Skøiter." Men han kunde ikke.

"Nu suser jeg bort til de varme Lande!" sagde Sneedronningen, "jeg vil hen og kige ned i de sorte Gryder!" — Det var de ildsprudende Bjerge, Ætna og Vesuv, som man kalder dem. — "Jeg skal hvidte dem lidt! det hører til; det gjør godt oven paa Citroner og Viindruer!" og saa fløi Sneedronningen, og Kay sad ganske ene i den mange Mile store tomme Iissal og saae paa Iisstykkerne og tænkte og tænkte, saa det knagede i ham, ganske stiv og stille sad han, man skulde troe han var frosset ihjel.

Da var det, at den lille Gerda traadte ind i Slottet gjennem den store Port, der var skjærende Vinde; men hun læste en Aftenbøn, og da lagde Vindene sig, som de vilde sove, og hun traadte ind i de store, tomme kolde Sale — da saae hun Kay, hun kjendte ham, hun fløi ham om Halsen, holdt ham saa fast og raabte: "Kay! søde lille Kay! saa har jeg da fundet Dig!"

Men han sad ganske stille, stiv og kold; — da græd den lille Gerda hede Taarer, de faldt paa hans Bryst, de trængte ind i hans Hjerte, de optøede Iisklumpen og fortærede den lille Speilstump derinde; han saae paa hende og hun sang Psalmen:

"Roserne voxe i Dale,
Der faae vi Barn-Jesus i Tale!"

Da brast Kay i Graad; han græd, saa Speilkornet trillede ud af Øinene, han kjendte hende og jublede: "Gerda! søde lille Gerda! — hvor har Du dog været saa længe? Og hvor har jeg været?" Og han saae rundt om sig. "Hvor her er koldt! hvor her er tomt og stort!" og han holdt sig fast til Gerda, og hun lo og græd af Glæde; det var saa velsignet, at selv Iisstykkerne dandsede af Glæde rundtom og da de vare trætte og lagde sig, laae de netop i de Bogstaver, som Sneedronningen havde sagt, han skulde udfinde, saa var han sin egen Herre, og hun vilde give ham hele Verden og et Par nye Skøiter.

Og Gerda kyssede hans Kinder, og de bleve blomstrende; hun kyssede hans Øine, og de lyste som hendes, hun kyssede hans Hænder og Fødder, og han var sund og rask. Sneedronningen maatte gjerne komme hjem: hans Fribrev stod skrevet der med skinnende Iisstykker.

Og de toge hinanden i Hænderne og vandrede ud af det store Slot; de talte om Bedstemoder og om Roserne oppe paa Taget; og hvor de gik, laae Vindene ganske stille og Solen brød frem; og da de naaede Busken med de røde Bær, stod Rensdyret der og ventede; det havde en anden ung Reen med, hvis Iver var fuldt, og den gav de Smaa sin varme Mælk og kyssede dem paa Munden. Saa bare de Kay og Gerda først til

Finnekonen, hvor de varmede sig op i den hede Stue og fik Besked om Hjemreisen, saa til Lappekonen, der havde syet dem nye Klæder og gjort sin Slæde istand.

Og Rensdyret og den unge Reen sprang ved Siden og fulgte med, lige til Landets Grændse, der tittede det første Grønne frem, der toge de Afsked med Rensdyret og med Lappekonen. "Farvel!" sagde de Allesammen. Og de første smaa Fugle begyndte at qviddre, Skoven havde grønne Knoppe, og ud fra den kom ridende paa en prægtig Hest, som Gerda kjendte (den havde været spændt for Guldkarreeten) en ung Pige med en skinnende rød Hue paa Hovedet og Pistoler foran sig; det var den lille Røverpige, som var kjed af at være hjemme og vilde nu først Nord paa og siden af en anden Kant, dersom hun ikke blev fornøiet. Hun kjendte strax Gerda, og Gerda kjendte hende, det var en Glæde.

"Du er en rar Fyr til at traske om!" sagde hun til lille Kay; "jeg gad vide, om Du fortjener, man løber til Verdens Ende for din Skyld!"

Men Gerda klappede hende paa Kinden, og spurgte om Prinds og Prindsesse.

"De ere reiste til fremmede Lande!" sagde Røverpigen.

"Men Kragen?" spurgte den lille Gerda.

"Ja Kragen er død!" svarede hun. "Den tamme Kjæreste er bleven Enke og gaaer med en Stump sort Uldgarn om Benet; hun klager sig ynkeligt og Vrøvl er det Hele! — Men fortæl mig nu, hvorledes det er gaaet Dig, og hvorledes Du fik fat paa ham!"

Og Gerda og Kay fortalte begge to.

"Og Snip-snap-snurre-basselurre!" sagde Røverpigen, tog dem begge to i Hænderne og lovede, at hvis hun engang kom igjennem deres By, saa vilde hun komme op at besøge dem, og saa red hun ud i den vide Verden, men Kay og Gerda gik Haand i Haand, og som de gik, var det et deiligt Foraar med Blomster og Grønt; Kirkeklokkerne ringede, og de kjendte de høie Taarne, den store By, det var i den de boede, og de gik ind i den og hen til Bedstemoders Dør, op ad Trappen, ind i Stuen, hvor Alt stod paa samme Sted som før, og Uhret sagde: "dik! dik!" og Viseren dreiede; men idet de gik igjennem Døren, mærkede de, at de vare blevne voxne Mennesker. Roserne fra Tagrenden blomstrede ind af de aabne Vinduer, og der stode de smaa Børnestole, og Kay og Gerda satte sig paa hver sin og holdt hinanden i Hænderne, de havde glemt som en tung Drøm den kolde tomme Herlighed hos Sneedronningen.

Bedstemoder sad i Guds klare Solskin og læste høit af Bibelen: "uden at I blive som Børn, komme I ikke i Guds Rige!"

Og Kay og Gerda saae hinanden ind i Øiet, og de forstode paa eengang den gamle Psalme:

"Roserne voxe i Dale,
Der faae vi Barn-Jesus i Tale."

Der sad de begge to Voxne og dog Børn, Børn i Hjertet, og det var Sommer, den varme, velsignede Sommer.

Sneemanden

„Det skrupknager i mig, saa deiligt koldt er det!" sagde Sneemanden. „Vinden kan rigtignok bide Liv i En! Og hvor den Gloende der, hun gloer!" det var Solen, han meente; den var lige ved at gaae ned. „Hun skal ikke faae mig til at blinke, jeg kan nok holde paa Brokkerne."
Det var to store, trekantede Tagsteensbrokker, han havde til Øine; Munden var et Stykke af en gammel Rive, derfor havde han Tænder. Han var født under Hurraraab af Drengene, hilset af Bjældeklang og Pidskesmæld fra Kanerne.
Solen gik ned, Fuldmaanen stod op, rund og stor, klar og deilig i den blaa Luft.
„Der har vi hende igjen fra en anden Kant," sagde Sneemanden. Han troede, at det var Solen, der viste sig igjen. „Jeg har vænnet hende af med at gloe! nu kan hun hænge der og lyse op, at jeg kan see mig selv. Vidste jeg bare, hvorledes man bærer sig ad med at flytte sig! jeg vilde saa gjerne flytte mig! kunde jeg det, vilde jeg nu ned at glide paa Isen, som jeg saae Drengene gjøre det; men jeg forstaaer ikke at løbe."
„Væk! væk!" bjæffede den gamle Lænkehund; han var noget hæs, det havde han været, siden han var Stuehund og laae under Kakkelovnen. „Solen vil nok lære Dig at løbe! det saae jeg med din Formand ifjor og med hans Formand; væk! væk! og væk ere de Alle."
„Jeg forstaaer Dig ikke, Kammerat!" sagde Sneemanden; „skal den deroppe lære mig at løbe?" han meente Maanen; „ja hun løb jo rigtignok før, da jeg saae stivt paa hende, nu lister hun fra en anden Kant."
„Du veed Ingenting," sagde Lænkehunden, „men Du er da ogsaa nylig klattet op! Den, Du nu seer, kaldes Maanen, den, der gik, var Solen, hun kommer igjen imorgen, hun lærer Dig nok at løbe ned i Voldgraven. Vi faae snart Forandring i Veiret, det kan jeg mærke paa mit venstre Bagbeen, det jager i det. Vi faae Veirskifte."
„Jeg forstaaer ham ikke," sagde Sneemanden, „men jeg har en Fornemmelse af, at det er noget Ubehageligt, han siger. Hun, der gloede og gik ned, som han kalder Solen, hun er heller ikke min Ven, det har jeg paa Følelsen."
„Væk! væk!" bjæffede Lænkehunden, gik tre Gange rundt om sig selv og lagde sig saa ind i sit Huus for at sove.

Der kom virkelig Forandring i Veiret. En Taage, saa tyk og klam, lagde sig i Morgenstunden hen over hele Egnen; i Dagningen luftede det; Vinden var saa iisnende, Frosten tog ordenligt Tag, men hvor det var et Syn at see, da Solen stod op! Alle Træer og Buske stode med Riimfrost; det var som en heel Skov af hvide Koraller, det var som om alle Grene vare overdængede af straalehvide Blomster. De uendelig mange og sine Forgreninger, dem man om Sommeren ikke kan see for de mange Blade, kom nu frem hver evige een; det var en Knipling og saa skinnende hvid, som strømmede der en hvid Glands ud fra hver Green. Hængebirken bevægede sig i Vinden, der var Liv i den, som i Træerne ved Sommertid; det var en mageløs Deilighed! og da Solen saa skinnede, nei, hvor funklede det Hele, som om det var overpuddret med Diamantstøv og hen over Jordens Sneelag glimrede de store Diamanter, eller man kunde ogsaa troe, at der brændte utallige smaa bitte Lys, endnu hvidere end den hvide Snee.

„Det er en mageløs Deilighed," sagde en ung Pige, som med en ung Mand traadte ud i Haven og standsede just ved Sneemanden, hvor de saae paa de glimrende Træer. „Deiligere Syn har man ikke om Sommeren!" sagde hun, og hendes Øine straalede.

„Og saadan en Karl, som han der, har man nu slet ikke," sagde den unge Mand og pegede paa Sneemanden. „Han er udmærket."

Den unge Pige lo, nikkede til Sneemanden og dandsede saa med sin Ven hen over Sneen, der knirkede under dem, som om de gik paa Stivelse.

„Hvem var de To?" spurgte Sneemanden Lænkehunden; „Du er ældre paa Gaarden end jeg, kjender Du dem?"

„Det gjør jeg!" sagde Lænkehunden. „Hun har jo klappet mig, og han har givet mig et Kjødbeen; dem bider jeg ikke."

„Men hvad forestille de her?" spurgte Sneemanden.

„Kjærrrrr-restefolk!" sagde Lænkehunden. „De skal flytte i Hundehuus og gnave Been sammen. Væk! væk!"

„Har de To ligesaa meget at betyde som Du og jeg?" spurgte Sneemanden.

„De høre jo til Herskabet," sagde Lænkehunden; „det er rigtignok saare Lidt man veed, naar man er født igaar; det mærker jeg paa Dig! Jeg har Alder og Kundskab, jeg kjender Alle her paa Gaarden! og jeg har kjendt en Tid, hvor jeg ikke stod her i Kulde og Lænke; væk! væk!"

„Kulden er deilig," sagde Sneemanden. „Fortæl, fortæl! men Du maa ikke rasle med Lænken, for saa knækker det i mig."

„Væk, væk!" bjæffede Lænkehunden. „Hvalp har jeg været; lille og yndig, sagde de, da laae jeg i Fløielsstol derinde paa Gaarden, laae i Skjødet paa det øverste Herskab; blev kysset i Flaben og visket om Poterne med broderet Lommetørklæde; jeg hed „den Deiligste", „Nussenussebenet", men saa blev jeg dem for stor; saa gav de mig til Huusholdersken; jeg kom i Kjælderetagen! Du kan see ind i den, hvor Du staaer; Du kan see ned i Kammeret, hvor jeg har været Herskab; for det var jeg hos Huusholdersken. Det var vel et ringere Sted end ovenpaa, men her var mere behageligt; jeg blev ikke krammet og slæbt om med af Børn, som ovenpaa. Jeg havde ligesaa god Føde, som før, og meget mere! jeg havde min egen Pude, og saa var der en Kakkelovn, den er paa denne Tid det Deiligste i denne Verden! jeg krøb heelt ind under den, saa at jeg blev borte. O, den Kakkelovn drømmer jeg endnu om; væk! væk!"

"Seer en Kakkelovn saa deilig ud?" spurgte Sneemanden. "Ligner den mig?"

"Den er lige det Modsatte af Dig! kulsort er den! har en lang Hals med Messingtromle. Den æder Brænde, saa at Ilden staaer den ud af Munden. Man maa holde sig paa Siden af den, tæt op, ind under den, det er en uendelig Behagelighed! Du maa ind ad Vinduet kunne see den der, hvor Du staaer!"

Og Sneemanden saae, og virkelig saae han en sort blankpoleret Gjenstand med Messingtromle; Ilden lyste ud forneden. Sneemanden blev ganske underlig til Mode; han havde en Fornemmelse, han ikke selv kunde gjøre sig Rede for; der kom over ham Noget, han ikke kjendte, men som alle Mennesker kjende, naar de ikke ere Sneemænd.

"Og hvorfor forlod Du hende?" sagde Sneemanden, Han følte at det maatte være et Hunkjønsvæsen. "Hvor kunde Du forlade et saadant Sted?"

"Det var jeg nok nødt til," sagde Lænkehunden, "de smed mig udenfor og satte mig her i Lænke. Jeg havde bidt den yngste Junker i Benet, for han stødte fra mig det Been, jeg gnavede paa; og Been for Been, tænker jeg! men det toge de ilde op, og fra den Tid har jeg staaet i Lænke, og har mistet min klare Røst, hør hvor hæs jeg er: væk! væk! det blev Enden paa det."

Sneemanden hørte ikke mere efter; han saae stadig ind i Huusholderskens Kjælderetage, ned i hendes Stue, hvor Kakkelovnen stod paa sine fire Jernbeen og viste sig i Størrelse som Sneemanden selv.

"Det knager saa underligt i mig!" sagde han. "Skal jeg aldrig komme derind? Det er et uskyldigt Ønske, og vore uskyldige Ønsker maae dog vist blive opfyldte. Det er mit høieste Ønske, mit eneste Ønske, og det vilde være næsten Uretfærdigt, om det ikke blev stillet tilfreds. Jeg maa derind, jeg maa helde mig op til hende, om jeg ogsaa skal knuse Vinduet."

"Der kommer Du aldrig ind," sagde Lænkehunden, "og kom Du til Kakkelovnen, saa var Du væk! væk!"

„Jeg er saa godt som væk," sagde Sneemanden, „jeg brækker over, troer jeg."

Hele Dagen stod Sneemanden og saae ind ad Vinduet; i Tusmørket blev Stuen endnu mere indbydende; fra Kakkelovnen lyste det saa mildt, som ikke Maanen lyser og heller ikke Solen, nei, som kun Kakkelovnen kan lyse, naar der er Noget i den. Gik de med Døren, saa slog Luen ud, det var den i Vane med; det blussede ordenligt rødt i Sneemandens hvide Ansigt, det lyste rødt lige op af hans Bryst.

„Jeg holder det ikke ud," sagde han. „Hvor det klæder hende at række Tungen ud!"

Natten var meget lang, men ikke for Sneemanden, han stod i sine egne deilige Tanker, og de frøs, saa de knagede.

I Morgenstunden vare Kjældervinduerne frosne til, de bare de deiligste Iisblomster, nogen Sneemand kunde forlange, men de skjulte Kakkelovnen. Ruderne vilde ikke tøe op, han kunde ikke see hende. Det knagede, det knusede, det var just et Frostveir, der maatte fornøie en Sneemand, men han var ikke fornøiet; han kunde og burde have følt sig saa lykkelig, men han var ikke lykkelig, han havde Kakkelovns-Længsel.

„Det er en slem Syge for en Sneemand," sagde Lænkehunden; „jeg har ogsaa lidt af den Syge, men jeg har overstaaet den; væk! væk! — Nu faae vi Veirskifte."

Og der blev Veirskifte, det slog om i Tø.

Tøveiret tog til, Sneemanden tog af. Han sagde ikke Noget, han klagede ikke, og det er det rigtige Tegn.

En Morgen styrtede han. Der stak Noget ligesom et Kosteskaft i Veiret, hvor han havde staaet, det havde Drengene reist ham om.

„Nu kan jeg forstaae det med hans Længsel!" sagde Lænkehunden, „Sneemanden har havt en Kakkelovnsskraber i Livet; det er den, som har rørt sig i ham, nu er det overstaaet; væk! væk!"

Og snart var ogsaa Vinteren overstaaet.

„Væk, væk!" bjæffede Lænkehunden; men Smaapigerne paa Gaarden sang:

„Skyd frem, Skovmærke! frisk og prud,
 Hæng, Piil! din uldne Vante Ud,
 Kom, Kukker, Lærke! syng, vi har
 Alt Foraar sidst i Februar!
 Jeg synger med, Kukkuk! qvivit!
 Kom, kjære Sol, kom saadan tidt!"

Saa tænker Ingen paa Sneemanden.

Sneglen og Rosenhækken

Rundt om Haven var et Gjerde af Nøddebuske, og Udenfor var Mark og Eng med Køer og Faar, men midt i Haven stod en blomstrende Rosenhæk, under den sad en Snegl, den havde Meget i sig, den havde sig selv.

„Vent til min Tid kommer!" sagde den, „jeg skal Udrette noget Mere, end at sætte Roser, end at bære Nødder, eller give Melk, som Køer og Faar."

„Jeg venter grumme Meget af Dem," sagde Rosenhækken. „Tør jeg spørge, naar kommer det?"

„Jeg giver mig Tid," sagde Sneglen. „De har nu saa meget Hastværk! det spænder ikke Forventningerne."

Næste Aar laae Sneglen omtrent paa samme Sted i Solskinnet under Rosentræet, der satte Knop og udfoldede Roser, altid friske, altid nye. Og Sneglen krøb halv frem, strakte ud Følehornene, og tog dem til sig igjen.

„Alt seer ud, som ifjor! der er ingen Fremgang skeet; Rosentræet bliver ved Roserne, videre kommer det ikke!"

Sommeren gik, Efteraaret kom, Rosentræet havde stadigt Blomster og Knopper lige til Sneen faldt, Veiret blev raat og vaadt; Rosentræet bøiede sig mod Jorden, Sneglen krøb i Jorden.

Nu begyndte et nyt Aar, og Roserne kom frem, og Sneglen kom frem.

„Nu er De en gammel Rosenstok," sagde den, „De maa snart see at gaae ud. De har givet Verden Alt, hvad De har havt i Dem; om det betød Noget, er et Spørgsmaal, jeg ikke havde Tid at tænke over; men det er da tydeligt, De har ikke gjort det Mindste for Deres indre Udvikling, der var ellers kommet noget Andet frem af Dem. Kan De forsvare det? De gaaer nu snart op i bare Pind! Kan De forstaae, hvad jeg siger?"

„De forskrækker mig," sagde Rosenhækken. „Det har jeg aldrig tænkt over."

„Nei, De har nok aldrig givet Dem meget af med at tænke! har De nogensinde gjort Rede for Dem selv, hvorfor De blomstrede, og hvorledes det gik til med at blomstre. Hvorledes og ikke anderledes!"

„Nei!" sagde Rosenhækken. „Jeg blomstrede i Glæde, for jeg kunde ikke Andet. Solen var saa varm, Luften faa forfriskende, jeg drak den klare Dug og den stærke Regn; jeg aandede, jeg levede! Der kom fra Jorden en Kraft op i mig, der kom en Kraft fra Oven, jeg fornam en Lykke, altid ny, altid stor, og derfor maatte jeg altid blomstre; det var mit Liv, jeg kunde ikke Andet!"

„De har ført et meget mageligt Liv," sagde Sneglen.

„Tilvisse! Alt blev givet mig!" sagde Rosenhækken; „men Dem blev endnu Mere givet! De er en af disse tænkende, dybsindige Naturer, en af de høit begavede, der vil forbause Verden."

„Det har jeg aldeles ikke i Sinde," sagde Sneglen. „Verden kommer ikke mig ved! hvad har jeg med Verden at gjøre? Jeg har Nok med mig selv og Nok i mig selv."

„Men skulle vi ikke Alle her paa Jorden give vor bedste Deel til de Andre! bringe hvad vi kunne —! ja, jeg har kun givet Roser! — men De? De, som fik saa Meget, hvad gav De Verden? Hvad giver De den?"

„Hvad jeg gav? Hvad jeg giver! jeg spytter ad den! den duer ikke! den kommer ikke mig ved. Sæt De Roser, De kan ikke drive det videre! lad Hasselbusken bære Nødder! lad Køer og Faar give Melk; de have hver deres Publicum, jeg har mit i mig selv! jeg gaaer ind i mig selv, og der bliver jeg. Verden kommer ikke mig ved!"

Og saa gik Sneglen ind i sit Huus og kittede det til.

„Det er saa sørgeligt!" sagde Rosentræet. „Jeg kan med bedste Villie ikke krybe ind, jeg maa altid springe ud, springe ud i Roser. Bladene falde af, de flyve hen i Vinden! dog een af Roserne saae jeg blive lagt i Huusmoderens Psalmebog, een af mine Roser fik Plads ved en Ung, deilig Piges Bryst og een blev kysset af en Barnemund i livsalig Glæde. Det gjorde mig saa vel, det var en sand Velsignelse. Det er min Erindring, mit Liv!"

Og Rosentræet blomstrede i Uskyldighed, og Sneglen dvaskede i sit Huus, Verden kom ikke ham ved.

Og Aaringer gik.

Sneglen var Jord i Jorden, Rosentræet var Jord i Jorden; ogsaa Erindringsrosen i Psalmebogen var veiret hen, — — men i Haven blomstrede nye Rosenhækker, i Haven voxte nye Snegle; de krøb ind i deres Huus, spyttede, — Verden kom ikke dem ved.

Skal vi læse Historien om forfra igjen? — Den bliver ikke anderledes.

Sommerfuglen

Sommerfuglen vilde have sig en Kjæreste. Naturligviis vilde han have sig en net lille En af Blomsterne. Han saae paa dem; hver sad saa stille og besindig paa sin Stilk, som en Jomfru skal sidde, naar hun ikke er forlovet; men her vare saa Mange at vælge imellem, det blev en Besværlighed, det gad Sommerfuglen ikke være over, og saa fløi han til Gaaseurten. Hende kalde de Franske Margrethe, de veed, at hun kan spaae, og det gjør hun, idet Kjærestefolk plukke Blad for Blad af hende, og ved hvert gjøre de et Spørgsmaal om Kjæresten: „af Hjerte? — med Smerte? — elsker meget? — lille bitte? — ikke det allermindste?" eller saadant Noget. Enhver spørger paa sit Sprog. Sommerfuglen kom ogsaa for at spørge; han nippede ikke Bladene af, men kyssede paa hvert eet, i den Mening, at man kommer længst med det Gode.

„Søde Margrethe Gaaseurt!" sagde han, „De er den klogeste Kone af alle Blomsterne! De forstaaer at spaae! siig mig, faaer jeg Den eller Den? Og hvem faaer jeg? Naar jeg veed det, kan jeg flyve lige til og frie!"

Men Margrethe svarede slet ikke. Hun kunde ikke lide, at han kaldte hende Kone, for hun var jo Jomfru, og saa er man ikke Kone. Han spurgte anden Gang og han spurgte tredie Gang, og da han ikke fik et eneste Ord af hende, saa gad han ikke spørge mere, men fløi uden videre paa Frieri.

Det var i det tidlige Foraar; der var fuldt op af Sommergjække og Crocus. „De ere meget nette!" sagde Sommerfuglen, „nydelige smaa Confirmander! men noget ferske." Han, som alle unge Mandfolk, saae efter ældre Piger. Derpaa fløi han til Anemonerne; de vare ham lidt for beeske; Violerne lidt for sværmeriske; Tulipanerne for prangende; Pintselilierne for borgerlige; Lindeblomsterne for smaa og de havde saa stort Familieskab; Æbleblomsterne vare jo rigtignok som Roser at see paa, men de stode i Dag og faldt af i Morgen, ligesom Vinden blæste, det blev et for kort Ægteskab, syntes han. Ærteblomsten var den, som mest behagede, den var rød og hvid, den var skjær og fiin, hørte til de huuslige Piger, som see godt ud og dog due for Kjøkkenet; han var lige ved at frie til hende, men i det Samme saae han tæt ved hang en Ærtebælg med vissen Blomst paa Spidsen. „Hvem er det?" spurgte han. „Det er min Søster," sagde Ærteblomsten.

„Naa, saaledes kommer De til at see ud senere!" Det skræmmede Sommerfuglen, og saa fløi han.

Caprifolierne hang over Gjerdet; der var fuldt op af de Frøkener, lange i Ansigtet og gule i Skindet; det Slags holdt han ikke af. Ja, men hvad holdt han af? Spørg ham!

Foraaret gik, Sommeren gik og saa var det Efteraar; lige nær var han. Og Blomsterne kom i de deiligste Klæder, men hvad kunde det hjelpe, her var ikke det friske, duftende Ungdomssind. Duft trænger just Hjertet til med Alderen, og Duft er der nu ikke synderligt af hos Georginer og Stokroser. Saa søgte Sommerfuglen ned til Krusemynten.

„Den har nu slet ingen Blomst, men den er heel Blomst, dufter fra Rod til Top, har Blomsterduft i hvert et Blad. Hende tager jeg!"

Og saa friede han endelig.

Men Krusemynten stod stiv og stille og tilsidst sagde den: „Venskab, men heller ikke mere! jeg er gammel og De er gammel! vi kunne meget godt leve for hinanden, men gifte os — nei! lad os bare ikke gjøre os til Nar i vor høie Alder!"

Og saa fik Sommerfuglen slet Ingen. Han havde søgt for længe, og det skal man ikke. Sommerfuglen blev Pebersvend, som man kalder det. Seent var det paa Efteraaret, med Regn og Rusk; Vinden blæste koldt ned ad Ryggen paa de gamle Piletræer, saa at det knagede i dem. Det var ikke godt at flyve ude i Sommerklæder, da vilde man faae Kjærligheden at føle, som man siger; men Sommerfuglen fløi heller ikke ude, han var tilfældigviis kommen inden Døre, hvor der var Ild i Kakkelovnen, ja rigtigt sommervarmt; han kunde leve; men, „leve er ikke nok!" sagde han, „Solskin, Frihed og en lille Blomst maa man have!" Og han fløi mod Ruden, blev seet, beundret og sat paa Naal i Raritetskassen; Mere kunde man ikke gjøre for ham.

„Nu sidder jeg ogsaa paa Stilk ligesom Blomsterne!" sagde Sommerfuglen; „ganske behageligt er det dog ikke! det er nok som at være gift, man sidder fast!" og saa trøstede han sig dermed.

„Det er en daarlig Trøst!" sagde Potteblomsterne i Stuen.

„Men Potteblomster kan man ikke ganske troe," meente Sommerfuglen, „de omgaaes for meget med Mennesker."

Sommergjækken

Det var Vintertid, Luften kold, Vinden skarp, men inden Døre var luunt og godt, inden Døre laae Blomsten, den laae i sit Løg under Jord og Snee.

En Dag faldt Regn; Draaberne trængte ned gjennem Sneelaget ned i Jorden, rørte ved Blomsterløget, meldte om Lysverdenen ovenover; snart trængte Solstraalen saa fiin og borende gjennem Sneen ned til Løget og prikkede paa det.

„Kom ind!" sagde Blomsten.

„Det kan jeg ikke," sagde Solstraalen; „jeg er ikke stærk nok til at lukke op; jeg bliver stærk til Sommer."

„Naar er det Sommer?" spurgte Blomsten, og gjentog det, hvergang en ny Solstraale trængte ned. Men det var langt fra Sommertid; Sneen laae endnu, der frøs Iis paa Vandet hver evige Nat.

„Hvor det varer! hvor det varer!" sagde Blomsten. „Jeg føler Kriblen og Krablen, jeg maa række mig, jeg maa strække mig, jeg maa lukke op, jeg maa ud, nikke god Morgen til Sommeren; det bliver en livsalig Tid!"

Og Blomsten rakte sig og strakte sig derinde mod den tynde Skal, som Vandet udenfor havde blødgjort, Snee og Jord opvarmet, Solstraalen prikket ind i; den skød frem under Sneen, med hvidgrøn Knop paa sin grønne Stilk, med smalle, tykke Blade, der ligesom vilde skjerme om den. Sneen var kold, men gjennemstraalet af Lyset, dertil saa let at bryde igjennem, og her kom Solstraalen med stærkere Magt end før.

„Velkommen! velkommen!" sang og klang hver Straale, og Blomsten løftede sig over Sneen ud i Lysverdenen. Solstraalerne klappede og kyssede den, saa at den aabnede sig heelt, hvid som Sneen og pyntet med grønne Striber. Den bøiede sit Hoved i Glæde og Ydmyghed.

„Deilige Blomst!" sang Solstraalerne. „Hvor Du er frisk og skjær! Du er den Første, Du er den Eneste! Du er vor Kjærlighed! Du ringer Sommer, deilig Sommer over Land og By! Al Sneen skal smelte! de kolde Vinde jages bort! Vi skulle raade! Alting vil grønnes! Og saa faaer Du Selskab, Syrener og Guldregn og tilsidst Roserne, men Du er den Første, saa fiin og skjær!"

Det var en stor Fornøielse. Det var, som Luften sang og klang, som trængte Lysets Straaler ind i dens Blade og Stilk; der stod den saa fiin og let til at bryde og dog saa kraftig, i ung Deilighed; den stod i hvid Kjortel med grønne Baand og priste Sommer. Men det var langt fra Sommertid, Skyer skjulte Solen, skarpe Vinde blæste paa den.

„Du er kommen lidt for tidligt," sagde Vind og Veir. „Vi have endnu Magten; den skal Du føle og finde Dig i! Du skulde være bleven inden Døre, ikke løbet ud at stadse, det er ikke Tiden endnu."

Det var bidende koldt! Dagene, som kom, bragte ikke en Solstraale; det var Veir til at fryse i Stykker i, for saadan en lille, skjør Blomst. Men der var mere Styrke i den, end den selv vidste; den var stærk i Glæde og Tro paa den Sommer, der maatte komme, der var den forkyndt i dens dybe Attraa og bekræftet af det varme Sollys; og saaledes stod den med Fortrøstning i sin hvide Dragt, i den hvide Snee, bøiende sit Hoved, naar Sneefnuggene faldt tætte og tunge, medens de iisnende Vinde fore hen over den.

„Du knækker over!" sagde de. „Visner, iisner! Hvad vilde Du ude! Hvorfor lod Du Dig lokke, Solstraalen har gjækket Dig! Nu kan Du have det saa godt, du Sommergjæk!"

„Sommergjæk!" gjentog den i den kolde Morgenstund.

„Sommergjæk!" jublede nogle Børn, der kom ned i Haven, „der staaer een, saa yndig, saa deilig, den første, den eneste!"

Og de Ord gjorde Blomsten saa godt, det var Ord ligesom varme Solstraaler. Blomsten fornam i sin Glæde ikke engang, at den blev plukket; den laae i Barnehaand, blev kysset af Barnemund, blev bragt ind i den varme Stue, seet paa af milde Øine; sat i Vand, saa styrkende, saa oplivende. Blomsten troede, at den med Eet var kommen lige ind i Sommeren.

Datteren i Huset, en yndig, lille Pige, hun var confirmeret; hun havde en kjær, lille Ven, og han var ogsaa confirmeret, han læste til Levebrød. „Han skal være min Sommergjæk!" sagde hun; tog saa den fine Blomst, lagde den i et duftende Stykke Papir, som der var skrevet Vers paa, Vers om Blomsten, der begyndte med Sommergjæk, og endte med

Sommergjæk, „lille Ven, vær Vinternar!" hun havde gjækket ham med
Sommeren. Ja, det stod Altsammen i Verset, og det blev lagt som Brev,
Blomsten laae deri, og der var mørkt om den, mørkt, som da den laae i
Løget. Blomsten kom paa Reise, laae i Postsæk, blev klemt og knuget,
det var slet ikke behageligt; men det fik ogsaa Ende.

Reisen var forbi, Brevet blev aabnet og læst af den kjære Ven; han var
saa fornøiet, han kyssede Blomsten, og den blev, med sit Vers omkring
sig, lagt ned i en Skuffe, hvori laae flere deilige Breve, men alle uden
Blomst, den var den Første, den Eneste, som Solstraalerne havde kaldt
den, og det var fornøieligt at tænke over.

Længe fik den ogsaa Lov at tænke derover, den tænkte, medens
Sommeren gik, og den lange Vinter gik, og det blev Sommer igjen, da
kom den atter frem. Men da var den unge Mand slet ikke glad; han tog
saa haardt paa Papirerne, smed Verset hen, saa at Blomsten faldt paa
Gulvet, flad og vissen var den bleven, men derfor skulde den dog ikke
kastes paa Gulvet; dog der laae den bedre end i Ilden, der blussede
Versene og Brevene op. Hvad var der skeet? Hvad der skeer saa tidt.
Blomsten havde gjækket ham, det var en Spøg; Jomfruen havde gjækket
ham, det var ingen Spøg; hun havde kaaret sig en anden Ven i
Skjærsommer.

I Morgenstunden skinnede Solen ind paa den lille fladtrykte
Sommergjæk, der saae ud, som den var malet paa Gulvet. Pigen, som
feiede, tog den op, lagde den ind i een af Bøgerne paa Bordet, idet hun
troede, at den var falden ud, da hun ryddede op og lagde i Orden. Og
Blomsten laae igjen mellem Vers, trykte Vers, og de ere fornemmere
end de skrevne, idetmindste er der kostet Mere paa dem.

Saa gik Aaringer, Bogen stod paa Hylden; nu kom den frem, blev aabnet
og læst i; det var en god Bog: Vers og Viser af den danske Digter
Ambrosius Stub, som nok er værd at kjende. Og Manden, som læste i
Bogen, vendte Bladet. „Der ligger jo en Blomst!" sagde han, „en
Sommergjæk! det er nok med Betydning, den er lagt her; stakkels
Ambrosius Stub! han var ogsaa en Sommergjæk, en Digtergjæk! han
kom for tidlig i sin Tid, og derfor fik han Slud og skarpe Vinde, gik paa
Omgang hos de fyenske Herremænd, som Blomst i Vandglasset, Blomst
i Riimbrevet! Sommergjæk, Vinternar, Spas og Narrestreger, og dog den
første, den eneste, den ungdomsfriske danske Digter. Ja, lig som Mærke
i Bogen, lille Sommergjæk! Du er lagt der med Betydning."

Og saa blev Sommergjækken igjen lagt i Bogen, og følte sig der baade
beæret og fornøiet ved at vide, at den var Mærke i den deilige Sangbog,
og at Den, der havde først sjunget og skrevet om den, ogsaa havde
været Sommergjæk, staaet til Nar i Vinteren. Blomsten forstod det nu
paa sin Maade, ligesom vi enhver Ting paa vor Maade.

Det er Eventyret om Sommergjækken!

Stoppenaalen

Der var engang en Stoppenaal, der var saa fiin paa det, at hun bildte sig
ind, at hun var en Synaal.

»Seer nu bare til, hvad I holde paa!« sagde Stoppenaalen til Fingrene,
der toge den frem. »Tab mig ikke I falder jeg paa Gulvet, er jeg istand til
aldrig at findes igjen, saa fiin er jeg!«

»Der er Maade med!« sagde Fingrene og saa klemte de hende om Livet.

»Seer I, jeg kommer med Suite!« sagde Stoppenaalen og saa trak den en
lang Traad efter sig, men som dog ikke havde Knude.

Fingrene styrede Naalen. lige mod Kokkepigens Tøffel, hvor
Overlæderet var revnet og nu skulde det syes sammen.

»Det er et nedrigt Arbeide!« sagde Stoppenaalen. »Jeg gaaer aldrig
igjennem, jeg knækker! jeg knækker!« - og saa knak hun. »Sagde jeg det
ikke nok!« sagde Stoppenaalen, »jeg er for fiin!«

Nu duer hun ikke til Noget, meente Fingrene, men de maatte dog holde
fast, Kokkepigen dryppede Lak paa hende, og stak hende saa foran i sit
Tørklæde.

»See, nu er jeg en Brystnaal!« sagde Stoppenaalen; »jeg vidste nok, at
jeg kom til Ære; naar man er noget, bliver man altid til noget;« og saa lo
hun indvendig, for man kan aldrig see udvendig paa en Stoppenaal, at
den leer; der sad hun nu saa stolt, som om hun kjørte i Karret og saae
til alle Sider.

»Maa jeg have den Ære at spørge om De er af Guld,« spurgte hun
Knappenaalen, som var Nabo. »De har et deiligt Udseende og deres eget
Hoved, men lille er det! De maa see til at det voxer ud, thi man kan ikke
alle lakkes paa Enden!« og saa reiste Stoppenaalen sig saa stolt i Veiret,
at hun gik af Tørklædet og i Vasken, just som Kokkepigen skyllede ud.

»Nu gaae vi paa Reise!« sagde Stoppenaalen, »bare jeg ikke bliver
borte!« men det blev hun.

»Jeg er for fiin for denne Verden!« sagde hun da hun sad i
Rendestenen. »Jeg har min gode Bevidsthed og det er altid en lille
Fornøielse!« og saa holdt Stoppenaalen sig rank og tabte ikke sit gode
Humeur.

Og der seilede Alleslags hen over den, Pinde, Straae, Stumper af
Aviser. »See, hvor de seile!« sagde Stoppenaalen. »De veed ikke hvad
der stikker under dem! jeg stikker, jeg sidder her. See, der gaaer nu en
Pind, den tænker paa ingen Ting i Verden uden paa »Pind« og det er
den selv; der flyder et Straa, see hvor det svaier, see hvor det dreier!
tænk ikke saa meget paa dig selv, du kunde støde dig paa Brostenene! -

der flyder en Avis! - glemt er det, som staaer i den og dog breder den sig! - Jeg sidder taalmodig og stille! jeg veed hvad jeg er og det bliver jeg!« -

En Dag var der noget, der skinnede saa deiligt tæt ved, og saa troede Stoppenaalen, at det var en Diamant, men det var et Flaskeskaar og da det skinnede, saa talte Stoppenaalen til det og gav sig tilkjende som Brystnaal! »De er nok en Diamant?« - »Ja, jeg er saadant noget!« og saa troede den ene om den anden, at de vare rigtig kostbare og saa talte de om hvor hovmodig Verden var.

»Ja, jeg har boet * i Æske hos en Jomfru,« sagde Stoppenaalen, »og den Jomfru var Kokkepige; hun havde paa hver Haand fem Fingre, men noget saa indbildsk, som de fem Fingre, har jeg ikke kjendt, og saa vare de kun til for at holde mig, tage mig af Æske og lægge mig i Æske!«

»Var der Glands ved dem?« spurgte Flaskeskaaret.

»Glands!« sagde Stoppenaalen, »nei, der var Hovmod! de vare fem Brødre, alle fødte »Fingre,« de holdt sig ranke op til hverandre, skjøndt af forskjellig Længde; den yderste af dem: Tommeltot, var kort og tyk, han gik udenfor Geledet, og saa havde han kun eet Knæk i Ryggen, han kunde kun bukke een Gang, men han sagde: at blev han hugget af et Menneske, saa var hele det Menneske spoleret for Krigstjeneste. Slikpot kom i Sødt og Suurt, pegede paa Sol og Maane, og det var ham, der klemte, naar de skrev; Langemand saae de andre over Hovedet; Guldbrand gik med Guldring om Maven og lille Peer Spillemand bestilte ikke noget og deraf var han stolt. Pral var det og Pral blev det og saa gik jeg i Vasken!«

»Og nu sidde vi og glindse!« sagde Glasskaaret. I det samme kom der mere Vand i Rendestenen, den strømmede over alle Bredder og rev Glasskaaret med sig.

»See nu blev det forfremmet!« sagde Stoppenaalen, »jeg bliver siddende, jeg er for fiin, men det er min Stolthed og den er agtværdig!« og saa sad den rank og havde mange Tanker.

»Jeg skulde næsten troe at jeg er født af en Solstraale, saa fiin er jeg! synes jeg ikke ogsaa, at Solen altid søger mig under Vandet. Ak, jeg er saa fiin, at min Moder ikke kan finde mig. Havde jeg mit gamle Øie, som knak, saa troer jeg at jeg kunde græde! - skjøndt jeg gjorde det ikke - græde det er ikke fiint!«

En Dag laae der nogle Gadedrenge og ragede i Bendestenen, hvor de fandt gamle Søm, Skillinger og saadant noget. Det var Griseri, men det var nu deres Fornøielse.

»Av!« sagde den Ene, han stak sig paa Stoppenaalen. »Det er ogsaa en Fyr!«

»Jeg er ingen Fyr, jeg er en Frøken!« sagde Stoppenaalen, men ingen hørte det; Lakket var gaaet af den og sort var den blevet, men sort gjør tyndere og saa troede den at den var endnu finere, end før.

»Der kommer en Æggeskal seilende!« sagde Drengene, og saa stak de Stoppenaalen fast i Skallen.

»Hvide Vægge og selv sort!« sagde Stoppenaalen, »det klæder! saa kan man dog see mig! - bare jeg ikke bliver søsyg, for saa knækker jeg mig!« - men den blev ikke søsyg og den knak sig ikke.

»Det er godt mod Søsyge at have Staalmave og saa altid huske paa at man er lidt mere end et Menneske! nu er mit gaaet over! jo finere man er, desmere kan man holde ud.«

»Krask!« sagde Æggeskallen, der gik et Vognmandslæs over den. »Hu, hvor det klemmer!« sagde Stoppenaalen, »nu bliver jeg dog søsyg! jeg knækker! jeg knækker!« men den knak ikke, skjøndt der gik et Vognmandslæs over, den laae paa langs - og der kan den blive liggende!

Storkene

På det sidste Huus i en lille By stod der en Storkerede. Storkemoderen sad i Reden hos sine fire små Unger, der stak Hovedet frem med det lille sorte Næb, for det var ikke blevet rødt endnu. Et lille Stykke derfra på Tagryggen stod så strunk og stiv Storkefaderen, han havde trukket det ene Been op under sig, for dog at have nogen Uleilighed, idet han stod Skildvagt. Man skulde troe, han var hugget ud af Træ, så stille stod han; "det seer vist nok så fornemt ud, at min Kone har en Skildvagt ved Reden!" tænkte han, "de kan jo ikke vide, at jeg er hendes Mand, de troe vist, jeg er commanderet til at ståe her. Det seer så raskt ud!" og så blev han ved at ståe på det ene Been.

Nede på Gaden legede en heel Flok Børn, og da de såe Storkene, så sang en af de modigste Drenge, og siden de Allesammen, det gamle Vers om Storkene, men de sang det nu, som han kunde huske det:

"Storke, Storke Steie
Flyv hjem til dit Eie!
Din Kone ligger i Reden sin
Med fire store Unger.
Den ene skal hænges,
Den anden skal stænges,
Den tredie skal brændes,
Den fjerde endevendes!"

"Hør dog hvad Drengene synge!" sagde de små Storkeunger, "de sige vi skulle hænges og brændes!"

"Det skal I ikke bryde Eder om!" sagde Storkemoderen; "hør bare ikke efter, så gjør det ikke noget!"

Men Drengene blev ved at synge, og de pegede Fingre af Storkene; kun een Dreng, han hed Peter, sagde, at det var Synd at gjøre Nar af Dyrene, og vilde slet ikke være med. Storkemoderen trøstede også sine Unger; "bryd Jer ikke derom," sagde hun, "see bare, hvor rolig Jer Fader står, og det på eet Been!"

"Vi ere så angst!" sagde Ungerne, og trak Hovederne dybt ned i Reden.

Næste Dag, da Børnene kom sammen igjen for at lege, og de så Storkene, begyndte de deres Vise:

"Den ene skal hænges,
Den anden skal brændes! -"

"Skal vi vel hænges og brændes?" spurgte Storkeungerne.

"Nei vist ikke!" sagde Moderen, "I skal lære at flyve, jeg skal nok exercere Jer! så tage vi ud på Engen og gjøre Visit hos Frøerne, de neie i Vandet for os, de synge "koax, koax!" og så spise vi dem op, det kan rigtig blive en Fornøielse!"

"Og hvad så!" spurgte Storke-Ungerne.

"Så samles alle de Storke, her ere i hele Landet, og så begynder Høstmaneuvren, da må man flyve godt, det er af stor Vigtighed, thi den som ikke kan flyve, stikker Generalen ihjel med sit Næb; derfor pas vel på at lære Noget, når Exercitsen begynder!"

"Så blive vi jo dog stængede, som Drengene sagde! og hør, nu synge de det igjen!"

"Hør på mig og ikke på dem," sagde Storkemoderen. "Efter den store Maneuvre flyve vi til de varme Lande, o, så langt herfra, over Bjerge og Skove. Til Ægypten flyve vi, hvor der ere trekantede Steenhuse, der gåe i en Spids op over Skyerne, de kaldes Pyramider og ere ældre end nogen Stork kan tænke sig. Der er en Flod, som løber over, så Landet bliver til Mudder. Man gåer i Mudder og spiser Frøer."

"O!" sagde alle Ungerne.

"Ja! der er så deiligt! man gjør ikke andet end spise hele Dagen, og imens vi har det så godt, er i dette Land ikke et grønt Blad på Træerne; her er så koldt, så Skyerne fryse i Stykker og falde ned i små hvide Lapper!" det var Sneen, hun mente, men hun kunde jo ikke forklare det tydeligere.

"Fryse så også de uartige Drenge i Stykker?" spurgte Storkeungerne.

"Nej, i Stykker fryse de ikke! men de ere nær ved det og måe sidde inde i den mørke Stue og kukkelure; I kan derimod flyve om i fremmed Land, hvor der er Blomster og varmt Solskin!"

Nu var der allerede gået nogen Tid, og Ungerne vare så store, at de kunde ståe op i Reden og see vidt omkring, og Storkefaderen kom flyvende hver Dag med pæne Frøer, små Snoge og alt det Storke-Slikkeri, han kunde finde! O, det såe morsomt ud, hvor han gjorde

Kunster for dem. Hovedet lagde han lige om på Halen, Næbbet knebrede han med, som var det en lille Skralde, og så fortalte han dem Historier, allesammen fra Sumpen.

"Hør nu måe I lære at flyve!" sagde en Dag Storkemoderen, og så måtte alle fire Unger ud på Tagryggen, o hvor de dinglede! hvor de balancerede med Vingerne, og vare dog færdig ved at falde ned!

"See nu på mig!" sagde Moderen, "sådan skal I holde Hovedet! sådan skal I sætte Benene! een to! een to! det er det, som skal hjælpe Jer frem i Verden!" så fløi hun et lille Stykke, og Ungerne, de gjorde et lille kluntet Hop, bums! der låe de, for de vare tunge i Livet.

"Jeg vil ikke flyve!" sagde den ene Unge, og krøb op i Reden igjen, "jeg bryder mig ikke om at komme til de varme Lande!"

"Vil du da fryse ihjel her, når det bliver Vinter! skal Drengene komme og hænge og brænde og stænge dig? nu kalder jeg på dem!"

"O nei!" sagde Storkeungen, og så hoppede den igjen på Taget ligesom de Andre, den tredie Dag kunde de ordentlig flyve lidt, og så troede de, at de kunde også sidde og hvile på Luften; det vilde de, men bums! der dumpede de, så måtte de til at røre Vingerne igjen. Nu kom Drengene nede på Gaden og sang deres Vise:

"_Storke, Storke Steie!_"

"Skulle vi ikke flyve ned og hugge deres Øine ud?" sagde Ungerne.

"Nei lad være med det!" sagde Moderen, "hør bare efter mig, det er vigtigere! een, to, tre! nu flyve vi høire om! een to, tre! nu venstre om Skorstenen! - see det var meget godt! det sidste Slag med Vingerne var så nydeligt og rigtigt, at I skal fåe Lov at komme i Sumpen med mig imorgen! der komme flere nette Storkefamilier med deres Børn, lad mig nu see, at mine ere de pæneste, og så at I kneise, det seer godt ud, og det giver Anseelse!"

"Men skal vi da ikke have Hævn over de uartige Drenge?" spurgte Storkeungerne.

"Lad dem skrige hvad de ville! I flyve dog mod Skyerne, komme til Pyramidernes Land, når de måe fryse og ikke have et grønt Blad eller et sødt Æble!"

"Ja hævnes ville vi!" hviskede de til hinanden, og så blev der igjen exerceret.

Af alle Drengene på Gaden var Ingen værre til at synge Spottevisen, end just han, som havde begyndt, og det var en ganske lille Een, han var nok ikke mere end sex Aar; Storkeungerne troede rigtignok, at han var hundrede Aar; for han var jo så meget større end deres Moder og Fader, og hvad vidste de om, hvor gamle Børn og store Mennesker kunne være. Hele deres Hævn skulde gåe ud over den Dreng, han havde jo først begyndt, og han blev altid ved: Storkeungerne vare så irriterede, og alt som de bleve større, vilde de mindre tåle det; Moderen måtte tilsidst love dem, at de nok skulde fåe Hævn, men hun vilde ikke tage den, før på den sidste Dag, de vare i Landet. -

"Vi måe jo først see, hvorledes I bære Jer ad ved den store Maneuvre! komme I galt fra det, så Generalen jager Jer Næbet i Brystet, så have jo Drengene dog Ret, i det mindste på een Måde! lad os nu see!"

"Ja det skal du!" sagde Ungerne, og så gjorde de sig just Umage; de øvede sig hver Dag, og fløi så nydeligt og let, så det var en Lyst.

Nu kom Høsten, alle Storkene begyndte at samles for at flyve bort til de varme Lande, mens vi have Vinter. Det var en Maneuvre! over Skov og Byer måtte de, bare for at see, hvor godt de kunde flyve, det var jo en stor Reise, som forestod. Storkeungerne gjorde deres Ting så nydeligt, at de fik Udmærket Godt med Frø og Slange. Det var den allerbedste Characteer, og Frøen og Slangen kunde de spise, det gjorde de også.

"Nu skulle vi hævnes!" sagde de.

"Ja vist!" sagde Storkemoderen. "Hvad jeg havde udtænkt, det er just det rigtige! jeg veed, hvor den Dam er, hvor alle de små Menneskebørn ligge, til Storken kommer og henter dem til Forældrene. De nydelige små Børn sove og drømme så deiligt, som de aldrig siden komme til at drømme. Alle Forældre ville gjerne have sådant et lille Barn, og alle Børn ville have en Søster eller Broder. Nu ville vi flyve hen til Dammen, hente en til hver af de Børn, som ikke have sjunget den onde Vise og gjort Nar af Storkene, for de Børn skulle slet ingen have!"

"Men han, som begyndte med at synge, den slemme, hæslige Dreng!" skrege de unge Storke, "hvad gjøre vi ved ham?"

"Der ligger i Dammen et lille dødt Barn, det har drømt sig ihjel, det vil vi tage til ham, så må han græde, fordi vi have bragt ham en død lille Broder, men den gode Dreng, ham har I dog ikke glemt, han som sagde: "det er Synd at gjøre Nar af Dyrene!" ham ville vi bringe både en Broder og en Søster, og da den Dreng hed Peter, så skulle I også Allesammen kaldes Peter!"

Og det skete hvad hun sagde, og så hed alle Storkene Peter, og det kaldes de endnu.

Stormen flytter Skilt

I gamle Dage, da Mo'erfa'er var en ganske lille Dreng og gik med røde Buxer, rød Trøie, Skjærf om Livet og Fjer i Kasketten, for saaledes gik i hans Barnetid de smaa Drenge klædte, naar de vare rigtig pyntede, da var Saameget ganske anderledes end nu; der var tidt Stads i Gaden, Stads, som vi ikke see, for den er afskaffet, den blev saa gammeldags; men morsomt er det at høre Mo'erfa'er fortælle om den.

422

Det maa rigtignok have været en Stads den Gang at see Skomagerne
flytte Skilt, naar de skiftede Laugshuus. Deres Silkefane vaiede; der var
malet paa den en stor Støvle og en Ørn med to Hoveder; de yngste
Svende bare Velkomsten og Laden, og havde røde og hvide Baand
flagrende ned om Skjorteærmerne; de ældre førte dragen Kaarde med
en Citron paa Spidsen. Der var fuld Musik, og deiligst af Instrumenterne
var „Fuglen", som Mo'erfa'er kaldte den store Stang med Halvmaanen
paa og alt muligt klingende Dingeldangel, rigtig tyrkisk Musik. Den blev
løftet og svungen, den klingede og klang, og det skjar ordenligt i Øinene
at see Solen skinne paa alt det Guld, Sølv eller Messing.

Foran Toget løb Harlekin, i Klæder syet sammen af alle mulige
couleurte Lapper, sort i Ansigtet og med Bjælder paa Hovedet, ligesom
en Kanehest; og saa slog han ind paa Folk med sin Brix, der smældede
uden at gjøre ondt, og Folk trykkede hverandre for at komme tilbage og
for at komme frem; smaa Drenge og Piger faldt over deres egne Been
lige i Rendestenen; gamle Madamer puffede med Albuerne, saae suurt
og skjændte. En loe, en Anden snakkede; der var Folk paa Trapper og i
Vinduer, ja heelt ude paa Taget. Solen skinnede; lidt Regn fik de ogsaa,
men det var godt for Landmanden, og naar de bleve rigtig dyngvaade,
saa var det en sand Velsignelse for Landet.

O hvor Mo'erfa'er kunde fortælle! Han havde, som lille Dreng, seet al
den Stads i dens største Deilighed. Den ældste Laugssvend holdt Tale
fra Stilladset, hvor Skiltet blev hængt ud, og Talen var paa Vers, ligesom
om den kunde være digtet, og det var den ogsaa; de havde været Tre om
det og først drukket en heel Bolle Punsch, for at faae den rigtig god. Og
Folk raabte Hurra for Talen, men de raabte endnu mere Hurra for
Harlekin, da han kom frem paa Stilladset og vrængede efter. Narren
gjorde saa udmærket Nar og drak Mjød af Snapseglas, som han saa
hivede ud imellem Folk, der greb dem i Luften. Mo'erfa'er havde eet af
dem, som Kalkslageren havde fanget og foræret ham. Det var rigtignok
morsomt. Og Skiltet hang med Blomster og Grønt paa det nye
Laugshuus.

Saadan en Stads glemmer man aldrig ihvor gammel man bliver, sagde
Mo'erfa'er, og han glemte den heller ikke, uagtet han fik at see megen
anden Stads og Herlighed og fortalte derom, men morsomst var det dog
at høre ham fortælle om at flytte Skilt ogsaa inde i den store Stad.
Mo'erfa'er reiste jo som Lille derind med sine Forældre; han havde
dengang aldrig før seet den største Stad i Landet. Der var saa mange
Mennesker paa Gaden, saa at han troede at der skulde flyttes Skilt, og
der var mange Skilte at flytte; man kunde faae hundrede Stuer fyldte
med Billeder, bleve de hængte op indenfor og ikke udenfor. Der var
saaledes alle Slags Menneskeklæder malede af hos Skrædderen, han

kunde sye Folk om fra Grovt til Fiint; der var Tobakspinderskilter med de yndigste Smaadrenge, der røg Cigar, ligesom i det Virkelige; der var Skilter med Smør og Spegesild, Præstekraver og Liigkister, og saa desuden Indskrifter og Opslag; man kunde godt gaae en heel Dag op og ned ad Gaderne og see sig mæt paa Billeder, og saa vidste man med det Samme, hvilke Mennesker der boede derinde, de havde selv hængt deres Skilt ud, og det er saa godt, sagde Mo'erfa'er, og saa lærerigt at vide i en stor By, hvad der boer indenfor.

Men saa skulde Det med Skiltene hænde, ligesom Mo'erfa'er kom til Byen; han har selv fortalt det, og han havde ingen Skjelm bag Øret, som Moder sagde at han havde, naar han vilde bilde mig Noget ind; han saae ganske tilforladelig ud.

Den første Nat, han kom til den store By, blev her det frygteligste Veir, man nogensinde har læst om i Avisen: et Veir, som det ikke havde været i Mands Minde. Hele Luften var opfyldt med Tagsteen; gamle Plankeværk gik over Ende; ja, der var en Trillebør, der af sig selv løb op ad Gaden, bare for at redde sig. Det tudede i Luften, det hylede og ruskede, det var en Storm saa forfærdelig. Vandet i Canalerne løb heelt op over Bolværket, det vidste ikke, hvor det turde være. Stormen foer hen over Byen og tog Skorstenene med sig; meer end eet gammelt, stolt Kirkespiir maatte bøie sig og har siden aldrig forvundet det.

Der stod et Skilderhuus udenfor hos den gamle, skikkelige Brandmajor, der altid kom med sidste Sprøite; Stormen kunde ikke unde ham det lille Skilderhuus, det blev revet af Tappen og trumlede hen ad Gaden; og, underligt nok, det reiste sig og blev staaende udenfor Huset, hvor den sølle Tømmersvend boede, der havde reddet tre Menneskers Liv ved den sidste Ildebrand; men Skilderhuset tænkte ikke Noget derved.

Barberens Skilt, den store Messingtallerken, blev revet af og flyttet lige hen i Vinduesfordybningen hos Justitsraadens, og det var næsten som en Ondskab, sagde hele Nabolaget, for det og de allerintimeste Veninder kaldte Fruen Ragekniven. Hun var saa klog, hun vidste mere om Menneskene, end Menneskene vidste om sig selv.

Der fløi et Skilt med en afridset tør Klipfisk lige hen over Døren, hvor der boede en Mand, som skrev en Avis. Det var en flau Spøg af Stormvinden, den huskede nok ikke, at en Avisskriver aldeles ikke er at spøge med, han er Konge i sin egen Avis og i sin egen Mening.

Veirhanen fløi over paa Gjenboens Tag, og der stod den som den sorteste Ondskab, sagde Naboerne.

Bødkerens Tønde blev hængt ud under „Damepynt".

Spiseqvarterets Madseddel i svær Ramme, som hang ved Døren, blev af Stormen stillet lige over Indgangen til det Theater, hvor Folk aldrig kom; det var en løierlig Placat: „Peberrods Suppe og fyldt Kaalhoved."

Men saa kom der Folk!

Bundtmagerens Ræveskind, der er hans honnette Skilt, blev flyttet hen paa Klokkestrængen hos den unge Mand, der altid gik i Froprædiken, saae ud som en nedslaaet Paraply, stræbte efter Sandhed og var „Exempel", sagde hans Moster.

Indskriften: „høiere Dannelses-Anstalt" blev flyttet hen over Billardklubben, og Anstalten selv fik Skiltet: „her opammes Børn paa Flaske"; det var aldeles ikke vittigt, kun uartigt, men Stormen havde nu gjort det, og den kan man ikke styre.

Det var en frygtelig Nat; og om Morgenen, tænk bare, da vare næsten alle Byens Skilter flyttede; og somme Steder var det med en saadan Malice, at Mo'erfa'er vilde ikke omtale det, men han loe indvendig, det saae jeg nok, og det er muligt at han da havde Noget bag Øret.

De stakkels Mennesker i den store By, især de Fremmede, de gik aldeles feil af Menneskene, og de kunde ikke andet, naar de gik efter Skiltet. Nogle vilde ind til en meget alvorlig Forsamling af Ældre, der skulde afhandle de vigtigste Ting, og saa kom de ind i en skraalende Drengeskole, der var lige ved at springe op paa Bordet.

Der var Folk, som toge Feil af Kirken og Theatret, og det er dog forfærdeligt!

Saadan en Storm har nu aldrig blæst i vore Dage, det er kun Mo'erfa'er, som har oplevet den, og det var som ganske Lille; en saadan Storm kommer maaskee ikke i vor Tid, men i vore Børnebørns; da maae vi rigtignok haabe og bede om, at de holde sig inde, mens Stormen flyttet Skilt.

Svinedrengen

Der var engang en fattig Prinds; han havde et Kongerige, der var ganske lille, men det var da altid stort nok til at gifte sig paa, og gifte sig det vilde han.

Nu var det jo rigtignok noget kjækt af ham, at han turde sige til Keiserens Datter: "vil Du ha' mig?" men det turde han nok, for hans Navn var vidt og bredt berømt, der vare hundrede Prindsesser, som vilde have sagt Tak til, men see om hun gjorde det.

Nu skulle vi høre:

Paa Prindsens Faders Grav voxte der et Rosentræ, o saadant et deiligt Rosentræ; det bar kun hvert femte Aar Blomst, og det kun een eneste, men det var en Rose, der duftede saa sødt, at man ved at lugte til den glemte alle sine Sorger og Bekymringer, og saa havde han en Nattergal, der kunde synge, som om alle deilige Melodier sad i dens lille Strube. Den Rose og den Nattergal skulde Prindsessen have; og derfor kom de begge to i store Sølv-Foderaler og bleve saa sendte til hende.

Keiseren lod dem bære foran sig ind i den store Sal, hvor Prindsessen gik og legede "komme Fremmede", med sine Hofdamer; og da hun saae de store Foderaler med Presenterne i, klappede hun i Hænderne af Glæde.

"Bare det var en lille Missekat!" sagde hun, — men saa kom Rosentræet frem med den deilige Rose.

"Nei, hvor den er nydelig gjort!" sagde alle Hofdamerne.

"Den er mere end nydelig!" sagde Keiseren, "den er pæn!"

Men Prindsessen følte paa den og saa var hun færdig at græde.

"Fy Papa!" sagde hun, "den er ikke kunstig, den er *virkelig!*"

"Fy!" sagde alle Hoffolkene, "den er virkelig!"

"Lad os nu først see, hvad der er i det andet Foderal, før vi blive vrede!" meente Keiseren, og saa kom Nattergalen frem; den sang da saa deiligt, at man ligestrax ikke kunde sige noget ondt mod den.

"Superbe! charmant!" sagde Hofdamerne, for de snakkede allesammen fransk, den ene værre, end den anden.

"Hvor den Fugl minder mig om salig Keiserindens Spilledaase," sagde en gammel Cavaleer; "ak ja! det er ganske den samme Tone, det samme Foredrag!"

"Ja!" sagde Keiseren, og saa græd han, som et lille Barn.

"Jeg skulde dog ikke troe, den er virkelig!" sagde Prindsessen.

"Jo, det er en virkelig Fugl!" sagde de, som havde bragt den.

"Ja lad saa den Fugl flyve," sagde Prindsessen, og hun vilde paa ingen Maade tillade, at Prindsen kom.

Men han lod sig ikke forknytte; han smurte sig i Ansigtet med Bruunt og Sort, trykkede Kasketten ned om Hovedet og bankede paa.

"God Dag, Keiser!" sagde han, "kunde jeg ikke komme i Tjeneste her paa Slottet."

"Jo nok!" sagde Keiseren, "jeg trænger til een, som kan passe Svinene! for dem har vi mange af!"

Og saa blev Prindsen ansat, som keiserlig Svinedreng. Han fik et daarligt lille Kammer nede ved Svinestien og her maatte han blive; men hele Dagen sad han og arbeidede, og da det var Aften, havde han gjort en nydelig lille Gryde, rundt om paa den var der Bjælder og saa snart Gryden kogte, saa ringede de saa deiligt og spillede den gamle Melodie:

"Ach, Du lieber Augustin
Alles ist væk, væk, væk!"

men det Allerkunstigste var dog, at naar man holdt Fingeren ind i Dampen fra Gryden, saa kunde man strax lugte hvad Mad der blev lavet i hver Skorsteen, der var i Byen; see, det var rigtignok noget andet end den Rose.

Nu kom Prindsessen spadserende med alle sine Hofdamer, og da hun hørte Melodien blev hun staaende og saae saa fornøiet ud; for hun kunde ogsaa spille "Ach, Du lieber Augustin," det var den eneste hun kunde, men den spillede hun med een Finger.

"Det er jo den jeg kan!" sagde hun, "saa maa det være en dannet Svinedreng! hør! gaae ned og spørg ham, hvad det Instrument koster!" Og saa maatte een af Hofdamerne løbe ind, men hun tog Klods-Skoe paa. —

"Hvad vil Du have for den Gryde?" sagde Hofdamen.

"Jeg vil have ti Kys af Prindsessen!" sagde Svinedrengen.

"Gud bevar' os!" sagde Hofdamen.

"Ja, det kan ikke være mindre!" svarede Svinedrengen.

"Han er jo uartig!" sagde Prindsessen, og saa gik hun, — men da hun havde gaaet et lille Stykke saa klang Bjælderne saa deiligt:

> "Ach, Du lieber Augustin,
> Alles ist væk, væk, væk!"

"Hør," sagde Prindsessen, "spørg ham, om han vil have ti Kys af mine Hofdamer!"

"Nei Tak!" sagde Svinedrengen, "ti Kys af Prindsessen, eller jeg beholder Gryden."

"Hvor det er noget kjedeligt noget!" sagde Prindsessen, "men saa maae I staae for mig, at Ingen faaer det at see!"

Og Hofdamerne stillede sig op for hende, og saa bredte de deres Kjoler ud, og saa fik Svinedrengen de ti Kys og hun fik Gryden.

Naa, der blev en Fornøielse! hele Aftenen og hele Dagen maatte Gryden koge; der var ikke een Skorsteen i hele Byen, uden de vidste hvad der blev kogt der, baade hos Kammerherren og hos Skomageren.

Hofdamerne dandsede og klappede i Hænderne.

"Vi veed hvem der skal have sød Suppe og Pandekage! vi veed hvem der skal have Grød og Karbonade! hvor det er interessant!"

"Ja, men hold reen Mund, for jeg er Keiserens Datter!"

"Gud bevar' os!" sagde de Allesammen!

Svinedrengen, det vil sige Prindsen, men de vidste jo ikke andet, end at han var en virkelig Svinedreng, lod ikke Dagen gaae hen uden at han bestilte noget, og saa gjorde han en Skralde, naar man svingede den rundt, klang alle de Valse og Hopsaer, man kjendte fra Verdens Skabelse.

"Men det er *superb!*" sagde Prindsessen, i det hun gik forbi, "jeg har aldrig hørt en deiligere Composition! hør! gaae ind og spørg ham, hvad det Instrument koster: men jeg kysser ikke!"

"Han vil have hundrede Kys af Prindsessen!" sagde Hofdamen, som havde været inde at spørge.

"Jeg troer han er gal!" sagde Prindsessen, og saa gik hun; men da hun havde gaaet et lille Stykke, saa blev hun staaende. "Man maa opmuntre Kunsten!" sagde hun, "jeg er Keiserens Datter! Siig ham, han skal faae ti Kys ligesom igaar, Resten kan han tage hos mine Hofdamer!"

"Ja, men vi ville saa nødig!" sagde Hofdamerne.

"Det er Snak!" sagde Prindsessen, "og naar jeg kan kysse ham, saa kan I ogsaa! husk paa, jeg giver Eder Kost og Løn!" og saa maatte Hofdamen ind til ham igjen.

"Hundrede Kys af Prindsessen," sagde han, "eller hver beholder sit!"

"Staae for!!!" sagde hun, og saa stillede alle Hofdamerne sig for og han kyssede da.

"Hvad kan det dog være for et Opløb dernede ved Svinestien!" sagde Keiseren, der var traadt ud paa Altanen; han gned sine Øine og satte Brillerne paa. "Det er jo Hofdamerne, der ere paa Spil! jeg maa nok ned til dem!" — og saa trak han sine Tøfler op bag i, for det var Skoe, som han havde traadt ned.

Hille den! hvor han skyndte sig!

Saasnart han kom ned i Gaarden, gik han ganske sagte, og Hofdamerne havde saameget at gjøre med at tælle Kyssene, for at det kunde gaae ærligt til, at de slet ikke mærkede Keiseren. Han reiste sig paa Tæerne.

"Hvad for noget!" sagde han, da han saae de kyssedes, og saa slog han dem i Hovedet med sin Tøffel, lige i det Svinedrengen fik det sex og fiirsindstyvende Kys. "Heraus!" sagde Keiseren, for han var vred, og baade Prindsessen og Svinedrengen bleve satte uden for hans Keiserrige.

Der stod hun nu og græd, Svinedrengen skjændte og Regnen skyllede ned.

"Ak, jeg elendige Menneske!" sagde Prindsessen, "havde jeg dog taget den deilige Prinds! ak, hvor jeg er ulykkelig!"

Og Svinedrengen gik bag ved et Træ, tørrede det Sorte og Brune af sit Ansigt, kastede de stygge Klæder og traadte nu frem i sin Prindsedragt, saa deilig, at Prindsessen maatte neie ved det.

"Jeg er kommet til at foragte Dig, Du!" sagde han. "Du vilde ikke have en ærlig Prinds! Du forstod Dig ikke paa Rosen og Nattergalen, men Svinedrengen kunde du kysse for et Spilleværk! nu kan du have det saa godt!" —

Og saa gik han ind i sit Kongerige og lukkede Døren i for hende, saa kunde hun rigtignok synge:

"Ach, Du lieber Augustin,
Alles ist væk, væk, væk!"

428

Sølvskillingen

Der var en Skilling, den kom blank fra Mynten, sprang og klang, „Hurra! nu skal jeg ud i den vide Verden!" og det kom den.

Barnet holdt fast paa den med varme Hænder og den Gjerrige med kolde, klamme Hænder; den Ældre vendte og dreiede den mange Gange, mens Ungdommen strax lod den løbe videre. Skillingen var af Sølv, havde meget lidt Kobber i sig og var allerede et heelt Aar Ude i Verden, det vil sige, ude omkring i det Land, hvor den var myntet; saa kom den paa Reise ud af Landet, den var den sidste af Landets Mynt, der blev tilbage i Pengepungen, dens reisende Herre havde med, han vidste ikke selv, han havde den, før den kom ham mellem Fingrene. „Her har jeg jo endnu en Skilling hjemme fra!" sagde han, „den kan gjøre Reisen med!" og Skillingen klang og sprang af Glæde, da han puttede den igjen i Pungen. Her laae den hos fremmede Kammerater, der kom og gik; den Ene gjorde Plads for den Anden, men Skillingen hjemme fra blev altid tilbage; det var en Udmærkelse.

Nu var allerede flere Uger forbi, og Skillingen var langt Ude i Verden, uden just at vide hvor; den hørte af de andre Mynter, at de vare franske og italienske; den Ene sagde, at nu vare de i den By, den Anden sagde, at de vare i den, men Skillingen kunde ikke gjøre sig Forestilling derom, man seer ikke Verden, naar man altid er i Pose, og det var den; men som den en Dag laae der, mærkede den, at Pengepungen ikke var lukket, og da listede den sig til Aabningen, for at kige lidt ud; det skulde den nu ikke have gjort, men den var nysgjerrig, det straffer sig; den gled ud i Buxelommen, og da om Aftenen Pengepungen blev lagt tilside, laae Skillingen endnu, hvor den laae og kom med Klæderne ud paa Gangen; der faldt den strax paa Gulvet; Ingen hørte det, Ingen saae det.

I Morgenstunden kom Klæderne ind, Herren tog dem paa, reiste bort, og Skillingen kom ikke med, den blev funden, skulde igjen gjøre Tjeneste, gik ud med tre andre Mynter.

„Det er dog rart at see sig om i Verden!" tænkte Skillingen, „kjende andre Mennesker, andre Skikke!"

„Hvad er det for en Skilling," blev der lige i det Samme sagt. „Den er ikke Landets Mynt! den er falsk! duer ikke!"

Ja nu begynder Skillingens Historie, som den siden fortalte den.

„Falsk! duer ikke! det foer igjennem mig," sagde Skillingen. „Jeg vidste, jeg var af godt Sølv, god Klang og med ægte Præg. De maatte bestemt tage feil, mig kunde de ikke mene, men mig meente de dog! mig var det, de kaldte falsk, jeg duede ikke! „Den maa jeg give ud i Mørke!" sagde Manden, som havde den, og jeg blev givet ud i Mørke og saa igjen skjældt ud ved Dagslys, — „falsk, duer ikke! den maae vi see at blive af med."

Og Skillingen sittrede imellem Fingrene hver Gang den i Smug skulde listes bort og gjelde for Landets Mynt.

„Jeg elendige Skilling! hvad hjelper mig mit Sølv, mit Værd, mit Præg, naar det ikke har Noget at betyde! Man er for Verden, hvad Verden troer om En! Det maa dog være skrækkeligt at have en ond Samvittighed, at liste sig frem paa det Ondes Vei, naar jeg, der dog er aldeles uskyldig, kan være saaledes tilmode ved bare at have Udseendet deraf! — Hver Gang jeg blev tagen frem, gruede jeg for de Øine, der vilde see paa mig; jeg vidste, at jeg vilde blive stødt tilbage, kastet! hen ad Bordet, som var jeg Løgn og Bedrag.

En Gang kom jeg til en stakkels fattig Kone, hun fik mig i Dagløn for sit Slid og Slæb, men hun kunde nu slet ikke blive mig qvit, Ingen vilde tage imod mig, jeg var en sand Ulykke for hende."

„Jeg er saamænd nødt til at narre Nogen med den," sagde hun. „Jeg har ikke Raad til at giemme paa en falsk Skilling; den rige Bager skal have den, han kan bedst taale det, men en Uret er det alligevel, jeg gjør."

„Nu skal jeg endogsaa belemre Konens Samvittighed!" sukkede det i Skillingen. „Er jeg da virkelig paa mine ældre Dage bleven saa forandret?"

„Og Konen gik til den rige Bager, men han kjendte altfor godt til de gangbare Skillinger, jeg fik ikke Lov at ligge, hvor jeg laae, jeg blev smidt i Ansigtet paa Konen; hun fik intet Brød for mig, og jeg følte mig saa inderlig bedrøvet ved at være myntet saaledes til Andres Fortræd, jeg, som i unge Dage havde været saa freidig og saa sikker; saa bevidst om mit Værd og mit ægte Præg. Jeg blev saa melankolsk, som en stakkels Skilling kan blive det, naar Ingen vil have den. Men Konen tog mig hjem igjen, betragtede mig ret inderligt, mildt og venligt. „Nei, jeg vil Ingen narre med Dig!" sagde hun. „Jeg vil flaae et Hul i Dig, saa at Enhver kan see, at Du er en falsk Ting, — og dog, — det falder mig nu saa ind, — Du er maaskee en Lykkeskilling, ja det vil jeg troe! den Tanke kommer over mig. Jeg slaaer et Hul i Skillingen, trækker en Lidse gjennem Hullet og giver saa Nabokonens lille Barn Skillingen om Halsen som Lykkeskilling."

„Og hun slog et Hul i mig; det er aldrig behageligt at blive slaaet Hul i, men naar Hensigten er god, kan man taale Meget; en Lidse fik jeg igjennem mig, blev et Slags Medaille at bære; jeg blev hængt det lille Barn om Halsen, og Barnet smilede til mig, kyssede mig, og jeg hvilede en heel Nat paa Barnets varme, Uskyldige Bryst.

I Morgenstunden tog Moderen mig imellem sine Fingre, saae paa mig og havde sine egne Tanker derved, det fornam jeg snart. Hun fik en Sax frem og klippede Lidsen over."

„Lykkeskilling!" sagde hun. „Ja det skal vi nu see!" og hun lagde mig i Suurt, saa at jeg blev grøn; derpaa kittede hun Hullet til, gned mig lidt, og gik saa i Mørkningen til Lottericollecteuren for at faae en Lotteriseddel, der skulde bringe Lykke.

Hvor var jeg ilde tilmode! det klemte i mig, som om jeg skulde knække over; jeg vidste, jeg vilde blive kaldt falsk og smidt hen og det lige foran den Mængde Skillinger og Mynter, der laae med Indskrift og Ansigt, som de kunde være stolte af; men jeg slap; der var saa mange Mennesker hos Collecteuren, han havde saa travlt, jeg foer klingende i Skuffen mellem de andre Mynter; om der siden blev vundet paa Sedlen, veed jeg ikke, men det veed jeg, at allerede den næste Dag var jeg kjendt som en falsk Skilling, lagt til Side og sendt ud for at bedrage og altid bedrage. Det er nu ikke til at holde ud, naar man har en reel Charakteer, og den kan jeg ikke negte mig selv.

I Aar og Dag gik jeg saaledes fra Haand til Haand, fra Huus til Huus, altid udskjældt, altid ilde seet; Ingen troede mig, og jeg troede ikke mig selv, ikke Verden, det var en svær Tid.

Da kom en Dag en Reisende, ham blev jeg naturligviis snydt paa, og han var troskyldig nok til at tage mig for gangbar Mynt; men nu skulde han give mig ud, og da hørte jeg igjen de Raab: „duer ikke! falsk!"

„Jeg har faaet den for ægte," sagde Manden og saae nu ret nøie paa mig; da smilede hele hans Ansigt, det pleiede ellers aldrig noget Ansigt ved nøie at see paa mig: „Nei, hvad er dog det!" sagde han. „Det er jo en af vore egne Landets Mynter, en god, ærlig Skilling hjemme fra, som man har slaaet Hul i og kalder falsk. Det var ganske morsomt det! Dig skal jeg dog opbevare og tage hjem med!"

Det foer af Glæde gjennem mig, jeg blev kaldt en god, ærlig Skilling, og hjem skulde jeg, hvor Alle og Enhver vilde kjende mig og vide, at jeg var af godt Sølv og med ægte Præg. Jeg kunde gjerne have gnistret af Glæde, men det ligger nu ikke i min Natur at gnistre, det kan Staal, men ikke Sølv.

Jeg blev svøbt ind i fiint, hvidt Papir, for ikke at blandes med de andre Mynter og komme bort; og kun ved festlig Leilighed, naar der mødtes Landsmænd, blev jeg viist frem og overmaade vel omtalt; de sagde, at jeg var interessant; det er morsomt nok, at man kan være interessant uden at sige et eneste Ord!

Og saa kom jeg hjem! Al min Nød var forbi, min Glæde begyndte, jeg var jo af godt Sølv, jeg havde det ægte Præg, og det var mig slet ikke til Fortræd, at man havde slaaet Hul i mig som falsk; det gjør ikke noget, naar man ikke er det! Man skal holde ud; Alt kommer i Tiden til sin Ret! Det er nu min Tro!" sagde Skillingen.

Theepotten

Der var en stolt Theepotte, stolt af sit Porcellain, stolt af sin lange Tud, stolt af sin brede Hauk; den havde Noget forud og bagud, Tuden for, Hanken bag, og det talte den om; men den talte ikke om sit Laag, det var knækket, det var klinket, det havde Mangel, og sin Mangel taler man ikke gjerne om, det gjør nok de Andre. Kopper, Fløde- og Sukkerskaal, den hele Theeopstilling vilde nok mere huske paa Laagets Skrøbelighed og tale om den, end om den gode Hank og den udmærkede Tud; det vidste Theepotten.

„Jeg kjender dem!" sagde den ind i sig selv, „jeg kjender ogsaa nok min Mangel og jeg erkjender den, deri er min Ydmyghed, min Beskedenhed; Mangler have vi Alle, men man har da ogsaa Begavelse. Kopperne fik en Hank, Sukkerskaalen et Laag, jeg fik nu begge Dele og een Ting forud, den de aldrig faae, jeg fik en Tud, den gjør mig til Dronning paa Theebordet. Sukkerskaalen og Flødepotten forundes det at være Velsmagens Tjenerinder, men jeg er den Givende, den Raadende, jeg udbreder Velsignelsen blandt den tørstende Menneskehed; i mit Indre forarbeides de chinesiske Blade i det kogende, smagløse Vand."

Alt Dette sagde Theepotten i dens freidige Ungdomstid. Den stod paa det dækkede Bord, den blev løftet af den fineste Haand; men den fineste Haand var keitet, Theepotten faldt, Tuden knak af, Hanken knak af, Laaget er ikke værdt at tale om, der er talt nok om det. Theepotten laae besvimet paa Gulvet, det kogende Vand løb Ud af den. Det var et svært Stød, den fik, og det Sværeste var, at de loe, de loe ad den og ikke ad den keitede Haand.

„Den Erindring faaer jeg nu aldrig Ud af mig!" sagde Theepotten, naar den siden fortalte sig selv sit Levnetsløb. „Jeg blev kaldt Invalid, sat hen i en Krog og Dagen derpaa foræret bort til en Kone, der tiggede Madfedt; jeg kom ned i Armoden, stod maalløs, baade ud og ind, men der, som jeg stod, begyndte mit bedre Liv; man er Et og bliver et ganske Andet. Der blev lagt Jord ind i mig; det er for en Theepotte at begraves, men i Jorden blev lagt et Blomsterløg; hvem der lagde det, hvem der gav det, veed jeg ikke, givet blev det, en Erstatning for de chinesiske Blade og det kogende Vand, en Erstatning for den afbrudte Hank og Tud. Og Løget laae i Jorden, Løget laae i mig, det blev mit Hjerte, mit levende Hjerte, et saadant havde jeg før aldrig havt. Der var Liv i mig, der var Kraft og Kræfter; Pulsen slog, Løget skød Spire, det var ved at sprænges af Tanker og Følelser; de brøde ud i Blomst; jeg saae den, jeg bar den, jeg glemte mig selv i dens Deilighed; velsignet er det at glemme sig selv i Andre! Den sagde mig ikke Tak; den tænkte ikke paa mig; — den blev beundret og lovpriist. Jeg var saa glad derover, hvad maatte den da ikke være det. En Dag hørte jeg, der blev sagt, at den fortjente en bedre Potte. Man slog mig midt over; det gjorde voldsomt ondt; men Blomsten kom i en bedre Potte, — og jeg blev kastet ud i Gaarden, ligger der som et gammelt Skaar, — men jeg har Erindringen, den kan jeg ikke miste."

Tommelise

 Der var engang en Kone, som saa gjerne vilde have sig et lille bitte Barn, men hun vidste slet ikke, hvor hun skulde faae et fra; saa gik hun hen til en gammel Hex og sagde til hende: "Jeg vilde saa inderlig gjerne have et lille Barn, vil Du ikke sige mig, hvor jeg dog skal faae et fra?" "Jo, det skal vi nok komme ud af!" sagde Hexen. "Der har Du et Bygkorn, det er slet ikke af den Slags, som groer paa Bondemandens Mark, eller som Hønsene faae at spise, læg det i en Urtepotte, saa skal Du faae noget at see!"
"Tak skal Du have!" sagde Konen og gav Hexen tolv Skilling, gik saa hjem, plantede Bygkornet, og strax voxte der en deilig stor Blomst op, den saae ganske ud, som en Tulipan, men Bladene lukkede sig tæt sammen, ligesom om den endnu var i Knop.
"Det er en nydelig Blomst!" sagde Konen, og kyssede den paa de smukke røde og gule Blade, men lige i det hun kyssede, gav Blomsten et stort Knald, og aabnede sig. Det var en virkelig Tulipan, kunde man nu see, men midt inde i Blomsten, paa den grønne Stol, sad der en lille bitte Pige, saa fiin og nydelig, hun var ikke uden en Tomme lang, og derfor kaldtes hun *Tommelise.*
En nydelig lakeret Valdnødskal fik hun til Vugge, blaa Violblade vare hendes Matrasser og et Rosenblad hendes Overdyne; der sov hun om Natten, men om Dagen legede hun paa Bordet, hvor Konen havde sat en Tallerken, som hun havde lagt en heel Krands om med Blomster, der stak deres Stilke ned i Vandet; her fløed et stort Tulipanblad, og paa dette maatte *Tommelise* sidde og seile fra den ene Side af Tallerkenen til den anden; hun havde to hvide Hestehaar at roe med. Det saae just deiligt ud. Hun kunde ogsaa synge, o saa fiint og nydeligt, som man aldrig her havde hørt. —
En Nat, som hun laae i sin smukke Seng, kom der en hæslig Skruptudse hoppende ind af Vinduet; der var en Rude itu. Skruptudsen var saa styg, stor og vaad, den hoppede lige ned paa Bordet, hvor *Tommelise* laae og sov under det røde Rosenblad.
"Det var en deilig Kone til min Søn!" sagde Skruptudsen, og saa tog hun fat i Valdnødskallen, hvor *Tommelise* sov, og hoppede bort med hende gjennem Ruden, ned i Haven.

Der løb en stor, bred Aa; men lige ved Bredden var det sumpet og muddret; her boede Skruptudsen med sin Søn. Uh! han var ogsaa styg og fæl, lignede ganske sin Moder: "koax, koax, brekke-ke-kex!" det var alt hvad han kunde sige, da han saae den nydelige lille Pige i Valdnødskallen.

"Snak ikke saa høit, for ellers vaagner hun!" sagde den gamle Skruptudse, "hun kunde endnu løbe fra os, for hun er saa let, som et Svaneduun! vi ville sætte hende ud i Aaen paa et af de brede Aakandeblade, det er for hende, der er saa let og lille, ligesom en Ø! der kan hun ikke løbe bort, mens vi gjøre Stadsestuen istand nede under Mudderet, hvor I skulle boe og bygge!"

Ude i Aaen voxte der saa mange Aakander med de brede grønne Blade, der see ud som de flyde oven paa Vandet; det Blad, som var længst ude, var ogsaa det allerstørste; der svømmede den gamle Skruptudse ud og satte Valdnødskallen med *Tommelise*.

Den lillebitte Stakkel vaagnede ganske tidlig om Morgenen, og da hun saae, hvor hun var, begyndte hun saa bitterligt at græde, for der var Vand paa alle Sider af det store grønne Blad, hun kunde slet ikke komme i Land.

Den gamle Skruptudse sad nede i Mudderet og pyntede sin Stue op med Siv og gule Aaknappe, — der skulde være rigtigt net for den nye Svigerdatter, — svømmede saa med den stygge Søn ud til Bladet, hvor *Tommelise* stod, de vilde hente hendes pæne Seng, den skulde sættes op i Brudekammeret, før hun selv kom der. Den gamle Skruptudse neiede saa dybt i Vandet for hende og sagde: "her skal Du see min Søn, han skal være Din Mand, og I skal boe saa deiligt nede i Mudderet!"

"Koax, koax! brekkekekex!" det var Alt, hvad Sønnen kunde sige.

Saa toge de den nydelige lille Seng og svømmede bort med den, men *Tommelise* sad ganske alene og græd paa det grønne Blad, for hun vilde ikke boe hos den fæle Skruptudse eller have hendes hæslige Søn til sin Mand. De smaa Fiske, som svømmede nede i Vandet, havde nok seet Skruptudsen og hørt hvad hun sagde, derfor stak de Hoverne op, de vilde dog see den lille Pige. Saa snart de fik hende at see, fandt de hende saa nydelig, og det gjorde dem saa ondt, at hun skulde ned til den stygge Skruptudse. Nei, det skulde aldrig skee. De flokkede sig nede i Vandet rundt om den grønne Stilk, der holdt Bladet, hun stod paa, gnavede med Tænderne Stilken over, og saa flød Bladet ned af Aaen, bort med *Tommelise*, langtbort, hvor Skruptudsen ikke kunde komme.

Tommelise seilede forbi saa mange Stæder, og de smaa Fugle sad i Buskene, saae hende og sang "hvilken nydelig lille Jomfrue!" Bladet med hende svømmede længer og længer bort; saaledes reiste *Tommelise* udenlands.

En nydelig lille hvid Sommerfugl blev ved at flyve rundt omkring hende, og satte sig tilsidst ned paa Bladet, for den kunde saa godt lide *Tommelise,* og hun var saa fornøiet, for nu kunde Skruptudsen ikke naae hende og der var saa deiligt, hvor hun seilede; Solen skinnede paa Vandet, det var ligesom det deiligste Guld. Saa tog hun sit Livbaand, bandt den ene Ende om Sommerfuglen, den anden Ende af Baandet satte hun fast i Bladet; det gled da meget hurtigere afsted og hun med, for hun stod jo paa Bladet.

I det samme kom der en stor Oldenborre flyvende, den fik hende at see og i Øieblikket slog den sin Klo om hendes smækkre Liv og fløi op i Træet med hende, men det grønne Blad svømmede ned af Aaen og Sommerfuglen fløi med, for han var bundet til Bladet og kunde ikke komme løs.

Gud, hvor den stakkels *Tommelise* blev forskrækket, da Oldenborren fløi op i Træet med hende, men hun var dog allermeest bedrøvet for den smukke, hvide Sommerfugl, hun havde bundet fast til Bladet; dersom han nu ikke kunde komme løs, maatte han jo sulte ihjel. Men det brød Oldenborren sig ikke noget om. Den satte sig med hende paa det største, grønne Blad i Træet, gav hende det Søde af Blomsterne at spise og sagde, at hun var saa nydelig, skjøndt hun slet ikke lignede en Oldenborre. Siden kom alle de andre Oldenborrer, der boede i Træet, og gjorde Visit; de saae paa *Tommelise,* og Frøken-Oldenborrerne trak paa Følehornene og sagde: "hun har dog ikke mere end to Been, det seer ynkeligt ud. Hun har ingen Følehorn!" sagde den anden. "Hun er saa smækker i Livet, fy! hun seer ud ligesom et Menneske! Hvor hun er styg!" sagde alle Hun-Oldenborrerne, og saa var *Tommelise* dog saa nydelig; det syntes ogsaa den Oldenborre, som havde taget hende, men da alle de andre sagde, hun var hæslig, saa troede han det tilsidst ogsaa og ville slet ikke have hende; hun kunde gaae, hvor hun vilde. De fløi ned af Træet med hende og satte hende paa en Gaaseurt; der græd hun, fordi hun var saa styg, at Oldenborrerne ikke vilde have hende, og saa var hun dog den deiligste, man kunde tænke sig, saa fiin og klar som det skjønneste Rosenblad.

Hele Sommeren igjennem levede den stakkels *Tommelise* ganske alene i den store Skov. Hun flettede sig en Seng af Græsstraa og hang den under et stort Skræppeblad, saa kunde det ikke regne paa hende; hun pillede det Søde af Blomsterne og spiste, og drak af Duggen, der hver Morgen stod paa Bladene; saaledes gik Sommer og Efteraar, men nu kom Vinteren, den kolde, lange Vinter. Alle Fuglene, der havde sjunget saa smukt for hende, fløi deres Vei, Træerne og Blomsterne visnede, det store Skræppeblad, hun havde boet under, rullede sammen og blev kun en guul, vissen Stilk, og hun frøs saa forskrækkeligt, for hendes Klæder vare itu og hun var selv saa fiin og lille, den stakkels *Tommelise,* hun maatte fryse ihjel. Det begyndte at snee og hver Sneefnug, der faldt paa hende, var, som naar man kaster en heel Skuffe fuld paa os, thi vi ere store og hun var kun en Tomme lang. Saa svøbte hun sig ind i et vissent Blad, men det vilde ikke varme, hun rystede af Kulde.

Tæt udenfor Skoven, hvor hun nu var kommet, laae en stor Kornmark, men Kornet var forlænge siden borte, kun de nøgne, tørre Stubbe stode op af den frosne Jord. De vare ligesom en heel Skov for hende at gaae imellem, o, hun rystede saadan af Kulde. Saa kom hun til Markmusens Dør. Den var et lille Hul inde under Korn-Stubbene. Der boede Markmusen luunt og godt, havde hele Stuen fuld af Korn, et deiligt Kjøkken og Spiiskammer. Den stakkels *Tommelise* stillede sig indenfor Døren, ligesom en anden fattig Tiggerpige og bad om et lille Stykke af et Bygkorn, for hun havde i to Dage ikke faaet det mindste at spise.

"Din lille Stakkel!" sagde Markmusen, for det var igrunden en god gammel Markmuus, "kom Du ind i min varme Stue og spiis med mig!" Da hun nu syntes godt om *Tommelise,* sagde hun: "Du kan gjerne blive hos mig i Vinter, men Du skal holde min Stue pæn reen og fortælle mig Historier, for dem holder jeg meget af," og *Tommelise* gjorde, hvad den gode, gamle Markmuus forlangte og havde det da grumme godt.

"Nu faae vi nok snart Besøg!" sagde Markmusen, "min Naboe pleier hver Ugesdag at besøge mig. Han sidder bedre endnu inden Vægge, end jeg; har store Sale og gaaer med saadan en deilig, sort Fløielspels! bare Du kunde faae ham til Mand, saa var Du godt forsørget; men han kan ikke see. Du maa fortælle ham de nydeligste Historier, Du veed!"

Men det brød *Tommelise* sig ikke om, hun vilde slet ikke have Naboen, for han var en Muldvarp. Han kom og gjorde Visit i sin sorte Fløielspels, han var saa riig og saa lærd, sagde Markmusen, hans Huusleilighed var ogsaa over tyve Gange større, end Markmusens, og Lærdom havde han, men Solen og de smukke Blomster kunde han slet ikke lide, dem snakkede han ondt om, for han havde aldrig seet dem. *Tommelise* maatte synge og hun sang baade "Oldenborre flyv, flyv!" og "Munken gaaer i Enge," saa blev Muldvarpen forliebt i hende, for den smukke Stemmes Skyld, men han sagde ikke noget, han var saadan en sindig Mand. —

Han havde nylig gravet sig en lang Gang gjennem Jorden fra sit til deres Huus, i den fik Markmusen og *Tommelise* Lov til at spadsere, naar de vilde. Men han bad dem ikke blive bange for den døde Fugl, som laae i Gangen; det var en heel Fugl med Fjær og Næb, der vist var død for ganske nylig, da Vinteren begyndte, og nu gravet ned, just hvor han havde gjort sin Gang.

Muldvarpen tog et Stykke Trøske i Munden, for det skinner jo ligesom

Ild i Mørke, og gik saa foran og lyste for dem i den lange, mørke Gang; da de saa kom, hvor den døde Fugl laae, satte Muldvarpen sin brede Næse mod Loftet og stødte Jorden op, saa der blev et stort Hul, som Lyset kunde skinne ned igjennem. Midt paa Gulvet laae en død Svale, med de smukke Vinger trykkede fast ind om Siderne, Benene og Hovedet trukne ind under Fjedrene; den stakkels Fugl var bestemt død af Kulde. Det gjorde *Tommelise* saa ondt for den, hun holdt saa meget af alle de smaa Fugle, de havde jo hele Sommeren sjunget og qviddret saa smukt for hende, men Muldvarpen stødte til den med sine korte Been og sagde: "Nu piber den ikke meer! det maa være ynkeligt at blive født til en lille Fugl! Gud skee Lov, at ingen af mine Børn blive det; saadan en Fugl har jo ingen Ting uden sit Quivit og maa sulte ihjel til Vinteren!"

"Ja, det maa I, som en fornuftig Mand, nok sige," sagde Markmusen. "Hvad har Fuglen for al sit Quivit, naar Vinteren kommer? Den maa sulte og fryse; men det skal vel ogsaa være saa stort!"

Tommelise sagde ikke noget, men da de to andre vendte Ryggen til Fuglen, bøiede hun sig ned, skjød Fjedrene tilside, der laae over dens Hoved, og kyssede den paa de lukkede Øine. "Maaskee var det den, som sang saa smukt for mig i Sommer," tænkte hun, "hvor den skaffede mig megen Glæde, den kjære, smukke Fugl!"

Muldvarpen stoppede nu Hullet til, som Dagen skinnede igjennem, og fulgte saa Damerne hjem. Men om Natten kunde *Tommelise* slet ikke sove, saa stod hun op af sin Seng og flettede af Hø et stort smukt Teppe, og det bar hun ned og bredte rundt om den døde Fugl, lagde blød Bomuld, hun havde fundet i Markmusens Stue, paa Siderne af Fuglen, for at den kunde ligge varmt i den kolde Jord.

"Farvel Du smukke lille Fugl!" sagde hun, "Farvel og Tak for din deilige Sang i Sommer, da alle Træerne vare grønne og Solen skinnede saa varmt paa os!" Saa lagde hun sit Hoved op til Fuglens Bryst, men blev i det samme ganske forskrækket, thi det var ligesom noget bankede der indenfor. Det var Fuglens Hjerte. Fuglen var ikke død, den laae i Dvale, og var nu bleven opvarmet og fik Liv igjen.

Om Efteraaret saa flyve alle Svalerne bort til de varme Lande, men er der een der forsinker sig, saa fryser den saaledes, at den falder ganske død ned, bliver liggende, hvor den falder, og den kolde Snee lægger sig ovenover.

Tommelise rystede ordentligt, saa forskrækket var hun blevet, for Fuglen var jo en stor, stor en imod hende, der kun var en Tomme lang, men hun tog dog Mod til sig, lagde Bomulden tættere om den stakkels Svale, og hentede et Krusemynteblad, hun selv havde havt til Overdyne, og lagde det over Fuglens Hoved.

Næste Nat listede hun sig igjen ned til den, og da var den ganske levende, men saa mat, den kunde kun et lille Øieblik lukke sine Øine op og see *Tommelise,* der stod med et Stykke Trøske i Haanden, for anden Lygte havde hun ikke.

"Tak skal Du have, Du nydelige lille Barn!" sagde den syge Svale til hende, "jeg er blevet saa deilig opvarmet! snart faaer jeg mine Kræfter og kan flyve igjen, ude i det varme Solskin!"

"O!" sagde hun, "det er saa koldt udenfor, det sneer og fryser! bliv Du i din varme Seng, jeg skal nok pleie Dig!"

Hun bragte da Svalen Vand i et Blomsterblad, og den drak og fortalte hende, hvorledes den havde revet sin ene Vinge paa en Tornebusk og kunde derfor ikke flyve saa stærkt, som de andre Svaler, som da fløi bort, langt bort til de varme Lande. Den var da tilsidst faldet ned paa Jorden, men mere kunde den ikke huske, og vidste slet ikke, hvorledes den var kommet her.

Hele Vinteren blev den nu hernede og *Tommelise* var god imod den og holdt saa meget af den; hverken Muldvarpen eller Markmusen fik det mindste at vide derom, for de kunde jo ikke lide den stakkels fattige Svale.

Saasnart Foraaret kom og Solen varmede ind i Jorden, sagde Svalen Farvel til *Tommelise,* der aabnede Hullet, som Muldvarpen havde gjort ovenover. Solen skinnede saa deiligt ind til dem, og Svalen spurgte, om hun ikke vilde følge med, hun kunde sidde paa dens Ryg, de vilde flyve langt ud i den grønne Skov. Men *Tommelise* vidste, det vilde bedrøve den gamle Markmuus, om hun saaledes forlod hende.

"Nei, jeg kan ikke!" sagde *Tommelise.* "Farvel, farvel! Du gode, nydelige Pige!" sagde Svalen og fløi ud i Solskinnet. *Tommelise* saae efter den, og Vandet kom i hendes Øine, for hun holdt saa meget af den stakkels Svale.

"Qvivit! qvivit!" sang Fuglen og fløi ind i den grønne Skov. —

Tommelise var saa bedrøvet. Hun fik slet ikke Lov at komme ud i det varme Solskin; Kornet, der var saaet paa Ageren, henover Markmusens Huus, voxte ogsaa høit op i Veiret, det var en heel tyk Skov for den stakkels lille Pige, som jo kun var en Tomme lang.

"Nu skal Du i Sommer sye paa dit Udstyr!" sagde Markmusen til hende, for nu havde Naboen, den kjedelige Muldvarp i den sorte Fløielspels, friet til hende. "Du skal have baade Uldent og Linned! Du skal have at sidde og ligge paa, naar Du bliver Muldvarpens Kone!"

Tommelise maatte spinde paa Haandteen, og Markmusen leiede fire Ædderkoppe til at spinde og væve Nat og Dag. Hver Aften gjorde Muldvarpen Visit og snakkede da altid om, at naar Sommeren fik Ende, saa skinnede Solen ikke nær saa varmt, den brændte jo nu Jorden fast, som en Steen; ja naar Sommeren var ude, saa skulde Brylluppet staae med *Tommelise;* men hun var slet ikke fornøiet, for hun holdt ikke noget af den kjedelige Muldvarp. Hver Morgen, naar Solen stod op, og hver Aften, naar den gik ned, listede hun sig ud i Døren og naar saa Vinden skilte Toppene af Kornet ad, saa at hun kunde see den blaa Himmel, tænkte hun paa, hvor lyst og smukt der var herude, og ønskede saameget, at hun igjen maatte faae den kjære Svale at see; men den kom aldrig mere, den fløi vist langt borte i den smukke grønne Skov.

Da det nu blev Efteraar, havde *Tommelise* hele sit Udstyr færdigt.

"Om fire Uger skal Du have Bryllup!" sagde Markmusen til hende. Men *Tommelise* græd og sagde, hun vilde ikke have den kjedelige Muldvarp.

"Snik snak!" sagde Markmusen, "gjør Dig ikke obsternasig, for ellers skal jeg bide Dig med min hvide Tand! Det er jo en deilig Mand, Du faaer! hans sorte Fløielspels har Dronningen selv ikke Mage til! Han har baade i Kjøkken og Kjælder. Tak Du Gud for ham!"

Saa skulde de have Bryllup. Muldvarpen var allerede kommet, for at hente *Tommelise;* hun skulde boe med ham, dybt nede under Jorden, aldrig komme ud i den varme Sol, for den kunde han ikke lide. Det stakkels Barn var saa bedrøvet, hun skulde nu sige den smukke Sol farvel, som hun dog hos Markmusen havde faaet Lov at see paa i Døren.

"Farvel, Du klare Sol!" sagde hun og rakte Armene høit op i Veiret, gik ogsaa en lille Smule udenfor Markmusens Huus; thi nu var Kornet høstet, og her stod kun de tørre Stubbe. "Farvel, farvel!" sagde hun og slog sine smaa Arme om en lille rød Blomst, der stod. "Hils den lille Svale fra mig, dersom Du faaer den at see!"

"Qvivit, qvivit!" sagde det i det samme over hendes Hoved; hun saae op, det var den lille Svale, der just kom forbi. Saasnart den saae *Tommelise,* blev den saa fornøiet; hun fortalte den, hvor nødig hun vilde have den stygge Muldvarp til Mand, og at hun saa skulde boe dybt under Jorden, hvor aldrig Solen skinnede. Hun kunde ikke lade være at græde derved.

"Nu kommer den kolde Vinter," sagde den lille Svale, "jeg flyver langt bort til de varme Lande, vil Du følge med mig? Du kan sidde paa min Ryg! bind Dig kun fast med dit Livbaand, saa flyve vi bort fra den stygge Muldvarp og hans mørke Stue, langt bort over Bjergene til de varme Lande, hvor Solen skinner smukkere end her, hvor der altid er Sommer og deilige Blomster. Flyv kun med mig, Du søde lille *Tommelise,* som har reddet mit Liv, da jeg laae forfrossen i den mørke Jordkjelder!"

"Ja, jeg vil følge med Dig!" sagde *Tommelise,* og satte sig op paa Fuglens Ryg, med Fødderne paa dens udbredte Vinge, bandt sit Belte fast i een af de stærkeste Fjær og saa fløi Svalen høit op i Luften, over Skov og over Sø, høit op over de store Bjerge, hvor der altid ligger Snee, og *Tommelise* frøs i den kolde Luft, men saa krøb hun ind under Fuglens varme Fjær og stak kun det lille Hoved frem for at see al den Deilighed under sig.

Saa kom de til de varme Lande. Der skinnede Solen meget klarere end her, Himlen var to Gange saa høi og paa Grøfter og Gjærder voxte de deiligste grønne og blaa Viindruer. I Skovene hang Citroner og Appelsiner, her duftede af Myrther og Krusemynter, og paa Landeveien løb de nydeligste Børn og legede med store brogede Sommerfugle. Men Svalen fløi endnu længer bort, og det blev smukkere og smukkere. Under de deiligste grønne Træer ved den blaa Søe, stod et skinnende hvidt Marmorslot, fra de gamle Tider, Viinrankerne snoede sig op om de høie Piller; der øverst oppe vare mange Svalereder, og i en af disse boede Svalen, som bar *Tommelise.* —

"Her er mit Huus!" sagde Svalen; "men vil Du nu selv søge Dig een af de prægtige Blomster ud, som groe dernede, saa skal jeg sætte Dig der og Du skal faae det saa nydeligt, Du vil ønske det!"

"Det var deiligt!" sagde hun, og klappede med de smaa Hænder.

Der laae en stor hvid Marmorsøile, som var faldet om paa Jorden og knækket i tre Stykker, men mellem disse voxte de smukkeste store hvide Blomster. Svalen fløi ned med *Tommelise* og satte hende paa et af de brede Blade; men hvor forundret blev hun ikke! der sad en lille Mand midt i Blomsten, saa hvid og gjennemsigtig, som han var af Glas; den nydeligste Guldkrone havde han paa Hovedet og de deiligste klare Vinger paa Skuldrene, selv var han ikke større end *Tommelise.* Han var Blomstens Engel. I hver Blomst boede der saadan en lille Mand eller Kone, men denne var Konge over dem allesammen.

"Gud, hvor han er smuk!" hvidskede *Tommelise* til Svalen. Den lille Prinds blev saa forskrækket for Svalen, thi den var jo en heel Kjæmpefugl imod ham, der var saa lille og fiin, men da han saae *Tommelise,* blev han saa glad, hun var den allersmukkeste Pige, han endnu havde seet. Derfor tog han sin Guldkrone af sit Hoved og satte paa hendes, spurgte, hvad hun hed og om hun vilde være hans Kone, saa skulde hun blive Dronning over alle Blomsterne! Ja det var rigtignok en Mand, anderledes, end Skruptudsens Søn og Muldvarpen med den sorte Fløielspels. Hun sagde derfor ja til den deilige Prinds og fra hver Blomst kom en Dame eller Herre, saa nydelig, det var en Lyst, hver bragte *Tommelise* en Present, men den bedste af alle var et Par smukke Vinger af en stor hvid Flue; de bleve hæftede paa *Tommelises* Ryg og saa kunde hun ogsaa flyve fra Blomst til Blomst; der var saadan en Glæde og den lille Svale sad oppe i sin Rede og sang for dem, saa godt den kunde, men i Hjertet var den dog bedrøvet, for den holdt saa meget af *Tommelise* og vilde aldrig have været skilt fra hende.

"Du skal ikke hedde *Tommelise!*" sagde Blomstens Engel til hende, "det er et stygt Navn, og Du er saa smuk. Vi ville kalde Dig *Maja!*"

"Farvel! farvel!" sagde den lille Svale, og fløi igjen bort fra de varme Lande, langt bort tilbage til Danmark; der havde den en lille Rede over Vinduet, hvor Manden boer, som kan fortælle Eventyr, for ham sang den "quivit, quivit!" derfra have vi hele Historien.

Tællelyset

Det sydede og bruste, mens Ilden flammede under Gryden, det var Tællelysets Vugge - og ud af den lune Vugge gled Lyset for[m]fuldendt, helstøbt, skinnende hvidt og slankt det var dannet paa en Maade, som fik Alle, der saae det til at troe at det maatte give Løvte om en lys og straalende Fremtid – og Løvterne, som Alle saae, skulde det virkelig holde og opfylde.

Faaret - et nydeligt lille Faar - var Lysets Moder og Smeltegryden var dets Fader. Fra dets Moder havde det arvet sin blendende hvide Krop og en Ahnelse om Livet; men fra / dets Fader havde det faaet Lysten til den flammende Ild, der engang skulde gaae det igjennem Marv og Been – og "lyse" for det i Livet.

Ja saadan var det skabt og udviklet, da det med de bedste, de lyseste Forhaabninger kastede sig ud i Livet. Der traf det saa underlig mange Medskabninger som det indlod sig med; thi det vilde lære Livet at kjende – og maaskee derved finde den Plads, hvor det selv passede bedst. Men det troede altfor godt om Verden; den brød sig kun om sig selv og slet ikke om Tællelyset; thi den kunde ikke forstaae, til hvad Gavn det kunde være, og derfor søgte den saa at bruge det til Fordeel for sig selv og toge forkeert fat paa Lyset, de sorte Fingre satte større og større Pletter paa den reene Uskyldsfarve; denne svandt efterhaanden ganske bort og blev heelt tildækket af Smuds / fra Omverd[e]nen, der var kommet i altfor svær Berøring med det, meget nærmere end Lyset kunde taale, da det ikke havde kundet skjelne Reent fra Ureent, – men endnu var det i sit Inderste uskyldig og ufordærvet.

Da saae de falske Venner, at de ikke kunde naae det Indre – og vrede kastede de Lyset bort som en unyttig Tingest.

Men de[n] ydre sorte Skal holdt alle de Gode borte, – de vare bange for at smittes af den sorte Farve, for at faae Pletter paa sig, – og saa holdt de sig borte.

Nu stod det stakkels Tællelys saa ene og forladt, det vidste hverken ud eller ind. Det saae sig forstødt af det Gode og det opdagede nu, at det kun havde været et Redskab til at fremme det slette, det følte sig da saa uendelig ulyksalig, fordi det havde tilbragt dets Liv til ingen Nytte, ja det havde maaskee endogsaa sværtet det Bedre i sin Omgang –, det kunde ikke fatte, hvorfor eller hvortil det egentlig / var skabt, hvorfor

det skulde leve paa Jorden – og maaskee ødelægge sig selv og andre.
Meer og meer, dybere og dybere grublede det, men jo meere det
tænkte, desto større blev dets Mismod, da det slet ikke kunde finde
noget Godt, noget virkeligt Indhold for sig selv – eller see det Maal, som
det havde faaet ved dets Fødsel. – Det var ligesom det sorte Dække
ogsaa havde tilsløret dets Øine.

Men da traf det en lille Flamme, et Fyrtøi; det kjendte Lyset bedre, end
Tællelyset kjendte sig selv; thi Fyrtøiet saae saa klart – tværs igjennem
den ydre Skal – og der inden for fandt det saa meget Godt; derfor
nærmede det sig til det, og lyse Formodninger vaktes hos Lyset; det
antændtes og Hjertet smæltede i det.

Flammen straalede ud – som Formælingens Glædesfakkel, Alt blev lyst
og klart rundt omkring, og det oplyste Veien for dets Omgivelser, dets
sande Venner – og med Held søgte de nu Sandheden under Lysets Skue.
Men ogsaa Legemet var kraftigt nok / til at nære og bære den
flammende Ild. – Draabe paa Draabe som Spirer til nyt Liv trillede
runde og buttede ned ad stammen og dækkede med deres Legemer –
Fortidens Smuds.

De vare ikke blot Formælingens legemlige men ogsaa deres [a]andelige
Udbytte. –

Og Tællelyset havde fundet dets rette Plads i Livet – og viist, at det var
et rigtigt Lys, som lyste længe til Glæde for sig selv og dets
Medskabninger –

Veirmøllen

Der stod paa Bakken en Veirmølle, stolt at see paa og stolt følte den sig:
„Aldeles ikke stolt er jeg!" sagde den, „men jeg er meget oplyst, uden og
inden. Sol og Maane har jeg til udvortes Brug og til indvendig med, og
saa har jeg desuden Stearinlys, Tranlampe og Tællepraas; jeg tør sige, at
jeg er oplyst; jeg er et tænkende Væsen og saa velskabt at det er en
Fornøielse. Jeg har en god Qværn i Brystet, jeg har fire Vinger, og de
sidde mig oppe i Hovedet, lige under Hatten; Fuglene have kun to
Vinger og maae bære dem paa Ryggen. Jeg er en Hollænder af Fødsel,
det kan sees paa min Skabelon; en flyvende Hollænder! den regnes til
det Overnaturlige, veed jeg, og dog er jeg meget naturlig. Jeg har Galleri
om Maven og Beboelsesleilighed i Nederdelen; der huse mine Tanker.
Min stærkeste Tanke, den der styrer og raader, kaldes af de andre
Tanker: Manden paa Møllen. Han veed hvad han vil, han staaer høit
over Meel og Gryn, men har dog sin Mage, og hun kaldes Mutter; hun er
Hjertelaget; hun løber ikke avet om, ogsaa hun veed hvad hun vil, hun
veed hvad hun kan, hun er mild som et Vindpust, hun er stærk som

Blæsten; hun forstaaer at lirke, at faae sin Villie. Hun er mit bløde Sind, Fatter er mit haarde; de ere To og dog Een, de kalde ogsaa hinanden „min Halvpart". De have Rollinger de To: smaa Tanker, som kunde voxe. De Smaa gjøre et Styr! Forleden, da jeg i Dybsindighed lod „Fatter" og hans Svende see Qværn og Hjul efter i mit Bryst, jeg vilde vide hvad der var i Veien, thi der var Noget i Veien indeni mig, og man skal randsage sig selv, saa gjorde de Smaa et forfærdeligt Styr, der ikke tager sig ud, naar man, som jeg, staaer høit paa Bakken; man maa huske at man staaer i Belysning: Omdømmet er ogsaa Belysning. Men hvad jeg vilde sige, det var et forfærdeligt Styr af de Smaa! Den Mindste foer mig lige op i Hatten og trallede saa det kildrede i mig. De smaa Tanker kunne voxe, det har jeg fornummet, og udenfra komme ogsaa Tanker og ikke ganske af min Slægt, for jeg seer Ingen af den, saa langt jeg seer, Ingen uden mig selv; men de vingeløse Huse, hvor Qværnen ikke høres, de have ogsaa Tanker, de komme til mine Tanker og forlove sig med dem, som de kalde det. Underligt nok! ja der er Meget underligt. Det er kommet over mig eller i mig: Noget har forandret sig i Mølleværket! det er som om Fatter havde skiftet Halvpart, faaet et endnu mildere Sind, en endnu kjærligere Mage, saa ung og from og dog den Samme, men blødere, frommere med Tiden. Hvad Beesk var er fordunstet; det er meget fornøieligt det Hele. Dagene gaae og Dagene komme, altid fremad til Klarhed og Glæde, og saa, ja det er sagt og skrevet, saa kommer der en Dag, at det er forbi med mig og aldeles ikke forbi: jeg skal rives ned for at reise mig ny og bedre, jeg skal høre op og dog blive ved at være! blive en ganske Anden og dog den Samme! det er mig svært at begribe, ihvor oplyst jeg end er, ved Sol, Maane, Stearin, Tran og Tælle! mit gamle Tømmer og Muurværk skal reise sig igjen af Gruset. Jeg vil haabe at jeg beholder de gamle Tanker: Fatter paa Møllen, Mutter, Store og Smaa, Familien, den jeg kalder det Hele, Een og dog Saamange, hele Tanke-Compagniet, for det kan jeg ikke undvære! og mig selv maa jeg ogsaa blive, med Qværn i Brystet, Vinger paa Hovedet, Altan om Maven, ellers kan jeg ikke kjende mig selv, og de Andre kunne heller ikke kjende mig og sige, der har vi jo Møllen paa Bakken, stolt at see, dog aldeles ikke stolt."

Det sagde Møllen, den sagde meget Mere, men dette var nu det Vigtigste.

Og Dagene kom og Dagene gik, og den yderste var den sidste.

Der gik Ild i Møllen; Flammerne løftede sig, sloge ud, sloge ind, slikkede Bjælker og Bræder, aad dem op. Møllen faldt, der var kun en Askehob tilbage; Røgen foer hen over Brandstedet, Vinden bar den bort.

Hvad Levende der havde været paa Møllen blev, det kom ikke Noget til ved den Begivenhed, det vandt ved den. Møllerfamilien, een Sjæl, mange Tanker og dog kun een, fik sig en ny, en deilig Mølle, den kunde være tjent med, den lignede aldeles den gamle, man sagde: der staaer jo Møllen paa Bakken, stolt at see! men denne var bedre indrettet, mere tidssvarende, for det gaaer fremad. Det gamle Tømmer, der var ormstukket og svampet, laae i Støv og Aske; den Møllekrop reiste sig ikke, som den havde troet; den tog det lige efter Ordene, og man skal ikke tage Alting lige efter Ordene.

Venskabs-Pagten

Vi have nylig gjort en lille Reise og hige alt efter en større. Hvorhen? Til Sparta! til Mycene! til Delphi! der ere hundrede Steder, ved hvis Navne Hjertet slaaer af Reise-Lyst. Det gaaer til Hest, op ad Bjergstier, hen over Krat og Buske; den enkelte Reisende kommer frem som en heel Karavane. Selv rider han forud med sin Argojat, en Pakhest bærer Koffert, Telt og Proviant, et Par Soldater følge efter til hans Beskyttelse; intet Vertshuus med velopredt Seng venter ham efter den trættende Dag-Reise, Teltet er tidt hans Tag i den store, vilde Natur, Argojaten koger der en *Pilaf,* til Aftensmad; tusinde Myg omsuse det lille Telt, det er en ynkelig Nat, og imorgen gaaer Veien over stærkt opsvulmede Floder; sid fast paa din Hest, at Du ikke skyller bort.
Hvad Løn er der for disse Besværligheder? Den største! den rigeste! Naturen aabenbarer sig her i al sin Storhed, hver Plet er historisk, Øie og Tanke nyder. Digteren kan synge derom, Maleren give det i rige Billeder, men Virkelighedens Duft, der for evig trænger ind og forbliver i Beskuerens Tanke, mægte de ikke at gjengive.
Den eensomme Hyrde oppe paa Fjeldet vilde, ved en simpel Fortælling af een af sit Livs Begivenheder, maaskee bedre end Reisebeskrivere kunne oplukke Øiet for Dig, som i nogle enkelte Træk vil skue Hellenernes Land.
Lad ham da tale! om en Skik, en smuk, eiendommelig Skik, skal Hyrden hist paa Bjerget fortælle os: *Venskabs-Pagten.*
"Vort Huus var klinet af Leer, men Dørkarmen var riflede Marmorsøiler, fundne, hvor Huset blev bygget; Taget naaede næsten til Jorden, det var nu sortbruunt og hæsligt, men da det blev lagt, var det blomstrende Oleander og friske Laurbærgrene, hentede bag Bjergene. Der var snevert om vort Huus, Klippevæggene stode steile opad og viste en nøgen, sort Farve; øverst paa dem hang ofte Skyer, som hvide, levende Skikkelser; aldrig hørte jeg her en Sangfugl, aldrig dandsede Mændene her til Sækkepibernes Toner, men Stedet var helligt fra gamle Tider, Navnet selv minder derom, *Delphi* kaldes det jo! De mørke, alvorlige

Bjerge laae alle med Snee; det øverste, som skinnede længst i den røde Aftensol, var *Parnas,* Bækken nær ved vort Huus strømmede ned derfra og var ogsaa engang hellig, nu plumrer Eslet den med sine Fødder, dog Strømmen rinder fort og vorder atter klar. Hvor jeg mindes hver Plet og dens hellige, dybe Eensomhed! Midt i Hytten blev Ilden tændt, og naar den hede Aske laae høit og glødende, blev Brødet bagt deri; laae Sneen ude rundt om vor Hytte, saa den næsten var skjult, da syntes min Moder gladest, da holdt hun mit Hoved mellem sine Hænder, kyssede min Pande og sang de Viser, som hun ellers aldrig sang, thi Tyrkerne, vore Herrer, lede dem ikke; og hun sang: "Paa Olympens Top, i den lave Granskov, sad en gammel Hjort, dens Øine vare tunge af Taarer; røde, ja grønne og blegblaae Taarer græd den, og en Raabuk kom forbi: 'hvad feiler Dig dog, at Du græder saa, græder røde, grønne, ja blegblaae Taarer?' 'Tyrken er kommen i vor By, han har vilde Hunde til sin Jagt, en mægtig Hob.' 'Jeg jager dem over Øerne,' sagde den unge Raabuk, 'jeg jager dem over Øerne, i det dybe Hav;' men før Aftenen faldt paa var Raabukken dræbt, og før Natten kom var Hjorten jagen og død." Og naar min Moder saaledes sang, bleve hendes Øine vaade, og der sad en Taare i de lange Øienhaar, men hun skjulte den og vendte saa i Asken vore sorte Brød. Da knyttede jeg min Haand og sagde: "vi ville slaae Tyrken ihjel;" men hun gjentog af Visen: "Jeg jager dem over Øerne, i det dybe Hav; men før Aftenen faldt paa var Raabukken dræbt, og før Natten kom var Hjorten jagen og død." I flere Nætter og Dage havde vi været eensomme i vor Hytte, da kom min Fader; jeg vidste, han bragte mig Muslingskaller fra Lepanto-Bugten eller maaskee endog en Kniv, skarp og blinkende. Han bragte os denne Gang et Barn, en lille, nøgen Pige, som han holdt under sin Faareskinds Pels, hun var indbunden i et Skind, og Alt hvad hun havde, da hun laae løsnet derfra i min Moders Skjød, var tre Sølvmynter bundne i hendes sorte Haar. Og Fader fortalte om Tyrkerne, der havde dræbt Barnets Forældre, han fortalte os saa Meget, at jeg drømte derom den hele Nat; — min Fader selv var saaret, Moder forbandt hans Arm, Saaret var dybt; den tykke Faareskinds Pels var stivfrossen med Blodet. Den lille Pige skulde være min Søster, hun var saa deilig, saa skinnende klar, min Moders Øine vare ei mildere end hendes; *Anastasia,* som hun kaldtes, skulde være min Søster, thi hendes Fader var viet til min Fader, viet efter gammel Skik, som vi holde den endnu; de havde i Ungdoms Tid sluttet Broderskab, valgt den skjønneste og dydigste Pige i den hele Egn til at vie dem til Venskabs-Pagten; jeg hørte saa tidt om den smukke, selsomme Skik.

Nu var den Lille min Søster; hun sad paa mit Skjød, jeg bragte hende Blomster og Fjeldfuglens Fjer, vi drak sammen af Parnassets Vande, vi sov Hoved mod Hoved under Hyttens Laurbærtag, medens mangen

Vinter endnu min Moder sang om de røde, de grønne og de blegblaae Taarer; men jeg begreb endnu ikke, at det var mit eget Folk, hvis tusindfold Sorger afspeilede sig i disse Taarer.

En Dag kom der tre frankiske Mænd, anderledes klædte end vi; de havde deres Senge og Telte paa Heste, og meer end tyve Tyrker, væbnede med Sabler og Geværer, ledsagede dem, thi de vare Paschaens Venner og havde Brev fra ham. De kom kun for at see vore Bjerge, for i Snee og Skyer at bestige *Parnas* og betragte de selsomme, sorte, steile Klipper om vor Hytte; de kunde ikke rummes inde i den, og de lede heller ikke Røgen, som gik hen under Loftet ud af den lave Dør; de spændte deres Telte ud paa den snevre Plads ved vor Hytte, stegte Lam og Fugle, og skjenkede søde, stærke Vine, men Tyrkerne turde ikke drikke deraf.

Da de reiste, fulgte jeg dem et Stykke paa Veien, og min lille Søster *Anastasia* hang, indsyet i et Gedeskind, paa min Ryg. Een af de frankiske Herrer stillede mig mod en Klippe og tegnede mig og hende, saa levende som vi stode der, vi saae ud som een eneste Skabning; aldrig havde jeg tænkt derover, men *Anastasia* og jeg vare jo ogsaa som Een, altid laae hun paa mit Skjød eller hang paa min Ryg, og drømte jeg, saa var hun i mine Drømme.

To Nætter efter indtraf andre Folk i vor Hytte, de vare væbnede med Knive og Geværer; de vare Albanesere, kjække Folk, som min Moder sagde; de bleve der kun kort, min Søster *Anastasia* sad paa den Enes Skjød, da han var borte, havde hun to og ikke tre Sølvmynter i sit Haar; de lagde Tobak i Papirstrimler og røgte deraf, og den Ældste talte om Veien, de skulde tage, og var uvis om den; "spytter jeg opad", sagde han, "saa falder det i mit Ansigt, spytter jeg nedad, saa falder det i mit Skjæg." Men en Vei maatte vælges; de gik, og min Fader fulgte; lidt efter hørte vi Skud, det knaldede igjen; der kom Soldater i vor Hytte, de toge min Moder, mig og *Anastasia;* Røverne havde havt Tilhold hos os, sagde de, min Fader havde fulgt dem, derfor maatte vi bort; jeg saae Røvernes Liig, jeg saae min Faders Liig, og jeg græd til jeg sov. Da jeg vaagnede, vare vi i Fængsel, men Stuen var ikke elendigere end den i vor egen Hytte, og jeg fik Løg og harpixet Viin, som de heldte af den tjærede Sæk, bedre havde vi det ikke hjemme.

Hvor længe vi vare fangne, det veed jeg ikke; men mange Nætter og Dage gik. Da vi vandrede ud, var det vor hellige Paaskefest, og jeg bar *Anastasia* paa min Ryg, thi min Moder var syg; kun langsomt kunde hun gaae, og der var langt, før vi naaede ned mod Havet, det var Lepantos Bugt. Vi traadte ind i en Kirke, der straalede med Billeder paa gylden Grund; Engle var det, o saa smukke, men jeg syntes dog, at vor lille *Anastasia* var ligesaa smuk; midt paa Gulvet stod en Kiste, fyldt med

Roser, det var den Herre Christus, der laae som deilige Blomster, sagde min Moder, og Præsten forkyndte: Christus er opstanden! alle Folk kyssede hverandre, Enhver holdt et tændt Lys i sin Haand, jeg fik selv eet, den lille *Anastasia* eet, Sækkepiberne klang, Mændene dandsede Haand i Haand fra Kirken, og udenfor stegte Qvinderne Paaske-Lam; vi bleve indbudne, jeg sad ved Ilden, en Dreng, ældre end jeg, tog mig om min Hals, kyssede mig og sagde: "Christus er opstanden!" saaledes mødtes første Gang vi To, *Aphtanides* og jeg.

Min Moder kunde flette Fiskernet, det gav her ved Bugten en god Fortjeneste, og vi bleve i lang Tid ved Havet, — det deilige Hav, der smagte som Taarer og mindede ved sine Farver om Hjortens Graad, snart var det jo rødt, snart grønt og atter igjen blaat.

Aphtanides forstod at styre en Baad, og jeg sad med min lille *Anastasia* i Baaden, der gik paa Vandet, som en Sky gaaer i Luften; naar Solen da sank, bleve Bjergene mere mørkblaae, den ene Bjergrække tittede over den anden, og længst borte stod *Parnas* med sin Snee, i Aftensolen skinnede Bjergtoppen som et glødende Jern, det saae ud, som om Lyset kom indenfra, thi den skinnede længe i den blaae, glindsende Luft, længe efter at Solen var nede; de hvide Søfugle sloge med deres Vinger i Vandspeilet, ellers var her saa stille, som ved Delphi mellem de sorte Fjelde; jeg laae paa min Ryg i Baaden, *Anastasia* sad paa mit Bryst, og Stjernerne ovenover skinnede endnu stærkere end Lamperne i vor Kirke; det var de samme Stjerner, og de stode ganske paa det samme Sted over mig, som naar jeg sad ved Delphi, udenfor vor Hytte. Jeg syntes tilsidst at være der endnu, — da pladskede det i Vandet og Baaden vippede stærkt; — jeg skreg høit, thi *Anastasia* var falden i Vandet, men *Aphtanides* var ligesaa hurtig, og snart løftede han hende op til mig; vi toge hendes Klæder af, vred Vandet bort, og klædte hende saa paa igjen, det Samme gjorde *Aphtanides* ved sig selv, og vi bleve derude til Tøiet igjen var tørt, og Ingen vidste vor Skræk for den lille Pleiesøster, hvis Liv *Aphtanides* jo nu havde Deel i.

Det blev Sommer! Solen brændte saa hedt, at Løvtræerne visnede, jeg tænkte paa vore kølige Bjerge, paa det friske Vand derinde; min Moder længtes ogsaa, og en Aften vandrede vi igjen tilbage. Hvor der var tyst og stille! vi gik over den høie Timian, der dog duftede endnu, skjøndt Solen havde hentørret dens Blade; ikke en Hyrde mødte vi, ikke en Hytte kom vi forbi; Alt var stille og eensomt, kun Stjerneskuddet sagde, at det levede deroppe i Himlen; jeg veed ikke om den klare, blaae Luft lyste selv eller det var Stjernernes Straaler; vi saae godt alle Bjergenes Omrids; min Moder gjorde Ild, stegte Løgene, hun bragte med, og jeg og den lille Søster sov i Timianen uden at frygte for den fæle *Smidraki*, hvem Luen staaer ud af Halsen, endsige frygte for Ulven og Schakalen;

min Moder sad jo hos os, og det troede jeg var nok.

Vi naaede vort gamle Hjem, men Hytten var en Gruushob, der maatte bygges en ny. Et Par Qvinder hjalp min Moder, og i faa Dage vare Murene reiste og et nyt Tag af Oleander lagt hen over dem. Min Moder flettede af Skind og Bark mange Hylstre til Flasker, jeg passede Præsternes lille Hjord; *Anastasia* og de smaa Skildpadder vare mine Legekammerater.

En Dag fik vi Besøg af den kjære *Aphtanides;* han længtes saa meget efter at see os, sagde han, og han blev hele to Dage hos os.

Efter en Maaned kom han igjen og fortalte os, at han skulde med et Skib til *Patras* og *Corfu;* os maatte han først sige Farvel, en stor Fisk bragte han med til min Moder. Han vidste at fortælle saa Meget, ikke blot om Fiskerne nede ved *Lepanto*-Bugten, men om Konger og Helte, der engang havde hersket i Grækenland ligesom Tyrkerne nu.

Jeg har seet Rosentræet sætte Knop og denne i Dage og Uger blive en udfoldet Blomst; den blev det, før jeg begyndte at tænke over, hvor stor, smuk og rødmende den var; saaledes gik det mig ogsaa med *Anastasia.* Hun var en deilig udvoxet Pige; jeg en kraftig Knøs; Ulveskindene paa min Moders og *Anastasias* Seng havde jeg selv flaaet af Dyret, der faldt for min Bøsse. Aar vare hengaaede.

Da kom en Aften *Aphtanides,* slank som et Rør, stærk og bruun; han kyssede os Alle og vidste at fortælle om det store Hav, om *Maltas* Fæstningsværker og *Ægyptens* selsomme Gravsteder; det klang forunderligt, som en af Præsternes Legender; jeg saae med et Slags Ærbødighed op til ham.

"Hvor Du veed Meget!" sagde jeg, "hvor Du kan fortælle!"

"Du har dog engang fortalt mig det Smukkeste!" sagde han, "Du har fortalt mig, hvad der aldrig er gaaet ud af min Tanke, den smukke, gamle Skik om Venskabs-Pagten! den Skik, som jeg ret har Mod paa at følge! Broder, lad os To ogsaa, som din og *Anastasias* Fader gjorde det, gaae til Kirken; den skjønneste og uskyldigste Pige er *Anastasia,* Søsteren, hun skal vie os sammen! Ingen har dog en skjønnere Skik, end vi Grækere!"

Anastasia blev rød, som det friske Rosenblad, min Moder kyssede *Aphtanides.*

En Times Vandring fra vor Hytte, der hvor Fjeldene bære Muldjord og enkelte Træer skygge, laae den lille Kirke; en Sølv-Lampe hang foran Alteret.

Jeg havde mine bedste Klæder paa, de hvide Fostaneller foldede sig rigt ned over Hofterne, den røde Trøie sad snever og stram, der var Sølv i Qvasten paa min Fesz; i mit Bælte sad Kniv og Pistoler. *Aphtanides* havde sin blaae Klædning, som græske Sømænd bære den, en Sølv-

Plade med Guds Moder hang paa hans Bryst, hans Skjærf var kostbart, som kun de rige Herrer kunde bære det. Enhver saae nok, vi To skulde til en Høitid. Vi gik ind i den lille, eensomme Kirke, hvor Aftensolen skinnede gjennem Døren ind paa den brændende Lampe og de brogede Billeder i gylden Grund. Vi knælede paa Alterets Trin, og *Anastasia* stillede sig foran os; en lang, hvid Kjortel hang løst og let omkring hendes smukke Lemmer; hendes hvide Hals og Bryst var bedækket med en Sammenkjædning af gamle og nye Mynter, de dannede en heel, stor Krave; hendes sorte Haar var lagt op paa Hovedet i en eneste Bukkel, der holdtes ved en lille Hue af Sølv- og Guld-Mynter, fundne i de gamle Templer; skjønnere Pynt havde ingen græsk Pige. Hendes Ansigt lyste, hendes Øine vare som to Stjerner.

Alle Tre læste vi stille vor Bøn; og hun spurgte os: "Ville I være Venner i Liv og Død?" — Vi svarede: Ja. "Ville I hver, hvad der endogsaa skeer, huske, min Broder er en Deel af mig! min Hemmelighed er hans, min Lykke er hans! Opoffrelse, Udholdenhed, Alt, som for min egen Sjæl, rummer jeg for ham!" og vi gjentoge vort Ja! og hun lagde vore Hænder i hinanden, kyssede os paa Panden og vi bad atter stille. Da traadte Præsten frem fra Alterets Dør, velsignede os alle Tre, og en Sang af de andre allerhelligste Herrer lød bag Altervæggen. Den evige Venskabs-Pagt var sluttet. Da vi reiste os, saae jeg min Moder ved Kirkens Dør græde dybt og inderligt.

Hvor der var lystigt i vor lille Hytte og ved Delphis Kilder! Aftenen før *Aphtanides* skulde bort, sad han og jeg tankefulde paa Klippens Skrent; hans Arm var slynget om mit Liv, min om hans Hals; vi talte om Grækenlands Nød, om Mænd der kunde stoles paa; hver Tanke i vor Sjæl laae klar for os Begge; da greb jeg hans Haand:

"— Eet endnu skal Du vide! eet, som indtil denne Stund kun Gud og jeg veed! al min Sjæl er Kjærlighed! det er en Kjærlighed, stærkere end den til min Moder og til Dig — —!"

"Og hvem elsker Du?" spurgte *Aphtanides,* og han blev rød paa Ansigt og Hals.

"Jeg elsker *Anastasia!*" sagde jeg, — og hans Haand zittrede i min, og han blev hvid som et Liig; jeg saae det, jeg begreb det! og jeg troer ogsaa min Haand skjælvede, jeg bøiede mig henimod ham, kyssede hans Pande og hviskede: "jeg har aldrig sagt hende det! hun elsker maaskee ikke mig! — Broder, husk paa, jeg saae hende daglig, hun er voxet op ved min Side, voxet ind i min Sjæl!" —

"Og Din skal hun være!" sagde han, "Din! — jeg kan ikke lyve for Dig og vil ikke heller! jeg elsker hende ogsaa! — men imorgen tager jeg bort! vi sees igjen om eet Aar, da ere I gifte, ikke sandt! — jeg har nogle Penge, det er dine! Du maa tage dem, Du skal tage dem!" stille vandrede

vi over Fjeldet; det var sildig Aften, da vi stode ved min Moders Hytte. *Anastasia* holdt Lampen hen imod os, da vi traadte ind, min Moder var der ikke. *Anastasia* saae forunderlig veemodigt paa *Aphtanides.* — "Imorgen gaaer Du fra os!" sagde hun, "hvor det bedrøver mig!" "Bedrøver Dig", sagde han, og jeg syntes der laae en Smerte deri, stor, som min egen; jeg kunde ikke tale, men han tog hendes Haand og sagde: "vor Broder der elsker Dig, har Du ham kjær? I hans Taushed er just hans Kjærlighed!" — og *Anastasia* zittrede og brast i Graad, da saae jeg kun hende, tænkte kun paa hende; min Arm slog jeg om hendes Liv og sagde: "ja, jeg elsker Dig!" Da trykkede hun sin Mund til min, hendes Hænder hvilte om min Hals; men Lampen var falden paa Gulvet, der var mørkt uden om os, som i den kjære, stakkels *Aphtanides's* Hjerte.
Før Dag stod han op, kyssede os Alle til Afsked og drog bort. Min Moder havde han givet alle sine Penge til os. *Anastasia* var min Brud og nogle Dage derefter min Hustru!"

Also available from JiaHu Books:

Skipper Worse – Alexander Kielland
Sne – Alexander Kielland
Garman & Worse – Alexander Kielland
Novelletter – Alexander Kielland
Else – Alexander Kielland
Fortuna – Alexander Kielland
Nye Novelletter/To Novelletter Fra Danmark – Alexander Kielland
Brand - Henrik Ibsen
Et Dukkhjem – Henrik Ibsen
(Norwegian/English Bilingual text also available)
Peer Gynt – Henrik Ibsen
Hærmændene på Helgeland – Henrik Ibsen
Fru Inger til Østråt -Henrik Ibsen
Gengangere – Henrik Ibsen
Catilina – Henrik Ibsen
De unges Forbund – Henrik Ibsen
Gildet på Solhaug - Henrik Ibsen
Kærligdehens Komedie - Henrik Ibsen
Synnøve Solbakken - Bjørnstjerne Bjørnson
Arne - Bjørnstjerne Bjørnson
Nils Holgerssons underbara resa genom Sverige - Selma Lagerlöf
Gösta Berlings Saga - Selma Lagerlöf
Den siste atenaren – Viktor Rydberg
Singoalla – Viktor Rydberg
Det går an - Carl Jonas Love Almqvist
Drottningens Juvelsmycke - Carl Jonas Love Almqvist
Röda rummet – August Strindberg
Fröken Julie/Fadren/Ett dromspel - August Strindberg
Fædra – Herman Bang
Tine – Herman Bang
Egils Saga (Old Norse and Icelandic)
Brennu-Njáls saga (Icelandic)
Laxdæla Saga (Icelandic)
The Little Mermaid and Other Stories (Danish/English Texts) - Hans-Christian Andersen
Die vlakte en andere gedigte (Afrikaans) - Jan F.E. Celliers

59677634R00271

Made in the USA
Columbia, SC
06 June 2019